PSICOLOGIA DE MASSAS
DO FASCISMO

Wilhelm Reich

PSICOLOGIA DE MASSAS DO FASCISMO

Tradução
MARIA DA GRAÇA M. MACEDO

martins fontes
selo martins

© 2015 Livraria Martins Fontes Editora Ltda., São Paulo, para a presente edição.
© 1972 by Mary Boyd Higgins como curadora do Wilhelm Reich
Infant Trust Fund.
© 1970 de Mary Boyd Higgins como curadora do Wilhelm Reich
Infant Trust Fund.
© 1933, 1934, 1969 de Mary Boyd Higgins como curadora do Wilhelm Reich
Infant Trust Fund.
Publicada em inglês por Farrar, Straus and Giroux, como *The Mass Psychologie of Fascism*,
Esta obra foi originalmente publicada em alemão sob o título
Die Massenpsychologie des Faschismus.

Publisher *Evandro Mendonça Martins Fontes*
Coordenação editorial *Vanessa Faleck*
Produção editorial *Carolina Cordeiro Lopes*
Diagramação *Studio 3*
Revisão *Julio de Mattos*

Dados Internacionais de Catalogação na Publicação (CIP)
(Câmara Brasileira do Livro, SP, Brasil)

Reich, Wilhelm, 1897-1957.
Psicologia de massas do fascismo/ Wilhelm Reich; [tradução
Maria da Graça M. Macedo]. – 3ª ed. – São Paulo:
Martins Fontes - selo Martins, 2001.

Título original: Die Massenpsychologie des Faschismus
ISBN: 978-85-336-1418-5

1. Fascismo   2. Psicologia social   3. Sexo. I. Título

01-1951   CDD-320.533

Índices para catálogo sistemático:
1. Fascismo   2. Ciências Políticas   320.533

Todos os direitos desta edição reservados à
Martins Editora Livraria Ltda.
Av. Dr. Arnaldo, 2076
01255-000 São Paulo SP Brasil
Tel.: (11) 3116 0000
info@emartinsfontes.com.br
www.emartinsfontes.com.br

Sumário

Prefácio à edição em língua inglesa XI
Prefácio à 3ª edição em língua inglesa, corrigida e aumentada XV
Glossário XXXIII

1. A ideologia como força material 3
   A clivagem 3
   Estrutura econômica e ideológica da sociedade alemã entre 1928 e 1933 9
   Como a psicologia de massas vê o problema 18
   A função social da repressão sexual 23

2. A ideologia autoritária da família na psicologia de massas do fascismo 31
   O *führer e a estrutura de massas* 31
   A origem de Hitler 34
   A psicologia de massas da classe média baixa 37
   Laços familiares e sentimentos nacionalistas 44
   A autoconfiança nacionalista 57
   A "domesticação" dos operários industriais 61

3. A teoria da raça 69
   Seu conteúdo 69

Função objetiva e subjetiva da ideologia 73
Pureza de raça, envenenamento do sangue e misticismo 75

4. O simbolismo da suástica 91

5. Os pressupostos da economia sexual sobre a família autoritária 97

6. O misticismo organizado como organização internacional antissexual 107
   O interesse pela Igreja 107
   A luta contra o "bolchevismo cultural" 112
   O apelo aos sentimentos místicos 120
   O objetivo da revolução cultural à luz da reação fascista 129

7. A economia sexual em luta contra o misticismo 133
   Os três elementos fundamentais do sentimento religioso 134
   Inculcação da religião através da ansiedade sexual 141
   Autoconfiança sadia e autoconfiança neurótica 156

8. Algumas questões da prática da política sexual 159
   Teoria e prática 159
   A luta contra o misticismo até agora 160
   Felicidade sexual oposta ao misticismo 166
   A erradicação do sentimento religioso no indivíduo 168
   Prática da economia sexual e objeções 171
   O homem apolítico 187

9. As massas e o Estado 191
   1936 – dizer a verdade: mas como e quando? 194
   "O que ocorre nas massas humanas?" 202
   O "anseio socialista" 209
   A "extinção do Estado" 220
   O programa do Partido Comunista da União Soviética (8º Congresso, 1919) 231
   A "instituição da democracia soviética" 236
   O desenvolvimento do aparelho do Estado autoritário a partir de relações sociais racionais 248
   A função social do capitalismo de Estado 257

10. Função biossocial do trabalho... 265
   O problema da "disciplina de trabalho voluntário"............ 265

11. Dar responsabilidade ao trabalho vitalmente necessário..... 289
    O que é a "democracia do trabalho"?................................ 290
    O que há de novo na democracia do trabalho?.................. 293

12. O erro de cálculo biológico na luta do homem pela liberdade.. 295
    O nosso interesse pelo desenvolvimento da liberdade......... 295
    Rigidez biológica, incapacidade para a liberdade e visão de vida autoritária e mecânica... 309
    O arsenal da liberdade humana... 323

13. Sobre a democracia natural do trabalho............................. 337
    Estudos sobre as forças sociais naturais com o propósito de superar a peste emocional... 337
    O trabalho em contraste com a política............................. 339
    Notas sobre crítica objetiva e cavilações irracionais.......... 347
    O trabalho é, na sua essência, racional............................. 350
    Trabalho vitalmente necessário e outro tipo de trabalho 358

Amor, trabalho e conhecimento são as fontes de nossa vida. Deveriam também governá-la.

Wilhelm Reich

Prefácio à edição em língua inglesa

Na primeira edição em inglês da *Psicologia de massas do fascismo,* publicada em 1946, Reich afirmava que a sua teoria da economia sexual aplicada ao estudo do fascismo "resistira à prova do tempo". Ao publicar-se agora esta tradução mais exata, quase quarenta anos depois da sua edição original em alemão, todos os indícios levam a crer que a presente obra não tem apenas interesse histórico, tendo continuado a "resistir à prova do tempo". Na realidade, o violento combate que atualmente se trava entre as forças da repressão e as forças autorreguladoras da natureza vem comprovar claramente a validade das declarações de Reich. Elas são mais sólidas do que nunca, e quaisquer tentativas no sentido de negar a sua validade terão de defrontar-se com o conhecimento da energia orgônica física, princípio comum do funcionamento que se aplica a todos os fenômenos biológicos e sociais. Por mais exagerada que pareça e por mais fantasiosa que se considere a descoberta, pode-se prever que ela continuará a resistir, tanto à rejeição irracional, baseada na indiferença, na maledicência ou em falsas interpretações mecanicistas, quanto a atitudes de aceitação mistificadora irracional ou de seleção fragmentária, que estabelecem arbitrariamente uma fronteira entre o que é desejável ou não. Este último problema é particularmente complicado em razão da tendência exagerada das pessoas para julgar a obra de Reich de acordo com seus próprios interesses e preconceitos, sem a capacidade para penetrar em domínios do conhecimento ainda inexplorados. Por exemplo, é um fato que, apesar de Reich ter feito advertências contra a utilização política das suas descobertas, a juventude contestadora tem-se servido de algumas partes das suas primeiras obras para os seus próprios objetivos, ao mesmo tempo que despreza a sua continuação lógica no domínio biológico e físico. Os primeiros trabalhos de Reich no movimento da higiene mental e as suas investigações sobre a estrutura do caráter humano são tão indissociáveis da sua descoberta posterior e decisiva da Energia Vital, como o ser humano é indissociável da vida. Se a *Psicologia de massas do fascismo* algum dia vier a ser compreendida e utilizada de algum modo, se a vida "frustrada" alguma vez se libertar, e se palavras como "paz" e "amor" deixarem de ser meros chavões vazios de significados, então o funcionamento da Energia Vital terá de ser aceito e compreendido. Por mais que se ridicularize e se calunie a descoberta, ela não pode ser ignorada, se é que o homem alguma vez conhecerá as forças, até aqui misteriosas, do seu interior.

Neste trabalho, Reich aplica os seus conhecimentos clínicos da estrutura do caráter humano ao cenário político e social. Contesta veementemente a opinião de que o fascismo é a ideologia ou o modo de agir de um indivíduo ou de uma nacionalidade, ou ainda de qualquer grupo étnico ou político. Reich rejeita igualmente a interpretação exclusivamente socioeconômica dos ideólogos marxistas. Para Reich, o fascismo é a expressão da estrutura irracional do caráter do homem médio, cujas necessidades biológicas primárias e cujos impulsos têm sido reprimidos há milênios. Reich analisa cuidadosamente a função social dessa operação e o papel decisivo que a família autoritária e a Igreja desempenham. Prova que toda e qualquer forma de misticismo organizado, como é o caso do fascismo, se baseia nos anseios orgásticos não satisfeitos das massas.

Nunca será demais sublinhar a importância atual desta obra, uma vez que a estrutura do caráter humano, responsável pelos movimentos fascistas organizados, subsiste nos nossos dias e revela-se dominante nos atuais conflitos sociais. Para que algum dia se consiga superar o caos e a agonia do nosso tempo, é necessário levar em consideração a estrutura do caráter que os produz: numa palavra, é necessário conhecer a psicologia de massas do fascismo.

MARY HIGGINS

Administradora do
The Wilhelm Reich
Infant Trust Fund

Nova York, 1970

Prefácio à 3ª edição em língua inglesa, corrigida e aumentada

Uma longa e árdua prática terapêutica com o caráter humano levou-me à conclusão de que, na avaliação das reações humanas, é necessário considerar três níveis diferentes da estrutura biopsíquica. Estes níveis da estrutura do caráter são, conforme tive ocasião de expor na minha obra *Análise do caráter*, depósitos, com funcionamento próprio, do desenvolvimento social. No nível superficial da sua personalidade, o homem médio é comedido, atencioso, compassivo, responsável, consciencioso. Não haveria nenhuma tragédia social do animal humano se este nível superficial da personalidade estivesse em contato direto com o cerne natural profundo. Mas, infelizmente, não é esse o caso: o nível superficial da cooperação social não se encontra em contato com o cerne biológico profundo do indivíduo; ele se apoia num *segundo* nível de caráter intermediário, constituído por impulsos cruéis, sádicos, lascivos, sanguinários e invejosos. É o "inconsciente" ou "reprimido" de Freud, isto é, o conjunto daquilo que se designa, na linguagem da economia sexual, por "impulsos secundários".

A biofísica orgônica tornou possível a compreensão do inconsciente freudiano, aquilo que é antissocial no homem, como resultado secundário da repressão de exigências biológicas primárias. E quando se penetrar, através deste segundo nível destrutivo, até atingir os substratos biológicos do animal humano, descobrir-se-á, invariavelmente, a terceira camada, a mais profunda, que designamos por *cerne biológico*. Nesse cerne, sob condições sociais favoráveis, o homem é um animal racional essencialmente honesto, trabalhador, cooperativo, que ama e, tendo motivos, odeia. É absolutamente impossível conseguir-se uma flexibilidade da estrutura do caráter do homem atual, através da penetração desta camada mais profunda e tão promissora, sem primeiro eliminar-se a superfície social espúria e não genuína. Mas, ao cair a máscara das boas maneiras, o que primeiro surge não é a sociabilidade natural, mas sim o nível de caráter perverso-sádico.

É esta infeliz estruturação que é responsável pelo fato de que qualquer impulso natural, social ou libidinoso, proveniente do cerne biológico, seja forçado a atravessar o nível das pulsões secundárias perversas, que o distorcem, sempre que pretenda passar à ação. Esta distorção transforma a natureza originalmente social dos impulsos naturais em perversidade e, deste modo, leva à inibição de todas as manifestações autênticas de vida.

Tentemos transportar esta estrutura humana para a esfera social e política.

É fácil descobrir que os diferentes agrupamentos políticos e ideológicos da sociedade humana correspondem aos diferentes níveis da estrutura do caráter humano. Não incorremos, certamente, no erro da filosofia idealista de supor que esta estrutura humana se manterá imutável para sempre. *Depois que as necessidades biológicas originais do homem foram transformadas pelas circunstâncias e pelas modificações sociais e passaram a fazer parte da estrutura do caráter humano, esta última reproduziu a estrutura social da sociedade, sob a forma de ideologias.*

O cerne biológico do homem não encontra representação social desde o colapso da primitiva forma de organização social segundo a democracia do trabalho. Os aspectos "naturais" e "sublimes" do homem, aquilo que o liga ao cosmos, só encontram expressão autêntica nas grandes obras de arte, especialmente na música e na pintura. Mas não têm contribuído de maneira decisiva para a configuração da sociedade humana, se por sociedade se entender comunidade de todos os homens, e não a cultura de uma pequena camada superior e rica.

Nos ideais éticos e sociais do liberalismo, vemos representadas as características do nível superficial do caráter: autodomínio e tolerância. O liberalismo enfatiza a sua ética com o objetivo de reprimir o "monstro no homem", isto é, o nível das "pulsões secundárias", o "inconsciente" freudiano. A sociabilidade natural da camada mais profunda, do cerne, permanece desconhecida para o liberal. Este deplora e combate a perversão do caráter humano por meio de normas éticas, mas as catástrofes sociais do século XX provam que essa tática de nada adianta.

Tudo o que é autenticamente revolucionário, toda a autêntica arte e ciência, provém do cerne biológico natural do homem. Nem o verdadeiro revolucionário, nem o artista, nem o cientista foram até agora capazes de conquistar e liderar as massas, ou, se o fizeram, de mantê-las por muito tempo no domínio dos interesses vitais.

Com o fascismo, as coisas se passam de modo diferente, em oposição ao liberalismo e à verdadeira revolução. O fascismo não representa, na sua essência, nem o nível superficial nem o mais profundo do caráter mas sim o nível intermediário das pulsões secundárias.

Na época em que este livro foi escrito, o fascismo era geralmente considerado como um "partido político" que, à semelhança de outros "grupos sociais", defendia uma "ideia política" organizada. De acordo com esta visão, "o partido fascista impunha o fascismo por meio da força ou de 'manobras políticas'".

Opondo-se a isso, minhas experiências médicas com homens e mulheres de diferentes classes, raças, nações, credos, etc. ensinaram-me que o "fascismo" não é mais do que a expressão politicamente organizada da estrutura do caráter do homem médio, uma estrutura que não é o apanágio de determinadas raças ou nações, ou de determinados partidos, mas que é geral e internacional. Neste sentido caracterial, o *"fascismo" é a atitude emocional básica do homem oprimido da civilização autoritária da máquina, com sua maneira mística e mecanicista de encarar a vida.*

É o caráter mecanicista e místico do homem moderno que cria os partidos fascistas, e não o contrário.

O fascismo ainda hoje é considerado, devido a uma reflexão política errônea, como uma característica nacional específica dos alemães ou dos japoneses. É deste primeiro erro que decorrem todos os erros de interpretação posteriores.

Em detrimento dos verdadeiros esforços pela liberdade, o fascismo foi e ainda é considerado como a ditadura de uma pequena clique reacionária. A persistência neste erro deve ser atribuída ao medo que temos de reconhecer a situação real: o fascismo é um fenômeno *internacional* que permeia todos os corpos da sociedade humana de *todas* as nações. Esta conclusão coaduna-se com os acontecimentos internacionais dos últimos quinze anos.

As minhas experiências em análise do caráter convenceram-me de que não existe um único indivíduo que não seja portador, na sua estrutura, de elementos do pensamento e do sentimento fascistas. O fascismo como um movimento político distingue-se de outros partidos reacionários pelo fato de *ser sustentado e defendido por massas humanas*.

Estou plenamente consciente da enorme responsabilidade contida nestas afirmações. Desejaria, para o bem deste mundo perturbado, que as massas trabalhadoras estivessem igualmente conscientes da sua responsabilidade pelo fascismo.

É necessário fazer uma distinção rigorosa entre o militarismo comum e o fascismo. A Alemanha do imperador Guilherme foi militarista, mas não fascista.

Como o fascismo é sempre e em toda a parte um movimento apoiado nas massas, revela todas as características e contradições da estrutura do caráter das massas humanas: não é, como geralmente se crê, um movimento exclusivamente reacionário, mas sim um amálgama de sentimentos de *revolta* e ideias sociais reacionárias.

Se entendemos por revolucionária a revolta racional contra as situações insuportáveis existentes na sociedade humana, o desejo racional de "ir ao fundo, à raiz de todas as coisas" ("radical" – "raiz") para melhorá-las, então o fascismo *nunca* é revolucionário. Pode, isso sim, aparecer sob o disfarce de emoções revolucionárias. Mas não se considerará revolucionário o médico que combate a doença com insultos, mas sim aquele que investiga as causas da doença com calma, coragem e consciência, e a combate. A revolta fascista tem sempre origem na transformação de uma emoção revolucionária em ilusão, pelo medo da verdade.

O fascismo, na sua forma mais pura, é o somatório de todas as reações *irracionais* do caráter do homem médio. O sociólogo tacanho, a quem falta coragem para reconhecer o papel fundamental do irracional na história da humanidade, considera a teoria fascista da raça como mero interesse imperialista ou, apenas, como simples "preconceito". O mesmo acontece com o político irresponsável e palavroso: a extensão da violência e a ampla propagação desses "preconceitos raciais" são prova da sua origem na parte irracional do caráter humano. A teoria racial não é uma criação do fascismo. Pelo contrário, o fascismo é um produto do ódio racial e a sua expressão politicamente organizada. Por conseguinte, existe um fascismo alemão, italiano, espanhol, anglo-saxônico, judeu e árabe. *A ideologia da raça é uma grande expressão biopática pura da estrutura do caráter do homem orgasticamente impotente.*

O caráter sádico-perverso da ideologia da raça revela-se também na atitude perante a religião. O fascismo seria um retorno ao paganismo e um arqui-inimigo da religião. Muito pelo contrário, o fascismo é a expressão máxima do misticismo religioso. Como tal, reveste-se de uma forma social particular. O fascismo apoia a religiosidade que provém da perversão sexual e transforma o caráter masoquista da velha religião patriarcal do sofrimento numa religião sádica. Em resumo, transpõe a religião, do "campo extraterreno" da filosofia do sofrimento, para o "domínio terreno" de assassínio sádico.

A mentalidade fascista é a mentalidade do zé-ninguém, que é subjugado, sedento de autoridade e, ao mesmo tempo, revoltado. Não é por acaso que todos os ditadores fascistas são oriundos do ambiente reacionário do zé-ninguém. O magnata industrial e o militarista feudal não fazem mais do que aproveitar-se deste fato social para os seus próprios fins, depois de ele se ter desenvolvido no domínio da repressão generalizada dos impulsos vitais. Sob a forma de fascismo, a civilização autoritária e mecanicista colhe no zé-ninguém reprimido nada mais do que aquilo que ele semeou nas massas de seres humanos subjugados, por meio do misticismo, militarismo e automatismo durante séculos. O zé-ninguém observou bem demais o comportamento do grande homem, e o reproduz de modo distorcido e grotesco. O fascista é o segundo sargento do exército gigantesco da nossa civilização industrial gravemente doente. Não é impunemente que o circo da alta política se apresenta perante o zé-ninguém; pois o pequeno sargento excedeu em tudo o general imperialista: na música marcial, no passo de ganso, no comandar e no obedecer, no medo das ideias, na diplomacia, na estratégia e na tática, nos uniformes e nas paradas, nos enfeites e nas condecorações. Um imperador Guilherme foi em tudo isto simples "amador", se comparado com um Hitler, filho de um pobre funcionário público.

Quando um general "proletário" enche o peito de medalhas, trata-se do zé-ninguém que não quer "ficar atrás" do "verdadeiro" general. É preciso ter estudado minuciosamente e durante anos o caráter do zé-ninguém, ter um conhecimento íntimo da sua vida atrás dos bastidores, para compreender em que forças o fascismo se apoia. Na revolta da massa de animais humanos maltratados contra a civilidade oca do *falso* liberalismo (não me refiro ao *verdadeiro* liberalismo e à *verdadeira* tolerância) aparece o nível do caráter, que consiste nas pulsões secundárias.

O fanático fascista não pode ser neutralizado, se for procurado unicamente de acordo com as circunstâncias políticas prevalecentes, apenas no alemão e no italiano, e não também no americano e no chinês; se não for capturado *dentro da própria pessoa;* se não conhecermos as instituições sociais que o geram diariamente.

O fascismo só pode ser vencido se for enfrentado de modo *objetivo* e *prático,* com um conhecimento bem fundamentado dos processos da vida. Ninguém o consegue imitar nas manobras políticas e diplomáticas e na ostentação. Mas o fascismo não tem resposta para os problemas *práticos* da vida porque vê tudo apenas como reflexo da ideologia ou sob a forma dos uniformes oficiais.

Quando se ouve um indivíduo fascista, de qualquer tendência, insistir em apregoar a "honra da nação" (em vez da honra do homem) ou a "salvação da sagrada família e da raça" (em vez da sociedade de trabalhadores); quando o fascista procura se evidenciar, recorrendo a toda espécie de chavões, pergunte-se a ele, em público, com calma e serenidade, apenas isto:

"O que você faz, na prática, para alimentar esta nação, sem arruinar outras nações? O que você faz, como médico, contra as doenças crônicas; como educador, pelo bem-estar das crianças; como economista, contra a pobreza; como assistente social, contra o cansaço das mães de prole numerosa; como arquiteto, pela promoção da higiene habitacional? E agora, em vez da conversa-fiada de costume, dê respostas concretas e práticas, ou, então, cale-se!"

Daqui se conclui que o fascismo internacional nunca será derrotado por manobras políticas. Mas sucumbirá perante a organização natural do trabalho, do amor e do conhecimento em escala internacional.

Na nossa sociedade, o trabalho, o amor e o conhecimento não são ainda a força determinante da existência humana. E mais: estas grandes forças do princípio positivo da vida não estão ainda conscientes do seu poder, do seu valor insubstituível, da sua extraordinária importância para o ser social. É por isso que hoje, um ano depois da derrota militar do fascismo partidário, a sociedade humana continua à beira do precipício. A queda da nossa civilização é inevitável se os trabalhadores, os cientistas de todos os ramos vivos (e não mortos) do conhecimento e os que dão e recebem o amor natural não se conscientizarem, a tempo, da sua gigantesca responsabilidade.

O impulso vital pode existir sem o fascismo, mas o fascismo não pode existir sem o impulso vital. É como um vampiro sugando um corpo vivo, impulso assassino de rédea solta, quando o amor deseja consumar-se na primavera.

A liberdade humana e social, a autogestão da nossa vida e da vida dos nossos descendentes processar-se-á em paz ou na violência? Esta é uma pergunta angustiante, para a qual ninguém sabe a resposta.

Mas quem compreende as funções vitais no animal, na criança recém-nascida, quem conhece o significado do trabalho dedicado, seja ele um mecânico, pesquisador ou artista, deixa de pensar por meio de conceitos que os manipuladores de partido espalharam por este mundo. O impulso vital não pode "tomar o poder pela violência", pois nem saberia o que fazer com o poder. Significa esta conclusão que o impulso vital estará sempre sujeito ao gangsterismo político, será sempre sua vítima, seu mártir? Significa que o político continuará a sugar o sangue da vida para sempre? Tal conclusão seria errada.

Minha função, como médico, é curar doenças; como investigador, é descobrir as relações da natureza até aqui desconhecidas. Se me aparecesse um político qualquer pretendendo forçar-me a abandonar os meus doentes e o meu microscópio, eu não me deixaria perturbar: eu o poria na rua, se ele não desaparecesse voluntariamente. Depende do grau de insolência do intruso, e não de mim ou do meu trabalho, eu ter que usar a força para proteger dos intrusos o meu trabalho sobre a vida. Imaginemos, agora, que todos aqueles que estão envolvidos num trabalho vital vivo pudessem reconhecer *a tempo* o politiqueiro. Agiriam do mesmo modo. Este exemplo simplificado contém talvez um pouco da resposta à pergunta sobre como o impulso vital terá de se defender contra aquilo que o perturba ou o destrói.

A *Psicologia de massas do fascismo* foi pensada entre 1930 e 1933, anos de crise na Alemanha. Foi escrita em 1933 e publicada em setembro de 1933, na Dinamarca, onde foi reeditada em abril de 1934. Desde então, passaram-se dez anos. Pela revelação da natureza irracional da ideologia fascista, muitas vezes esta obra recebeu aplausos demasiado entusiastas e sem embasamento num verdadeiro conhecimento, vindos de todos os setores políticos, aplausos esses que não levaram a nenhuma ação apropriada. Cópias do livro – às vezes sob pseudônimos – atravessaram, em grande número, as fronteiras alemãs. A obra foi acolhida com júbilo pelo movimento revolucionário ilegal, na Alemanha. Durante anos, serviu como fonte de contato com o movimento antifascista alemão.

Os fascistas proibiram-na em 1935, juntamente com todas as outras obras de psicologia política[1]. Mas foi publicada, parcialmente, na França, na América, na Tchecoslováquia, na Escandinávia etc., e discutida em longos artigos. Apenas os partidos socialistas, que viam tudo sob o ângulo da economia, e os funcionários assalariados do partido, que controlavam os órgãos do poder político, não lhe encontraram qualquer utilidade, até hoje. Por exemplo, os dirigentes dos partidos comunistas da Dinamarca e Noruega criticaram-na violentamente, considerando-a "contrarrevolucionária". Por outro lado, é

---

1. Em *Deutsches Reichsgesetzblatt* (diário oficial que publica as novas leis), n.º 213, de 13 de abril de 1935: "segundo o [VO = *Verordnung* = decreto (N. do E. americano)] de 4 de fevereiro de 1933, as obras *O que é a consciência de classe,* de Ernest Parell, [Pseudônimo usado por Reich (Nota do E. americano)], *Materialismo dialético* e *Psicanálise,* de Wilhelm Reich, nf 1 e 2 da série político-psicológica dos editores de política sexual Copenhague-Praga-Zurique, bem como todas as outras obras programadas para esta série, devem ser confiscadas e retiradas de circulação pela polícia prussiana, pois constituem perigo para a ordem e a segurança públicas."

41230/35 II 2B1 Berlim 9/4/35 Gestapo

Nf 2146, 7 de maio de 1935. Segundo o decreto do presidente do Estado promulgado em 28 de fevereiro de 1933, é proibida no Estado, até ordem em contrário, a distribuição de todas as publicações estrangeiras da série político-psicológica dos editores de política sexual (Editores de Política Sexual: Copenhague, Dinamarca, e, também, Praga, Tchecoslováquia, Zurique e Suíça).

III P. 3952 53. Berlim 6/5/35 R. M. d. 1

significativo que a juventude de orientação revolucionária pertencente a grupos fascistas tenha compreendido a explicação da natureza irracional da teoria racial, dada pela economia sexual. Em 1942, chegou da Inglaterra a proposta de se traduzir para o inglês a *Psicologia de massas do fascismo*. Isso me levou a avaliar a utilidade da obra dez anos depois de ter sido escrita. O resultado desse exame reflete, com exatidão, as gigantescas transformações que revolucionaram o pensamento nos últimos dez anos. Além disso, constitui a pedra de toque da resistência da sociologia da economia sexual e da sua relação com as revoluções sociais do nosso século. Já não pegava neste livro há muitos anos. Quando, depois, comecei a corrigi-lo e a ampliá-lo, fiquei surpreso com os erros de reflexão que eu havia cometido, quinze anos antes, com as profundas revoluções do pensamento que haviam ocorrido e com as exigências que a superação do fascismo haviam imposto à ciência.

Primeiro, permiti-me celebrar um grande triunfo. A análise da ideologia do fascismo, baseada nos princípios da economia sexual, não só resistiu ao tempo mas também se confirmou brilhantemente, nos seus aspectos essenciais, durante os últimos dez anos. Sobreviveu às concepções puramente econômicas do marxismo corrente, com que os partidos marxistas alemães tentaram opor-se ao fascismo. É um elogio para a *Psicologia de massas do fascismo* o pedido de reedição, dez anos depois de ter sido escrita. Disso não se pode gabar nenhum escrito marxista de 1930 cujo autor tenha condenado a economia sexual.

Minha revisão da segunda edição reflete a revolução ocorrida no meu pensamento.

Por volta de 1930, eu desconhecia as *relações naturais* que se estabelecem entre os trabalhadores, homens e mulheres, na democracia do trabalho. Os *insights* rudimentares da economia sexual sobre a formação da estrutura humana pertenciam, àquela altura, ao âmbito do pensamento dos partidos marxistas. Eu trabalhava, então, em organizações culturais liberais, socialistas e comunistas, e estava habituado a utilizar os conceitos convencionais da sociologia marxista nas minhas exposições sobre a economia sexual. A enorme contradição entre a sociologia da economia sexual e o economicismo corrente já então se revelava em discussões embaraçosas com vários funcionários dos partidos. Mas, numa época em que ainda acreditava na natureza basicamente científica dos partidos marxistas, não conseguia compreender por que motivo os membros de partidos combatiam, com tanta violência, as consequências sociais do meu trabalho médico, exatamente ao mesmo tempo que empregados, operários, pequenos comerciantes, estudantes, etc. acorriam em massa às organizações orientadas pelos princípios da economia sexual, para aí adquirirem conhecimentos sobre a vida viva. Nunca esquecerei o "professor vermelho" de Moscou que, em 1928, foi enviado a um dos meus cursos universitários, em Viena, para defender "a linha do partido" contra a minha. Disse, entre outras coisas, que o "complexo de Édipo era uma asneira", que tal coisa não existia. Catorze anos depois, os seus camaradas russos eram esmagados sob os tanques dos homens-máquina alemães, escravizados pelo *führer*.

Era de se esperar que os partidos que afirmam lutar pela liberdade humana acolhessem com agrado as conclusões do meu trabalho político-psicológico. Mas aconteceu exatamente o contrário, como provam os arquivos do nosso instituto: quanto mais amplas eram as consequências sociais do trabalho de psicologia de massas, tanto mais severas se tornaram as contramedidas dos dirigentes partidários. Já em 1929-30, a social-democracia austríaca fechou as portas das suas organizações culturais aos conferencistas da nossa organização. As organizações socialistas e comunistas, não obstante os protestos dos seus militantes, proibiram a distribuição das publicações da "Editora para Política Sexual", no ano de 1932, em Berlim. Ameaçaram me matar logo que o marxismo alcançasse o poder na Alemanha. Em 1932, as organizações comunistas da Alemanha vedaram os seus locais de reunião ao médico especialista em economia sexual, contra a vontade dos seus membros. A minha expulsão de ambas as organizações baseou-se no fato de eu ter introduzido a sexologia na sociologia, e ter demonstrado como ela afeta a formação da estrutura humana. Nos anos que decorreram entre 1934 e 1937, foram sempre funcionários do partido comunista que chamaram a atenção de círculos europeus de orientação fascista para o "perigo" da economia sexual. Há provas documentadas destas afirmações. Os escritos de economia sexual eram apreendidos na fronteira soviética do mesmo modo que os milhares de refugiados que procuraram salvar-se do fascismo alemão; não há argumentos válidos que justifiquem isso.

Estes eventos, que na época pareciam absurdos, tornaram-se absolutamente claros enquanto revia a *Psicologia de massas do fascismo*. O conhecimento biológico da economia sexual havia sido comprimido dentro da terminologia marxista comum como um elefante numa toca de raposa. Já em 1938, quando revia o meu livro sobre a juventude*, observei que, decorridos oito anos, todos os termos da economia sexual tinham conservado o seu significado, enquanto as palavras de ordem dos partidos, que eu incluíra no livro, tinham se esvaziado de sentido. O mesmo aconteceu com a terceira edição de *Psicologia de massas do fascismo*.

Está claro, hoje em dia, que o "fascismo" não é obra de um Hitler ou de um Mussolini, mas sim a *expressão da estrutura irracional do homem da massa*. Está mais claro hoje do que há dez anos *que a teoria da raça é misticismo biológico*. Estamos hoje mais próximos da compreensão do anseio orgástico das massas do que estávamos há dez anos, e já se generalizou a impressão de que *o misticismo fascista é o anseio orgástico restringido pela distorção mística e pela inibição da sexualidade natural*. As afirmações da *economia sexual* sobre o fascismo são hoje ainda mais válidas do que há dez anos. Pelo contrário, os conceitos partidários do marxismo usados neste livro tiveram de ser riscados e substituídos por novos conceitos.

Significa isto que a teoria econômica do marxismo é basicamente falsa? Pretendo responder a esta pergunta com um exemplo. Serão "falsos" o microscópio da época de Pasteur ou a bomba de água que Leonardo da Vinci construiu? O marxismo é uma teoria econômica científica construída com base nas condições sociais existentes no princípio e meados do século XIX. Mas o processo social, longe de se deter aí, prosseguiu no século XX, numa orientação fundamentalmente diversa. Neste *novo* processo social, encontramos as características essenciais do século XIX, do mesmo modo que encontramos, no microscópio moderno, a estrutura básica do microscópio de Pasteur e, no atual sistema de canalizações, o princípio básico de Leonardo da Vinci. Mas, hoje, nem o microscópio de Pasteur nem a bomba de Da Vinci têm qualquer utilidade prática. Foram ultrapassados por processos e funções totalmente novos, que corres-

---

* O autor refere-se a *Der Sexuelle Kampfder Jugend (O combate sexual da juventude)*. (N. E.)

pondem a novas concepções e à moderna tecnologia. Os partidos marxistas da Europa fracassaram e conheceram o declínio (não digo isso com prazer) por terem tentado enquadrar um fenômeno essencialmente novo, como é o fascismo do século XX, em conceitos apropriados ao século XIX. Foram derrotados como organização social porque não souberam manter vivas e desenvolver as possibilidades vitais que cada teoria científica encerra. Não lamento o fato de ter exercido a minha atividade médica durante vários anos em organizações marxistas. Meu conhecimento da sociedade não provém dos livros, mas foi adquirido essencialmente a partir do meu envolvimento prático na luta das massas humanas por uma existência digna e livre. Os melhores *insights* no campo da economia sexual decorrem exatamente dos meus próprios *erros* ao pensar sobre essas massas humanas, os mesmos erros que as tornaram predispostas à peste fascista. Sendo médico, tive muito mais possibilidade de conhecer o trabalhador internacional e seus problemas do que qualquer político partidário. O político não vê mais do que a "classe operária", em quem pretende "infundir consciência de classe". Eu, pelo contrário, via o homem como uma criatura que vinha se sujeitando à dominação das piores condições sociais, condições que ele próprio criara, que já faziam parte integrante do seu caráter, e das quais procurava, em vão, se libertar. O abismo que separa a visão puramente econômica da visão biossociológica é intransponível. A teoria do "homem de classes" opunha-se à natureza *irracional* da sociedade do animal "homem".

Hoje, é do conhecimento geral que as ideias econômicas marxistas penetraram no pensamento do homem moderno, influenciando-o em maior ou menor grau, frequentemente sem que os economistas e sociólogos em questão tenham consciência da origem das suas ideias. Conceitos como "classe", "lucro", "exploração", "luta de classes", "mercadoria" e "mais-valia" tornaram-se senso comum. Por tudo isso, não existe hoje um único partido que se possa considerar herdeiro e representante vivo do patrimônio científico do marxismo, quando se trata de fatos reais do desenvolvimento sociológico, e não de meros chavões que já não correspondem ao seu conteúdo original.

Entre 1937 e 1939, desenvolveu-se sob o enfoque da economia sexual o conceito novo da *"democracia do trabalho"*. A terceira edição da *Psicologia de massas do fascismo* explica, nas suas características fundamentais, este novo conceito, que contém as melhores descobertas sociológicas do marxismo, válidas até hoje. Ao mesmo tempo, leva em conta as alterações sociais por que passou o conceito de "trabalhador" no decurso dos últimos cem anos. Sei, por experiência própria, que serão precisamente os "únicos representantes da classe operária" e os atuais e futuros "dirigentes do proletariado internacional" que combaterão esta ampliação do conceito social de trabalhador, acusando-o de "fascista", "trotskista", "contrarrevolucionário", "inimigo do partido" etc. Organizações de trabalhadores que expulsam negros e praticam o hitlerismo não merecem ser consideradas como fundadoras de uma sociedade nova e livre. É quando o "hitlerismo" não é exclusivo do partido nazi ou da Alemanha; ele penetra nas organizações de trabalhadores e nos círculos liberais e democráticos. O fascismo não é um partido político, mas uma certa concepção de vida e uma atitude perante o homem, o amor e o trabalho. Isso em nada altera o fato de que a política praticada pelos partidos marxistas antes da guerra se esgotou, não tendo qualquer futuro possível. Assim como o conceito de energia sexual se perdeu dentro da organização psicanalítica, vindo a reaparecer, com uma força nova, na descoberta do orgone, também o conceito do trabalhador internacional perdeu o sentido nas práticas dos partidos marxistas, reaparecendo no âmbito da sociologia da economia sexual. Ora, as atividades do economista sexual só são possíveis se estiverem enquadradas no conjunto do *trabalho social necessário,* e não é possível no âmbito da vida vazia de trabalho, reacionária e mistificadora.

A sociologia baseada na economia sexual nasceu das tentativas para harmonizar a psicologia profunda de Freud com a teoria econômica de Marx. A existência humana é determinada tanto pelos processos instintivos como pelos processos socioeconômicos. Mas as tentativas ecléticas de reunir, arbitrariamente, "instinto" e "economia" devem ser rejeitadas. A sociologia baseada na economia sexual resolve a contradição que levou a psicanálise a esquecer o fator social e o marxismo a esquecer a origem animal do homem. Como já disse em outra ocasião, a psicanálise é a mãe da economia sexual e a sociologia é o pai. *Mas um filho é mais do que a soma dos seus pais.* É uma criatura viva, nova e independente; é a semente do futuro.

De acordo com a nova acepção econômico-sexual do conceito de "trabalho", procedemos a algumas alterações na terminologia deste livro. Os conceitos de "comunista", "socialista", "consciência de classe" etc. foram substituídos por termos especificamente sociológicos e psicológicos, tais como "revolucionário" e "científico". O que eles implicam é "revolução radical", "atividade racional", "chegar à raiz das coisas".

Tais alterações correspondem ao fato de que hoje já não são predominantemente os partidos socialistas e comunistas, mas sim, e *em contraste com eles,* muitos agrupamentos *não políticos* e classes sociais de todas as tendências políticas que revelam uma orientação cada vez mais revolucionária, isto é, que anseiam por uma ordem social inteiramente nova e racional. Passou a fazer parte de nossa consciência social universal – e mesmo os velhos políticos burgueses o dizem – que, como resultado de sua luta contra a peste fascista, o mundo inteiro se envolveu num processo de uma convulsão enorme, internacional, *revolucionária.* As palavras "proletário" e "proletariado" foram cunhadas há mais de cem anos para designar uma classe social destituída de direitos e mergulhada na miséria. É certo que ainda hoje existem tais categorias, mas os bisnetos dos proletários do século XIX se tornaram trabalhadores industriais especializados, altamente qualificados, indispensáveis e responsáveis, que têm consciência de sua capacidade. O termo "consciência de classe" é substituído por *"consciência profissional"* ou *"responsabilidade social".*

O marxismo do século XIX limitava a "consciência de classe" ao trabalhador *manual.* Mas os outros trabalhadores, de profissões indispensáveis, eram contrapostos ao "proletariado" e designados como "intelectuais" ou "pequeno-burgueses"*. Esta justaposição esquemática, hoje inaplicável, desempenhou um papel muito importante no triunfo do fascismo na Alemanha. O conceito de "consciência de classe" não só é muito limitado, como também não corresponde sequer à estrutura da classe dos trabalhadores manuais. "Trabalho industrial" e "proletariado" foram, por isso, substituídos pelas expressões "trabalho vital" e "trabalhadores". Estes dois conceitos abrangem *todos aqueles que realizam um trabalho vital para a existência da sociedade.* Além dos trabalhadores industriais, esses

---

* *Petty bourgeois,* na edição americana. (N. E.)

conceitos incluem também médicos, professores, técnicos, escritores, administradores sociais, agricultores, cientistas etc. Esta nova concepção vem preencher uma lacuna que contribuiu largamente para a atomização da sociedade humana trabalhadora e, consequentemente, levou ao fascismo tanto preto quanto vermelho. A psicologia marxista, desconhecendo a psicologia de massas, opôs o "burguês" ao "proletário". Isso é psicologicamente errado. A estrutura do caráter não se limita aos capitalistas; atinge igualmente os trabalhadores de todas as profissões. Há capitalistas liberais e trabalhadores reacionários. *O caráter não conhece distinções de classe.* Por isso, os conceitos puramente econômicos de "burguesia" e "proletariado" foram substituídos pelos conceitos de *"reacionário"* e *"revolucionário"* ou *"libertário",* que se referem ao caráter do homem, e não à sua classe social. Esta alteração foi forçada pela peste fascista.

O materialismo dialético, cujos princípios foram desenvolvidos por Engels no *Anti-Dühring,* transforma-se *em funcionalismo energético.* Este *progresso* foi possibilitado pela descoberta da energia biológica, o orgone (1936-38). A sociologia e a psicologia adquiriram, assim, uma sólida base biológica, o que não pôde deixar de exercer influência sobre o pensamento. E, com a evolução do pensamento, os velhos conceitos modificaram-se, aparecendo novos conceitos para substituí-los. Assim, o termo marxista "consciência" foi substituído por *"estrutura dinâmica",* "necessidade" por *"processos instintivos orgonóticos",* "tradição" por *"rigidez biológica e caracteriológica"* etc.

O conceito de "iniciativa privada", na acepção do marxismo corrente, foi mal interpretado pela irracionabilidade humana, como se o desenvolvimento liberal da sociedade significasse a abolição de *toda* propriedade privada. Isto foi, evidentemente, aproveitado pela reação política. Ora, desenvolvimento social e liberdade individual nada têm a ver com a chamada abolição da propriedade privada. O conceito marxista de propriedade privada não se aplicava a camisas, calças, máquinas de escrever, papel higiênico, livros, camas, seguros, residências, propriedades rurais etc. Esse conceito referia-se exclusivamente à propriedade privada dos meios sociais de produção, isto é, aqueles que determinam o curso geral da sociedade; em outras palavras, estradas de ferro, centrais hidráulicas e elétricas, minas de carvão etc. A "socialização dos meios de produção" tornou-se um bicho-papão, exatamente porque foi confundida com a "expropriação privada" de frangos, vestuários, livros, moradias etc., de acordo com a ideologia dos expropriados. No decurso do século passado, a nacionalização dos meios sociais de produção começou a penetrar a exploração privada em todos os países capitalistas, em uns mais do que em outros.

Como a estrutura do trabalhador e a sua capacidade para a liberdade estivessem muito inibidas para permitir que ele se adaptasse ao rápido desenvolvimento das organizações sociais, o *"Estado"* encarregou-se de realizar os atos que competiam à *"comunidade" dos trabalhadores.* Na Rússia Soviética, tida como bastião do marxismo, nada há que se pareça com a "socialização dos meios de produção". Acontece que os partidos marxistas simplesmente confundiram "socialização" com "nacionalização". Mostrou-se, nesta guerra, que o governo dos Estados Unidos também tem o direito e os meios de nacionalizar empresas de funcionamento deficiente. A *socialização* dos meios de produção, a sua transferência de propriedade privada de alguns indivíduos para propriedade social, soa muito menos aterrorizadora se tivermos presente que hoje, em consequência da guerra, existem, nos países capitalistas, relativamente poucos proprietários independentes, enquanto há muitos trustes responsáveis perante o Estado; e que, além disso, na Rússia Soviética, as indústrias sociais certamente não são geridas pelos seus trabalhadores, mas por grupos de funcionários do Estado. *A socialização dos meios sociais de produção só será viável ou possível quando as massas trabalhadoras estiverem estruturalmente maduras, isto é, conscientes de sua responsabilidade para os gerir.* Atualmente, as massas, na sua esmagadora maioria, não estão nem dispostas nem maduras para fazê-lo. E mais: uma socialização de grandes indústrias, no sentido de que passem a ser geridas apenas pelos seus trabalhadores manuais, excluindo do processo os técnicos, engenheiros, diretores, administradores, distribuidores etc., é sociológica e economicamente absurda. Essa concepção é hoje rejeitada pelos próprios operários. Se assim não fosse, os partidos marxistas há muito teriam conquistado o poder.

Esta é a principal explicação sociológica do fato de a iniciativa privada do século XIX estar se voltando, cada vez mais, para uma economia planificada, em moldes de capitalismo de Estado. Deve-se afirmar claramente que também na Rússia Soviética não existe socialismo de Estado, mas sim um rígido capitalismo de Estado, *no sentido rigorosamente marxista da palavra*. Segundo Marx, a condição social do "capitalismo" não se origina, como acreditam os marxistas comuns, a partir da existência de capitalistas individuais, mas sim da existência de "modos de produção capitalistas" específicos. Em resumo, origina-se da *economia de mercado,* e não da *"economia de uso",* do *trabalho assalariado* das massas e da produção de *mais-valia,* independentemente de esta mais-valia reverter em favor do Estado *acima* da sociedade, ou em favor de capitalistas individuais, pela apropriação da produção social. Neste sentido estritamente marxista, o sistema capitalista continua a existir na Rússia, e subsistirá enquanto as massas humanas forem dominadas pelo irracionalismo e pelo autoritarismo, como são atualmente.

A psicologia da estrutura, baseada na economia sexual, acrescenta à visão econômica da sociedade uma nova interpretação do caráter e da biologia humana. A eliminação dos capitalistas individuais e a substituição do capitalismo privado pelo capitalismo de Estado na Rússia *em nada veio alterar a estrutura do caráter típico, desamparada e subserviente das massas humanas.*

Além disso, a ideologia política dos partidos marxistas europeus baseou-se em condições econômicas que correspondiam a um período de cerca de duzentos anos, isto é, do século XVII ao século XIX, no qual a máquina se desenvolveu. Em contrapartida, o fascismo do século XX colocou a questão fundamental do *caráter do homem,* do *misticismo humano* e do *desejo de autoridade,* que cobre *um período de quatro a seis milênios.* Também nisso o marxismo corrente tentou enfiar um elefante numa toca de raposa. A estrutura humana, da qual trata a sociologia da economia sexual, não se desenvolveu nos últimos duzentos anos; ao contrário, reflete uma civilização patriarcal autoritária de muitos milênios. Na realidade, a economia sexual vai ao ponto de afirmar que os abomináveis excessos da era capitalista, nos últimos trezentos anos (imperialismo predatório, defraudação do trabalhador, opressão racial etc.), apenas foram possíveis porque a estrutura humana das incríveis massas que suportaram tudo isso se tornou totalmente dependente da autoridade, incapaz de liberdade e extremamente acessível ao misticismo. O fato de esta estrutura ter sido criada pelas condições sociais e pela doutrinação, não sendo, portanto, uma característica inata no homem, em nada altera os seus efeitos, mas aponta para uma saída chamada "reestruturação". O ponto de vista da biofísica, baseado na economia sexual, é, portanto, muito mais radical, no sentido estrito e positivo da palavra, do que o do marxismo corrente, se se entende por ser radical o "ir à raiz de todas as coisas".

De tudo isto se conclui que é tão impossível superar a peste fascista com as medidas sociais adotadas nos últimos trezentos anos como enfiar um elefante (seis mil anos) numa toca de raposa (300 anos).

A descoberta da democracia do trabalho natural biológica nas relações humanas internacionais deve ser considerada como a resposta ao fascismo. Isto é verdadeiro mesmo que nenhum economista sexual, biofísico orgônico ou democrata do trabalho dos nossos dias viva o tempo suficiente para constatar sua completa realização e seu triunfo sobre a irracionalidade na vida social.

WILHELM REICH
Maine, agosto de 1942

Glossário

ANÁLISE DO CARÁTER. Modalidade da técnica psicanalítica habitual de analisar os sintomas, que recorre à inclusão do caráter e da resistência de caráter dentro do processo terapêutico.

ANSIEDADE DE ORGASMO. Ansiedade sexual, causada por uma frustração externa da satisfação do instinto, e fixada internamente pelo medo da excitação sexual represada. Constitui a base da ansiedade geral diante do prazer, que é parte integrante da estrutura humana predominante.

BIONS. Vesículas que representam as fases de transição entre substância não viva e substância viva. Desenvolvem-se constantemente na natureza, por um processo de desintegração de matéria orgânica e inorgânica, que pode ser reproduzido experimentalmente. Os bions estão carregados de energia orgânica e transformam-se em protozoários e bactérias.

BIOPATIA. Distúrbio resultante da perturbação da pulsação biológica em todo o organismo. Abrange todos os processos de doença que perturbam o aparelho autônomo da vida. O mecanismo central é um distúrbio na descarga da excitação biossexual.

DEMOCRACIA DO TRABALHO. A democracia do trabalho não é um sistema ideológico ou "político", que pode ser imposto à sociedade humana pela propaganda de um partido, de um político isolado ou de grupos ligados por uma ideologia comum. A democracia natural do trabalho é o conjunto de todas as funções da vida, regidas pelas relações interpessoais racionais que surgiram, cresceram e se desenvolveram de modo natural e orgânico. A principal inovação da democracia do trabalho é que, pela primeira vez na história da sociologia, se apresenta uma *possibilidade* de regulação futura da sociedade humana, derivada não de ideologias ou condições a serem criadas, mas sim de processos naturais que estão presentes e têm-se desenvolvido desde o início. A "política" da democracia do trabalho caracteriza-se pela *rejeição de toda e qualquer política ou demagogia*. As massas de homens e mulheres trabalhadores não estarão livres da responsabilidade social; pelo contrário, serão *sobrecarregadas* com ela. Os representantes da democracia do trabalho não ambicionam tornar-se *führers* políticos. A democracia do trabalho transforma conscientemente a democracia formal, que se exprime na simples eleição de representantes políticos e não implica qualquer outra responsabilidade por parte dos eleitores, numa democracia autêntica, factual e prática em escala internacional. Esta democracia se origina a partir das seguintes funções: amor, trabalho e conhecimento. Ela se desenvolve organicamente. Combate o misticismo e a ideia do Estado totalitário, não através de atitudes políticas, mas por meio de funções vitais práticas que obedecem às suas próprias leis. Resumindo: a democracia natural do trabalho não é um programa político, é uma função natural, fundamental e biossociológica da sociedade, que acaba de ser descoberta.

ECONOMIA SEXUAL. Este conceito se refere ao modo de regulação da energia biológica ou, o que é praticamente o mesmo, da economia da energia sexual do indivíduo. Economia sexual é o modo como o indivíduo lida com a sua energia biológica – que quantidade reserva e que quantidade descarrega orgasticamente. Os fatores que influenciam este modo de regulação são de natureza sociológica, psicológica e biológica. A ciência da economia sexual abrange o conjunto de conhecimentos adquiridos através do estudo desses fatores. Este conceito caracteriza o trabalho de Reich desde a época em que refutou a filosofia cultural de Freud até a descoberta do orgone, a partir da qual preferiu o termo "orgonomia", ciência da Energia Vital.

ENERGIA ORGÔNICA. Energia Cósmica Primordial; está presente em tudo e pode ser observada visualmente, termicamente, eletroscopicamente e por meio de contadores Geiger-Müller. No organismo vivo: Bioenergia, Energia Vital. Descoberta por Wilhelm Reich entre 1936 e 1940.

ESTRUTURA DO CARÁTER. Estrutura típica de um indivíduo, sua maneira estereotipada de agir e reagir. O conceito orgonômico de caráter é funcional e biológico, e não um conceito estático, psicológico ou moralista.

FUNCIONALISMO ORGONÔMICO ("ENERGÉTICO"). Técnica de pensamento funcional que dirige a investigação orgônica, tanto clínica como experimental. O seu princípio básico é a identidade de variantes no princípio comum de funcionamento (PFC). Esta técnica de pensamento desenvolveu-se no decurso das investigações sobre a formação do caráter humano e levou à descoberta da energia orgônica funcional no organismo e no cosmos; revelou-se, assim, como reflexo correto dos processos básicos naturais, tanto vivos como não vivos.

IMPOTÊNCIA ORGÁSTICA. A falta de potência orgástica, isto é, a incapacidade de entrega total à convulsão voluntária do organismo e de descarga completa da excitação no auge do abraço genital. É a característica mais significativa do homem médio da nossa época e, pelo represamento da energia biológica (orgone) no organismo, proporciona a fonte de energia para sintomas de biopatia e irracionalidades sociais de toda espécie.

POLÍTICA SEXUAL. O termo "política sexual" refere-se à aplicação prática dos conceitos de economia sexual às massas, no cenário social. Este trabalho foi realizado entre 1927 e 1933, na Áustria e na Alemanha, no seio dos movimentos revolucionários pela liberdade e de higiene mental.

SEXPOL. Nome da organização alemã que se ocupava das atividades de política sexual de massas.

VEGETOTERAPIA. Com a descoberta da couraça muscular, o processo terapêutico da análise do caráter modificou-se, para libertar as energias vegetativas reprimidas, o que veio restabelecer a capacidade de motilidade biofísica do paciente. A combinação da análise do caráter com a vegetoterapia é conhecida como vegetoterapia analítica do caráter. Mais tarde, a descoberta da energia orgônica no organismo (bioenergia) e a concentração da energia orgônica atmosférica, por meio de um acumulador de energia orgônica, tornaram necessário que a vegetoterapia analítica do caráter continuasse a se desenvolver, incluindo a terapia orgônica biofísica.

PSICOLOGIA DE MASSAS
DO FASCISMO

Capítulo 1

A ideologia como força material

A CLIVAGEM

O movimento alemão pela liberdade, anterior a Hitler, inspirou--se na teoria econômica e social de Karl Marx. Por este motivo, a compreensão do fascismo alemão deve começar pela compreensão do marxismo. Nos meses que se seguiram à tomada do poder pelo nacional--socialismo na Alemanha, aqueles que durante anos tinham dado provas da sua firmeza revolucionária e do seu espírito de sacrifício, na defesa da liberdade, duvidaram da validade da concepção básica de Marx sobre os processos sociais. Essas dúvidas resultaram de um fato, a princípio incompreensível, mas que não podia ser negado: o fascismo, que é, na sua própria natureza e objetivos, o representante máximo da reação política e econômica, tornara-se um fenômeno internacional e, em muitos países, sobrepunha-se inegavelmente ao movimento socialista revolucionário. O fato de este fenômeno se manifestar com mais força nos países altamente industrializados só contribuía para agravar o problema. Ao reforço internacional do nacionalismo contrapunha-se o fracasso do movimento dos trabalhadores, numa fase da história moderna em que, segundo os marxistas, "o modo de produção capitalista estava economicamente maduro para explodir". A isto se juntava a recordação indelével do fracasso da Internacional dos Trabalhadores, no deflagar da Primeira Guerra Mundial, e do modo como foram sufocadas as sublevações revolucionárias ocorridas fora da Rússia, entre 1918 e 1923. As dúvidas a que fizemos referência resultavam, pois, de fatos graves: é que, se elas fossem justificadas, ficaria provada a inexatidão da concepção marxista básica, e então haveria necessidade de se imprimirem novas orientações ao movimento dos trabalhadores, se se pretendesse alcançar efetivamente os seus objetivos; se, pelo contrário, essas dúvidas se revelassem infundadas, e a concepção básica da sociologia de Marx estivesse correta, então tornar-se-ia indispensável fazer uma análise detalhada e completa dos motivos que levavam ao constante fracasso do movimento dos trabalhadores, assim como – e acima de tudo – um esclarecimento rigoroso desse movimento de massas sem precedentes, que é o fascismo. Só nestas bases se poderia desenvolver uma nova prática revolucionária[1].

De modo nenhum era de esperar que a situação se alterasse, a não ser que se pudesse provar que um ou outro fosse o caso. Era evidente que não se podia atingir o objetivo, nem através de apelos à "consciência de classe revolucionária" dos trabalhadores, nem através do método Coué, então muito praticado, que consistia em camuflar as derrotas e encobrir, com ilusões, os fatos importantes. O fato de que o movimento dos trabalhadores "avançava", de que, esporadicamente, se registravam oposições e greves, não podia confortar ninguém. O que é decisivo não é que o movimento avance, mas sim o ritmo com que avança, em comparação com o fortalecimento e o progresso da reação política internacional.

O novo movimento da economia sexual com base na democracia do trabalho interessa-se pelo esclarecimento minucioso dessa questão, não só porque constitui parte da luta de liberação social, mas principalmente porque a realização dos seus objetivos está intimamente ligada à realização dos objetivos políticos e econômicos da democracia natural do trabalho. Assim, partindo da perspectiva do movimento dos trabalhadores, tentaremos explicar as relações existentes entre questões específicas de economia sexual e questões sociais de caráter geral.

---

1. Cf. Prefácio.

Em sessões que se fizeram na Alemanha por volta de 1930, certos revolucionários inteligentes e bem intencionados, se bem que de mentalidade nacionalista e mística, como, por exemplo, Otto Strasser, costumavam fazer objeções aos marxistas nos seguintes termos: "Vocês, marxistas, costumam citar as teorias de Marx, em defesa própria. Ora, Marx ensinou que a teoria só se confirma através da prática, mas o marxismo de vocês provou ser um fracasso. Vocês sempre arranjam explicações para as derrotas da Internacional dos Trabalhadores. A 'defecção da social-democracia' foi a sua explicação para a derrota de 1914; e o fracasso de 1918 deve-se aos 'políticos traiçoeiros' e às ilusões deles. E, novamente, vocês têm 'explicações' prontas para o fato de, na presente crise mundial, as massas estarem se voltando para a direita e não para a esquerda. Mas suas explicações não invalidam suas derrotas! Passados oitenta anos, onde se encontra a confirmação prática da teoria da revolução social? Seu erro básico é que vocês rejeitam ou ridicularizam a alma e a mente e não compreendem que estas movem tudo". Assim argumentavam, e os oradores marxistas não sabiam responder a tais questões.

Tornava-se cada vez mais claro que a sua propaganda política de massas, lidando exclusivamente com a discussão de processos socioeconômicos *objetivos* numa época de crise (modo de produção capitalista, anarquia econômica etc.), nunca alcançaria mais do que uma minoria, já pertencente às fileiras da esquerda. Chamar a atenção para as necessidades materiais, para a fome, não era suficiente, pois *todos* os partidos, e a própria Igreja, faziam o mesmo; e, finalmente, o misticismo do nacional-socialismo prevaleceu sobre a teoria econômica do socialismo, no período mais agudo de crise econômica e de miséria. Era preciso reconhecer a existência de uma grave omissão na propaganda e em toda a teoria do socialismo e que, além disso, essa omissão era responsável pelos seus "erros políticos". Era um erro de compreensão marxista da realidade política; embora todos os pré-requisitos para a sua correção estivessem contidos nos métodos do materialismo dialético, eles simplesmente nunca foram levados em conta. Resumindo, os marxistas *não consideraram, na sua prática política, a estrutura do caráter das massas e o efeito social do misticismo.*

Quem seguiu e viveu na prática a aplicação do marxismo pela esquerda revolucionária, entre 1917 e 1933, percebeu necessariamente que ela se limitou à esfera dos processos *objetivos* da economia e das políticas governamentais, mas não compreendeu nem estudou o desenvolvimento e as contradições do chamado "fator subjetivo" da história, isto é, a ideologia das massas. Acima de tudo, a esquerda revolucionária deixou de aplicar, de modo sempre renovado, o seu próprio método de materialismo dialético, de mantê-lo vivo para compreender cada nova realidade social, a partir de uma nova perspectiva.

O materialismo dialético não foi usado para compreender as *novas* realidades históricas, e o fascismo era um fenômeno que Marx e Engels não conheceram e que Lenin só vislumbrou nos seus princípios. A concepção reacionária da realidade não leva em conta as contradições do fascismo e a sua condição atual; a política reacionária serve-se automaticamente daquelas forças sociais que se opõem ao progresso; e pode fazê-lo com êxito apenas enquanto a ciência negligenciar *aquelas* forças revolucionárias que devem superar as reacionárias. Como veremos adiante, emergiram da rebelião da classe média baixa não só forças sociais retrógradas, mas também outras, de tendência claramente progressista, que vieram a constituir a *base de massa* do fascismo; esta contradição não foi levada em conta, e, também, não se levou em conta o papel das classes médias baixas até pouco tempo antes da subida de Hitler ao poder.

Quando as contradições de cada novo processo forem compreendidas, a prática revolucionária surgirá em cada setor da existência humana e consistirá numa identificação com aquelas forças que estão se movimentando na direção do verdadeiro *progresso*. Ser radical é, segundo Marx, "ir à raiz das coisas". Quando se agarra as coisas pela *raiz*, e se compreende o seu processo contraditório, então é certa a vitória sobre a política reacionária. Caso contrário, cai-se inevitavelmente no mecanicismo, no economicismo ou até na metafísica, e então a derrota é igualmente certa. Deste modo, a crítica só tem sentido e valor prático se consegue mostrar onde as contradições da realidade social não foram levadas em conta. O que era revolucionário em Marx não era o fato de ter escrito exortações ou ter apontado objetivos revolucionários, mas sim de ter reconhecido nas forças industriais produtivas a principal força impulsionadora da sociedade e de ter descrito fielmente as contradições da economia capitalista. O fracasso do movimento dos trabalhadores significa que ainda não são totalmente conhecidas as forças que atrasam o progresso social e, de fato, que muitos outros fatores importantes ainda são desconhecidos.

Tal como tantas obras de grandes pensadores, também o marxismo degenerou em fórmulas vazias, perdendo o seu potencial revolucionário-científico nas mãos de políticos marxistas. Esses políticos enredaram-se de tal modo em lutas políticas cotidianas que não conseguiram desenvolver uma filosofia vital de vida, elaborados por Marx e Engels. Para confirmar isso, basta simplesmente comparar a obra de Sauerland, *Materialismo dialético,* ou qualquer obra de Salkind, Pieck etc., com *O capital,* de Marx, ou com *Do socialismo utópico ao socialismo científico,* de Engels. Métodos flexíveis foram convertidos em fórmulas; investigação científica empírica em ortodoxia rígida. O "proletariado" dos tempos de Marx tinha-se transformado, entretanto, numa enorme classe de trabalhadores industriais, e a classe média de pequenos artífices em grandes massas de empregados, quer na indústria, quer no Estado. O marxismo científico degenerou no "marxismo comum". Era assim que muitos políticos marxistas de renome denominavam o economicismo, que reduz toda a existência humana ao problema do desemprego e do salário.

Ora, este marxismo comum afirmava que uma crise econômica como a de 1929-33 tinha uma tal proporção que conduziria *necessariamente* a uma orientação ideológica esquerdista das massas por ela atingidas. Enquanto, mesmo depois da derrota de janeiro de 1933, se continuava a falar de um "ímpeto revolucionário" na Alemanha, a realidade mostrava que a crise econômica, em vez de provocar a esperada virada para a esquerda na ideologia das massas, conduzia a uma extrema virada para a direita na ideologia das camadas proletárias da população. Disso resultou uma clivagem entre a base econômica, que pendeu para a esquerda, e a ideologia de largas camadas da sociedade, que pendeu para a direita. Esta clivagem foi ignorada, o que impediu que se perguntasse como era possível que as largas massas se tornassem nacionalistas num período de miséria. Palavras como "chauvinismo", "psicose", "consequências de Versalhes" não explicam a tendência da classe média para a direita radical em períodos de crise, porque não apreendem efetivamente os processos envolvidos nessa tendência. De fato, não era só a classe média que se voltava para a direita, mas também inúmeros, e nem sempre os piores, elementos do proletariado. Não se compreendeu então que as classes médias, apreensivas diante do sucesso da revolução russa, recorriam a novas medidas preventivas aparentemente estranhas (por exemplo, o "New Deal" de Roosevelt), que não eram entendidas naquele tempo e que o movimento dos trabalhadores não analisava; não se compreendeu que o fascismo, nas suas origens e no começo da sua transformação em movimento de massas, combatia principalmente a classe média alta, e que não podia ser considerado como *"mero* defensor da grande finança", pelo simples motivo de que era um movimento de massas.

Onde reside o problema?

A concepção marxista básica compreendeu a exploração do trabalho como uma mercadoria e que o capital estava concentrado em poucas mãos, e que isto implicava a miséria progressiva da maioria da humanidade trabalhadora. Marx deduziu deste processo a necessidade da "expropriação dos expropriadores". De acordo com esta concepção, as forças de produção da sociedade capitalista transcendem os limites dos modos de produção. A contradição entre a produção *social* e a apropriação *privada* dos produtos pelo capital só pode ser resolvida pela adequação do modo de produção à situação das forças produtivas. A produção social tem de ser complementada pela apropriação coletiva dos produtos. O primeiro ato desta assimilação é a revolução social; este é o princípio econômico básico do marxismo. Só se pode proceder a essa assimilação, afirmava-se, se a maioria pauperizada estabelecer a "ditadura do proletariado" como a ditadura da maioria dos que trabalham sobre a minoria dos detentores dos meios de produção, agora expropriados.

Estavam então preenchidas as precondições *econômicas* para a revolução social, de acordo com a teoria de Marx: o capital estava concentrado em poucas mãos; a transformação da economia nacional numa economia mundial estava em contradição aberta com o sistema aduaneiro dos Estados nacionais; a economia capitalista não atingia sequer metade da capacidade de produção e tinha-se revelado irremediavelmente a sua anarquia. A maioria da população dos países industrializados vivia miseravelmente; havia na Europa cerca de 50 milhões de desempregados; milhões de trabalhadores levavam uma vida de fome e miséria. Mas não ocorreu a expropriação dos expropriadores, e, ao contrário do que se esperava, no cruzamento entre "socialismo e barbárie", a sociedade encaminhava-se, antes, em direção à barbárie. Assim deve ser entendido o fortalecimento internacional do fascismo e o retrocesso do movimento dos trabalhadores. Quem ainda depositava esperanças numa saída revolucionária para a prevista Segunda Guerra Mundial, que a essa altura já havia sido deflagrada, e confiava em que as massas populares utilizariam contra o inimigo interno as armas que lhes entregavam, não seguira atentamente a evolução da nova técnica de guerra. Não se podia simplesmente rejeitar o raciocínio de que o armamento de largas massas seria muito improvável na próxima guerra. De acordo com esta concepção, a luta seria dirigida contra as massas desarmadas dos grandes centros industriais e conduzida por técnicos de guerra selecionados e de toda confiança. Aprender a pensar e a raciocinar de modo diferente era, pois, a primeira condição para uma nova prática revolucionária. A Segunda Guerra Mundial veio confirmar estas suposições.

ESTRUTURA ECONÔMICA E IDEOLÓGICA DA SOCIEDADE ALEMÃ ENTRE 1928 E 1933

Racionalmente, seria de esperar que as massas trabalhadoras, economicamente empobrecidas, desenvolvessem uma clara consciência da sua situação social, que se transformaria numa determinação em se livrarem da própria miséria social. Seria igualmente de esperar que o trabalhador, numa situação social miserável, se indignasse contra os abusos a que era submetido e dissesse para si próprio: "Afinal eu realizo um trabalho social responsável. A prosperidade e a doença da sociedade dependem de mim e dos trabalhadores como eu. Tomo nas minhas mãos a responsabilidade do trabalho que precisa ser feito". Nesse caso, o pensamento ("consciência") do trabalhador corresponderia à sua situação social. O marxista chama a isso "consciência de classe". Nós chamar-lhe-emos "consciência profissional" ou "consciência da responsabilidade social". Mas a clivagem entre a situação social das massas trabalhadoras e a sua consciência dessa situação implica que as massas trabalhadoras, em vez de melhorarem a sua posição social, ainda a agravam. Foram exatamente as massas reduzidas à miséria que contribuíram para a ascensão do fascismo, expoente da reação política.

É interessante conhecer o papel desempenhado pela ideologia e pela atitude emocional dessas massas como fator histórico, os *efeitos da ideologia sobre a base econômica*. Se o empobrecimento material de amplas massas não provocou uma revolução social; se, objetivamente, a crise gerou ideologias contrárias à revolução, então o desenvolvimento da ideologia das massas nos anos críticos impediu, para falar em termos marxistas, o "desenvolvimento das forças produtivas", a "solução revolucionária da contradição entre as forças produtivas do capitalismo monopolista e os seus métodos de produção".

Era a seguinte a composição das classes na Alemanha, de acordo com o estudo de Kunik, "Tentativa de estudo da estrutura social da população alemã", *Die Internationale*, 1928, editado por Lenz, "Política proletária", *Internationaler Arbeiterverlag*, 1931.

	Recebem remuneração (milhares)	Incluindo a família (milhões)
Trabalhadores da indústria[2]	21 789	40,7
Classe média urbana	6 157	10,7
Classes baixa e média rurais	6 598	9,0
Burguesia (inclusive proprietários e grandes agricultores)	718	2,0
População (excluindo crianças e donas de casa)	35 262	Total 62,4

Distribuição da classe média urbana:

Camadas inferiores de pequenos comerciantes (indústrias, caseiros, terratenentes, negócios administrados por uma só pessoa, negócios administrados por duas pessoas)	1 916
Pequenos comerciantes com três ou mais empregados	1 403
Empregados na administração pública e privada	1 763
Profissionais liberais e estudantes	431

---

2. "Proletários", em terminologia marxista.

Pessoas com pequenos rendimentos independentes e pequenos proprietários 644
                                                                                                                                                                                 ─────
                                                                                                                                                                                 6157

Distribuição da classe trabalhadora:

	(milhares)
Trabalhadores da indústria, do comércio etc.	11 826
Trabalhadores rurais	2 607
Trabalhadores em domicílio	138
Empregados domésticos	1 326
Pensionistas	1 717
Empregados em cargos administrativos inferiores (até 250 marcos de salário mensal)	2 775
Funcionários em cargos inferiores da administração pública (e reformados)	1 400
	21 789

A classe média rural:

	(milhares)
Pequenos agricultores e terratenentes (até 5 ha)	2 336
Médios agricultores (5-50 ha)	4 232
	6 568

Estes números correspondem ao recenseamento alemão de 1925.

Mas convém não esquecer que representam a distribuição apenas de acordo com a posição socioeconômica; a distribuição ideológica é diferente. De um ponto de vista *socioeconômico,* a Alemanha compreendia, em 1925:

	Recebem remuneração	Inclusive a família
Trabalhadores	21 789 000	40 700 000
Classe média	12 755 000	19 700 000

Por outro lado, a estrutura *ideológica* teria aproximadamente a seguinte distribuição:

Trabalhadores da indústria, comércio, transportes etc., e trabalhadores rurais...............		14 433 000
Classe média baixa...		20 111 000
Produtores individuais...............................	138	
Empregados domésticos..............................	1 326	
Pensionistas...	1 717	
Categorias inferiores de funcionários administrativos (trabalhando em grandes indústrias, como a Nordstern, Berlim)....	2 775	
Categorias inferiores de funcionários públicos (fiscais, funcionários dos correios)..	1 400	
	7 356	
	(do proletariado econômico)	
Classe média urbana......................................	6 157	
Classe média rural..	6 598	
	20 111	

Muitos empregados da classe média podem ter votado em partidos de esquerda, e, do mesmo modo, operários podem ter votado em partidos de direita, mas é evidente que os números que calculamos para a *distribuição ideológica* revelam uma *correspondência aproximada com os resultados eleitorais de 1932:* comunistas e social-democratas, juntos, receberam de 12 a 13 milhões de votos, enquanto o Partido Nacional-Socialista e os nacionalistas alemães alcançavam, juntos, de 19 a 20 milhões de votos. Isto significa que, *na prática política, é decisiva a distribuição ideológica, e não a econômica*. Vê-se, assim, que a classe média baixa desempenha um papel político mais importante do que lhe foi atribuído.

No período de rápido declínio da economia alemã (1929-32), dá-se a grande ascensão do Partido Nacional-Socialista, de 800 000 votos em 1928 para 6 400 000 no outono de 1930, 13 milhões no verão de 1932 e 17 milhões em janeiro de 1933. Segundo cálculos de Jaeger ("Hitler", *Roter Aufbau*, outubro de 1930), dos 6 400 000 votos recebidos pelos nacional-socialistas, cerca de três milhões eram de trabalhadores, dos quais 60% a 70% eram empregados e 30% a 40%, operários.

Em meu entender, quem compreendeu com maior clareza a problemática deste processo sociológico foi Karl Radek, que, já em 1930, depois do primeiro sucesso do Partido Nacional-Socialista, escrevia:

Não se conhece nada de semelhante na história da luta política, especialmente num país de diversificação política antiga, em que cada novo partido tem de lutar duramente para ganhar um lugar entre os partidos tradicionais. Nada é tão característico como o fato de nem a literatura burguesa nem a literatura socialista dizerem uma palavra sobre este partido que vem ocupar o segundo lugar na vida política alemã. Trata-se de um partido sem história, que, de repente, irrompe na vida política da Alemanha, como uma ilha irrompendo do mar, pelos efeitos de forças vulcânicas ("Eleições alemãs", *Roter Aufbau,* outubro de 1930).

Não duvidamos, porém, de que esta ilha também tenha uma história e siga uma lógica interna.

A escolha entre as alternativas marxistas – "queda na barbárie" ou "avanço para o socialismo" – era uma escolha que, de acordo com a experiência anterior, seria determinada pela estrutura ideológica das classes dominadas. Ou essa estrutura está de acordo com a situação econômica ou esses dois fatores são independentes entre si, como ocorre, por exemplo, nas grandes sociedades asiáticas, onde a exploração é passivamente suportada ou, como acontece hoje na Alemanha, onde existe uma clivagem entre a situação econômica e a ideologia.

Assim, o problema fundamental consiste em saber o que causa essa clivagem entre os dois fatores, ou seja, o que impede a correspondência entre situação econômica e estrutura psíquica das massas populares. Trata-se, portanto, de compreender a própria essência da estrutura psicológica das massas e a sua relação com a base econômica da qual se origina.

Para a compreensão destes fenômenos, é necessário libertarmo-nos das concepções do marxismo comum, que apenas impedem a compreensão do fascismo. Essencialmente, trata-se das seguintes concepções:

O marxismo comum separa completamente a existência econômica da existência social como um todo e afirma que a "ideologia" e a "consciência" do homem são determinadas *exclusiva e diretamente* por sua existência econômica. Chegou-se assim a uma antítese mecânica entre economia e ideologia, entre "estrutura" e "superestrutura"; o marxismo comum torna a ideologia rígida e unilateralmente dependente da economia, passando-lhe despercebida a dependência do desenvolvimento econômico a partir da ideologia. Por este motivo, desconhece o problema da chamada "repercussão da ideologia". E, embora o marxismo comum agora fale de um "atraso do fator subjetivo", tal como Lenin o via, não lhe é possível dominar esse fenômeno na prática, devido à rigidez de sua concepção da ideologia como sendo o produto de uma situação econômica; não explorou as contradições da economia na ideologia e não compreendeu a ideologia como uma força histórica.

Na realidade, o marxismo comum se recusa a compreender a estrutura e a dinâmica da ideologia, rejeitando-a como "psicologia" que não é considerada "marxista"; deste modo, deixa o tratamento do fator subjetivo – a chamada "vida psíquica" na história – totalmente entregue ao idealismo metafísico da reação política nas mãos de personagens como Gentile e Rosenberg, que responsabilizam *exclusivamente* a "alma" e o "espírito" pelo curso da história, obtendo, por estranho que pareça, grande sucesso com suas teses. A atitude que consiste em negligenciar *este* aspecto da sociologia já foi criticada por Marx, que disso acusava o materialismo do século XVIII. Para o marxismo comum, psicologia é pura e simplesmente um sistema metafísico e não distingue entre o caráter metafísico da psicologia reacionária e os elementos básicos da psicologia, revelados por uma pesquisa psicológico-revolucionária, que cabe a nós continuar desenvolvendo. O marxismo comum simplesmente nega, em vez de fazer uma crítica construtiva, e considera-se um "materialista" ao rejeitar fatos como "pulsão", "necessidade" ou "processo interno" como sendo "idealistas". Esta atitude lhe custa grandes dificuldades e reveses, porque, na prática política, é obrigado a recorrer constantemente à psicologia prática, e a falar das "necessidades das massas", da "consciência revolucionária", do "impulso para a greve" etc. Ora, quanto mais ele nega a psicologia, mais ele se vê praticando o psicologismo metafísico ou coisas piores, como o *coueísmo*. Por exemplo, ele tentará explicar uma situação histórica com base na "psicose hitleriana" ou tentará consolar as massas, persuadindo-as a não perder a fé no marxismo, assegurando-lhes que, apesar de tudo, o processo avança, que a revolução não pode ser esmagada, etc. O marxista comum acaba por descer ao ponto de incutir no povo uma coragem ilusória, sem, no entanto, analisar objetivamente a situação e sem compreender sequer o que se passou. Jamais compreenderá que uma situação difícil nunca é desesperadora para a reação política ou que uma grave crise econômica tanto pode conduzir à barbárie como à liberdade social. Em vez de deixar seus pensamentos e atos partirem da realidade, ele transporta essa realidade para a sua fantasia de modo que ela corresponda aos seus desejos.

A nossa psicologia política não poderá ser outra coisa que um estudo do "fator subjetivo da história", da estrutura do caráter do homem numa determinada época e da estrutura ideológica da sociedade que ela forma. Esta psicologia não se opõe, como a psicologia reacionária e a economia psicologista, à sociologia de Marx, quando lhe sugere uma "visão psicológica" dos fenômenos sociais; pelo contrário, ela reconhece o mérito dessa sociologia que a partir da existência infere uma consciência.

A tese marxista de que o "material" (o existente) se transforma no "ideológico" (consciência) na mente humana, e não o contrário, deixa duas questões por responder: a primeira é *como* acontece isto, o que acontece no cérebro do homem durante esse processo; a segunda refere-se aos efeitos dessa "consciência" assim adquirida (a partir daqui, falaremos de estrutura psíquica) sobre o processo econômico. Esta lacuna é preenchida pela psicologia baseada na análise do caráter, que estuda os processos da vida psíquica do homem, que por sua vez é determinada pelas condições da existência. Deste modo, tem-se em conta o "fator subjetivo", que o marxista comum não compreendeu. O objeto da psicologia política está, portanto, rigorosamente definido. Ela não pode, por exemplo, explicar a origem da sociedade de classes ou o modo de produção capitalista (e, se o tentar, os resultados serão inevitavelmente absurdos e reacionários, como o seria concluir que o capitalismo é consequência da cobiça humana). Mas só a psicologia política – e não a economia social – está em condições de estudar a estrutura do caráter do homem de determinada época, o seu modo de pensar, de agir, os efeitos que sobre ele exercem as contradições da sua existência, o modo como ele encontra soluções para a sua existência. Ela estuda apenas os homens e as mulheres individualmente. Quando existe uma especialização no estudo dos processos psíquicos típicos e *comuns* a uma categoria, classe, grupo profissional etc., excluindo diferenças individuais, então temos a *psicologia de massas*.

A psicologia de massas provém diretamente do próprio Marx:

Os pressupostos de que partimos não são arbitrários; não são dogmas; são verdadeiros pressupostos, dos quais só em imaginação podemos nos abstrair. *São os indivíduos reais, a sua ação e as suas condições materiais de vida,* tanto as que já existiam, como as que foram produzidas pela ação. *(A ideologia alemã)*

O próprio homem é a base da sua produção material, como de qualquer outra coisa que ele realize. Assim, todas as condições afetam e modificam, em maior ou menor grau, todas as funções e atividades do homem – sujeito da produção e criador de riqueza material, de mercadorias. Nesta perspectiva, pode-se provar que *todas as condições e funções humanas, independentemente de como e quando se apresentem, exercem influência sobre a produção material, agindo sobre ela de maneira mais ou menos determinante*[3] *(Teoria da mais-valia).*

Conclusão: o que afirmamos não é novidade e também não estamos corrigindo Marx, como já nos acusaram: *"Todas* as condições humanas", isto é, não apenas as condições que fazem parte do processo de trabalho, mas também as realizações mais pessoais, mais íntimas e maiores do instinto e do pensamento humanos; também, em outras palavras, *a vida sexual das mulheres, dos adolescentes e das crianças, assim como o nível de investigação sociológica dessas condições e a sua aplicação a novas questões sociais,* Hitler foi capaz de produzir uma situação histórica com um determinado tipo destas "condições humanas", e isto não pode ser ridicularizado nem ignorado. Marx não pôde desenvolver uma sociologia do sexo porque não existia então a sexologia. Trata-se agora de incluir no edifício das ciências sociais não só as condições econômicas, mas também as condições de economia sexual, de modo a eliminar a hegemonia dos místicos e dos metafísicos neste domínio.

Se uma "ideologia repercute sobre o processo econômico", é sinal de que se transformou numa força material. E, se uma ideolo-

---

3. Os sublinhados são meus.

gia se transforma em força material logo que se apodera das massas populares, vemo-nos obrigados a perguntar: de que modo isto acontece? Como é possível que um fator ideológico produza um resultado material, ou seja, como é possível uma teoria produzir um efeito revolucionário? A resposta a esta pergunta deve ser também a resposta à pergunta relativa à psicologia de massas reacionária, isto é, a elucidação do conceito de "psicose hitleriana".

A ideologia de cada agrupamento social tem a função não só de refletir o processo econômico dessa sociedade, mas também – e principalmente – de inserir esse processo econômico *nas estruturas psíquicas dos seres humanos dessa sociedade*. Os seres humanos estão duplamente sujeitos às condições da sua existência: de um modo direto, pelos efeitos imediatos da sua situação socioeconômica, e, indiretamente, pela estrutura ideológica da sociedade; deste modo, desenvolvem sempre, na sua estrutura psíquica, uma contradição que corresponde à contradição entre a influência exercida pela sua situação material e a influência exercida pela estrutura ideológica da sociedade. O trabalhador, por exemplo, tanto sofre a influência da sua própria situação de trabalho como a da ideologia geral da sociedade. Mas como o homem, seja qual for a classe social a que pertença, não é apenas objeto dessas influências, mas também as reproduz em suas atividades, o seu modo de pensar e de agir deve ser tão contraditório quanto a sociedade que lhe deu origem. Mas *a ideologia social, na medida em que altera a estrutura psíquica do homem, não só se reproduz nele mas também – o que é mais importante – se transforma numa força ativa, num poder material, no homem que por sua vez se transformou concretamente e, em consequência, age de modo diferente e contraditório*. Desta maneira, e só desta, é possível verificar-se a repercussão da ideologia de uma sociedade sobre a base econômica de que provém. A "repercussão" perde o seu caráter aparentemente metafísico ou psicologista quando pode ser compreendida como funcionamento da estrutura do caráter do homem socialmente ativo. Como tal é objeto das investigações científicas naturais sobre o caráter. Aqui se verifica, com precisão, que a "ideologia" evolui mais lentamente do que a base econômica. Os traços básicos das estruturas do caráter, correspondentes a uma determinada situação histórica, constituem-se, já na primeira infância, e apresentam características muito mais conservadoras do que as forças de produção técnica. Disto resulta que, com o tempo, as *estruturas psíquicas ficam aquém das rápidas mudanças das condições sociais das quais se originaram, vindo mais tarde a entrar em conflito com novas formas de vida.* Estes são os elementos que constituem aquilo a que se chama "tradição", isto é, a contradição entre a situação social antiga e a nova.

COMO A PSICOLOGIA DE MASSAS VÊ O PROBLEMA

Começamos a ver agora que a situação econômica e a situação ideológica das massas não coincidem necessariamente, podendo mesmo haver uma clivagem considerável entre as duas. A situação econômica não se traduz automaticamente em consciência política. Se assim acontecesse, há muito se teria verificado a revolução social. Devido a essa dicotomia entre situação social e consciência social, o estudo da sociedade deve-se fazer ao longo de duas linhas. Independentemente do fato de a estrutura psíquica derivar da existência econômica, a situação econômica tem de ser estudada com métodos diferentes daqueles a que se recorre para estudar a estrutura do caráter: ali, métodos de economia social, aqui métodos de biopsicologia. Um exemplo simples: quando os trabalhadores, passando fome devido aos baixos salários, decidem fazer greve, a sua ação resulta diretamente na situação econômica. O mesmo se pode dizer de um esfomeado que rouba para comer. Não há necessidade de mais explicações psicológicas para o roubo, consequência da fome, ou para a greve, consequência da exploração. Ideologias e ação correspondem, nos dois casos, à pressão econômica. A situação econômica coincide com a ideologia. Nestes casos, a psicologia reacionária costuma explicar o roubo e a greve em termos de motivos supostamente irracionais, explicações essas que, em última análise, são racionalizações reacionárias. Para a psicologia social, a questão é colocada em termos opostos: o que se pretende explicar não é por que motivo o esfomeado rouba ou o explorado faz greve, mas por que motivo a maioria dos esfomeados *não* rouba e a maioria dos explorados *não* faz greve. Assim, a economia social é capaz de explicar completamente um fato social que serve a um fim racional, isto é, quando ele satisfaz uma necessidade imediata e reflete e amplifica a situação econômica. A explicação socioeconômica não se sustenta, por outro lado, quando o pensamento e a ação do homem são *incoerentes com a situação econômica,* ou seja, são *irracionais.* O marxista comum e o economista tacanho, que não reconhecem a psicologia, não têm resposta para esta contradição. Quanto mais mecanicista e economicista é o sociólogo, tanto menos conhece a estrutura psíquica dos seres humanos e tanto mais incorre nos erros de um psicologismo superficial, na prática da propaganda de massas. Em vez de revelar e resolver a contradição psíquica do indivíduo inserido nas massas, recorre ao *coueísmo* insípido ou explica o movimento nacionalista como uma "psicose de massas"[4]. A psicologia de massas inicia seu questionamento exatamente no ponto em que fracassam as explicações socioeconômicas *imediatas*. Significa isto que a psicologia de massas está em contradição com a economia social? De modo nenhum, pois o pensamento e a ação das massas, quando irracionais, isto é, quando contrários à situação socioeconômica do momento, são consequência de uma situação socioeconômica *anterior.* Costuma-se explicar a inibição da consciência social com base na chamada tradição. Mas, até agora, não se estudou o que é a "tradição", e que elementos psíquicos ela molda. A economia tacanha não compreendeu ainda que a questão fundamental não se refere à consciência da responsabilidade social do trabalhador (isso é evidente!), mas sim à descoberta do que *inibe o desenvolvimento dessa consciência.*

O desconhecimento da estrutura do caráter das massas humanas leva, invariavelmente, a interrogações estéreis. Os comunistas, por exemplo, explicaram a subida do fascismo ao poder com base nos erros políticos da social-democracia. Mas esta explicação levava a um beco sem saída, pois uma das características fundamentais da social-democracia é exatamente propagar ilusões. Assim, não resultou desta explicação qualquer novo tipo de prática. Igualmente estéril é argumentar que a reação política, sob a forma do fascismo, teria "confundido", "corrompido" ou "hipnotizado" as massas populares. Esta é e sempre será a função do fascismo, enquanto ele existir. Tais explicações são inúteis porque não apontam para nenhuma solução. A experiência ensina que revelações dessa natureza não convencem as

---

4. Como o economicista não conhece nem admite a existência de processos psíquicos, a expressão "psicose de massas" significa para ele uma coisa sem qualquer relevância social, enquanto para nós significa um fato social de enorme importância histórica.

massas, e que, portanto, um questionamento apenas socioeconômico é insuficiente. Não seria mais pertinente perguntar *o que está acontecendo com as massas* que as impede de poder reconhecer a função do fascismo? De nada servem frases como: "Os trabalhadores *devem* reconhecer..." ou "Não compreendemos...". Por que motivo os trabalhadores não reconhecem e por que motivo nós não compreendemos? Interrogações estéreis são também as que estiveram na base da discussão entre a esquerda e a direita dos movimentos dos trabalhadores. Enquanto a direita afirmava que os trabalhadores não tinham predisposição para a luta, a esquerda afirmava que os trabalhadores eram revolucionários e que as declarações da direita constituíam uma traição ao pensamento revolucionário. Ambas as afirmações eram rigidamente mecanicistas, porque não conseguiram perceber a complexidade da questão. Teria sido mais realista constatar que o trabalhador médio tem em si uma contradição; que ele não é nem nitidamente revolucionário nem nitidamente conservador, mas está dividido. Sua estrutura psíquica resulta, por um lado, da situação social (que prepara o terreno para atitudes revolucionárias) e, por outro, da atmosfera geral da sociedade autoritária – dois fatores que não se irmanam.

É fundamental reconhecer essa contradição e descobrir de que modo concreto o fator reacionário e o fator revolucionário e progressista presentes no trabalhador se antagonizam. O mesmo se aplica, evidentemente, ao indivíduo da classe média. É facilmente compreensível que, em época de crise, ele se revolte contra o "sistema". Mas o que não se pode compreender de um ponto de vista estritamente econômico é que, embora economicamente na miséria, ele receie o progresso e se torne mesmo extremamente reacionário. Também aqui se faz sentir a contradição entre sentimentos de revolta e objetivos e conteúdos reacionários.

Por exemplo, não explicamos totalmente uma guerra, do ponto de vista sociológico, se nos limitamos a esclarecer os fatores econômicos e políticos específicos que são a sua causa imediata. Em outras palavras, é apenas uma parte da história o fato de que as ambições de anexação da Alemanha anteriores a 1914 visavam as minas de Briey e Longy, o centro industrial da Bélgica, a extensão dos territórios coloniais alemães no Oriente Próximo etc.; ou o fato de que os interesses imperialistas de Hitler se voltavam para as jazidas de petróleo de Baku, as fábricas da Tchecoslováquia, etc. Os interesses econômicos do imperialismo alemão foram, é certo, o fator decisivo *imediato*, mas também temos de considerar a base de *psicologia de massas* das guerras mundiais; temos de perguntar como a *estrutura psicológica das massas* foi capaz de absorver a ideologia imperialista, e de traduzir os lemas imperialistas, absolutamente contrários ao espírito pacífico e politicamente desinteressado da população alemã. Não se responde convenientemente a esta pergunta, atribuindo as culpas ao "fracasso dos dirigentes da Segunda Internacional". *Por que razão se deixaram trair milhões de trabalhadores, amantes da liberdade e anti-imperialistas?* Só em relação a uma minoria se pode apontar como causa o medo das consequências envolvidas na "objeção de consciência". Quem viveu a mobilização de 1914 verificou estados de espírito bem diversos entre as massas trabalhadoras: desde a recusa consciente, numa minoria, passando por estado de resignação diante do destino, ou pura apatia, em largas camadas, até um verdadeiro fervor bélico que atingia não só indivíduos das classes médias, mas também amplos segmentos de trabalhadores na indústria. Tanto a apatia de uns como o entusiasmo de outros representavam, sem dúvida, parte do alicerce da guerra na estrutura das massas. Esta função da psicologia de massas, nas duas guerras mundiais, só pode ser entendida do ponto de vista da economia sexual: a *ideologia imperialista transforma concretamente as estruturas das massas trabalhadoras para servir ao imperialismo.* Dizer que as catástrofes sociais são provocadas por uma "psicose de guerra" ou pelo "embotamento das massas" é jogar palavras fora. Essas explicações não explicam nada. Considerar que as massas são receptivas a semelhante processo de embotamento seria subestimá-las. *O que acontece é que cada ordem social cria nas massas que a compõem as estruturas de que ela necessita para atingir seus objetivos fundamentais*[5]. Uma

---

5. "As ideias da classe dominante são, em todas as épocas, as ideias dominantes, isto é, a classe que constitui a força material dominante da sociedade constitui também a sua força ideológica dominante. A classe que detém os meios de produção material detém também, automaticamente, os meios de 'produção' ideológica, de modo que domina, de maneira geral, os pensamentos daqueles a quem faltam os meios de produção ideológica. As ideias dominantes não são mais do que a expressão idealista das condições materiais dominantes, isto é, as condições materiais dominantes convertidas em ideias; são, portanto, as condições que tornam dominante uma determinada classe e, portanto, as ideias da sua dominação" (Marx).

guerra não seria possível sem essa estrutura psicológica das massas. Existe uma relação essencial entre a estrutura econômica da sociedade e a estrutura psicológica das massas dos seus membros, não somente no sentido de que a ideologia dominante é a ideologia da classe dominante, mas também – o que é mais importante para a solução prática de questões políticas – no sentido de que as *contradições* da estrutura econômica da sociedade estão enraizadas na estrutura psicológica das massas oprimidas. De outro modo seria impossível que as leis econômicas de uma sociedade alcançassem resultados concretos apenas através das atividades das massas que estão sujeitas a elas.

Os movimentos de liberdade que se verificaram na Alemanha tinham consciência, é certo, do chamado "fator subjetivo da história" (Marx, ao contrário dos materialistas mecanicistas, considera o homem como sujeito da história, e Lenin desenvolveu precisamente este aspecto do marxismo); o que faltou foi a compreensão do *agir irracional e aparentemente sem propósito* ou, em outras palavras, a compreensão da *clivagem entre ideologia e economia*. Temos de conseguir explicar como foi possível o misticismo triunfar sobre a sociologia científica. Mas esta tarefa só pode ser executada se a nossa linha de questionamento for tal que, da nossa explanação, resultem espontaneamente novos modos de ação. Se o trabalhador não é nem nitidamente reacionário nem nitidamente revolucionário, mas está enredado na contradição entre tendências reacionárias e tendências revolucionárias, então, se tivermos êxito ao tocar nessa contradição, o resultado deve ser uma prática que equilibre as forças revolucionárias e as forças psíquicas conservadoras. Todo misticismo é reacionário, e o homem reacionário é místico. Ridicularizar o misticismo, considerando-o como "embotamento" ou "psicose", não é medida adequada contra ele. Mas, se compreendermos corretamente o misticismo, necessariamente descobriremos um antídoto para o fenômeno. No entanto, para cumprir esta tarefa, é necessário compreender, tanto quanto possível, as relações entre a situação social e a formação de estruturas, e, em essencial, as ideias *irracionais,* que não podem ser explicadas apenas em termos socioeconômicos.

A FUNÇÃO SOCIAL DA REPRESSÃO SEXUAL

Até Lenin notou um comportamento peculiar e irracional nas massas, antes e durante o processo de uma revolta. Sobre as sublevações de soldados, ocorridas na Rússia em 1905, ele escreveu:

O soldado era extremamente receptivo à causa do camponês; os seus olhos brilhavam quando se falava na terra. Muitas vezes, o poder militar esteve nas mãos dos soldados, mas quase nunca se verificou um aproveitamento resoluto desse poder. Os soldados hesitavam. Horas depois de terem liquidado um superior odiado, punham outros em liberdade, entravam em negociações com as autoridades e deixavam-se fuzilar, chicotear e se submeter novamente ao jugo (*Sobre a religião*, p. 65).

Qualquer místico justificará tal comportamento com base na moralidade intrínseca da natureza do homem que impede a rebelião contra as instituições divinas e a "autoridade do Estado" e seus representantes. O marxista comum simplesmente não leva tais fenômenos em consideração, e não conseguiria nem compreendê-los nem explicá-los, pelo simples fato de que não podem ser explicados de um ponto de vista puramente econômico. As concepções freudianas aproximam-se muito mais da realidade ao reconhecerem esse comportamento como sendo a consequência de um sentimento de culpa infantil em relação à figura do pai. Mas estas concepções não nos explicam a origem e a função social desse comportamento e, por isso, não conduzem a soluções práticas. Além disso, não consideram a conexão entre esse comportamento e a repressão e a distorção da vida sexual das grandes massas.

Para esclarecer a questão de como abordar o estudo de tais fenômenos irracionais de psicologia de *massa*, é necessário fazermos uma breve consideração sobre a linha de questionamento da *economia sexual*, a qual será tratada detalhadamente mais adiante.

A *economia sexual* é um campo da investigação que se desenvolveu a partir da sociologia da vida sexual humana, há muitos anos, através da aplicação do funcionalismo a essa esfera, e que tem chegado a uma série de novos *insights*. Baseia-se nos seguintes pressupostos:

Marx considerou que a vida social é governada pelas condições da produção econômica e pela luta de classes que resulta dessas condições, numa determinada época da história. A dominação das classes oprimidas pelos detentores dos meios sociais de produção só raramente se dá pela força bruta; a sua arma principal é o domínio ideológico sobre os oprimidos, pois essa ideologia é o principal esteio do aparelho de Estado. Já dissemos que Marx considerou o homem vivo, produtivo, com suas aptidões físicas e psíquicas, como o primeiro agente da história e da política. Mas a estrutura do caráter do homem atuante, o chamado "fator subjetivo da história", no sentido marxista, não foi investigada, porque Marx era sociólogo, e não psicólogo, e porque, na sua época, não havia uma psicologia científica. Deste modo, não se estudaram os motivos por que há milênios os homens aceitam a exploração e a humilhação moral, por que, numa palavra, se submetem à escravidão; só se averiguou o processo econômico da sociedade e o mecanismo da exploração econômica.

Cerca de meio século mais tarde, Freud descobriu, através de um método especial a que chamou *psicanálise,* o processo que governa a vida psíquica. Suas descobertas mais importantes, que vieram revolucionar grande parte das concepções anteriores (o que, a princípio, lhe valeu o ódio do mundo), são as seguintes:

A consciência é apenas uma pequena parte da nossa vida psíquica; é governada por processos psíquicos que se passam no inconsciente e por isso escapam ao controle da consciência. Toda experiência psíquica, mesmo que aparentemente sem sentido, como o sonho, o ato falho, as afirmações absurdas dos doentes mentais etc., tem uma função e um "sentido" e pode ser inteiramente compreendida se sua etiologia puder ser traçada. Deste modo, a psicologia, que vinha se deteriorando a olhos vistos, tornando-se uma espécie de física do cérebro ("mitologia do cérebro") ou um conjunto de ensinamentos de um misterioso *Geist* (espírito) objetivo, entrou definitivamente no reino das ciências naturais.

A *segunda* grande descoberta de Freud foi que a criança já desenvolve uma sexualidade ativa, que nada tem a ver com a reprodução; em outras palavras, que *sexualidade* e *reprodução, sexual* e *genital* não são a mesma coisa. A análise dos processos psíquicos veio ainda revelar que a sexualidade, ou melhor, a sua energia – a *libido* –, que é do corpo, é o motor principal da vida psíquica. Deste modo, as condições biológicas e as condições sociais da vida cruzam-se na mente.

A *terceira* grande descoberta foi que a sexualidade infantil, à qual pertencem os elementos principais da relação pai-filho ("o complexo de Édipo"), é normalmente reprimida pelo medo do castigo por atos e pensamentos de natureza sexual (basicamente "medo de castração"); a atividade sexual da criança é bloqueada e apagada da memória. Assim, embora a repressão da sexualidade infantil a afaste do domínio da consciência, ela não perde sua força. Ao contrário, a repressão intensifica a sexualidade e a torna capaz de se manifestar em diversas perturbações patológicas da mente. Como quase não há exceções a essa regra no "homem civilizado", Freud poderia dizer que tinha toda a humanidade como seus pacientes.

A *quarta* descoberta importante foi que o código moral no ser humano, longe de ter origem divina, provém da educação dada pelos pais e pelos seus representantes na mais tenra infância. Dentre as medidas educativas, destacam-se as que se opõem à sexualidade da criança. O conflito que originalmente se trava entre os desejos da criança e as proibições dos pais torna-se, mais tarde, um conflito entre o instinto e a moralidade *dentro* da pessoa. O código moral, em si mesmo inconsciente, atua, no adulto, contra a compreensão das leis da sexualidade e da vida psíquica inconsciente; reforça a repressão sexual ("resistência sexual") e é responsável pela resistência geral ao "desvendar" a sexualidade infantil.

Cada uma destas descobertas (limitamo-nos às mais importantes para o nosso tema) constituiu por si só um rude golpe na filosofia moral reacionária e, em especial, na metafísica religiosa, as quais defendem valores morais eternos, acreditam que o mundo seja governado por um "poder" objetivo e negam a sexualidade infantil, além de limitarem a sexualidade à função reprodutora. Mas estas descobertas não puderam exercer uma influência significativa porque a sociologia psicanalítica, que se desenvolveu a partir delas, retardou grande parte do que elas haviam proporcionado no sentido de um ímpeto revolucionário e de progresso. Não nos cabe provar aqui essas afirmações. A sociologia psicanalítica tentou analisar a sociedade como se esta fosse um indivíduo, criou uma antítese absoluta entre processo de civilização e satisfação sexual, concebeu instintos destrutivos como sendo fatores biológicos primários que dominam irremediavelmente o destino humano, negou a sociedade matriarcal primitiva e acabou num ceticismo paralisador porque recuou diante das consequências de suas próprias descobertas. Data de muitos anos atrás a sua hostilidade em relação a todos os esforços no sentido de prosseguir os estudos a partir dessas descobertas, e os seus adeptos são perseverantes na luta contra esses esforços. Mas isso em nada altera a nossa decisão de defender as descobertas de Freud contra todos os ataques, seja quem for que os faça.

A linha de questionamento da sociologia da economia sexual que se baseou nessas descobertas não é uma das típicas tentativas de completar, substituir ou misturar Marx com Freud ou Freud com Marx; já indicamos em que ponto do materialismo histórico a psicanálise tem uma função científica a cumprir, a qual não pode ser desempenhada pela economia social: a compreensão da estrutura e da dinâmica da ideologia, e não da sua base histórica. Ao incorporar os *insights* da psicanálise, a sociologia atinge um nível superior e consegue compreender muito melhor a realidade porque, finalmente, compreende a natureza da estrutura do homem. O fato de a psicologia estrutural da análise do caráter não estar em condições de dar conselhos práticos imediatos pode constituir um motivo de censura apenas para um político tacanho. E só um agitador político poderá desprezá-la totalmente pelo fato de ela se voltar para as distorções da visão conservadora da vida. E só o verdadeiro sociólogo considerará a compreensão psicanalítica da sexualidade infantil como sendo um ato revolucionário altamente significativo.

Disto se conclui que a sociologia da economia sexual é uma ciência construída sobre a base *sociológica* de Marx e *psicológica* de Freud, sendo, na sua essência, uma ciência da psicologia de massas e da sociologia sexual. Tendo rejeitado a filosofia da civilização, de Freud[6], ela começa exatamente onde termina o campo clínico--psicológico da psicanálise.

A psicanálise revela-nos os efeitos e mecanismos da opressão e da repressão sexual e suas consequências patológicas para o indivíduo. A sociologia da economia sexual vai mais longe, perguntando: *por que motivos sociológicos a sexualidade é reprimida pela sociedade e recalcada pelo indivíduo?* A Igreja responde que é pela salvação da alma, no Além; a filosofia moral mística diz que é um resultado

---

6. Na qual, apesar de todo o idealismo, se encontram mais verdades sobre a vida do que em todas as sociologias e em muitas psicologias marxistas, tomadas em conjunto.

direto da natureza moral e ética do homem; a filosofia da civilização de Freud afirma que é do interesse da "cultura". É razão para ficarmos céticos e perguntarmos como é que a masturbação nas crianças e as relações sexuais entre os adolescentes poderiam perturbar a construção de postos de gasolina ou de aviões. Ao pressentirmos que não é a atividade cultural em si que demanda a repressão e o recalcamento da sexualidade, mas apenas as *formas* atuais dessa atividade, sentimo-nos dispostos a sacrificar essas formas, se isso puder acabar com a desgraça de inúmeras crianças e adolescentes. Não é, portanto, uma questão de cultura, mas de ordem social. Estuda-se a história da repressão sexual e a etiologia do recalcamento sexual e conclui-se que ela não surge com o começo do desenvolvimento cultural; ou seja, a repressão e o recalcamento não são os pressupostos do desenvolvimento cultural. Só bem mais tarde, com o estabelecimento de um patriarcado autoritário e com o início das divisões de classe, é que surgiu a repressão da sexualidade. É nesse estágio que os interesses sexuais gerais começam a atender aos interesses econômicos de uma minoria; isto assumiu uma forma organizada na família e no casamento patriarcais. Com a limitação e a repressão da sexualidade, a natureza do sentimento humano se altera; aparece uma religião que nega o sexo, e que, gradualmente, constrói sua própria organização de política sexual – a Igreja com todos os seus precursores –, cujo objetivo não é outro senão a erradicação dos desejos sexuais do homem e, consequentemente, da pouca felicidade que ainda resta sobre a Terra. Há boas razões para tudo isso quando visto através da perspectiva da crescente e atual exploração do trabalho humano.

Para compreender a relação entre repressão sexual e a exploração humana, é necessário compreender a instituição social básica na qual se entrelaçam a situação econômica e a situação econômico-sexual da sociedade patriarcal autoritária. Não é possível compreender a economia sexual e os processos ideológicos da sociedade patriarcal sem ter em conta essa instituição. A psicanálise de homens e mulheres de todas as idades, países e classes sociais leva às seguintes conclusões: *a combinação da estrutura socioeconômica com a estrutura sexual da sociedade e a reprodução estrutural da sociedade verificam-se nos primeiros quatro ou cinco anos de vida, na família autoritária.* A Igreja só continua essa função mais tarde. É por isso que o Estado autoritário tem o maior interesse na família autoritária; *ela transformou-se numa fábrica onde as estruturas e ideologias do Estado são moldadas.*

Já encontramos a instituição social em que convergem os interesses econômicos e sexuais do sistema autoritário. Resta-nos perguntar *como* se processa essa convergência e *como* ela opera. É desnecessário dizer que a análise da estrutura do caráter típica do homem reacionário (o trabalhador, inclusive) só pode fornecer uma resposta se tivermos consciência da necessidade de fazer tal pergunta (do operário, inclusive). A inibição moral da sexualidade natural na infância, cuja última etapa é o grave dano da sexualidade *genital* da criança, torna a criança medrosa, tímida, submissa, obediente, "boa" e "dócil", no sentido autoritário das palavras. Ela tem um efeito de paralisação sobre as forças de rebelião do homem, porque qualquer impulso vital é associado ao medo; e como sexo é um assunto proibido, há uma paralisação geral do pensamento e do espírito crítico. Em resumo, o objetivo da moralidade é a criação do indivíduo submisso que se adapta à ordem autoritária, apesar do sofrimento e da humilhação. Assim, a família é o Estado autoritário em miniatura, ao qual a criança deve aprender a se adaptar, como uma preparação para o ajustamento geral que será exigido dela mais tarde. *A estrutura autoritária do homem é basicamente produzida* – é necessário ter isto presente – *através da fixação das inibições e dos medos sexuais na substância viva dos impulsos sexuais.*

Compreendemos imediatamente por que motivo a família é considerada pela economia sexual como o principal fator de perpetuação do sistema social autoritário, quando tomamos como exemplo a esposa conservadora típica de um trabalhador. Ela passa tantas privações quanto uma trabalhadora liberada; está sujeita à mesma situação econômica, mas ela vota no partido fascista; e, se nos debruçarmos sobre a diferença real entre a ideologia sexual da mulher liberada típica e da mulher reacionária típica, reconheceremos a importância decisiva da estrutura sexual. A inibição moral, antissexual, impede a mulher conservadora de tomar consciência da sua situação social, e liga-a tão fortemente à Igreja quanto mais esta a faz temer o "bolchevismo sexual". Teoricamente, a situação é a seguinte: o marxista comum, que pensa em termos mecanicistas, será tentado a supor que o discernimento da situação social deveria ser particularmente claro quando à miséria econômica se junta a miséria sexual. De acordo com esta suposição, os adolescentes e as mulheres deveriam ser muito mais rebeldes do que os homens. Mas a realidade prova exatamente o contrário, e o economista vê-se completamente incapaz de lidar com tal fato. Ele achará incompreensível que a mulher reacionária não se interesse sequer em ouvir o seu programa econômico. A explicação é a seguinte: a repressão da satisfação das necessidades materiais tem resultados diferentes da repressão das necessidades sexuais. A primeira leva à revolta, mas a segunda impede a rebelião contra as *duas* espécies de repressão ao reprimir os impulsos sexuais, retirando-os do domínio do consciente e fixando-os como defesa moral. Na verdade, também a inibição da própria rebelião é inconsciente. Na consciência do homem médio apolítico não se encontram vestígios disso.

O resultado é o conservadorismo, o medo da liberdade; em resumo, a mentalidade reacionária.

Não é só através desse processo que a repressão sexual fortalece a reação política e torna o indivíduo das massas passivo e apolítico; ela cria na estrutura do indivíduo uma força secundária, um interesse artificial que também apoia ativamente a ordem autoritária. Quando o processo de repressão sexual impede a sexualidade de atingir a satisfação normal, este recorre aos mais variados tipos de satisfação substituta. Por exemplo, a agressão natural transforma-se em sadismo brutal, que é um importante elemento da base psicológica de massa das guerras imperialistas instigadas por alguns. Tomemos outro exemplo: sob um ponto de vista de psicologia de massas, o efeito produzido pelo militarismo baseia-se num mecanismo libidinoso: o efeito sexual do uniforme, o efeito erótico do passo de ganso executado ritmicamente, o caráter exibicionista da parada militar, tudo isto é, na prática, muito mais facilmente compreendido por uma balconista ou secretária do que pelos nossos sábios políticos. A reação política, por outro lado, explora conscientemente esses interesses sexuais. Não só cria uniformes elegantes para os homens, como coloca o recrutamento nas mãos de mulheres atraentes. Recordemos, por último, os cartazes publicitários das potências bélicas, que exibiam os seguintes dizeres: "Se você quer conhecer países estrangeiros, aliste-se na marinha real": neles, os países estrangeiros estão representados por mulheres exóticas. Por que motivo esses cartazes surtem efeito? Porque a nossa juventude se tornou sexualmente faminta, devido à repressão sexual.

Tanto a moralidade sexual, que inibe o desejo de liberdade, como aquelas forças que apoiam interesses autoritários tiram a sua energia da sexualidade reprimida. Agora, compreendemos melhor um ponto fundamental do processo do "efeito da ideologia sobre a base econômica": *a inibição sexual altera de tal modo a estrutura do homem economicamente oprimido, que ele passa a agir, sentir e pensar contra os seus próprios interesses materiais.*

Assim, a psicologia de massas nos permite fundamentar e interpretar as observações de Lenin. Os soldados de 1905, inconscientemente, viam nos oficiais a figura do pai, da época da infância – condensada na ideia de Deus –, que proibia a sexualidade e a quem não se podia eliminar ou desejar matar, embora ele tirasse toda a alegria de viver. Seu arrependimento e sua hesitação, subsequentes à tomada do poder, eram expressão do seu oposto; ódio transformado em compaixão, que, como tal, não podia ser traduzido em ação.

O problema prático da psicologia de massas é, portanto, a ativação da maioria passiva da população, que contribui sempre para a vitória da reação política, e a eliminação das inibições que impedem o desenvolvimento do desejo de liberdade, proveniente da situação econômica e social. A energia psíquica das massas que assistem, entusiasmadas, a um jogo de futebol, ou a um musical barato, em meio a gargalhadas, não poderia ser de novo reprimida se conseguisse libertar-se das suas cadeias e seguir os caminhos que conduzem aos objetivos racionais do movimento pela liberdade. Este é o ponto de vista que preside ao estudo econômico-sexual deste volume.

Capítulo 2

A ideologia autoritária da família na psicologia de massas do fascismo

O FÜHRER E A ESTRUTURA DE MASSAS

Se a história do processo social deixasse aos historiadores reacionários o tempo suficiente para, umas décadas mais tarde, especularem sobre o passado alemão, certamente eles veriam no êxito de Hitler, no período entre 1928 e 1933, uma prova de que um grande homem sozinho pode fazer história, se inflamar as massas com a sua "ideia": na realidade, a propaganda nacional-socialista baseou-se nesta "ideologia do *führer*". Os propagandistas do nacional-socialismo não só conheciam pouco o mecanismo do seu êxito, como também eram pouco capazes de compreender a base histórica do movimento nacional-socialista. Isso pode ser muito bem ilustrado através de um artigo do nacional-socialista Wilhelm Stapel, publicado nessa época, com o título de "Cristianismo e nacional-socialismo": "Sendo o nacional-socialismo um movimento *elementar*, não se pode vencê-lo com 'argumentos'. Os argumentos só surtiriam efeito se o movimento tivesse conseguido seu poder através da argumentação."

Correspondendo a esta característica, os discursos nos comícios nacional-socialistas distinguiam-se pela habilidade em manejar as *emoções* dos indivíduos nas massas e de *evitar ao máximo uma argumentação objetiva*. Hitler acentuou em várias passagens da sua obra *Mein Kampf* que a tática certa, em psicologia de massas, consistia em prescindir da argumentação, apontando às massas apenas o "grandioso objetivo final". A natureza do objetivo final *depois* da subida ao poder ficou clara no caso do fascismo italiano. De modo semelhante, os decretos de Göring contra as organizações econômicas das classes médias, a recusa da "segunda revolução", esperada pelos partisans, o não cumprimento das prometidas medidas socialistas, etc. revelam já a função reacionária do fascismo. O trecho a seguir mostra que o próprio Hitler conhecia muito pouco o mecanismo dos seus êxitos:

> Esta generalidade do enfoque que nunca deve ser abandonada combinada com a ênfase sistemática e constante garantirá o amadurecimento do nosso sucesso final. E depois, para nosso espanto, veremos os resultados estrondosos a que levará esta perseverança – *resultados quase além da nossa compreensão* [O grifo é meu. W.R.] (*Mein Kampf*, p. 185)[1].

Portanto, o êxito de Hitler não pode ser explicado pelo seu papel reacionário na história do capitalismo, pois este, se tivesse sido claramente apresentado na propaganda, teria obtido resultados opostos aos desejados. O estudo do efeito produzido por Hitler na psicologia das massas parte forçosamente do pressuposto de que *um führer* ou o representante de uma ideia só pode ter êxito (se não numa perspectiva histórica, pelo menos numa perspectiva limitada) *quando a sua visão individual, a sua ideologia ou o seu programa encontram eco na estrutura média de uma ampla camada de indivíduos.* Daqui resulta uma pergunta: *a que situação histórica e sociológica essas estruturas de massa devem a sua origem?* Deste modo, o ponto de vista da psicologia de massas desloca-se do campo metafísico das "ideias do *führer*" para a realidade da vida social. *Somente quando a estrutura de personalidade do* führer *corresponde às estruturas de amplos grupos, um "führer" pode fazer história.* E se ele tem um impacto *permanente* ou *temporário* sobre a história isso depende de o seu programa ir ao encontro do processo social progressivo ou lhe ser adverso. Por isso, é errado tentar explicar o êxito de Hitler apenas com base na demagogia do nacional-socialismo, no "embotamento das massas", no seu "engodo" ou até com o conceito

---

1. Hitler, Adolf, *Mein Kampf.* Trad. inglesa de Ralph Manheim, Houghton Mifflin Co., Boston, 1943.

vago de "psicose nazi", como o fizeram os comunistas e, mais tarde, outros políticos. Pois o que interessa é compreender por que motivo *as massas se mostraram receptivas ao engodo, ao embotamento ou a uma situação psicótica.* Sem saber exatamente *o que se passa nas massas,* não é possível resolver o problema. Apontar para a função reacionária do movimento de Hitler não é suficiente. O êxito maciço do Partido Nacional-Socialista da Alemanha contradisse essa função reacionária. Milhões de pessoas apoiaram a sua própria opressão, o que representa uma contradição que só pode ser explicada de um ponto de vista de psicologia de massas, e não de um ponto de vista político ou econômico.

O nacional-socialismo recorreu a diversos métodos em relação às diversas camadas e fez promessas diferentes, conforme a classe social de que necessitava no momento. Assim, por exemplo, na primavera de 1933, quando queria conquistar os trabalhadores da indústria, a propaganda acentuou o caráter *revolucionário* do movimento nazi, e "festejou-se" o 1º de maio, depois de se ter dado satisfação à aristocracia em Potsdam. Contudo, atribuir o êxito apenas à fraude política seria entrar em contradição com a ideia básica da liberdade, e, praticamente, se excluiria a possibilidade de uma revolução social. A questão fundamental é saber *por que motivo as massas se deixam iludir politicamente.* Se tinham a possibilidade de avaliar a propaganda dos diferentes partidos políticos, por que motivo não descobririam que Hitler simultaneamente prometia a expropriação dos meios de produção, quando se dirigia aos trabalhadores, e dava garantias contra a expropriação, quando se dirigia aos capitalistas?

A estrutura pessoal e a história de vida de Hitler não são relevantes para a compreensão do nacional-socialismo. Mas é interessante notar que a origem da classe média baixa nas suas ideias coincidia, nos seus traços essenciais, com as estruturas de massas que avidamente aceitaram essas ideias.

Como em qualquer movimento reacionário, também Hitler se apoiou nas diversas camadas da classe média baixa. O nacional-socialismo revelou todas as contradições que caracterizam a psicologia de massas do *petty bourgeois.* Trata-se, portanto, em primeiro lugar, de compreender essas contradições e, em segundo lugar, de conhecer a origem comum dessas mesmas contradições, nas condições de produção imperialista. Limitar-nos-emos, aqui, às questões de ideologia sexual.

A ORIGEM DE HITLER

Hitler, o *führer* das classes médias alemãs revoltadas, era filho de um funcionário público. Ele próprio descreveu o conflito, típico de uma estrutura de massas da classe média, pelo qual passou. O pai tinha-o destinado à carreira de funcionário público, mas ele se revoltou contra este plano paterno e decidiu não lhe obedecer "em circunstância alguma"; assim se tornou pintor e empobreceu. Mas, ao lado desta revolta contra o pai, permaneceu o respeito e o reconhecimento da sua autoridade. *A revolta contra a autoridade, acompanhada de respeito e submissão,* é uma característica básica das estruturas da classe média, desde a puberdade até a idade adulta, característica esta que se revela especialmente em indivíduos originários de camadas economicamente precárias.

Hitler falava da mãe com sentimentalismo. Costumava dizer que a única vez que chorara na vida fora por ocasião da morte da mãe. A sua rejeição ao sexo e a idolatria neurótica da maternidade são claramente explicadas pela teoria da raça e da sífilis (o próximo capítulo).

Jovem nacionalista, Hitler, que vivia na Áustria, decidiu abraçar a luta contra a dinastia austríaca que "escravizava a pátria alemã". Na polêmica contra a dinastia dos Habsburgo, é de notar a acusação de alguns deles serem sifilíticos. Esta acusação passaria despercebida se a ideia do "envenenamento da nação" e toda a atitude em relação à sífilis não se tivesse tornado uma constante, constituindo, mais tarde, depois da subida ao poder, um elemento central da sua política interna.

No início, Hitler simpatizava com a social-democracia, porque esta conduzia a luta pelo sufrágio universal, e isso podia levar a um enfraquecimento do odiado "domínio Habsburgo". Mas repugnava--lhe a ênfase dada pela social-democracia às diferenças de classe, à negação da nação, da autoridade estatal, do direito de propriedade privada dos meios sociais de produção, da religião e da moral. O fator que contribuiu decisivamente para a sua dissidência foi o convite que lhe dirigiram para entrar no sindicato. Rejeitou o convite e justificou essa atitude, afirmando que só então compreendera a função da social-democracia.

Bismarck tornou-se o seu ídolo, por ter realizado a unificação da nação alemã e por ter lutado contra a dinastia austríaca. O antissemita Lueger e o nacionalista alemão Schönerer contribuíram decisivamente para a evolução posterior de Hitler. A partir daí, seu programa se baseou nos objetivos *nacional-imperialistas* que ele pensava alcançar por meios diversos, mais adequados do que os empregados pelo velho nacionalismo "burguês". *A escolha desses meios resultou do reconhecimento da força do marxismo organizado e do reconhecimento da importância das massas para qualquer movimento político.*

...Só quando à visão de mundo internacional – dirigida politicamente pelo marxismo organizado – se opuser uma visão de mundo local, organizada e conduzida com igual unidade, implicando uma energia de luta igual de ambas as partes, o sucesso se voltará para o lado da verdade eterna (*Mein Kampf*, p. 384).

...O que explica o êxito da visão de mundo internacional é o fato de ela ser representada por um partido político organizado minuciosamente; o que levou à derrota da visão de mundo contrária foi a sua falta de representação num corpo unificado. Uma visão de mundo só pode combater e triunfar sob a forma limitada e, por isso, integradora de uma organização política, e não numa liberdade ilimitada para interpretar uma visão geral (*Mein Kampf*, p. 385).

Hitler reconheceu muito cedo a inconsistência da política social-democrata e a impotência dos velhos partidos burgueses, incluindo o Partido Nacional Alemão.

Mas tudo isto foi consequência inevitável da falta de uma nova filosofia antimarxista básica dotada de um desejo impetuoso de vencer (*Mein Kampf*, p. 173).

Quanto mais eu pensava na necessidade de alterar a atitude dos governos em relação à social-democracia, como atual representante do marxismo, tanto mais clara se tornava para mim a falta de um substituto útil para esta doutrina. Que se podia oferecer às massas, caso se vencesse a social-democracia? Nenhum dos movimentos existentes seria capaz de congregar em sua esfera de influência as grandes massas de trabalhadores que estavam mais ou menos sem liderança. É insensato e estúpido acreditar que os fanáticos internacionalistas, dissidentes do partido da sua classe, se integrarão num partido burguês, portanto, numa nova organização de classe (*Mein Kampf*, p. 173).

Os partidos "burgueses", como a si próprios se designam, nunca mais conquistarão para as suas fileiras as massas "proletárias", pois trata-se de dois mundos opostos, em parte natural, em parte artificialmente, que só se podem relacionar entre si através da luta. Mas triunfará o mais jovem – que é o marxismo (*Mein Kampf*, p. 174).

A tendência antissoviética do nacional-socialismo revelou-se bastante cedo.

...Se se ambicionassem os territórios da Europa, isso só poderia acontecer em detrimento da Rússia; neste caso, o novo Reich teria de se lançar de novo no caminho dos antigos cavaleiros teutônicos, para obter através da espada alemã terra para o arado alemão, e o pão de cada dia para a nação (*Mein Kampf*, p. 140).

Assim se vê que Hitler viu-se diante das seguintes questões: que vias conduzem a ideia nacional-socialista à vitória? Qual a melhor maneira de combater o marxismo? Como chegar às massas?

Tendo em mente estes objetivos, Hitler apelou para os sentimentos *nacionalistas* das massas, mas decidiu organizar, tal como o marxismo, uma base de massas, desenvolvendo sua própria técnica de propaganda e empregando-a consistentemente.

Ele próprio admite querer impor o imperialismo nacionalista com métodos que aprendeu com o marxismo, incluindo sua técnica de organização de massas. *Mas o êxito desta organização de massas deve-se às próprias massas e não a Hitler.* Foi a estrutura humana autoritária, que teme a liberdade, que possibilitou o êxito de sua propaganda. Por isso, a importância de Hitler, do ponto de vista sociológico, resulta, não da sua personalidade, mas da importância que lhe conferem *as massas*. E o problema é tanto mais complexo quanto é certo que Hitler despreza profundamente as massas, de cujo auxílio necessitava para impor o imperialismo. Citemos apenas *uma* das muitas passagens em que ele próprio o confessa: "...o estado de espírito do povo sempre foi uma simples descarga daquilo que se foi incutindo na opinião pública a partir de cima" (*Mein Kampf*, p. 128).

Que estrutura de massas foi essa que as predispôs a absorver a propaganda de Hitler, apesar disto tudo?

A PSICOLOGIA DE MASSAS DA CLASSE MÉDIA BAIXA

Já afirmamos que o êxito de Hitler não se deve à sua "personalidade", nem ao papel objetivo que a sua ideologia desempenhou no capitalismo. Também não se deveu a um mero processo de embotamento das massas que o seguiram. Já pusemos em relevo o cerne da questão: *o que se passa nas massas, que as leva a seguir um partido cuja liderança é, objetiva e subjetivamente, oposta aos interesses das massas trabalhadoras?*

Na resposta a esta pergunta, não devemos esquecer que o movimento nacional-socialista, na sua primeira arrancada vitoriosa, apoiou-se em largas camadas das chamadas classes médias, isto é, os milhões de funcionários públicos e privados, comerciantes de classe média e de agricultores de classe média e baixa. *Do ponto de vista da sua base social, o nacional-socialismo foi sempre um movimento da classe média baixa, onde quer que tenha surgido:* na Itália ou na Hungria, na Argentina ou na Noruega. Esta classe média baixa, que anteriormente estava ao lado das várias democracias burguesas, sofreu, necessariamente, uma transformação interna, responsável pela sua mudança de posição política. A situação social e a correspondente estrutura psicológica da classe média baixa explicam tanto as semelhanças essenciais como as diferenças existentes entre as ideologias dos fascistas e da burguesia liberal.

A classe média baixa fascista é igual à classe média baixa liberal-democrática; apenas se distinguem porque vivem em diferentes fases históricas do capitalismo. Nas eleições de 1930 a 1932, o nacional-socialismo obteve seus novos votos quase que exclusivamente do Partido Nacional Alemão e dos partidos de facções menores do Reich alemão. Apenas o centro católico manteve a sua posição, até mesmo nas eleições de 1932, na Prússia. Foi só nestas eleições que o Partido Nacional-Socialista conseguiu penetrar na massa dos trabalhadores da indústria. Mas a classe média continuou a ser o principal baluarte da suástica. Na mais grave crise econômica jamais atravessada pelo sistema capitalista (1929-32), a classe média, representando a causa do nacional-socialismo, tomou o poder político e impediu a reconstrução revolucionária da sociedade. A reação política soube apreciar devidamente a importância da classe média. "A classe média tem uma importância fundamental para a existência de um Estado", afirmava-se num panfleto do Partido Nacional Alemão, em 8 de abril de 1932.

A questão da importância social da classe média foi amplamente discutida pela esquerda, depois de 30 de janeiro de 1933. Até essa data, tinha-se prestado pouca atenção à classe média, em parte porque todo o interesse se concentrava na observação do desenvolvimento da reação política e do governo autoritário, e em parte porque os políticos desconheciam a linha de questionamento da psicologia de massas. Agora, começava-se a pôr em primeiro plano a chamada "revolta da classe média". Quem seguir atentamente as discussões sobre este tema poderá ver as opiniões se dividirem em dois grandes blocos: um deles defendia a ideia de que o fascismo não era "mais" do que o bastião partidário da classe média alta; o outro, embora compreendendo este fato, atribuía maior importância à "revolta das classes médias", que valeu aos seus representantes a acusação de encobrirem o papel reacionário do fascismo. Para fundamentar esta acusação, mencionava-se a nomeação de Thyssen como ditador econômico, a dissolução das organizações econômicas da classe média, a anulação da "segunda revolução"; numa palavra, o autêntico caráter reacionário do fascismo, que se tornou cada vez mais evidente a partir de fins de junho de 1933.

Nas inflamadas discussões sobre o assunto, alguns pontos permaneciam obscuros. O fato de que o nacional-socialismo, depois da tomada do poder, revelou-se cada vez mais claramente como um nacionalismo imperialista, decidido a eliminar tudo o que fosse "socialístico" e a preparar a guerra com todos os meios, não é contraditório em relação a outro fato: *o de o fascismo ser, do ponto de vista da sua base de massas, um movimento da classe média*. Se não tivesse feito a promessa de lutar contra a grande empresa, Hitler nunca teria ganho o apoio das classes médias. Estas contribuíram para a sua vitória porque eram *contra* a grande empresa. Sob a sua pressão as autoridades foram forçadas a tomar medidas *anticapitalistas*, que depois tiveram de abandonar, sob a pressão da grande empresa. São inevitáveis os mal-entendidos, quando não se estabelece uma distinção entre os interesses subjetivos da base de massas de um movimento reacionário e a sua função reacionária objetiva, fatores esses que estão em contradição (mas que foram reconciliados na *totalidade* do movimento nazi). Os primeiros referem-se aos interesses reacionários das massas fascistas, e os últimos, ao papel reacionário do fascismo. É na oposição entre estes dois aspectos do fascismo que se fundamentam todas as suas contradições e também a sua conciliação em uma única forma – o "nacional-socialismo" –, que caracteriza o movimento de Hitler. O nacional-socialismo foi verdadeiramente *anticapitalista* e *revolucionário* enquanto foi obrigado a acentuar o seu caráter de movimento da classe média (*antes* da subida ao poder e imediatamente depois). Contudo, uma vez que *não* privou a grande empresa de seus direitos, e teve de conservar e consolidar o poder adquirido, sua função capitalista destacou-se cada vez mais, até finalmente se transformar num defensor acirrado e representante do imperialismo e da ordem econômica capitalista. E quanto a isso, não importa nem um pouco se e quantos dos seus dirigentes tinham uma orientação socialista honesta ou desonesta (no sentido que davam à palavra) e também não importa se e quantos eram (à sua moda) embusteiros ou fanáticos do poder. Uma política antifascista radical não pode ser baseada nessas considerações. A história do fascismo italiano poderia ajudar na compreensão do fascismo alemão e sua ambiguidade, pois também no fascismo italiano se fundiam num todo as duas funções rigorosamente contraditórias a que fizemos referência. Aqueles que negam ou não apreciam devidamente a função da base de massas do fascismo surpreendem-se perante o fato de que a classe média, não possuindo os principais meios de produção nem trabalhando neles, não pode ser uma força motriz permanente na história e, por isso, oscila invariavelmente entre o capital e os trabalhadores. Não percebem que a classe média pode ser e é "uma força motriz na história", se não *permanentemente,* pelo menos *temporariamente,* como provam o fascismo italiano e o alemão. E isso não significa apenas a destruição das organizações de trabalhadores, as inúmeras vítimas, a erupção da barbárie, mas também, e principalmente, o impedir que a crise econômica resultasse numa revolta política, isto é, na revolução social. Uma coisa é certa: quanto maior é o peso e a dimensão das camadas da classe média numa nação, tanto maior é a sua importância como força social de ação decisiva.

Entre 1933 e 1942, assistiu-se ao seguinte paradoxo: o fascismo conseguiu superar o internacionalismo revolucionário social como movimento *internacional.* Os socialistas e os comunistas estavam tão certos do progresso do movimento revolucionário em relação ao progresso da reação política, que cometeram o suicídio político, embora motivados pela melhor das intenções. Este problema merece a maior atenção. O processo por que passaram, no último decênio, as camadas da classe média de todos os países merece muito mais atenção do que o fato conhecido e banal de o fascismo ser o expoente mais extremo da reação política. A natureza reacionária do fascismo não constitui uma base para uma política de oposição, como o comprovam largamente os fatos ocorridos entre 1928 e 1942.

A classe média começou a movimentar-se e apareceu como força social, sob a forma do fascismo. Assim, não se trata das intenções reacionárias de Hitler e de Göring, mas sim dos interesses sociais das camadas da classe média. A classe média tem, em virtude da estrutura do seu caráter, uma força social extraordinária que em muito ultrapassa a sua importância econômica. É a classe que retém e conserva, com todas as suas contradições, nada mais nada menos do que vários milênios de regime patriarcal.

A própria existência de um movimento fascista constitui uma expressão social indubitável do imperialismo nacionalista. Mas é o movimento de massas da classe média que possibilita a transformação desse movimento fascista num movimento de massas e a sua subida ao poder que vem cumprir a sua função imperialista. Somente levando em consideração estas oposições e contradições, cada uma *às per si,* é que se pode compreender o fenômeno do fascismo.

A posição social da classe média é determinada: *a) pela sua posição no processo de produção capitalista; b) pela sua posição no aparelho de Estado autoritário,* e *c) pela sua situação familiar especial,* que é consequência direta da sua posição no processo de produção, constituindo a chave para a compreensão da sua ideologia. A situação econômica dos pequenos agricultores, dos burocratas e dos empresários de classe média não é exatamente a mesma, do ponto de vista econômico, mas caracteriza-se por uma situação familiar *idêntica,* nos seus aspectos essenciais.

O rápido desenvolvimento da economia capitalista no século XIX, a mecanização contínua e rápida da produção, a reunião dos diversos ramos da produção em consórcio e trustes monopolistas, constituem a base do progressivo empobrecimento dos comerciantes da classe média baixa. Não conseguindo concorrer com a grande indústria, de funcionamento mais barato e mais racional, as pequenas empresas estão irremediavelmente perdidas. "A classe média nada tem a esperar deste sistema, a não ser a aniquilação. Esta é a questão: ou todos nos afundamos na grande tristeza cinzenta do proletarianismo onde todos teremos o mesmo – isto é, nada – ou então a energia e a aplicação poderão colocar o indivíduo na situação de adquirir propriedade por meio do trabalho árduo. Classe média ou proletariado! Esta é a questão." Estas advertências foram feitas pelos nacionalistas alemães antes das eleições para a presidência, em 1932. Os nacional-socialistas não foram tão estúpidos, tiveram o cuidado de não criar um hiato muito grande entre a classe média e os trabalhadores da indústria, na sua propaganda, e esta tática lhes proporcionou um êxito maior.

A luta contra as grandes casas comerciais tinha um lugar de relevo na propaganda do Partido Nacional-Socialista. A contribuição entre a função que o nacional-socialismo desempenhava para a grande empresa e os interesses da classe média, que se constituía na sua principal fonte de apoio, está patente, por exemplo, no diálogo de Hitler com Knickerbocker:

> Não faremos depender as relações germano-americanas de uma loja de miudezas referente ao destino das lojas Woolworth em Berlim... a existência de tais empresas encoraja o bolchevismo... Elas destroem muitas pequenas empresas. Por isso não as aprovaremos, mas pode ter a certeza de que as suas empresas na Alemanha não serão tratadas de modo diverso do que as empresas alemãs do mesmo tipo[2].

As dívidas privadas dos países estrangeiros sobrecarregavam muitíssimo a classe média. Mas, enquanto Hitler era a favor do pagamento das dívidas privadas, porque, em política externa, dependia do cumprimento das exigências estrangeiras, os seus adeptos exi-

---

2. Depois da subida ao poder, nos meses de março e abril, verificou-se um saque maciço dos grandes armazéns, que logo foi freado pela direção do Partido Nacional--Socialista (Proibição de intervenções autocráticas na economia, dissolução de organizações da classe média etc.).

gem a anulação dessas dívidas. A classe média baixa revoltou-se, pois, "contra o sistema", que ela entendia ser o "regime marxista" da social-democracia.

Mas, por mais que essas camadas da classe média baixa tentassem se organizar, numa situação de crise, o certo é que a concorrência econômica entre as pequenas empresas impedira que se desenvolvesse um sentimento de solidariedade comparável ao dos trabalhadores das indústrias. Já pela sua própria situação social, o indivíduo da classe média baixa não podia se solidarizar nem com a sua classe social, nem com os trabalhadores da indústria – com a sua classe social porque nela a competição é a regra; com os trabalhadores da indústria, porque o que mais temia era, exatamente, a proletarização. Contudo, o movimento fascista provocou a união da classe média baixa. Qual foi a base dessa aliança, em termos de psicologia de massa?

A resposta a esta pergunta reside na posição social dos funcionários públicos e privados da classe baixa e média. O funcionário público encontra-se, geralmente, numa posição econômica inferior à do trabalhador industrial especializado; esta posição inferior é parcialmente compensada pelas pequenas perspectivas de fazer carreira e, especialmente no caso do funcionário público, pela pensão vitalícia. Extremamente dependente da autoridade governamental, esta camada desenvolve um comportamento competitivo entre colegas, que é contrário ao desenvolvimento da solidariedade. A consciência social do funcionário público não se caracteriza pelo fato de ele compartilhar o mesmo destino que os seus colegas de trabalho, mas pela sua atitude em relação ao governo e à "nação". Isso consiste numa total *identificação com o poder estatal*[3], e, no caso do funcionário de uma empresa, numa identificação com a empresa em que trabalha. Ele é tão submisso quanto o trabalhador industrial. Por que motivo não desenvolve o mesmo sentimento de solidariedade que o trabalhador industrial? Isso se deve à sua posição intermediária entre a autoridade e os trabalhadores manuais. Devendo obediência aos su-

---

3. Por *identificação* a psicanálise entende o processo pelo qual uma pessoa começa a formar uma unidade com outra, adotando as características e as atitudes daquela, colocando-se, em sua fantasia, no lugar da outra pessoa. Esse processo provoca, de fato, uma mudança nessa pessoa que se identifica, pois ela "internaliza" características do seu modelo.

periores, ele é simultaneamente o representante dessa autoridade diante dos que estão abaixo dele e, como tal, goza de uma posição moral (mas não material) privilegiada. O mais perfeito exemplo deste tipo psicológico é o sargento de qualquer exército. A força desta identificação com o patrão está patente no caso de empregados de famílias aristocráticas, como mordomos, camareiros etc., que se transformam completamente, num esforço para esconder sua origem inferior assumindo as atitudes e a maneira de pensar da classe dominante, aparecendo muitas vezes como caricatura das pessoas a quem servem. Essa identificação com a autoridade, com a empresa, com o Estado ou com a nação – que se traduz na expressão: "Eu sou o Estado, a autoridade, a empresa, a nação" – revela uma realidade psíquica e constitui um dos melhores exemplos de uma ideologia que se transformou em força material. O empregado ou o funcionário público começa por desejar assemelhar-se ao seu superior, até que, gradualmente, a constante dependência material acaba transformando toda a sua pessoa, de acordo com a classe dominante. Sempre disposto a se adaptar à autoridade, o indivíduo da classe média baixa acaba criando uma *clivagem entre a sua situação econômica e a sua ideologia*. A sua vida é modesta, mas tenta aparentar o contrário, chegando, frequentemente, a tornar-se ridículo. Alimenta-se mal e deficientemente, mas atribui grande importância a "andar bem vestido". O fraque e a cartola tornam-se símbolos materiais desta estrutura do caráter. E poucas coisas são tão adequadas a uma primeira apreciação de um povo, do ponto de vista da psicologia de massas, do que a observação da sua maneira de vestir. É a sua atitude de "olhar voltado para cima" que diferencia especificamente a estrutura do indivíduo da classe média baixa da estrutura do trabalhador industrial[4].

Qual a extensão exata dessa identificação com a autoridade? Que ela existe, já se sabe. Mas a questão é saber como, a despeito dos fatores econômicos que a atingem diretamente, os fatores emocionais fundamentam e consolidam de tal maneira a atitude do indivíduo da classe média baixa que sua estrutura se mantém absoluta-

---

4. Isso é válido apenas para a Europa. A adaptação dos hábitos da classe média baixa pelo trabalhador industrial na América confunde estes limites.

mente firme, mesmo em épocas de crise, ou em épocas em que o desemprego destrói a base econômica imediata.

Afirmamos anteriormente que a posição econômica das diferentes camadas da classe média baixa não é a mesma, mas que a sua situação familiar é idêntica, nos traços essenciais. *É precisamente na situação familiar que encontramos a chave para o fundamento emocional da estrutura que descrevemos.*

LAÇOS FAMILIARES E SENTIMENTOS NACIONALISTAS

A situação familiar das diversas camadas da classe média baixa não é diferenciada a partir da situação econômica imediata. A família também constitui – exceto no caso dos funcionários públicos – uma empresa econômica em pequena escala. Na empresa do pequeno comerciante, a família também trabalha, para economizar nas despesas com empregados. Nas pequenas e médias propriedades agrícolas, a coincidência entre família e modo de produção é ainda mais pronunciada. A economia de grandes patriarcas (por exemplo, os Zadruga) baseia-se essencialmente nessa prática. É no profundo entrelaçamento da família e da economia que reside a causa do "apego à terra" e do "caráter tradicional" dos camponeses, tornando-os tão permeáveis à influência da reação política. Isto não significa que o modo de produção econômica seja o único fator condicionante desse apego à terra e desse tradicionalismo, mas acontece que o modo de produção do agricultor exige uma estreita ligação familiar entre todos os membros da família, ligação essa que pressupõe uma forte repressão e recalcamento sexuais. É nesta base dupla que se apoia a maneira de pensar típica do campesinato, cujo cerne é formado pela moralidade sexual patriarcal. Descrevi, em outra parte, as dificuldades que o governo soviético teve de enfrentar na época da coletivização da agricultura; não foi apenas o "amor à terra", mas essencialmente a relação familiar criada pela terra que deu origens a tantas dificuldades.

A possibilidade de se preservar uma classe camponesa saudável como a base para toda uma nação nunca será suficientemente valorizada. Muitos dos nossos sofrimentos atuais são apenas consequências de uma relação pouco saudável entre a população urbana e a população rural. Uma sólida estirpe de pequenos e médios camponeses foi, em todos os tempos, a melhor proteção contra os males sociais que agora nos afetam. E é também a única solução para assegurar à nação o pão de cada dia dentro do circuito interno da economia. A indústria e o comércio recuam da sua posição dominante pouco saudável e se integram no âmbito geral da economia nacional, equilibrando-se a oferta e a procura (*Mein Kampf*, p. 138).

Esta é a posição de Hitler. Por mais absurda que ela seja, do ponto de vista econômico, por mais impossível que seja para a reação política impedir a mecanização da agricultura em larga escala e a dissolução da agricultura em pequena escala, esta propaganda é extremamente atuante, do ponto de vista da psicologia de massas, pois teve um efeito sobre a estrutura de "malha fechada" da família das camadas da classe média baixa.

O profundo entrelaçamento da ligação familiar e do modo de produção rural foi finalmente expresso depois da tomada do poder pelo Partido Nacional-Socialista. Como o movimento hitleriano foi, pela sua base de massas e pela sua estrutura ideológica, um movimento da classe média baixa, uma das suas primeiras medidas para assegurar a influência no seio da classe média foi o decreto "A Nova Ordem da Propriedade Agrícola", de 12 de maio de 1933, o qual retoma códigos legais antiquíssimos, partindo do princípio da "unidade indissolúvel do sangue e da terra".

Citamos a seguir algumas passagens significativas:

> A unidade indissolúvel do sangue e da terra é a condição indispensável para a saúde de uma nação. A legislação rural vigente na Alemanha há alguns séculos consagrava legalmente essa ligação nascida dos sentimentos de vida naturais de uma nação. A propriedade rural era herança *inalienável* da família camponesa ancestral. Mas a introdução de leis não nativas veio destruir a base legal desta constituição rural. Apesar disso, o camponês alemão, tendo um senso saudável da concepção básica de vida do seu povo, conservou, em muitas regiões do país, o saudável costume de transmitir, de geração para geração, a propriedade rural intacta.
>
> É dever imperioso do governo de um povo desperto assegurar o despertar nacional, por meio da regulamentação legal da unidade

indissolúvel do sangue e da terra preservada pelo costume alemão através da lei da herança.

A propriedade rural registrada no respectivo tribunal de comarca como propriedade hereditária é transmissível, segundo essa lei de herança. O dono dessa propriedade é chamado proprietário e não pode possuir mais do que uma propriedade hereditária. Só um dos filhos do proprietário pode herdar a propriedade. É o *herdeiro* legal. Os outros descendentes vivem na propriedade até se tornarem economicamente independentes. Se vierem a ter dificuldades, podem voltar a procurar refúgio na propriedade. A transferência de uma propriedade sem registro é feita com base no direito de transmissão hereditária, devendo porém ser registrada.

Só o *cidadão alemão* de *sangue alemão* pode ser dono de uma propriedade hereditária. Não é de raça alemã quem tiver entre os seus antepassados varões, ou entre os restantes antepassados até a quarta geração uma pessoa de origem judaica ou de cor. Todo teutônico é de sangue alemão de acordo com esta lei. O posterior matrimônio com pessoa não pertencente à raça alemã impede os seus descendentes de serem donos de uma propriedade hereditária.

Esta lei tem o objetivo de proteger as propriedades rurais de dívidas e de divisões prejudiciais, de modo a conservá-las como herança permanente na família de agricultores livres. A lei visa igualmente uma distribuição salutar dos terrenos. Um número elevado de pequenas e médias propriedades rurais capazes de subsistir por si próprias, e se possível espalhadas homogeneamente por todo o país, é indispensável para a manutenção do Estado e do povo.

Que tendências se revelam nesta lei? Ela contrariava os interesses dos grandes proprietários agrícolas, que pretendiam absorver tanto as propriedades pequenas quanto as médias, criando, assim, uma divisão cada vez maior entre os proprietários de terras e o proletariado rural sem terra. Mas a frustração desse intento foi amplamente compensada por outro poderoso interesse dos grandes proprietários agrícolas: o de conservar a classe média rural, que constituía a base de massas do seu poder. Não é apenas por ser *dono de propriedade privada* que o pequeno proprietário se identifica com o grande proprietário; isto por si significa muito. O que importa aqui é a preservação do clima ideológico dos pequenos e médios proprietários, isto é, o clima que existe nas pequenas empresas operadas por uma unidade familiar. Esse clima é conhecido por produzir os melhores combatentes nacionalistas e de imbuir as mulheres de fervor nacionalista. Isto explica por que a reação política está sempre falando na "influência do campesinato na preservação da moralidade". Trata-se, porém, de uma questão de economia sexual.

Essa ligação entre modos individualistas de produção e família autoritária na classe média baixa é uma das muitas fontes da ideologia fascista da "família grande". Voltaremos a esta questão em outro contexto.

A competição econômica das pequenas empresas entre si corresponde ao fechamento e à competição familiar, típicos da classe média baixa, apesar da ideologia da "prioridade do bem-estar coletivo sobre o bem-estar individual" e dos "ideais corporativos" do fascismo. Os elementos essenciais da ideologia fascista têm um caráter individualista, como é o caso do "princípio do *führer"*, da política familiar etc. Os aspectos coletivistas do fascismo resultam das tendências socialistas da sua base de massas, do mesmo modo que os seus aspectos individualistas resultam dos interesses da grande empresa e dos dirigentes fascistas.

Esta situação econômica e familiar seria insustentável, dada a organização natural dos homens, se não estivesse assegurada por uma relação específica entre homem e mulher, que consideramos de tipo patriarcal, e um modo de sexualidade derivado dessa relação específica. Economicamente o homem da classe média urbana não está em melhor situação do que o trabalhador manual.

Assim, no seu esforço para se diferenciar do trabalhador, ele só pode apoiar-se na sua forma de vida familiar e sexual. Suas privações econômicas têm de ser compensadas por meio do moralismo sexual. No caso do funcionário público, esta motivação é o elemento mais importante de sua identificação com o poder. Uma vez que ele se encontra numa situação inferior à da classe média alta, mas mesmo assim se identifica com ela, é necessário que as ideologias sexuais moralistas compensem a insuficiência da situação econômica. Os modos de vida sexual e de vida cultural dela dependentes estão fundamentalmente a serviço de uma diferenciação em relação à classe inferior.

A soma destas atitudes moralistas que acompanham a atitude em relação ao sexo, e que são geralmente classificadas como filistinas, culmina nas ideias – dizemos ideias e não atos – de *honra* e de *dever*. Devemos avaliar devidamente o efeito que estas duas palavras provocam na classe média baixa, para depois nos darmos ao trabalho de estudá-las minuciosamente. São uma constante da ideologia fascista da ditadura e da teoria da raça. Na prática, verifica-se que precisamente a maneira de viver da classe média baixa e as suas práticas comerciais obrigam, em muitas ocasiões, a um tipo de comportamento totalmente oposto. Na economia privada, um pouco de desonestidade faz parte da sua própria existência. Ao comprar um cavalo, o camponês procura desvalorizá-lo por todos os meios. Mas se decide vendê-lo um ano depois, o mesmo cavalo então já é mais jovem, e melhor que na época da compra. O sentido do "dever" baseia-se em interesses materiais, e não em características nacionais. Os bens próprios serão sempre os melhores, os alheios sempre os piores. A desvalorização do concorrente, a maior parte das vezes um ato desonesto, é instrumento importante do "negócio". O comportamento dos pequenos comerciantes, a sua excessiva cortesia e submissão para com os clientes, são reveladores do jugo impiedoso da sua existência econômica, capaz de deformar o melhor dos caracteres. Contudo, os conceitos de "honra" e de "dever" desempenham um papel importantíssimo para a classe média baixa. Esse papel não pode ser explicado exclusivamente por intenções dissimuladoras de origem material. Pois, apesar de toda a hipocrisia, o êxtase derivado das noções de "honra" e "dever" é autêntico. Resta saber qual a sua verdadeira origem.

    A sua origem está na vida emocional inconsciente, que começou por ser ignorada e cujas relações com aquela ideologia geralmente se prefere continuar ignorando. Mas uma análise das pessoas da classe média baixa não deixa quaisquer dúvidas quanto à importância da relação entre a vida sexual e a ideologia da "honra" e do "dever".

    Em primeiro lugar, a posição política e econômica do pai reflete-se nas relações patriarcais com os demais membros da família. O Estado autoritário tem o pai como seu representante em cada família, o que faz da família um precioso instrumento do poder.

    A posição autoritária do pai reflete o seu papel político e revela a relação da família com o Estado autoritário. A posição que o superior hierárquico assume em relação ao pai, no processo de produção, é por este assumida dentro da família. Ele reproduz nos filhos, especialmente nos de sexo masculino, a sua atitude de submissão para com a autoridade. É deste tipo de relações que resulta a atitude passiva e obediente do indivíduo da classe média baixa face à figura *do führer*. Hitler apoiou-se, sem disso ter consciência profunda, neste tipo de atitudes da classe média baixa, quando escreveu:

> O povo, na sua esmagadora maioria, tem natureza e atitude tão femininas que os seus pensamentos e ações são determinados muito mais pela emoção e sentimento do que pelo raciocínio. Esse sentimento não é complicado; pelo contrário, é muito simples e claro. Não há muitas nuanças; há sempre um positivo e um negativo; amor ou ódio, certo ou errado, verdade ou mentira, e nunca situações intermediárias ou parciais (*Mein Kampf*, p. 183).

Não se trata de uma "disposição inerente", mas de um exemplo típico da reprodução do sistema social autoritário da estrutura dos seus membros.

É que a posição do pai exige as mais rigorosas limitações sexuais à mulher e aos filhos. Enquanto as mulheres, sob as influências da classe média baixa, criam uma atitude de resignação forçada por uma revolta sexual recalcada, os filhos criam, além da atitude submissa para com a autoridade, uma forte identificação com o pai, que forma a base da identificação emocional com todo tipo de autoridade. Ainda falta muito tempo para descobrir como é possível que a criação das estruturas psíquicas da camada básica da sociedade se adapte tão bem à estrutura econômica e aos objetivos das forças dominantes como as peças de um instrumento de precisão. Aquilo que descrevemos como reprodução estrutural do sistema econômico de uma sociedade na psicologia de massas é, para todos os efeitos, o mecanismo básico do processo de formação de ideias políticas.

A atitude de concorrência econômica e social só muito mais tarde contribui para o desenvolvimento da estrutura da classe média baixa. O pensamento reacionário que é moldado nesse estágio é uma continuação secundária dos processos psíquicos que já se verificam na criança educada numa família autoritária. Há, por um lado, a competição entre as crianças e os adultos e, por outro, com consequências muito mais abrangentes, a competição entre os filhos de uma família no relacionamento com seus próprios pais. Na infância, esta competição – que mais tarde, na idade adulta e fora da família, se torna sobretudo econômica – ocorre especialmente no nível das relações amor-ódio, altamente emocionais, entre os membros da mesma família. Não nos compete aqui estudar minuciosamente essas relações, pois elas devem ser objeto de investigações especiais. Aqui basta fixar a seguinte conclusão: as inibições e fraquezas sexuais, que se constituem nos pré-requisitos fundamentais para a existência da família autoritária e são o princípio essencial da formação estrutural do indivíduo da classe média baixa, são mantidas por meio do temor religioso, traduzindo-se no sentimento de culpa sexual, fortemente arraigado nas emoções. É esta a origem do problema da relação entre a religião e a negação do desejo sexual. A fraqueza sexual tem como consequência uma diminuição da autoconfiança, que em alguns casos é compensada pela brutalização da sexualidade, e, em outros, por uma rigidez do caráter. A compulsão para controlar a própria sexualidade, para manter o recalcamento sexual, provoca o desenvolvimento de concepções patológicas e altamente emocionais de honra e dever, coragem e autodomínio[5]. Mas a patologia e a emotividade destas atitudes psíquicas contrastam fortemente com a realidade do comportamento individual. O ser humano genitalmente satisfeito é honrado, responsável, corajoso e controlado, sem disso fazer muito alarde. Tais atitudes são uma parte orgânica da sua personalidade. Pelo contrário, o indivíduo genitalmente enfraquecido, afetado por contradições na sua estrutura sexual, tem de estar constantemente atento para controlar a sua sexualidade, para preservar a sua dignidade sexual, para resistir às tentações etc. Todos os adolescentes e crianças, sem exceção, conhecem a luta contra a tentação da masturbação. No decorrer desta luta, começam a desenvolver-se todos os elementos da estrutura do homem reacionário. É na classe média baixa que essa estrutura se revela mais desenvolvida e mais fortemente enraizada. Todas as formas de misticismo retiram as suas energias mais fortes e, parcialmente, até o seu conteúdo, dessa repressão compulsiva da sexualidade. Na medida em que sofrem as mesmas influências da sociedade, também os trabalhadores industriais desenvolvem atitudes correspondentes; nos trabalhadores, dado o seu modo de vida diferente do modo de vida da classe média

---

5. Para melhor compreensão dessas relações, aconselha-se a leitura da obra *Die Moral der Kraft,* do nacional-socialista Ernst Mann.

baixa, as forças de afirmação sexual são muito mais pronunciadas e também muito mais conscientes. A consolidação afetiva destas estruturas por meio de uma ansiedade inconsciente e o seu disfarce por traços de caráter aparentemente assexuais tornam impossível atingir esses níveis profundos da personalidade apenas por meio de argumentos racionais. A importância de que se reveste esta conclusão para a política sexual prática será examinada no último capítulo.

Em que medida a luta *inconsciente* contra as próprias necessidades sexuais gera o desenvolvimento do pensamento metafísico e místico é uma temática que não pode ser aqui abordada em detalhe. Limitar-nos-emos a mencionar um aspecto típico da ideologia nacional-socialista. É conhecida a escala de valores: *honra pessoal, honra da família, honra da raça, honra nacional.* Ela está organizada de acordo com as várias camadas da estrutura individual. Mas esquece-se de incluir a base socioeconômica: *capitalismo ou sociedade patriarcal; a instituição do matrimônio compulsivo; repressão sexual; luta pessoal contra a própria sexualidade; compensação por meio do sentimento de honra pessoal etc.* O auge desta escala é constituído pela ideologia da "honra nacional", que é o cerne irracional do nacionalismo. Mas a compreensão deste fenômeno exige mais algumas considerações.

O combate à sexualidade das crianças e dos adolescentes na sociedade autoritária e o consequente combate dentro do ego processam-se no quadro da família autoritária, que se tem revelado a melhor instituição para levar a cabo esse combate com êxito. Os desejos sexuais impelem naturalmente os seres humanos para toda espécie de contatos com o mundo, para um contato íntimo com o mundo em todas as suas formas. Sendo esses contatos reprimidos, resta apenas a possibilidade de agir dentro do limitado círculo familiar. A inibição sexual constitui a base tanto do encerramento dos indivíduos no seu círculo familiar como na consciência pessoal individual. Deve-se ter presente que os tipos de comportamento metafísico, individual e sentimental-familiar não são mais do que aspectos diferentes do mesmo processo de negação sexual, ao passo que o modo de pensar voltado para a realidade, não místico, se identifica com relações familiares descontraídas e com uma atitude, no mínimo, de indiferença para com a ideologia sexual ascética. É importante notar que a inibição sexual constitui a ligação à família autoritária e que o vínculo biológico original da criança com a mãe e da mãe com a criança forma a barricada contra a realidade sexual e leva a uma fixação sexual indissolúvel e a uma incapacidade de estabelecer novas relações[6]. A base dos vínculos familiares é o vínculo com a mãe. As concepções *de pátria* e de *nação* são, no seu *fundo emocional subjetivo, concepções de mãe e de família*. Nas classes médias, a mãe é a pátria da criança, tal como a família é a sua "nação em miniatura".

Assim se compreendem os motivos por que o nacional-socialista Goebbels escolheu as seguintes palavras como divisa dos dez mandamentos do almanaque nacional-socialista de 1932, certamente desconhecendo o seu significado profundo: "Nunca esqueças que a pátria é a mãe da tua vida". E no "Dia das Mães", em 1933, afirmava-se no *Angriff*:

> Dia das Mães. A revolução nacional varreu tudo o que é mesquinho! São de novo as ideias que comandam e que unificam – família, sociedade, nação. A ideia do Dia das Mães presta-se a honrar o que a ideia alemã simboliza: a Mãe alemã! Em parte nenhuma a esposa e a mãe têm a importância que lhe é atribuída na nova Alemanha. Ela é guardiã da vida familiar, da qual brotam as forças que reconduzirão o nosso povo à supremacia. Ela – a Mãe alemã – é a única portadora do pensamento do povo alemão. *A ideia de "Mãe" é inseparável* da ideia de "ser alemão". Poderá alguma coisa unir-nos mais do que a ideia de prestar um tributo comum a todas as mães?

Por muito pouca verdade que estas frases contenham do ponto de vista socioeconômico, elas são absolutamente corretas do ponto de vista da estrutura humana. O sentimento nacionalista é, portanto, o prolongamento direto da ligação familiar e, tal como esta, tem a sua origem na ligação fixa à figura da mãe[7]. Isso não se pode explicar biologicamente. Pois mesmo esta ligação à mãe passa a ser um produto *social,* na medida em que se transforma em ligação familiar e nacionalista. Ela cederia o lugar, durante a puberdade, a outro tipo de relações – por exemplo, as relações sexuais naturais –, se as limitações sexuais da vida amorosa não contribuíssem para perpetuá-la.

---

6. O "complexo de Édipo", descoberto por Freud, não é tanto causa como, muito mais, consequência da repressão sexual exercida pela sociedade sobre a criança. No entanto, os pais realizam, sem o saber, os desígnios da sociedade autoritária.
7. Fixa, isto é, nunca resolvida, enraizada no inconsciente.

É nesta perpetuação socialmente motivada que a ligação à mãe constitui a base do sentimento nacionalista do homem adulto, transformando-se, assim, numa força social reacionária. O fato de o trabalhador industrial desenvolver sentimentos nacionalistas menos fortes deve-se à sua situação social diferente, a que corresponde uma relação familiar mais frouxa.

Não venham nos acusar de querer "biologizar" a sociologia, pois sabemos perfeitamente que a diferença na relação familiar do trabalhador industrial é também determinada pela sua posição dentro do processo de produção. É lícito perguntar por que motivo o trabalhador industrial é especialmente receptivo ao internacionalismo, ao passo que o trabalhador da classe média baixa revela tão marcadas tendências para o nacionalismo. O fator de diversidade na situação econômica objetiva só pode ser verificado se forem levadas em conta as relações anteriormente descritas entre a situação econômica e a situação familiar do trabalhador industrial. Esta é a única maneira correta de ver as coisas. A estranha recusa dos teóricos marxistas em considerar a existência familiar como fator de *igual importância* (no que diz respeito à consolidação do sistema social) ou até mesmo *decisivo* no processo de formação das estruturas humanas só pode ser atribuída às suas próprias ligações familiares. Nunca é demais acentuar o fato de que a relação familiar é a mais intensa e a mais fortemente afetiva[8].

Continuemos a nos debruçar sobre a ligação da ideologia familiar com a ideologia nacionalista. As famílias encontram-se tão de-

---

8. Quem não conseguiu superar a sua própria ligação à família e à mãe ou, pelo menos, não aclarou nem excluiu tal influência do seu julgamento deve-se abster de estudar o processo de formação das ideologias. Quem classificar depreciativamente estes fatos como "freudianos" só conseguirá provar a sua cretinice científica. Devem-se apresentar argumentos objetivos, em vez de afirmações ocas e não fundamentadas. Freud descobriu o complexo de Édipo. Só esta descoberta veio tornar possível uma política familiar revolucionária. Mas Freud está tão distante de tal exploração e interpretação sociológica da ligação familiar quanto o economista mecanicista o está da compreensão da sexualidade como fator social. Podem-se apontar algumas aplicações erradas do materialismo dialético; mas não se neguem fatos que já eram conhecidos de qualquer trabalhador antes de Freud ter descoberto o complexo de Édipo. E não se resolva o problema do fascismo com chavões, mas sim com conhecimentos. Os erros são possíveis e reparáveis, mas a tacanhice científica é reacionária.

marcadas umas em relação às outras como as próprias nações entre si. As causas últimas dessa separação e oposição são, em ambos os casos, econômicas. A família da classe média baixa (dos funcionários públicos e privados, inferiores etc.) vive sob a permanente pressão de preocupações materiais, como a alimentação e outras. A tendência da família numerosa da classe média baixa para a expansão econômica também reproduz a ideologia imperialista: "A nação precisa de espaço e de alimentos". É necessariamente isto que torna o indivíduo da classe média baixa tão receptivo à ideologia imperialista. Ele consegue identificar-se inteiramente com o conceito personificado de nação. É assim que o imperialismo familiar é ideologicamente reproduzido no imperialismo nacional.

Revestem-se de interesse, neste contexto, algumas frases escritas por Goebbels na brochura *Die Verfluchten Hakenkreuzler* (Eher Verlag, Munique, p. 16 e 18) para responder à pergunta sobre se o judeu é um ser humano:

> Alguém bate com um chicote na face da tua mãe, ainda por cima agradeces! É um ser humano? Não, não é um ser humano, é um monstro! Quantas coisas piores não fez e continua a fazer o judeu à *nossa mãe Alemanha!* [Os itálicos são meus.] Ele [o judeu] conspurcou a nossa raça, esmoreceu a nossa vitalidade, estragou os nossos costumes e quebrou a nossa força... O judeu personifica o demônio da decadência... inicia sua criminosa carnificina do povo.

É preciso conhecer o significado da ideia de castração como castigo do prazer sexual; é preciso compreender o fundo psicológico-sexual das fantasias de rito assassino e do próprio antissemitismo como tal; e, além disso, é preciso avaliar corretamente o sentimento de culpa sexual e as necessidades sexuais do homem reacionário, para conseguir avaliar o efeito produzido por estas frases, escritas inconscientemente, sobre a emotividade inconsciente dos que a leram. É neste tipo de afirmação e em seu impacto emocional que reside a origem psicológica do antissemitismo do nacional-socialismo. Poder-se-á ver nisto apenas um processo de embotamento das massas? Sem dúvida, em parte. Não se compreendeu que o fascismo é, ideologicamente, a resistência de uma sociedade sexual e economicamente agonizante às tendências dolorosas mas decididas do pensamento revolucionário, para a liberdade tanto sexual como econômica: libertação esta que, só de a imaginar, provoca um medo enorme no homem reacionário. Quer dizer: ao processo de libertação econômica dos trabalhadores está inevitavelmente associada uma dissolução das velhas instituições (especialmente daquelas que governam a política sexual), para a qual o homem reacionário, e mesmo o trabalhador industrial, desde que a sua maneira de sentir seja reacionária, não está preparado. Especialmente o medo da "liberdade sexual", que nas concepções do pensamento reacionário se confunde com o caos sexual e a dissipação, tem um efeito inibidor em relação ao desejo de libertação do jugo da exploração econômica. Isto só se verificará enquanto prevalecer a concepção errada de liberdade sexual. E esta só persiste em virtude de as massas humanas não estarem esclarecidas sobre estas questões de importância tão fundamental. É por isso que a economia sexual deve desempenhar um papel fundamental na ordenação das relações sexuais. Quanto mais ampla e profunda tiver sido a influência reacionária na estrutura das massas trabalhadoras, tanto maior é a importância de um trabalho orientado pela economia sexual no sentido de educar as massas humanas para assumirem a responsabilidade social.

Neste interjogo dos fatores econômicos e estruturais, a família autoritária apresenta-se como a principal e a mais essencial fonte reprodutora de todo o pensamento reacionário; é uma fábrica onde a ideologia e a estrutura reacionária são produzidas. A "proteção à família", isto é, à família autoritária e numerosa, é o princípio básico de toda a política cultural reacionária. Isto se esconde, fundamentalmente, na expressão "proteção ao Estado, à cultura e à civilização".

No manifesto eleitoral do Partido Nacional-Socialista, para as eleições presidenciais de 1932 (Adolf Hitler: *Mein Programm*), pode-se ler:

> A mulher é, por sua natureza e destino, a companheira do homem. Isso os torna companheiros tanto na vida, como no trabalho. A evolução econômica processada através dos séculos, do mesmo modo que transformou os setores de trabalho do homem, também alterou, logicamente, os campos de atividade da mulher. Além da obrigação do trabalho comum, pesa sobre o homem e sobre a mulher o dever de conservar a espécie humana. Nesta mais nobre missão dos sexos nós também descobrimos as bases de seus talentos que têm a sua origem nas predisposições individuais com que a Providência, na

sua eterna sabedoria, dotou o homem e a mulher de forma inalterável. Por isso é um dever superior possibilitar aos dois companheiros de vida e de trabalho a *constituição da família*. *A sua destruição definitiva significaria o fim das características humanas mais sublimes.* Por mais que se alarguem os campos de atividade da mulher, *o fim último de uma evolução orgânica e lógica terá de ser sempre a constituição da família.* Ela é a menor mas a *mais valiosa unidade na construção de todo o Estado*. O trabalho honra tanto a mulher como o homem. Mas o filho enobrece a mãe.

No mesmo manifesto, escrevia-se o seguinte, sob o título "Salvar o homem do campo significa salvar a nação alemã": "Continuo a considerar a preservação e a promoção de um campesinato saudável como a melhor proteção tanto contra calamidades sociais como contra a decadência racial do nosso povo".

Não se pode perder de vista a tradicional ligação familiar do campesinato, se não se quer incorrer em erros. Prossigamos:

> Creio que um povo, para edificar a sua resistência, não deve viver unicamente de acordo com princípios racionais; também precisa de suporte-esteio espiritual e religioso. O envenenamento e a desintegração do corpo nacional pelos eventos do nosso bolchevismo cultural são quase mais devastadores do que os efeitos do comunismo político e econômico.

Sendo um partido que, como o fascismo italiano, deve seu sucesso inicial aos interesses dos grandes proprietários agrícolas, o Partido Nacional-Socialista teve de ganhar os pequenos e médios agricultores e estabelecer neles uma base social. É evidente que não podia defender abertamente na sua propaganda os interesses dos grandes proprietários agrícolas; tinha, sim, que dirigir seus apelos aos pequenos agricultores, particularmente às estruturas criadas neles pela superposição da situação familiar e econômica. A afirmação de que o homem e a mulher são companheiros de trabalho só é válida do ponto de vista deste elemento da classe média baixa. Não se aplica aos operários. E também para o camponês só se aplica formalmente, pois a mulher do camponês é, na realidade, a sua criada. A ideologia fascista da organização hierárquica do Estado tem como modelo a organização hierárquica da família camponesa. A família camponesa é uma nação em miniatura, e cada membro dessa família se identifica com essa nação em miniatura. Deste modo, a base para a absorção da grande ideologia imperialista está presente no campesinato e na classe média baixa onde uma família inteira é engajada num pequeno negócio. Em ambos os casos ocorre o problema da idolatração da maternidade. De que modo se relaciona esta idolatração com as políticas sexuais reacionárias?

A AUTOCONFIANÇA NACIONALISTA

Nas estruturas individuais das massas da classe média baixa, os laços nacionais e familiares coincidem. Esta ligação é intensificada especialmente através de um processo que se desenvolve paralelamente a essa estrutura, e que, na verdade, tem nela a sua própria origem. Na psicologia de massas, *o führer* nacionalista é a personificação da nação. E só se estabelece uma ligação pessoal com esse *führer* se ele realmente encarnar a nação em conformidade com o sentimento nacional das massas. Se ele souber como despertar os laços afetivos da família, nos indivíduos das massas, ele será também uma figura do pai autoritário. Ele atrai todas as atitudes emocionais que foram num dado momento devidas ao pai, severo mas também protetor e poderoso (poderoso na visão da criança). Muitas vezes, conversando com militantes nacional-socialistas sobre a insustentabilidade e o aspecto contraditório do programa do Partido Nacional-Socialista, era comum a resposta de que Hitler compreendia muito melhor tudo isso e "havia de conseguir tudo". Aqui está claramente expressa a necessidade infantil da proteção do pai. Transpondo isto para a realidade social, é esta necessidade das massas populares da proteção de alguém que torna o ditador "capaz de conseguir tudo". Esta atitude das massas populares impede a autogestão social, isto é, a autonomia e a cooperação nacionais. Nenhuma democracia autêntica poderá ou deverá assentar sobre tal base.

Mas ainda mais importante é a *identificação* dos indivíduos das massas com o *"führer"*. Quanto mais desamparado o indivíduo de massa se tornou, em consequência da sua educação, mais acentuada é a sua identificação com *o führer,* isto é, mais a necessidade infantil de proteção é disfarçada sob a forma de um sentimento em relação *ao führer*. Esta tendência à identificação constitui a base psicológica do narcisismo nacional, isto é, a autoconfiança que cada homem individualmente retira da "grandeza da nação". O indivíduo reacionário da classe média baixa descobre-se no *führer*, no Estado autoritário. Devido a esta identificação, sente-se defensor da "herança nacional", da "nação", o que não impede que, ao mesmo tempo e também em consequência desta identificação, despreze as "massas", opondo-se a elas como indivíduo. A sua situação material e sexual miserável é escamoteada pela exaltação da ideia de pertencer a uma raça dominante e de ter um *führer* brilhante, de tal modo que deixa de perceber, com o passar do tempo, quão profundamente se deixou reduzir a uma posição insignificante de cega submissão.

O trabalhador consciente de sua competência – isto é, aquele que conseguiu neutralizar sua estrutura de submissão, que se identifica com o seu trabalho e não com *o führer*, com as massas trabalhadoras de todo o mundo e não com a sua pátria – representa o oposto disso. *Sente-se líder,* não porque se identifique com *o führer,* mas porque tem consciência de realizar um trabalho que é vital para a existência da sociedade.

Quais são as forças emocionais que atuam aqui? Não é difícil responder. As *emoções* que motivam esta psicologia de massa essencialmente diferente são as mesmas encontradas nos nacionalistas. É apenas o conteúdo, o qual provoca as emoções, que é diferente. A necessidade de identificação é a mesma, mas o objeto da identificação é diferente, é o camarada de trabalho, e não *o führer*; o próprio trabalho de cada um e não uma ilusão, os trabalhadores de todo o mundo, e não a família. Em suma, a consciência internacional da própria capacidade opõe-se ao misticismo e ao nacionalismo. Isto de modo nenhum significa que o trabalhador liberado abandone a sua autoconfiança; é o indivíduo reacionário que, em época de crise, começa a sonhar com os "serviços à comunidade" e com a "prioridade do bem-estar coletivo sobre o bem-estar individual". Significa apenas que a autoconfiança do trabalhador liberado tem origem na consciência da sua capacidade.

Nos últimos quinze anos defrontamo-nos com um fato difícil de compreender: economicamente, a sociedade está dividida em classes sociais e profissões nitidamente definidas. Segundo o ponto de vista puramente econômico, a ideologia social procede da situação social específica. Conclui-se daí que a ideologia de cada classe social deveria corresponder, mais ou menos, à condição socioeconômica dessa classe. Assim, os operários industriais, em consequência dos seus hábitos coletivos de trabalho, deveriam desenvolver um sentimento coletivo mais forte, enquanto os pequenos empresários deveriam desenvolver um maior individualismo. Os empregados de grandes empresas deveriam ter um sentimento coletivo semelhante ao dos operários industriais. Mas já sabemos que a estrutura psíquica e a situação social raramente coincidem. Estabelecemos uma diferença entre o trabalhador responsável consciente das suas capacidades e o sujeito reacionário, místico-nacionalista. Encontramos qualquer um destes dois tipos em todas as classes sociais e profissionais. Há milhões de trabalhadores industriais reacionários, assim como há milhões de professores e médicos conscientes da sua capacidade e defensores da causa da liberdade. Portanto, não há uma simples relação mecânica entre a situação social e a estrutura do caráter.

A situação social é apenas uma condição externa que tem influência no processo ideológico do indivíduo. Passaremos agora a investigar *as forças instintivas* através das quais as várias influências sociais ganham um controle *exclusivo* sobre as emoções. Mas, para começar, uma coisa é certa: a fome não é uma delas, pelo menos não é o fator decisivo, senão a revolução internacional ter-se-ia seguido à crise mundial de 1929-33. Esta conclusão é inabalável, por mais que venha a mexer com velhas concepções puramente econômicas.

Quando os psicanalistas pouco versados em sociologia pretendem explicar a revolução social como uma "revolta infantil contra o pai", eles têm em mente o "revolucionário", que vem dos meios intelectuais; nesse caso, a afirmação é verdadeira. Mas o mesmo já não se aplica aos operários. A opressão das crianças pelo pai, longe de ser menor, é por vezes ainda mais brutal entre a classe trabalhadora do que entre a classe média baixa. Não é esta, portanto, a questão. O que distingue especificamente estas classes reside no seu modo de produção e na atitude em relação ao sexo que deriva desses modos de produção. Entre os operários industriais, a sexualidade também é reprimida pelos pais. Mas as contradições a que estão sujeitos os filhos dos operários industriais não se verificam na classe média baixa. Na classe média baixa, vemos *apenas* a repressão da sexualidade. A atividade sexual que se verifica nesta classe é mera expressão da contradição entre o impulso sexual e a inibição sexual. A situação é diferente entre os operários industriais. Ao lado da ideologia moralista, eles possuem suas próprias concepções sexuais – mais acentuadas em alguns casos, menos em outros –, mas diametralmente opostas à ideologia moralista. A isto se junta a influência exercida pelas condições de habitação e seu relacionamento estreito no trabalho. Todos estes fatores atuam em sentido contrário ao da ideologia sexual moralista.

Portanto, o operário industrial médio distingue-se do trabalhador médio da classe média baixa pela sua atitude aberta e natural em relação à sexualidade, por menos esclarecido e por mais conservador que ele seja. O operário é incomparavelmente mais acessível aos pontos de vista da economia sexual do que o trabalhador típico da classe média baixa. E o que o torna mais acessível é precisamente a inexistência daquelas atitudes que se encontram no centro da ideologia nacional-socialista e religiosa: a identificação com o poder do Estado autoritário, com o *"führer* supremo", com a nação. Também isto prova que os elementos essenciais da ideologia nacional-socialista têm uma origem na economia sexual.

Os pequenos agricultores são muito permeáveis à ideologia e à política reacionárias, em consequência da sua economia individualista e do seu grande isolamento familiar. Este é o motivo da clivagem que se verifica entre a situação social e a ideologia. Caracterizada pelo mais rígido sistema patriarcal e por uma moral correspondente, esta camada desenvolve, contudo, formas naturais – embora deformadas – na sua sexualidade. Tal como entre os operários industriais – em contraste com os trabalhadores da classe média baixa –, os jovens desse meio começam a ter relações sexuais bastante cedo. Mas, em consequência da severa educação patriarcal, a juventude revela perturbações ou tendências brutais; o sexo é praticado em segredo; é comum a frigidez das mulheres; assassinatos por motivo sexual e um ciúme violento, bem como a escravização da mulher, são fenômenos típicos entre os camponeses. Em parte nenhuma a histeria é tão frequente como no meio rural. O casamento patriarcal é o objetivo máximo da educação, ditado pela economia rural.

Nos últimos decênios, começou a se concretizar entre o operariado industrial um processo ideológico. As manifestações materiais deste processo são mais evidentes na cultura da aristocracia dos trabalhadores, mas também pode ser constatado no operariado médio. O operariado industrial do século XX não é o proletariado do século XIX referido por Karl Marx. Adotou, em larga extensão, as convenções e os pontos de vista das camadas burguesas da sociedade. É certo que a democracia burguesa formal não aboliu as fronteiras econômicas entre as classes, tal como não aboliu os preconceitos raciais. Mas as tendências sociais que ela permitiu surgir apagaram as fronteiras ideológicas e estruturais entre as várias classes sociais. Verifica-se o aburguesamento cada vez maior do operariado industrial da Inglaterra, América, Escandinávia e Alemanha. Para compreender como o fascismo se infiltra no seio da classe trabalhadora, é necessário acompanhar este processo desde a democracia burguesa até as "medidas de emergência", a supressão do parlamento e a clara ditadura fascista.

A "DOMESTICAÇÃO" DOS OPERÁRIOS INDUSTRIAIS

O fascismo penetra nos grupos de trabalhadores por duas vias: o chamado *lumpem proletariat* (expressão contra a qual todos se insurgem), pela corrupção material direta, e a "aristocracia dos trabalhadores", também por meio da corrupção material e da influência ideológica. Na sua falta de escrúpulos políticos, o fascismo alemão prometeu tudo a todos. No artigo "Capitalismo", do dr. Jarmer (*Angriff* de 24/set./1931), encontramos:

> No congresso do Partido Nacionalista Alemão, em Stettin, Hugenberg insurgiu-se, com agradável clareza, contra o capitalismo internacional. Mas acentuou, na mesma ocasião, a necessidade de um capitalismo nacional.
> Assim, voltou a traçar a linha de demarcação entre os nacionalistas alemães e os nacional-socialistas; pois estes têm consciência de que o sistema econômico capitalista, neste momento decadente em todo o mundo, tem de ser substituído por um sistema novo, porque mesmo no capitalismo nacional não pode reinar a justiça.

Estas frases soam quase como comunismo. É um exemplo de uma propaganda fascista apelando diretamente, e com intenções claramente enganadoras, para o ardor revolucionário do operariado industrial. Mas o grande problema é saber por que motivo o operariado nacional-socialista não reparou que o fascismo prometia tudo a todos. Era do conhecimento geral que Hitler negociava com grandes industriais, que deles recebia dinheiro prometendo proibir as greves. Foi sem dúvida a estrutura psicológica do trabalhador médio que o impediu de ver tais contradições, apesar do intenso trabalho de esclarecimento levado a cabo pelas organizações revolucionárias. Em conversa com o jornalista americano Knickerbocker, Hitler afirmou o seguinte sobre a questão do reconhecimento das dívidas privadas a países estrangeiros:

> Estou convencido de que os banqueiros internacionais compreenderão em breve que a Alemanha sob um governo nacional-socialista será um lugar seguro para investir, pois será paga uma taxa de juros de cerca de três por cento para os créditos (*Deutschland so order so*, p. 211).

Se à propaganda revolucionária cabia a tarefa importantíssima de "esclarecer o proletariado", o certo é que ela não podia limitar-se a apelar para a sua "consciência de classe", nem a chamar constantemente sua atenção para a situação econômica e política objetiva e muito menos a desmascarar permanentemente o engano de que ele era vítima. A primeira de todas as tarefas da propaganda revolucionária deveria ter sido a de levar em consideração e compreender as *contradições dos trabalhadores,* o fato de que não se estava diante de uma clara vontade revolucionária, temporariamente obscurecida, mas sim diante do fato de que os elementos revolucionários existentes na estrutura psíquica se encontravam, em parte, ainda por se desenvolver e, em parte, absorvidos por elementos estruturais reacionários que se opunham a eles. Conseguir destilar a mentalidade revolucionária das largas massas é, sem dúvida, a tarefa fundamental, no processo de conscientização da sua responsabilidade social.

Em épocas de "calma" democracia burguesa, apresentam-se ao operariado industrial duas possibilidades distintas: a identificação com a burguesia, que tem uma posição superior na escala social, ou a identificação com a sua própria classe social, que produz seus próprios estilos de vida antirreacionários. A primeira possibilidade significa invejar o reacionário, imitá-lo e, quando chegar a ocasião, adotar seus hábitos de vida. A segunda possibilidade significa rejeitar as ideologias e os hábitos de vida do reacionário. Dada a influência simultânea dos hábitos sociais e dos hábitos de classe, as duas possibilidades são igualmente fortes. O movimento revolucionário também não avaliou devidamente, e em muitos casos explorou de maneira errada, a importância dos pequenos hábitos do dia a dia, aparentemente irrelevantes. O diminuto apartamento da classe média baixa, que o "proleta" compra logo que tem os meios, mesmo que em outros pontos tenha mentalidade revolucionária; a consequente opressão da mulher, mesmo que ele seja comunista; a roupa "melhor" para os domingos; o estilo "correto" de dançar e outras mil "banalidades" acabam por exercer uma influência incomparavelmente mais reacionária quando repetidos dia após dia do que os efeitos positivos de milhares de discursos e panfletos revolucionários. A tacanhice da vida conservadora tem uma influência contínua, infiltra-se por cada faceta do cotidiano, enquanto o trabalho na fábrica e os panfletos revolucionários só têm uma breve influência. Foi por isso um grave erro o fato de se ter pretendido ir ao encontro das tendências conservadoras dos trabalhadores, por exemplo, organizando festas para conseguir uma "aproximação" das massas. O fascismo reacionário sabia ser muito mais eficiente. Não se alimenta a construção de hábitos de vida revolucionários. O "vestido longo" que a mulher do trabalhador adquiria para ir à tal "festa" é muito mais revelador da estrutura reacionária dos trabalhadores do que uma centena de artigos de jornal. O vestido longo ou a recepção em casa com cerveja são apenas os sinais exteriores de um processo no trabalhador, uma prova do fato de que a predisposição para receber a propaganda nacional-socialista já existia. E se o fascista, além disso, ainda prometia a "abolição do proletariado" e com essa promessa era bem-sucedido, isso era devido, em 90% dos casos, não ao programa econômico apresentado mas ao vestido longo. Devemos prestar mais, muito mais atenção a estes fenômenos do cotidiano. É sobre esses detalhes, e não com frases políticas que só provocam um entusiasmo passageiro, que se constrói concretamente o progresso social ou o seu contrário. Neste ponto, há um trabalho importante e frutífero a realizar. O trabalho revolucionário com as massas na Alemanha tem-se limitado quase exclusivamente à propaganda "contra a fome". A base desta propaganda, embora muito importante, mostrou-se estreita. A vida dos indivíduos das massas é constituída por milhares de coisas que se passam nos bastidores. Por exemplo, o jovem trabalhador logo que tenha podido saciar um pouco a fome é logo dominado por milhares de preocupações de natureza sexual e cultural. A luta contra a fome é de importância primordial, mas os processos ocultos da vida humana têm de ser trazidos à luz crua do palco, e que somos a um só tempo atores e espectadores, e isto deve ser feito sem reserva e sem medo das consequências.

Os trabalhadores devem mostrar-se extremamente criativos nesta tentativa de desenvolver suas próprias concepções de vida e sua própria visão das coisas. O fato de dominar os problemas sociais da vida cotidiana proporcionará um entusiasmo invencível às massas humanas agora envenenadas pela reação. É indispensável estudar estes problemas, detalhada, concreta e objetivamente, pois isso assegurará e acelerará a vitória da revolução. E não me venham agora objetar que tais propostas são utópicas. Somente esgotando todas as possibilidades de um modo de vida específico de democracia do trabalho, assumindo uma posição militante contra o pensamento reacionário e desenvolvendo militantemente a semente de uma cultura viva das massas humanas é que a paz duradoura será assegurada. Enquanto a irresponsabilidade social reacionária predominar sobre a responsabilidade social, o trabalhador muito dificilmente poderá tornar-se revolucionário, isto é, assumir um comportamento racional. Essa é ainda uma outra razão pela qual o trabalho psicológico entre as massas é tão imperativo.

O desprezo pelo trabalho manual (que é o elemento básico da tendência para imitar o trabalhador *white-collar* reacionário) constitui a base psicológica em que o fascismo se apoia logo que começa a se infiltrar nas classes trabalhadoras. O fascismo promete a abolição das classes, isto é, a abolição da condição de proletário, e assim joga com a inferioridade social sentida pelo trabalhador manual. Além disso, os trabalhadores vindos do campo para a cidade trazem consigo sua ideologia familiar que, como já provamos, é o terreno mais propício à ideologia nacionalista e imperialista. A isto vem juntar-se um processo ideológico no seio do movimento dos trabalhadores, ao qual até agora se tem prestado muito pouca atenção quando se avaliam as possibilidades de êxito do movimento revolucionário nos países de fraco ou de forte desenvolvimento industrial.

Kautsky considerou que, politicamente, o trabalhador da Inglaterra, altamente industrializada, é menos desenvolvido que o trabalhador de um país com fraco desenvolvimento industrial, como a Rússia (*Soziale Revolution,* p. 59-60, 2ª edição). Os acontecimentos políticos ocorridos nos diversos países do mundo durante os últimos trinta anos mostraram claramente que é mais fácil se verificarem movimentos revolucionários em países de fraco desenvolvimento industrial, como a China, o México ou a Índia, do que na Inglaterra, nos Estados Unidos e na Alemanha. Isto apesar dos movimentos de trabalhadores mais bem treinados e organizados, herdeiros de velhas tradições, que existem nestes países. Pondo de lado a burocratização do movimento de trabalhadores, que é, em si mesma, um sintoma patológico, surge o problema do forte enraizamento do conservantismo na social-democracia e nos sindicatos nos países ocidentais. *Do ponto de vista da psicologia de massas, a social-democracia apoia-se nas estruturas conservadoras dos seus adeptos.* Tal como no caso do fascismo, também aqui o problema está menos na política perseguida pelas lideranças partidárias do que na base psicológica dos trabalhadores. Permitam-me mencionar alguns fatos significativos que poderão esclarecer um ou dois enigmas. São os seguintes:

No capitalismo primitivo, verificava-se, além de uma rigorosa divisão econômica entre a burguesia e o proletariado, uma divisão ideológica igualmente nítida e em particular uma divisão estrutural. A inexistência de qualquer espécie de política social, as castrantes dezesseis ou mesmo dezoito horas de trabalho diário, o baixo nível de vida do operário industrial, como aparece na descrição clássica de Engels em "A situação da classe operária na Inglaterra", não permitiam qualquer assimilação estrutural do proletariado pela burguesia. A estrutura do proletariado do século XIX caracterizava-se por uma resignada submissão ao destino. O estado de espírito deste proletariado, incluindo o campesinato, era de indiferença e apatia. Mas o pensamento burguês praticamente não existia e, por isso, tal apatia não impedia que, em ocasiões propícias, se pudessem desenvolver sentimentos revolucionários que chegavam a atingir um grau inesperado de intensidade e decisão. Na fase mais adiantada do capitalismo, o processo tornou-se diferente. Tendo o movimento operário organizado conseguido impor algumas conquistas políticas e sociais, como a limitação do horário de trabalho, direito de voto, sistema de previdência social, isto se refletiu, por um lado, no fortalecimento da classe, mas, por outro lado, iniciou-se um processo oposto: à elevação do nível de vida correspondeu uma assimilação estrutural à classe média. Com a elevação da posição social das pessoas, o "olhar das pessoas voltava-se para cima". Esta adoção dos hábitos da classe média intensificou-se em épocas de prosperidade mas o consequente efeito desta adaptação, em épocas de crise econômica, foi obstruir o desenvolvimento da consciência revolucionária.

A força da social-democracia durante os anos de crise mostra quão completamente os trabalhadores estavam contaminados por esta mentalidade conservadora. Assim, esta força não deve ser explicada apenas no âmbito puramente político. Interessa agora compreender também os seus elementos essenciais. Aqui sobressaem dois fatos: a ligação emocional do *führer,* isto é, a fé inabalável na infalibilidade do chefe político[9] (apesar de todas as críticas, nunca postas em prática), e a assimilação à moral sexual da classe média baixa conservadora. Esta assimilação à classe média tem sido em toda parte promovida energicamente pela classe média alta. Esta, se no início tinha recorrido ligeiramente ao cassetete, guardava-o agora na reserva, enquanto o fascismo ainda não triunfara, utilizando-o apenas em relação aos operários revolucionários; para a grande massa dos trabalhadores social-democratas, preferia recorrer a um expediente mais perigoso: a ideologia conservadora, em todos os campos.

---

9. No verão de 1932, depois de um congresso em Leipzig, falei sobre a crise política com trabalhadores social-democratas que tinham assistido ao congresso. Eles davam razão a todos os argumentos contra a "via para o socialismo" propagandeada pela social-democracia, mas, no restante, mal se distinguiam dos comunistas. Perguntei a um deles por que motivo não eram consequentes e se separavam dos seus dirigentes. A resposta deixou-me estupefato, tão contrária que era às opiniões até então emitidas: *"Os nossos dirigentes decerto sabem o que fazem".* Isto constitui uma prova impalpável da contradição em que se encontrava o trabalhador social-democrata: a ligação ao chefe não permite que sejam postas em práticas as críticas formuladas à sua política. Assim se compreendeu melhor o grave erro cometido ao se tentar conquistar trabalhadores social-democratas denegrindo os seus dirigentes. Isso só os podia afastar, devido à sua identificação com o chefe. A podridão interna da social-democracia alemã revelou-se claramente quando da prisão de Severing, ministro do Interior, social-democrata, levada a cabo por poucos homens armados, pouco antes da subida de Hitler ao poder. Doze milhões de social-democratas não impediram essa prisão.

Ora, no momento em que o trabalhador social-democrata sofreu a crise econômica que o rebaixou ao *status* de *coolie**, o desenvolvimento de seu sentimento revolucionário foi afetado pelos decênios de estrutura conservadora. Ou permaneceu no terreno da social-democracia, apesar de toda crítica e rejeição de suas políticas, ou então voltou-se para o Partido Nacional-Socialista, procurando uma melhor colocação. Irresoluto ou indeciso diante das fortes contradições entre mentalidade revolucionária e sentimentos conservadores, desiludido com suas lideranças, ele seguiu o caminho do menor esforço. A partir daí, competia apenas à correta ou incorreta liderança do partido revolucionário conseguir, através de uma condução correta das massas, que elas se dispusessem a renunciar às suas tendências conservadoras, adquirindo plena consciência da sua responsabilidade no processo de produção, isto é, ganhando consciência revolucionária. Do ponto de vista psicológico, revelou-se correta, portanto, a afirmação comunista de que a política social-democrata tinha contribuído para a ascensão do fascismo. A desilusão com a social-democracia, aliada à contradição entre a miséria econômica e uma maneira de pensar conservadora, leva ao fascismo, se não houver organizações revolucionárias. Na Inglaterra, por exemplo, depois do fiasco da política do partido trabalhista em 1930-1931, o fascismo começou a se infiltrar entre os trabalhadores que, nas eleições de 1931, escolheram a direita, e não o comunismo. Também a Escandinávia democrática esteve seriamente ameaçada por um processo semelhante[10].

Rosa Luxemburgo defendia a opinião de que o combate revolucionário não era possível com *coolies* (*Obras completas*, p. 647 do volume 4 da edição alemã); é lícito perguntar a que *coolies* se referia: aos de *antes* ou aos de *depois* da estruturação conservadora. Antes, lidávamos com um *coolie* que tinha uma obtusidade quase impossível de penetrar, mas também uma grande capacidade para a

---

* Trabalhador não especializado do Extremo Oriente. (N. E.)
10. O posterior colapso da Noruega, em 1940, pode ser atribuído, em grande parte, ao mesmo efeito do conservantismo social-democrata. Por exemplo, o governo social-democrata proibira desfiles de unidades militares. Mas, em 1939, os fascistas noruegueses eram ainda os únicos que desfilavam nas ruas e faziam exercícios. A traição de Quisling foi grandemente facilitada por esse "liberalismo".

ação revolucionária; depois deparamos com um *coolie desiludido*. Será que não é mais difícil atingir suas inclinações revolucionárias? Por quanto tempo poderá o fascismo utilizar em seu benefício a desilusão das massas com a social-democracia e sua "revolta contra o sistema"? Embora não possamos decidir aqui estas graves questões, o certo é que o movimento revolucionário internacional terá de levar tudo isto em consideração, se pretende alcançar a vitória.

Capítulo 3

A teoria da raça

SEU CONTEÚDO

O eixo teórico da ideologia fascista alemã é a sua teoria racial. O programa econômico conhecido por programa dos 25 pontos aparece na ideologia fascista meramente como um meio "para melhorar a raça germânica geneticamente e protegê-la de cruzamentos com outras raças", os quais, na opinião dos nacional-socialistas, significam sempre o declínio da "raça superior". Os nacional-socialistas vão mais longe, atribuindo o declínio de uma cultura à mistura das raças. Assim, o "conservar o sangue e a raça puros" é a tarefa mais sublime de uma nação, e para a sua realização todos devem estar prontos para qualquer sacrifício. Esta teoria foi posta em prática na Alemanha e nos territórios ocupados pelos alemães através de toda a espécie de perseguição aos judeus.

A teoria da raça parte do pressuposto de que o acasalamento de cada animal exclusivamente com os da sua espécie é a "lei de ouro" da natureza. Esta lei só poderia ser violada em circunstâncias excepcionais, como, por exemplo, o cativeiro, que justificariam o cruzamento de raças. A natureza, no entanto, vingar-se-ia e opor-se-ia a isso por todos os meios, quer provocando a esterilidade dos bastardos, quer limitando a fertilidade dos seus descendentes. Em cada cruzamento de dois seres de "níveis" diferentes haveria, entre os seus descendentes, um ser intermediário. Como a natureza tende para um aprimoramento da espécie, o abastardamento contraria a lei da natureza. Esse processo de seleção dos seres superiores também se verifica na luta diária pela sobrevivência na qual sucumbem os mais fracos, isto é, os seres de raça inferior. Este processo corresponde logicamente à "vontade da natureza", pois o progresso e a seleção cessariam se os mais fracos, que são mais numerosos, conseguissem suplantar os seres superiores, que estão em desvantagem numérica. Deste modo, a natureza submete os mais fracos a difíceis condições de vida como meio de limitar o seu número: mas não permite, por outro lado, que o resto se multiplique indiscriminadamente: antes efetua uma escolha impiedosa, segundo critérios de força e de saúde.

Os nacional-socialistas começaram a aplicar às pessoas esta suposta lei natural. O raciocínio deles era o seguinte: a experiência da história ensina que da "mistura do sangue ariano" com povos "inferiores" resulta sempre o declínio dos fundadores da cultura. Em consequência disso, o nível da raça superior é rebaixado e seguido de uma regressão física e espiritual; isto marca o começo de um "declínio" progressivo.

Hitler afirma que o continente norte-americano manterá a sua força enquanto [o habitante alemão] "não for vítima da profanação do sangue" (*Mein Kampf*, p. 286), isto é, enquanto não se cruzar com povos não germânicos.

"Mas provocar esse processo significa exatamente cometer um pecado contra a vontade do criador eterno" (*Mein Kampf*, p. 286). Estas concepções são claramente de natureza mística; a natureza "ordena" e "quer" "de acordo com a razão". Isto é culminação lógica da metafísica biológica.

Segundo Hitler, deve-se dividir a humanidade em três raças: as fundadoras da civilização, as portadoras da civilização e as destruidoras da civilização. A única raça fundadora de uma civilização seria a ariana, pois dela provêm "os alicerces e as muralhas das criações humanas". Os povos asiáticos, como os japoneses[1] e os chineses, que são portadores de civilização, ter-se-iam limitado a absorver a civilização ariana, adaptando-a a novas formas. Os judeus seriam, pelo contrário, uma raça destruidora de civilizações. A existência de

---

1. O irracionalismo político veio a revelar-se mais tarde nas alianças militares entre uma raça superior e uma raça inferior.

"seres humanos inferiores" é a primeira condição indispensável para a criação de uma civilização. A primeira civilização humana foi baseada na utilização de raças humanas inferiores. Antes que fossem os cavalos a puxar a carroça, tinham-no feito os vencidos. O ariano, como conquistador, tinha subjugado as massas humanas inferiores, regulando depois a sua atividade sob as suas ordens, de acordo com a sua vontade e para os seus próprios fins. Mas, logo que os vencidos começaram a utilizar a língua e a adotar o estilo dos "senhores", e a nítida demarcação entre senhores e escravos se apagou, o ariano renunciou à pureza do seu sangue e perdeu o "seu lugar no paraíso". Desta maneira perdeu também seu gênio cultural. Não esqueçamos que Adolf Hitler representa o florescimento da civilização.

> O cruzamento de sangues e a consequente queda do nível da raça constituem a única causa da morte das velhas culturas; porque os homens não sucumbem por perderem guerras, mas por perderem a capacidade de resistência que é característica do sangue puro (*Mein Kampf*, p. 296).

Não interessa refutar aqui, objetiva e tecnicamente, esta concepção fundamental. Ela encontra um argumento na hipótese da seleção natural, de Darwin, que é, em alguns pontos, tão reacionária como é revolucionária a sua prova da origem das espécies a partir de formas de vida inferiores. Essa concepção constitui ainda um disfarce para a função imperialista da ideologia fascista. Se os arianos são os únicos povos fundadores de civilização, podem reivindicar o domínio do mundo, em virtude do seu destino divino. De fato, uma das principais pretensões de Hitler era o alargamento das fronteiras do império alemão, especialmente "para leste", isto é, para território da Rússia soviética. Deste modo, podemos ver que a exaltação da guerra imperialista se enquadra perfeitamente dentro desta ideologia:

> ... Mas o objetivo pelo qual se combateu durante a guerra era o mais sublime e poderoso que o homem pôde conceber: era a liberdade e independência da nossa nação, a garantia de nosso futuro suprimento de alimentação e nossa honra nacional (*Mein Kampf*, p. 177).

O único aspecto que aqui nos interessa é a origem irracional destas ideologias, que, vendo objetivamente, estão em conformidade com os interesses do imperialismo alemão; antes de mais nada interessa-nos as contradições e incongruências na teoria da raça. Por exemplo, os teóricos da raça, que invocam uma lei biológica, como base da sua teoria, omitem o fato de que a seleção das raças nos animais é um produto artificial. Não interessa saber se o cão e o gato têm uma aversão instintiva ao cruzamento, mas sim se o cão pastor-alemão e o galgo-eslávico sentem a mesma aversão.

Os teóricos da raça, que são tão antigos quanto o próprio imperialismo, pretendem criar a pureza racial em povos nos quais, em consequência da expansão da economia mundial, a mistura das raças se encontra numa fase tão adiantada, que tal pureza da raça só é concebível e aceitável por cérebros decadentes. Não nos vamos referir aqui ao outro absurdo de considerar que se verificaria na natureza uma delimitação das raças, e não exatamente o contrário: o acasalamento indiscriminado dentro da mesma espécie. No presente estudo da teoria racial que, em vez de partir de realidades para juízos de valor, parte de juízos de valor para chegar à deformação da realidade, não nos interessa o seu conteúdo racional. Também não é com argumentos que podemos lidar com um fascista que está narcisisticamente convicto da superioridade suprema do seu teutonismo, pelo simples motivo de que ele não trabalha com argumentos, mas sim com sentimentos irracionais. É inútil, portanto, tentar provar-lhe que os negros e os italianos não são racialmente "inferiores" aos germânicos. Sente-se "superior", isso é tudo para ele. A única maneira de abalar a teoria racial é revelar as suas funções irracionais, que são, essencialmente, duas: dar expressão a certas correntes inconscientes e emocionais que predominam no homem predisposto ao nacionalismo, e encobrir certas tendências psíquicas. Limitar-nos-emos a abordar esta última função. Interessa-nos particularmente o fato de Hitler falar de "incesto" para se referir ao cruzamento de um ariano com um não ariano, quando, comumente, a palavra incesto é usada para a relação sexual entre pessoas ligadas pelo sangue. Como tamanho disparate pode ser exposto numa "teoria" que pretendia ser a base de um mundo novo, um "Terceiro Reich"? Se nos habituarmos à ideia de que a base emocional, irracional de tal hipótese deve sua existência, em última análise, a fatores existenciais definidos, quando nos libertarmos da ideia de que a descoberta dessas fontes irracionais de concepção de vida, surgidas numa base irracional, significa relegar a questão para o campo da metafísica, então compreenderemos não só as condições históricas que deram origem ao pensamento metafísico, mas também a sua substância material. Os resultados falam por si.

FUNÇÃO OBJETIVA E SUBJETIVA DA IDEOLOGIA

O motivo mais frequente para equívocos quanto às relações de uma ideologia com a sua função *histórica* reside na não diferenciação entre a sua função objetiva e subjetiva. As concepções defendidas pela ditadura têm de ser inicialmente compreendidas a partir da base econômica de que provêm. Assim, a teoria racial fascista e a ideologia imperialista têm uma relação concreta com os objetivos imperialistas de uma classe dominante que pretende solucionar dificuldades de natureza econômica. Durante a Primeira Guerra Mundial, tanto o nacionalismo alemão como o francês invocaram a "Grandeza da Nação", que camuflava as tendências de expansão econômica do grande capital desses países. Não é, porém, nesses fatores econômicos que reside a essência da respectiva teoria; constituem apenas a base social em que essas ideologias podem apoiar-se. Em resumo, constituem as condições indispensáveis na gênese de tais ideologias. Por vezes, o nacionalismo nem se encontra representado objetivamente no plano social e muito menos pode ser identificado com pontos de vista raciais. Na antiga Áustria-Hungria, o nacionalismo não se identificava com a raça, mas sim com a "pátria" austro-húngara. Quando, em 1914, Bethmann-Hollweg fez um apelo "ao teutonismo contra o eslavismo", logicamente deveria ter marchado contra a Áustria, Estado predominantemente eslavo. Disto se conclui que as condições econômicas em que surge uma ideologia explicam a sua base material, mas não proporcionam um conhecimento imediato do seu fundo irracional. Este fundo surge diretamente da estrutura do caráter dos homens, sujeitos a determinadas condições econômicas e reproduzindo assim na ideologia o processo histórico-econômico. *À medida que desenvolvem as ideologias, os homens se transformam; é no processo de formação das ideologias que vamos encontrar o seu fundo material.* Assim, a ideologia surge com uma base material dupla: a estrutura econômica da sociedade e a estrutura típica dos homens que a produzem, estrutura esta que é, por sua vez, condicionada pela estrutura econômica da sociedade. Torna-se claro, assim, que o processo irracional de formação de uma ideologia cria, por sua vez, estruturas irracionais nos homens.

A estrutura do fascismo caracteriza-se pelo pensamento metafísico, fé não ortodoxa, obsessão por ideais éticos abstratos e fé na predestinação divina do *führer.* Estas características estão associadas a um estrato mais profundo, que se caracteriza por uma forte ligação autoritária a um *führer* ideal ou à nação. A crença numa "raça de senhores" foi a mola mais poderosa, tanto para a ligação das massas nacional-socialistas *ao führer* como o fundamento da sua aceitação voluntária da escravidão. Além disso, desempenha um papel decisivo a forte identificação com *o führer,* a qual serve para dissimular a situação real como um insignificante membro da massa. Apesar da sua vassalagem, cada nacional-socialista sente-se um "pequeno Hitler". Mas o que interessa agora é a base caracterológica destas atitudes. É necessário tentar descobrir as funções dinâmicas que, sendo elas próprias determinadas pela educação e pela atmosfera social como um todo, remodelam as estruturas humanas a ponto de nelas poderem surgir tendências tão reacionárias e irracionais; de tal modo que, prisioneiras de uma total identificação com *o führer,* as massas não compreendem a ignomínia que para elas representa a designação de "inferiores".

Se pusermos de lado a cegueira provocada pela fraseologia ideológica, se atentarmos para o seu conteúdo irracional e conseguirmos articulá-lo convenientemente com os elementos da economia sexual sobre o processo de formação de ideologias, o que à primeira vista impressiona é a identificação estereotipada entre *"envenenamento de raça"* e *"envenenamento do sangue".* Que significado se deverá atribuir a isso?

PUREZA DE RAÇA, ENVENENAMENTO DO SANGUE E MISTICISMO

"Paralelamente à contaminação política, moral e social do povo, tem-se verificado, de muitos anos para cá, um envenenamento, não menos terrível, do corpo do povo... [pela] sífilis..." (*Mein Kampf*, p. 246). A sua causa principal foi a prostituição do amor.

... A causa está, primordialmente, na nossa prostituição do amor. Mesmo que ela não resultasse nessa terrível epidemia, teria consequências extremamente funestas para o homem, pois os danos morais resultantes da degeneração são por si só suficientes para provocar a decadência lenta mas segura de um povo. Esta judaização da nossa vida espiritual e a introdução do mercantilismo nos nossos instintos sexuais acabarão por corromper, mais cedo ou mais tarde, toda a nossa descendência (*Mein Kampf*, p. 247).

Hitler resume assim a sua posição:

O pecado contra o sangue e a profanação da raça é o pecado original deste mundo e o fim de uma humanidade que se entrega a ele (*Mein Kampf*, p. 249).

Segundo este ponto de vista, o cruzamento das raças leva à mistura do sangue e, consequentemente, ao "envenenamento do corpo do povo".

... Os resultados mais visíveis desta contaminação das massas pela [sífilis] encontramo-los... nos nossos filhos. Estes, especialmente, são o lamentável produto da contaminação progressiva da nossa vida sexual. Nas doenças dos filhos estão patentes os vícios dos pais (*Mein Kampf*, p. 248).

A alusão aos "vícios dos pais" só pode significar o fato de estes se terem misturado com sangue de outras raças, especialmente com sangue judeu, introduzindo assim a "peste judia mundial" no sangue ariano "puro". É necessário notar que essa teoria do envenenamento está estreitamente ligada à tese política do envenenamento do teutonismo pelo "judeu do mundo Karl Marx". Uma das principais concepções políticas do nacional-socialismo e do seu antissemitismo tem raízes no medo irracional da sífilis. Consequentemente, *a pureza* da raça, isto é, *a pureza do sangue*², é um objetivo fortemente desejável e deve-se lutar por ele com todos os meios.

Hitler insistiu incansavelmente em que devemos nos dirigir às massas não com argumentos, provas e conhecimentos, mas por meio de sentimentos e crenças. Na linguagem dos nacional-socialistas, como Keyserling, Driesch, Rosenberg, Stapel e outros, os elementos nebulosos e místicos são tão brilhantes que vale a pena analisar essa característica.

O que se esconde, afinal, atrás do misticismo dos fascistas que tão profundamente fascinou as massas?

A análise das "provas" de que a teoria fascista da raça está certa, apresentada por Rosenberg no *Mythus des 20, Jahrhunderts,* dá-nos a resposta a essa questão. Rosenberg escreve logo no início:

---

2. O *Times* escrevia na sua edição de 23 de agosto de 1933: "O filho e a filha do embaixador norte-americano em Berlim encontram-se entre os estrangeiros que, no domingo, 13 de agosto, assistiram, em Nuremberg, ao modo como uma jovem foi conduzida pelas ruas; tinha a cabeça raspada e um cartaz preso às tranças cortadas na altura dos ombros, com a seguinte inscrição: 'Entreguei-me a um judeu'.

Muitos outros estrangeiros foram igualmente testemunhas desse espetáculo. Há sempre turistas estrangeiros em Nuremberg, e o cortejo desenrolou-se de tal modo que poucas pessoas no centro da cidade poderiam ter deixado de ver a jovem. A moça, descrita por alguns estrangeiros como sendo magra, delicada e extremamente bonita, apesar da cabeça raspada e do estado em que se encontrava, foi conduzida ao longo da fila de hotéis internacionais das proximidades da estação, através das ruas principais, cuja circulação se encontrava vedada pela multidão, e, depois, de restaurante em restaurante. Era escoltada por soldados nazis e seguia-se uma multidão calculada, por observadores fidedignos, em cerca de 2000 pessoas. Tropeçou algumas vezes e os S.A. que a acompanhavam obrigaram-na sempre a voltar a ficar em pé, tendo-a por vezes levantado nos braços, para que os espectadores afastados a pudessem ver; nestas ocasiões, a multidão insultava-a e convidava-a, por zombaria, a fazer um discurso.

Em Neu-Ruppin, nos arredores de Berlim, uma jovem foi igualmente escoltada através da cidade por não se ter erguido quando era tocado o canto de Horst-Wessel. No peito e nas costas foram-lhe colocados cartazes com a seguinte inscrição: 'Eu, desavergonhada criatura, ousei permanecer sentada enquanto se tocava o canto Horst-Wessel, ofendendo assim as vítimas da revolução nacional-socialista.'

Mais tarde, a mesma jovem foi outra vez conduzida pelas ruas. A hora do 'espetáculo' tinha sido anunciada com antecedência no jornal local, de modo que foi possível reunir uma grande multidão.".

Os valores da alma da raça, que são as forças motoras de uma nova concepção do mundo, ainda não se converteram em parte da consciência viva. Mas a alma é a raça vista por dentro. Reciprocamente, a raça é o mundo exterior da alma (*Mythus*, p. 22).

Aqui temos uma das numerosíssimas frases tipicamente nacional-socialistas, frases que à primeira vista não fazem sentido ou que parecem escondê-lo deliberadamente, mesmo de quem as escreveu. É preciso conhecer e saber considerar devidamente os efeitos psicológicos que, precisamente, essas frases místicas exercem sobre as massas, para compreender também o seu alcance político, de natureza irracional. Rosenberg escreve mais adiante:

> Assim, a história da raça é ao mesmo tempo a história da natureza e misticismo da alma, ao passo que a história da religião do sangue é, ao contrário, a grande história mundial da ascensão e da decadência dos povos, dos seus heróis e dos seus pensadores, dos seus inventores e dos seus artistas.

Reconhecer este fato significa admitir que a "luta do sangue" e o "misticismo intuitivo do fenômeno existencial" não são duas coisas diferentes, mas uma única e mesma coisa representada de maneiras diferentes. "Luta do sangue", "misticismo intuitivo do fenômeno existencial", "ascensão e decadência dos povos", "envenenamento do sangue", "a peste judia mundial", tudo isto são partes e pedaços da mesma linha que começa na "luta do sangue" e termina no terror sangrento contra o "materialismo judaico" de Marx e, finalmente, no genocídio dos judeus.

Não prestamos um bom serviço à causa da liberdade se apenas escarnecemos do misticismo. Ele precisa ser desmascarado e reduzido ao conteúdo irracional em que se baseia. Esse misticismo em grande parte e naquilo que tem de mais importante é o processo biológico energético, concebido de modo irracional e místico, da expressão máxima da ideologia sexual reacionária. *A concepção da "alma" e da sua "pureza" é o credo da assexualidade,* da "pureza sexual". Basicamente, é um sintoma do recalcamento sexual e do medo da sexualidade, determinado pela sociedade de tipo autoritário e patriarcal.

"A controvérsia entre o sangue e o meio ambiente, entre o sangue e o sangue, é o único fenômeno ao nosso alcance, depois do qual nada mais nos é permitido procurar e investigar", diz Rosenberg. Mas ele se engana: somos suficientemente pouco modestos para investigar, e não apenas expor, sem sentimentalismos, o processo vivo "entre o sangue e o sangue", e também para destruir assim um dos pilares da ideologia nacional-socialista.

Deixemos o próprio Rosenberg explicar que a base essencial da teoria fascista da raça é o terrível medo da sexualidade natural e da função do orgasmo. Rosenberg tenta servir-se do exemplo dos gregos para provar a exatidão da tese segundo a qual a ascensão e a decadência dos povos têm a sua origem nos cruzamentos de raças e no "envenenamento do sangue". Assim, os gregos teriam sido originariamente os representantes da raça nórdica pura. Os deuses Zeus, Apolo e Atena teriam sido "símbolos de uma piedade muito grande e autêntica", guardiões e protetores do que é "nobre e festivo", "defensores da ordem, exemplos da harmonia das forças espirituais, dos valores artísticos". Homero, proclama ele, nunca teve o menor interesse pelo "êxtase"; de Atena, ele afirma o seguinte:

> ...o símbolo do raio consumidor da vida, saído da cabeça de Zeus, a virgem sensata e prudente, protetora do povo helênico e escudo infalível em suas batalhas.
>
> Estas criações piedosas da alma grega são provas da vida interior reta, ainda pura, do homem nórdico; são profissões de fé, no sentido mais elevado do termo, e expressão da confiança na sua própria espécie (*Mythus*, p. 41 ss.).

Os deuses do Oriente Próximo contrastam com estes deuses que simbolizam a pureza, o sublime e a religiosidade.

> Enquanto os deuses gregos eram heróis da luz e do céu, as divindades dos povos não arianos do Oriente Próximo tinham características todas terrenas.

Demétrio e Hermes seriam os descendentes orgânicos dessas "almas da raça"; *Dioniso, deus do êxtase, da volúpia, da excitação, representaria a "intrusão da raça estrangeira dos etruscos e o começo da decadência do helenismo".*

Com o fim de apoiar a sua tese da alma de uma raça, Rosenberg arbitrariamente separa os deuses em duas categorias: aqueles que representam o processo "positivo" do desenvolvimento cultural do helenismo, que ele chama grego, enquanto os outros, também originários do helenismo, que ele descreveu como deuses *estrangeiros*. Segundo Rosenberg, a pesquisa histórica com as "falsificações raciais" e erros na interpretação do helenismo é responsável pela nossa não compreensão dos gregos.

O grande romantismo alemão sente, com o frêmito da veneração, que véus cada vez mais escuros encobrem os deuses luminosos do céu, e mergulha profundamente no instintivo, no amorfo, no demoníaco, no sexual, no extático, no ctônico, na *veneração da mãe* [o grifo é meu]. E ainda se supõe que tudo isso seja uma característica dos gregos (*Mythus*, p. 43).

Todas as formas de filosofia idealista não bastam para investigar as condições que proporcionaram o aparecimento do "extático" e do "instintivo" em determinadas épocas culturais; pelo contrário, têm tendência a enredar-se em juízos abstratos sobre esse fenômeno, ditados por essa mesma concepção da cultura que, à força de se elevar acima do "terrestre" (natural), acabou por ser vítima dessa elevação. Também nós chegamos a um juízo de valor sobre tais fenômenos, mas o deduzimos das condições do processo social que aparece como sintomas do "declínio" de uma civilização. Assim, somos capazes de reconhecer as forças que impulsionam para a frente e as que servem de entrave, e compreender o fenômeno do declínio como acontecimento histórico e, finalmente, vislumbrar as sementes da nova forma cultural que, então, ajudaremos a se desenvolver. Quando, em face da decadência da civilização autoritária do século XX, Rosenberg relembra-nos o exemplo do destino dos gregos, está-se colocando ao lado das tendências conservadoras da história, apesar da sua defesa do "renascimento" do teutonismo. Tornaremos mais sólida a nossa posição em relação à revolução cultural e ao seu núcleo econômico-sexual se conseguirmos compreender o ponto de vista da reação política. Para o filósofo reacionário da cultura, só há duas alternativas: resignação e ceticismo ou então tentar fazer voltar a roda da história, por meios "revolucionários".

Mas, se mudarmos de perspectiva na concepção da cultura, se considerarmos o desabar da velha cultura não como o declínio da civilização em geral, mas apenas como o de uma *determinada* civilização, a autoritária, que traz em si a semente de uma nova forma de civilização verdadeiramente livre, então verificaremos automaticamente também uma mudança na maneira de considerar aqueles elementos culturais que antes eram taxativamente classificados como positivos ou negativos. Perceberemos então que a antiga forma de civilização está sendo "trabalhada" com a nova forma, esta baseada na autêntica liberdade. Trata-se apenas de compreender qual a atitude que a revolução toma em relação a esses fenômenos vistos pelas concepções reacionárias como sintomas de decadência. Por exemplo, é significativo que, em etnologia, a reação política se pronuncie pela teoria patriarcal, ao passo que o mundo revolucionário defenda a teoria matriarcal. Abstraindo de fatores históricos objetivos, essa tomada de posição reflete interesses inerentes às duas correntes sociológicas opostas, interesses que correspondem a processos até aqui desconhecidos da economia sexual. O matriarcado, que é um sistema historicamente demonstrado, não está apenas em acordo com a organização da democracia natural do trabalho, como também com a da sociedade organizada em base natural, na base da economia sexual[3]. Ao contrário, o patriarcado não só se baseia na economia autoritária, como também a sua organização no plano da economia sexual é catastrófica.

Muito depois de ter perdido o monopólio da investigação científica, a Igreja mantinha ainda solidamente enraizada a sua tese da "natureza moral do homem" e da sua disposição monogâmica etc. Foi por isso que as descobertas de Bachofen ameaçavam derrubar tudo isso. A organização sexual do matriarcado não surpreendia tanto pela organização consanguínea do parentesco, completamente diferente da nossa, mas pela autorregulação natural da vida sexual que ela tinha como consequência. O seu verdadeiro fundamento era a ausência de propriedade privada dos meios sociais de produção, como Morgan e Engels reconheceram. Para ser coerente, Rosenberg, como ideólogo do fascismo, é obrigado a negar a formação da cultura grega a partir de estágios prévios de organização matriarcal – historicamente *comprovados* – e prefere aventar a hipótese de que

---

3. Ver Morgan, *Sociedade primitiva;* Engels, *A origem da família;* Malinowski, *A vida sexual dos selvagens;* e Reich, *Der Einbruch der Sexualmoral (A irrupção da moral sexual repressiva).*

"os gregos adotaram (na fase dionisíaca) características que eram, tanto física quanto espiritualmente, estranhas à sua cultura".

A ideologia fascista, ao contrário da ideologia cristã (como veremos adiante), faz uma distinção entre as necessidades orgásticas do homem e as estruturas humanas, criadas na sociedade patriarcal autoritária, e as atribui a diferentes raças: *nórdico torna-se sinônimo de luminoso, augusto, celestial, assexual, puro;* enquanto *"Oriente Próximo "equivale a instintivo, demoníaco, sexual, extásico, orgástico.* Assim se explica por que as investigações "românticas e intuitivas" de Bachofen foram rejeitadas como teoria do que apenas "parece ser" a vida dos antigos gregos. Na teoria fascista da raça, a ansiedade do orgasmo do homem subjugado à autoridade aparece na sua forma absoluta; eternizado como o "puro" e oposto ao orgástico, ao animalesco. Assim, "o que é grego" e "o que é racial" tornam-se uma emanação de "o que é puro", que é "assexual", ao passo que no que é estranho à raça "o etrusco" representa "o que é animal" e, portanto, "inferior". Por essa razão, a ideologia fascista coloca o patriarcado na origem da história da raça ariana:

> É no solo da Grécia que se travou o primeiro grande combate historicamente decisivo entre valores raciais, o qual se decidiu em favor da natureza nórdica. A partir daí, o homem entraria na vida pela *luz do dia,* pela *própria vida;* das leis do céu e da luz, do espírito e da natureza do pai originou-se tudo aquilo a que damos o nome de cultura grega – a grande herança que recebemos da Antiguidade (Rosenberg).

A organização sexual da sociedade patriarcal autoritária, derivada das transformações da fase tardia do matriarcado (independência econômica da família do chefe em relação à linhagem materna, crescentes trocas entre as tribos, desenvolvimento dos meios de produção etc.), constitui a base primitiva da ideologia autoritária, pelo fato de privar da liberdade sexual a mulher, a criança e o adolescente, fazendo do sexo uma mercadoria e colocando os interesses sexuais a serviço da sujeição econômica. Agora sim, a sexualidade fica distorcida, convertendo-se em algo diabólico, demoníaco, que é necessário dominar. À luz das exigências patriarcais, a casta sensualidade do matriarcado aparece como o desencadear voluptuoso das forças mais obscuras. O dionisíaco torna-se um "desejo pecaminoso" que a cultura patriarcal só pode conceber como caótico e "sujo". Rodeado de estruturas da sexualidade humana e imbuído dessas estruturas que se tornaram distorcidas e lascivas, o homem da sociedade patriarcal torna-se pela primeira vez prisioneiro de uma ideologia que identifica, indissociavelmente, o sexual e sujo, sexual e vulgar ou demoníaco.

Mas este juízo de valor encontra uma justificação *racional* acessória.

Com a imposição da castidade, as mulheres tornam-se não castas, sob a pressão das suas necessidades sexuais; a sensualidade natural, orgástica, cede lugar à brutalidade sexual dos homens e, consequentemente, a mulher passa a considerar o ato sexual como desonroso. As relações sexuais extraconjugais não são suprimidas de fato, mas, com a alteração dos juízos de valor e com a abolição das instituições que, no matriarcado, as favoreciam e sancionavam, elas passam a estar em contradição com a moral oficial e, consequentemente, são praticadas às escondidas. Mas a mudança da posição que a sexualidade ocupa na sociedade implica também uma alteração da vivência interna da sexualidade. A contradição agora criada entre o natural e a "moralidade sublime" perturba a capacidade de satisfação da necessidade sexual dos indivíduos. O sentimento de culpa sexual agora associado à sexualidade destrói o decorrer natural e orgástico das relações sexuais e represa a energia sexual que finalmente acaba sendo liberada de várias maneiras. Deste modo, neuroses, aberrações sexuais e comportamentos sexuais antissociais surgem como fenômenos sociais permanentes. A sexualidade dos jovens e das crianças, à qual a democracia do trabalho das sociedades matriarcais atribuía um valor positivo, sofre uma repressão sistemática que só na forma é diferente. A sexualidade assim deformada, perturbada, brutalizada e rebaixada vem por sua vez reforçar a mesma ideologia que a criou. Aqueles que negam a sexualidade têm agora razões para argumentar que ela é algo de desumano e sujo; esquecem simplesmente que esta sexualidade suja não é a sexualidade natural, que é nada mais nada menos que a sexualidade da sociedade patriarcal. E a sexologia do patriarcado tardio, na era do capitalismo, não está menos influenciada por esses juízos de valor do que as concepções comuns, o que a condena a uma total esterilidade.

Veremos adiante de que modo o misticismo religioso se torna o centro organizado destes juízos de valor e destas ideologias. Fixemos, por enquanto, um único ponto: se o misticismo religioso nega o próprio princípio da economia sexual, se condena a sexualidade como um fenômeno humano errado que só pode ser redimido no Além, o fascismo nacionalista transfere a sensualidade sexual para a "raça estrangeira", relegando-o assim a uma posição inferior. O rebaixamento da "raça estrangeira" coincide a partir de agora, organicamente, com o imperialismo da fase tardia do patriarcado.

Na mitologia cristã, Deus nunca aparece sem a sua antítese, o Diabo, "Deus dos Infernos", e a vitória do Deus celestial sobre o Deus subterrâneo se torna símbolo da elevação humana. Nos mitos da cultura grega reflete-se o combate travado entre a biossexualidade orgástica e as tendências que favorecem a castidade. Aos olhos do moralista abstrato ou do filósofo mistificador, este combate adquire o significado de uma luta entre duas essências ou "ideias humanas", uma das quais é, de antemão, tida como vulgar, e a outra como "verdadeiramente humana" ou "sobre-humana". Mas se recuarmos até as origens materiais tanto desta "luta entre essências" como dos juízos de valor ligados a ela, se as inserirmos no lugar que lhes compete na estrutura social, atribuindo à sexualidade a importância que tem como fator histórico, chegaremos às seguintes conclusões: cada tribo que evoluiu da organização matriarcal para a organização patriarcal foi obrigada a modificar a estrutura sexual dos seus membros a fim de produzir uma sexualidade consoante com seu novo modo de vida. Isto tornou-se necessário porque o deslocamento do poder e da riqueza da *gens* democrática para a família autoritária do chefe se efetuou principalmente com o auxílio da repressão dos desejos sexuais das pessoas. Deste modo, a repressão sexual faz parte integrante da divisão da sociedade em classes.

O casamento e o dote que o acompanha constituem o ponto fundamental da passagem de uma organização para a outra[4]. Considerando que o dote entregue pela *gens* da mulher à família do homem promovia a supremacia dos homens, em especial a do chefe, posição de poder, os homens das *gens* e das famílias dominantes mostravam um interesse vivo na perpetuação dos laços conjugais. Nesta fase era apenas o homem, e não a mulher, que tinha interesse no casamento. Foi assim que a simples aliança da democracia natural do trabalho,

---

4. Provas disso podem ser encontradas em *Der Einbruch der Sexualmoral*.

que podia ser rompida em qualquer momento, transformou-se no casamento monogâmico e permanente do patriarcado. O casamento monogâmico permanente tornou-se a instituição básica da sociedade patriarcal – e continua sendo até hoje. Mas, a fim de preservar esses casamentos, foi necessário restringir e depreciar cada vez mais as tendências genitais naturais. Esse processo não atingiu apenas a classe "inferior", cada vez mais explorada: foi precisamente as classes que desconheciam qualquer clivagem entre a sexualidade e a moralidade que foram obrigadas então a sentir tais conflitos. É que a moralidade compulsiva não tem apenas um efeito externo; sua força total não é sentida enquanto não for *internalizada,* até que se transforme em uma inibição sexual ancorada na estrutura. Durante as diferentes fases do processo, predominarão os diferentes aspectos do conflito. Nas fases iniciais, prevalece a necessidade sexual; mais tarde, é a inibição moral compulsiva que prevalece. Em épocas em que toda a organização social mergulha na convulsão, o conflito entre a sexualidade e a moralidade compulsiva necessariamente se aguça. Isso será classificado por uns como decadência moral e por outros como "revolução sexual". De qualquer modo, a ideia da "degeneração cultural" é a representação da irrupção da sexualidade natural. Esta irrupção só é considerada como "degeneração" porque constitui uma ameaça para a moralidade compulsiva. Objetivamente, é apenas o sistema de ditadura sexual que desaba, sistema este que mantinha sólidas as instâncias da moral repressiva no indivíduo, como forma de defender o casamento e a família autoritária. Na antiga Grécia, cuja história escrita só começa numa fase de pleno desenvolvimento do patriarcado, encontramos a seguinte organização sexual: domínio dos homens, heteras para as classes superiores e prostituição para as classes médias e inferiores; e, a par disto, esposas escravizadas, que levam uma existência desgraçada e apenas servem de máquinas de reprodução. O domínio masculino da era platônica é inteiramente homossexual[5].

As contradições na economia sexual da Grécia tardia revelaram-se claramente quando a instituição estatal grega entrou em declínio político e econômico. Na opinião do fascista Rosenberg, o

---

5. O mesmo princípio domina a ideologia fascista da camada dirigente masculina (Blüher, Roehm etc).

espírito "ctônico" mistura-se com o "apolíneo" na era dionisíaca, e ambos perecem. O falo, escreve Rosenberg, torna-se o símbolo da visão do mundo da Grécia tardia. Na interpretação fascista, portanto, o retorno à sexualidade natural é visto como fenômeno de decadência, como concupiscência, lascívia e imundície sexual. Isto, no entanto, não é apenas uma fantasia fascista: corresponde à situação real de flagrante contradição que caracteriza a vivência dos homens daquela época. As "festas dionisíacas" correspondem às orgias e aos bailes de máscaras das nossas classes reacionárias. Mas é necessário saber exatamente como se processavam tais festas, para não incorrer no erro muito comum de considerar as festas "dionisíacas" como o auge da vivência sexual. Em nenhuma outra parte são tão evidentes as contradições insolúveis entre o desejo sexual dissoluto e a capacidade de experiência sexual enfraquecida pela moralidade. "A lei dionisíaca da eterna satisfação sexual significa uma mistura sem obstáculos de raças, entre a raça helênica e os povos do Oriente Próximo de todas as tribos e de todos os feitios" (*Mythus*, p. 52). Imagine-se por um momento que um historiador do quarto milênio venha a considerar as orgias sexuais do século XX como mistura desenfreada dos alemães com negros e judeus de "todas as raças e feitios"!

Vemos aqui claramente a função da ideia da mistura das raças. E uma defesa contra o espírito dionisíaco, uma defesa enraizada no interesse econômico da sociedade patriarcal no casamento. É por isto que, também na história de Jasão, o casamento obrigatório aparece como baluarte contra a prática do heterismo.

As "heteras" são mulheres que não se dobram ao jugo do casamento obrigatório, fazendo valer a sua reivindicação de decidirem, elas próprias, a sua vida sexual. Mas esta exigência entra em contradição com a educação que receberam na infância, educação essa que tornou o organismo incapaz de uma vivência sexual plena.

Por este motivo, a hetera lança-se em aventuras, para escapar à sua homossexualidade, ou vive as duas experiências ao mesmo tempo, dilacerada e cheia de perturbação. O heterismo é completado pela homossexualidade dos homens que, em consequência da vida conjugal que lhes é imposta, recorrem às heteras ou aos efebos, tentando assim restaurar a sua capacidade de vivência sexual. A estrutura sexual dos fascistas, os quais defendem o mais rigoroso sistema patriarcal e reconstituem efetivamente, na sua vida familiar, a vida sexual da época platônica – isto é, "pureza" em ideologia e desintegração e patologia na prática real –, deve ser semelhante às condições sexuais da era platônica. Rosenberg e Blüher, ao reconhecerem o Estado apenas como instituição masculina, fazem-no numa base homossexual. É curioso notar como esta ideologia acaba resultando na negação do valor da democracia. Pitágoras é rejeitado por ter sido o profeta da igualdade de todos os homens, o "anunciador do telurismo democrático e da comunidade de bens e mulheres". A estreita associação entre essas noções – "comunidade de bens e de mulheres" – desempenha um papel central na luta antirrevolucionária. A democratização da dominação da classe patrícia em Roma, que até o século V fornecia 300 senadores vindos de 300 famílias nobres, é atribuída ao fato de, a partir desse século, terem sido permitidos os casamentos entre patrícios e plebeus, o que é considerado como o início da "deterioração da raça". Deste modo, também a democratização de um sistema político resultante de casamentos mistos é interpretada como um sinal de decadência de uma raça. Neste ponto revela-se inteiramente o caráter reacionário da teoria racial: pois agora também as relações sexuais entre gregos ou romanos de *classes* diferentes são consideradas como mistura perniciosa de raças. *Os indivíduos da classe reprimida são equiparados a seres de raças estrangeiras.* Em outra passagem, Rosenberg refere-se ao movimento dos trabalhadores como a "ascensão da humanidade do asfalto das grandes metrópoles, com todos os refugos asiáticos" (*Mythus*, p. 66). *Por trás da noção da mistura com raças estrangeiras esconde-se, portanto, a ideia de relações sexuais com indivíduos da classe reprimida,* o que, por sua vez, esconde a tendência da reação política para a segregação das classes: segregação muito nítida no plano econômico, mas totalmente inexistente do ponto de vista da moral sexual, devido às restrições sexuais impostas à mulher da classe média. Mas se as misturas sexuais entre as classes significam também o solapamento da classe dominante, criam, ao mesmo tempo, a possibilidade de uma "democratização", isto é, da proletarização da juventude "aristocrática". Em qualquer ordem social, as camadas inferiores desenvolvem ideias e comportamentos sexuais que representam um perigo para a classe dominante de qualquer sociedade autoritária[6].

---

6. Cf. a apreciação da "casta impura" na sociedade patriarcal indiana.

Se, por trás da noção da mistura de raças, se esconde, em última análise, a ideia da mistura de membros da classe dominante com membros das classes dominadas, encontramos certamente a chave do problema relativo ao papel que a repressão sexual desempenha na sociedade de classes. Distinguem-se aqui várias funções diferentes. Sabemos, por exemplo, que a repressão material está ligada unicamente com a classe inferior mas não podemos afirmar o mesmo em relação à repressão sexual. As relações da repressão sexual com a sociedade de classes são muito mais complexas. Limitar-nos-emos a realçar duas dessas funções:

1. Como a repressão sexual tem origem nos interesses econômicos do casamento, e da transmissão de bens, ela se inicia dentro da própria classe dominante. Em primeiro lugar, a moral da castidade se aplica com mais rigor às mulheres da classe dominante, tendo por fim assegurar a manutenção da propriedade adquirida por meio da exploração das classes inferiores.

2. No capitalismo primitivo e nas grandes civilizações asiáticas de tipo feudal, a classe dominante *ainda não* está interessada na repressão sexual da classe oprimida. Só quando as classes materialmente reprimidas começam a se organizar, começam a lutar pelo desenvolvimento sociopolítico e a elevar o nível cultural das amplas massas, é que tem início a inibição sexual por meio da moral sexual. Só então a classe dominante começa a mostrar interesse na "moralidade" das classes reprimidas. Com a ascensão da classe trabalhadora organizada, inicia-se simultaneamente um processo de sentido oposto que consiste na assimilação ideológica dos dominados aos dominantes.

Mas isto não implica a renúncia às formas de vida sexual próprias da classe dominada; estas mantêm-se ao lado das ideologias moralistas que se consolidam cada vez mais, e vão constituir a contradição, que anteriormente descrevemos, na estrutura humana entre tendências reacionárias e tendências para a liberdade. O desenvolvimento desta contradição na estrutura das massas coincide, historicamente, com a substituição do absolutismo feudal pela democracia burguesa. É certo que a exploração continua, apenas sob formas diferentes; mas a alteração traz consigo uma alteração na estrutura do caráter das massas. Estes são os fatores aos quais Rosenberg dá uma interpretação mística quando escreve que o antigo deus da terra, Poseidon, repelido por Atena, deusa da assexualidade, reina sob a terra, sob o templo de Atena, sob a forma de uma serpente, do mesmo modo que o "dragão pelásgico Píton" reina em Delfos sob o templo de Apolo. "Mas o nórdico Teseu não matou os monstros em toda a Ásia Menor; e logo o sangue ariano começava a arrefecer, os monstros estrangeiros ressurgiam mais e mais, ou seja, o misticismo asiático e a robustez física dos homens do Oriente."

É claro o que se pretende dizer com a expressão "robustez física": é aquele elemento remanescente da espontaneidade sexual que distingue os membros das classes reprimidas dos membros da classe dominante, e que é gradualmente embotado no decurso da "democratização", sem contudo se perder inteiramente. Psicologicamente, a serpente Poseidon e o dragão Píton representam a sensualidade genital, simbolizada pelo falo. Essa sensualidade tem sido reprimida, tem-se tornado subterrânea na estrutura do homem e da sociedade, mas ainda está viva. A classe superior da sociedade feudal, que tem um interesse econômico imediato na renúncia da sexualidade natural (veja-se o caso do Japão), vê-se cada vez mais ameaçada pelos hábitos sexuais mais elementares das classes reprimidas, tanto mais que não só não foi capaz de controlar essa sensualidade, como também a vê reaparecer constantemente sob formas desfiguradas e perversas, na sua própria classe. Deste modo, os hábitos sexuais das massas constituem um perigo não só psicológico, mas também social, para a classe dominante, a qual se sente ameaçada especialmente no plano da instituição familiar. Enquanto as castas dominantes estão economicamente fortes e ascendentes, como, por exemplo, no caso da burguesia inglesa de meados do século XIX, não é difícil para elas manter uma total separação em relação às massas, no plano da moral sexual. Em épocas em que o seu domínio é abalado, especialmente durante crises abertas (como a que afeta a Europa Central e a Inglaterra desde começos do século XX), nota-se um afrouxamento das cadeias que reprimem a sexualidade dentro da própria classe dominante. A corrosão do moralismo sexual começa com a liquidação dos laços familiares. Inicialmente, as classes médias e baixas, inteiramente identificadas com a classe superior e com os seus conceitos morais, tornam-se os campeões da moral antissexual oficial, fortemente defendida. A vida sexual aparece necessariamente como grande obstáculo para a manutenção das instituições sexuais, exatamente no momento em que a economia da classe média baixa mostra sinais de fracasso. Como a classe média baixa é o baluarte da ordem autoritária, é muito importante que ela mantenha a sua "moralidade" e seja "imunizada" contra as "influências das raças inferiores". Não existe ameaça mais séria para um ditador do que a classe média baixa perder sua atitude moralista em relação ao sexual à medida que perde a sua posição econômica intermediária entre o trabalhador industrial e a classe superior. Pois o "dragão Píton" também está escondido entre a classe média baixa, sempre pronto a quebrar as cadeias que o prendem e, consequentemente, suas tendências reacionárias. É por este motivo que, em épocas de crise, o poder ditatorial reforça sempre a propaganda em favor da "moralidade" e da "consolidação do casamento e da família"; pois a família autoritária constitui a ponte entre a situação social deplorável da classe média baixa e a ideologia reacionária. Se a família compulsiva é abalada pelas crises econômicas, pelas guerras e pela proletarização da classe média, então o sistema autoritário, tão fortemente entranhado na estrutura das massas, também é seriamente ameaçado. Voltaremos a nos ocupar mais demoradamente desta questão. Assim, temos de concordar com o biólogo e estudioso de raças nacional-socialista Leng, de Munique, quando, numa sessão da sociedade nacional-socialista "Deutscher Staat"*, em 1932, afirmou que a família autoritária constitui o ponto crucial da política cultural. Podemos acrescentar que isso se aplica tanto à política cultural revolucionária como à reacionária, pois estas conclusões têm consequências sociais de grande alcance.

---

* "Deutscher Staat" significa "Estado alemão". (N. T.)

Capítulo 4

O simbolismo da suástica

Já chegamos à conclusão de que o fascismo deve ser considerado como um problema de massa, e não como um problema de Hitler como pessoa ou da política seguida pelo Partido Nacional-Socialista. Descrevemos como é possível que as massas populares empobrecidas adiram com tanto entusiasmo a um partido eminentemente reacionário. Para podermos avançar, a partir de agora, gradualmente, até as consequências práticas que derivam daquelas conclusões para o trabalho de política sexual, precisamos nos debruçar, em primeiro lugar, sobre o *simbolismo* a que os fascistas recorreram para acorrentar as estruturas relativamente desinibidas das massas à reação.

O nacional-socialismo conseguiu reunir muito rapidamente, nas S.A.*, trabalhadores, mas ainda na sua maioria jovens e desempregados. A maior parte desses jovens, no entanto, era revolucionária de uma forma ainda primitiva e conservava uma atitude autoritária. Por este motivo, a propaganda nacional-socialista era contraditória; seu conteúdo diferia conforme a classe a que se dirigia. Só na manipulação dos sentimentos místicos das massas ela era clara e consistente.

Conversas com partidários do nacional-socialismo, especialmente com membros das S.A., revelavam claramente que a fraseologia revolucionária do nacional-socialismo foi um fator decisivo para

---

* *Sturm-Angriff*, tropa de assalto. (N. E.)

conquistar as massas. Podiam-se ouvir nacional-socialistas negando que Hitler representasse o capital. Podiam-se ouvir membros das S.A. advertindo Hitler para que não traísse a causa da "revolução". Podiam-se ouvir membros das S.A. afirmando que Hitler era o Lenin alemão. Quem passava da social-democracia e dos partidos liberais do centro para o nacional-socialismo eram, sem exceção, as massas com tendências revolucionárias, anteriormente apolíticas ou politicamente indecisas. Quanto àqueles que provinham do Partido Comunista, eram sobretudo elementos de mentalidade revolucionária que não conseguiam compreender muitas das palavras de ordem contraditórias do Partido Comunista Alemão. Em parte, eram homens que se deixavam impressionar pela imagem externa do partido de Hitler, seu caráter militar, sua manifestação de força etc.

Entre os símbolos utilizados pela propaganda, sobressai, em primeiro lugar, o símbolo da bandeira.

> Wir sind das Heer vom Hakenkreuz
> Hebt hoch die roten Fahnen,
> Der deutschen Arbeit wollen wir
> Den Weg zur Freiheit bahnen[1].

Este texto é claramente revolucionário, do ponto de vista do seu conteúdo emocional. Os nacional-socialistas sabiam utilizar melodias revolucionárias, aplicando-lhes letras reacionárias. As formulações políticas, que se encontram às centenas nos jornais de Hitler, também são elaboradas nessa linha. Por exemplo:

> A burguesia política está prestes a deixar a cena em que se faz a história. É substituída pela classe até hoje oprimida do povo produtivo, dos operários, que agora entram em cena para cumprir a sua missão histórica.

Esta passagem é um eco claro da propaganda comunista. Na bandeira habilmente composta, soube-se dar satisfação ao caráter

---

1. Nós somos o exército da suástica,
Erguei bem alto as bandeiras vermelhas,
Queremos abrir ao trabalhador alemão
O caminho que leva à liberdade.

revolucionário das massas nacional-socialistas. Hitler escreve a propósito da bandeira:

> ... Como nacional-socialistas, vemos na nossa bandeira o nosso programa. Vemos no *vermelho* a ideia social do movimento, no *branco* a ideia nacionalista, na *suástica* a nossa missão de luta pela vitória do homem ariano e, pela mesma luta, a vitória da ideia do trabalho criador que como sempre tem sido, sempre haverá de ser antissemita (*Mein Kampf*, p. 496).

O branco e o vermelho correspondem à estrutura contraditória dos homens. Mas falta esclarecer o papel desempenhado pela suástica na vida emocional. Por que motivo este símbolo é tão adequado a suscitar sentimentos místicos? Hitler afirmava tratar-se de um símbolo do antissemitismo. No entanto, a suástica só mais tarde passou realmente a sê-lo. E, além disso, mantém-se aberta a questão do conteúdo irracional do antissemitismo. O conteúdo irracional da teoria racial explica-se pela interpretação errada da sexualidade natural, como algo "sujo e sensual". Neste ponto, judeu e negro não são diferentes na mente do fascista. Isto é verdade também para o americano. Na América, a luta racial contra o negro se desenrola predominantemente na esfera da defesa sexual. O negro é concebido como um porco sensual que viola as mulheres brancas. Hitler escreve sobre as tropas negras que se encontravam na Renânia:

> Só na França existe hoje mais do que nunca uma *unanimidade* interna entre as intenções da Bolsa controlada pelos judeus e uma *política nacional de tendência chauvinista*. Mas exatamente nessa identidade reside um enorme perigo para a Alemanha, e precisamente por este motivo a França é e continuará sendo, de longe, o inimigo mais temível. *Esse povo que se negrifica cada vez mais constitui, pela sua ligação aos objetivos judeus de dominação mundial, um perigo latente para a existência da raça branca na Europa.* A contaminação com sangue negro no Reno, no coração da Europa, serve tanto à sede de vingança sádica e perversa desse ancestral chauvinista do nosso povo como ao frio calculismo dos judeus, que pensam iniciar, desse modo, o abastecimento do continente europeu, no seu centro, e, contagiando a raça branca com uma humanidade inferior, minar as bases de uma existência soberana (*Mein Kampf*, p. 624).

Temos de nos habituar a escutar com atenção o que o fascista diz sem julgarmos imediatamente que se trata de puro disparate ou engodo. Compreendemos melhor o conteúdo emocional desta teoria, próxima de um delírio de perseguição, quando a relacionamos com a teoria do envenenamento da nação. A suástica também tem um conteúdo capaz de tocar no ponto mais íntimo da vida emocional, embora de maneira muito diferente da que Hitler poderia imaginar. A suástica também foi encontrada entre os semitas, mais precisamente no pátio dos Mirtos do Alhambra de Granada. Herta Heinrich descobriu-a nas ruínas da sinagoga de Edd-Dikke, na Jordânia oriental, nas margens do lago de Genesaré. Aí tinha a seguinte forma[2]:

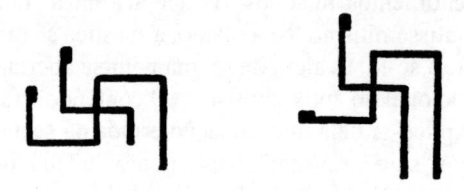

A suástica encontra-se com frequência associada a um losango, sendo a primeira um símbolo do princípio masculino, e o último, um símbolo do princípio feminino. Percy Gardner encontrou-a na Grécia, onde a designavam por *Hemera* e era o símbolo do Sol, representando, novamente, o princípio masculino. Löwenthal descreve uma suástica do século XIV, que ele encontrou na toalha do altar da igreja Maria zur Wiesa, em Soest; aí ela se encontra combinada com uma vulva e uma cruz de travessa dupla. Neste caso, a suástica é o símbolo do céu anunciando trovoada, e o losango é o símbolo da terra fértil. Smigorski encontrou a suástica na forma da cruz suástica indiana, como relâmpago quadripartido, com três pontos em cada braço[3]:

---

2. Herta Heirinch: *Hakenkreuz, Vierklee und Granatapfel* (Zeitschrift für Sexual-wissenschaft, 1930, p. 42).

3. Dados tirados de John Lowenthal, *Zur Hakenkreuzsymbolik* (Zeitschrift für Sexual-wissenschaft, 1930, p. 44).

Lichtenberg encontrou suásticas com uma cabeça no lugar dos três pontos. *A suástica é, portanto, originariamente um símbolo sexual.* No decorrer dos tempos, assumiu vários significados, entre os quais, mais tarde, o de uma roda de moinho, símbolo de trabalho. Do ponto de vista emocional, trabalho e sexualidade eram, originariamente, a mesma coisa. Isso explica a inscrição na suástica descoberta por Bilmans e Pengerots na mitra de São Tomás Becket, a qual remonta à época indo-germânica:
"Salve, terra, mãe dos homens, cresce no abraço de Deus, cumulada de frutos em benefício dos homens."
Neste caso, a fertilidade é sexualmente representada como o ato sexual da Mãe Terra com Deus Pai. De acordo com Zelenin, os antigos lexicógrafos indianos chamam de suástica tanto a ereção como a volúpia, isto é, uma cruz com hastes recurvadas como o símbolo do instinto sexual.

Examinemos uma vez mais as suásticas da página anterior e elas se revelarão como a representação esquemática, mas claramente reconhecível, de duas figuras humanas enlaçadas. A suástica da esquerda representa um ato sexual na posição horizontal; a da direita, um ato sexual na posição vertical. A suástica representa, portanto, uma função essencial da vida.

Este efeito produzido pela suástica sobre a vida afetiva inconsciente não é responsável pelo êxito da propaganda de massas do fascismo, mas certamente contribui para isso. Pesquisas feitas com pessoas de idade, sexo e posição social diferentes revelaram que poucas pessoas não reconhecem o significado da suástica; muitos descobrem mais ou menos rapidamente se a observou durante algum tempo. Assim, é de supor que este símbolo, representando duas figuras enlaçadas, provoque uma forte excitação em estratos profundos do organismo, excitação essa que será tanto mais forte quanto mais insatisfeita, quanto mais ardente de desejo sexual estiver a pessoa. Se, apesar disso, este símbolo é apresentado como emblema de respeitabilidade e de fidelidade, satisfaz igualmente as tendências de defesa do ego moralista. Vamos deixar claro no entanto que ao expor o significado sexual não pretendemos desvalorizar o efeito desse símbolo. Em primeiro lugar, porque não queremos depreciar o ato sexual, em segundo lugar porque encontraríamos uma forte oposição pois o disfarce moralístico funcionaria como uma resistência à aceitação das nossas experiências. A higiene mental, de acordo com os princípios da economia sexual, tem algo mais em mente.

Capítulo 5

Os pressupostos da economia sexual sobre a família autoritária

Uma vez que a sociedade autoritária se reproduz, com o auxílio da família autoritária, nas estruturas individuais das massas, a família tem de ser abordada e defendida pela reação política como a base do "Estado, da cultura e da civilização". Na sua propaganda pode apoiar-se em profundos fatores irracionais nas massas. O político reacionário não pode mencionar, na sua propaganda, suas verdadeiras intenções. As massas alemãs não teriam respondido a um *slogan* chamando para a "conquista do mundo". Na propaganda política, que tem o objetivo de provocar efeitos psicológicos nas massas, não se lida diretamente com processos de natureza econômica, mas com estruturas humanas. Este ponto de vista impõe uma abordagem definida no trabalho de higiene mental, a qual, se não for levada em conta, pode originar erros quanto à psicologia de massas. A política sexual revolucionária não pode limitar-se a evidenciar as bases objetivas em que assenta a família autoritária; deve, sim, se pretende ter um efeito sobre a psicologia de massas, apoiar-se no profundo desejo humano de conhecer a felicidade na vida e no amor.

Do ponto de vista da evolução social, a família não pode ser encarada como a base do Estado autoritário, mas apenas como uma das mais importantes instituições que lhe servem de apoio. Mas temos de considerá-la como a principal *célula germinativa da política reacionária,* o centro mais importante de produção de homens e mulheres reacionários. Tendo surgido e evoluído em consequência de determinados processos sociais, a família torna-se a instituição principal para a manutenção do sistema autoritário que lhe dá forma. Neste ponto, continuam a ser inteiramente válidas as descobertas realizadas por Morgan e por Engels. Mas o que nos interessa agora não é a história da família, mas sim uma questão contemporânea muito importante de política sexual, de saber como a economia sexual poderá conter mais eficazmente a política sexual e cultural reacionária, na qual a questão da família autoritária tem um papel decisivo. O exame minucioso dos efeitos e das origens da família autoritária é tanto mais necessário quanto é certo que reina uma certa confusão com respeito a este problema, mesmo em círculos revolucionários.

A família autoritária contém em si própria uma contradição cujo conhecimento em todos os seus detalhes se reveste de importância decisiva para uma higiene de massas eficaz em economia sexual.

A manutenção da instituição da família não se baseia apenas na dependência econômica da mulher e dos filhos em relação ao marido e ao pai. Essa dependência só é suportável para as classes reprimidas, desde que a consciência de ser um ser sexual seja abafada tão profundamente quanto possível nas mulheres e nas crianças. A mulher não deve figurar como um ser sexual, mas apenas como uma procriadora. A idealização e o culto da maternidade, que tão flagrantemente contrastam com a brutalidade com que são tratadas na realidade as mães da classe trabalhadora, são, essencialmente, meios para não permitir que as mulheres adquiram consciência sexual, ultrapassem o recalcamento sexual imposto e vençam a ansiedade sexual e os sentimentos de culpa sexual. *A mulher sexualmente consciente, que se afirma e é reconhecida como tal, significaria o colapso completo da ideologia autoritária.* As tentativas conservadoras de reforma sexual cometeram sempre o erro de não concretizar suficientemente o *slogan* "direito da mulher ao seu próprio corpo", de não considerar e defender clara e categoricamente a mulher como ser *sexual,* pelo menos tanto quanto é defendida e considerada mãe. Além disso, basearam sempre sua política sexual essencialmente na função de reprodução, esquecendo-se de romper com a identificação reacionária entre sexualidade e reprodução. Por este motivo, não conseguiu fazer frente às tendências místicas com a força necessária.

A ideologia da "felicidade da família numerosa" é necessária não apenas para a preservação da família autoritária mas também serve aos interesses do imperialismo bélico; seu objetivo essencial é *desvalorizar a função sexual da mulher ante a sua função de reprodução.* A oposição entre "mãe" e "prostituta", feita, por exemplo, pelo filósofo Weininger, corresponde à oposição que o homem reacionário efetivamente faz entre prazer sexual e reprodução. Nesta perspectiva, o *ato sexual por prazer* desonra a mulher e a mãe; uma prostituta é uma mulher que aceita o prazer e vive para ele. O ponto de vista de que a sexualidade só é moral quando a serviço da reprodução, de que, além da procriação, tudo mais seria imoral, constitui a característica principal da política sexual reacionária. Esta noção não é menos reacionária quando é defendida por comunistas como Salkind e Stoliarov.

O imperialismo agressivo não admite que as mulheres se insurjam contra a função que ele lhes impõe de serem exclusivamente máquinas reprodutoras. Isto significa que *a satisfação sexual não pode perturbar a função da reprodução;* aliás, uma mulher consciente da sua sexualidade nunca seguiria de bom grado *slogans* reacionários que visam a sua escravização. Esta oposição entre satisfação sexual e reprodução só se verifica na sociedade autoritária, e nunca na democracia do trabalho; tudo depende das condições sociais em que as mulheres darão à luz: em condições favoráveis, em condições socialmente seguras, ou em condições que não permitem uma suficiente proteção à mãe e ao filho. Em outros termos, numa sociedade em que as mulheres têm de estar dispostas a ter filhos, sem qualquer proteção social, sem garantias quanto à educação das crianças, sem mesmo poderem determinar o número de filhos que terão, mas que mesmo assim têm de ter filhos sem se insurgirem contra isso, é realmente necessário que a maternidade seja idealizada, em oposição à função sexual da mulher.

Deste modo, se queremos compreender que tanto o partido de Hitler como os partidos de centro devem grande parte do seu êxito ao voto das mulheres, temos de compreender o irracionalismo. O mecanismo irracional é a oposição da mulher como reprodutora à mulher como ser sexual. Então compreenderemos melhor certas atitudes fascistas, como esta, por exemplo:

A preservação da família numerosa já existente é uma questão de sentimento social; a conservação dessa forma é uma questão de concepção biológica e de caráter nacional. A família numerosa deve ser protegida não por não ter o suficiente para comer; deve ser preservada como uma parte valiosa e indispensável do povo alemão. Valiosa e indispensável não apenas porque só ela garante a população no futuro [função imperialista, objetivamente falando], mas porque *a moral e a cultura populares encontram nela o seu mais forte sustentáculo*... A preservação da família numerosa já existente confunde-se com a preservação da forma da família numerosa porque estas duas questões são, na realidade, indissociáveis... A conservação da forma da família numerosa é uma necessidade nacional, cultural e política... Esta convicção é rigorosamente contrária à revogação do parágrafo 218 e considera que a gravidez deve ser inviolável. A interrupção da gravidez é contrária ao próprio sentido da família, cuja missão é precisamente a educação das novas gerações, além do fato de que essa interrupção significaria a liquidação definitiva da família numerosa.

Isto escrevia o *Völkischer Beobachter* de 14 de outubro de 1931. Assim, até para a questão do aborto, a chave é a política familiar reacionária, muito mais do que os fatores que até então tinham sido postos em destaque – um exército de reserva industrial e carne para canhão para as guerras imperialistas. O argumento do exército de reserva perdeu quase totalmente a sua importância nos anos de crise econômica, quando havia vários milhões de desempregados na Alemanha e cerca de 40 milhões no mundo inteiro, no ano de 1932. Quando a reação política repete sem cessar que a manutenção da lei do aborto é necessária no interesse da família e da "ordem moral", quando o higienista social Grothjan, que era social-democrata, toma, neste ponto, a mesma atitude que os nacional-socialistas, somos forçados a acreditar como eles que "família autoritária" e "éticas moralistas" são forças reacionárias de importância decisiva. Não podemos, portanto, pô-las de lado, como se fossem irrelevantes. Trata-se da ligação das mulheres à família autoritária, como meios de reprimir suas necessidades sexuais; trata-se da influência reacionária que essas mulheres exercem sobre os maridos; trata-se do efeito seguro que a propaganda sexual reacionária exerce sobre milhões de mulheres sexualmente reprimidas e que suportam essa repressão. É imperativo, do ponto de vista revolucionário, seguir a reação política em toda a parte onde seus efeitos se façam sentir. É necessário derrotá-la exatamente onde ela defende o sistema. O interesse pela família autoritária como uma instituição planejada para "preservar o Estado" encontra-se, pois, em primeiro plano, em todas as questões da política sexual reacionária. Coincide com o interesse convergente de todos os membros da classe média, para quem a família constitui, ou constituiu, a seu tempo, uma unidade econômica. É nesta perspectiva que a ideologia fascista vê o Estado e a sociedade, a economia e a política. É também esta perspectiva, determinada pelo antigo modo de economia da classe média baixa, que leva a sexologia reacionária a considerar o Estado como um "todo orgânico". Para o assalariado da civilização moderna, família e modo de existência social não são coincidentes. A família não tem raízes de ordem econômica; eles estão por isso em condições de ver a natureza do Estado como uma instituição repressiva da sociedade; assim, o ponto de vista "biológico" de que o Estado é um "todo orgânico" não é válido para a sua ciência sexual e para a sua economia sexual. E o fato de o trabalhador ser em muitos casos permeável a esta concepção reacionária tem origem na influência da educação recebida no seio da família autoritária. O pequeno agricultor e o indivíduo da classe média baixa seriam mais permeáveis à consciência da sua responsabilidade social se a sua situação familiar não estivesse intimamente ligada à sua situação econômica.

    A crise econômica mundial revelou que esta interdependência entre família e economia se perdeu, em consequência da ruína econômica das pequenas empresas. Mas a natureza da tão falada tradição da classe média baixa, que consiste na ligação à família autoritária, continuou a produzir efeito ulteriormente. Por isso mesmo, tinha de ser muito mais permeável à ideologia fascista da "família numerosa" do que às ideias revolucionárias do planejamento familiar; e isto se deve também, em grande parte, ao fato de o movimento revolucionário não ter esclarecido suficientemente estas questões e de não as ter colocado em primeiro plano.

    Por mais clara que seja essa situação, seria errado não a examinarmos em relação a outras situações que estão em contradição com ela. E chegaríamos, sem dúvida, a conclusões erradas, se ignorássemos as contradições existentes na vida do homem sexualmente cerceado. Em primeiro lugar, deve-se à contradição entre o modo de pensar e sentir determinado pela moral sexual e a vida sexual concreta é decisiva. Damos um exemplo: na região ocidental da Alemanha, havia grande número de associações de planejamento familiar de caráter predominantemente "socialista". Por ocasião da campanha de Wolf-Kienle, em 1931, houve votações sobre a lei do aborto, tendo-se verificado que as mesmas mulheres que votaram no nacional-socialismo ou nos partidos do centro eram *pela revogação dessa lei,* ao passo que os seus partidos a isso se opunham violentamente. Estas mulheres votaram pelo planejamento familiar, de acordo com os princípios da economia sexual, porque queriam preservar o seu direito à satisfação sexual; mas, simultaneamente, votaram naqueles partidos, não porque desconhecessem as suas intenções reacionárias, mas porque, sem terem consciência dessa contradição, estavam simultaneamente dominadas pela ideologia reacionária da "maternidade pura", da oposição entre maternidade e sexualidade e, especialmente, pela própria ideologia autoritária. Essas mulheres desconheciam o papel sociológico desempenhado pela família autoritária numa ditadura, mas encontravam-se influenciadas pela política sexual reacionária: aceitavam o planejamento familiar, mas temiam a responsabilidade decorrente de um mundo revolucionário.

A reação sexual serviu-se também de todos os meios para utilizar para os seus próprios fins a ansiedade sexual. Propaganda do tipo da que apresentamos a seguir tinha necessariamente que impressionar a mulher do trabalhador médio ou a mulher da classe média baixa, de mentalidade cristã ou nacionalista, quando não existia por parte dos revolucionários uma contrapropaganda esclarecedora em matéria de economia sexual.

No ano de 1918, o *Vereinigungzur Bekämpfung des Bolschewismus* (Associação para a Luta contra o Bolchevismo) publicou um cartaz com os seguintes dizeres:

> Mulheres alemãs!
> Sabem a ameaça que o bolchevismo representa para vocês?
> O bolchevismo quer a socialização das mulheres:
> 1. O direito de propriedade sobre as mulheres entre os 17 e os 32 anos é suprimido.
> 2. Todas as mulheres são propriedade do povo.

3. Os primeiros proprietários conservam o direito sobre suas mulheres.
4. Todo homem que quiser utilizar um espécimen da propriedade do povo necessita de uma permissão do comitê de trabalhadores.
5. Nenhum homem tem o direito de utilizar-se de uma mulher mais do que três vezes por semana e mais de três horas.
6. Todo homem tem o dever de denunciar as mulheres que resistirem a ele.
7. Todo homem que não pertença à classe trabalhadora tem de pagar 100 rublos por mês pelo direito de utilizar essa propriedade do povo.

A sordidez dessa propaganda é tão evidente como a série de mentiras nela contida, mas a primeira reação da mulher média é de horror, enquanto a das mulheres progressistas é, por exemplo, do seguinte tipo:

> Admito que só há uma solução para a situação miserável em que nós, trabalhadores, nos encontramos atualmente, e essa solução é o socialismo. Mas ele deve manter-se dentro de determinados limites razoáveis e não rejeitar, como mau e inútil, tudo o que até então existiu. Do contrário, levará a uma volta à selvageria dos costumes, o que poderá ser ainda pior do que a nossa atual situação material deplorável. Infelizmente, o socialismo ataca um ideal muito grande e sublime: o casamento. Pretende promover a liberdade total, a libertinagem total, de certo modo o bolchevismo sexual. As pessoas passarão a viver a sua vida ao máximo, desenfreadamente, livremente e sem limites. Marido e mulher: não pertencerão mais um ao outro, em vez disso um homem está hoje com uma mulher, amanhã com outra, conforme lhe apetecer. A isto se chama liberdade, amor livre, nova moral sexual. Mas todos estes nomes bonitos não podem ofuscar o fato de que grandes perigos estão espreitando. São conspurcados sob estas práticas os mais belos e mais nobres sentimentos dos homens: o amor, a fidelidade, o sacrifício. É completamente impossível, é contra a lei da natureza, que esse homem ou essa mulher possam amar muitas pessoas ao mesmo tempo. Isso só poderia levar a um embrutecimento imprevisível que destruiria a civilização. Não sei como são estas coisas na União Soviética mas, ou os russos são pessoas especiais, ou não é verdade que eles tenham permitido essa liberdade absoluta, e ainda deve haver certas sanções... Por mais bonitas que sejam as teorias socialistas, e por mais que eu esteja de acordo com vocês em todas as questões econômicas, não

consigo acompanhá-los na questão sexual, e isso me leva, por vezes, a duvidar de tudo (Carta de uma trabalhadora ao editor).

Esta carta reflete claramente o dilema que se colocava para o homem médio: *ele era levado a acreditar que teria que escolher entre a moral sexual repressiva e a anarquia sexual. Ele desconhece a regulação da vida sexual, pela economia sexual, que está tão longe da moral repressiva como da anarquia.* Encontrando-se sujeito a uma forte coação, reage com impulsos para a promiscuidade e acaba por se defender contra as duas coisas. A moral representa um pesado fardo, e o instinto aparece como um perigo tremendo. O ser humano que recebeu e conservou uma educação autoritária não conhece as leis naturais da autorregulação e não tem confiança em si próprio; tem medo da sua própria sexualidade porque não aprendeu a vivê-la naturalmente. Por isso rejeita a responsabilidade pelos seus atos e tem necessidade de direção e orientação.

O movimento revolucionário não teve até agora sucesso com sua política sexual – considerando-se o sucesso que uma política sexual revolucionária consistente poderia ter – porque não soube opor-se com as armas adequadas às tentativas bem-sucedidas da reação para explorar as forças sexuais reprimidas do homem. Se a reação sexual tivesse se limitado a propagar as suas teses de política demográfica, não teria atraído ninguém. Mas soube utilizar com êxito a ansiedade sexual das mulheres e das jovens. Ligou habilidosamente os seus objetivos de política demográfica com as inibições causadas na população pela moral repressiva, isto em todos os níveis da sociedade. As centenas de milhares de trabalhadores cristãos organizados são prova disso.

Temos a seguir mais um exemplo dos métodos de propaganda utilizados pela reação[1]:

> Na sua campanha devastadora contra todo o mundo burguês, os bolcheviques desde o início visaram especialmente à família, "esse vestígio especialmente forte do antigo regime maldito". A assembleia plenária do Komintern de 10 de junho de 1924 já proclamava: "A revolução é impotente enquanto subsistir a antiga ideia de família e

---

1. Welt von dem Abgrund, Der Einfluss dei russischen Kulturbolschewismus auf die anderem Volker, *Deutscher Volkskalender,* 1932, p. 47.

de relação familiar". Em consequência desta atitude desencadeou-se imediatamente um violento ataque à família. A bigamia e a poligamia não são proibidas, o que equivale a serem permitidas. A atitude dos bolcheviques em face do casamento está patente na seguinte definição da união matrimonial, proposta pelo prof. Goichbarg: "O casamento é uma instituição para a satisfação mais cômoda e menos perigosa das necessidades sexuais". O alcance da destruição da família e do casamento, nestas circunstâncias, é comprovado pela estatística do recenseamento geral de 1927. Escreve o *Izvestia*: "O recenseamento constatou, em Moscou, numerosos casos de poligamia e poliandria. Frequentemente duas ou mesmo três mulheres designam o mesmo homem como seu marido". Não nos devemos surpreender pelo fato de o professor alemão Selheim descrever do seguinte modo as relações familiares na Rússia: "É uma regressão total à organização sexual dos tempos pré-históricos, a partir da qual se desenvolveu o casamento e uma ordem sexual razoável no decorrer dos milênios".

A vida conjugal e familiar obrigatória é também atacada, e a liberdade absoluta nas relações sexuais é proclamada. A conhecida comunista Smidowitsch[2] estabeleceu um esquema da moral sexual seguida especialmente pela juventude de ambos os sexos:
1. Todo estudante da universidade dos trabalhadores, mesmo que seja menor de idade, tem o direito e o dever de satisfazer as suas necessidades sexuais.
2. Quando uma jovem, seja ela universitária, trabalhadora ou apenas uma colegial, é desejada por um homem, ela tem o dever de se submeter a esse desejo, pois, caso contrário, será vista como uma garota burguesa que não pode ser considerada uma comunista autêntica.

O *Pravda* escreve abertamente: "Para nós, entre homem e mulher só existem relações sexuais; não reconhecemos a existência do amor. Este deve ser desprezado como algo psicológico. Para nós só o fisiológico tem direito a existir". Em consequência desta atitude comunista, toda mulher ou moça tem o dever de satisfazer o impulso sexual do homem. E como isto nem sempre acontece voluntariamente, a violação de mulheres tornou-se uma autêntica praga na União Soviética.

---

2. As observações de Smidowitsch tinham um sentido irônico e pretendiam criticar a sexualidade dos jovens.

Mentiras deste tipo, forjadas pela reação política, não podem ser descartadas apenas desmascarando-as como mentiras que são; nem é suficiente assegurar, em resposta, que os outros são tão "morais" quanto eles, que a revolução não destrói a família autoritária e o moralismo, etc. O fato é que, na revolução, a vida sexual sofre uma alteração, e a antiga ordem compulsiva se dissolveu. Não se pode negar este fato, assim como não se pode definir a posição correta em matéria de economia sexual, se tolerarmos, no nosso próprio campo, concepções ascéticas sobre estas questões, deixando-as atuar livremente. Voltaremos a tratar detalhadamente deste assunto mais tarde.

A política sexual daqueles que lutam para conseguir a verdadeira liberdade nesta esfera não conseguiu explicar – não uma ou duas vezes, mas muitas e muitas – e definir a regulação da vida sexual com base na economia sexual. Não conseguiu compreender e vencer o medo da vida sexual saudável. Não conseguiu, sobretudo, estabelecer ideias claras sobre o assunto, nas suas próprias fileiras, por meio de uma distinção firme e definitiva entre as concepções reacionárias e as da economia sexual. A experiência ensina que a pessoa média aceita a regulação da sexualidade nos moldes da economia sexual, desde que isso fique suficientemente claro para ela.

O movimento antirrevolucionário originou-se nas crenças da reação, que são sustentadas pelo modo de existência da classe média baixa e pelo misticismo ideológico. O alvo principal da política cultural da reação política é a questão sexual. Consequentemente, o alvo de uma política cultural revolucionária também deve ser a questão sexual.

É a economia sexual que dá a resposta política ao caos produzido pela contradição entre a moral compulsiva e o libertinismo sexual.

Capítulo 6

O misticismo organizado como organização internacional antissexual

O INTERESSE PELA IGREJA

Se pretendermos tornar claras as tarefas da higiene mental, no domínio da economia sexual, temos de considerar com atenção as posições de ataque e de defesa assumidas pela reação política no fronte político-cultural. Recusamo-nos a descartar as fórmulas místicas do discurso reacionário como "manobra de diversão". Como já dissemos, quando a reação política obtém êxito com uma certa propaganda ideológica, este não pode ser atribuído unicamente à cortina de fumaça. A nossa posição é que um problema de psicologia de massas deve permanecer ligado às raízes de cada instância do seu sucesso. Alguma coisa que nós ainda desconhecemos se passa nas massas. E é algo que as torna capazes de pensar e de agir contra os seus próprios interesses vitais. A questão é fundamental, pois, sem este tipo de comportamento das massas, a reação política seria totalmente impotente. É na capacidade das massas para absorver essas ideias – aquilo a que chamamos a *"base de psicologia de massas"* do ditador – que constitui a força do fascismo. Por isso, é imperativo conseguir compreender inteiramente este fenômeno.

Com o aumento da pressão econômica sobre as massas trabalhadoras, a pressão da moral repressiva também se torna mais rígida. Isto só pode ter a função de evitar a revolta das massas trabalhadoras contra a pressão social, através do reforço dos seus sentimentos de culpa sexual e da sua dependência moral em relação à ordem vigente. Mas de que maneira isso se processa?

Dado que o contágio místico é o pré-requisito psicológico mais importante para a absorção da ideologia fascista pelas massas, o estudo da ideologia fascista não pode prescindir da investigação dos efeitos psicológicos do misticismo em geral.

Quando, após a queda de Brüning, o governo de Papen[1] tomou o poder, na primavera de 1932, uma das suas primeiras medidas consistiu em anunciar uma "educação moral mais rigorosa da nação". O governo de Hitler não fez mais do que dar continuidade a este programa, de modo mais intenso[2].

Num decreto relativo à educação da juventude constava:

> A juventude só estará preparada para fazer face ao seu difícil destino e às grandes exigências do futuro se estiver possuída pela ideia de povo e de Estado... o que significa que ela deve ser educada para saber assumir as suas responsabilidades e sacrificar-se pelo bem geral. *Não se deve ser tolerante e demasiado complacente para com as tendências individuais, em relação a uma juventude* que um dia terá de enfrentar uma vida dura. Mas a juventude só estará devidamente preparada para prestar o serviço que deve ao povo e ao Estado quando tiver aprendido a trabalhar com objetividade, a pensar com clareza, a cumprir os seus deveres, e *quando se tiver habituado a cumprir com disciplina e obediência os princípios de comunidade educativa, submetendo-se voluntariamente à sua autoridade...* A educação da juventude para um sentimento autêntico em relação ao Estado deve ser completada e aprofundada por meio de uma educação alemã baseada nos valores históricos e culturais do povo alemão... *pela sua imersão na nossa herança épica nacional...* A educação da juventude para apreciar o valor do Estado e da comunidade

---

1. Papen foi precursor de Hitler e mais tarde desempenhou um importante papel como diplomata do governo fascista.
2. Demos como exemplo a notificação publicada em Hamburgo, em agosto de 1933: "Campo de concentração para os atletas 'imorais' de esportes aquáticos". Hamburgo. "A polícia de Hamburgo ordenou aos seus agentes que prestassem particular atenção ao comportamento dos praticantes de esportes aquáticos, que frequentemente 'não observam os princípios naturais da moral pública'. A polícia de segurança pública faz saber publicamente que intervirá sem hesitação e que internará em campos de concentração os utilizadores de canoa que infringirem as suas ordens, a fim de que aprendam a comportar-se com decência e moralidade."

recebe a sua força interior das verdades do cristianismo... A fidelidade e a responsabilidade para com o povo e a prática têm as suas *raízes mais profundas na fé cristã*. Por este motivo, será sempre meu especial dever assegurar o direito e a livre propagação da *escola cristã e os fundamentos cristãos de toda educação.*

O que está na origem desta glorificação da força da crença mística é o que iremos saber agora. A reação política está absolutamente certa ao afirmar que o ensino da "lealdade ao Estado" recebe a sua força interior das "verdades do cristianismo". Mas, antes de provarmos esta afirmação, temos que resumir as diferenças que existem dentro do campo político no que se refere às concepções de cristianismo.

As bases da psicologia de massas do nacional-socialista diferem daquelas do imperialismo de Guilherme I; enquanto o nacional-socialismo tinha a sua base de massas numa classe média empobrecida, o império alemão encontrou a sua numa classe média próspera. Por tudo isso, o cristianismo do império de Guilherme I é necessariamente diferente do cristianismo do nacional-socialismo. Por tudo isso, as modificações da ideologia em nada abalam os fundamentos da visão mística do mundo; reforçam, pelo contrário, a sua função.

O nacional-socialismo começou por rejeitar o Antigo Testamento, por ser "judeu" – assim fez, pelo menos, na pessoa do seu conhecido representante Rosenberg, que pertencia à sua ala direita. Da mesma maneira, o internacionalismo da Igreja Católica Romana era considerado "judeu". A Igreja internacional devia ser substituída pela "Igreja nacional alemã". Após a tomada do poder, a Igreja foi, na realidade, colocada na linha. Isto reduziu o seu campo de atuação política mas, em contrapartida, alargou consideravelmente a sua influência ideológica.

> Sem dúvida alguma, o povo alemão também encontrará um dia, para o seu conhecimento e para a sua vivência de Deus, a forma ditada pelo seu sangue nórdico. E sem dúvida só então a trindade do *sangue, da fé e do Estado estará completa* [Gottfried Feder (*Das Programm der NSDAP und seine weltanschaulichen grundlagen*), p. 49].

Era necessário evitar a todo custo uma identificação do Deus judeu com a Santíssima Trindade. O fato de o próprio Jesus Cristo ser judeu era um ponto melindroso. Mas Stapel encontrou rapidamente uma solução: como Jesus era filho de *Deus,* não podia ser considerado judeu. Os dogmas e as tradições judaicos deviam dar lugar à "experiência da consciência individual"; a remissão dos pecados, ao "conceito de honra pessoal". A crença da transmutação da alma depois da morte é rejeitada como ato de bruxaria típico dos povos das ilhas dos mares do sul. O mesmo acontece em relação à imaculada concepção da Virgem Maria. A este respeito, Scharnagel escreve:

> Ele [Rosenberg] confunde o dogma da imaculada concepção da Virgem Santa, isto é, a sua isenção do pecado original, com o dogma do nascimento virginal de Jesus ("que foi concebido pelo Espírito Santo")...

O grande êxito do misticismo religioso deve-se necessariamente ao fato de se ter baseado essencialmente na teoria do *pecado original como ato sexual realizado por prazer.* O nacional-socialismo conserva esse tema, mas explora-o com o auxílio de outra ideologia, mais adequada aos seus objetivos:

> O crucifixo é o símbolo da doutrina do cordeiro sacrificado, uma imagem que nos faz sentir o esmorecer de todas as forças e que nos deprime também interiormente pela... terrificante representação da dor, tornando-nos humildes como desejam as igrejas ávidas de domínio... Uma igreja alemã substituirá gradualmente a crucificação, nas igrejas que passarem para a sua tutela, pelo instrutivo espírito de fogo que personifica o herói no seu sentido mais sublime (Rosenberg, *Mythus,* p. 577).

Trata-se simplesmente de mudar a natureza das cadeias: o misticismo masoquista, internacional, religioso dará lugar ao nacionalismo narcisista e sádico. Trata-se agora de

> ...reconhecer a honra nacional alemã como modelo supremo de qualquer ação, a fim de viver para ela... Ele [o Estado] dará liberdade a qualquer crença religiosa, permitirá que sejam pregados ensinamentos morais de formas diferentes, sob a única condição de não constituírem obstáculo à afirmação da honra nacional.

Já vimos que a ideologia da honra nacional deriva da ordem social autoritária, e esta, por sua vez, de uma ordem sexual que nega a autorregulação da sexualidade. Nem o cristianismo nem o nacional-socialismo tocam na instituição do casamento obrigatório: para os cidadãos, o matrimônio, além de ter a função de procriação, é uma "união total, para toda a vida"; para os nacional-socialistas trata-se de uma instituição biológica para a preservação da pureza da raça. Ambos são unânimes em excluir a hipótese de uma vida sexual fora do casamento.

Além disso, o nacional-socialismo não pretende manter a religião sobre uma base histórica, mas sobre uma base "tópica". Esta alteração deve ser explicada pelo declínio da moral cristã, que não pode mais ser preservada somente a partir das exigências históricas.

> Um dia, o Estado racial étnico do povo ainda deverá descobrir suas raízes mais profundas na religião. Só quando a fé em Deus deixar de estar associada a um acontecimento particular do passado, mas estiver intimamente ligada, através da experiência de vida, à ação e à vida nativas de um povo e de um Estado, então o nosso mundo estará de novo alicerçado em bases sólidas (Ludwig, Haase, *Nationalsozialistische Monatshefte,* I, nº 5, p. 213).

Não nos esqueçamos de que a "ação e vida nativas" significam vida "moral", isto é, a negação da sexualidade.

É precisamente comparando aquilo que leva os nacional-socialistas a quererem se diferenciar da Igreja e que representa seus pontos de referência comuns que podemos distinguir o que é e o que não é essencial para a função reacionária da religião[3].

---

3. É verdade que os nacional-socialistas rejeitaram a concordata da Baviera de 15/jul./1930 e a concordata da Prússia de 17/jul./1929. Mas essa rejeição dizia respeito apenas à dotação de 1931, no valor de 4 122 370 marcos. Não se atacou o aumento das receitas pastorais na Baviera de 5,87 milhões de marcos em 1914, para 19,7 em 1931 (ano de crise grave!). Os dados sobre a concordata da Baviera, que a seguir apresentamos, foram extraídos de um artigo de Robert Boeck, "Konkordate sehen Sich aun". Nos termos da concordata de 25/jan./1925, faziam-se à Igreja as seguintes concessões:
    a. Os eclesiásticos *são funcionários do Estado.*
    b. O Estado admite que a secularização de 1817 (expropriação de bens da Igreja) constituiu uma grave injustiça e deixa à sua consideração reclamar a restituição desses bens ou de uma indenização no montante de 60 milhões de marcos-ouro.

Os fatores históricos, os dogmas, alguns artigos de fé defendidos com tanta violência perdem, como veremos, a sua importância, a partir do momento em que se consegue substituí-los na sua função por qualquer coisa de igual eficácia. O nacional-socialismo quer "experiência religiosa". De fato, é a única coisa que lhe interessa; mas deseja fundá-la em bases diferentes. O que é essa "experiência inesgotável"?

A LUTA CONTRA O "BOLCHEVISMO CULTURAL"

Os sentimentos nacionalista e familiar estão intimamente ligados a sentimentos religiosos, mais ou menos vagos, de natureza mais ou

---

c. O Estado gasta quase 50% dos rendimentos das florestas do Estado bávaro para poder pagar parte das rendas devidas à Igreja; por isso, hipotecou, por assim dizer, os seus rendimentos florestais à Igreja.

d. A Igreja tem o direito de cobrar impostos, com base nas listas dos contribuintes civis (*imposto da Igreja*).

e. A Igreja tem o direito de adquirir e manter, a título de propriedade, *novos bens* que são invioláveis e serão defendidos pelo Estado.

f. O Estado compromete-se a indicar e a pagar aos altos dignitários da Igreja uma *"residência condigna com a sua situação e dignidade"*.

g. *A* Igreja, os seus padres e os seus 28 000 monges gozam de uma *liberdade ilimitada* no exercício das suas atividades religiosas e industriais (fabricação de livros, cerveja e aguardente).

h. Tanto a Universidade de Munique como a de Würzburg devem contratar *um professor de filosofia e um de história,* que sejam da confiança da Igreja e só ensinem de acordo com o seu espírito.

i. O Estado garante o *ensino da religião* nas escolas primárias, e o bispo e os seus delegados têm o direito de denunciar às autoridades civis, exigindo uma solução para o problema, situações suscetíveis de ofender os alunos católicos na sua prática religiosa pública, e as influências desfavoráveis ou impróprias (!) que daí poderiam resultar.

Depois de estimativas cautelosas, a concordata garantiu à Igreja católica da Baviera valores, isto é, *pagamentos em dinheiro,* bens, isenção de contribuição predial e industrial, e receitas próprias no valor total de um bilhão de marcos.

O Estado bávaro pagou à Igreja católica, em 1916, treze milhões de marcos; em 1929, 28468400 marcos e, em 1931, 26050250 marcos.

São certamente rentáveis os serviços que a Igreja presta ao Estado. A ratificação da concordata entre o Reich alemão e o Vaticano, em julho de 1933, não trouxe relações essencialmente novas entre o Estado e a Igreja (nada que fosse decisivo para a psicologia de massas). As funções econômicas básicas da Igreja permaneceram invioláveis.

menos mística. São inesgotáveis os tratados publicados a esse respeito. Não podemos, pelo menos por enquanto, fazer uma crítica acadêmica e exaustiva deste tema. Continuamos na linha do nosso problema principal: se o fascismo se apoia com tanto êxito no pensamento místico e nos sentimentos místicos das massas, o combate ao fascismo só pode ter perspectivas de êxito se o misticismo for entendido e sustado o contágio das massas, através da higiene mental e da educação. Não é suficiente que as concepções científicas do mundo progridam, se esse progresso for tão lento que vá sendo cada vez mais ultrapassado pelo contágio místico. A causa disto só pode estar na nossa compreensão incompleta do próprio misticismo. O esclarecimento científico das massas consistiu essencialmente em mostrar as práticas corruptas dos dignitários e funcionários da Igreja. Mas a esmagadora maioria das massas foi deixada nas trevas. O esclarecimento científico apelou apenas para o intelecto das massas – e não para os seus sentimentos. Mas o mais completo desmascaramento de um príncipe da Igreja deixa impassível alguém que tenha uma mentalidade mística, assim como lhe são indiferentes o conhecimento pormenorizado do auxílio financeiro concedido pelo Estado à Igreja, com os tostões dos trabalhadores, como na análise histórica da religião, feita por Marx e Engels.

Os movimentos ateístas tentaram também, é certo, apelar para o aspecto afetivo nos seus esforços para esclarecer as massas. Assim, por exemplo, as celebrações da juventude, organizadas pelos livres-pensadores alemães, foram postas a serviço desse tipo de trabalho. Mas, apesar disso, as associações cristãs de jovens congregavam cerca de trinta vezes mais membros do que os Partidos Comunista e Social-democrata juntos: a cerca de um milhão e meio de jovens cristãos correspondiam, entre 1930 e 1932, cerca de 50 000 membros do partido comunista e 60 000 do partido socialista. O Partido Nacional-Socialista congregava, em 1931, cerca de 40 000 jovens, segundo estimativas próprias. Extraímos os seguintes dados detalhados da edição de abril de 1932 do *Proletarische Freidenkerstimme:*

Ligas dos Jovens Católicos da Alemanha	386 879
União Central das Moças Católicas	800 000
União das Associações de Católicos Solteiros	93 000
União das Associações da Juventude Católica Feminina do Sul da Alemanha	25 000

União das Associações Católicas de Livreiros da Baviera   35220
União dos Alunos Católicos dos Estabelecimentos de
Ensino Secundário ("Nova Alemanha")..........................   15 290
Liga da Juventude Católica Operária Feminina Alemã....   8 000
União Nacional das Ligas Alemãs *Windhorst*................   10 000
[Estes números foram extraídos do *Handbuch der Jugendverbände*, 1931.]

A respectiva composição social é importante. Assim, na Liga dos Jovens Católicos da Alemanha, as proporções eram as seguintes:

Trabalhadores... 45.6%
Trabalhadores especializados...................................... 21,6%
Juventude rural... 18,7%
Comerciantes.. 5,9%
Estudantes... 4,8%
Funcionários públicos.. 3,3%

O elemento proletário constitui a sua esmagadora maioria. A composição por idades era a seguinte, em 1929:

14-17 anos... 51,0%
17-21 anos... 28,3%
21-25 anos... 13,5%
acima de 25 anos.. 7,1%

Quatro quintos dos membros eram, portanto, jovens que estavam na puberdade ou na idade pós-pubertária!

Enquanto os comunistas colocavam como primeira linha da luta pela conquista dessa juventude a questão de classe opondo-a a questões de credo, a organização católica tomava suas posições exatamente no fronte cultural e filosófico. Os comunistas escreviam:

> Face a um trabalho lúcido e consistente, a questão da classe dos membros se revelará mais forte do que as questões pendentes de credo, também entre os jovens católicos... Devemos colocar em primeiro plano não as questões de credo, mas a questão da classe social dos membros, a miséria que nos une e que constitui tudo para nós.

Em contrapartida, a direção da juventude católica escrevia no *Jungarbeiter, nº* 17, 1931:

> O maior e também o mais grave perigo do Partido Comunista é que eles lançam suas mãos sobre os trabalhadores jovens e sobre os filhos de trabalhadores na mais tenra idade. Estamos muito felizes que o governo... seja fortemente contrário à subversão do Partido Comunista. Mas esperamos, acima de tudo, que o governo alemão se oponha com os mais rigorosos meios ao combate movido pelos comunistas contra a Igreja e a religião.

Em Berlim, os postos de controle destinados a preservar a juventude da "imoralidade e da obscenidade" eram ocupados por representantes de oito organizações católicas. Num Manifesto da Juventude Centrista, lançado em 1932, lia-se:

> Exigimos que o Estado proteja por todos os meios nossa herança cristã da influência venenosa de uma imprensa suja, de uma literatura obscena e de filmes eróticos, que degradam ou falsificam os sentimentos nacionais...

Assim, a Igreja defendeu a sua função mística, não no campo em que era atacada pelo movimento comunista mas num campo completamente diferente.

"É tarefa dos jovens proletários não ortodoxos mostrar aos jovens trabalhadores cristãos o papel desempenhado pela Igreja e suas organizações na execução das medidas fascistas e na sua defesa de medidas de emergência e de austeridade em épocas de crise econômica." Assim escrevia o *Freidenkerstimme* que já citamos. Por que não deu certo e a *massa* dos jovens trabalhadores cristãos resistiu a esse ataque à Igreja? Os comunistas esperavam que os jovens cristãos percebessem, por si mesmos, que a Igreja estava desempenhando uma função capitalista. Por que não puderam perceber? Evidentemente porque essa função lhes era desconhecida, e ainda porque sua formação autoritária tornou-os crédulos, sem capacidade de crítica. Também não se pode ignorar o fato de que os representantes da Igreja, nas organizações de jovens, falavam *contra* o capitalismo, de modo que a antítese entre as posições sociais assumidas por comunistas e padres não era imediatamente perceptível para a juventude cristã. De início, teve-se a impressão de que só no domínio da sexualidade havia uma clara distinção. Parecia que os comunistas tinham uma opinião positiva em relação à sexualidade dos jovens, contrariamente à posição da Igreja. Mas em breve verificou-se que as organizações comunistas não só deixaram completamente de lado este importantíssimo domínio, mas também rapidamente se associaram à Igreja na condenação e na repressão da sexualidade dos jovens. As medidas dos comunistas contra a organização alemã Sexpol, que colocava o problema sexual da juventude na primeira linha e tentava resolvê-lo, não foram menos severas do que as de alguns representantes do clero. Assim se compreende que o pastor comunista Salkind, que era também psicanalista, fosse uma autoridade no campo da negação sexual na União Soviética.

Não basta mostrar que o Estado autoritário controlava e podia explorar a família, a Igreja e a escola, como meio de prender a juventude ao seu sistema e à sua ideologia. O Estado usa todo seu aparelho de poder para manter essas instituições intactas; por isso, só uma revolução poderia ter sido capaz de aboli-las. Por outro lado, a redução da sua influência reacionária era uma das precondições essenciais da revolução social e, portanto, o pressuposto para tal abolição. Isto era considerado por muitos comunistas como a tarefa principal da "frente cultural Vermelha". Para realizá-la, teria sido *decisivo* conhecer os meios e as vias que ajudavam a família autoritária, a escola e a Igreja a exercerem tão grande influência e descobrir o processo pelo qual essas influências prendiam os jovens. Generalizações como "servidão" ou "embrutecimento" não ofereceram explicação adequada; "embrutecimento" e "servidão" eram os resultados. Tratava-se, sim, de revelar os processos que permitiam aos interesses ditatoriais atingir os seus fins.

Em *Der Sexuelle Kampf der Jugend,* tentamos revelar a função desempenhada nesse processo pela repressão da vida sexual da juventude. No presente trabalho pretendemos investigar os elementos básicos dos objetivos culturais da reação política e descobrir os fatores emocionais sobre os quais se deve apoiar o trabalho revolucionário. Também neste ponto, devemos ater-nos ao princípio de examinar com o maior cuidado tudo aquilo a que a reação cultural dá importância; pois, se ela dá importância, não é por acaso ou como um meio de "distrair" a atenção. Trata-se da arena principal, onde se trava a luta filosófica e política entre revolucionários ou reacionários.

Devemos evitar a luta nos terrenos filosófico e cultural, *cujo ponto central é a questão sexual,* enquanto não dispusermos dos conhecimentos necessários e do treinamento indispensável que nos permitam travar vitoriosamente esse combate. Mas, se conseguirmos ganhar uma posição sólida na questão cultural, teremos todo o necessário para preparar o caminho para a democracia do trabalho. Digamo-lo uma vez mais: *a inibição sexual impede o adolescente médio de pensar e agir racionalmente.* Devemos fazer face ao misticismo com os meios adequados. E para isso é absolutamente necessário conhecer os seus mecanismos.

Tomemos ao acaso uma das publicações típicas: *Der Bolschewismus ais Todfeind und Wegbereiter der Revolution* (*O bolchevismo como inimigo mortal e precursor da revolução*), 1931, de autoria do pastor Braumann. Poderíamos, no entanto, recorrer a qualquer outro escrito do gênero. Os argumentos utilizados são, nos aspectos essenciais, os mesmos, não interessando entrar aqui nas diferenças de detalhe.

> Toda religião consiste na libertação do mundo e dos seus poderes pela união com a divindade. Por isso o bolchevismo nunca conseguirá acorrentar inteiramente os homens enquanto neles subsistir um vestígio de religião (Braumann, p. 12).

Aqui encontramos claramente expressa a função do misticismo: desviar a atenção da miséria cotidiana, "libertar-nos do mundo", impedindo, portanto, uma revolta contra as verdadeiras causas da nossa miséria; mas as conclusões científicas sobre a função sociológica do misticismo não nos levam muito longe. São especialmente importantes, no campo de trabalho prático contra o misticismo, as experiências impressionantes vividas em discussões entre os jovens de mentalidade científica e os de mentalidade mística. Essas experiências apontam-nos o caminho para a compreensão do misticismo e, portanto, sentimentos místicos dos indivíduos nas massas.

Uma organização de jovens trabalhadores convidou um pastor protestante para uma discussão sobre a crise econômica. Este compareceu, acompanhado e protegido por cerca de vinte jovens cristãos de idade compreendida entre os 18 e os 25 anos. Indicaremos a seguir os principais pontos de vista defendidos na sua conferência, afirmando desde já que a conclusão de maior importância para o nosso estudo é o modo como ele saltava de afirmações parcialmente corretas para pontos de vista místicos. As causas da miséria eram, segundo explicou, a guerra e o plano de Young. A guerra mundial seria uma manifestação da depravação dos homens e da sua baixeza, uma injustiça e um pecado. Também a exploração praticada pelos capitalistas seria um pecado grave. Ficava difícil neutralizar a sua influência, uma vez que ele próprio assumia uma posição anticapitalista e ia assim ao encontro dos sentimentos dos jovens cristãos. Capitalismo e socialismo seriam fundamentalmente a mesma coisa. O socialismo da União Soviética seria uma forma de capitalismo, e o crescimento do socialismo implicaria desvantagens para algumas classes, tal como o capitalismo para outras. Era necessário "quebrar os dentes" do capitalismo, qualquer que fosse a sua forma; a luta do bolchevismo contra a religião era um crime, a religião não era responsável pela miséria, pois o mal estava no fato de o capitalismo fazer mau uso da religião. (O pastor era decididamente progressista.) Quais as consequências de tudo isto? Como os homens são maus e pecadores, *seria impossível eliminar a miséria, sendo pois necessário suportá-la, habituar-se a ela.* O próprio capitalista não era feliz. A angústia *interior,* que está na raiz de toda angústia, não desapareceria, mesmo depois da aplicação do terceiro plano quinquenal da União Soviética.

    Alguns jovens revolucionários tentaram defender o seu ponto de vista: o que estava em questão não eram os capitalistas, tomados individualmente, mas "o sistema". O importante era saber se a maioria ou, pelo contrário, uma minoria insignificante é que sofria a opressão. A perspectiva de suportar a miséria só significaria um prolongamento do sofrimento e, portanto, só beneficiaria a reação política. E assim por diante. No fim, chegou-se à conclusão de que era impossível conciliar as posições contrárias e de que ninguém sairia dali com uma convicção diferente daquela com que chegara. Os jovens acompanhantes do pastor bebiam-lhe as palavras; pareciam viver nas mesmas condições de opressão material que os jovens comunistas, mas concordavam com o ponto de vista de que não há remédio contra a miséria, de que é necessário conformar-se com ela e "ter fé em Deus".

Prosseguindo o debate, perguntei a alguns jovens comunistas por que motivo não tinham abordado a questão principal, ou seja, a insistência da Igreja na abstinência sexual. Responderam-me que este assunto teria sido muito melindroso e difícil, que teria tido o efeito de uma bomba e que, enfim, não era costume abordá-lo em discussões de caráter político.

Algum tempo antes, tinha-se realizado um comício, num bairro do oeste de Berlim, no qual representantes da Igreja e do Partido Comunista defenderam os respectivos pontos de vista. Cerca de metade dos 1800 participantes era constituída por cristãos e pessoas da classe média baixa. Sendo o principal conferencista, resumi em algumas questões a posição da economia sexual:

1. A Igreja afirma que o uso de métodos anticoncepcionais é contra a natureza, como o é qualquer entrave à procriação natural. Ora, se a natureza é tão rigorosa e tão sábia, por que razão criou um aparelho sexual que não incita a ter relações sexuais apenas quando se quer ter filhos, mas numa média de duas a três mil vezes na vida?

2. Estariam os representantes da Igreja ali presentes dispostos a confessar se eles próprios só tinham satisfação sexual quando queriam ter filhos? (Tratava-se de pastores protestantes.)

3. Por que motivo Deus teria criado um aparelho sexual com duas glândulas, uma para a excitação sexual e outra para a procriação?

4. Por que motivo as crianças manifestam desde a mais tenra idade uma certa sexualidade, muito antes de se ter desenvolvido a função da procriação?

As respostas embaraçadas dos representantes da Igreja foram acolhidas com gargalhadas. Quando comecei a explicar o papel desempenhado pela negação da função do prazer, por parte da Igreja e da ciência reacionária, no âmbito da sociedade autoritária, quando expliquei que a repressão da satisfação sexual tem o objetivo de provocar uma atitude de humildade e resignação, também no campo econômico, fui apoiado por toda a sala. Os representantes do misticismo tinham sido derrotados.

A larga experiência neste tipo de comício mostra que é fácil compreender a relação entre a função política reacionária do misticismo e a repressão da sexualidade, desde que se esclareça clara e diretamente o direito à satisfação sexual, de um ponto de vista médico e social. Estes fatos exigem explicações minuciosas.

O APELO AOS SENTIMENTOS MÍSTICOS

O "bolchevismo", segundo a propaganda antibolchevique", é um "arqui-inimigo de todas as religiões", especialmente da que respeita os "valores interiores". Em consequência do seu "materialismo", o bolchevismo só reconhece bens materiais e, por isso, só tem interesse em produzir bens materiais. Não tem a menor compreensão por valores espirituais e riquezas psíquicas. O que são, afinal, esses valores espirituais e essas riquezas psíquicas? Fala-se, frequentemente, em fidelidade e em fé: mas, de resto, a fraseologia perde-se num conceito de "individualidade".

Porque quer destruir tudo o que é individual, o bolchevismo destrói a família, que imprime ao homem o seu caráter individual. Pelo mesmo motivo odeia qualquer forma de aspiração nacional. Os povos deverão tornar-se o mais possível homogêneos e submeter-se ao bolchevismo... Mas os esforços para aniquilar a vida pessoal dos indivíduos serão vãos enquanto subsistir nos homens um vestígio de religião, porque, na religião, transparece sempre a liberdade pessoal em relação ao mundo exterior.

Ao empregar o termo "bolchevismo", o místico não tem em mente o partido político fundado por Lenin. São-lhe inteiramente desconhecidas as controvérsias sociológicas ocorridas na passagem do século. As palavras "comunista", "bolchevique", "vermelho", etc. tornaram-se lemas reacionários que nada têm a ver com a política, o partido, a economia, etc. Estas palavras são tão irracionais como a palavra "judeu" na boca de um fascista. Elas exprimem a atitude antissexual relacionada com a estrutura mística reacionária do homem autoritário. Assim, Roosevelt é rotulado como "judeu" e "vermelho" pelos fascistas. O conteúdo irracional desses lemas refere-se sempre ao que está sexualmente vivo, mesmo que o indivíduo rotulado esteja muito longe de aprovar, por exemplo, a sexualidade dos adolescentes e das crianças. Os comunistas russos estavam mais longe de aceitar a vida sexual do que muitos americanos da classe média. Assim, torna-se necessário compreender o caráter irracional dos lemas, se pretendemos combater o misticismo, que é a origem de toda reação política. Sempre que, a seguir, aparecer a palavra "bolchevismo", devemos pensar também em "ansiedade orgástica".

O homem reacionário que também é fascista afirma que há uma estreita ligação entre família, nação e religião, fato este que, até agora, foi inteiramente deixado de lado pela investigação sociológica. Em primeiro lugar, a afirmação de que a religião representa a liberdade em relação ao mundo exterior vem confirmar a conclusão – a que já se chegara nos estudos de economia sexual – de que a religião representa um substituto imaginário para a satisfação real. Isto corresponde inteiramente à teoria marxista de que a religião é o ópio do povo. Esta frase é mais do que uma metáfora. A vegetoterapia conseguiu provar que a experiência mística pode, efetivamente, provocar no aparelho vital autônomo os mesmos processos que um narcótico. *Esses processos são excitações no aparelho sexual que provocam estados semelhantes aos provocados pelos narcóticos e que anseiam por satisfação orgástica.*

Mas, antes de tudo, temos de obter informações mais precisas sobre as relações entre sentimento místico e sentimento familiar. Braumann escreve sobre isso, num estilo característico da ideologia reacionária:

> Mas o bolchevismo tem ainda outra maneira de destruir a religião, isto é, através da correção sistemática da vida conjugal e familiar. Ele sabe muito bem que é exatamente da família que brotam as poderosas forças da religião. Por esse motivo, o casamento e o divórcio são de tal modo facilitados que o casamento russo se situa no limiar do amor livre.

Referindo-se ao efeito "destruidor da cultura" que teria a semana de cinco dias na Rússia soviética, afirma:

> Isso serve para destruir tanto a vida familiar como a religião... O mais preocupante são os danos causados pelo bolchevismo no plano sexual. Através da corrosão da vida familiar e conjugal, favorece todo tipo de degradação moral, chegando ao ponto de permitir relações antinaturais entre irmãos, pais e filhos. [Isto é uma referência à abolição da punição do incesto na União Soviética.] O bolchevismo já não conhece qualquer inibição moral.

Em vez de contrapor a estes ataques reacionários uma explicação precisa dos processos sexuais naturais, a literatura soviética esforça-se, a maior parte das vezes, para se defender, afirmando que não é verdade que a vida sexual na União Soviética é "imoral", assegurando que os casamentos voltam a consolidar-se. Tais tentativas de defesa não só foram ineficazes do ponto de vista político, como nem sequer correspondem à realidade. E que *do ponto de vista cristão,* a sexualidade na União Soviética era na realidade imoral; e não se podia falar de uma consolidação dos casamentos, dado que a instituição do casamento, segundo a concepção mística e autoritária, tinha sido realmente abolida. Até cerca de 1928, reinou na União Soviética o casamento tradicional, tanto na prática como legalmente. O comunismo russo afrouxou o casamento compulsivo e os laços de família e acabou com os falsos moralismos[4]. Tratava-se apenas de conscientizar as massas da contradição de que eram presas, fazendo-as compreender que, no seu íntimo, desejavam com todas as forças exatamente aquilo que a revolução social iria impor, mas que, simultaneamente, concordavam com o falso moralismo. Mas, para realizar essa tarefa, é preciso compreender claramente as relações existentes entre a família compulsiva, o misticismo e a sexualidade.

Dissemos acima que os sentimentos nacionalistas são um prolongamento direto dos sentimentos da família autoritária. No entanto, também o sentimento místico é fonte da ideologia nacionalista. As concepções místicas *e* as atitudes da família patriarcal são, portanto, na psicologia de massas, os elementos básicos do nacionalismo fascista e imperialista. Assim se confirma, na psicologia de massas, a tese de que uma educação mística torna-se a base do fascismo sempre que um abalo social põe as massas em movimento.

Otto D. Tolischus escreveu o seguinte artigo sobre a ideologia imperialista dos japoneses (quase parece que tenha estudado atentamente a nossa *Psicologia de massas do fascismo*).

> Num folheto publicado em Tóquio, em fevereiro deste ano, pelo professor Chikao Fujisawa, um dos representantes mais importantes do pensamento político do Japão, revela-se notavelmente a mentalidade bélica dos japoneses, bem como as ambições existentes não só

---

4. Contudo, a partir de 1934, voltaram a surgir as antigas concepções antissexuais e moralistas que são indício do fracasso da revolução sexual na Rússia, incluindo a volta ao matrimônio compulsivo e a uma legislação sexual reacionária. Cf. *A revolução sexual.*

nos grupos militares e ultranacionalistas que hoje dominam o governo japonês, como também no meio intelectual.

Segundo o folheto, que foi concebido para a mais ampla distribuição, o Japão, como terra-mãe original da raça humana e da civilização mundial, está realizando uma guerra santa para congregar a humanidade guerreira numa família universal unida, em que cada nação tome o seu devido lugar sob a divina soberania do imperador japonês, que é descendente direto da Deusa do Sol, no "centro vital cósmico absoluto" de que as nações se extraviaram e ao qual devem regressar.

A linha de argumentação do folheto limita-se a resumir, sistematizar e aplicar à guerra atual as ideias provenientes da mitologia Xinto, que os políticos japoneses, sob a chefia de Yosuke Matsuoka, tornaram dogma imperialista para justificar a política de expansão do Japão. Por esta mesma razão recorre a todas as ideias e emoções nacionais, raciais e religiosas mais profundamente integradas na natureza do japonês. Neste sentido, o professor Fujisawa é uma espécie de Wagner e de Nietzsche japonês, e o seu panfleto, o equivalente japonês do *Mein Kampf,* de Adolf Hitler.

Tal como foi o caso com relação a *Mein Kampf,* o mundo prestou pouca atenção a esta tendência do pensamento japonês, que foi encarada como mera fantasia ou relegada ao campo da teologia. Porém, durante anos, foi o suporte ideológico da política expansionista do Japão que levou a esta guerra, e as últimas notas diplomáticas japonesas dirigidas aos Estados Unidos não podem ser compreendidas se não houver referência a ela.

O caráter de autoridade do folheto está indicado no fato de o professor Fujisawa ter sido representante permanente no secretariado da Sociedade das Nações e professor de ciências políticas na Universidade Imperial Kyushu, tendo publicado muitas obras, em várias línguas, sobre ciência política japonesa. Atualmente dirige o departamento de investigações da Associação do Domínio Imperial, criada para organizar o povo japonês para a guerra, e é encarregado de propagar essas ideias por todo o mundo.

O tom do folheto está bem ilustrado logo nos primeiros parágrafos, que dizem o seguinte:

"O Japão é muitas vezes chamado na nossa linguagem poética de 'Sumera Mikuni', que de certo modo implica o significado de clima divino, que tudo integra e tudo abarca. Tendo em mente as suas implicações filosóficas, consegue-se compreender a tônica dominante da declaração imperial proferida em 27 de setembro de 1939, na época da conclusão do Pacto Tripartido. Nesta declaração, o nosso gracioso Tenno proclamou solenemente que a causa da grande justiça devia ser estendida aos limites extremos da Terra, a fim de que o mundo se tornasse uma família, e de que as nações pudessem obter o seu devido lugar. Esta passagem significativa torna claro o caráter do nosso augusto soberano, sempre ansioso por agir como chefe de uma família universal abrangente, em cujo seio todas as nações teriam os respectivos lugares numa ordem dinâmica de harmonia e cooperação.

"Cabe ao nosso Tenno fazer tudo o que puder para restaurar o 'centro vital cósmico absoluto' e reconstruir a fundamental ordem vertical outrora prevalecente entre as nações da remota Antiguidade: com isto, ele deseja transformar o atual mundo desordenado e caótico, onde os fracos são deixados à mercê dos fortes, numa ampla comunidade familiar na qual dominem a perfeita concórdia e a consumada harmonia."

"É este o objetivo da divina missão que o Japão foi chamado a cumprir desde tempos imemoriais. Numa palavra, trata-se de impregnar todo o mundo e a Terra com a vitalidade cósmica personificada no nosso divino soberano, de modo que todas as unidades nacionais segregadas possam reunir-se espiritualmente com o sincero sentimento de irmãos que partilham o mesmo sangue."

"Só assim todas as nações do mundo poderão ser induzidas a abandonar a sua atitude individualista, que se exprime antes de mais nada nas leis internacionais correntes."

Este, diz o professor Fujisawa, é o "caminho dos deuses", e, após explicá-lo em termos místicos, prossegue:

"A esta luz percebe-se perfeitamente que o individualismo capitalista dominante nos Estados Unidos vai contra a verdade cósmica, pois ignora o centro vital que tudo abarca, e lida exclusivamente com o desregramento e o ego desenfreado. O comunismo ditatorial, elevado à categoria de doutrina oficial pela Rússia soviética, mostra-se igualmente irreconciliável com a verdade cósmica, dado que tende a desrespeitar a iniciativa pessoal e a exercer simplesmente o controle burocrático drástico do Estado."

"É digno de nota que o princípio orientador da Alemanha nacional-socialista e da Itália fascista tenha muito em comum com o princípio Musubi, um dos muitos que distinguem as potências do Eixo das democracias e da União Soviética. Devido a esta solidariedade espiritual, o Japão, a Alemanha e a Itália puderam apresentar uma frente comum contra... aquelas potências que defendem a velha ordem."

O professor Fujisawa explica que Sumera Mikuni está em guerra com os governos do presidente Roosevelt e do primeiro-ministro

Churchill, que estavam impacientes por realizar a sua "desmedida ambição" de dominar o Oriente. Mas graças às diligentes orações feitas por Sumera Mikoto (o imperador japonês), noite e dia, ao espírito da Deusa do Sol, o poder divino foi finalmente mobilizado para dar um golpe completo àqueles que se revoltam contra a inviolável lei cósmica.

De fato, o professor Fujisawa escreve que "o atual Grande Oriente Asiático é virtualmente um segundo ascendente do neto [da Deusa do Sol, antepassado mitológico da dinastia japonesa], que se perpetua na vida duradoura de Sumera Mikoto".

Daí, o professor Fujisawa conclui:

"A guerra santa desencadeada por Sumera Mikuni mais cedo ou mais tarde acordará as nações para a verdade cósmica de que as respectivas vidas nacionais derivam de um centro vital absoluto, personificado por Sumera Mikoto, e que a paz e a harmonia só podem ser conseguidas desde que elas se reorganizem num sistema familiar que tudo abarque, sob a direção de Sumera Mikoto."

Devotamente, o professor Fujisawa acrescenta:

"Esta nobre ideia não deve ser considerada, seja em que sentido for, à luz do imperialismo, sob o qual as nações fracas são impiedosamente subjugadas."

Por mais surpreendentes que sejam estas ideias, mais surpreendente ainda é a base "científica" que o professor Fujisawa lhes dá. Embora todas as crônicas e histórias japonesas admitam que na fundação do império japonês – que o governo japonês data de 2 600 a.C, mas que os historiadores datam do princípio da era cristã – os habitantes das ilhas japonesas eram ainda selvagens primitivos, alguns dos quais "homens com cauda" que viviam em árvores, o professor Fujisawa declara brandamente que o Japão é a terra-mãe de toda a raça humana e da sua civilização.

Segundo ele, descobertas recentes e arquivos raros, completados por textos de alguns estudiosos ocidentais, provam "o fato maravilhoso de que na era pré-histórica a humanidade era uma única família mundial, com Sumera Mikoto na chefia, e de que o Japão era altamente respeitado por ser a terra dos pais, enquanto todas as outras terras eram chamadas terras dos filhos ou terras filiais".

Como prova, o professor cita um mapa do mundo elaborado por "um certo Hilliford, em 1280", em que "o Oriente é localizado no topo e o espaço ocupado pelos japoneses é designado 'reino dos céus'".

O professor Fujisawa prossegue:

"Sábios eminentes que se dedicam a investigações completas sobre as crônicas pré-históricas do Japão são unânimes na conclusão de que o berço da humanidade não foi o planalto do Pamir ou as margens do Tigre e do Eufrates, mas sim a região montanhosa do interior do Japão. Esta nova teoria a respeito das origens da humanidade atrai muita atenção daqueles que encaram com confiança a divina missão do Japão pela salvação da humanidade desorientada." De acordo com esta tese professoral, os sumérios – que eram tidos por fundadores da civilização babilônica, da qual floriram as restantes civilizações, incluindo as do Egito, da Grécia e de Roma – são semelhantes aos antigos colonos japoneses de Erdu, o que, diz o professor Fujisawa, explica a correspondência entre os relatos pré--históricos do Japão e o Antigo Testamento. Segundo ele, o mesmo acontece com os chineses, que, acentua, foram civilizados pelos japoneses, e não o contrário. Não obstante, as histórias japonesas indicam que os japoneses só aprenderam a ler e a escrever quando os coreanos e os chineses os ensinaram, por volta de 400 a.C.

Infelizmente, diz o professor, "a ordem mundial, com o Japão funcionando como centro unificador absoluto, ruiu em consequência de repetidos terremotos, erupções vulcânicas, enchentes, ondas gigantescas e glaciações. Devido a estes cataclismos tremendos, a humanidade separou-se geográfica e espiritualmente da terra-mãe, o Japão".

Mas, ao que parece, Sumera Mikuni "escapou miraculosamente de todas estas catástrofes naturais, e os divinos soberanos, Sumera Mikoto, gozando de uma linhagem ininterrupta por tempos eternos, atribuíram a si próprios a sagrada missão de refundir a desmembrada humanidade numa ampla comunidade familiar, tal como existia nas eras pré-históricas".

"Obviamente", acrescenta o professor Fujisawa, "ninguém está mais bem qualificado do que Sumera Mikoto para levar a cabo este divino trabalho de salvar a humanidade."

Tolischus não compreende os fenômenos que descreve. Julga tratar-se de um disfarce místico consciente do imperialismo racional. Mas o seu artigo demonstra claramente que a economia sexual tem razão em atribuir todas as formas de misticismo fascista, imperialista e ditatorial ao desvio místico das sensações vitais vegetativas, desvio este que tem lugar na organização familiar e estatal de tipo autoritário e patriarcal.

Se o sentimento nacionalista deriva da ligação com a mãe (sentimento do lar), o sentimento místico procede da atmosfera antissexual que se encontra indissociavelmente ligada a este laço familiar.

A ligação no interior da família autoritária pressupõe a inibição da sexualidade sensual. Todas as crianças, sem exceção, em uma sociedade patriarcal, estão sujeitas a esta inibição sensual. Nenhuma atividade sexual, por mais natural ou "livre" que pareça, pode dissimular, aos olhos do conhecedor, essa inibição de raízes profundas. De fato, muitas manifestações doentias da vida sexual adulta, tais como a escolha indiscriminada do parceiro, instabilidade sexual, tendência para desregramentos patológicos etc., provêm exatamente dessa *inibição* da capacidade para a experiência orgástica. O resultado inevitável dessa inibição ("impotência orgástica") – característica de toda educação autoritária e experimentada como sentimentos de culpa inconscientes e ansiedade sexual – é um insaciável anseio orgástico intenso inconsciente, acompanhado por sensações físicas de tensão na região do plexo solar. A proverbial localização da sensação de anseio sensual na região do peito e do ventre tem um significado fisiológico[5].

A tensão permanente no organismo psicofísico constitui a base dos sonhos diurnos em crianças pequenas e adolescentes. Esses sonhos diurnos facilmente se convertem em sentimentos de natureza mística, sentimental e religiosa. A atmosfera do homem místico e autoritário está inteiramente impregnada desses sentimentos. Desse modo, a criança média adquire uma estrutura que forçosamente irá absorver as influências místicas do misticismo, do nacionalismo e da superstição. Os contos de terror ouvidos na infância, mais tarde as histórias policiais, a atmosfera misteriosa da igreja, tudo isso prepara o terreno para a posterior suscetibilidade do aparelho biopsíquico às comemorações militares e patrióticas. Para avaliar os efeitos do misticismo, não importa que o homem de mentalidade mística aparente superficialmente ser rude ou até mesmo brutal. O importante são os processos no estrato profundo. O sentimentalismo e o misticismo religioso de um Matuschka, de Haarmann ou de um Kürten estão intimamente relacionados com a sua crueldade sádica. Essas contradições procedem de uma só fonte: o *anseio vegetativo* insaciável, causado pela inibição sexual, que não permite a sua satisfação natural. Esse anseio tanto pode ser descarregado muscularmente, de um modo sádico, como pode transformar-se (devido à

---

5. Ver a minha exposição clínica em *A função do orgasmo*.

existência dos sentimentos de culpa) em experiências místicas religiosas. Foram as declarações da mulher do infanticida Kürten que vieram revelar que este sofria perturbações sexuais, o que não ocorrera aos nossos "especialistas" em psiquiatria clínica. A brutalidade sádica aliada ao sentimento místico encontra-se geralmente em indivíduos cuja capacidade normal para o prazer sexual sofre perturbações. Isto tanto é válido para os inquisidores eclesiásticos da Idade Média e para o cruel e místico Filipe II da Espanha, como para qualquer assassino de massas dos nossos dias[6]. Nos casos em que a excitação insatisfeita não é transformada em impotência nervosa, por uma histeria, ou em sintomas compulsivos absurdos e grotescos, por uma neurose compulsiva, a ordem patriarcal autoritária oferece oportunidades suficientes para descargas de natureza sádica e mística[7]. A racionalização social de tal comportamento acaba atenuando o seu caráter patológico. Valeria a pena dedicarmo-nos ao estudo exaustivo das diversas seitas místicas dos Estados Unidos, da ideologia budista na Índia, das várias correntes teosóficas e antroposóficas etc., como manifestações socialmente importantes da economia sexual patriarcal. Contentemo-nos, por enquanto, em verificar que os grupos místicos representam simplesmente concentrações de estados reais que vamos encontrar em todas as camadas da população, embora de forma mais difusa, menos palpável, mas nem por isso menos clara. Há uma correlação direta entre o modo de sentir místico, sentimental e sádico e o distúrbio médio da experiência orgástica natural. Observar o comportamento dos expectadores de uma opereta de terceira categoria nos é mais útil, para a compreensão destes problemas, do que cem manuais de sexologia. Por mais numerosos e diversos que sejam os conteúdos e orientações dessa experiência mística, a sua base de economia sexual é universal e típica. Compare-se isto com a experiência realista, desprovida de sentimentalismo e vigorosa dos verdadeiros revolucionários, dos verdadeiros cientistas, dos jovens saudáveis etc.

---

6. Ver, a este respeito, a obra-prima de De Coster, *Till Eulenspieger*, que, a meu ver, não tem equivalente até agora quanto à sua humanidade livre.

7. Em regra, os morfinômanos não têm capacidade de satisfação sexual e por isso tentam satisfazer artificialmente as suas excitações, nunca sendo completamente bem-sucedidos. Geralmente são sádicos, místicos, vaidosos, homossexuais e atormentados por uma ansiedade consumidora, que tentam neutralizar por um comportamento violento.

Neste ponto, pode-se objetar que também o homem primitivo, vivendo naturalmente numa sociedade matriarcal, tinha sentimentos místicos. Mas há uma diferença fundamental entre o homem da sociedade patriarcal e o homem da sociedade matriarcal. Isso pode ser comprovado pelo fato de que a atitude da religião com relação à sexualidade, na sociedade patriarcal, sofreu uma mudança. A princípio era uma religião de sexualidade; mais tarde, tornou-se uma religião antissexual. O "misticismo" do homem primitivo, membro de uma sociedade que considera positivamente a sexualidade, é, em parte, uma experiência orgástica direta e, em parte, uma interpretação anímica dos processos naturais.

O OBJETIVO DA REVOLUÇÃO CULTURAL
À LUZ DA REAÇÃO FASCISTA

A revolução social concentra todas as suas forças na eliminação das causas sociais do sofrimento humano. A prioridade de revolucionar a ordem social faz perder de vista os objetivos e as intenções no campo da economia sexual. Enquanto o revolucionário é levado a adiar a solução de questões muito urgentes, até que tenha sido levada a cabo a tarefa mais urgente de todas – a criação das *condições prévias* indispensáveis à solução daquelas questões –, o reacionário concentra todos os seus esforços exatamente na luta contra os objetivos culturais finais da revolução, que são ofuscados pelas tarefas imediatas e preliminares.

> O bolchevismo cultural visa a destruição da nossa cultura e a sua reformulação no sentido de servir exclusivamente à felicidade terrena dos homens... [*Sic!*]

Assim escreveu Kurt Hütten no seu panfleto *Kulturbolchewismus,* publicado pelo *Volksbundes,* em 1931. Estariam essas acusações da reação política relacionadas àquilo que a revolução cultural realmente se propõe realizar, ou estariam, por razões demagógicas, atribuindo à revolução objetivos que definitivamente não fazem parte dos seus propósitos. No primeiro caso, é indispensável defender e elucidar claramente a necessidade desses objetivos. No segundo caso, basta provar que se trata de uma falsa acusação, desmentindo tudo aquilo que a reação política atribui falsamente à revolução. Mas de que modo a própria reação política considera a oposição entre a felicidade terrena e a religião? Kurt Hütten escreve:

> Primeiro: o combate mais encarniçado do bolchevismo cultural dirige-se contra a religião. Isto porque a religião, enquanto permanecer viva, constitui o mais sólido baluarte contra os seus objetivos... Ela subordina toda a vida humana a algo sobrenatural e à autoridade eterna. Exige renúncia, sacrifício, abdicação dos próprios desejos. *Imbui a vida humana de responsabilidade, de culpabilidade, de julgamento, de eternidade.* Impede uma realização ilimitada das pulsões humanas. *A revolução da cultura é a revolução cultural do homem, é a submissão de todos os aspectos da vida ao princípio do prazer.* [O grifo é meu.]

Aqui se manifesta claramente a rejeição reacionária da felicidade terrena. O líder reacionário sente o perigo que ameaça a consolidação estrutural do misticismo imperialista ("cultura"); tem uma visão melhor e mais profunda desse perigo do que o revolucionário tem do seu objetivo, porque este começa por concentrar todas as suas forças e toda a sua inteligência na transformação da ordem social. O líder reacionário reconhece o perigo que a revolução representa para a família autoritária e para o moralismo místico, ao passo que o revolucionário médio está ainda muito longe de supor que a revolução trará tais consequências. Acontece até, frequentemente, que o próprio revolucionário se encontra confuso no que diz respeito a essa problemática. O líder reacionário defende o heroísmo, a aceitação do sofrimento, a resistência às privações, de maneira absoluta e eterna, representando, assim, quer queira, quer não, os interesses do imperialismo (ver Japão). Mas para isso tem de recorrer ao misticismo, isto é, à abstinência sexual. Para ele, a felicidade é essencialmente satisfação sexual, e, nesse ponto, *tem razão*. Também o revolucionário exige muita renúncia, cumprimento do dever, abnegação, porque as possibilidades de atingir a felicidade têm de ser conquistadas pela luta. Na prática do trabalho de massas, o revolucionário esquece facilmente – *e às vezes com prazer* – que o verdadeiro objetivo não é o trabalho (a liberdade social traz uma diminuição progressiva da jornada de trabalho), mas sim a atividade e a vida sexuais em todas as suas formas, desde o orgasmo até as mais elevadas realizações. O trabalho é e continua sendo a base da vida, mas na vida em sociedade ele é transferido do homem para a máquina. Tal é o objetivo da economia do trabalho. Frases como as que apresentamos a seguir podem ser encontradas em muitos escritos místicos e reacionários, mas nem sempre formuladas com tanta clareza como em Kurt Hütten:

> O bolchevismo cultural não é recente. Tem origem numa aspiração arraigada no coração humano desde os tempos mais remotos: *o desejo intenso de felicidade*. É a nostalgia original e eterna do paraíso na Terra... A religião da fé dá lugar à religião do prazer.

Contudo, queremos saber: *Por que não haveria a felicidade na Terra? Por que o prazer não seria o conteúdo da vida?*

Tente-se submeter *esta* questão à votação das massas! A concepção reacionária da vida não resistiria, com certeza.

É certo que o reacionário reconhece, de modo místico mas corretamente, a relação do misticismo com o casamento compulsivo e a família compulsiva.

> Para consumar essa responsabilidade (pelas consequências do prazer), a sociedade humana criou a instituição do casamento, que, enquanto união para toda a vida, pretende representar o quadro protetor da relação sexual.

E segue-se a lista de todos os "valores culturais" que se encaixam na estrutura da ideologia reacionária como as peças de uma máquina:

> O casamento como um laço, a família como um dever, a pátria como um valor em si, a moral como autoridade, a religião como uma obrigação que emana da eternidade.

Não é possível descrever com mais precisão a rigidez do plasma humano!

O reacionário de todas as tendências condena o prazer sexual (não sem impunidade, entretanto) porque este o atrai e, ao mesmo tempo, lhe provoca repugnância. Não consegue resolver em si próprio a contradição entre as necessidades sexuais e as inibições moralistas. O revolucionário nega o prazer perverso, doentio, porque esse não é o *seu* prazer, não é a sexualidade do *futuro, mas o prazer nascido da contradição entre a moral e o instinto;* o prazer da sociedade ditatorial, *o prazer patológico, sórdido, degradado.* Só quando está confuso é que ele comete o erro de condenar o prazer patológico, em vez de lhe opor a sua própria economia sexual positiva. Se, em consequência das suas próprias inibições sexuais, ele não compreende totalmente o objetivo da organização social baseada na liberdade, a sua reação consiste em negar o próprio prazer, tornando-se asceta e perdendo assim todas as possibilidades de se fazer ouvir pela juventude. No filme soviético *O caminho da vida,* que nos outros aspectos é excelente, não é a vida sexual livre que é contraposta à vida sexual do homem dissoluto (na cena da taberna), mas sim o ascetismo e a antissexualidade. O problema sexual dos adolescentes é inteiramente omitido; isso está errado e acaba por confundir, em vez de trazer soluções. A desintegração dos códigos moralistas na esfera sexual manifesta-se primeiramente sob a forma de *rebelião* sexual; mas começa por ser uma rebelião sexual patológica, da qual o defensor da economia sexual foge, com razão. A tarefa, entretanto, é dar uma forma racional a essa rebelião, conduzi-la aos caminhos da economia sexual, do mesmo modo como das convulsões da vida nasceu a liberdade da vida.

Capítulo 7

A economia sexual em luta contra o misticismo

Num comício realizado em janeiro de 1933, em Berlim, o nacional-socialista Otto Strasser fez ao seu oponente, o sociólogo e sinólogo Wittfogel, uma pergunta que desconcertou pela sua pertinência e deu aos presentes a impressão de que a resposta poderia significar o fim do misticismo. Strasser acusou os marxistas de subestimarem a importância dos aspectos espirituais e religiosos. Seu argumento foi o seguinte: se a religião, segundo Marx, fosse apenas a flor na cadeia da exploração da humanidade trabalhadora, como se explicaria que a religião tivesse conseguido manter-se quase inalterada através dos milênios (no caso da religião cristã, quase dois milênios), ainda mais tendo no início, para sua sobrevivência, exigido mais vítimas do que todas as revoluções juntas? A pergunta ficou sem resposta, mas insere-se perfeitamente nas explicações deste livro. É necessário dizer que a pergunta é legítima e que é chegada a hora de se perguntar se as ciências naturais compreenderam, com a profundidade necessária e nos seus múltiplos aspectos, o misticismo e os meios de que ele se serve para se enraizar na mente humana. A resposta tem de ser necessariamente negativa: as ciências naturais não tinham sido, até então, capazes de compreender o poderoso conteúdo emocional do misticismo. Os defensores do misticismo, no entanto, já tinham fornecido nos seus escritos e sermões a solução do problema e a resposta prática à pergunta. A natureza político-sexual do misticismo, em todas as suas formas, é evidente. Até então fora quase tão completamente ignorado pelos livres-pensadores como foi a sexualidade infantil – hoje igualmente evidente – pelos mais célebres pedagogos. É claro que o misticismo dispõe de um baluarte ainda não revelado e tem-se defendido, por todos os meios ao seu alcance, da ciência natural. A ciência está apenas começando a suspeitar de sua existência.

OS TRÊS ELEMENTOS FUNDAMENTAIS DO SENTIMENTO RELIGIOSO

Não pretendo fazer um estudo aprofundado do sentimento religioso; limitar-me-ei a enumerar fatos do conhecimento geral. Num certo ponto, há uma correlação entre os fenômenos de excitação orgástica e os fenômenos da excitação religiosa, desde o mais simples fervor da fé até o completo êxtase religioso. O conceito de excitação religiosa não deve ser limitado aos sentimentos comuns no caso de pessoas profundamente religiosas, quando assistem, por exemplo, a uma cerimônia religiosa. Temos de incluir nele todas as excitações que são caracterizadas, no seu conjunto, por um determinado estado de excitação psíquica e física; por exemplo, a excitação de massas submissas quando escutam o discurso de um líder venerado; e também, naturalmente, a excitação que se sente quando se é dominado por fenômenos naturais impressionantes. Vamos resumir, em primeiro lugar, os conhecimentos adquiridos sobre os fenômenos religiosos antes de se ter iniciado o estudo da economia sexual.

A investigação sociológica conseguiu provar que as *formas* e também os diferentes conteúdos das religiões dependem das fases de desenvolvimento das relações econômicas e sociais. Por exemplo, as religiões que veneram animais estão ligadas ao modo de vida dos povos primitivos que viviam da caça. O modo como os homens concebem os seres divinos, sobrenaturais, é invariavelmente determinado pelo grau que atingiu a sua economia e a sua civilização. Do ponto de vista sociológico, as concepções religiosas são também, em grande medida, determinadas pela capacidade do homem para dominar a natureza e as dificuldades sociais. A importância diante das forças da natureza e as catástrofes sociais essenciais levam ao desenvolvimento de ideologias religiosas nas crises culturais. A explicação sociológica da religião relaciona-se, portanto, com a base *socioeconômica sobre* a qual se constroem os cultos religiosos. Ela nada esclarece quanto à dinâmica da ideologia religiosa nem quanto ao processo psíquico que se desenrola nos homens que sofrem a influência dessa ideologia religiosa.

Assim, a criação de cultos religiosos não depende da vontade do indivíduo; trata-se de criações sociológicas que resultam das relações entre os homens e das relações desses homens com a natureza.

A psicologia do inconsciente acrescentou à interpretação *sociológica* da religião uma interpretação *psicológica*. Enquanto, anteriormente, se compreendera a relação entre os cultos religiosos e fatores socioeconômicos, estudava-se agora o processo psicológico que se desenrola *nas pessoas* sob a influência desses cultos religiosos objetivos. Deste modo, a psicanálise foi capaz de mostrar que nossa ideia de *Deus* se identifica à de *pai,* e que a ideia de *Mãe de Deus* se identifica com a de *mãe* de cada um dos indivíduos religiosos. A *trindade* da religião cristã reflete diretamente o triângulo constituído pela mãe, pelo pai e pelo filho. Os conteúdos psíquicos da religião têm a sua origem nas relações familiares desde a primeira infância.

A investigação psicológica revelou, portanto, os conteúdos da cultura religiosa, mas não revelou o processo energético por meio do qual esses conteúdos se inculcam na estrutura do homem. Sobretudo, ficou por esclarecer de onde provêm o fanatismo e o caráter marcadamente emotivo das concepções religiosas. Ficou igualmente por esclarecer por que motivo as concepções do pai todo-poderoso e da mãe bondosa se convertem em concepções místicas, e quais as suas relações com a vida sexual dos indivíduos.

Numerosos sociólogos descobriram o caráter orgástico de algumas religiões patriarcais. Do mesmo modo, chegou-se à conclusão de que as religiões patriarcais são sempre de natureza político-reacionária. Estão sempre a serviço da classe dominante em qualquer sociedade de classe, e, *na prática,* impedem a abolição da miséria das massas, atribuindo-a à vontade de Deus e afastando as reivindicações de felicidade com belas palavras sobre o Além.

Os estudos de economia sexual acrescentaram as seguintes questões aos conhecimentos já existentes sobre a religião:

1. *Como* se inculcam nos indivíduos a concepção de Deus, a ideologia de pecado e a ideologia do castigo que são produzidas pela sociedade e reproduzidas na família? Em outras palavras: por que o homem não sente essas concepções básicas de religião como um fardo? O que o obriga não só a aceitá-las, mas também a afirmá-las fervorosamente – de fato, a mantê-las e defendê-las, sacrificando os mais fundamentais interesses de vida?
2. *Quando* é que essas concepções religiosas se tornam inculcadas nos homens?
3. Qual a *energia* utilizada nesse processo?

É evidente que, até que estas três questões sejam respondidas, é possível dar uma interpretação sociológica e psicológica da religião, mas não será possível alterar efetivamente a estrutura dos homens. Isto porque, se concluirmos que os sentimentos religiosos dos homens não lhes são impostos, mas são absorvidos e conservados em sua estrutura, embora estejam em contradição com os seus interesses vitais, então o que se faz necessário é uma transformação energética na própria estrutura humana.

A ideia religiosa básica de todas as religiões patriarcais é a negação da necessidade sexual. Não há exceções, se não levarmos em conta as religiões primitivas que aceitavam a sexualidade, nas quais a experiência religiosa e a experiência sexual constituíam ainda uma unidade. Na transição da sociedade de uma organização matriarcal baseada na lei natural para uma organização patriarcal baseada na divisão de classes, perdeu-se essa unidade entre o culto religioso e o culto sexual; o culto religioso transformou-se na antítese do culto sexual. Assim, deixa de existir o culto sexual, para dar lugar à subcultura sexual dos bordéis, da pornografia e da sexualidade clandestina. Não é necessário apresentar mais provas para o fato de que, no momento em que a experiência sexual deixa de constituir uma unidade com o culto religioso, transformando-se no seu oposto, a excitação religiosa passa a ser forçosamente um substituto para a sensualidade perdida, anteriormente aceito pela sociedade. Só esta contradição inerente à excitação religiosa, que é simultaneamente antissexual *e* um *substituto* da sexualidade, é capaz de explicar a força e a persistência das religiões.

A estrutura emocional do homem verdadeiramente religioso pode ser rapidamente descrita da seguinte maneira: biologicamente, ele está tão sujeito a estados de tensão sexual como todos os outros homens e seres vivos. Mas, por ter absorvido as concepções religiosas que negam a sexualidade, e especialmente por ter desenvolvido um medo da punição, perdeu a capacidade para experimentar a tensão sexual natural e sua satisfação. Sofre, por esse motivo, de um estado crônico de excitação física, que ele tem de controlar continuamente. Para ele, a felicidade terrena não só é inatingível, como chega a parecer-lhe indesejável. Uma vez que espera ser recompensado no Além, sucumbe a uma sensação de *incapacidade para a felicidade* na vida terrena. Mas, como é um ser vivo biológico e *não pode,* em circunstância alguma, prescindir da felicidade, do alívio e da satisfação, procura a felicidade *ilusória* que lhe proporcionam as tensões religiosas *anteriores ao prazer,* isto é, as conhecidas correntes e excitações vegetativas que se processam no corpo. Juntamente com os seus companheiros de fé, organizará cerimônias e criará instituições que aliviem esse estado de excitação física e que sejam capazes, também, de disfarçar a natureza real dessa excitação. O seu organismo biológico habilita-o a construir um instrumento musical, um órgão, cujo som é capaz de evocar no corpo tais correntes. A escuridão mística das igrejas aumenta os efeitos de uma sensibilidade tomada de modo supraindividual em relação à própria vida interior e aos sons de um sermão, de um coral etc. planejados para produzir esse efeito.

Na verdade, o homem religioso encontra-se num estado de total desamparo. Em consequência da repressão da sua energia sexual, perdeu a capacidade para a felicidade e para a agressividade necessária ao combate das dificuldades da vida. Quanto mais desamparado ele se torna, mais é forçado a acreditar em forças sobrenaturais que o apoiam e o protegem. Assim se compreende que, em algumas situações, ele seja capaz de desenvolver um incrível poder de convicção; de fato, uma indiferença passiva com relação à morte. Essa força advém-lhe do amor às suas próprias convicções religiosas, que são sustentadas por excitações físicas altamente prazerosas. Mas ele acredita que essa força provém de "Deus". O seu anseio por Deus é, na realidade, o anseio originado pela sua excitação sexual anterior ao prazer e que exige ser satisfeito. A liberação não é, nem pode ser, mais do que a libertação das tensões físicas insuportáveis, que só podem ser agradáveis enquanto puderem ser associadas a uma união imaginária com Deus, isto é, à satisfação e ao alívio. A tendência dos religiosos fanáticos para se flagelarem, para atos masoquistas etc., só vem confirmar o que dissemos. A experiência clínica em economia sexual mostra que o desejo de ser espancado ou a autopunição corresponde ao desejo instintivo de *alívio sem incorrer em culpa*. Não há tensão física que não evoque fantasias de estar sendo espancado ou torturado, se o indivíduo em questão se sente incapaz de produzir por si próprio o alívio. É essa a origem da ideologia do sofrimento passivo, presente em todas as religiões.

O estado real de desamparo e o sofrimento físico intenso provocam a necessidade de ser consolado, apoiado e ajudado pelos outros, especialmente na luta contra os próprios maus impulsos ou, como se diz, contra os "pecados da carne". Quando as pessoas religiosas atingem estados de forte excitação, provocados pelas suas concepções religiosas, aumenta, a par da excitação física, o estado de excitação vegetativa, aproximando-se da satisfação, sem contudo produzir um alívio físico real. O tratamento de sacerdotes mentalmente doentes revelou que o auge dos estados de êxtase religioso é frequentemente acompanhado por uma ejaculação involuntária. A satisfação orgástica normal é substituída por um estado geral de excitação física que exclui os genitais e provoca, involuntariamente, e como que por acaso, um alívio parcial.

O prazer sexual foi, originariamente, como é natural, algo bom, belo, agradável, em suma, aquilo que unia os homens à natureza de modo geral. Com a separação entre o sentimento religioso e o sentimento sexual, este teve de transformar-se em algo mau, infernal, diabólico.

Tentei explicar, em outra parte, a etiologia e os mecanismos da ansiedade do *prazer*, ou seja, o medo da excitação sexual. Repetirei, resumidamente: as pessoas que são incapazes de alívio acabam, necessariamente, considerando a excitação sexual como algo que tortura, incomoda e destrói. E, de fato, a excitação sexual tortura e destrói quando não é permitido o seu alívio. Vemos, pois, que a concepção religiosa da sexualidade como força destruidora, demoníaca, que leva à perdição, tem raízes em processos físicos reais. Assim, a atitude diante da sexualidade teve que se dividir: os valores tipicamente religiosos e morais, como "bom", "mau", "celestial" e "terreno", "divino" e "demoníaco" etc., transformam-se, por um lado, em símbolos de satisfação sexual, e, por outro, na sua punição.

O anseio profundo de redenção e alívio (*conscientemente* dos pecados, *inconscientemente* da tensão sexual) é simultaneamente afastado. Os estados de êxtase religioso não são mais do que estados de excitação sexual do sistema nervoso vegetativo, que nunca podem ser aliviados. A excitação religiosa não pode ser compreendida e não pode ser dominada se não percebermos a contradição que lhe é inerente. Ela é não só antissexual como também, em si mesma, altamente sexual. Mais do que moralista, é profundamente antinatural. Do ponto de vista da economia sexual, ela é não higiênica.

Em nenhuma classe social florescem as histerias e as perversões, tanto como acontece nos círculos ascéticos da Igreja. Mas isto não nos deve levar à conclusão errada de que esses ascetas devem ser tratados como criminosos perversos. Conversas com pessoas religiosas revelam que estas compreendem muito bem a sua própria condição. Tal como em todos os outros seres humanos, a sua personalidade está dividida em duas partes: a oficial e a privada. Oficialmente, consideram a sexualidade como um pecado: mas, pessoalmente, sabem que não podem existir sem satisfações substitutas. Muitas dessas pessoas revelam-se mesmo permeáveis à solução preconizada pela economia sexual para a contradição entre a excitação sexual e a moral. Desde que se consiga contactar com elas, não as repelindo, verifica-se que essas pessoas compreendem que aquilo que descrevem como sendo a união com Deus não é mais do que a ligação com o processo geral da natureza, que elas são parte da natureza. À semelhança de todos os outros homens, sentem-se como um microcosmo dentro de um macrocosmo. Somos levados a admitir que as suas convicções profundas têm um fundo real. Aquilo em que acreditam é de fato verdadeiro, especialmente as correntes vegetativas de seus corpos e os estados de êxtase que são capazes de atingir. O sentimento religioso é inegavelmente autêntico, especialmente em homens e mulheres das camadas mais pobres da população. Mas torna-se falso na medida em que rejeita e oculta de si a sua própria origem e o desejo inconsciente de satisfação. É isso que origina a atitude *forçada* de bondade, comum nos padres e nas pessoas religiosas.

Esta explicação é incompleta, mas podemos resumi-la aos seus elementos essenciais:

1. A excitação religiosa é uma excitação vegetativa cuja natureza sexual fica encoberta.
2. Através da mistificação da excitação, o homem religioso nega a sua sexualidade.
3. O êxtase religioso é um substituto da excitação vegetativa orgástica.
4. O êxtase religioso não provoca o alívio sexual, mas sim, na melhor das hipóteses, uma fadiga muscular e espiritual.
5. O sentimento religioso é subjetivamente verdadeiro e assenta em bases fisiológicas.
6. A negação da natureza sexual dessa excitação provoca falsidade de caráter.

Crianças não acreditam em Deus. A fé em Deus só se inculca nelas quando têm de aprender a reprimir a excitação sexual, que ocorre a par da masturbação. Assim, começam a ter medo do prazer e, depois, a acreditar realmente em Deus, a temê-lo. Por um lado, elas o temem como um ser onipresente e onisciente, e, por outro, invocam a sua proteção contra a própria excitação sexual. Tudo isto tem a função de evitar a masturbação. A inculcação das concepções religiosas processa-se, portanto, na primeira infância. Contudo, a ideia de Deus não seria suficiente para reprimir a energia sexual da criança, se não estivesse associada às imagens reais do pai e da mãe. Quem não respeita o pai comete um pecado; em outras palavras, quem não teme o pai, quem se entrega ao prazer sexual, é castigado. O pai severo, que nega a satisfação dos desejos da criança, é o representante de Deus na fantasia da criança, é quem executa a vontade de Deus. E se a veneração pelo pai é prejudicada pela compreensão real das suas fraquezas e insuficiências humanas, isso não leva à sua rejeição pela criança. Ele continua a existir na imagem de uma concepção de Deus abstrata e mística. Na organização social patriarcal, invocar Deus é invocar a autoridade real do pai. A criança, ao invocar "Deus", refere-se, na realidade, ao pai. Na estrutura da criança, a excitação sexual, a ideia *de pai* e a ideia de *Deus* constituem uma unidade. Nos tratamentos clínicos, essa unidade se apresenta de modo palpável, sob a forma de um espasmo muscular genital. O desaparecimento do espasmo nos músculos genitais acompanha regularmente o desaparecimento da concepção de Deus e do medo do pai. Portanto, o espasmo genital não só representa a inculcação fisiológica do temor religioso na estrutura humana, mas também produz, simultaneamente, a ansiedade do prazer, que se transforma na essência de toda moral religiosa.

Tenho de deixar para estudos posteriores o plano das complicadíssimas relações entre os cultos religiosos, o modo como as sociedades se organizam, do ponto de vista socioeconômico, e a estrutura humana. A *inibição genital* e a *ansiedade do prazer* podem ser, em qualquer dos casos, consideradas como a essência energética de todas as religiões patriarcais que negam a sexualidade.

INCULCAÇÃO DA RELIGIÃO ATRAVÉS DA ANSIEDADE SEXUAL

A religiosidade hostil ao sexo é produto da sociedade patriarcal autoritária. Nesse contexto, a relação pai-filho com que nos deparamos em todas as religiões de tipo patriarcal não é mais do que um conteúdo necessário, socialmente determinado, na experiência religiosa; mas essa própria experiência procede da repressão sexual nas sociedades patriarcais. A função que a religião passa a cumprir no decorrer dos tempos, a atitude de obediência em relação à autoridade e à renúncia, é apenas uma função secundária da religião. Ela pode apoiar-se numa base sólida: *a estrutura do homem patriarcal, moldada por meio da expressão sexual.* A fonte viva da atitude religiosa e o eixo em torno do qual se produzem os dogmas religiosos residem na negação dos prazeres do corpo; esta realidade é evidente, sobretudo nos casos do cristianismo e do budismo.

INCULCAÇÃO DO MISTICISMO NA INFÂNCIA

Lieber Gott, num schalfich ein,
Schicke mir ein Engelein.
Vater, lass die Augen Dein,
Ueber meinem Bette sein.
Ha bich Unrecht heut getan,
Sieh es, lieber Gott, nicht an.
Vater, hab mit mir Geduld

Und vergib mir meine Schuld.
Alie Menschen, gross und klein
Mögen Dir befohlen sein.

[Meu Deus, vou dormir,
Envia-me um anjinho.
Pai, deixa que os teus olhos
Repousem sobre o meu leito.
Se hoje pequei,
Meu Deus, desvia o teu olhar.
Pai, sê paciente comigo
E perdoa os meus pecados.
Que todos os homens, grandes e pequenos,
estejam sob a tua proteção.]

    Este é o teor de uma das muitas orações típicas que as crianças têm de repetir antes de se deitar. O conteúdo de tais dizeres passa, a maior parte das vezes, despercebido. Mas neles se encontra, de forma concentrada, tudo aquilo que constitui o conteúdo e o aspecto emocional do misticismo. Nos primeiros versos, encontra-se o pedido de proteção; no segundo, a repetição desse pedido, dirigido diretamente ao "pai"; no terceiro, há o pedido de perdão por um pecado cometido: pede-se a Deus-Pai que *não o veja*. A que se refere esse sentimento de culpa? Por que razão o pedido de desviar o olhar? *No vasto círculo dos atos proibidos, tem papel preponderante o sentimento de culpa pelo jogo com os órgãos sexuais.*

    A interdição de tocar nos órgãos sexuais não surtiria efeito se não se apoiasse na ideia de que Deus vê *tudo;* por isso a criança tem de ser *"boazinha"*, mesmo na ausência dos pais. Quem considerar fantasiosa esta relação talvez se convença diante do fato impressionante que relatamos a seguir, como exemplo concreto da inculcação da concepção mística de Deus por meio da ansiedade sexual.

    Uma menina de cerca de sete anos, que tinha recebido uma educação sem qualquer ideia de Deus, sentiu um dia uma vontade compulsiva de rezar; dizemos compulsiva porque ela própria se insurgiu contra essa vontade, sentindo-a contraditória com aquilo que sabia. A origem dessa compulsão para rezar fora a seguinte: a criança tinha o hábito de se masturbar todos os dias, antes de se deitar. Uma noite, por alguma razão, ela teve medo de fazê-lo; em vez disso, teve o impulso de se ajoelhar aos pés da cama e fazer uma oração semelhante à que transcrevemos acima. "Se rezar, não tenho medo." *O medo surgira no dia em que, pela primeira vez, resistira ao desejo de se masturbar.* Qual a origem dessa renúncia? Contou ao pai, em quem tinha toda a confiança, que, meses atrás, tivera uma experiência ruim quando estava em férias. Tal como muitas crianças, brincava de ter relações sexuais com um menino, atrás de um arbusto ("brincava de papai e mamãe"); de repente, surgiu outro menino que, vendo-os, teve uma exclamação de desagrado. Embora os pais lhe tivessem ensinado que essas brincadeiras não têm nenhum mal, envergonhou-se e passou a masturbar-se antes de se deitar. Uma noite, pouco tempo antes de sentir a necessidade de rezar, a menina vinha de uma festa, com outras crianças. Durante o caminho, cantavam hinos revolucionários, quando cruzaram com uma velha que lhes fez lembrar a bruxa do conto *João e Maria*. A velha gritou-lhes: "Bando de hereges, que o Diabo os carregue!". Nessa noite, quando quis se masturbar, ocorreu-lhe pela primeira vez a ideia de que talvez houvesse realmente um Deus que visse esse ato e a castigasse. Inconscientemente, associara a ameaça proferida pela velha à experiência com o menino. A partir desse momento, começou a lutar contra a masturbação, a ter medo, e sentiu necessidade de rezar, para dominar o medo. *A oração substituiu a satisfação sexual.* Contudo, o medo não desapareceu totalmente, e a criança começou a ter visões aterrorizantes durante a noite. Passou a ter medo de um ser sobrenatural que a pudesse castigar pelos seus pecados sexuais. Por isso, colocou-se sob a sua proteção, o que equivalia a buscar um apoio na sua luta contra a tentação de se masturbar.

Este processo não deve ser considerado como um fenômeno individual, mas sim como o processo típico da inculcação da ideia de Deus na esmagadora maioria das crianças de ambientes culturais religiosos. A análise dos contos infantis revela que essa também é a função de histórias como a de *João e Maria,* que contêm, de forma encoberta mas suficientemente clara para as crianças, a ameaça de punição da masturbação. Não podemos examinar aqui os detalhes do processo de produção do pensamento místico das crianças a partir desses contos infantis, nem as suas relações com a inibição sexual. Nenhum caso tratado ou examinado pela análise do caráter deixa dúvidas quanto ao fato de que o sentimento místico se desenvolve a partir do medo da masturbação, sob a forma de um sentimento de culpa generalizado. É incompreensível que este fato tenha sido ignorado pelo estudo analítico realizado até hoje. Na ideia de Deus objetiva-se a própria consciência, as advertências ou ameaças interiorizadas dos pais e dos educadores. Esse é um dado conhecido dos estudos científicos. Há menos clareza quanto ao fato de que a fé e o temor a Deus são excitação sexual energética com objetivo e conteúdo alterados. O sentimento religioso seria, deste modo, equivalente ao sexual, mas imbuído de conteúdo místico, psíquico. Isso explica a frequência com que elementos sexuais aparecem em muitas práticas ascéticas, como, por exemplo, no delírio de muitas religiosas que julgam ser noivas de Cristo. Mas tais fantasias só raramente terão expressão no nível genital, e por isso mesmo enveredam por outras vias da sexualidade, como o martírio masoquista. Voltemos ao caso da menina. A necessidade de rezar desapareceu quando ela compreendeu a origem do seu medo e voltou a se masturbar, sem sentimentos de culpa. Por mais irrelevante que possa parecer, este fato contém importantes conclusões para a economia sexual. Mostra como o contágio místico da nossa juventude poderia ser evitado. Alguns meses depois de ter desaparecido a compulsão para rezar, a menina escrevia ao pai, de uma colônia de férias:

> Querido Karli, há aqui um campo de trigo e é junto ao campo que temos o nosso hospital (de brincadeira, claro). Brincamos sempre de médico (somos cinco meninas). Quando alguém de nós tem dor no "ding-dong", vai lá, porque temos pomadas, creme e algodão. Afanamos todas essas coisas.

Isto é a revolução cultural sexual, sem sombra de dúvida. Revolução sexual, sim – mas revolução cultural? A menina estava numa classe de crianças um a dois anos mais velhas, e os professores comprovaram a sua aplicação e grande capacidade. Em política e conhecimentos gerais, estava muito além de outras meninas da mesma idade, e mostrava um vivo interesse pela realidade. Doze anos mais tarde, era uma jovem sexualmente sadia, brilhante do ponto de vista intelectual e socialmente estimada.

INCULCAÇÃO DO MISTICISMO NA ADOLESCÊNCIA

Tentamos mostrar, com o exemplo da menina, o modo típico pelo qual o medo religioso se inculca já em crianças de tenra idade. A ansiedade sexual é o principal veículo de inculcação da ordem social autoritária na estrutura da criança. Vamos verificar agora essa função da ansiedade sexual no período da puberdade. Para isso, podemos servir-nos de um dos típicos panfletos antissexuais:

Vitória ou fracasso

Nietzsche: Suas almas estão mergulhadas em lodo, e ai de nós se o lodo é dotado de intelecto.
Kirkegaard: Se só a Razão for batizada, as paixões continuam pagãs.

Dois rochedos se erguem na vida de qualquer homem, que diante deles vence ou fracassa, ergue-se ou cai: Deus e – o sexo oposto. Muitos jovens fracassam na vida, não porque aprenderam muito pouco, mas sim porque não conseguem ter ideias claras sobre Deus e porque não conseguem lidar com *o* instinto que pode trazer aos homens uma felicidade indescritível, mas também uma miséria insondável: o *instinto sexual.*

Quantos há que nunca chegam a ser verdadeiros homens porque são dominados pelos instintos. Por si sós, os instintos poderosos não constituem motivo para desgosto. Pelo contrário, significam riqueza e vitalidade. São o grito vibrante da personalidade forte. Mas o instinto volta-se contra si próprio e torna-se pecado contra o Criador quando o homem já não o consegue controlar, perdendo o seu domínio sobre ele e tornando-se seu escravo. No ser humano, ou domina o espírito ou domina o instinto, ou seja, o bestial. Os dois são incompatíveis. É por isso que todo homem que reflete se vê um dia colocado diante da importantíssima pergunta: Você quer conhecer o verdadeiro sentido da sua vida, para iluminá-la, ou quer deixar-se devorar pela chama incandescente dos instintos não domados?

Você quer viver a sua vida como um animal ou como um filho de Deus?

O processo de se tornar homem, ao qual nos referimos aqui, é como o problema do fogo da lareira. Dominada, a força do fogo ilumina e aquece a sala, mas que desgraça se as chamas se alastram para fora da lareira. Que desgraça, também, se o instinto sexual domina o homem por completo, a ponto de se tornar senhor de todo pensamento e de toda atividade! A nossa época é uma época doente. Em tempos passados, exigia-se que Eros se submetesse à disciplina e à responsabilidade. Hoje, pensa-se que o homem moderno já não necessita de disciplina. Esquecemo-nos, no entanto, que o homem de hoje, habitante das grandes cidades, é muito mais nervoso e tem menos força de vontade, precisando, por isso, de mais disciplina.

E agora olhe ao seu redor: não é o espírito que reina na nossa pátria; a supremacia pertence às pulsões indomadas e, sobretudo nos jovens, à pulsão sexual indisciplinada que degenera em imoralidade. Nas fábricas e nos escritórios, no palco e na vida pública, reina o espírito da prostituição; a obscenidade está na ordem do dia. E quanto prazer juvenil e alegre se perde nos castelos pestilentos da grande cidade, nas boates e nos cabarés, nas casas de jogo e nos filmes pornográficos! O jovem de hoje considera-se muito esperto quando adere à teoria hedonista! Mas, na realidade, podem-se aplicar a ele as palavras que Goethe põe na boca de Mefistófeles:
"Ele chama Razão, usar a luz celestial
Só para sobrepujar os animais, sendo animal."

Há duas coisas que tornam muito difícil o processo de se tornar homem: a metrópole, com as suas condições anormais, e o demônio dentro de nós mesmos. O jovem que chega pela primeira vez sozinho à grande cidade, vindo talvez de um lar bem protegido, vê-se rodeado por uma série de impressões novas: o ruído constante, imagens excitantes, livros e revistas eróticas, ar poluído, álcool, cinema, teatro e, para onde quer que olhe, mulheres com roupas provocantes. Quem poderá resistir a um ataque tão maciço? E o demônio interior está sempre disposto a aderir à tentação do exterior. Pois Nietzsche tem razão ao afirmar que "a alma está mergulhada em lodo". Em todos os homens "os cães selvagens ladram no porão", esperando que os soltem.

Muitos se submetem à compulsão da moralidade, porque não foram esclarecidos a tempo sobre os seus perigos. Estes ficarão gratos por uma palavra franca de conselho e advertência que lhes permita escapar ou recuar.

A imoralidade começa, na maior parte dos casos, pela prática da *masturbação*. Está cientificamente provado que ela se inicia muitas vezes numa idade terrivelmente precoce. É certo que as consequências deste mau hábito têm sido frequentemente exageradas. Contudo, a opinião de médicos qualificados é a de que se leve o assunto a sério. O professor dr. Hartung, que foi durante muitos anos médico-chefe do departamento de dermatologia do Allerheiligen-Hospital, em Breslau, emitiu a seguinte opinião: "Não há dúvida de que a prática frequente da masturbação é muito prejudicial à saúde do corpo, e que esse vício ocasiona, mais tarde, perturbações várias, como o nervosismo, incapacidade mental para o trabalho e abatimento físico".

Ele insiste particularmente no fato de que o homem que pratica a masturbação comete um ato impuro conscientemente; perde também o respeito por si próprio e a sua boa consciência. A consciência permanente de um segredo repugnante, que deve ocultar das outras pessoas, degrada-o moralmente perante si mesmo. Ele continua afirmando que os jovens que se dedicam a esse vício tornam-se indolentes e fracos, perdem a vontade de trabalhar, e que a sua memória e capacidade de trabalho são afetadas por estados de excitação nervosa de toda espécie. Outros médicos eminentes que também escreveram sobre esse assunto concordam com o dr. Hartung.

Mas a masturbação, além de ser prejudicial para o sangue, corrói as forças espirituais e as inibições necessárias ao processo de tornar-se homem; rouba à alma a sua integridade e, *quando se torna um hábito,* tem os efeitos de um verme devorador.

Piores ainda são as consequências da *imoralidade cometida com o sexo oposto.* Não é por acaso que o flagelo mais terrível da humanidade – as doenças venéreas – é uma consequência desta transgressão. Só nos espanta quão tolas as pessoas são neste domínio, enquanto em outros aspectos se consideram muito sensatas.

O dr. Paul Lazarus, professor da Universidade de Berlim, pinta um quadro impressionante dos efeitos profundos das doenças venéreas para a saúde moral e física do nosso povo.

A *sífilis* deve ser considerada como um dos coveiros mais eficazes da nossa energia nacional.

Mas também a gonorreia, que muitos jovens, levianamente, não levam a sério, é uma doença grave e perigosa. E o simples fato de a ciência médica não ser capaz de curá-la com segurança deveria bastar para acabar com tal leviandade.

O professor Binswanger diz o seguinte, a respeito das doenças venéreas: "É notável que alguns casos de contágio, aparentemente simples, possam provocar males tão graves, de tal modo que por vezes decorrem muitos anos entre o contágio inicial e a manifestação de uma doença nervosa incurável; e que a doença hoje tão comum, a que os leigos chamam amolecimento cerebral, tenha origem, em mais de 60% dos casos, nos primeiros contágios sexuais."

Não é profundamente comovente pensarmos que, por esse pecado da juventude, aqueles que nos são mais próximos – mulher e filhos – podem sofrer de uma doença terrível?

Mas devo referir-me a outra aberração que hoje existe com muito mais frequência do que se imagina: a *homossexualidade*. Digamos, já de início, que de todo o coração nos compadecemos e temos toda a compreensão para com aqueles que, por predisposição ou hereditariedade, travam um combate silencioso, muitas vezes desesperado, para preservar a sua pureza. Abençoados aqueles que conseguem vencer, pois que combatem ao lado de Deus! Mas, do mesmo modo que Jesus amava o pecador e ajudava todos aqueles que aceitavam a sua ajuda, opondo-se no entanto ao próprio pecado com uma santa severidade, assim também nós devemos combater os fenômenos da homossexualidade, que corrompem o nosso povo e a nossa juventude. Já houve uma época em que o mundo esteve em perigo de submergir sob a onda da perversidade. Só o Evangelho foi então capaz de superar essa cultura que submergia na podridão desses repugnantes pecados, e de promover uma cultura nova. Na Epístola aos Romanos, São Paulo referia-se assim aos escravos e vítimas desses pecados: "... também os homens, deixando o uso natural da mulher, arderam nos desejos, mutuamente, cometendo homens com homens a torpeza... *e Deus abandonou-os...*" (Romanos, 1:27-28). A homossexualidade é a marca de Caim de uma cultura totalmente doente, destituída de Deus e de alma. É uma das consequências da concepção dominante da vida e do mundo, cujo fim máximo é a busca do prazer. É com razão que o professor Foerster afirma, na sua *Sexualethik:* "Quando o heroísmo espiritual é ridicularizado e o gozo desenfreado da vida é exaltado, tudo quanto é perverso, demoníaco e mau ousa vir à superfície, chegando ao ponto de escarnecer do que é saudável, chamando-lhe doença, e transformando-se em norma de vida".

Hoje vêm à superfície coisas que o homem não ousa confessar a si próprio, mesmo no segredo da mais completa depravação. Mas surgirão ainda outras coisas diferentes, e então se compreenderá que só uma grande força espiritual – o Evangelho de Jesus Cristo – pode constituir um remédio para elas.

Haverá quem faça objeções ao que afirmamos. "Não se trata", talvez você pergunte, "de um instinto natural que deve ser satisfeito?" Quando a paixão é desenfreada, não se trata de algo natural, mas de alguma coisa profundamente contra a natureza. *Em quase todos os casos, é por culpa própria ou por culpa dos outros que o mau desejo foi preparado, incendiado e alimentado.* Repare no bêbado ou no morfinômano. Será natural a permanente necessidade de álcool ou de morfina? Não, essa necessidade foi criada artificialmente pela entrega frequente ao vício. O instinto com que Deus nos dotou, que conduz ao casamento para a conservação da espécie humana, é em si mesmo bom e não demasiado difícil de dominar. Milhares de homens conseguem dominá-lo de maneira adequada.

Mas não é prejudicial para o homem adulto privar-se dessas coisas? O professor dr. Hartung, que voltamos a citar, diz textualmente a esse respeito: "Respondo sem rodeios que não, que não é assim. *Se alguém lhe disse que a castidade e a abstinência podem ser prejudiciais para um homem saudável, fez você incorrer em um erro gravíssimo, e se essa pessoa refletiu verdadeiramente sobre o que disse, então ou é ignorante ou é um homem mau*".

Também é urgente fazer uma advertência contra o uso de meios anticoncepcionais. A única proteção verdadeira é guardar castidade até o casamento.

Tentei mostrar claramente e com honestidade as consequências da imoralidade. Você vê os danos provocados no corpo e no espírito daquele que se entrega a esse pecado. Mas é preciso acrescentar a desgraça que esse vício significa para a alma. Asseguro-lhe com uma seriedade sagrada: *A não castidade é um crime contra Deus. Rouba seguramente a paz do coração e não permite a alegria e a tranquilidade.* Esta é a palavra de Deus: *"Aquele que semeia na sua carne, da carne colherá corrupção..."* (Gálatas, 6:8).

O espírito do mundo inferior irrompe com uma necessidade imperiosa sempre que se perde a relação com o mundo superior.

Mas ainda acrescenta uma palavra de conselho e de encorajamento para todos os que não querem ser ou permanecer vítimas da imoralidade. Deve-se romper totalmente com o pecado da imoralidade, em *pensamentos, palavras e ações*. Esta é a primeira regra que devem observar aqueles que não querem ser seus escravos. É evidente que se devem abandonar os *locais de corrupção* e pecado, e evitar tanto quanto possível tudo o que possa levar à corrupção. Assim, deve-se evitar absolutamente o contato com rapazes e moças pervertidos, assim como a leitura de livros sórdidos, a observação de imagens vis e a ida a espetáculos duvidosos. Para isso devem-se procurar boas companhias e tratar de conservá-las. É aconselhável tudo o que fortaleça o corpo e facilite a luta contra as práticas imorais: *ginástica, esporte, natação,* passeios a pé, levantar-se *logo após* o despertar. *Moderação no consumo de comida e especialmente de bebida. Deve-se evitar o álcool.* Mas tudo isto ainda não basta; pois numerosos são os que, mesmo seguindo estes conselhos, passam frequentemente pela experiência dolorosa de serem dominados pelo instinto.

Onde encontrarmos a firmeza necessária para resistir, a força de que necessitamos para a vitória, se não queremos perder o que há de melhor em nós mesmos, a nossa personalidade? Quando a tentação se aproxima como uma ardente excitação, quando surge o fogo ardente do prazer dos sentidos, está provado que advertências só não bastam. Precisamos de força, de uma força viva para dominar os nossos instintos, para vencer as forças impuras, dentro e fora de nós. Só Jesus nos dá essa força. Não só nos obteve o perdão, pelo seu sacrifício sangrento, de tal modo que podemos alcançar a paz sob as acusações da nossa consciência, mas também é para nós, através do seu espírito, a força viva de uma vida nova, de uma vida pura. *Através dele, mesmo uma vontade paralisada ao serviço do pecado pode tornar-se novamente firme e ressuscitar para a liberdade e para a vida,* alcançando a vitória nos duros combates com o pecado.

Quem quer alcançar a verdadeira liberdade, *que venha ao Salvador vivo que combateu o pecado e tem para todos força e remédio.* Isto não é teoria cristã, mas sim um fato que foi provado e que *é experimentado todos os dias por muitos jovens, vítimas de fortes tentações.* Se for possível, *confie-se também a um verdadeiro cristão e a um verdadeiro amigo,* que lhe possa dar conselhos e lutar com você. *Pois haverá luta, mas uma luta com promessas de vitória.*

E, para terminar, deixe que eu lhe faça uma pergunta pessoal: o que se passa com você, meu amigo, e o que você fará com esta advertência?

Será que você quer, para agradar a pessoas levianas e sem consciência, se pôr a perder, ou quer se juntar a homens puros e nobres, cujo contato eleva o seu interior e fortalece a sua vontade para a luta contra tudo o que é impuro? Você quer ser alguém que, pelas suas palavras, pelo seu exemplo e pela sua essência, é uma maldição para si e para os outros, ou você gostaria de se tornar cada vez mais um homem que é uma bênção para o seu próximo?

Será que você quer, por alguns momentos de prazer fugaz, perder seu corpo e sua alma – agora e para sempre –, ou quer se deixar salvar enquanto é tempo?

Peço que você responda honestamente a estas perguntas e que tenha a coragem de agir segundo o que Deus revelou à sua consciência!

Escolha honestamente! Mundo do Vício ou mundo Superior? Animal ou Ser Espiritual? Vitória ou Fracasso?"

Neste panfleto, o jovem é colocado diante da alternativa: Deus ou a sexualidade. Ser um "homem verdadeiro" ou um "super-homem" não se resume, é certo, à sexualidade, mas esse é o primeiro pré-requisito. A posição entre "animal" e "ser espiritual" orienta-se pela oposição entre "sexual" e "espiritual"; é a mesma antítese que constitui, de modo constante, a base de toda a filosofia moral teosófica. Manteve-se até aqui inatacável porque não foi atingido o seu fundamento: a negação sexual.

O adolescente médio encontra-se num conflito agudo entre a sexualidade e o medo, conflito para o qual foi preparado desde a infância pela família autoritária. Um panfleto do tipo desse que transcrevemos vai conduzi-lo na direção do misticismo, sem, todavia, eliminar as dificuldades. A Igreja católica encontra remédio para essa dificuldade, fazendo o jovem buscar periodicamente, na confissão, a absolvição do pecado da masturbação. Mas envolve-se assim em outra dificuldade. A Igreja conserva a sua base de massas, recorrendo a duas técnicas: atrai as massas para si, através da ansiedade sexual, e, por outro lado, acentua a sua posição anticapitalista. Condena a vida das grandes cidades, com as oportunidades para a tentação dos jovens, para lutar contra a força sexual revolucionária que a vida nas grandes cidades desperta na juventude. Por outro lado, a vida sexual das massas nas grandes cidades é caracterizada pela grande contradição entre um alto grau de necessidade sexual e possibilidades material e estrutural mínimas para a sua satisfação. Essa contradição não é diferente, em sua essência, daquela que faz com que a autoridade familiar seja definida por todos os meios, ao mesmo tempo que é destruída pelas crises econômicas e pela angústia sexual. O reconhecimento destas contradições é extremamente importante porque proporciona amplas possibilidades de atingir, nos seus pontos mais vulneráveis, o aparelho ideológico da reação política.

Onde deve o jovem procurar a força para reprimir a sua sensibilidade genital? Na fé em Jesus! E o jovem encontra de fato nessa fé uma força poderosa contra a sua sexualidade. Qual é a base desse mecanismo? A experiência mística transporta-o a um estado de excitação vegetativa que nunca chega à satisfação orgástica natural. A pulsão sexual do jovem acaba se orientando num sentido de homossexualidade passiva; a homossexualidade passiva é, do ponto de vista da energia pulsional, a contrapartida mais efetiva da sexualidade masculina natural, pois substitui a atividade e a agressão pela passividade e por atitudes masoquistas, ou seja, precisamente as atitudes que determinam a base de massas do misticismo patriarcal e autoritário na estrutura humana. Mas isto implica também lealdade cega, fé na autoridade e capacidade de adaptação à instituição do matrimônio compulsivo patriarcal. Assim, o misticismo religioso lança uma pulsão sexual contra a outra força. Ele próprio se serve dos mecanismos sexuais para atingir seus objetivos. São esses estímulos sexuais não genitais, que ele em parte despertou e em parte desenvolveu, que vão determinar a psicologia de massas dos seus seguidores: o masoquismo moral (e muitas vezes também claramente físico) e uma docilidade passiva. A religião vai buscar o seu poder na repressão da sexualidade genital, a qual, como efeito secundário, leva a uma regressão no sentido da homossexualidade passiva e masoquista. Assim, apoia-se, do ponto de vista da dinâmica pulsional, na ansiedade genital e na substituição da genitalidade por impulsos secundários que já não são naturais no adolescente. Para conseguir resultados positivos no nosso trabalho prático de economia sexual entre adolescentes religiosos, é preciso lançar a exigência genital natural contra as pulsões secundárias (homossexuais) e místicas. Este trabalho de psicologia de massas está completamente de acordo com a linha objetiva de desenvolvimento do progresso social no campo da economia sexual: *abolição da negação genital e aprovação da sexualidade genital dos adolescentes.*

Mas o problema não se esgota com a mera revelação desses mecanismos de intoxicação das massas. O culto da Virgem Maria desempenha também um papel especial. Como exemplo, voltamos a reproduzir o texto de um panfleto típico.

Veneração da Virgem Maria e o jovem

por Gerhard Kremer, dr. em Teologia

A devoção autêntica da juventude católica estará sempre sinceramente associada ao ideal da Virgem Maria. Não é verdade que a veneração da Virgem Maria prejudique o desenvolvimento de uma devoção forte e calorosa em relação a Cristo; pelo contrário, a verdadeira veneração da Virgem Maria leva necessariamente a Cristo e a um código moral de vida. Não dispensaremos o culto da Virgem Maria na educação moral religiosa da nossa juventude.

A juventude é uma época de devir, de lutas internas e externas. As paixões despertam; processa-se uma fermentação e uma luta no homem, um impulso e um crescimento intempestivos. Nesse período de provação, a juventude deve ter um ideal forte e poderoso, um ideal luminoso e claro, que permaneça intacto no meio dos impulsos e da fermentação, que seja capaz de entusiasmar os corações vacilantes, que, através do seu brilho, ofusque tudo o que é menos nobre e perverso, elevando o espírito hesitante. *Esse ideal para o jovem deve ser a Virgem Maria, que encarna uma beleza e uma pureza que ofuscam tudo o mais.* "Diz-se que há mulheres que, só com a sua presença, educam, bastando o seu comportamento para expulsar os pensamentos baixos e para não permitir qualquer palavra mais livre. A Virgem Maria é essa mulher por excelência. Um jovem cavaleiro, consagrado ao seu serviço, convencido de que o seu olhar o segue, não é capaz de cometer uma impureza. Mas se, esquecendo a sua presença, pecar, a sua recordação provocar-lhe-á um sofrimento espiritual intenso e conduzirá de novo à supremacia do seu lado nobre" [P. Schilgen, S. J.].

A *Virgem Maria representa para o jovem a graça, a majestade e a dignidade sem par,* como não se encontram na natureza, na arte e no mundo dos homens. Por que motivo os artistas e pintores não se cansaram de consagrar o seu talento e criação à Madona? Porque viram nela a beleza e a dignidade mais sublimes. É uma dignidade e uma beleza que nunca causam desilusões. O jovem tem diante de si uma soberana e uma rainha "a quem deve servir, aos olhos de quem deve triunfar, para chegar à honra suprema. É essa mulher augusta e a noiva espiritual a quem você pode se entregar com toda a força do amor nascente do seu jovem coração, sem temer desonra e profanação".

O ideal da Virgem Maria deve inspirar o jovem; sobretudo numa idade em que se compraz em obscurecer aquilo que brilha e em conspurcar o que é sublime. O ideal de Maria deve representar para ele a salvação e a força. Através dele o jovem deve compreender que há algo grande e sublime na beleza espiritual e na castidade. Nele deverá encontrar a força necessária para seguir o caminho que leva às alturas, mesmo que todos os outros percam o melhor de si mesmos nos terrenos baixos. O ideal da Virgem Maria deve chamar à razão aquele que vacila, deve fazer erguer aquele que se debate e até levantar aquele que cai, para que ganhe uma nova coragem. A Virgem Maria é a estrela resplandecente que ilumina a paixão do jovem na noite escura; pois quando tudo nele parece vacilar, desperta o seu lado nobre.

Jovens que têm o sentido do ideal e que travam uma luta encarniçada pela santa virtude, *olhem para sua senhora e rainha.* Como pode um jovem erguer para ela os olhos, sem ser tomado por um idealismo sagrado? Como pode recitar uma Ave-Maria, sem sentir o desejo de uma forte pureza? Como pode entoar os cânticos sublimes à Virgem Maria, sem sentir coragem para a luta? Como poderia um jovem que compreendeu o ideal de Maria entregar-se a aventuras contra a inocência feminina? Como pode chamar-lhe mãe e rainha e depois comprazer-se com a indignidade da mulher? *Na verdade, o ideal da Virgem Maria, desde que seja levado a sério, é para o jovem uma forte incitação e um apelo poderoso à castidade e à virilidade.* "Olhando para ela, trazendo no coração a sua imagem, você não se sente obrigado a se tornar puro, por mais duro que seja o combate a travar?"

A atitude do jovem em relação às garotas e às mulheres é decisiva para o seu comportamento moral.

"Antigamente, quando alguém era armado cavaleiro, tinha de fazer votos de proteger as mulheres indefesas. Era o tempo em que se construíam catedrais para glória da rainha do céu" (P. Gemmel, S. J.). Existe uma estreita relação entre o amor a Virgem Maria e o comportamento cavalheiresco em relação às mulheres. O homem possuído do ideal da Virgem Maria traz em si, naturalmente, esse ideal cavalheiresco que procede da estima respeitosa que sente pela dignidade e majestade feminina. É por isso que a cerimônia em que se armavam os cavaleiros na Idade Média comprometia o jovem tanto com o serviço do amor sagrado como com a proteção da honra das damas. Os símbolos dessa cavalaria já não existem; mas o que é mais grave é que, entre a juventude masculina, *enfraquece cada vez mais o respeito tímido pela mulher,* dando lugar *ao comportamento frívolo e baixo do cavaleiro salteador.* Se outrora o cavaleiro defendia e protegia, de couraça e armas na mão, a fraqueza e a inocência da mulher, o verdadeiro homem deve também hoje sentir uma obrigação em face da honra e da inocência da mulher. Uma virilidade sólida e uma verdadeira nobreza do coração se manifestarão acima de tudo em relação ao sexo feminino. Feliz o jovem que soube revestir as suas paixões com essa couraça! Feliz a jovem que obteve o amor de um homem assim. *"Não faça mal a nenhuma moça; lembre-se de que também sua mãe foi moça."*

O jovem de hoje é o marido de amanhã. Como poderá o marido e homem proteger a feminilidade e a honra da mulher, se o jovem e noivo tiver profanado o amor e o noivado! O noivado deve ser um período de *amor não profanado.* Quantos destinos humanos seriam mais felizes se o ideal da Virgem Maria se mantivesse vivo no mundo da nossa juventude. Quanto sofrimento e quanta dor seriam evitados se os jovens não brincassem um jogo vergonhoso com o amor de uma alma de moça. *Ó jovens, deixem que a clara luz do ideal da Virgem Maria ilumine o seu amor, a fim de que vocês não vacilem nem se deixem cair.* O ideal de Maria pode ser extremamente importante para a nossa juventude masculina. É por isso que desfraldamos nas nossas congregações e nas nossas associações juvenis o estandarte de Maria. Oh, que os nossos jovens católicos se agrupem em volta desse estandarte! (*Katholiches Kirchenblatt, nº* 18, 3 de maio de 1931).

O culto à Virgem Maria é utilizado, com muito sucesso, para promover a castidade. Temos de nos interrogar novamente quanto ao mecanismo psicológico que assegura o êxito de tais objetivos. É uma vez mais um problema que afeta as massas de jovens sujeitas a essas influências, traduzindo-se, fundamentalmente, na repressão dos impulsos genitais. Se o culto de Jesus mobiliza as forças homossexuais passivas contra a sexualidade genital, o culto da Virgem Maria mobiliza também forças sexuais, mas na esfera heterossexual. "Não faça mal a nenhuma moça; lembre-se de que também sua mãe foi moça." Deste modo, a mãe de Deus vai ocupar, na vida afetiva do jovem cristão, o lugar de sua própria mãe, e ele lhe consagra todo o amor que anteriormente sentiu pela própria mãe: todo o forte amor dos seus primeiros desejos genitais. *A proibição do incesto* dividiu então a sua genitalidade em desejo do orgasmo e ternura assexual. O desejo do orgasmo tem de ser recalcado, e a sua energia reforça a tendência para a ternura, transformando-a numa ligação, praticamente indissolúvel, com a experiência mística. Isto é acompanhado por uma defesa violenta não só contra o desejo do incesto mas também contra *qualquer* relação genital natural com uma mulher. Toda a força viva e o grande amor que o jovem saudável desenvolve na vivência orgástica com a mulher amada é usada, pelo homem místico, para apoiar o culto a Maria *depois* de a sensualidade genital ter sido reprimida. É nestas fontes que o misticismo colhe as suas forças, as quais não devem ser subestimadas, visto tratar-se de forças *insatisfeitas*. São elas que tornam compreensível o poder milenar que o misticismo exerce sobre os homens e as inibições que se opõem ao desenvolvimento do sentido das responsabilidades nas massas.

O importante não é a devoção à Virgem Maria ou a qualquer outro ídolo, mas sim a *produção da estrutura mística nas massas* em cada nova geração. Mas o misticismo não é mais do que o desejo inconsciente do orgasmo (sensações cósmicas plasmáticas). O homem saudável, orgasticamente potente, é capaz de grande veneração por figuras históricas. Mas não há correlação entre a sua apreciação da história primitiva do homem e a sua felicidade sexual. Ele não tem que se tornar místico, reacionário ou escravo da metafísica para avaliar os fenômenos históricos. Uma sexualidade saudável na adolescência não abafa necessariamente o respeito pela lenda de Jesus. O Antigo e o Novo Testamento podem ser considerados como criações gigantescas do espírito humano, mas não se deve utilizar essa admiração para reprimir a sexualidade. Aprendi, com base na minha experiência de médico, que o adolescente sexualmente doente tem uma visão doente da lenda de Jesus.

AUTOCONFIANÇA SADIA E AUTOCONFIANÇA NEURÓTICA

Para o jovem que goza de uma sexualidade plena e regulada segundo os princípios da economia sexual, a experiência orgástica com uma mulher significa uma ligação enriquecedora, exaltação da companheira e extirpação de qualquer tendência para degradar a mulher que compartilha a experiência. Nos casos de impotência orgástica, passam a atuar apenas as forças psíquicas de defesa, isto é, náuseas e horror da sensualidade genital; essas forças de defesa vão buscar a sua energia em várias fontes. Em primeiro lugar, a força defensiva é pelo menos tão forte como a força de que nos defendemos – o desejo genital, reforçado pela insatisfação, e que em nada perde a sua força pelo fato de ser uma necessidade inconsciente. Em segundo lugar, a repugnância pelas relações sexuais justifica-se pela real brutalização da sexualidade no homem contemporâneo. Esta sexualidade brutalizada torna-se o protótipo da sexualidade em geral. Deste modo, a moralidade compulsiva produz precisamente aquilo a que apela para justificar a sua existência ("a sexualidade é associal"). Uma terceira fonte emocional das forças de defesa é a correção sádica da sexualidade, adquirida na mais tenra infância pelas crianças de todos os meios culturais patriarcais. Uma vez que toda inibição da satisfação genital intensifica o impulso sádico, a estrutura sexual, no seu conjunto, torna-se sádica; e como, por outro lado, as necessidades genitais são substituídas pelas anais, o lema reacionário da degradação da mulher pelas relações sexuais entra em ressonância com a própria estrutura do adolescente. Resumindo, esse lema deriva sua eficácia a partir da perversidade já existente na estrutura do adolescente. Com efeito, a partir da sua própria experiência, o adolescente já desenvolve uma concepção sádica das relações sexuais. Assim, também aqui se confirma que é nas forças de defesa da moralidade compulsiva que a reação política vai buscar o seu poder. Começa assim a tornar-se mais clara a relação existente entre o sentimento místico e a "moralidade" sexual. Sejam quais forem os conteúdos da experiência mística, esta é constituída essencialmente pela negação do impulso genital, pela defesa sexual, e se processa com o auxílio de excitações sexuais não genitais. A diferença entre a reação mística e a reação sexual reside no fato de a primeira não permitir a percepção da excitação sexual e impossibilitar a *descarga* orgástica, mesmo quando se trata do chamado êxtase religioso.

Excluída a percepção do desejo sexual e sendo evitado o orgasmo, a excitação mística provoca necessariamente uma alteração permanente do aparelho biopsíquico. O ato sexual real é sentido como algo degradante, o que impede uma vivência plena e natural. A defesa contra o desejo orgástico força o ego a ter concepções compulsivas de "pureza" e "perfeição". Enquanto a sensualidade e a capacidade de satisfação saudáveis proporcionam uma "autoconfiança" natural, a experiência mística cria, com base naquelas formações de defesa, uma autoconfiança forçada e deteriorada. Tal como no sentimento nacionalista, também no sentimento místico a autoconfiança é criada a partir das atitudes de defesa. Mas distingue-se exteriormente da autoconfiança baseada na genitalidade pelo seu caráter exibicionista, pela falta de naturalidade no comportamento, pelos complexos de inferioridade sexual. Isto explica por que motivo o homem educado segundo a "ética" mística ou nacionalista é tão permeável aos lemas reacionários, tais como "honra", "pureza" etc. É que ele é permanentemente forçado a comportar-se convenientemente, a ser honrado e puro. O caráter baseado na genitalidade é espontaneamente puro e honrado, não necessitando para isso de constantes advertências.

Capítulo 8

Algumas questões da prática da política sexual

TEORIA E PRÁTICA

Os estudos acadêmicos reacionários exigem uma distinção entre "ser e dever-ser", entre "conhecer e agir". Por isso se julgam "apolíticos", alheios à política. A lógica chega a afirmar que o dever-ser nunca pode ser deduzido do ser. Vemos nessa atitude uma limitação que tem por finalidade permitir que o acadêmico se dedique às suas pesquisas, sem ser obrigado a tirar daí as consequências inerentes a todo conhecimento científico sério. As conclusões científicas são invariavelmente progressistas, frequentemente mesmo revolucionárias. Para nós, a construção de pontos de vista teóricos justifica-se pelas necessidades da vida concreta, pela necessidade imperiosa de resolver problemas de ordem *prática,* e deve ter por objetivo um novo modo de agir, melhor e mais adequado, na resolução de tarefas práticas. Vamos mais longe ao afirmar que uma teoria só tem algum valor para nós quando se comprova na prática e através da prática. Deixamos tudo o mais aos malabaristas do intelecto, aos defensores da ordem baseada nos "valores". Acima de tudo, devemos superar o erro básico cometido pela teologia, que se limita a tecer considerações acadêmicas, não podendo, portanto, apontar uma solução racional. Partilhamos da opinião de muitos pesquisadores de que o misticismo religioso, em todas as suas formas, significa obscurantismo e estreiteza de visão. Sabemos que a religiosidade humana se converteu, ao longo dos séculos, em instrumento do poder; também neste ponto partilhamos da opinião de alguns estudiosos acadêmicos. Mas distinguimo-nos deles pela firme vontade de levar até o fim o combate contra o misticismo e a superstição, de transformar o nosso saber numa prática tenaz. Será que as ciências naturais esgotaram todos os seus recursos na luta contra o misticismo? Devemos responder pela negativa. O misticismo, em contrapartida, mantém no obscurantismo as massas humanas. Mas queremos fazer um pequeno resumo da história dessa luta, através de uma breve retrospectiva.

A LUTA CONTRA O MISTICISMO ATÉ AGORA

No desenvolvimento do misticismo e na luta travada contra ele, podem-se distinguir quatro fases. A primeira caracteriza-se pela ausência total de uma concepção científica das coisas, prevalecendo a concepção animista. Temendo o que lhe parece incompreensível, o homem primitivo sente necessidade de encontrar uma explicação para os fenômenos da natureza. Por um lado, ele precisa dar à sua vida um sentido que lhe inspire segurança, e, por outro lado, procura proteção contra as forças superiores da natureza. Essas duas necessidades são satisfeitas (subjetivamente, mas não objetivamente) pelo misticismo, pela superstição e pela concepção animista dos fenômenos naturais, incluindo os seus próprios processos psíquicos interiores. Assim, acredita que pode aumentar a fertilidade do solo, erigindo esculturas fálicas, ou defender-se da seca, urinando. Esta situação manteve-se inalterada, nos seus aspectos essenciais, entre todos os povos do mundo até o final da Idade Média, época em que os princípios da explicação científica da natureza, em estreita relação com algumas descobertas de ordem técnica, começaram a revestir-se de um caráter de seriedade que ameaçava qualquer tipo de misticismo. No processo da grande revolução burguesa, assiste-se ao desencadear de um aceso combate contra a religião e a favor do conhecimento: aproxima-se o momento em que o misticismo pode ser substituído pela ciência na explicação da natureza, e em que a tecnologia vai-se tornando cada vez mais capaz de assumir um papel significativo em relação às necessidades humanas de proteção (segunda fase). Mas agora que os revolucionários estão no poder não são mais revolucionários. Eles criam uma contradição do processo cultural: por um lado, fomentam por todas as formas a investigação científica, porque esta apoia o progresso econômico, mas, por outro lado, servem-se do misticismo como principal instrumento para a repressão dos milhões de assalariados (terceira fase). Esta contradição tem uma expressão tragicômica, por exemplo, em filmes científicos do gênero de *Natureza e amor*, em que cada parte é precedida de dois títulos. No primeiro, lê-se alguma coisa como: "A Terra evoluiu ao longo de milhões de anos através de processos cósmicos, mecânicos e químicos". No segundo: "No primeiro dia, Deus criou o Céu e a Terra". E a este filme assistem sábios, astrônomos e químicos que contemplam em silêncio esta união irônica, convencidos de que "a religião tem também o seu lado bom". São ilustrações vivas do divórcio entre teoria e prática. O deliberado encobrimento das descobertas científicas à grande massa da população e processos como os que tiveram lugar nos Estados Unidos visam promover a submissão, a falta de senso crítico, a renúncia voluntária e a esperança na vida extraterrena, a crença na autoridade, o reconhecimento da santidade da vida ascética e a inviolabilidade da família autoritária. Os trabalhadores e os burgueses intimamente ligados a eles criam o movimento dos livres-pensadores que a burguesia liberal admite de bom grado, desde que não exceda determinados limites. Mas esse movimento opera com meios insuficientes, recorrendo exclusivamente a argumentos de ordem intelectual, ao passo que a Igreja conta com o auxílio do aparelho de poder do Estado e se apoia, do ponto de vista da psicologia de massas, nas forças emocionais mais poderosas: a angústia sexual e a repressão sexual. Esse grande poder na esfera emocional não é contrabalançado por nenhuma força emocional equivalente. E, se é que os livres-pensadores empregam a política sexual, ou padecem de intelectualismo ou limitam-se a questões de política demográfica; na melhor das hipóteses, exigem a igualdade de direitos da mulher no plano econômico, o que, contudo, não consegue ter um efeito de massas contra as forças do misticismo. Isto porque, para a maioria das mulheres, o desejo de alcançar a independência econômica é inconscientemente refreado pelo medo da liberdade e consequente responsabilidade sexual, implícitas na independência econômica.

As dificuldades na superação desses fatores de natureza emocional forçam o movimento revolucionário de livres-pensadores a relegar para segundo plano as chamadas questões filosóficas porque, neste ponto, chega-se muitas vezes a resultados opostos aos pretendidos: trata-se de uma posição compreensível, já que não se pode opor ao misticismo nenhuma força emocional de igual intensidade. A revolução russa permite conduzir o combate contra a religião a um nível muito mais elevado (quarta fase)[1]. O aparelho do poder já não está nas mãos do capitalismo e da Igreja, mas nas mãos das comissões executivas dos sovietes. O movimento antirreligioso adquire um fundamento sólido: a reorganização coletiva da economia. Torna-se possível, pela primeira vez, substituir, em grande escala, a religião pela ciência, o sentimento de proteção oferecido pela superstição por uma tecnologia sempre crescente, destruir o misticismo com a explicação sociológica das funções do misticismo. O combate contra a religião efetua-se na União Soviética essencialmente sob três formas: pela supressão da base econômica, portanto de um modo diretamente econômico; pela propaganda antirreligiosa, portanto de um modo diretamente ideológico; e pela elevação do nível cultural das massas, portanto de uma maneira ideológica indireta.

A enorme importância do aparelho de poder de que dispunha a Igreja pode ser verificada através de alguns números que esclarecem a situação que existia na Rússia antes da revolução. Em 1905, a Igreja russa possuía cerca de dois milhões de hectares de terras. Em 1903, as paróquias de Moscou possuíam 908 casas e 146 conventos. Os rendimentos anuais dos metropolitanos elevavam-se em Kiev a 84 000 rublos, em S. Petersburgo a 259 000 rublos, em Moscou a 81 000 rublos, em Nijni-Novgorod a 307 000 rublos. Não é possível fazer um cálculo referente às receitas em espécie e moeda recebidas

---

1. Literatura sobre a questão religiosa na União Soviética: "Schule und Kirche in Sowjetrussland", *Süddeutsche Arbeiterzeitung,* de 26/set./1927; "Kirche und Staat in der Sowjetrepublik", de Stepanov, volumes 23-24; "Kirche und Staat", de Jaroslawski, *ibid.,* 1925-26; "Die Freidenkerbewegung in Russland", de Muzak, *Der Freidenker, n?* 6; "Das Verhaltnis von Kirche und Staat im neuen Russland", de Jakoby Weimar, *Neue Bahnen,* 1928; *Uber die Religion,* de Lenin; "Die Kulturrevolution in der Sowjetunion", de A. Elgers, *Verlagsansto.lt proletarischer Freidenker,* 1931; "Die sozialistische Kulturrevolution in 5-Jahresplan", de A. Kurella, *Internationaler Arbeiterverlag;* "Antireligiose Propaganda im Dorf", de Deodorow; "Sozialistischer Aufbau des Dorfes und die Religion", de Wogan.

por cada cerimônia religiosa. A Igreja empregava 200 000 pessoas, as quais sustentava por meio de impostos arrecadados das massas. O mosteiro de Troitskaya Lavra, ao qual se dirigiam em média 100 000 peregrinos por ano, possuía vasos sagrados cujo valor é calculado em 650 milhões de rublos. Apoiando-se no seu poder econômico, a Igreja podia exercer o seu poder ideológico em proporções idênticas. É evidente que todas as escolas eram religiosas e submetidas ao controle e domínio dos padres. O primeiro artigo da Constituição da Rússia czarista estipulava: "O soberano de todos os russos é um monarca autocrata e absoluto, e é Deus que ordena a submissão voluntária ao poder do seu governo". Sabemos já o que "Deus" representa e em que sentimentos infantis da estrutura humana essas pretensões ao poder podem encontrar ressonância. Hitler reestruturou a Igreja na Alemanha exatamente da mesma maneira: reforçou a sua autoridade e conferiu-lhe o direito pernicioso de preparar o espírito das crianças, nas escolas, para absorverem as ideologias reacionárias. A tarefa de elevar os "padrões morais" ocupa a primeira linha na batalha que Hitler trava para executar a vontade do Deus supremo. Mas voltemos ao caso da Rússia, antes da revolução.

Nos seminários e academias eclesiásticas havia disciplinas especialmente destinadas ao combate contra o movimento revolucionário. No dia 9 de janeiro de 1905, apareceu um panfleto eclesiástico em que os operários revoltados eram acusados de estar a serviço dos japoneses. A revolução de fevereiro de 1917 pouco alterou esta situação; as Igrejas foram equiparadas, mas não se confirmou a tão esperada separação entre a Igreja e o Estado, e, à frente da administração da Igreja, foi colocado o príncipe Lvov, grande proprietário. Numa assembleia eclesiástica, em outubro de 1917, os bolcheviques foram excomungados; o patriarca Tikhon declarou-lhes guerra.

No dia 23 de janeiro de 1918, o governo soviético promulgou o seguinte decreto:

> No que diz respeito à religião, o Partido Comunista Russo não se dá por satisfeito com a separação já decretada entre a Igreja, de um lado, e o Estado e a escola, do outro, isto é, com medidas também preconizadas pelo programa da democracia burguesa, que nunca foram postas em prática com rigor, em parte alguma do mundo, dadas as numerosas relações de fato existentes entre o capital e a propaganda religiosa.

O Partido Comunista Russo está convencido de que só o exercício do método e da consciência em todos os setores da vida social e econômica das massas pode conduzir ao desaparecimento completo dos preconceitos religiosos. O Partido tenciona eliminar completamente todas as relações entre as classes exploradoras e a organização da propaganda religiosa: está sendo organizada uma ampla propaganda antirreligiosa e de esclarecimento científico que contribuirá decisivamente para libertar as massas trabalhadoras dos preconceitos religiosos. Ao fazê-lo, deve-se evitar cuidadosamente ferir a sensibilidade dos crentes, pois isso só poderia resultar na consolidação do fanatismo religioso.

Consequentemente, são proibidas em todo o território da República as portarias locais que limitam a liberdade de consciência ou instituem privilégios para aqueles que pertencem a determinada confissão religiosa (§ 2 do decreto).

Todo cidadão é livre para professar qualquer religião ou para não professar nenhuma; ficam abolidas todas as restrições jurídicas anteriores, relacionadas com esta questão.

Deve-se eliminar de todos os documentos oficiais qualquer referência à crença religiosa de um cidadão (§ 3 do decreto).

As atividades de todas as instituições públicas e outras instituições oficiais e sociais devem ser realizadas sem qualquer rito ou cerimônia religiosa (§ 4).

O livre exercício das práticas religiosas é garantido, desde que não provoque perturbações da ordem pública ou limitações dos direitos dos cidadãos da União Soviética. Caso contrário, as autoridades locais estão habilitadas a tomar as medidas adequadas para salvaguardar a paz e a ordem pública (§ 5).

Ninguém pode furtar-se aos seus deveres cívicos, em nome das suas convicções religiosas.

As exceções a esta regra só são admitidas por decisão do tribunal popular, que analisará cada caso particular, e sob condição de um dever cívico ser substituído por outro (§ 6).

É abolido o juramento religioso. Em caso de necessidade, pronunciar-se-á uma declaração solene (§ 7).

As certidões de estado civil são asseguradas exclusivamente pelas autoridades civis, especificamente pelos departamentos de registro, no caso de casamentos e nascimentos (§ 8).

A escola é separada da Igreja.

A propagação de doutrinas religiosas é proibida em todos os estabelecimentos de ensino oficiais e particulares onde se ensinem matérias de cultura geral (§ 9).

Todas as associações eclesiásticas e religiosas estão sujeitas às disposições gerais referentes às associações e agrupamentos privados, e não gozam de quaisquer privilégios ou subsídios por parte do Estado ou dos órgãos locais autônomos de autogestão (§ 10).
É ilícita a cobrança obrigatória de impostos a favor das associações eclesiásticas e religiosas, no seio dos seus membros (§ 11).
As associações eclesiásticas e religiosas não possuem direito de propriedade e, como tal, não gozam dos direitos de pessoa jurídica (§ 12).
Toda propriedade das associações eclesiásticas e religiosas na Rússia é declarada propriedade do povo.
Os edifícios e objetos destinados ao culto religioso são deixados para uso gratuito das respectivas associações religiosas, por determinação especial das autoridades locais ou centrais (§ 13).
Os padres, monges e freiras não têm direito de voto, ativo ou passivo, porque não realizam trabalho produtivo.

A partir de 18 de dezembro de 1917, o controle dos documentos de estado civil foi confiado às autoridades soviéticas. No Comissariado Popular da Justiça, foi criada uma repartição liquidatária, que iniciou a liquidação da propriedade da Igreja. No mosteiro de Troitskaya Lavra, por exemplo, instalou-se uma academia para a divisão eletrotécnica do Exército Vermelho, assim como um instituto técnico de pedagogia. Nos jardins ao redor do mosteiro, instalaram-se *pools* de trabalhadores e comunas; aos poucos, as igrejas foram convertidas em clubes de trabalhadores e salas de leitura. A propaganda religiosa começou com o desmascaramento do logro direto de que o povo fora vítima, por parte da hierarquia religiosa. A fonte sagrada da igreja de S. Sérgio acabou por tornar-se uma simples bomba de água; a fronte de alguns santos, que só podia ser beijada a troco de dinheiro, mostrou ser um simples pedaço de couro, habilidosamente arranjado. O efeito produzido por este desmascaramento, diante das massas reunidas, foi imediato e radical. É evidente que tanto a cidade como o campo foram inundados de panfletos e jornais de esclarecimento, distribuídos pela propaganda ateia. A construção de museus de ciências naturais antirreligiosos permitiu a confrontação das concepções científicas e supersticiosa do mundo.

Apesar disso tudo, ouvi dizer em Moscou, em 1929, que os únicos grupos contrarrevolucionários organizados e bem estruturados eram ainda as seitas religiosas. No entanto, *a influência das seitas religiosas na vida sexual dos seus membros,* e na própria estrutura sexual da sociedade, foi gravemente negligenciada na União Soviética, tanto do ponto de vista teórico como prático, o que teve sérias consequências. Portanto, é incorreto afirmar que a Igreja foi "aniquilada" na União Soviética. A prática da religião continuou a ser permitida. A Igreja apenas perdeu a sua supremacia, no plano econômico e social. Já não podia obrigar os homens, fora do seu círculo de crentes, a acreditar em Deus. A ciência e o ateísmo tinham finalmente adquirido os mesmos direitos sociais que o misticismo. Nenhuma hierarquia religiosa podia, a partir de então, decidir que um cientista natural fosse exilado. Isto é tudo. Mas a Igreja não estava satisfeita. Mais tarde, quando a revolução sexual fracassou (a partir de 1934), a Igreja reconquistou as massas.

FELICIDADE SEXUAL OPOSTA AO MISTICISMO

A destruição do poder que a Igreja exercia fora do seu raio de ação significou apenas a eliminação dos principais abusos da Igreja. Mas essa medida não afeta o seu poder ideológico, que se apoia nos sentimentos de simpatia e nas estruturas supersticiosas do indivíduo médio das massas. Por essa razão, o poder soviético começou a exercer influência no plano científico. Mas o esclarecimento científico e o desmascaramento da religião limita-se a colocar ao lado dos sentimentos religiosos uma força intelectual, aliás muito poderosa, deixando o resto à mercê da luta entre o intelecto e os sentimentos místicos do homem. Esta luta só é bem-sucedida em favor da ciência quando se trata de homens e mulheres que desde o início amadurecem sobre bases diferentes. Mesmo assim, a luta pode redundar num fracasso, como comprovam os casos bastante frequentes de materialistas lúcidos que acabam cedendo, de uma forma ou de outra, aos seus sentimentos religiosos, por exemplo, sentindo uma necessidade imperiosa de rezar. Um defensor astuto da religião saberá extrair daí argumentos para a sua causa, afirmando que isso prova o caráter eterno e inextirpável do sentimento religioso. E contudo não tem razão, pois isso só mostra que, embora tenha havido uma confrontação entre o sentimento religioso e o intelecto, não foram afetadas as fontes daquele. Pode-se chegar à conclusão de que os sentimentos místicos seriam totalmente despojados do seu fundamento se, além de se eliminar a supremacia social da Igreja e de se opor à sensibilidade mística uma força intelectual, os próprios sentimentos que alimentam o sentimento místico fossem trazidos à consciência, podendo expandir-se livremente. Experiências clínicas irrefutáveis comprovam que a sensibilidade religiosa provém da sexualidade inibida, isto é, que a fonte da excitação mística é a excitação sexual inibida. Disto se conclui necessariamente que *uma consciência sexual clara e uma regulação natural da vida sexual significam o fim de qualquer forma de misticismo,* em outras palavras: *a sexualidade natural é inimiga mortal da religião mística.* A Igreja, travando sempre que pode o combate contra a sexualidade, e chegando a colocá-lo no centro dos seus dogmas e no primeiro plano dos seus processos de atuação sobre as massas, apenas vem reforçar a veracidade deste ponto de vista.

Comecei por tentar reduzir um estado de coisas muito complicado à sua expressão mais simples, quando afirmei que a *consciência sexual é o fim do misticismo.* Veremos em breve que, por mais simples que seja esta fórmula, tanto o seu fundamento real como as condições da sua concretização são extremamente complicados, e que necessitamos de toda aparelhagem científica à nossa disposição e da mais profunda convicção quanto à necessidade de combater implacavelmente o misticismo, se quisermos nos opor, com sucesso, ao refinado aparelho da superstição. Mas o resultado final compensará todos os nossos esforços.

Para se ter uma ideia precisa das dificuldades a serem enfrentadas para a realização prática dessa fórmula simples, torna-se necessário compreender bem alguns dados básicos sobre a estrutura psíquica das pessoas submetidas a uma educação sexualmente repressiva. O fato de algumas organizações culturais da parte ocidental da Alemanha, predominantemente católica, terem desistido de lutar pela sobreposição da economia sexual à intoxicação mística das massas, alegando fracassos anteriores, não invalida a minha tese; ao contrário, testemunha a timidez, os medos sexuais e a inexperiência, em matéria de economia sexual, daqueles que empreenderam essa luta, e sobretudo a sua falta de paciência e de aplicação para se adaptarem, compreenderem e finalmente dominarem um estado de coisas extremamente complicado. Por exemplo, se eu me limitar a dizer a uma mulher cristã, sexualmente frustrada, que o seu sofrimento é de natureza sexual e que só poderá livrar-se do seu sofrimento espiritual através da felicidade sexual, ela sem dúvida me porá na rua e terá razão para isso. Estamos diante de duas dificuldades: (1) cada pessoa tem em si contradições que devem ser compreendidas individualmente; e (2) os aspectos práticos do problema diferem de região para região, de país para país e, portanto, exigem soluções diferentes. Sem dúvida, quanto maior for a nossa experiência no domínio da economia sexual, mais facilmente seremos capazes de lidar com os obstáculos. Contudo, essas dificuldades só serão eliminadas através da prática. Antes que qualquer avanço seja feito, é necessário estarmos de acordo com que a nossa fórmula básica é correta e compreendermos a verdadeira natureza das dificuldades. Se o misticismo tem dominado os homens através dos milênios, é preciso que nós, principiantes, longe de subestimá-lo, sejamos capazes de compreendê-lo e de agir de modo mais inteligente, mais sutil e mais sábio do que os seus representantes.

A ERRADICAÇÃO DO SENTIMENTO RELIGIOSO NO INDIVÍDUO

A partir da compreensão correta da inculcação biopsíquica do misticismo, podem-se traçar diretrizes para o trabalho de higiene mental de massas. São extremamente importantes as alterações que ocorrem no homem místico, no decorrer de um tratamento de análise do caráter. Os conhecimentos que se obtêm através desse tipo de tratamento não podem ser aplicados diretamente às massas, mas revelam-nos as contradições, as forças e contraforças no indivíduo médio.

Já descrevi o modo como são inculcados na estrutura humana as concepções e os sentimentos místicos. Tentemos agora acompanhar nas suas características essenciais o processo de *erradicação* do misticismo.

Como era de se esperar, a atitude mística funciona como uma resistência poderosa ao desvendamento da vida psíquica inconsciente e, especialmente, da genitalidade recalcada. É natural que a defesa mística vise, particularmente, não os impulsos pré-genitais infantis, mas sim os impulsos genitais naturais, e especialmente a masturbação infantil. O paciente se apega às suas concepções ascéticas, moralistas e místicas, aguçando a oposição irreconciliável que vê entre o "elemento moral" e o "elemento animal" no homem, isto é, a sexualidade natural; defende-se da sua sexualidade genital recorrendo a censuras moralistas. Acusa os que o rodeiam de não compreenderem "valores espirituais" e de serem "cruéis, vulgares e materialistas". Em resumo, quem conhece a argumentação usada pelos místicos e pelos fascistas nas discussões políticas, e pelos caracterologistas e "humanistas" nas discussões científicas, está habituado a este tipo de atitude, pois trata-se, no fundo, da mesma coisa. É natural que o temor a Deus e a defesa moralista sejam reforçados quando se consegue relaxar um pouco um elemento da repressão sexual. Se conseguimos eliminar o medo infantil da masturbação – o que tem como consequência o aumento da necessidade de satisfação da sexualidade genital –, então o conhecimento intelectual e a satisfação sexual prevalecerão. À medida que desaparece o medo da sexualidade, ou o medo da antiga proibição sexual paterna, diminui também a crença mística. O que aconteceu? Anteriormente, o paciente recorrera ao misticismo para manter reprimidos os seus desejos sexuais. O seu ego estava completamente dominado pelo medo, e sua própria sexualidade lhe era profundamente estranha, para conseguir dominar e regular as poderosas forças naturais. Pelo contrário, quanto mais se defendia da sua sexualidade, mais fortes se tornavam as suas necessidades, ao que correspondia um reforço das inibições moralistas e místicas. Durante o tratamento, o ego fortaleceu-se e a dependência infantil em relação aos pais e educadores rompeu-se; o ego do paciente reconheceu o caráter natural da genitalidade, aprendeu a distinguir aquilo que nos instintos é infantil, e não pode ser utilizado de momento, daquilo que corresponde às exigências da vida real. O jovem cristão compreenderá rapidamente, por exemplo, que as suas fortes tendências exibicionistas e perversas correspondem, em parte, a um retorno a formas primitivas e infantis da sexualidade e, em parte, à *inibição* da sexualidade genital. Compreenderá igualmente que o seu desejo de se unir a uma mulher é perfeitamente próprio da sua idade e da sua natureza, necessitando mesmo ser satisfeito. A partir daí, pode prescindir do apoio que significam a crença num Deus todo-poderoso e a inibição moral. Torna-se senhor de si próprio e aprende a regular por si próprio a sua economia sexual. A análise do caráter liberta o paciente da dependência infantil e submissa em relação à autoridade do pai e das pessoas que posteriormente o substituem. O fortalecimento do ego rompe a ligação infantil com Deus, que é um prolongamento da relação com o pai. Estas ligações perdem a sua força. Finalmente, a vegetoterapia possibilita ao paciente uma vida amorosa satisfatória, o que representa o fim do misticismo. Os casos de clérigos são especialmente difíceis, pois torna-se impossível prosseguir convictamente no exercício de uma profissão cujas consequências físicas o indivíduo sentiu intensamente. Para muitos, a única solução consiste em substituir o sacerdócio pelo estudo científico das religiões ou pelo magistério.

Estes processos por que passa o homem místico só poderão ser contestados pelo analista que não compreenda as perturbações genitais dos seus pacientes ou, como no caso de um conhecido pastor psicanalista, por quem for de opinião de que "só se deve mergulhar a sonda da psicanálise no inconsciente até os limites que a ética permitir". Mas nós temos tão pouco a ver com esse tipo de ciência "apolítica" e "objetiva" como com aquela que, combatendo ardorosamente as consequências revolucionárias da economia sexual como "política", aconselha as mães a combaterem as ereções dos meninos por meio de exercícios respiratórios. Em tais casos, o problema reside no processo que permite à consciência do médico aceitar esta linha de raciocínio e tornar-se um pastor, sem contudo reabilitá-lo aos olhos da reação política. Ele age de modo muito semelhante ao dos parlamentares alemães social-democratas que, depois de terem entoado entusiasticamente o hino nacional alemão, quando da última sessão parlamentar, não deixaram de ser enviados para campos de concentração, acusados de serem "socialistas".

Não nos interessa discutir a existência ou inexistência de Deus: limitamo-nos a suprimir as repressões sexuais e a romper os laços infantis em relação aos pais. A destruição do misticismo não faz parte das intenções do terapeuta. Este o trata simplesmente como qualquer outro fator psíquico que funcione como apoio da repressão sexual, consumindo as energias naturais. O processo da economia sexual não consiste, portanto, em opor à concepção mística do mundo uma concepção "materialista", "antirreligiosa"; isso é propositadamente evitado, pois não efetuaria nenhuma mudança na estrutura biopática. Trata-se, acima de tudo, de desmascarar a atitude religiosa como força antissexual e de canalizar em outras direções as forças que a alimentam. O homem cuja ideologia é exageradamente moralista, mas que é perverso, lascivo e neurótico na vida real, está livre dessa contradição. Mas, junto com o moralismo, ele também perde o caráter antissocial e a imoralidade da sua sexualidade, no sentido da economia sexual. *A inibição moralista e religiosa inadequada é substituída pela regulação das necessidades sexuais, segundo o princípio da economia sexual.*

Portanto, o misticismo tem razão, do seu ponto de vista, em combater tão violentamente a sexualidade, com o intuito de se preservar e de se reproduzir entre os homens. Mas engana-se num dos seus pressupostos e na sua principal justificação: é *a sua "moralidade" que cria aquele tipo de sensualidade cujo controle moral ele considera ser sua tarefa. A abolição dessa "moralidade" é a condição prévia para a abolição da imoralidade que ele se esforça, em vão, por eliminar.* É essa a tragédia fatal de toda a forma de moralidade e misticismo. A revelação dos processos econômico-sexuais que alimentam o misticismo religioso leva, mais cedo ou mais tarde, ao seu fim, por mais que os místicos se esforcem para evitá-lo.

A consciência sexual e os sentimentos místicos são incompatíveis. Sexualidade natural e sentimentos místicos são, do ponto de vista da sua energia, uma única e mesma coisa, uma vez que a primeira é recalcada e pode ser facilmente transformada em excitação mística.

Estes dados do domínio da economia sexual trazem, necessariamente, numerosas consequências para a higiene mental de massas, as quais vamos expor, depois de termos refutado algumas objeções óbvias.

PRÁTICA DA ECONOMIA SEXUAL E OBJEÇÕES

Na prática da economia sexual, é comum vermos os especialistas em economia política insurgirem-se contra aquilo a que chamam "ênfase excessiva e exagero do problema sexual" e abandonarem o problema por completo, à menor dificuldade – que é natural surgir neste novo terreno. A primeira coisa que se deve dizer a estes adversários da economia sexual é que o seu ciúme é injustificado. O trabalho cultural que se realiza no campo da economia sexual não representa uma incursão no domínio da economia política nem uma limitação do seu âmbito de trabalho; visa simplesmente apreender um campo extremamente importante, até aqui completamente negligenciado, do processo cultural. A luta da economia sexual é uma parte do combate global que os explorados e os oprimidos travam contra os exploradores e opressores. Quanto à importância desse combate e ao lugar que deve ocupar no movimento operário, não podemos decidi-lo hoje, sentados a uma escrivaninha, sob pena de cairmos na verborreia escolástica. Nas discussões que houve até agora sobre o papel e a importância da economia sexual, costumava-se estabelecer uma rivalidade entre política econômica e política sexual, em vez de extrair da prática os critérios de avaliação. Tais discussões são pura perda de tempo. Se todos os especialistas dos diferentes campos do conhecimento fizessem o máximo esforço para aniquilar as formas ditatoriais, se todos dominassem inteiramente os seus respectivos campos, então todas as discussões sobre o lugar e a posição de cada um se tornariam supérfluas, pois se tornaria evidente a importância social de cada um dos ramos de trabalho. Mas é importante reter a ideia fundamental de que o fator econômico determina também o fator sexual, e de que não é possível alterar as formas sexuais sem uma transformação prévia das formas econômicas e sociais.

Existem muitos lemas que se firmam tão rapidamente quanto piolhos e que só é possível eliminar com métodos radicais. É o caso da objeção estúpida de que a economia sexual é "individualista", não podendo, pois, ser utilizada socialmente. Sem dúvida alguma, é "individualista" o método que permite realizar as suas descobertas. Mas a repressão social da vida sexual não atinge todos os membros da nossa sociedade? *A miséria sexual não é coletiva?* Ou será que a profilaxia da tuberculose também pode ser considerada individualista, pelo fato de o seu estudo se fazer a partir do doente individual? O movimento revolucionário cometeu até agora o grave erro de considerar a sexualidade como um "assunto privado". Ela não é um assunto privado para a reação política, que sempre opera simultaneamente em dois campos: o da *política econômica* e o da *"renovação moral"*. O movimento pela liberdade operou até agora num só campo. Deve-se, portanto, atacar o problema sexual coletivamente, converter essa ação individual numa higiene mental de caráter social, incluir a questão sexual no campo de luta mais geral e não se limitar à questão da política demográfica. O movimento pela liberdade cometeu até agora o grave erro – e isso contribuiu, entre outras coisas, para a sua derrota – de transferir mecanicamente todas as palavras de ordem do campo da política sindical e da luta política para todos os outros campos da vida social, em vez de *criar, para cada área da vida e da atividade humanas, uma linha adequada a essa área, e só a ela*. Assim, em 1932, alguns dirigentes da organização alemã de política sexual queriam eliminar a questão sexual e "mobilizar" as massas nesse terreno, através da palavra de ordem "contra a fome e o frio". Deste modo, opunham a questão sexual à "questão social", como se a questão sexual não fosse parte de todo o complexo de questões sexuais!

A política demográfica, campo a que se tem limitado a reforma sexual, não é uma política sexual, no sentido estrito da palavra. Ela não diz respeito à regulação das necessidades sexuais, mas sim ao aumento populacional, campo em que se inclui, evidentemente, o ato sexual. Mas, de resto, nada tem a ver com a vida sexual, nos seus aspectos sociais e biológicos. Aliás, as massas não têm o menor interesse pelas questões da política demográfica. E a lei do aborto não suscita o interesse das massas devido a questões políticas, mas sim pela *aflição pessoal* que implica. Na medida em que provoca aflição, morte e sofrimento, a lei sobre o aborto é uma questão de política social. Mas o problema do aborto só entrará no âmbito da política sexual quando se tornar evidente que as pessoas transgridem essa lei porque *sentem necessidade de ter relações sexuais, mesmo quando não querem filhos*. Este aspecto tem sido até agora inteiramente deixado de lado, sendo, no entanto, o ponto *fundamental* da questão. Se um reacionário encarregado da política social tivesse a ideia de dizer às massas: "Vocês se queixam das consequências da lei do aborto para a vida humana! Quem manda vocês terem relações sexuais?", seríamos apanhados desprevenidos, pois até agora só consideramos a política demográfica. *A questão só faz sentido na medida em que se defender abertamente a necessidade de uma vida sexual satisfatória*. Para os homens e as mulheres de todas as camadas, seria muito mais importante insistir nas suas necessidades sexuais – problema que os preocupa permanentemente – do que enumerar as mortes causadas pela lei do aborto. O primeiro argumento recorre aos interesses pessoais, enquanto o segundo pressupõe um certo grau de consciência e de solidariedade sociais, que nem sempre estão presentes no homem atual. No campo do abastecimento de gêneros alimentícios, a propaganda apela às necessidades individuais, e não a situações sociais ou políticas menos imediatas. O mesmo poderia ser feito no campo da economia sexual. Trata-se, portanto, de uma questão de massas, de uma questão prioritária na vida social e na higiene mental das massas.

Mais séria é a objeção que poderia vir do lado da psicanálise. O psicanalista dirá que seria utópico querer fazer "política" com a *miséria sexual* dos homens, tal como a miséria material. No tratamento psicanalítico, são necessários meses, e mesmo anos, de trabalho árduo para tornar o paciente consciente de seus desejos sexuais, estando as inibições morais tão profundamente enraizadas como a necessidade sexual, e ocupando, além disso, o primeiro plano. Como se poderia realizar a tarefa de vencer a repressão sexual das massas, quando não se dispõe de um método *comparável* ao da *análise individual?* Esta objeção deve ser levada a sério. Se, no início, tais objeções me tivessem dissuadido de realizar na prática o trabalho de economia sexual entre as massas, deveria ter concordado com aqueles que repelem a economia sexual como sendo uma questão individualista, e esperar pela vinda de um segundo Jesus Cristo para resolver o problema. Pessoas muito próximas de mim chegaram a argumentar que as minhas experiências só contribuíam para um esclarecimento superficial, deixando de lado as forças profundas que estão na base da repressão sexual. Se um psiquiatra pode fazer essa objeção, é sinal de que a dificuldade deve ser examinada atentamente. No início do meu trabalho, não teria conseguido responder a esta questão. Entretanto, a prática me possibilitou fazê-lo.

Antes de mais nada, é necessário esclarecer que o trabalho de massas no campo da economia sexual nos coloca diante de uma tarefa diferente daquela do tratamento individual da vegetoterapia. Neste caso, temos de suprimir recalcamentos e restabelecer a saúde biológica. Não é esta a tarefa da economia sexual de massas, que apenas deve *tornar conscientes a contradição* e o sofrimento que habitam o homem oprimido. Todos sabemos que temos uma moral; quanto ao fato de termos uma pulsão sexual que tem de ser satisfeita, ou ele não é consciente, ou a consciência que temos dele é tão fraca que os seus efeitos não são sentidos. Seria possível objetar ainda que o trabalho de análise individual também é necessário para que as necessidades sexuais se tornem conscientes. Mas a prática fornece resposta a essa questão: se, no meu consultório, eu tentar falar sobre as suas necessidades sexuais com uma mulher sexualmente inibida, ela reagirá, opondo-me toda a sua couraça moral, e eu não poderei convencê-la de nada. Mas, se a mesma mulher estiver exposta a um ambiente de *massas,* por exemplo, assistindo a uma reunião em que se fale claramente sobre as necessidades sexuais, de pontos de vista médicos e sociais, ela não se sentirá só. Sentirá que todos os outros também ouvem falar dessas "coisas proibidas"; à sua inibição moral individual opor-se-á uma *atmosfera coletiva de afirmação sexual,* uma nova moral baseada na economia sexual, capaz de paralisar (mas não de suprimir!) a sua negação sexual, porque ela própria tem pensamentos semelhantes quando está só; porque também ela lamenta secretamente a felicidade perdida e aspira à felicidade sexual. A situação de massas confere segurança à necessidade sexual, a qual surge agora valorizada socialmente. E quando a questão é convenientemente conduzida, a exigência sexual tem muito mais apelo, é muito mais humana e mais próxima da personalidade do que a exigência de ascese e renúncia, recebendo uma profunda anuência por parte de todos. Não se trata, portanto, de ajudar, mas de *tornar a repressão consciente, de trazer ao plano da consciência o combate travado entre a sexualidade e o misticismo, de atiçá-lo sob a pressão de uma ideologia de massas, traduzindo-o em ação social.* Poder-se-á objetar agora que essa tentativa é diabólica, pois vai mergulhar os homens numa desgraça profunda, tornando-os, agora sim, verdadeiramente doentes, sem ser possível acudi-los. Isso nos faz pensar na magnífica frase de Pallenberg em *Der brave Sünder.* "O homem é um pobre diabo, mas não o sabe. Se o soubesse, que pobre diabo seria!" A resposta é que a reação política e o misticismo são infinitamente mais diabólicos. Aliás, a mesma objeção se aplica, no fundo, à desgraça da fome. O *coolie* chinês ou indiano, que inconscientemente suporta a carga do seu destino, resignado e sem questionar, sofre menos do que o *coolie* que tem consciência da ordem terrível das coisas e que, portanto, se rebela, conscientemente, contra a escravidão. Quem tentaria nos fazer acreditar que é por motivos humanitários que se esconde ao *coolie* a verdade sobre o seu sofrimento? Somente o místico, o patrão fascista do *coolie* ou qualquer professor chinês de higiene social tentariam nos fazer acreditar em tamanho disparate. Esse "humanitarismo" significa a perpetuação da desumanidade e, ao mesmo tempo, a sua camuflagem. A nossa "desumanidade" é o combate por aquilo de que tanto falam os bons e os justos, para depois se deixarem subjugar à primeira investida da reação fascista. Admitimos que o trabalho consistente no plano da economia sexual dá voz ao sofrimento mudo, cria novas contradições e intensifica aquelas que já existem, leva os homens a uma posição em que não conseguem mais suportar a sua situação. Mas, ao mesmo tempo, resulta numa libertação: possibilita a luta contra as causas sociais do sofrimento. É verdade que o trabalho de economia sexual toca no ponto mais espinhoso, mais sensível e mais pessoal da vida humana. *Porém, a intoxicação das massas pelo misticismo não o faz também?* O que é decisivo são os objetivos visados pelo trabalho. Quem observou, em reuniões sobre a economia sexual, a intensa expressão dos rostos e olhos das pessoas, quem ouviu e teve de dar resposta às centenas de perguntas sobre os problemas mais íntimos, adquiriu então a convicção inabalável de que essa temática esconde uma autêntica dinamite social, capaz de trazer à razão este mundo de autodestruição. Contudo, se esse trabalho for realizado por revolucionários que competem com a Igreja na afirmação e na defesa do misticismo moralista, que consideram indigno da "dignidade da ideologia revolucionária" responder a questões de ordem sexual, que rejeitam a masturbação infantil como uma invenção burguesa, que, em resumo, apesar de todo o seu "marxismo" e "leninismo", são reacionários num importante aspecto de suas personalidades, então será fácil provar que as minhas experiências não estão corretas. Porque, nas mãos de tais revolucionários, as massas imediatamente reagiriam ao sexo de modo negativo.

Devemos deter-nos ainda um pouco na discussão sobre o papel da resistência moral com que nos deparamos no nosso trabalho. Afirmei já que a inibição moral individual, que, ao contrário das necessidades sexuais, é reforçada por toda atmosfera de negação da sexualidade, característica da sociedade autoritária, pode ser neutralizada pela criação de uma ideologia diametralmente oposta, de afirmação da sexualidade. Os homens conseguem absorver os conhecimentos de economia sexual, neutralizando desse modo a influência do misticismo e das forças reacionárias. É evidente que essa atmosfera de afirmação da sexualidade só pode ser criada por uma poderosa organização internacional, operando no campo da economia sexual. No entanto, tem sido impossível convencer os dirigentes dos partidos políticos de que aí reside uma das suas principais tarefas. Entretanto, a política foi desmascarada como irracionalismo reacionário; não podemos contar com partidos políticos. Deste modo, aquela tarefa enquadra-se no âmbito do desenvolvimento natural no sentido da democracia do trabalho.

Até agora, limitamo-nos a nos referir às necessidades secretas e mudas dos indivíduos nas massas, sobre as quais poderíamos fundamentar nosso trabalho. Mas isto não basta. Do início do século até a Primeira Guerra Mundial, essas necessidades e a sua repressão já existiam, mas, nessa época, o movimento favorável à economia sexual não teria tido a menor perspectiva de êxito. Entretanto, foram-se desenvolvendo algumas das condições sociais objetivas, indispensáveis para o trabalho de economia sexual, as quais é necessário conhecer muito bem, se quisermos iniciar corretamente esse trabalho. O simples fato de tantas organizações de política sexual, das mais variadas formas e orientações, terem surgido na Alemanha, entre 1931 e 1933, indica que se prepara uma nova visão social das coisas no processo social. Uma das principais condições de caráter social para o triunfo da economia sexual social é a criação de grandes empresas, empregando uma imensa massa de trabalhadores e funcionários públicos. Os dois principais pilares do ambiente moralista e antissexual – família e pequena empresa – foram abalados. A Segunda Guerra Mundial veio acelerar consideravelmente este processo. As mulheres e moças que afluíam às empresas adquiriram ideias mais livres sobre a vida sexual do que lhes tinha proporcionado a educação no seio da família autoritária. Uma vez que os trabalhadores industriais sempre foram permeáveis à afirmação da sexualidade, o processo de deterioração do moralismo autoritário também se espalhou entre a classe média baixa. Quem comparar a atual juventude da classe média baixa com a de 1910, facilmente poderá verificar que se tornou intransponível o fosso que separa a vida sexual real da ideologia social ainda dominante. O ideal da jovem pura, e sobretudo do jovem puro e sexualmente fraco, é agora considerado uma vergonha. Também a classe média baixa se tornou permeável a ideias mais abertas quanto ao problema da fidelidade conjugal obrigatória. O modo de produção industrial em grande escala permitiu que se tornassem visíveis as contradições próprias da política sexual reacionária. Já não se pode falar, atualmente, num regresso à situação largamente dominante antes do fim do século, em que a vida real coincidia com a ideologia ascética. Como especialista em economia sexual, tem-se uma visão profunda dos segredos da existência humana e assiste-se a uma desagregação completa das formas de vida inspiradas pela moral ascética, as quais, no entanto, continuam a ser calorosamente defendidas. A coletivização da vida dos adolescentes, além de ter minado – embora não destruído – a autoridade restritiva do meio familiar, veio criar, na juventude atual, o desejo de uma nova filosofia e de conhecimento científico sobre a luta pela saúde sexual, pela consciência sexual e pela liberdade sexual. No início do século, teria sido impensável que mulheres cristãs aderissem a associações de planejamento familiar; hoje, isso se torna cada vez mais a regra geral. Este processo não foi interrompido pela subida dos fascistas ao poder, na Alemanha; apenas se tornou clandestino. O problema consiste agora em saber como se desenvolverá esse processo, no caso de a barbárie assassina dos fascistas durar mais tempo do que receamos.

Outra circunstância objetiva que está estreitamente relacionada com a anterior é o rápido aumento de perturbações neuróticas e biopáticas, como expressão de desequilíbrio sexual, e a intensificação das contradições entre as necessidades sexuais reais, de um lado, e a inibição moral e a educação da criança, de outro. O aumento das biopatias corresponde a um aumento da predisposição para tomar conhecimento da origem sexual de tantas doenças.

O fator mais favorável à prática da economia sexual é a impotência da reação política face ao trabalho realizado no âmbito da economia sexual. É do conhecimento, em vista da escassez de literatura científica sobre sexo, que o que mais se lê nas bibliotecas públicas são livros pornográficos. Isto é um indício da importância que teria a economia sexual, se conseguisse canalizar esse extraordinário interesse para o domínio científico e racional. Os fascistas conseguem iludir, durante muito tempo, as massas submissas e contaminadas pelo misticismo, com o pretexto de defender o direito do trabalho e dos trabalhadores. Mas, no campo da economia sexual, as coisas se passam de modo diferente. A reação política nunca será capaz de contrapor à economia sexual revolucionária um programa reacionário de política sexual que vá além da total repressão e negação da sexualidade; isso afastaria imediatamente as massas, com exceção de um círculo politicamente sem importância de senhoras idosas e de seres humanos irremediavelmente obtusos. *É a juventude que importa!* E esta, disso estamos certos, já não é permeável, na sua maioria, a uma ideologia de negação da sexualidade. Aqui reside a nossa força. Em 1932, foi possível, na Alemanha, conquistar, para associações de economia sexual, os trabalhadores de algumas empresas que durante anos foram impermeáveis à ação dos "sindicatos vermelhos". É evidente – e a prática também o comprovou – que a higiene mental segundo a economia sexual deve juntar forças ao movimento social geral pela liberdade. Mas temos de observar atentamente certos fatos como, por exemplo, o de que operários, empregados e mesmo estudantes nacional-socialistas aderem sem reservas à afirmação revolucionária da sexualidade, entrando deste modo em contradição com os seus dirigentes. E que poderiam esses dirigentes empreender, caso se conseguisse resolver convenientemente essa contradição? Só lhes restava recorrer ao terror. Nesse caso, veriam imediatamente reduzida a sua influência. Volto a sublinhar que o afrouxamento objetivo das cadeias reacionárias que entravam a sexualidade é irreversível, residindo aí a nossa principal força. Se o trabalho revolucionário não conseguir tomar a dianteira nesse aspecto, o resultado será que a juventude continuará a viver como até aqui, mas em segredo, sem tomar consciência das causas e consequências dessa vida. Em contrapartida, havendo um trabalho consistente no campo da economia sexual, a reação política não teria resposta e não teria uma contraideologia. A sua doutrina ascética só é sustentável enquanto a aceitação consciente da sexualidade pelas massas não se organizar coletivamente, mantendo-se, como até agora, fragmentada e secreta, e sem se opor à ideologia reacionária.

O fascismo alemão tentou, com todas as suas forças, implantar-se nas estruturas psíquicas das massas e, por isso mesmo, atribuiu enorme importância aos jovens e às crianças. Não tinha ao seu alcance outros meios além do despertar e desenvolver da obediência à autoridade, cujo principal pressuposto é a educação ascética de negação da sexualidade. Os impulsos sexuais naturais em relação ao sexo oposto, que desde a infância têm necessidade de ser satisfeitos, foram basicamente substituídos por sentimentos distorcidos, de natureza homossexual e sádica, ou ainda, em parte, pelo ascetismo. Isto se aplica, por exemplo, ao tão falado *esprit de corps* nos campos de trabalho, assim como à implantação do chamado "espírito de obediência e disciplina". A sua missão foi a de desencadear a brutalidade, canalizando-a para a guerra imperialista. *O sadismo tem origem no desejo sexual não satisfeito.* A fachada tem por nome "camaradagem", "honra", "disciplina voluntária"; mas atrás desta fachada escondem-se uma revolta secreta, um sentimento de opressão que chega ao ponto de rebelião por causa dos entraves a qualquer expressão da vida pessoal e, em especial, da sexualidade. Um trabalho consistente no âmbito da economia sexual deve começar por evidenciar ao máximo a grande privação sexual, podendo deste modo contar com uma forte repercussão nas camadas jovens. A primeira reação dos dirigentes fascistas só poderá ser de estupefação e embaraço. Não é difícil compreender que um jovem facilmente se conscientize da sua privação sexual. Ao contrário do que afirmam os dirigentes da juventude, que nunca fizeram trabalho prático, este trabalho prático no seio da juventude mostra que o adolescente médio, especialmente de sexo feminino, compreende com maior rapidez e facilidade o seu grau de responsabilidade social, se começamos a lhe mostrar a repressão sexual de que é vítima. Basta abordar corretamente a questão sexual, partindo depois para a situação social mais geral. O que acabamos de afirmar pode ser provado de mil e uma maneiras diferentes. Sobretudo, não devemos ficar perplexos diante de objeções vazias de conteúdo: o nosso único guia deve ser a prática da economia sexual.

    Como a reação política responderia algumas questões colocadas pelos adolescentes alemães?

> A incorporação da juventude alemã em campos de trabalho afetou consideravelmente a sua vida privada e sexual. Questões urgentes esperam por uma explicação e soluções, pois ocorrem abusos sérios e perigosos. A situação é agravada pela timidez e pelo receio que os jovens geralmente experimentam ao expor os seus problemas pessoais mais candentes, ao que se acrescenta o fato de os dirigentes dos campos de trabalho proibirem conversas sobre esses problemas. *Mas trata-se de uma questão de saúde física e psíquica de rapazes e moças!!!*

Como é a vida sexual dos jovens nos campos de trabalho?

O trabalho nestes campos efetua-se na idade em que a sexualidade desperta, estando a maioria dos rapazes habituados a satisfazer suas necessidades sexuais naturais com suas garotas. É certo que a vida sexual destes jovens já era impedida, mesmo antes de entrarem para os campos de trabalho, pela falta de possibilidades adequadas a uma vida amorosa saudável (falta de habitação), pela falta de meios financeiros para adquirir contraceptivos, pela hostilidade da autoridade estatal e dos círculos reacionários em relação a uma vida amorosa saudável dos adolescentes, uma vida que fosse adequada às suas necessidades. Mas os campos de trabalho vieram agravar esta situação! Por exemplo:

Não há possibilidade de ter encontros com jovens do sexo oposto, de manter e cultivar as relações amorosas anteriores.

São forçados a escolher entre a continência e a masturbação.

O que, por sua vez, leva à degradação da vida erótica, à proliferação da obscenidade e das piadas sujas, a fantasias torturantes, prejudiciais à saúde, paralisadoras da vontade e da força (violação, desejo lascivo, cenas de espancamento).

Ejaculações noturnas involuntárias que debilitam a saúde e não proporcionam satisfação.

Desenvolvimento de tendências e relações homossexuais entre jovens que, de outro modo, nunca teriam pensado nisso; abordagem extremamente desagradável por parte de colegas homossexuais.

Aumento do nervosismo, irritabilidade, mal-estar físico e perturbações psíquicas de todo tipo.

Consequências ameaçadoras para o futuro.

Qualquer jovem que tenha entre 17 e 23 anos de idade e que não tenha uma vida sexual satisfatória corre o risco de futuras perturbações da potência sexual e de graves depressões psíquicas que acarretam, invariavelmente, uma perturbação na capacidade de trabalho. Quando um órgão ou uma função natural não são utilizados durante muito tempo, acabam, mais tarde, por ter dificuldades de funcionamento. As consequências são, na maior parte dos casos, doenças nervosas e psíquicas, assim como perversões (aberrações sexuais).

Qual a nossa posição face às medidas e disposições adotadas pelos nossos dirigentes em relação a estes problemas?

Até agora, os dirigentes exigiram, em termos gerais, o "fortalecimento moral da juventude". Mas não compreendemos exatamente o significado dessas palavras. No decorrer dos anos, a juventude alemã começou a conquistar, em duras batalhas contra a família e os defensores intransigentes do sistema, o seu direito de viver uma

vida sexual saudável; aliás sem conseguir inteiramente o seu objetivo, dadas as condições sociais. Mas uma ideia era clara para muitos: a juventude tinha que travar um combate encarniçado contra a beatice sexual, contra a obscenidade e a hipocrisia sexual, consequências da submissão sexual da juventude. A sua ideia era que os rapazes e as moças deveriam viver um bom relacionamento intelectual e sexual, e que a sociedade tinha a obrigação de facilitar a sua vida.
Qual a posição do governo sobre esse assunto?
As disposições que até agora adotou contradizem inteiramente as ideias da juventude. A aquisição de contraceptivos tornou-se impossível, devido à proibição da sua venda livre. As medidas adotadas pela polícia de Hamburgo, no plano da moral, contra os atletas aquáticos, a ameaça de aprisionamento em campos de concentração para aqueles que atentarem contra a moral e o pudor, constituem uma ameaça para os nossos direitos. Constitui um atentado ao pudor o fato de um jovem dormir numa barraca com a sua namorada?
Perguntamos aos líderes da juventude alemã: *Como deve ser a vida sexual da juventude?*
Só há quatro possibilidades:
1. *Continência:* deve a juventude guardar continência, isto é, privar-se de toda a atividade sexual até o casamento?
2. *Masturbação:* deve a juventude satisfazer suas necessidades sexuais através da masturbação?
3. *Relações homossexuais:* deve a juventude alemã ter relações com pessoas do mesmo sexo, e, nesse caso, de que forma? Por meio de masturbação recíproca ou de relações anais?
4. *Vida amorosa natural e relações sexuais entre rapazes e moças:* deve a juventude alemã aceitar e desenvolver uma vida sexual natural? Em caso afirmativo perguntamos:
Onde se deve realizar a relação sexual (problema habitacional)? *Como e com o que* se deve evitar a concepção? *Quando* deve ocorrer a relação sexual?
O adolescente tem permissão para fazer as mesmas coisas que o *führer*?

Podem-se considerar problemas semelhantes em relação ao trabalho com crianças. Embora possa parecer estranho, e para muitos incompreensível, o fato é que *o trabalho revolucionário a ser desenvolvido com as crianças tem de ser essencialmente um trabalho de economia sexual.* Refaçam-se do susto e ouçam com paciência. Por que motivo a educação sexual é o modo mais fácil e mais adequado de orientar as crianças pré-púberes?

1. Em todas as camadas sociais, mesmo naquelas que passam fome e privações, a infância é, mais do que todas as idades posteriores, repleta de interesses de ordem sexual. Além disso, devemos ter em mente que a fome, até o ponto do desgaste físico, só atinge uma parte das crianças, enquanto a repressão sexual atinge, sem exceção, todas as crianças de todas as camadas sociais. Desse modo, amplia--se consideravelmente o campo de ação social.

2. Os métodos geralmente utilizados pelo movimento pela liberdade, para organizar as crianças, são semelhantes aos utilizados pelos reacionários no seu trabalho com crianças: desfiles, canções, uniformes, jogos em grupo, etc. A criança, a não ser que pertença a uma família excepcionalmente progressista, o que é o caso de uma minoria, não distingue os conteúdos da propaganda reacionária daqueles da propaganda revolucionária. O primeiro mandamento do trabalho antifascista consiste em não dissimular a realidade, e por isso afirmamos abertamente que as crianças e os jovens de amanhã desfilarão tão alegremente ao som das fanfarras fascistas como hoje desfilam ao som das liberais. Além disso, a reação política tem possibilidade de organizar formas de propaganda coletiva com as crianças, muito melhor do que o movimento antifascista. Este esteve sempre em desvantagem. Na Alemanha, por exemplo, o movimento socialista, comparado com o movimento reacionário, foi sempre muito fraco com as crianças.

3. Se é verdade que a reação política é muito superior quanto ao trabalho de organização com as crianças, *há uma coisa que não consegue: não consegue proporcionar às crianças conhecimentos e clareza quanto à questão sexual nem dissipar a confusão sexual delas.* Isto só pode ser feito pelo movimento revolucionário. Primeiro, porque este não tem qualquer interesse na repressão sexual das crianças. (Pelo contrário, é justamente a liberdade sexual das crianças que ele tem em mente.) Segundo, porque o campo revolucionário foi sempre o defensor de uma educação natural e coerente das crianças. Esta poderosa arma não foi até agora utilizada; deparou-se mesmo, em círculos ligados a organizações para a infância na Alemanha, com uma forte resistência contra a tentativa de transformar em medida coletiva a prática da educação sexual individual. Paradoxalmente, é Marx e Lenin que os adversários do trabalho de economia sexual entre as crianças invocam para se justificar. Aliás, é certo que

nem Marx nem Lenin jamais se referiram a problemas de economia sexual. Em contrapartida, considere-se o fato de que as crianças caem em massa nas manobras da reação política. Apesar de todas as dificuldades, há muitas possibilidades imprevistas de desenvolver com as crianças um trabalho com base na economia sexual, porque se pode contar, de início, com o enorme interesse das crianças. Se algum dia se conseguisse atingir os interesses sexuais das crianças e adolescentes *em massa,* poderíamos opor à intoxicação reacionária uma poderosa força contrária – e a reação política seria impotente.

Aos céticos, aos adversários e àqueles que se preocupam com a "pureza" das crianças, citaremos dois entre muitos exemplos possíveis, extraídos da experiência prática.

Primeiro: a Igreja não é tão escrupulosa. Um jovem de quinze anos que passou de uma organização fascista para um grupo comunista de jovens contou que, na organização a que pertencera, o padre tinha o costume de falar todas as semanas com cada um dos jovens em particular, interrogando-os sobre o seu comportamento sexual; perguntava-lhes invariavelmente se haviam se masturbado, sendo a resposta sempre afirmativa e dada com intenso sentimento de culpa. "É um grande pecado, meu filho; mas você será absolvido se trabalhar diligentemente para a Igreja e se distribuir estes panfletos amanhã." É esta a prática de política sexual do misticismo. Entretanto, nós somos "recatados", "puros", não queremos nenhum envolvimento com "essas coisas". E depois admiramo-nos de que o misticismo domine a grande maioria dos jovens.

Segundo: a comunidade de trabalho de economia sexual em Berlim fez uma primeira iniciativa no sentido de tentar desenvolver um trabalho de economia sexual com as crianças, para isso elaborando coletivamente uma história intitulada *O triângulo de giz, grupo de estudo dos segredos dos adultos.* Antes de ser impressa, a história foi amplamente discutida entre os líderes dos grupos de crianças. Decidiu-se ler a brochura para um grupo e observar a sua reação. Ter-se-ia desejado que estivessem então presentes todos aqueles que costumam encolher os ombros quando se fala da economia sexual em nível social. Para começar, estavam presentes setenta crianças, em vez das habituais vinte. Segundo os relatórios dos funcionários, ao contrário da indiferença que comumente ocorria – era sempre difícil manter o silêncio –, as crianças devoravam as palavras do orador, seus olhos brilhavam e suas faces iluminavam a sala. A leitura foi algumas vezes interrompida entusiasticamente. No fim, pediu-se às crianças que expressassem suas opiniões e críticas. Muitas o fizeram; e, diante dessas crianças, sentimos vergonha dos nossos pudores e inibições. Os professores que tinham elaborado a história haviam decidido não fazer referência nem à questão da contracepção nem à da masturbação infantil. Mas não faltaram as perguntas: "Por que não nos ensinam como se evita ter filhos?". "Isso nós já sabemos", retorquiu um menino a rir. "O que é uma prostituta", perguntou um terceiro, "não se falou disso na história". "Amanhã vamos procurar os cristãos", disse outro, entusiasmado. "Eles sempre falam dessas coisas, com isso a gente vai apanhá-los." "Quando será publicado o livro? Quanto custará? Será barato, para podermos comprá-lo e difundi-lo?" A primeira parte que fora lida continha sobretudo esclarecimentos sobre a sexualidade; mas o grupo tinha intenção de acrescentar um segundo volume que, partindo desses problemas, explicasse minuciosamente os problemas sociais. Isto lhes foi dito. "Quando chega o segundo volume? Será divertido como este?" Quando é que já se viu um grupo de crianças manifestar tanto interesse por escritos políticos? Isto não nos servirá de lição? Certamente, sim. *As crianças têm de ser educadas para se interessarem pela problemática social, através da aceitação dos seus interesses sexuais e da satisfação da sua ânsia de saber; têm de adquirir a certeza de que a reação política não lhes pode oferecer o mesmo.* E desse modo obtém-se a sua adesão em massa, a sua imunização, em todos os países, contra as influências reacionárias e – o que é mais importante – a sua profunda ligação ao movimento revolucionário pela liberdade. Mas, para chegar a isso, é necessário ultrapassar não só a barreira da reação política, mas também a dos "moralistas" no seio do próprio movimento pela liberdade.

Outro campo de ação importante para o trabalho de economia sexual é o esclarecimento da situação sexual que decorre na Alemanha do fato de as mulheres serem empurradas das empresas de volta para a cozinha. Essa tarefa só pode ser desempenhada se atribuirmos ao conceito de liberdade da mulher o conteúdo de liberdade *sexual*. É necessário saber que para muitas mulheres a dependência material em relação ao marido na família é desagradável, não em si mesma, mas pelas limitações sexuais que implica. A prova disso é que as mulheres que recalcaram totalmente a sua sexualidade não só suportam facilmente essa dependência material, mas até a consideram de forma positiva. O despertar da consciência sexual destas mulheres e a repetida advertência quanto às consequências de uma vida ascética são as condições mais importantes para o aproveitamento político positivo da sua dependência material em relação aos maridos. Se as organizações de economia sexual não realizarem esse trabalho, a recente onda de repressão sexual da mulher no fascismo impedirá uma tomada de consciência da sua escravidão material. Na Alemanha, assim como em outros países altamente industrializados, estão reunidas todas as condições favoráveis para uma violenta revolta das mulheres e dos jovens contra a reação, no plano sexual. Uma política sexual inexoravelmente coerente e que não recuasse perante nada faria desaparecer do mundo um problema que tem preocupado permanentemente os nossos políticos e livres-pensadores, sem que tenham encontrado solução: a predisposição das mulheres e dos adolescentes para darem ouvidos à reação política. Em nenhum outro terreno está tão evidente a função social da repressão sexual, a estreita relação entre a repressão sexual e as opiniões políticas reacionárias.

Para concluir, mencionarei uma objeção, que não é fácil de rebater, feita por um psiquiatra, depois de ter lido essa seção. Não há dúvida, disse ele, de que as largas massas estão extremamente preocupadas com os problemas sexuais, revelando por eles um enorme interesse; mas isso leva necessariamente à conclusão de que esse interesse pode ser politicamente explorado no sentido da revolução social, a qual exige tantas privações e sacrifícios? As massas que foram sensibilizadas pelo trabalho de economia sexual não desejarão receber imediatamente a contrapartida da liberdade sexual que lhes foi revelada? Quando nos envolvemos em um trabalho difícil, temos de ouvir atentamente qualquer objeção, considerar sua validade e expressar nossa opinião sobre ela. Temos de evitar incorrer em sonhos revolucionários não condizentes com a realidade, como o seria considerar realizável qualquer coisa apenas porque verificamos teoricamente a sua validade. O sucesso ou o fracasso do combate contra a fome não serão decididos pela vontade inabalável de eliminá-la, mas sim pela reunião das condições objetivas para tal. As preocupações sexuais e a miséria sexual das massas de todos os países poderão ser convertidas em ação política contra o sistema social que as determina, à semelhança do interesse material primitivo? Realizamos as experiências práticas e também as reflexões teóricas que nos habilitam a afirmar que aquilo que se consegue em grupos e assembleias isoladas também é possível em nível das massas. Mas até agora ainda não fizemos referência a outras condições prévias *indispensáveis*. Para realizar com êxito a tarefa de pôr em prática a economia sexual em nível social, é necessário em primeiro lugar chegar a um movimento dos trabalhadores unidos. Sem essa condição, o trabalho de economia sexual só pode ser de natureza predatória. Além disso, é indispensável criar uma forte organização *internacional* de economia sexual que realize e assegure a sua execução prática; em terceiro lugar, é indispensável a existência de um quadro de líderes solidamente disciplinados do movimento. De resto, não é aconselhável tentar encontrar de antemão soluções para cada um dos problemas. Isso só serviria para estabelecer a confusão e atrasar o trabalho. É da própria prática que resulta naturalmente uma prática nova e mais detalhada. Este livro não se sobrecarregará com tais detalhes.

O HOMEM APOLÍTICO

Chegou finalmente o momento de abordar a questão daquilo a que se chama o homem apolítico. Hitler não só assentou desde o início o seu poder entre as massas até então essencialmente apolíticas, como executou "legalmente" o último passo que o levaria à vitória em março de 1933, através da mobilização de nada mais nada menos do que 5 milhões de pessoas que até então não tinham votado – portanto, de pessoas apolíticas. Os partidos de esquerda tinham empreendido todos os esforços no sentido de conquistar as massas indiferentes, sem se perguntarem em que consiste "ser indiferente ou apolítico".

Que o proprietário de uma fábrica ou o latifundiário sejam claramente de direita é facilmente compreensível, dados os seus interesses econômicos imediatos. Neste caso, uma orientação política de esquerda estaria em contradição com a sua situação social, e só poderia ser explicada por motivações de ordem irracional. Do mesmo modo, é absolutamente compreensível e racional que o trabalhador industrial tenha uma orientação política de esquerda, já que isso está implícito na própria posição econômica e social que ocupa na empresa. Mas se o trabalhador, o empregado ou o funcionário público são de direita, eles o são por falta de esclarecimento político, isto é, por desconhecimento da sua posição social. Quanto menos politizado for o indivíduo pertencente à grande massa trabalhadora, tanto mais facilmente permeável ele será à ideologia da reação política. Mas ser apolítico não é, como se acredita, um estado psíquico de passividade, mas sim um comportamento extremamente ativo, uma *defesa* contra a consciência das responsabilidades sociais. A análise dessa atitude de defesa contra a consciência das responsabilidades sociais permite algumas conclusões significativas, que vêm esclarecer certos pontos obscuros relativos ao comportamento de amplas camadas apolíticas. No caso do intelectual médio que "não quer ter nada a ver com a política", podem-se detectar facilmente interesses econômicos imediatos e o receio pela sua própria posição social, que depende da opinião pública, à qual sacrifica grotescamente os seus conhecimentos e convicções. Quanto aos indivíduos que ocupam determinada posição no processo de produção e no entanto não assumem as suas responsabilidades sociais, podemos dividi-los em dois grandes grupos. Para um deles, o conceito de política está associado inconscientemente à noção de violência e perigo físico e, portanto, a uma forte sensação de medo que os impede de se orientarem de acordo com a realidade. Para o outro grupo, em que se inclui a maioria, a irresponsabilidade social apoia-se em conflitos e preocupações pessoais, entre os quais predomina a ansiedade sexual. Quando uma jovem empregada, que teria razões econômicas suficientes para ter consciência de sua responsabilidade social, é socialmente irresponsável, trata-se, em 99% dos casos, à sua assim chamada história amorosa, ou, mais especificamente, aos seus conflitos sexuais. O mesmo se pode dizer em relação à mulher da classe média baixa que tem de despender todas as suas forças psíquicas no esforço para dominar a sua situação sexual, de modo que não sucumba totalmente. O movimento revolucionário não compreendeu até agora esta situação e tem procurado politizar o homem "apolítico", tentando conscientizá-lo exclusivamente dos seus interesses econômicos não satisfeitos. A experiência ensina, porém, que a massa de indivíduos "apolíticos", cuja atenção é difícil de captar, facilmente se deixa seduzir pelo discurso místico de um nacional-socialista, embora este faça poucas referências aos interesses de ordem econômica. Como isso se explica? É que os graves conflitos sexuais (no sentido mais lato) constituem um entrave, consciente ou inconsciente, ao pensamento racional e ao desenvolvimento do sentido das responsabilidades sociais, enchendo de angústia e asfixiando o indivíduo em questão. Diante de um fascista que utilize os meios da fé e do misticismo, isto é, os meios da sexualidade e da libido, esse indivíduo volta para ele toda a sua atenção, não porque o programa fascista lhe diga mais do que o programa revolucionário, mas porque a entrega ao *führer* e à sua ideologia lhe proporciona um alívio momentâneo da sua permanente tensão interior. Inconscientemente, ele é capaz de dar uma forma diferente aos seus conflitos e, desse modo, "resolvê-los"; isto o leva a ver momentaneamente no fascista o revolucionário e, em Hitler, o Lenin alemão. Não é preciso ser psicólogo para compreender por que motivo os aspectos eroticamente excitantes do fascismo proporcionam uma certa satisfação, aliás deformada, à mulher da classe média baixa, sem perspectivas de vida sexual satisfatória, que nunca pensou na responsabilidade social, ou então à balconista que não encontrou o caminho para a consciência social por insuficiência intelectual, condicionada por conflitos sexuais. É preciso conhecer nos bastidores a vida desses 5 milhões de indivíduos socialmente oprimidos, "apolíticos", indecisos, para poder compreender o papel desempenhado de um modo silencioso e secreto pela vida privada, isto é, essencialmente, pela vida sexual, no amplo processo da vida social. Não é possível captar isso estatisticamente; também não somos partidários de um ilusório rigor estatístico dissociado da realidade da vida, quando é certo que Hitler conquistou o poder negando as estatísticas e explorando as baixezas da miséria sexual.

O homem sem consciência das suas responsabilidades sociais é o homem absorvido em conflitos de ordem sexual. Pretender fazê-lo assumir a sua responsabilidade social, neutralizando a sexualidade, como se tem tentado até agora, não só não tem perspectivas de êxito, mas também é o meio mais seguro de entregá-lo à reação política, que sabe explorar admiravelmente as consequências da sua miséria sexual. É fácil concluir que só é possível uma abordagem: a compreensão da sua vida sexual de um ponto de vista social. Outrora eu próprio teria recuado diante dessa conclusão, por mais banal que ela seja. Por isso compreendo que os economistas políticos experientes considerem essa ideia como produto do cérebro árido de um estudioso de gabinete sem experiência política. Mas quem assistiu a debates sobre economia sexual pôde verificar que a assistência era, na sua maioria, constituída por pessoas que nunca tinham ido a uma reunião política. As organizações de economia sexual na Alemanha Ocidental são sobretudo constituídas por pessoas apolíticas e não organizadas. A presunção dos juízos desses economistas políticos está patente de modo impressionante no fato de que a organização do misticismo realiza há milênios, mesmo no mais remoto lugar do mundo, pelo menos uma vez por semana, uma reunião de política sexual à *sua maneira* – pois que outra coisa não são as reuniões dominicais ou as rezas dos maometanos, judeus etc. Desprezar ou mesmo negar estas realidades significa, dado que existem experiências de trabalho no campo da economia sexual e conhecimentos sobre as relações entre o misticismo e a repressão sexual, dar um apoio imperdoável, e reacionário, do ponto de vista do movimento revolucionário, à dominação do obscurantismo e à escravidão econômica.

Pretendo debruçar-me finalmente sobre um fato que excede em muito as tarefas diárias: *a rigidez biológica do organismo humano* e a sua relação com o combate pela liberdade social e individual.

Capítulo 9

As massas e o Estado

Os grupos de colonos, quando se perdiam nas florestas americanas, tentavam reencontrar o caminho que tinham seguido anteriormente para, partindo de terreno conhecido, voltarem a fazer incursões no desconhecido. Para isso não constituíram partidos políticos; não realizaram debates intermináveis sobre as regiões que não conheciam; não se hostilizaram mutuamente nem exigiram permanentemente, uns dos outros, que elaborassem programas para a sua fixação. Agiram de acordo com os princípios naturais da democracia do trabalho: faziam um esforço conjunto para regressar a terreno conhecido e, a partir daí, avançar de novo.

Quando um vegetoterapeuta, ao tratar um doente, se perde num labirinto de reações irracionais, ele não pode começar a discutir com seu paciente sobre "existência ou não existência de Deus". Ele não se torna neurótico ou irracional, mas revê a situação e procura formar um quadro lúcido do curso anterior do tratamento. Ele regressa ao último ponto da evolução, em que ainda possuía ideias claras sobre o curso do tratamento.

Todo ser vivo tentará naturalmente descobrir e eliminar as causas da catástrofe em que se vê envolvido. Não repetirá os mesmos erros que produziram a catástrofe. É este, em essência, o processo de vencer as dificuldades através da experiência. Mas os nossos políticos estão muito distantes destas reações naturais. Não seria absurdo dizer que faz parte da natureza do político não aprender nada com a experiência. A monarquia austríaca desencadeou a Primeira Guerra Mundial, em 1914. Na época, combateu de armas na mão os democratas americanos. Em 1942, durante a Segunda Guerra Mundial, apoiou-se nos estadistas americanos para reivindicar a restauração da dinastia dos Habsburgo, com o fim de "evitar" novas guerras. Isto é um disparate político irracional.

Na Primeira Guerra Mundial, em 1914, os "italianos" eram os amigos e aliados dos americanos. Na Segunda Guerra Mundial, em 1942, eram inimigos mortais, e, em 1943, amigos novamente. Na Primeira Guerra Mundial, em 1914, os "italianos" eram inimigos mortais dos "alemães", por assim dizer, "inimigos hereditários" desde os mais remotos tempos. Na Segunda Guerra Mundial, em 1940, os "italianos" e os "alemães" eram *irmãos de sangue,* "novamente com base na hereditariedade" para, em 1943, voltarem a ser inimigos mortais. Na próxima guerra mundial, suponhamos que em 1963, os "alemães" e os "franceses" terão passado de "ancestrais inimigos raciais" a "ancestrais amigos raciais".

Isto é a peste emocional, alguma coisa como: um Copérnico afirmou, no século XVI, que a Terra gira ao redor do Sol; um de seus discípulos afirmou no século XVII que a Terra *não* gira ao redor do Sol; e um discípulo deste declarou, no século XVIII, que ela gira ao redor do Sol. Mas, no século XX, os astrônomos afirmam que tanto Copérnico como os seus discípulos tiveram razão, pois que a Terra gira ao redor do Sol mas ao mesmo tempo está parada. No caso de Copérnico, pensou-se logo em recorrer à fogueira. Mas, no caso de um político que faz crer à população mundial os disparates mais inacreditáveis, que em 1940 considera verdadeiro exatamente o contrário daquilo que considerava verdadeiro em 1939, acontece que milhões de pessoas perdem seu referencial e concluem que aconteceu um milagre.

É de regra, no domínio da ciência, não elaborar teorias novas quando se podem utilizar as antigas. Mas, se as velhas teorias se revelaram insuficientes ou erradas, costumam-se estudar os erros cometidos, criticar a velha teoria e desenvolver novas concepções com base nos novos fatos conhecidos. Mas os políticos não procedem deste modo natural. Por mais fatos novos que se venham a acrescentar aos anteriormente conhecidos, por mais erros que se tenham cometido, as velhas teorias subsistem como *chavões* e os novos fatos são escamoteados ou desprezados como ilusões. As formalidades democráticas desiludiram milhões de pessoas na Europa, possibilitando deste modo o advento da ditadura fascista. Os políticos democráticos esquecem de voltar aos pontos de partida dos princípios democráticos, de corrigi-los de acordo com as transformações radicais que têm ocorrido na vida social, de torná-los novamente úteis. No entanto, organizam-se votações sobre formalidades, exatamente as mesmas formalidades que na Europa foram destronadas de modo tão inglório. Pretende-se planificar, imaginar e submeter a voto sistemas de paz. E claro que se recua diante dos mesmos sistemas de paz, ainda antes de iniciar sua planificação. Os elementos básicos da paz e da cooperação humana estão fisicamente presentes nas relações naturais de trabalho entre os homens: é a partir deles que se devem desenvolver os processos que asseguram a paz. Esses processos não são "introduzidos", assim como o médico não "introduz" uma "nova saúde" num organismo mortalmente doente. Ele procura descobrir quais os elementos de saúde que existem ainda espontaneamente no organismo doente. Depois de os ter encontrado, utiliza-os para travar o processo da doença. O mesmo se passa com o organismo social doente se o abordarmos de um ponto de vista *sociológico,* e não com ideias e programas políticos. Só é possível desenvolver condições de liberdade já existentes e eliminar os obstáculos que se opõem a esse desenvolvimento. Mas isso deve ser feito organicamente. Não se pode dotar um organismo social doente de liberdades garantidas por lei.

O melhor exemplo para estudar as relações entre as massas e o Estado é o caso da União Soviética, pelos seguintes motivos: a revolução social de 1917 foi preparada por uma teoria sociológica testada durante dez anos. A revolução russa serviu-se dessa teoria. Muitos milhões de pessoas participaram no processo da revolução social, sofreram-no, beneficiaram-se das suas vantagens e prosseguiram-no. Mas o que aconteceu à teoria sociológica e às massas do "Estado proletário" no decurso de vinte anos?

Não podemos ignorar o desenvolvimento da União Soviética, se nos preocupa seriamente a questão de saber o que é a democracia, se ela pode ser posta em prática e de que modo. A diferença entre a *superação de dificuldades* na democracia do trabalho e a politização da democracia formal está claramente expressa na atitude das várias organizações políticas e econômicas em relação à União Soviética.

1936 – DIZER A VERDADE: MAS COMO E QUANDO?

A guerra entre a Itália e a Abissínia acabara de se deflagrar; os acontecimentos se precipitavam. Ninguém sabia nem podia calcular que modificações sofreria o mundo nos meses e anos seguintes. O movimento operário organizado não interveio nos acontecimentos. Encontrava-se internacionalmente dividido; na prática, ou se calou ou aderiu hesitantemente a uma ou outra opinião política. A União Soviética, que em Genebra lutara pela paz por intermédio de Litvinov, fracassou completamente como pioneira de uma nova sociedade. Era de esperar que houvesse mais catástrofes inauditas. Era preciso estar preparado para elas. Disso podia resultar uma nova solução para o caos social; mas a oportunidade também podia ser desperdiçada, como acontecera em 1918 e em 1933, na Alemanha. Era preciso estar de antemão estruturalmente preparado para as grandes transformações sociais. Sobretudo, era aconselhável não ir a reboque das muitas opiniões políticas confusas e contraditórias. Era necessário conseguir um certo distanciamento em relação ao dia a dia político, mantendo no entanto o contato com os acontecimentos sociais. Parecia mais importante do que nunca insistir no trabalho sobre o problema da estrutura humana. Sobretudo, era preciso ter ideias claras sobre a evolução dos acontecimentos na União Soviética. Milhões de trabalhadores na Alemanha, na Inglaterra, nos Estados Unidos, na China, e em qualquer outro lugar, seguiam atentamente todas as medidas que a União Soviética tomava. Os conhecedores da psicologia de massas estavam cientes de que se à catástrofe na Alemanha se juntasse uma desilusão quanto à União Soviética, seria indispensável um enorme esforço de esclarecimento para vencer cientificamente uma nova guerra.

Estava-se às portas da guerra na Europa: a Segunda Guerra Mundial em *uma* geração. Ainda estava em tempo de refletir sobre que tipo de mudanças se seguiria a esta Segunda Guerra Mundial. Ainda era possível ao pensamento, embora já não à ação humana, defrontar-se com os novos massacres em massa e chegar a uma compreensão da psicose da guerra que fosse fatal àqueles que preparavam a guerra. Aqueles que o sabiam tinham dificuldade em manter a serenidade e o sangue-frio. Mas era necessário fazê-lo, pois também esta segunda guerra, que se deflagrou na África e rapidamente se alastrou ao mundo inteiro, havia de chegar ao fim. A resposta tinha de ser então: "Morte aos que preparam a guerra" e "Eliminação das causas da guerra". Mas ninguém sabia como dar essa resposta na prática.

Em 1935 era evidente que a evolução dos acontecimentos na União Soviética estava próxima de uma catástrofe. Os políticos democráticos da Alemanha, da Escandinávia e de outros países não procuravam descobrir as suas causas, embora falassem muito sobre o assunto. Não conseguiram voltar aos esforços verdadeiramente democráticos de Engels e de Lenin, para relembrar seus conhecimentos sobre o ponto de partida sociológico da sociedade soviética e para avançar para a compreensão da evolução posterior dos acontecimentos. É tão impossível ignorar, na Europa, estes pioneiros da verdadeira democracia, como a um americano verdadeiramente democrático ignorar a Constituição americana e a essência do pensamento dos pioneiros americanos, como Jefferson, Lincoln e outros. Engels foi o expoente máximo da democracia alemã, tal como Lenin o foi da democracia russa. Longe de se deterem em questões de ordem formal, eles revelaram a própria essência da democracia. Mas Lenin e Engels foram evitados. E não importa muito saber se aqueles que os evitaram o fizeram por receio de serem tomados por comunistas ou por receio de perderem posições acadêmicas ou políticas. Engels possuía uma fábrica e estava bem de vida, e Lenin era abastado e filho de um oficial. Ambos oriundos da "classe dominante", tentaram desenvolver, a partir da economia social de Marx (que, lembre-se, nasceu também na "camada burguesa"), um sistema de democracia autêntica.

O pensamento democrático de Engels e de Lenin caiu no esquecimento. Era um osso duro de roer, um desafio muito grande para a consciência dos europeus e, como mais tarde se veria, dos políticos e sociólogos russos também.

É impossível descrever, em 1944, a democracia natural do trabalho, sem estudarmos as formas que ela assumiu, de 1850 a 1920, nas ideias sociopolíticas de Engels e Lenin, assim como os processos embrionários ocorridos na União Soviética, de 1917 a cerca de 1923. A revolução russa foi um ato de extraordinário significado social. Por isso mesmo, a importância do seu retardamento foi enorme, do ponto de vista sociológico, uma lição gigantesca para todas as tentativas verdadeiramente democráticas. O entusiasmo exclusivamente emocional pelos atos heróicos da Rússia na guerra contra a Alemanha de Hitler não nos conduz a nada, na prática. A motivação desse entusiasmo de 1943, o qual não se manifestou entre 1917 e 1923, é de natureza extremamente duvidosa; ele é ditado muito mais por interesses bélicos egoístas do que pela vontade de alcançar a democracia autêntica.

O estudo que apresentamos a seguir, da evolução dos acontecimentos na União Soviética, foi escrito pela primeira vez em 1935. Perguntar-se-á por que motivo não foi publicado imediatamente. Esta pergunta exige uma breve justificação. Na Europa, onde, fora do âmbito dos partidos, era impossível fazer um trabalho prático de psicologia de massas, quem realizava investigações científicas independentes dos interesses políticos, fazendo previsões que se opunham à política dos partidos, acabava sendo expulso das organizações partidárias e privado do contato com as massas. Neste ponto, todos os partidos estavam de acordo. É próprio dos partidos orientarem-se não pela verdade mas por ilusões que geralmente correspondem à estrutura irracional das massas. Ora, as verdades científicas vinham perturbar o hábito dos políticos de partidos de contornar as dificuldades por meio de ilusões. É certo que as ilusões a longo prazo se revelavam ineficazes, como foi evidente na Europa, a partir de 1938; também é certo que, a longo prazo, as verdades científicas são as únicas diretrizes seguras para a vida social; mas as verdades científicas referentes à União Soviética encontravam-se ainda em estágio embrionário e não conseguiam atingir a opinião pública e, muito menos, provocar o entusiasmo das massas. Não eram mais do que estalos da consciência. Estava reservado à Segunda Guerra Mundial o papel de intensificar a capacidade de apreensão dos acontecimentos gerais e, acima de tudo, de revelar a amplas camadas das massas trabalhadoras a natureza básica irracional de toda política.

Quando alguém constata um fato, não se preocupa com a questão de este ser ou não bem-vindo em dado momento, mas com a questão da sua aplicação. Por este motivo se cai inevitavelmente num grande conflito com a política, a qual não se preocupa com a aplicabilidade de determinado fato, mas apenas com a questão de ele vir ou não interferir neste ou naquele grupo político. É por isso que o sociólogo que trabalha com bases científicas depara com imensas dificuldades. Por um lado, tem de descobrir e descrever os processos reais. Ao mesmo tempo, tem de manter o contato com o movimento social vivo. Assim, antes de divulgar fatos de certo modo embaraçosos, o sociólogo tem de refletir muito bem sobre o efeito que as suas afirmações corretas produzirão sobre as massas humanas, na sua maioria sujeitas à influência do irracionalismo político. Um ponto de vista sociológico de certo nível intelectual só pode impor-se e transformar-se em prática social se já tiver sido absorvido espontaneamente pelas massas na vida real. É necessário que os velhos sistemas de pensamento político e as instituições contrárias à liberdade revelem a sua ineficácia de modo palpável, antes que seja possível a aceitação espontânea e geral de uma concepção racional das necessidades vitais da sociedade. Mas a exaustão desses sistemas e instituições tem que ser *percebida por todos*. Por exemplo, a atividade frenética dos politiqueiros nos Estados Unidos impôs a convicção geral, embora não cientificamente comprovada, de que os políticos são um câncer no corpo da sociedade. Na Europa de 1935, estava-se ainda muito longe disso. Era ao político que cabia decidir o que era verdadeiro ou não.

Na maior parte dos casos, uma consciência social importante começa a ganhar forma no seio da população muito antes de ser expressa e defendida de forma organizada. Hoje, em 1944, generalizou-se o ódio contra a política, fundamentado em fatos palpáveis. Acontece que, se um grupo de sociólogos realizou um trabalho correto de observação e formulação, que corresponda aos processos sociais objetivos, então a "teoria" coincide com a maneira de sentir das massas. Nesse caso, é como se dois processos independentes convergissem para *um* mesmo ponto, no qual o processo social e a vontade das massas se *fundem* com o conhecimento sociológico. Isto parece acontecer em todos os processos sociais decisivos e em toda parte. O processo de emancipação dos Estados Unidos em relação à Inglaterra, em 1776, desenrolou-se deste modo, tal como a emancipação da sociedade russa em relação ao czarismo, no ano de 1917. A ausência de um trabalho sociológico correto pode ter efeitos desastrosos. Nesse caso, tanto o processo real como a vontade das massas já amadureceram o suficiente, mas, se não houver um simples princípio científico capaz de consolidá-los, essa maturidade se perde novamente. Isto aconteceu na Alemanha, em 1918, época em que o Império foi derrubado, sem que se desenvolvesse a partir daí uma verdadeira democracia.

A fusão dos processos científico e social na unidade de uma ordem social fundamentalmente nova não se concretizará se o processo de aquisição dos conhecimentos científicos não se desenvolver organicamente a partir das concepções antigas, do mesmo modo que o processo social se desenvolve a partir das necessidades da vida prática. Ao dizer *desenvolvimento orgânico,* quero dizer que não é possível "inventar", "imaginar", "planificar" uma *nova* ordem social; *ela deve crescer organicamente,* em estreita relação com fatos práticos e teóricos da vida do animal humano. É por isso que todas as tentativas no sentido de "aproximação política das massas", de lhes impor "ideias revolucionárias", estão condenadas ao fracasso e só podem conduzir a uma politicagem ruidosa e prejudicial.

O reconhecimento da natureza peculiar do fascismo, que não foi realizado por nenhuma das concepções puramente econômicas da vida social, assim como o reconhecimento da estrutura autoritária e nacionalista da União Soviética de 1940 processaram-se de modo espontâneo, sem contribuição de nenhuma direção partidária. Era do conhecimento geral, latente, que o fascismo tinha tão pouco a ver com a dominação de classe da "burguesia" como a "democracia soviética" de Stalin com a democracia social de Lenin. Começava-se a notar, por toda a parte, que os velhos conceitos já não se aplicavam aos novos processos. Aqueles que estavam diretamente envolvidos com a vida vital do homem, aqueles que – médicos e educadores – haviam adquirido um conhecimento preciso de homens e mulheres de todos os tipos de vida e de várias nacionalidades, não se deixavam levar facilmente por chavões políticos. A melhor situação era a daqueles que tinham sido sempre "apolíticos", consagrando-se exclusivamente à sua vida de trabalho. Eram exatamente esses círculos "apolíticos" e exclusivamente dedicados ao trabalho que, na Europa, foram permeáveis a tão importantes conhecimentos sociológicos. Em contrapartida, quem já tinha alguma vez se identificado, econômica e ideologicamente, com algum aparelho partidário, não só ti-

nha uma posição rígida e impermeável a novos conhecimentos, mas também se insurgia, geralmente com um ódio irracional, contra toda e qualquer tentativa de elucidar o fenômeno essencialmente novo do regime autoritário, "totalitário", ditatorial. Se a isto se acrescentar o fato de que todas as organizações partidárias, fosse qual fosse a sua linha, tinham uma orientação puramente econômica, enquanto os ditadores não se baseiam em processos econômicos mas em atitudes irracionais das massas, então será fácil compreender de que enormes cuidados era forçado a se cercar um sociólogo que trabalhasse no campo da psicologia de massas. Limitava-se a registrar escrupulosamente se a evolução social confirmava ou contrariava as suas descobertas biopsíquicas. *E o fato é que se deu a sua confirmação!*
É assim que muitos médicos, pedagogos, escritores, assistentes sociais, jovens, operários e outros adquiriram a profunda convicção de que o irracionalismo político seria um dia derrotado, e de que as exigências do trabalho natural, do amor e do saber se concretizariam um dia na consciência e no modo de agir das massas, sem que para isso fosse necessária qualquer propaganda para vender a teoria. No entanto, era impossível não só prever a que grau de catástrofe o irracionalismo político chegaria, até ser detido pela consciência natural das massas trabalhadoras, como quanto tempo levaria para que se chocasse contra seus próprios atos.

Depois da catástrofe de 1933 na Alemanha, a União Soviética enveredou rapidamente por uma via de retrocesso a formas autoritárias e nacionalistas de liderança social. Grande número de cientistas, jornalistas, funcionários, etc. estava ciente de que se tratava de um fenômeno de "nacionalismo". Mas não se tinha a certeza de que fosse um nacionalismo *de cunho fascista*.

A palavra fascismo não é um insulto, nem a palavra capitalismo. Representa um conceito que designa uma forma muito particular de dirigir e influenciar as massas: regime autoritário, sistema de partido único, portanto totalitário, o poder diante dos interesses objetivos, distorção política dos fatos etc. Deste modo há "judeus fascistas" e "democratas fascistas".

Mas se estas conclusões tivessem sido divulgadas na época, o governo soviético as teria mencionado como um exemplo de "tendências contrarrevolucionárias" e "fascismo trotskista". A grande massa da população soviética gozava ainda, em larga medida, os benefícios da Revolução de 1917. Aumentava o consumo, quase não havia desemprego. A população se beneficiava de inovações, como o acesso generalizado ao esporte, ao teatro, à literatura etc. Aqueles que tinham vivido a catástrofe alemã sabiam que estes benefícios, ditos culturais, a que uma população tem acesso, nada dizem quanto à natureza e ao desenvolvimento da sociedade. Nada disseram, portanto, quanto à sociedade soviética. Ir ao cinema e ao teatro, ler livros, praticar esportes, escovar os dentes e frequentar escolas são coisas importantes, mas não é nelas que reside a diferença entre um estado ditatorial e uma sociedade verdadeiramente democrática. Tanto em uma como na outra "desfruta-se de cultura". Tem sido um erro básico e característico dos socialistas e comunistas rotular a construção de habitações, o aumento da rede de transportes urbanos ou a construção de uma escola como realizações "socialistas". Casas, transportes urbanos e escolas estão relacionadas com o progresso técnico da sociedade, *mas não nos esclarecem se os membros da sociedade são indivíduos oprimidos ou trabalhadores livres, homens racionais ou irracionais.*

Mas como na Rússia soviética cada inovação técnica era apresentada como um feito "especificamente comunista", a população soviética era levada a crer que essas coisas não existiam nos países capitalistas. Deste modo, não era desejável que a degeneração nacionalista da democracia soviética pudesse ser compreendida pela população soviética. Ora, segundo um dos princípios da psicologia de massas, não se deve anunciar uma "verdade objetiva", simplesmente porque ela é uma verdade. Antes de tudo, devemos nos perguntar como o indivíduo médio da população trabalhadora reagirá a um processo objetivo.

Esta abordagem constitui, de início, uma barreira contra a desordem política. É que, quando alguém julga ter descoberto uma verdade política, é forçado a esperar até que ela se manifeste de modo objetivo e independente. Se isso não acontece, essa verdade não era uma verdade e é preferível que permaneça no domínio das possibilidades.

A regressão catastrófica ocorrida na União Soviética foi seguida ansiosamente em toda a Europa. Por esse motivo, o estudo sobre as relações entre "as massas e o Estado" só foi divulgado em cerca de cem exemplares, distribuídos a diversos amigos do ramo da economia sexual, na Europa, Rússia e América. A previsão da degeneração totalitária e ditatorial da democracia soviética no ano de 1929 baseava-se no fato de a revolução sexual ter sido não só estancada mas, também, quase intencionalmente reprimida na União Soviética[1]. *Ora, é do nosso conhecimento que a repressão sexual serve para mecanizar e escravizar as massas humanas.* Assim, sempre que se depara com a repressão autoritária e moralista da sexualidade infantil e adolescente, e com uma legislação sexual que a apoia, pode-se concluir, com segurança, a presença de fortes tendências autoritárias e ditatoriais no desenvolvimento social, independentemente dos chavões a que recorrem os respectivos políticos. Em contrapartida, pode-se concluir que estão presentes tendências sociais verdadeiramente democráticas, sempre que se depare com uma atitude de compreensão e de afirmação da vida por parte das principais instituições sociais em relação à sexualidade das crianças e dos adolescentes, mas isso só na medida em que esse tipo de atitudes esteja presente. Assim, quando, já em 1929, se revelavam cada vez mais claramente, na União Soviética, atitudes reacionárias em relação à sexualidade, era lícito concluir que estava em curso uma evolução de sentido autoritário e ditatorial na liderança social. Justifiquei amplamente este ponto de vista em *A revolução sexual*. As minhas previsões foram confirmadas pela legislação oficial sobre a sexualidade, em vigor a partir de 1934, e pelo restabelecimento de leis reacionárias referentes à questão sexual.

Nessa época, eu ainda não tinha conhecimento de que se desenvolvera nos Estados Unidos uma atitude nova quanto à economia sexual, que viria a facilitar mais tarde a aceitação da economia sexual.

Pedimos a todos os amigos que receberam esse escrito não oficial que refletissem primeiro sobre ele e que, se concordassem com ele na sua totalidade, o passassem, no seu meio, a sociólogos capazes de compreender a contradição do desenvolvimento ocorrido na União Soviética. Insistimos em que esse escrito não fosse reproduzido em nenhum jornal, nem lido em reunião pública. Os próprios acontecimentos é que iriam determinar o momento propício à sua discussão pública. Entre 1935 e 1939, importantes círculos socioló-

---

1. Cf. Reich, *Die Sexualität im Kulturkampf,* 1936; nova edição, de 1966, com o título *Die Sexuelle Revolution.*

gicos começaram a compreender cada vez melhor as causas, no âmbito da psicologia de massas, do retrocesso da União Soviética a formas autoritárias. A compreensão desse fato veio substituir a estéril indignação inicial sobre esse retrocesso; aprendeu-se a compreender que o *desenvolvimento posterior fracassou devido à necessidade de autoridade das estruturas das massas humanas, um fato que não fora devidamente avaliado pelos dirigentes soviéticos.* Mas a compreensão desse fato revestiu-se de uma importância fundamental.

"O QUE OCORRE NAS MASSAS HUMANAS?"

O problema de saber *"como"* se estabelecerá uma nova ordem social é, no fundo, a questão da estrutura de caráter das *grandes* massas, da população trabalhadora apolítica e sujeita a influências de ordem irracional. O fracasso de uma revolução social autêntica é, pois, um sinal de fracasso das massas humanas: elas reproduzem estruturalmente a ideologia e as formas de vida da reação política, em si próprias e em cada nova geração, por mais que as tenham abalado socialmente. Mas a pergunta *"como pensa, sente e reage a grande massa da população apolítica?"* não era, nesse momento, feita em nível geral nem compreendida, e estava muito longe de poder encontrar uma resposta prática. Essa foi a origem de muitas confusões. Por ocasião da votação no Sarre, em 1935, o sociólogo vienense Willi Schlamm escreveu o seguinte:

> Na verdade, passou a época em que parecia que as massas da sociedade avançavam com as suas próprias forças, guiadas pela razão e pela compreensão da sua situação. Na verdade, foi-se o tempo em que as massas tinham uma função na formação da sociedade. Estas revelam-se agora influenciáveis, pouco conscientizadas e capazes de se adaptar a qualquer tipo de poder e infâmias. Não têm uma missão histórica. No século XX, no século dos tanques e dos rádios, essa missão é impossível de ser cumprida; as massas foram excluídas do processo de configuração social.

Schlamm tinha razão, mas de um modo estéril. Ele não procurou saber como foi possível, por parte das massas, chegar a esse comportamento, se este era inato ou suscetível de ser alterado. Se o compreendo corretamente, não alimentava esperanças, nem mesmo como princípio geral.

É necessário compreender que tais afirmações muitas vezes eram não só impopulares, mas também altamente perigosas, dado que os partidos social-democratas e liberais dos países ainda não fascistas viviam precisamente da ilusão de que as massas são naturalmente talhadas para a liberdade, e capazes de assumir essa liberdade, e que o paraíso na terra seria realizável desde que não houvesse figuras como Hitler. Como se mostrava constantemente, quer em conversas pessoais, quer em discussões públicas, eram os políticos democráticos, e muito particularmente os social-democratas e comunistas, que não conseguiam compreender o simples fato de que as massas humanas, depois de séculos de opressão, são absolutamente incapazes de liberdade. Não só estavam completamente bloqueados para a aceitação dessa ideia, como chegavam a reagir com inquietação e ameaças à sua simples menção. Mas, na realidade, tudo aquilo que, desde a revolução russa de 1917, ocorrera no campo da política internacional constituía um argumento a favor da validade da afirmação de que as massas humanas são incapazes de liberdade. E, sem se compreender essa realidade, era impossível compreender a onda fascista.

Quando comecei a perceber gradualmente esse fato, entre 1930 e 1933, na Alemanha, entrei em grave conflito com políticos liberais, socialistas e comunistas bem-intencionados. Publiquei essas ideias primeiramente em 1933, na primeira edição da presente obra. Num escrito intitulado *Was ist Klassenbewusstsein?*, Ernst Parell mostrou as implicações das minhas ideias para a política socialista.

A conclusão por si só podia levar ao desespero, pois, se todo processo social depende da estrutura e do comportamento das massas, e se, além disso, é verdade que as massas são incapazes de liberdade, então a vitória da ditadura fascista teria de ser definitiva. Mas esta conclusão não era absoluta e livre de implicações. Há duas outras conclusões que vêm alterá-la consideravelmente:

1. *A incapacidade de liberdade por parte das massas humanas não é inata. Os homens não foram desde sempre incapazes de liberdade; portanto, fundamentalmente, poderão tornar-se capazes de liberdade.*

2. *O mecanismo que torna as massas humanas incapazes de liberdade é,* como provou amplamente a economia sexual social, apoiando-se no tratamento clínico, *a repressão social da sexualidade genital das crianças, dos adolescentes e dos adultos.* Mas também essa repressão social não faz parte da ordem natural das coisas. Ela tem a sua origem no aparecimento do patriarcado e, portanto, pode em princípio ser eliminada. Ora, se a repressão social da sexualidade natural das massas pode ser eliminada, e se nessa repressão reside o mecanismo central da estrutura de caráter que condiciona a incapacidade de liberdade, então a conclusão lógica será que não se trata de uma situação desesperada. Nesse caso, a sociedade tem amplas possibilidades de eliminar toda espécie de circunstâncias sociais a que chamamos "peste emocional".

O erro de Schlamm, como o de tantos outros sociólogos, consistiu em que, embora tendo verificado o fato de que as massas humanas são incapazes de liberdade, não chegou a extrair daí, e a defender, as consequências práticas da sociologia da economia sexual, que ele conhecia suficientemente bem. Foi sobretudo Erich Fromm[2] quem veio mais tarde a desconsiderar totalmente o problema sexual das massas humanas e a sua relação com o medo da liberdade e o desejo de autoridade[3]. Nunca consegui compreender este processo, dado que não tinha qualquer razão para duvidar, em princípio, da honestidade das posições assumidas por Fromm. Mas a negação sexual, tanto na vida social como na vida privada, às vezes prega certos logros que não é possível compreender racionalmente.

O leitor já terá notado que o principal objetivo dos nossos estudos sociológicos deixou de incidir em fatores predominantemente político-econômicos, voltando-se para fatores da psicologia de massas, da economia sexual e da estrutura do caráter. O diagnóstico da incapacidade das massas humanas para a liberdade, do fato de que a repressão da vida sexual natural é o principal mecanismo criador dessa incapacidade na própria estrutura de caráter, é, acima de tudo, a atribuição da responsabilidade, não mais a organizações ou a polí-

---

2. Em suas obras *Authority and Family* e *Escape from Freedom.*
3. Anteriormente, escreveu uma crítica favorável do *Der Einbruch der Sexualmoral* no *Zeitschrift für Sozialforschung.* Esse livro trata da irrupção da moral sexual nas sociedades primitivas e da consequente irrupção da escravidão como traço de caráter.

ticos isolados, mas sim às próprias massas incapazes de liberdade, o que constituiu uma gigantesca revolução no pensamento e, consequentemente, na abordagem prática dos problemas sociais. Agora compreendia-se melhor o porquê das permanentes queixas dos vários partidos políticos de que "ainda não haviam conseguido conquistar as massas trabalhadoras". Compreendia-se *por que* as massas "podem ser completamente moldadas, inconscientes e capazes de se adaptar a qualquer tipo de poder e infâmias". Compreendia-se, acima de tudo, a intoxicação fascista das massas pelo racismo. Compreendia-se a impotência dos sociólogos e políticos de orientação exclusivamente econômica diante dos acontecimentos catastróficos da primeira metade do século XX. É que toda a reação política, nas suas mais diversas formas, pode ser explicada a partir da peste emocional que se fixou na estrutura das massas humanas, desde o aparecimento do patriarcado.

Ora, a tarefa do movimento verdadeiramente revolucionário e democrático consiste exatamente em orientar (e *não* em "dirigir" a partir de cima!) as massas humanas, que milênios de repressão tornaram apáticas, acríticas, biopáticas e submissas, para que elas aprendam a pressentir qualquer forma de opressão e a livrar-se dela *a tempo,* de modo *definitivo* e *irreversível*. É mais fácil evitar uma neurose do que curá-la. É mais fácil manter a saúde de um organismo do que curá-lo da doença. Do mesmo modo, é mais fácil manter um organismo social livre de instituições ditatoriais do que eliminar essas instituições depois de implantadas. É tarefa de uma orientação verdadeiramente democrática deixar que as massas, por assim dizer, superem a si próprias; mas as massas só serão capazes de superar a si próprias se desenvolverem espontaneamente entidades sociais que não pretendam competir com os diplomatas em matéria de álgebra política, mas sim refletir e servir de porta-vozes das massas em tudo aquilo que elas próprias não são capazes de refletir e exprimir, devido à miséria, à ignorância, à submissão e à peste do irracionalismo. *Em suma, atribuímos às massas humanas toda a responsabilidade por todos os processos sociais.* Exigimos a sua responsabilização e combatemos a sua irresponsabilidade. Atribuímos a elas as culpas, mas não as culpamos, como se culpa um criminoso.

Uma ordem social verdadeiramente nova não exige apenas a abolição de instituições sociais de caráter autoritário e ditatorial, nem a criação de novas instituições, pois estas novas instituições estão condenadas a degenerar em formas ditatoriais e autoritárias se não se abolir ao mesmo tempo, pela educação e pela higiene mental coletiva, a implantação do absolutismo autoritário introduzido no próprio caráter das *massas humanas*. Não há anjos revolucionários de um lado e diabos reacionários do outro. Não há capitalistas ávidos de um lado e trabalhadores generosos de outro. Para que a sociologia e a psicologia de massas possam vir a funcionar como verdadeiras ciências, é preciso que se libertem da maneira de ver tudo como branco ou preto, maneira esta própria da política. Têm de mergulhar no caráter contraditório do homem que teve uma educação autoritária, procurar a reação política no comportamento e na estrutura das massas trabalhadoras, para então contribuírem para a sua articulação e eliminação. Não é necessário acentuar o fato de que os verdadeiros sociólogos e psicólogos de massas não podem *excluir a si próprios* desse processo. A esta altura, já deve ter-se tornado evidente que a *nacionalização ou socialização da produção, por si só, em nada pode alterar a escravidão humana*. O terreno que se adquire para construir uma casa na qual se pretende viver e trabalhar é apenas uma condição prévia da vida e do trabalho, mas não a vida e o trabalho em si mesmos. Considerar o processo econômico de uma sociedade como a própria essência do processo biossocial da sociedade humana é o mesmo que equiparar o terreno e a casa à educação das crianças, a higiene e o trabalho à dança e à música. Foi exatamente esta concepção economicista (já severamente combatida por Lenin) que originou o retorno da União Soviética para uma forma autoritária.

Por volta de 1920, esperava-se que os processos econômicos na União Soviética alterassem também os próprios homens. A eliminação do analfabetismo e a transformação de um país agrícola em um país industrializado são, certamente, feitos importantíssimos, mas esses feitos não podem ser apresentados como especificamente socialistas, já que foram igualmente realizados, e por vezes mais amplamente, por governos capitalistas.

A principal questão da psicologia de massas, que se tornou fundamental a partir de 1917, é a seguinte: será que a civilização que se desenvolveu a partir da revolução social de 1917, na Rússia, criará uma coletividade humana *fundamentalmente* e essencialmente distinta da ordem social czarista autoritária que foi derrubada? Será que a nova ordem socioeconômica da sociedade russa se reproduzirá na estrutura do caráter humano, e, nesse caso, *de que modo?* Seria o novo "homem soviético" livre, não autoritário, capaz de autogerir de modo racional, e transmitiria essas capacidades aos seus filhos? A liberdade assim desenvolvida na estrutura humana tornaria desnecessária e mesmo impossível qualquer espécie de direção social autoritária? A existência ou a não existência de instituições autoritárias e ditatoriais na União Soviética haveriam de ser critérios rigorosos para o tipo de evolução que sofreria o homem soviético.

É compreensível que todo o mundo seguisse atentamente, quer com receio, quer com alegria, a evolução dos acontecimentos na União Soviética. Mas a atitude que se assumia em relação à União Soviética era, geralmente, pouco racional. O sistema soviético era defendido por uns e atacado por outros, com igual falta de sentido crítico. Certos grupos de intelectuais defendiam o ponto de vista de que "na União Soviética também se registravam indubitavelmente grandes progressos". Era como se um adepto de Hitler dissesse que "também havia judeus decentes". Estes juízos emocionais eram destituídos de sentido e de valor, e a nada levaram. E os dirigentes da União Soviética tinham razão para se queixar de que as pessoas, em vez de auxiliarem praticamente a União Soviética, apenas discutiam sobre ela.

Entretanto, prosseguiu o combate entre as forças progressistas do desenvolvimento social e as forças reacionárias de entrave e regressão. As condições econômicas de progresso social eram, graças a Marx, Engels e Lenin, muito mais bem conhecidas do que as forças que entravam o progresso. Quanto ao *irracionalismo das massas,* era literalmente ignorado, e isso explica primeiro a paralisação e depois a degeneração autoritária do processo revolucionário, a princípio tão promissor.

Teria sido mais frutífero compreender o mecanismo desse retorno do que negá-lo, como fizeram os partidos comunistas europeus. Com a sua defesa piedosa e fanática de tudo o que acontecia na União Soviética, impediram toda e qualquer possibilidade prática de *solucionar* as dificuldades sociais. Pelo contrário, é bem certo que o esclarecimento científico das contradições irracionais da estrutura do caráter humano beneficiará o desenvolvimento da União

Soviética, a longo prazo, muito mais do que qualquer falação estúpida a respeito de salvação. Essa abordagem científica pode ser maçante e penosa, mas baseia-se, na verdade, em sentimentos de amizade muito mais profundos do que os chavões políticos. Disso também têm consciência os soviéticos que atuam de maneira prática e objetiva. Só posso assegurar que as preocupações dos médicos e educadores do campo da economia sexual não eram, então, menores do que as preocupações dos defensores do sovietismo.

Essas preocupações eram mais do que justificadas. Nas fábricas, a chefia autoritária "responsável" veio tomar o lugar do original "diretório tripartido" e dos conselhos de produção democráticos.

Nas escolas, as primeiras tentativas de autogestão (plano de Dalton etc.) tinham fracassado e cedido o lugar à velha disciplina escolar autoritária, embora encoberta por organizações escolares formais.

No exército, o sistema de comando original, simples e democrático, cedeu lugar a uma disciplina hierárquica rigorosa. O "Marechal da União Soviética" foi uma inovação a princípio incompreensível. Mas começou a tornar-se perigosa porque soava a "czar" e a "imperador".

No campo da sociologia da economia sexual, acumulavam-se os indícios de um retorno a concepções e leis autoritárias e moralistas. Descrevi isto minuciosamente na segunda parte do meu livro *Die Sexualität im Kulturkampf* (1936).

Nas relações entre os homens, alastravam-se a desconfiança, o cinismo, a tática e a submissão. Se, em 1929, o cidadão soviético médio ainda era capaz de uma mobilização heroica pelo cumprimento do plano quinquenal e alimentava sérias esperanças quanto ao êxito da revolução, por volta de 1935 sentia-se, em conversas com cidadãos soviéticos, uma disposição diferente, embaraçosa, vacilante e evasiva. Sentiam-se o cinismo, a desilusão e aquele tipo especial de "esperteza ardilosa" que de modo nenhum se coaduna com objetivos sociais sérios.

O que ocorreu não foi apenas o fracasso da revolução cultural na União Soviética. A regressão do processo cultural estrangulou, no decorrer de poucos anos, o entusiasmo e a esperança do mundo inteiro.

Ora, não é culpa de uma liderança social se ocorre uma regressão social. No entanto, essa liderança social consolida a regressão nos casos em que: (1) apresenta a regressão como progresso; (2) proclama a si mesma a redentora do mundo; e (3) fuzila aqueles que a lembram de seus deveres.

Nestes casos, terá de ser substituída, mais cedo ou mais tarde, por uma liderança social diferente, que adira aos princípios gerais válidos de desenvolvimento social.

O "ANSEIO SOCIALISTA"

Existiram movimentos socialistas e um anseio pelo socialismo muito antes de terem existido conhecimentos científicos sobre os pressupostos sociais do socialismo. Durante milênios, os oprimidos não cessaram de lutar contra os seus opressores. Foram essas lutas que criaram a ciência que estuda o desejo de liberdade dos oprimidos, e não o contrário, como julgam os fascistas. Acontece que os socialistas sofreram as mais pesadas derrotas precisamente entre 1918 e 1938, isto é, nos anos em que ocorreram acontecimentos sociais da maior importância. Exatamente num período que deveria ter comprovado o amadurecimento e o racionalismo do movimento socialista pela liberdade, o movimento operário dividiu-se e tornou-se burocrático, perdendo cada vez mais a sede de liberdade e verdade que estivera na sua origem.

O anseio socialista sentido por milhões era um desejo de libertação de *toda* a forma de opressão. Mas este *desejo intenso de liberdade aparecia sob a forma de compromisso, devido ao medo da responsabilidade* que lhe é inerente. O medo, por parte das massas humanas, de assumir as suas responsabilidades sociais levou o movimento socialista à *esfera política*. Mas, na sociologia científica de Karl Marx, que enumerara as condições econômicas necessárias para a libertação social, o *Estado* não aparece como objetivo da liberdade socialista. O *Estado* "socialista" é uma invenção das burocracias partidárias. A *ele,* "Estado", compete a instituição da liberdade; note-se bem que *não é às massas humanas, mas ao Estado,* que essa tarefa é atribuída. Mostrarei a seguir que a ideia socialista de Estado não só nada tem a ver com a teoria desenvolvida pelos primeiros socialistas, mas também representa uma distorção do movimento socialista, que deve ser atribuída, de modo inconsciente, ao *desamparo estrutural* das massas humanas desejosas de libertação. A combinação desse desejo de liberdade e do medo estrutural de assumir a autogestão inerente à liberdade criou, na União Soviética, uma forma de Estado que correspondia cada vez menos ao programa original dos comunistas, acabando por se revestir de formas autoritárias, totalitárias e ditatoriais.

Procuremos agora, numa breve retrospectiva, descobrir o caráter essencialmente socialista dos mais importantes movimentos sociais pela liberdade.

Costuma-se, e com razão, chamar de "socialista" o movimento cristão primitivo. Também as revoltas dos escravos na Antiguidade e as guerras dos camponeses na Idade Média foram consideradas pelos fundadores do socialismo como precursoras do movimento socialista dos séculos XIX e XX. Só o fraco desenvolvimento das relações industriais e dos meios de comunicação internacionais, assim como a inexistência de uma teoria sociológica, condenaram-nas ao fracasso. De acordo com a teoria sociológica dos seus fundadores, o "socialismo só é pensável em nível *internacional*". Um socialismo nacional, ou até nacionalista (nacional-socialismo = fascismo), é um disparate sociológico e um logro das massas no sentido rigoroso do termo. Imagine-se que um médico descobre um remédio contra determinada doença, ao qual chama "soro". Surgiria, entretanto, um hábil usurário que, pretendendo ganhar dinheiro com essa doença, inventaria um veneno que produz a doença, chamando-lhe "remédio". Ele seria o herdeiro nacional-socialista deste médico. Do mesmo modo que Hitler, Mussolini e Stalin foram os herdeiros nacional-socialistas do socialismo internacional de Karl Marx.

O usurário que quer ganhar dinheiro com as doenças deveria, para agir corretamente, designar o seu veneno como "tóxico". Mas chama-lhe "remédio" porque sabe perfeitamente que não poderia vender um causador de doenças. O mesmo se passa com as palavras "social" e "socialista".

Não se pode utilizar arbitrariamente palavras a que já foi atribuído um determinado sentido, sem se estabelecer uma enorme confusão. O conceito de "socialismo" estava indissoluvelmente associado ao de "internacional". A teoria do socialismo exigia um determinado grau de amadurecimento da economia mundial: a luta imperialista pela obtenção de mercados, das riquezas do solo e de centros de poder assume necessariamente o caráter de guerra de rapina. A anarquia econômica terá se transformado no principal empecilho ao aumento da produtividade social. O caos econômico está claramente patente, por exemplo, no fato de serem destruídos os excedentes de produção para impedir a baixa dos preços, enquanto as massas famintas morrem de fome. A apropriação privada dos bens coletivamente produzidos constitui um contraste gritante com as necessidades da sociedade. O comércio internacional começa a sentir que as barreiras aduaneiras dos estados nacionais são insuperáveis.

A partir de 1918, desenvolveram-se intensamente as precondições socioeconômicas e objetivas que possibilitam uma atitude e um consenso internacional da população mundial. O avião encurtou as distâncias entre os povos e contribuiu para aproximar espaços que anteriormente mantinham diferenças de milhares de anos quanto ao grau de civilização desses locais. As relações internacionais começaram a dissipar progressivamente as diferenças de civilização de séculos passados. Assim, um árabe do século XIX encontra-se a uma distância muito maior do inglês dessa mesma época do que o árabe de meados do século XX se encontra do inglês desta época. Aos aventureiros capitalistas foram sendo impostas cada vez mais limitações. Amadureciam assim as condições socioeconômicas do internacionalismo[4]. *No entanto, o amadurecimento econômico do internacionalismo não era acompanhado por um desenvolvimento correspondente na estrutura e ideologia humanas.* A medida que progredia no campo econômico, o internacionalismo perdia-se, do ponto de vista estrutural e ideológico. Este fato era patente não só no seio do movimento dos trabalhadores, mas também no desenvolvimento das ditaduras *nacionalistas* na Europa: Hitler na Alemanha, Mussolini na Itália, Doriot e Laval na França, Stalin na Rússia, Mannerheim na Finlândia, Horthy na Hungria etc. Ninguém fora capaz de prever esta discrepância entre o progresso socioeconômico, por um lado, e a regressão na estrutura humana, por outro. A degeneração da Internacional dos Trabalhadores em um socialismo nacional chauvinista constituiu mais do que um fracasso dos antigos movimentos revolucionários que sempre foram *internacionais*. Constituiu uma nova expansão da peste emocional no próprio seio das ca-

---

4. Este processo foi extraordinariamente acelerado pela Segunda Guerra Mundial.

madas oprimidas do povo, as quais os espíritos elevados tinham esperado que viessem a criar uma nova ordem social no mundo. O ponto mais baixo desta degeneração "nacional-socialista" foi o ódio racial dos trabalhadores brancos contra os trabalhadores negros, nos Estados Unidos, e a perda de toda e qualquer perspectiva ou iniciativa sociopolítica em não poucas organizações sindicais gigantescas. Quando a ideia da liberdade é aproveitada por naturezas medíocres, pobre liberdade! Deste modo, abateu-se uma injustiça cruel sobre as massas daqueles que nada mais têm que a sua força de trabalho. Assim voltaram a imperar a exploração inescrupulosa e a irresponsabilidade por parte dos poderosos capitalistas. Como a ideia de internacionalismo não conseguiu firmar raízes na estrutura humana, os movimentos nacional-socialistas aproveitaram-se dela, explorando exatamente o desejo intenso de um socialismo internacional. O movimento socialista internacional cindiu-se, sob a liderança de "sargentos" que provinham das camadas oprimidas, em movimentos de massa *aparentemente* revolucionários, delimitados nacionalmente, divididos e considerando-se uns aos outros como inimigos mortais. Paradoxalmente, alguns destes movimentos de massa rigorosamente nacionalistas vieram a transformar-se em movimentos internacionais, certamente por influência do antigo consenso internacional dos seus adeptos. Assim, a partir do nacional-socialismo alemão e italiano, surgiu o fascismo internacional. Ele congregou à sua volta as massas internacionais, à maneira de um "internacionalismo nacionalista" perverso, no sentido estrito da palavra. Sob essa forma, esmagou revoltas verdadeiramente democráticas na Espanha e na Áustria. Foi heroico o combate travado em 1934 e 1936 pelos verdadeiros revolucionários, isolados das massas populares.

    Estes fatos constituem uma expressão do irracionalismo da estrutura de massas, tal como da política em geral. As massas trabalhadoras alemãs tinham resistido durante anos ao programa de um internacionalismo revolucionário, mas, a partir de 1933, suportaram todos os sacrifícios que uma verdadeira revolução social teria também imposto, sem no entanto gozarem de nenhum dos benefícios que lhes teria trazido essa revolução social. Deste modo, iludiram-se a si próprias. Assim foram vítimas do seu próprio irracionalismo, isto é, do seu medo das responsabilidades sociais.

Esses fatos são difíceis de ser compreendidos. Tentemos entendê-los, tanto quanto nos permite a análise imparcial destes fatos inauditos.

A partir da intervenção dos Estados Unidos na Segunda Guerra Mundial, o consenso internacional e, de maneira geral, humano voltou a impor-se cada vez mais. Mas há razões para temer que algum dia venham a verificar-se reações humanas de um irracionalismo ainda maior e catástrofes sociais ainda mais mortíferas, caso os psicólogos e sociólogos responsáveis não decidam descer *a tempo* do seu pedestal acadêmico para participar ativamente do curso dos acontecimentos e fazer um esforço honesto no sentido de ajudar a esclarecê-los. O objeto de estudo da sociologia deixou de ser, de modo geral, a economia, para se concentrar na *estrutura das massas humanas*. Deixamos de perguntar se já amadureceram as condições econômicas para a democracia do trabalho internacionalista. Deparamo-nos agora com outra questão de importância vital: *Uma vez amadurecidas as condições socioeconômicas internacionais, que novos obstáculos podem impedir que o internacionalismo se fixe e se desenvolva na estrutura e ideologia humanas? De que modo se poderá superar a tempo a irresponsabilidade social e a tendência das massas humanas para a autoridade?* Como se pode impedir que esta Segunda Guerra Mundial – que com razão se considera uma guerra ideológica, e não uma guerra econômica – degenere num novo nacionalismo ainda mais violento e mais mortífero, mais nacionalista, chauvinista, fascista e ditatorial? A reação política vive e atua na própria estrutura humana e no pensamento e na ação das massas oprimidas sob a forma de uma couraça de caráter, medo da responsabilidade, incapacidade para a liberdade e – por último, mas não menos importante – atrofiamento endêmico do funcionamento biológico. Estes fatos são extremamente graves. Da possibilidade ou não de serem solucionados depende o destino dos séculos futuros. É enorme a responsabilidade de todos os círculos dirigentes. Não será possível resolver nem uma só destas tarefas decisivas por meio de palavreado político e de formalidades. O nosso lema básico – "Basta! Chega de política! Vamos descer às questões sociais vitais" – não é um jogo de palavras. Nada é mais impressionante do que o fato de que uma população mundial de dois bilhões de pessoas não consiga a força suficiente para eliminar um punhado de opressores e de assassinos biopáticos. O desejo de liberdade, por parte do homem, não é satisfeito só pelo fato de haver ideias demais sobre a maneira mais segura de alcançar a liberdade, sem assumir também a responsabilidade direta pelo reajustamento doloroso da estrutura humana e suas instituições sociais.

Os *anarquistas* (sindicalistas) aspiravam à autogestão social, mas se recusaram a tomar conhecimento dos profundos problemas relacionados com a incapacidade humana para a liberdade e rejeitaram todo e qualquer tipo de orientação social. Eram utópicos e acabaram sofrendo uma derrota na Espanha. Só tinham olhos para o desejo de liberdade, mas confundiam esse desejo com a capacidade de *ser* realmente livre, de conseguir viver e trabalhar sem qualquer liderança autoritária. Rejeitaram o sistema de partidos. Mas não souberam adiantar coisa alguma quanto ao modo como as massas humanas escravizadas aprenderiam a governar suas vidas por si próprias. Nada se consegue, se apenas se abomina o Estado; nem com colônias de nudismo. O problema é mais grave e mais profundo.

Os *cristãos internacionais* pregavam a paz, a fraternidade, a compaixão, o auxílio mútuo. A sua ideologia era anticapitalista e tinham uma concepção internacionalista da existência humana. Basicamente, suas concepções concordavam com o socialismo internacional, e designavam-se a si próprios *socialistas-cristãos* – como na Áustria, por exemplo. Mas, na prática, rejeitaram, e continuam a rejeitar, toda e qualquer medida no sentido do progresso social que conduziria exatamente ao objetivo que eles proclamavam como sendo o seu ideal. A cristandade católica, particularmente, aboliu há muito tempo o caráter revolucionário, isto é, *rebelde,* do cristianismo primitivo. Induz os seus milhões de crentes a aceitarem a guerra como um fato consumado, como "castigo dos pecados". Ora, se é certo que as guerras são efetivamente consequência de pecados, elas o são de modo diferente do que a Igreja Católica julga. Para os católicos, a existência pacífica só é possível no céu. A Igreja Católica prega a aceitação passiva dos sofrimentos neste mundo e aniquila sistematicamente a capacidade humana de tomar nas suas próprias mãos o objetivo da liberdade, lutando por ele com sinceridade. Não protestaram quando foram bombardeadas as igrejas rivais, isto é, as igrejas ortodoxas gregas. Mas invocaram Deus e a cultura quando Roma foi bombardeada. O catolicismo produz o desamparo estrutural das massas humanas que, em situações aflitivas, apelam para Deus, em vez de contarem com sua própria força e autoconfiança. O catolicismo cria, na estrutura humana, a incapacidade e o medo do prazer, do que resultam em grande parte as tendências sádicas do homem. Os católicos alemães abençoam as armas alemãs, tal como os católicos americanos abençoam as armas americanas. O mesmo Deus é invocado para conduzir à vitória dois campos de batalha que travam um combate de morte. Aqui está bem patente o irracionalismo mais absurdo.

A *social-democracia,* resultante da adaptação que Bernstein fez da sociologia marxista, também falhou quanto à questão da estrutura de massa. Tal como a cristandade e o anarquismo, vive da conciliação, por parte das massas, entre a luta pela felicidade e a irresponsabilidade. Assim, oferecia às massas uma ideologia confusa, uma "educação para o socialismo", que não era sustentada pela assunção de tarefas vitais concretas. *Sonhava* com a democracia social, mas recusava-se a compreender que a estrutura das massas humanas teria de passar por mudanças fundamentais para se tornar capaz de ser social-democrata e de viver de uma forma "social-democrática". Na prática, estava muito longe de pensar que as escolas públicas e outros estabelecimentos de ensino, jardins de infância etc., devem funcionar por autogestão, e que é absolutamente necessário combater enérgica e objetivamente toda e qualquer tendência reacionária, mesmo que ela surja no *próprio seio da organização;* que, finalmente, é necessário dotar a palavra "liberdade" de um conteúdo concreto se quisermos instituir a social-democracia. É muito mais sensato usar todas as forças contra a reação fascista enquanto se está no poder, do que desenvolver a coragem para fazê-lo depois de se ter abandonado o poder. A social-democracia tinha a seu dispor, em muitos países europeus, toda a força necessária para aniquilar, dentro e fora do homem, o poder patriarcal, que veio se acumulando por milhares de anos e acabou festejando os seus triunfos sangrentos na ideologia fascista.

A social-democracia cometeu o erro fatal de supor que aqueles que haviam sido mutilados por milhares de anos de poder patriarcal estariam preparados para a democracia e seriam capazes de governar a si próprios. Rejeitou oficialmente todas as tentativas científicas, por exemplo as empreendidas por Freud, no sentido de compreender a complicada estrutura humana. Deste modo, foi obrigada a assumir formas ditatoriais, dentro de suas próprias fileiras, e a fazer acordos com o exterior. "Fazer acordos" não no sentido positivo de *compreender* o ponto de vista do adversário e de ser obrigado a dar-lhe razão, quando seu ponto de vista fosse superior, mas sim no sentido de *sacrificar princípios* para evitar um confronto e de se lançar frequentemente em tentativas de "chegar a um entendimento" com um inimigo preparado e decidido para uma luta de morte. Trata-se, evidentemente, de chamberlainismo no seio do movimento socialista.

A social-democracia era radical na ideologia, mas conservadora na prática, o que se manifestava, por exemplo, na aberração da frase "oposição socialista de Sua Majestade e Alteza Real". Contribuiu, sem querer, para o triunfo do fascismo, pois que o fascismo das massas não é mais do que o radicalismo decepcionado, aliado ao "pequeno-burguesismo" nacionalista. A social-democracia afundou-se na estrutura contraditória das massas, estrutura que não compreendeu.

Não se pode negar que os *governos burgueses* da Europa tinham uma orientação democrática, mas, na prática, eram organismos administrativos conservadores, avessos aos esforços de liberdade baseados nos conhecimentos científicos fundamentais. A enorme influência da economia de mercado capitalista e dos interesses do lucro sobrepunham-se de longe a todos os outros interesses. As democracias burguesas da Europa perderam o seu caráter originariamente revolucionário de 1848 muito mais rápida e totalmente do que o cristianismo. As medidas liberais eram uma espécie de decoro, uma prova de que se era "democrático". Nenhum desses governos teria sido capaz de dizer como seria possível fazer as massas de pessoas escravizadas saírem de sua condição de aceitação cega e necessidade de autoridade. Detinham todo o poder, mas nada compreendiam sobre autorregulação e autonomia sociais. Nesses círculos governamentais seria completamente impossível abordar o problema essencial da sexualidade das massas. Considerar o governo austríaco de Dollfuss como modelo de um governo democrático revela uma ignorância completa quanto à questão social.

Os poderosos capitalistas que tinham saído da revolução burguesa na Europa detinham um grande poder social. A sua influência determinava *quem* iria governar. Mas, no fundo, agiam de acordo com os objetivos a curto prazo, acabando por se prejudicar a si próprios. Com a ajuda da força e dos meios de que dispunham, teriam estimulado a sociedade humana para feitos sociais sem precedentes. Eu não me refiro à construção de palácios, igrejas, museus e teatros. Refiro-me à concretização prática do seu conceito de cultura. Mas, em vez disso, separaram-se rigorosamente daqueles que não tinham outro produto para vender a não ser a sua força de trabalho. Desprezavam secretamente "o povo". Eram mesquinhos, limitados, cheios de um desprezo cínico pelas massas, avarentos e frequentemente inescrupulosos. Na Alemanha, ajudaram Hitler a tomar o poder. Revelaram-se totalmente indignos do papel que a sociedade lhes tinha reservado. Abusaram desse papel, em vez de usá-lo para orientar e educar as massas humanas. Nem sequer foram capazes de afastar os perigos que ameaçavam o seu próprio sistema cultural e, assim, afundaram-se cada vez mais como classe social. Na medida em que eles próprios trabalhavam e produziam, tinham obrigação de compreender os movimentos democráticos pela liberdade. Mas nada fizeram para os apoiar. Promoveram, em vez disso, o luxo e a ignorância. A promoção das artes e das ciências estivera nas mãos dos senhores feudais, mais tarde destronados pela burguesia. Mas os capitalistas burgueses interessavam-se muito menos pela arte e pela ciência do que as antigas casas senhoriais. Os filhos dos capitalistas burgueses, em 1848, deram o seu sangue pela defesa dos ideais democráticos, enquanto os filhos dos capitalistas burgueses, entre 1920 e 1930, escarneceram as manifestações democráticas. Iriam constituir, mais tarde, as tropas de elite do chauvinismo fascista. Tinham cumprido a sua missão de abertura econômica do mundo, mas sufocaram sua própria realização, instituindo as tarifas aduaneiras, e não tinham a menor noção de o que fazer com o internacionalismo que nascera das suas realizações econômicas. Envelheceram rapidamente e tornaram-se senis como classe social.

    Esse julgamento sobre os chamados dirigentes econômicos não provém de uma ideologia. Eu mesmo venho desse meio e conheço-o muito bem. Sinto-me feliz por me ter subtraído às suas influências.

    O fascismo tem a sua origem no conservadorismo dos social--democratas e na senilidade e tacanhice dos capitalistas. Incorporou, não na prática mas na *ideologia* (esse é o aspecto fundamental para as massas humanas cujas estruturas psíquicas eram dominadas por ilusões), todos os ideais que tinham sido defendidos pelos seus antecessores. Incluiu a mesma reação política brutal que na Idade Média devastara a vida e os bens humanos. Assim, respeitava de um modo místico e violento as chamadas tradições patrióticas que nada têm a ver com o verdadeiro sentimento patriótico e apego à terra. Designava-se a si próprio "socialista" e "revolucionário", assumindo deste modo as tarefas não executadas pelos socialistas. Ao dominar os dirigentes econômicos, absorveu o capitalismo. A partir de então, a construção do "socialismo" foi confiada à intervenção de um *führer* todo-poderoso, que havia sido enviado por Deus. A impotência das massas humanas e a sua situação de desamparo contribuíram para o avanço desta ideologia do *führer*, que foi implantada na estrutura humana pela escola autoritária e alimentada pela Igreja e pela família compulsiva. A "salvação da nação" por um *führer* todo-poderoso e abençoado por Deus correspondia inteiramente ao profundo desejo das massas de salvação. Incapazes de se conceberem como tendo uma natureza diferente, sua estrutura subserviente absorveu avidamente a ideia da imutabilidade do gênero humano e da "divisão natural da humanidade em poucos dirigentes e muitos dirigidos". Agora, a responsabilidade repousava nas mãos de um homem forte. Esta ideologia fascista do *führer* apoia-se invariavelmente na concepção mística da natureza humana imutável, no desamparo, na necessidade de autoridade e na incapacidade de assumir a liberdade, que são características das massas humanas oprimidas. Fórmulas como a de que "o homem precisa de liderança e disciplina", de "ordem e autoridade", encontram uma base real na atual estrutura humana antissocial; mas é reacionário aquele que perpetua essa estrutura e a considera imutável. A ideologia fascista acreditava nisso honestamente. Quem não compreende essa honestidade subjetiva não compreende o fascismo na sua totalidade e a força de atração que ele exerce sobre as massas. Como o problema da estrutura humana nunca foi abordado ou discutido, e muito menos superado, a concepção de uma sociedade não autoritária, governando-se a si própria, era considerada como fruto da imaginação ou utopia.

Exatamente neste ponto surge, entre cerca de 1850 e 1917, a crítica e a política construtiva dos fundadores da revolução russa. O ponto de vista de Lenin era o seguinte: a social-democracia fracassou; as massas não podem alcançar a liberdade por si próprias, espontaneamente. Necessitam de uma liderança construída ao longo da linha hierárquica, cuja atuação seja autoritária, na superfície, mas ao mesmo tempo tenha, internamente, uma estrutura absolutamente democrática. O comunismo de Lenin está absolutamente consciente da sua missão: A "ditadura do proletariado" é a forma social que leva de uma sociedade autoritária para uma ordem social não autoritária, autorreguladora, que não necessita nem de força policial nem de moral compulsiva.

A revolução russa de 1917 foi, basicamente, uma revolução político-ideológica, e não uma revolução simplesmente social. Baseou-se em ideias políticas provenientes dos campos da economia e da política, e não das ciências que estudam o homem. É necessário conhecer exatamente a teoria sociológica de Lenin e as suas realizações para compreender qual a lacuna em que mais tarde veio a desembocar a técnica autoritária e totalitária da liderança de massas na Rússia. Neste ponto, devemos acentuar que os fundadores da revolução russa desconheciam a essência biopática das massas humanas. Mas nenhuma pessoa sensata poderá esperar que a liberdade social e individual seja matéria suscetível de ser planejada e posta em prática nos gabinetes dos pensadores e dos políticos revolucionários. Cada novo esforço social é baseado nos erros e omissões dos sociólogos e líderes revolucionários anteriores. A teoria da "ditadura do proletariado", de Lenin, reunia já uma série de condições prévias para a instituição da verdadeira democracia social, mas ainda lhe faltavam muitas. O seu objetivo era uma sociedade humana capaz de se autogovernar. Defendia a opinião de que o homem atual não é capaz de avançar para a revolução social sem o auxílio de uma organização hierarquicamente organizada, nem de realizar as gigantescas tarefas sociais sem disciplina autoritária e lealdade. A ditadura do proletariado, no sentido que lhe atribuía Lenin, deveria ser a autoridade que tinha de ser criada *para abolir toda espécie de autoridade*. A princípio, a principal diferença que a distinguia da ditadura fascista era *que se propunha a tarefa de destruir a si mesma, isto é, de substituir o governo autoritário da sociedade pela autorregulação social*.

Além de criar as condições econômicas necessárias para a democracia social, a ditadura do proletariado tinha a tarefa de efetuar uma mudança básica na estrutura do homem, por meio da completa industrialização e tecnização da produção e do comércio. Lenin não utilizou exatamente estes termos, mas a transformação básica da estrutura do homem era parte integrante e indissociável da sua teoria sociológica. De acordo com a concepção de Lenin, a revolução social tinha a missão não só de acabar com as relações de submissão, quer formais, quer de fato, mas também, e acima de tudo, de *tornar os homens interiormente incapazes de realizarem atos de submissão.*

A criação das condições econômicas necessárias para a democracia social, isto é, a economia socialista planificada, se revelaria mais tarde como tarefa menor, se comparada com a tarefa de efetuar uma mudança básica no caráter das massas. Quem quiser compreender o triunfo do fascismo e a evolução nacionalista da União Soviética deve primeiro compreender a amplitude desse problema.

O *primeiro* ato do programa de Lenin – a construção da "ditadura do proletariado" – foi bem-sucedido. Assim, surgiu um aparelho de Estado constituído totalmente por filhos de trabalhadores e camponeses. Dele eram excluídos todos os descendentes das antigas classes feudais e altas.

O *segundo e mais importante ato, a substituição do aparelho de Estado proletário pela autogestão social, não chegou a se realizar.*

Em 1944, 27 anos depois do triunfo da revolução russa, ainda não há sinais que indiquem a realização do segundo ato autenticamente democrático da revolução. O povo russo é governado por um sistema unipartidário ditatorial, encabeçado por um *führer* autoritário.

Como é possível que se tenha chegado a este ponto? Será que Stalin "enganou", "traiu" a revolução de Lenin? Terá ele "usurpado o poder"?

Examinemos o curso dos acontecimentos.

A "EXTINÇÃO DO ESTADO"

O prosseguimento de um objetivo impossível do ponto de vista histórico e social é inteiramente contrário a uma visão científica do mundo. A função da ciência não é imaginar sistemas e perseguir sonhos fantásticos sobre um "futuro melhor", mas sim compreender o desenvolvimento, *tal como este realmente se processa,* reconhecer as suas contradições e contribuir para a vitória das forças progressistas e revolucionárias, resolver dificuldades e tornar a sociedade humana capaz de dominar as condições da sua própria existência. O "futuro melhor" só se tornará uma realidade quando estiverem preenchidas as condições prévias de natureza social e quando a estrutura das massas for capaz de utilizá-las eficientemente, isto é, de assumir a sua responsabilidade social.

Comecemos por resumir as concepções de Marx e de Engels sobre o desenvolvimento de uma "sociedade comunista". Para isso, recorreremos aos escritos fundamentais do marxismo e às interpretações feitas por Lenin no período decorrido entre março de 1917 e a revolução de outubro, na sua obra *O Estado e a revolução*.

Concepções de Engels e de Lenin sobre a autogestão

Engels começou por destruir, na sua obra mais popular – *A origem da família, da propriedade privada e do Estado* –, a crença no "Estado absoluto e eterno", o que equivale para nós à necessidade indispensável de a sociedade ser dirigida autoritariamente. Baseando-se nas investigações de Lewis Morgan sobre a organização da sociedade gentílica, Engels chegou à seguinte conclusão: *o Estado não existiu sempre. Houve sociedades que funcionaram sem Estado, nas quais não existia qualquer vestígio de Estado e do seu poder.* Quando a sociedade começou a se dividir em classes, quando as contradições entre essas classes emergentes ameaçaram a própria existência da sociedade, desenvolveu-se *necessariamente* o poder do Estado. A sociedade aproximava-se rapidamente de uma fase de desenvolvimento da produção em que a existência de classes não só deixara de ser uma necessidade, mas principalmente passara a constituir um verdadeiro obstáculo ao desenvolvimento da produção. "Elas (as classes) desaparecerão tão inevitavelmente como surgiram. Com elas desaparecerá, inevitavelmente, o Estado. A sociedade que reorganiza *a produção com base na associação livre e igualitária dos produtores* relega toda a máquina do Estado ao lugar que lhe compete: ao museu de antiguidades, onde ficará ao lado da roda de fiar e do machado de bronze." (O grifo é meu.)

221

Na sociedade gentílica reinam a *associação voluntária e a autogestão* da vida social[5]; com o aparecimento de classes, surge o Estado, com o fim de "conter as contradições entre as classes" e de *assegurar a continuidade da sociedade*. Rapidamente, e "via de regra", o Estado passou a atuar a serviço da "classe mais poderosa e economicamente dominante, que, por essa razão, passou a ser também a classe politicamente dominante", adquirindo deste modo novos meios para a subjugação e a exploração da classe oprimida. *O que acontece à direção estatal autoritária, vinda de cima, e à obediência na base, quando triunfa a revolução social?*

Engels faz uma descrição da transição para a nova ordem social. *Para começar,* "o proletariado toma o poder do Estado" e transforma os meios de produção em propriedade do Estado. Com este ato, suprime-se a si próprio, como proletariado, suprimindo também as diferenças de classe e *o próprio Estado como Estado*. O Estado fora até então o representante oficial de toda a sociedade, a sua síntese numa entidade visível, mas só o era na medida em que era o Estado da classe que, *no seu tempo,* representava a sociedade inteira: na Antiguidade, o Estado dos proprietários de escravos; na Idade Média, o Estado da nobreza feudal; mais tarde, o Estado da burguesia. *Se o Estado algum dia for realmente o representante de toda a sociedade, então se tornará supérfluo.* Esta formulação de Engels é compreensível se considerarmos o Estado à luz daquilo em que realmente *se transformou: de um elo de ligação da sociedade de classes em instrumento usado pela classe economicamente dominante para dominar a classe economicamente mais fraca*. Segundo Engels, *logo que deixa de existir uma classe social oprimida, logo que sejam eliminados, juntamente com a dominação de uma classe e a luta pela sobrevivência – luta essa motivada pela anarquia da produção –, também os excessos e os conflitos que daí resultam, nada mais há que torne necessária a existência de um poder de repressão especial, como é o Estado*. O primeiro ato em que o Estado aparece como representante da sociedade inteira – a apropriação dos meios de produção em nome da *sociedade* – é simultaneamente o seu último ato independente na qualidade de "Estado". A partir de agora, "a

---

5. Ver os relatos de Malinowski sobre a disciplina de trabalho na sociedade matriarcal dos trobriandeses; para maior esclarecimento, consultar *Der Einbruch der Sexualmoral*, 2ª edição, 1934.

intervenção do poder do Estado nas relações sociais... *vai se tornando supérflua, até desaparecer por si mesma*. *O governo sobre as pessoas é substituído pela administração dos vários assuntos e pela direção dos processos de produção. O Estado não é "abolido": "extingue-se"*.

Lenin explica esses pontos de vista em *O Estado e a revolução*, escrevendo: "em primeiro lugar, o Estado capitalista (*aparelho* de Estado) não será apenas tomado ou modificado; será *"destruído"* e, no lugar do aparelho de Estado capitalista, da polícia capitalista, do funcionalismo público capitalista e da burocracia, surgirá o "aparelho de poder do proletariado" e dos camponeses e demais trabalhadores seus aliados. Este aparelho é *ainda* um aparelho de *repressão*, mas agora já não é uma maioria de produtores que é oprimida por uma minoria de detentores do capital; ao contrário, a minoria, aqueles que antes eram os detentores do poder, será dominada pela maioria, os trabalhadores. A isto se chama *"ditadura do proletariado"*.

Deste modo, a extinção do Estado descrita por Engels é precedida pela abolição do aparelho de Estado capitalista e sua substituição pelo "aparelho de Estado revolucionário e proletário". Lenin justificou detalhadamente por que motivo é "necessária" e "indispensável" esta transição sob a forma da ditadura do proletariado, e por que *não é possível* instituir *imediatamente* a sociedade *livre, não autoritária* e a "verdadeira democracia social". O lema social-democrático da "república livre" foi criticado tanto por Engels como por Lenin, que o consideraram um chavão vazio de conteúdo. A ditadura do proletariado serve como *transição* de uma forma social anterior para a sociedade "comunista" que se pretende alcançar. O caráter transitório dessa fase só pode ser compreendido a partir dos objetivos finais a que a sociedade aspira; e estes objetivos finais só podem ser alcançados e concretizados na medida em que já tenham começado a se desenvolver visivelmente no seio da sociedade anterior. Os objetivos finais a alcançar na organização da sociedade comunista são, por exemplo, o "respeito voluntário" pelas regras da convivência social, a construção de uma "comunidade" *livre* em lugar do Estado (também do Estado proletário), logo que tenha sido cumprida a função deste; além disso, aspira-se à *"autogestão"* das empresas, escolas, fábricas, organizações de transporte etc.; numa palavra, a organização de uma "geração nova", que, tendo crescido no seio de novas relações sociais, baseadas na liberdade, seja capaz de rejeitar todos os vestígios do Estado..., " incluindo o Estado democrático e republicano" [Engels]. À medida que o Estado se "extingue", surge a "organização livre", na qual, segundo Marx, o "livre desenvolvimento do indivíduo" constitui uma condição básica do "livre desenvolvimento de todos".

Daqui resultam, para a União Soviética, duas questões da maior importância:

1) A "organização de uma geração livre numa comunidade livre e que administra a si própria" não pode ser "instituída". Tem de "desenvolver-se" a partir da "ditadura do proletariado" (sob a forma da "extinção gradual do Estado"); tem que atingir um estágio de desenvolvimento e maturidade nessa fase de transição, tal como a "ditadura do proletariado", como forma *transitória* do Estado, se desenvolveu a partir da ditadura da burguesia, inclusive a partir da "burguesia democrática", como uma forma temporária de Estado. *Entre 1930 e 1944 assistiu-se, na União Soviética, a esta "extinção do Estado" e ao progressivo amadurecimento de uma sociedade livre e capaz de se autogovernar?*

2) Se a resposta é sim, de que modo se processou essa "extinção do Estado" e em que consistiu, *concreta e visivelmente,* a criação de uma geração nova? Caso contrário, *por que motivo* não se deu a extinção do Estado; de que modo se comportaram as forças que representavam a sua extinção? *O que deteve o progresso de extinção do Estado?*

Nem Marx, nem Engels, nem Lenin dão uma resposta a estas questões. Em 1935, havia uma questão premente e que não podia mais ser evitada: *assiste-se, na União Soviética, à extinção do Estado? Se não, por que motivo?*

A essência da democracia do trabalho pode ser descrita como *autogestão social,* oposta à ordem estatal autoritária. É evidente que uma sociedade constituída por "homens livres", que formam uma "comunidade livre", administrando-se a si próprios, isto é, governando-se a si próprios, não pode ser criada de um momento para o outro, por decreto. Tem de se *desenvolver* organicamente. E só poderá criar *organicamente* todas as condições para a situação a que aspira se criar também a *liberdade de movimentos,* isto é, se se libertar das influências contrárias a essa situação. A primeira condição para isso é o conhecimento da *organização natural do trabalho,* das condições *biológicas e sociológicas da democracia do trabalho.* Os fundadores do socialismo *não estavam cientes* das condições *biológicas.* As condições *sociais* correspondem a uma época (de 1840 a cerca de 1920) em que apenas existiam a economia privada capitalista, por um lado, e a massa de trabalhadores assalariados, por outro lado. Não existia ainda nem uma classe média com envergadura, nem um desenvolvimento no sentido do capitalismo de *Estado,* nem as massas que, unindo-se de modo reacionário, fizeram avançar o *nacional-socialismo.* Disto tudo resultou uma imagem que correspondia à realidade de 1850, mas não à de 1940.

Engels não descreve com tanta precisão como Lenin a diferença entre a "tomada do poder pelo proletariado", isto é, a instituição do *"Estado* proletário", e o "desaparecimento do próprio Estado"; isto é compreensível, dado que Engels não teve, como Lenin, a tarefa de definir rigorosamente essa distinção; Lenin teve forçosamente de atribuir maior importância do que Engels a esse "período de transição", em 1917, pouco antes da tomada do poder. Assim, Lenin descreveu com maior precisão as tarefas que era necessário realizar nesse período de transição.

Em primeiro lugar, era necessário, segundo Lenin, que a instituição do Estado "burguês" fosse substituída pelo Estado *proletário,* isto é, por uma "forma *essencialmente diferente"* de liderança de *Estado.* O que havia de *essencialmente* "diferente" no Estado proletário? Com a abolição do Estado burguês, afirma Lenin, a democracia praticada com "a *maior precisão e consequência possíveis"* perde a sua forma burguesa, para adquirir uma forma proletária; o Estado é convertido, de poder especial para fins de repressão de uma determinada classe, numa instituição que "deixa de ser propriamente um Estado". Quando é a maioria da população que passa a oprimir os seus opressores, deixa de ser necessária uma força especial de repressão. Resumindo, Lenin não se contentava com uma democracia simulada, puramente formal. Queria que *o povo* decidisse, de forma *concreta* e *viva,* sobre a produção, a distribuição dos produtos, as regras sociais, o aumento da população, a educação, a sexualidade, as relações internacionais. E isso era a essência daquilo que Lenin, de acordo com Marx e Engels, descreveu tão penetrantemente como a *"Extinção do Estado".* Em lugar de instituições especiais", escreve Lenin, "de uma minoria privilegiada (funcionalismo, Estado-Maior do exército), a própria maioria pode encarregar-se dessas tarefas, e *quanto maior for a participação de todo o povo no exercício das funções do poder do Estado, tanto menos necessário se torna esse poder.*" Lenin não confundiu, de modo nenhum, o "Estado" com a "dominação da burguesia", pois, do contrário, não teria podido falar de um "Estado" *após* a "destituição da burguesia"; o Estado era o conjunto das "instituições" que, tendo estado anteriormente a serviço da classe dominante, da burguesia endinheirada, agora se retiravam da sua posição de domínio *"sobre* a sociedade", à medida que a maioria da *população* geria *ela mesma* os assuntos da administração social ("autogestão"). A extinção do Estado, a evolução no sentido da autogestão social, deve pois ser medida pelo grau de eliminação progressiva das organizações autônomas, que se encontram *acima* da sociedade, e pelo grau de participação das massas, da *maioria* da população, na administração; é isto a *"autogestão da sociedade".*

O parlamentarismo corrupto e apodrecido da sociedade burguesa foi substituído na Comuna por organismos nos quais a *liberdade de opinião e de discussão* não degenera em logro, porque os parlamentares têm eles próprios de trabalhar, aplicar as leis que ditam, verificar as suas consequências. Os organismos representativos permanecem, mas o parlamentarismo como sistema especial, como divisão entre trabalho legislativo e executivo, como situação privilegiada para os membros do parlamento, *não* existe aqui. Nós não podemos conceber uma democracia [isto é, a fase que precedeu o comunismo], nem mesmo uma democracia proletária, sem órgãos representativos: *mas podemos e devemos concebê-la sem parlamentarismo.* Se a crítica à sociedade burguesa não é para nós uma palavra vã, se a nossa vontade de derrubar o domínio da burguesia é uma vontade séria e sincera e não apenas uma frase "eleitoral", destinada a conquistar os votos dos operários... (*O Estado e a revolução*, p. 49 da edição alemã).

Deste modo, faz-se uma clara distinção entre "órgãos representativos" e "parlamento". Aqueles são aprovados, este é rejeitado. *Mas não foi explicado o que representam esses órgãos e de que modo atuam.* Veremos a seguir que é nesta lacuna crucial da teoria de Lenin sobre o Estado que o "stalinismo" veio a fundamentar, mais tarde, o seu poder de Estado.

Os órgãos representativos, que na União Soviética chamam-se "sovietes", têm origem nos conselhos de operários, camponeses e soldados, devendo por um lado assumir a função dos parlamentos burgueses, à medida que se transformam, de "lugar de tagarelice" (termo de Marx), em um órgão *que trabalha*. Do pensamento de Lenin se pode concluir que já esta transformação do *caráter* dos órgãos representativos implica uma mudança nos próprios representantes; deixam de ser "tagarelas" para se tornarem funcionários responsáveis, *perante o povo,* que *trabalham e executam*. Por outro lado, *não* são instituições de caráter permanente; *estão em constante desenvolvimento*. Um número cada vez maior de membros da população é incluído nas funções da administração social; e essa autogestão da sociedade, isto é, o desempenho das funções sociais pelo próprio povo, é tanto mais perfeita quanto maior for o número de cidadãos que nela participam. Isto significa, ao mesmo tempo, que à medida que os sovietes deixarem de ser "representantes" eleitos, aumentarão as funções de *decisão* e *execução* que são assumidas pelo conjunto da população. Porque os sovietes *ainda* são, até essa altura, órgãos e corpos mais ou menos distintos do conjunto da sociedade, se bem que tenham surgido no seu seio. Também se conclui, do pensamento de Lenin, que os órgãos representativos do proletariado executam *funções transitórias;* existem como intermediários entre o "poder do Estado proletário", *ainda* necessário, *ainda* em funcionamento, mas já *em fase de extinção,* e *a autogestão da sociedade* – uma autogestão que ainda não é um fato consumado, que ainda não está apta a funcionar por si só e que *ainda tem de ser completamente desenvolvida*. Ora, os sovietes tanto podem ir desaparecendo à medida que o conjunto da sociedade evolui para a fase de autogestão, como podem transformar-se em órgãos de execução do poder do Estado proletário, dissociados da sociedade. Atuam entre duas forças: *um poder que é ainda o poder do Estado e um novo sistema social de autogestão*. De que fatores dependerá que os sovietes cumpram a sua função progressista e revolucionária ou, pelo contrário, se transformem em produtos vazios, meramente formais, de um órgão estatal? Aparentemente isso depende dos seguintes fatores:

1. De o poder do Estado proletário se manter fiel à sua função de *eliminar progressivamente a si mesmo*.

2. De os sovietes não se considerarem apenas como simples auxiliares e órgãos executivos do poder do Estado proletário, mas também como seu fiscal e como aquela instituição, tão sobrecarregada de responsabilidade, que *transfere progressivamente a função da direção social das mãos do poder do Estado proletário para as mãos do conjunto da população.*

3. *De as massas serem capazes de cumprir a sua missão de assumir aos poucos, mas continuamente, as funções tanto do aparelho de Estado ainda existente como dos sovietes, na medida em que estes são apenas "representantes" das massas.*

Este terceiro ponto é de importância decisiva, pois do seu cumprimento depende, na União Soviética, tanto a "extinção do Estado" como a possibilidade de as massas trabalhadoras assumirem as funções desempenhadas pelos sovietes.

A ditadura do proletariado não devia ser, portanto, uma situação duradoura, mas sim um processo que *começaria* pela destruição do aparelho de Estado autoritário e pela construção do Estado proletário, e *terminaria* na *autogestão total, no autogoverno da sociedade.*

O elemento mais seguro para avaliar a evolução do processo social é estudar a função e o desenvolvimento dos sovietes. Aí não há lugar para ilusões, se levarmos em conta o seguinte: o que importa não é que as eleições para os sovietes alcancem uma participação eleitoral de 90% em relação aos anteriormente 60%, mas sim saber se os eleitores soviéticos (não os seus representantes) *também assumem, cada vez mais, uma participação real na gestão da sociedade.* Os "90% de participação eleitoral" não constituem uma prova da progressiva evolução no sentido da autogestão social, pelo simples fato de que nada nos dizem quanto ao *conteúdo* da atividade das massas humanas e, além disso, porque não são característica exclusiva do sistema soviético; as democracias burguesas, e mesmo os "plebiscitos" fascistas, "já apresentaram uma participação eleitoral de 90% ou mais". Avaliar o grau de amadurecimento social de uma comunidade, não pela quantidade dos votos depositados nas urnas, mas pelo *conteúdo real e palpável da sua atividade social,* é um elemento essencial da democracia do trabalho.

Tudo depende, pois, invariavelmente, do problema central de *todas* as ordens sociais: *o que se passa nas massas da população? Como é que elas vivem o progresso social a que estão sujeitas?*

A população trabalhadora se tornará capaz (e como o fará?) de extinguir o Estado autoritário que se encontra acima da sociedade, e contra a sociedade, assumindo depois as suas funções, isto é, desenvolvendo organicamente a autogestão social? Lenin decerto tinha em mente esta questão quando afirmou que seria impossível eliminar totalmente e de uma só vez a burocracia, mas que se deveria, sem dúvida, substituir a antiga máquina burocrática por uma nova, *"capaz de tornar supérflua e suprimir gradualmente qualquer burocracia"*. "Isto *não é* utopia", escreve Lenin, "é experiência da comuna"; é a tarefa imediata do proletariado revolucionário. Lenin não discutiu por que motivo a "repressão da burocracia" não é utopia, nem como a vida *sem* burocracia, *sem* lideranças "de cima" não só é possível e necessária, mas é mesmo a *"tarefa imediata do proletariado revolucionário"*.

Esta insistência de Lenin só é compreensível se pensarmos na crença profunda e aparentemente inabalável das pessoas e da maioria dos seus dirigentes na infantilidade das massas, e acima de tudo da impossibilidade de prescindir de uma direção autoritária. "Autogestão", "autogoverno", "disciplina não autoritária", tudo isto provoca, face ao fascismo, um sorriso indulgente de desdém! Sonhos de anarquistas! Utopias! Quimeras! E o certo é que os que assim gritavam e ironizavam podiam invocar até mesmo a União Soviética, a declaração de Stalin de que *a abolição do Estado estava fora de questão,* que, ao contrário, *o poder do Estado proletário tinha de ser fortalecido e ampliado.* Afinal, Lenin não tivera razão! O homem é e permanece escravo. Sem autoridade e coação, o homem não trabalha; simplesmente "entrega-se aos seus prazeres e vive ociosamente". Não desperdicem tempo e energias com sonhos ocos! Mas, neste caso, deveria exigir-se que o governo da União Soviética fizesse uma correção oficial da teoria de Lenin; deveria dirigir-se a declaração formal de que Lenin se enganara ao escrever o seguinte:

> Nós não somos utopistas. Não "sonhamos" com prescindir *de repente* de toda administração, de toda subordinação. Estes sonhos anarquistas, baseados na incompreensão das tarefas que cabem à ditadura do proletariado, são estranhos à essência do marxismo e não servem, na realidade, senão para adiar a revolução socialista para a época em que os homens tiverem mudado. Mas não; nós temos de fazer a revolução socialista com os homens tal como eles

são hoje, com os homens que não dispensam a subordinação, o controle, os "fiscais e os contabilistas"... Mas é ao proletariado, vanguarda armada de todos os explorados e de todos os trabalhadores, que nos devemos subordinar. O que é especificamente "burocrático" no funcionalismo público pode e deve ser substituído pelas funções simples de "fiscais e contabilistas". Esse trabalho deve começar imediatamente, de um dia para o outro... Organizemos *nós próprios,* trabalhadores, as grandes indústrias, baseando-nos na nossa própria experiência de trabalho, aproveitando aquilo que o capitalismo já criou, criando uma disciplina férrea, rigorosa, mantida pelo poder do Estado dos trabalhadores armados; reduziremos os funcionários públicos ao papel de simples executantes das nossas instruções, ao papel de "fiscais e contabilistas" responsáveis, substituíveis e modestamente remunerados... É esta a nossa tarefa proletária. Com isso, podemos e devemos *iniciar* a realização da revolução proletária. Este início, baseado nas grandes indústrias, conduzirá naturalmente à extinção progressiva de toda forma de burocracia, ao estabelecimento progressivo de uma nova ordem, sem aspas, *uma ordem que nada tem a ver com a escravatura assalariada.* [O sublinhado é meu.] Criaremos uma ordem na qual as funções de fiscalização e contabilidade, cada vez mais simplificadas, serão desempenhadas alternadamente por todos, até se tornarem hábito e acabarem por desaparecer como funções *específicas* de uma categoria especial de indivíduos (*O Estado e a revolução*).

Lenin não pressentiu os perigos que ameaçavam a nova burocracia estatal. Aparentemente, acreditava que os burocratas proletários não abusariam do seu poder, cultivariam a verdade, ensinariam o povo trabalhador a ser independente. Não contou com a gravíssima biopatia de que sofre a estrutura humana, pelo simples fato de que a desconhecia.

Até agora, a literatura sociológica não tem prestado a devida atenção ao fato de que Lenin, na sua obra principal sobre a revolução, atribuiu muito menos importância à "derrubada da burguesia" do que às tarefas *posteriores:* a substituição do aparelho de Estado capitalista por um aparelho de Estado proletário *e* a substituição da ditadura do proletariado (democracia social = democracia proletária) pela autogestão social, que se supunha ser a principal característica do comunismo. Quem tiver seguido atentamente a literatura soviética, a partir de 1937, terá notado que é *o fortalecimento,* e não o enfraquecimento, do poder do *aparelho de Estado do proletariado* que se encontra no centro das preocupações. *Em contrapartida, deixou de se fazer a menor referência à necessidade da sua substituição final pela autogestão.* Este é, no entanto, um aspecto de importância fundamental para a compreensão da União Soviética. Não é por acaso que Lenin lhe consagrou uma extensão tão grande na sua obra principal sobre o Estado. Esse aspecto foi, é e continuará sendo o ponto nevrálgico de toda democracia social autêntica. No entanto, não tem sido mencionado por nenhum político.

O PROGRAMA DO PARTIDO COMUNISTA DA UNIÃO SOVIÉTICA (8º CONGRESSO, 1919)

A "social-democracia" russa desenvolveu-se, com Lenin, a partir do despotismo russo. O programa do Partido Comunista da União Soviética, aprovado no ano de 1919, dois anos após a revolução, comprova o caráter *verdadeiramente democrático* dos esforços empreendidos. Formula a necessidade de um poder de Estado que constitua uma proteção contra a volta do despotismo e assegure a instituição da *livre autogestão* das massas humanas. Mas *não menciona a existência de uma incapacidade humana para assumir a liberdade.* Ignora totalmente a degeneração biopática da estrutura sexual dos homens. As leis revolucionárias sobre a vida sexual, que foram promulgadas entre 1917 e 1920, inseriam-se numa linha correta, pois *reconheciam* as funções biológicas dos seres humanos. Mas não foram além dos aspectos formais. Foi o que tentei provar na segunda parte do meu livro *Die Sexualität im Kulturkampf* (1936). Foi nesse ponto que a reconstrução humana fracassou, e, com ela, a realização do programa democrático. Esta derrota sofrida numa tentativa gigantesca de transformar a sociedade deveria servir de lição a todas as novas tentativas democráticas e revolucionárias; *não há quaisquer perspectivas de êxito para um programa de liberdade, enquanto não for transformada a estrutura sexual biopática dos homens.*

Segue-se um excerto do programa do 8º Congresso do Partido Comunista da União Soviética (os sublinhados são meus):

1. Uma república burguesa, mesmo na sua forma mais democrática, santificada por expressões consagradas como "vontade popular",

"vontade nacional" ou "sem privilégio de classes", permaneceu sempre – devido à existência da propriedade privada da terra e dos outros meios de produção – a ditadura da burguesia, um instrumento de exploração e opressão das amplas massas de trabalhadores por um pequeno grupo de capitalistas. Pelo contrário, a democracia soviética e proletária converteu as organizações de massa das classes oprimidas pelo capitalismo (proletários e camponeses pobres ou semiproletários, isto é, a esmagadora maioria da população) na base única e permanente de todo o aparelho de Estado, tanto local como central. *É precisamente por isso que o Estado soviético instituiu, de modo muito mais amplo do que jamais existiu em qualquer outra parte do mundo, a autonomia administrativa local e regional, sem ordens de um organismo público superior*[6]. A tarefa do partido consiste em trabalhar incessantemente na concretização real e completa deste tipo superior de democracia que, para poder funcionar convenientemente, exige a elevação constante do *nível cultural, da capacidade de organização e da autonomia das massas.*

2. Ao contrário da democracia burguesa, que dissimula o caráter de classe do seu Estado, o poder soviético reconhece abertamente que *todo e qualquer Estado se reveste inevitavelmente de um caráter de classe*[7], até que a divisão da sociedade em classes tenha sido abolida e *toda autoridade governamental desapareça.* Pela sua própria natureza, o Estado soviético está preparado para combater a resistência dos exploradores, e, dado que a Constituição soviética parte do princípio de que toda a liberdade é enganadora se contrária à libertação do trabalho da pressão do capital, não recua perante a necessidade de privar exploradores dos seus direitos políticos. O objetivo do partido do proletariado consiste em reprimir intransigentemente a resistência dos exploradores, em combater os preconceitos profundamente arraigados referentes ao caráter absoluto dos direitos e liberdades burgueses e, ao mesmo tempo, em deixar bem claro que a privação dos direitos políticos, assim como qualquer outra limitação da liberdade, são necessárias, como *medidas temporárias,* contra as tentativas dos exploradores no sentido de afirmar e

---

6. Comparar com o princípio da autogestão local nos Estados Unidos, depois da independência, em 1776.

7. Esta importante perspectiva democrática perdeu-se mais tarde. Mencionava-se o "Estado" sem se acrescentar que o "domínio de classe" era uma característica fundamental de todo aparelho de Estado. Pois se não houvesse classes, dominantes e oprimidas, não haveria aparelho de Estado, mas apenas um simples aparelho de administração social.

restabelecer os seus privilégios. A medida que for desaparecendo a possibilidade objetiva de haver exploração do homem pelo homem, desaparecerá também a necessidade dessas medidas, e o partido esforçar-se-á pela sua limitação e abolição total.

3. A democracia burguesa limitou-se a estender formalmente a todos os cidadãos, por igual, os direitos e as liberdades políticas, tais como a liberdade de imprensa e de reunião e o direito de coligação. Mas, na realidade, a prática administrativa e, em especial, a escravidão econômica dos trabalhadores em regime de democracia burguesa tornaram sempre impossível que os trabalhadores fizessem uso desses direitos e liberdades, numa medida mais ou menos ampla.

Pelo contrário, a democracia proletária, em lugar de proclamar formalmente os direitos e as liberdades, trata de garanti-los realmente, sobretudo e particularmente àquelas camadas da população que foram oprimidas pelo capitalismo, isto é, o proletariado e o campesinato. Com este fim, o poder soviético expropria as dependências, tipografias e provisões de papel etc. da burguesia, colocando-as à inteira disposição dos trabalhadores e das suas organizações. A tarefa do Partido Comunista da União Soviética consiste em encorajar as massas trabalhadoras *a usufruírem dos direitos e das liberdades democráticas, aumentando incessantemente as respectivas possibilidades para que isso ocorra.*

4. A democracia burguesa proclamou durante séculos a igualdade de todos os homens, independentemente de sexo, religião, raça e nacionalidade, mas o capitalismo nunca permitiu que essa igualdade de direitos fosse concretizada na prática e, na sua fase imperialista, levou ao mais intenso reforço da opressão das raças e nacionalidades. Apenas por ser o poder dos trabalhadores, o poder soviético conseguiu levar realmente à prática essa igualdade de direitos, pela primeira vez no mundo, de modo completo e em todos os setores, até o total extermínio dos derradeiros vestígios da desigualdade entre o homem e a mulher, no campo do direito matrimonial e familiar. A tarefa do partido concentra-se atualmente no trabalho cultural e didático, de modo a aniquilar definitivamente todos os vestígios da anterior desigualdade ou preconceito, especialmente entre as camadas mais atrasadas do proletariado e do campesinato.

O partido, não se limitando a proclamar formalmente a igualdade de direitos da mulher, deseja libertá-la da sobrecarga material que representa uma economia doméstica antiquada, criando em seu lugar comunas de habitação, refeitórios públicos, lavanderias, creches etc.

5. O governo soviético garante às massas trabalhadoras, em muito mais alto grau que a democracia burguesa ou o parlamentaris-

mo, a possibilidade de *elegerem e destituírem deputados, da maneira mais simples e acessível para os operários e camponeses, e, simultaneamente, faz desaparecer as desvantagens do parlamentarismo,* especialmente a dicotomia entre o Poder Legislativo e o Executivo, a falta de *ligação entre os órgãos representantes e as massas* etc.

No Estado soviético, o aparelho de Estado está mais próximo das massas, também pelo fato de que *não é um distrito territorial, mas sim uma unidade de produção (fábrica, obra) que constitui a circunscrição eleitoral e a principal célula do Estado.*

É tarefa do partido promover, pelo prosseguimento do trabalho conjunto nesta direção, uma maior aproximação entre os órgãos do poder e as massas trabalhadoras, com base em uma concretização *cada vez mais perfeita e rigorosa da democracia pelas massas, na prática, e muito especialmente pela instituição da responsabilidade e obrigatoriedade para os funcionários de prestarem contas da sua atividade.*

6. Enquanto a democracia burguesa, apesar das suas declarações em contrário, fez do exército um instrumento a serviço das classes ricas, dissociando-o e opondo-o às massas trabalhadoras, negando ou dificultando aos soldados a possibilidade de exercerem os seus direitos políticos, o Estado soviético reúne trabalhadores e soldados no seio dos seus órgãos – os sovietes –, na base de uma completa igualdade de direitos e comunhão de interesses. É tarefa do partido defender e aprofundar esta unidade entre os operários e os soldados dentro dos soviets, consolidando o elo indissolúvel que liga as forças armadas às organizações do proletariado e do semiproletariado.

7. O papel de vanguarda desempenhado durante toda a revolução pelo proletariado industrial urbano como setor mais concentrado, mais coeso, mais esclarecido e mais duro na luta, do conjunto das massas trabalhadoras, revelou-se imediatamente após o aparecimento dos soviets e em todo o seu processo de transformação em órgãos governamentais. Na nossa Constituição soviética, isto se reflete no fato de que são concedidos certos privilégios ao proletariado industrial, em comparação com as massas pequeno-burguesas do campo, bastante mais dispersas.

O Partido Comunista da União Soviética deseja deixar claro que estes privilégios, relacionados historicamente com as dificuldades da organização socialista no campo, são de natureza transitória, e propõe-se a utilizar sistemática e intransigentemente esta posição do proletariado industrial para contrabalançar os interesses estritamente corporativos e profissionais que o capitalismo desenvolveu entre os trabalhadores, de modo a ligar o mais estreitamente possível aos operários progressistas as camadas mais retrógradas e desunidas do proletariado e semiproletariado rural, assim como da classe média rural.

8. Foi graças à organização soviética do Estado que a revolução conseguiu demolir de um só golpe e arrasar completamente a antiga burguesia, o funcionalismo público e o aparelho de Estado judiciário. Contudo, o *nível cultural relativamente baixo das massas*[8], a ausência da indispensável prática nos serviços administrativos por parte dos representantes promovidos pelas massas a cargos de responsabilidade, *a necessidade, sentida em circunstâncias difíceis, de recorrer rapidamente a especialistas da velha escola, e o afastamento da camada mais desenvolvida dos operários urbanos para o trabalho nas forças armadas, todos estes fatores contribuíram para um ressurgimento parcial da burocracia dentro da ordem soviética*[9].

O Partido Comunista da União Soviética, que conduz *um combate muito decidido contra as manifestações burocráticas, defende as seguintes medidas no sentido de superar totalmente aquele mal:*

1) Convocação obrigatória de todo e qualquer membro de um soviete para realizar determinado trabalho na administração estatal.

2) *Rotação efetiva dos membros dos sovietes para que, gradualmente, adquiram prática em todos os ramos da administração.*

3) *Convocação gradual de toda a população trabalhadora para participar na administração do Estado.*

A concretização completa e universal de todas estas medidas, que representam mais um passo no caminho iniciado pela Comuna de Paris e na simplificação das funções administrativas, acompanhada pela elevação do nível cultural das massas trabalhadoras, conduzirá à supressão do poder do Estado.

Devem ser assinalados os seguintes pontos do programa, como característicos da democracia soviética:

1. Autogestão local e regional, sem qualquer fiscalização de organismos centrais.

---

8. "O nível cultural relativamente baixo das massas" é uma concepção racionalista da estrutura bióptica. Demonstra a total falta de compreensão sobre o fato de que a mentalidade escrava está profundamente enraizada no próprio corpo; tornou-se uma segunda natureza, por assim dizer, de tal modo que *as massas transmitem de uma geração para outra a sua repressão.*

9. Aqui fica patente a estreita relação entre a burocracia e a incapacidade humana para a liberdade.

2. Participação das massas.
3. Subtração dos direitos políticos e limitação das liberdades como uma medida *transitória* contra os exploradores.
4. Garantia *real,* e não apenas formal, de todos os direitos e liberdades a todas as classes não capitalistas da população.
5. Direito de voto direto e extremamente simplificado.
6. Direito de eleger e demitir os deputados.
7. Eleições organizadas não por distritos, mas por unidades de produção.
8. Responsabilidade e obrigação dos funcionários de prestarem contas do seu trabalho aos conselhos de trabalhadores e de camponeses.
9. Rotação dos membros dos sovietes nos vários ramos administrativos.
10. Inclusão gradual de toda a população trabalhadora no trabalho da administração do Estado.
11. Simplificação das funções administrativas.
12. Supressão do poder do Estado.

Nestes princípios de importância histórica tão decisiva, há *uma* ideia que precisa ser esclarecida: *como a vida social pode ser simplificada na prática real?* Mas essa ideia permaneceu no domínio do pensamento político formal. A própria *natureza* política do Estado não se encontra aí exposta. Dá-se às massas a liberdade, mas ainda não se confiam a elas *tarefas sociais concretas*. Não se diz que *as massas humanas, tal como são hoje, não podem assumir a atividade estatal e (mais tarde) social*. O pensamento político-estatal de hoje foi originalmente criado pelos primeiros representantes hierárquicos do Estado *contra* as massas. Por mais que falemos em "democracia", no aspecto político nada avançamos em relação aos sistemas de pensamento dos Estados escravagistas da Grécia e de Roma antigas. Para que a autogestão social venha um dia a ser possível, é preciso alterar mais do que a forma do Estado. *A existência social e o seu manejo têm de ser modificados de acordo com as tarefas e as necessidades das massas humanas*. A autogestão social deve substituir gradualmente o aparelho de Estado ou assumir as suas funções racionais.

A "INSTITUIÇÃO DA DEMOCRACIA SOVIÉTICA"

O 8º Congresso do Partido Comunista da União Soviética instituiu, em 1919, a democracia soviética. Em janeiro de 1935, o 7º Congresso dos Sovietes anunciou a "instituição da democracia soviética". O que significa este disparate?

Para compreender o processo que levou à "instituição da democracia soviética" em 1935, dezesseis anos depois da verdadeira instituição da democracia soviética, recorramos a um exemplo.

Um estudante de direito penal descobre, no decorrer dos seus estudos, que os atos antissociais cometidos pelas pessoas não devem ser considerados como crimes, mas como doenças; consequentemente, não devem ser punidos, mas sim curados, e todo esforço deve ser feito para evitar a recaída. Por este motivo, desiste dos estudos de Direito e dedica-se à Medicina. A sua atividade passa do domínio formal da ética para o domínio prático e objetivo. Compreende depois que a sua atividade médica terá de utilizar primeiramente alguns métodos não médicos. Desejaria, por exemplo, suprimir o uso da camisa de força para doentes mentais, substituindo-a por uma educação preventiva. Mas é forçado, embora contra os seus princípios, a recorrer à camisa de força; isto porque, havendo muitos doentes e não podendo controlar todos, utiliza ainda os métodos antigos e precários, *embora sempre tendo em mente que precisam ser substituídos por melhores.*

Com o passar dos anos, o trabalho torna-se superior às suas forças. Não tem preparo suficiente para assumi-lo; conhece-se muito pouco o domínio das doenças mentais, que são numerosas, pois a educação recebida as cria diariamente. Como médico, deve proteger a sociedade das doenças mentais.

Não pôde pôr em prática as suas boas intenções. É forçado a voltar aos velhos métodos que ainda há anos condenava severamente e pretendia substituir por outros melhores. Recorre cada vez mais à camisa de força; seus planos educacionais fracassam; seu esforço em se tornar um médico que previne as doenças em vez de curá-las fracassa também, sendo por isso forçado a recorrer às medidas antiquadas. Tendo fracassado o tratamento dos delinquentes como doentes, é obrigado a mandar *enclausurá-los* de novo.

Mas não admite esse fracasso, nem a si próprio nem aos outros. Para isso, falta-lhe a coragem necessária. Ou talvez nem tenha consciência disso. E acaba por afirmar disparates como este: *"A utilização de camisas de força e prisões para doentes mentais e delinquentes representa um grande progresso na aplicação dos meus conhecimentos médicos. Esta é a verdadeira medicina; representa a realização dos meus objetivos iniciais!"*.

Este exemplo pode ser integralmente aplicado à "instituição da democracia soviética", dezesseis anos depois da "instituição da democracia soviética". Para compreendê-lo, basta confrontá-lo com a teoria da *"democracia social"* e da "abolição do Estado", exposta por Lenin em *O Estado e a revolução*. A justificação apresentada pelo governo soviético para tal medida não é tão importante neste contexto. Uma só frase dessa justificação, publicada no *Rundschau* de 1935 (nº 7, p. 331), mostra que com esse ato, independentemente de ser ou não fundamentado, o conceito leninista de democracia social foi anulado. Aí se escreve:

> A ditadura do proletariado foi sempre o único poder real do povo. Até o presente, realizou com êxito as suas duas tarefas principais: a destruição da classe dos exploradores, sua expropriação e supressão, e a educação socialista das massas. *A ditadura do proletariado mantém-se inalterada...*

Se foram realizadas com êxito a aniquilação da classe exploradora e a educação socialista das massas, e se, simultaneamente, a ditadura do proletariado se mantém "inalterada", estamos certamente diante do maior dos disparates. Se estão preenchidas todas as condições necessárias, por que se mantém inalterada a ditadura do proletariado? Contra quem ou contra o que esse regime é dirigido, se deixou de haver exploradores e se as massas já foram educadas para assumirem responsabilidade pelas funções sociais? O aparente disparate de tal formulação esconde um significado inacreditável: a ditadura se mantém, já não contra os exploradores de antigamente, mas contra as próprias massas.

O *Rundschau* continua: "Esta fase superior do socialismo, a aliança dos operários e dos camponeses, confere um conteúdo novo e superior à ditadura do proletariado, como democracia dos trabalhadores. Este novo conteúdo exige também formas novas, isto é, ... a transição ao direito de voto direto e secreto de todos os trabalhadores".

Recusamos o verbalismo: *a ditadura do proletariado* (que, com o tempo, deveria ceder lugar à autogestão das massas humanas) *mantém-se a par da democracia "mais democrática"*. Isto é um disparate do ponto de vista sociológico, é a confusão de todos os conceitos sociológicos. Trata-se unicamente de responder à questão fundamental: teria sido *realmente atingido* o objetivo principal do movimento socialista revolucionário de 1917, ou seja, *a abolição do Estado* e a *instituição da autogestão social?* Em caso afirmativo, deve haver uma diferença considerável entre a "democracia soviética" de 1935 e a "ditadura do proletariado" de 1919, por um lado, e as democracias parlamentares burguesas, como existem na Inglaterra e nos Estados Unidos, por outro lado.

Fala-se de um "avanço da democratização" do sistema soviético. Mas como? Até agora tínhamos a impressão de que, quanto à sua natureza, à concepção dos seus fundadores, e tal como *realmente* era no início, a "ditadura do proletariado" é absolutamente idêntica à *democracia social* (democracia proletária). Mas se ditadura do proletariado é a mesma coisa que democracia social, então uma democracia soviética não pode ser instituída dezesseis anos depois do estabelecimento da democracia social, nem se pode falar de um "avanço da democratização". Falar de "instituição da democracia" significa, inegavelmente, que até então não houve democracia social e que a ditadura do proletariado *não* é idêntica à democracia social. Além disso, é absurdo afirmar que a democracia social é o sistema "mais democrático" que existe. Será que a democracia *burguesa* é apenas "um pouco" democrática, enquanto a democracia social é "mais" democrática? O que significa "um pouco" e o que significa "mais"? A democracia burguesa parlamentar é, na realidade, uma democracia meramente formal; nela, as massas humanas elegem os seus representantes, mas não se governam pelas suas próprias organizações de trabalho. E a *democracia social* de Lenin devia ser uma forma *qualitativamente diferente* de regulação social, e não simplesmente um tipo de melhora *quantitativa* do parlamentarismo formal. Devia substituir a ditadura do Estado proletário pela autogestão efetiva dos trabalhadores. A existência paralela da "ditadura do proletariado" e da autogestão das massas trabalhadoras é uma impossibilidade. Como proposta política, é confusa e sem sentido. Na realidade, é a ditadura da burocracia do partido que governa as massas, sob o disfarce de um parlamentarismo democrático formal.

Nunca se deve esquecer que Hitler sempre se baseou – e com muito êxito! – no ódio justificado das massas humanas às democracias ilusórias e ao sistema parlamentar. Em vista das manobras políticas dos comunistas russos, o poderoso lema fascista, "unidade do marxismo e do liberalismo parlamentar burguês", tinha necessariamente que impressionar muito! Por volta de 1935, frustraram-se cada vez mais as esperanças que amplas massas humanas em todo o mundo tinham depositado na União Soviética. Não é possível solucionar problemas reais com ilusões políticas. É necessário ter a coragem para falar abertamente das dificuldades. Não é impunemente que se estabelece a confusão sobre o significado de alguns conceitos sociais bem definidos.

Na instituição da "democracia soviética", a participação das massas na administração do Estado era sublinhada, o protetorado das indústrias em relação às respectivas organizações governamentais tornava-se explícito, e o fato de os conselhos de trabalhadores e camponeses terem uma voz "dentro dos comitês populares" era exaltado. No entanto, a questão não é essa; o importante é o seguinte:

1. Qual é, *na realidade,* a participação das massas na administração do Estado? Essa participação representa a *assunção progressiva das funções administrativas,* tal como se preconiza na democracia socialista? Que formas assume essa "participação"?

2. *O protetorado formal de uma indústria em relação à autoridade do Estado não significa autogestão. E a organização governamental que controla a indústria ou vice-versa?*

3. A existência de conselhos com voz "dentro" dos comitês populares significa que eles são apêndices ou, na melhor das hipóteses, órgãos executivos dos comitês, ao passo que Lenin preconizava o seguinte: *substituição de todas as funções burocráticas oficiais por sovietes, cada vez mais difundidos entre as massas.*

4. Se é "instituída" a democracia soviética *ao mesmo tempo* que a ditadura do proletariado é "consolidada", isso só pode significar que o objetivo, *a extinção progressiva do Estado proletário e a ditadura do proletariado, foi deixado de lado.*

Com base nos fatos disponíveis e na avaliação destes fatos, a instituição da "democracia soviética", dezesseis anos após a instituição da democracia soviética, significa que *não foi possível realizar a transição de um regime estatal autoritário para o sistema de auto-*

gestão da sociedade. Essa transição não se concretizou porque a *estrutura* biopática *das massas* e os *meios para efetuar uma mudança básica nessa estrutura não eram conhecidos*. Não há dúvidas de que a expropriação e submissão dos capitalistas individuais foi um sucesso total; mas *a educação das massas, a tentativa de torná-las capazes de abolir o Estado – que para elas era apenas um opressor –, de realizar a sua "extinção" e de assumir as suas funções, não foi bem-sucedida*. Por este motivo, gradualmente foi-se extinguindo a democracia social que começara a se desenvolver nos primeiros anos da revolução. Por este motivo, foi necessário *consolidar* o aparelho de Estado, que ainda não havia sido substituído, de modo a assegurar a existência da sociedade. A "instituição do sufrágio universal", em 1935, significa, além de um deslocamento de ênfase política para a massa dos camponeses *kolkhoz,* a reinstituição da democracia *formal*. Em essência, isso significava que o aparelho de Estado burocrático, que se tornava cada vez mais poderoso, conferia um direito parlamentar sem significado a uma massa humana que não fora capaz de destruir esse aparelho e que não aprendera a administrar seus próprios assuntos. Não existe, na União Soviética, um único indício de que o menor esforço esteja sendo feito para preparar as massas trabalhadoras para assumirem a administração da sociedade. Ensinar a ler e a escrever, promover a higiene e transmitir conhecimentos técnicos são coisas necessárias, mas nada têm a ver com a autogestão da sociedade. Tais coisas, Hitler também faz.

O desenvolvimento da sociedade soviética caracterizou-se, portanto, pela constituição de um novo aparelho de Estado autônomo que adquiriu a força suficiente para, sem se sentir ameaçado, dar a *ilusão* de liberdade às massas populacionais, exatamente como o fez o nacional-socialismo de Hitler. A instituição da democracia soviética não representou um progresso, mas, sim, um dos muitos retornos a antigas formas de vida social. *Que garantias temos de que o aparelho de Estado da União Soviética destruirá a si mesmo, educando as massas para administrarem seus próprios assuntos?* Neste contexto, não se deve ser sentimental: a revolução russa encontrou um obstáculo do qual ela não tinha conhecimento e que foi, por isso, encoberto por ilusões. *Esse obstáculo foi a estrutura humana do homem, uma estrutura que se tornou biopática no decorrer de milhares de anos*. Seria absurdo atribuir a "culpa" a Stalin ou a qualquer outro. Stalin foi apenas um instrumento das circunstâncias. Só no papel, o processo de desenvolvimento social parece fácil e alegre como um passeio no bosque. A dura realidade é que ele depara incessantemente com problemas novos, até então desconhecidos. Resultam retrocessos e catástrofes. É necessário aprender a pressenti--los, a conhecê-los e a superá-los. Mas subsiste *uma* censura: um projeto social promissor deve ser incessantemente examinado com o maior rigor. É preciso decidir honestamente, com objetividade, se o projeto em si estava errado, ou se foi esquecido algum elemento na sua concretização; nesse caso, é sempre possível alterar *conscientemente* o projeto, aperfeiçoá-lo e controlar melhor o seu desenvolvimento. É necessário mobilizar o pensamento de muitas pessoas, de forma a ultrapassar os entraves a uma evolução para a liberdade. Mas enganar as massas com ilusões é um crime contra a sociedade. Se um dirigente de massas honesto chega a uma situação problemática, para a qual não consegue encontrar solução, o que tem a fazer é demitir-se, cedendo o seu lugar a outro. Caso não seja possível encontrar um substituto, é preciso esclarecer a comunidade sobre as dificuldades surgidas e esperar, junto dessa comunidade, que se apresente uma solução, quer pela força dos acontecimentos, quer por descobertas individuais. Mas o politiqueiro teme essa honestidade.

Em defesa do movimento internacional de trabalhadores, deve-se enfatizar que sua luta por uma democracia autêntica e real – e não uma simples democracia retórica – foi incrivelmente dificultada. Deu-se razão àqueles que sempre afirmaram: "A ditadura do proletariado é uma ditadura igual a todas as outras. Isso se tornou claro, pois, por que somente agora a democracia foi 'instituída'?". Também não há razão para nos alegrarmos com os elogios tecidos pelos social-democratas à União Soviética ("introspectivo", "democracia" "finalmente"). Tais elogios eram uma pílula amarga, uma formalidade. *Muitas vezes, um retrocesso objetivo no processo de evolução é necessário e tem de ser aceito,* mas não há justificação para a tentativa de camuflar esse retrocesso com ilusões, utilizando para isso os métodos fascistas da mentira. Se, ao apresentar a "Nova Política Econômica (NPE)", no ano de 1923, Lenin tivesse dito: "Passamos de uma fase inferior da ditadura do proletariado para uma fase superior. A instituição da NPE representa um enorme passo à frente no caminho do comunismo"; tal afirmação teria imediatamente destruído toda a confiança no governo soviético. Ao apresentar a NPE, Lenin disse:

É triste, é cruel, mas por enquanto não o podemos evitar. A economia imposta ao comunismo pela guerra causou dificuldades imprevistas. Temos de dar um passo atrás, para podermos voltar a avançar com segurança. É certo que restituímos alguma liberdade à empresa privada – não tivemos outra escolha –, mas sabemos muito bem o que estamos fazendo.

Quando foi "instituída a democracia soviética", faltou essa clareza e naturalidade. No entanto, em 1935, elas teriam sido mais necessárias do que nunca: teriam ganho milhões de adeptos, em todo o mundo; teriam mobilizado o pensamento; teriam talvez até evitado o pacto com Hitler de que os trotskistas foram responsabilizados. Mas isso não aconteceu, e a democracia de Lenin acabou no novo nacionalismo russo.

O *Jornal Vermelho de Leningrado,* órgão central dos bolcheviques russos, afirmava, em 4 de fevereiro de 1935:

> Todo o nosso amor, a nossa fidelidade, a nossa força, o nosso coração, o nosso heroísmo, a nossa vida – tudo para você, aceite-o, oh grande Stalin, tudo é seu, oh líder da nossa grande pátria! Comande seus filhos. Eles podem movimentar-se no ar e debaixo da terra, na água e na estratosfera[10]. Homens e mulheres de todas as épocas e de todos os povos se lembrarão de seu nome como o mais sublime, o mais forte, o mais sábio e o mais bonito. Seu nome está escrito em cada fábrica, em cada máquina, em cada canto do mundo, em cada coração humano. Quando a minha amada esposa me der um filho, a primeira palavra que ensinarei a ele será: "Stalin".

Na edição de 19 de março de 1935, o *Pravda* (citação do *Rundschau*, nº 15, p. 787, 1935) insere um artigo intitulado "Patriotismo Soviético", no qual o "patriotismo soviético" começa a fazer concorrência ao "patriotismo fascista":

> O patriotismo soviético – um sentimento inflamado de amor ilimitado, de devoção incondicional à pátria, da mais profunda responsabilidade pelo seu destino e pela sua defesa – remonta às origens mais profundas do nosso povo. Nunca e em parte alguma foi tão

---

10. Como se os filhos da "grande pátria alemã" ou dos Estados Unidos não pudessem fazer o mesmo!

sublime o heroísmo da luta pela pátria. Toda a história gloriosa e sem paralelo da União Soviética mostra do que são capazes os trabalhadores quando se trata da sua pátria. No trabalho ilegal, nas barricadas, na movimentação da ágil cavalaria de Budenny, no fogo dos primeiros exércitos da revolução, no ritmo das fábricas da indústria socialista, no trabalho das cidades e aldeias, na atuação do Partido Comunista, em tudo isto soou e continua a soar o grande cântico imortal da nossa querida terra, liberta e reconstruída. A Rússia soviética, o país criado e educado por Lenin e Stalin! Acariciada pelo brilho da primavera nascida com a revolução de outubro! Os fios de água correram com mais força, as correntes até então detidas irromperam, todas as forças do povo trabalhador se puseram em movimento para abrir o caminho para novos desenvolvimentos históricos. A grandeza da União Soviética, sua fama e seu poder irradiaram de cada canto do país. As sementes de uma vida rica e de uma cultura socialista espalharam-se rapidamente. Elevamos a bandeira vermelha do comunismo a novas alturas e rompendo os longínquos céus azuis.

O patriotismo soviético é o amor do nosso povo pela terra que foi arrancada pelo sangue e pelas armas às mãos dos capitalistas e dos latifundiários; é o apego à vida maravilhosa, cujo criador é o nosso grande povo; é a vigília poderosa e combativa, a oeste e leste; é a dedicação à grande herança cultural do gênio humano que tão bem floresceu na nossa pátria e *em nossa pátria apenas* [o sublinhado é meu]. Não admira que acorram estrangeiros às fronteiras da União Soviética, gente de outras civilizações que se curva perante o último refúgio da cultura, perante o Estado da bandeira vermelha!

União Soviética – primavera da humanidade! O nome de Moscou soa aos ouvidos dos operários, dos camponeses, de todos os homens sinceros e cultos do mundo, como um sino de rebate e como uma esperança num futuro melhor e na vitória sobre a barbárie fascista.

...No nosso país socialista, os interesses do povo são inseparáveis dos interesses do país e do seu governo. O patriotismo soviético obtém sua inspiração do fato de que o próprio povo, sob a liderança do Partido Soviético, moldou a sua própria vida. Obtém sua inspiração do fato de que só agora, sob o poder soviético, o nosso belo e rico país tenha sido aberto aos trabalhadores. E o apego natural ao nosso país natal, ao nosso solo natal, aos céus sob os quais, pela primeira vez, vimos a luz deste mundo, cresce e se torna poderoso, um orgulho pelo nosso país socialista, pelo nosso grande Partido Comunista, pelo nosso Stalin. As ideias do patriotismo soviético fazem nascer e crescer heróis, cavaleiros e milhões de guerreiros corajosos, dispostos a precipitar-se como uma avalanche destruidora sobre os inimigos da pátria, varrendo-os da face da Terra. No próprio leite materno é inculcado à juventude o amor à pátria. Temos o dever de criar novas gerações de patriotas soviéticos para quem os interesses da nossa terra estejam acima de tudo e sejam mais caros do que a própria vida...

...É com o maior cuidado, habilidade e força criadora que nutrimos o grande espírito invencível do patriotismo soviético. O patriotismo soviético é uma das manifestações extraordinárias da revolução de outubro. Quanta força, audácia, vigor juvenil, heroísmo, emoção, beleza e movimento não existem nele!

O patriotismo soviético é uma poderosa chama no nosso país. É uma força impulsora da vida. É ele que aquece os motores dos nossos tanques, dos aviões de bombardeio, dos contratorpedeiros, e carrega as nossas armas. O patriotismo soviético vigia as nossas fronteiras, onde inimigos infames, cuja derrota é certa, ameaçam a nossa vida pacífica, o nosso poder e a nossa glória...

Essa é a peste emocional da política. Nada tem a ver com o amor natural à pátria. É a ridícula efusão sentimental do escritor que não conhece meios objetivos para entusiasmar os seus leitores. É comparável à ereção de um homem impotente, produzida à força pelo uso da ioimbina. E as repercussões sociais desse tipo de patriotismo são comparáveis à reação de uma mulher saudável a um ato sexual que só foi possível com o recurso da ioimbina.

Esse "patriotismo soviético" foi talvez necessário, depois de passado o entusiasmo revolucionário, como condição para o posterior combate ao "patriotismo de Wotan". Mas a democracia do trabalho nada tem em comum com essa espécie de "patriotismo". Pode-se mesmo concluir que fracassou a tentativa de dirigir racionalmente a sociedade, quando começa a se fazer sentir esse tipo de patriotismo de ioimbina. O amor do povo à sua pátria, o apego à terra e a devoção à comunidade que fala a mesma língua são experiências humanas muito sérias e muito profundas para serem utilizadas como objeto de irracionalismo político. Essas formas de patriotismo de ioimbina não solucionam nenhum dos problemas concretos que a comunidade trabalhadora enfrenta, e nada têm em comum com a democracia. E mais: essas explosões ridículas de estilo patético são um sinal seguro do medo de assumir responsabilidades. Não queremos ter nada a ver com isso.

Quando é feito um esforço genuinamente democrático – isto é, da democracia do trabalho – para efetuar uma mudança básica na estrutura das massas da população, é fácil avaliar o progresso, ou ausência de progresso, que está havendo. Quando as massas humanas começarem a exigir retratos gigantescos dos seus *führers,* é sinal de que se encontram no caminho da irresponsabilidade. No tempo de Lenin, não havia ainda o culto exagerado ao *führer,* nem retratos gigantescos do *führer* do proletariado. Sabe-se que Lenin não aceitava tais manifestações.

Outra característica de uma verdadeira transformação das massas no sentido da liberdade é a sua atitude diante do progresso tecnológico. Na União Soviética, a construção do grande avião de passageiros "Gorki" foi apregoada como "feito revolucionário". Mas em que se distingue a construção de aviões, na União Soviética, da construção dos gigantescos aviões na Alemanha ou nos Estados Unidos? A construção de aviões é indispensável para construir a base de industrialização para a moderna democracia do trabalho. Isso é evidente e não há o que discutir. O ponto essencial é a questão de saber se as grandes massas de trabalhadores se identificam ilusoriamente com essa construção de aviões, de maneira nacionalista e chauvinista – isto é, se, a partir daí, criam um sentimento de superioridade em relação a outras nações –, ou se, pelo contrário, a construção de aviões serve, na prática, para estreitar as relações entre as diversas nacionalidades e nações, servindo, deste modo, para promover o internacionalismo. Em outras palavras, na medida em que está envolvida a estrutura de caráter do homem, a construção de aviões pode servir a um objetivo reacionário ou a um objetivo de democracia do trabalho. Pode servir para criar um chauvinismo nacionalista, se for manipulada por políticos sedentos de poder, mas pode servir também para transportar alemães para a Rússia, russos para a China e a Alemanha, americanos para a Alemanha e a Itália, e chineses para os Estados Unidos e a Alemanha. Deste modo, o alemão poderá ver que não é, no fundo, muito diferente do trabalhador russo, enquanto o trabalhador inglês poderia aprender a não considerar o trabalhador indiano como mero objeto de exploração.

Este exemplo volta a revelar com clareza que o desenvolvimento técnico de uma sociedade não é idêntico ao seu desenvolvimento cultural. A estrutura do caráter humano representa uma força social em si mesma, que pode ser orientada tanto num sentido reacionário como num sentido internacionalista, mesmo que a base técnica seja exatamente a mesma. A tendência a ver tudo em termos de economia é catastrófica. Devem ser feitos todos os esforços para corrigir essa tendência.

O que importa é que as massas trabalhadoras aprendam a não se contentar com satisfações ilusórias, que desembocam invariavelmente no fascismo, mas sim a considerar a satisfação *real* das necessidades vitais *e assumir a responsabilidade por isso*.

A organização social-democrata dos trabalhadores vienenses considera a introdução do sistema de trólei pela comunidade social--democrata de Viena como uma *realização especificamente social-democrata*. Em contrapartida, os trabalhadores comunistas de Moscou, ou seja, os trabalhadores que eram essencialmente hostis ao Partido Social-Democrata, consideraram a construção do metrô de Moscou, levada a cabo pela administração comunista da cidade, uma *realização especificamente comunista*. E os trabalhadores alemães consideraram a projetada rede ferroviária de Bagdá como uma realização *especificamente alemã*. Estes exemplos ilustram o caráter intoxicador das satisfações ilusórias no domínio do irracionalismo político. Servem para camuflar o simples fato de que tanto a rede de transportes públicos da Alemanha, como a de Viena ou de Moscou, baseiam-se exatamente no mesmo princípio internacional do *trabalho,* que é seguido exatamente da mesma maneira tanto pelos trabalhadores de Viena, como de Berlim ou de Moscou. Mas estes trabalhadores de diferentes nacionalidades não dizem uns para os outros: "Estamos ligados uns aos outros pelo mesmo princípio do trabalho e da capacidade produtiva. Conheçamo-nos uns aos outros e reflitamos sobre o modo como podemos ensinar os trabalhadores chineses a aplicarem os nossos princípios". Não! O trabalhador alemão está profundamente convencido de que a sua rede ferroviária é diferente, e melhor do que a da Rússia. Por este motivo não lhe ocorre ensinar os chineses a construir uma rede idêntica. Pelo contrário, presa da sua satisfação nacionalista ilusória, é capaz de seguir qualquer general pestilento que queira *roubar* aos chineses a sua rede ferroviária. É deste modo que a peste emocional da política cria a divisão e a hostilidade dentro da mesma classe, assim como a inveja, a fanfarronice, a falta de caráter e a irresponsabilidade. A supressão da satisfação ilusória e a sua substituição pela satisfação real dos interesses dos trabalhadores e da cooperação dos trabalhadores de todo o mundo são condições indispensáveis para extirpar radicalmente o Estado totalitário da estrutura do caráter dos trabalhadores. Só então as massas trabalhadoras serão capazes de reunir as forças necessárias para adaptar a tecnologia às necessidades das massas.

Num ensaio publicado no *Europäische Heften,* na edição de 22 de novembro de 1934, Hinoy chega à seguinte conclusão: "...Os trabalhadores [da União Soviética] não se sentem governantes diretos do seu país, e nem a juventude: o Estado é o governante, mas a juventude considera este Estado como sendo sua criação, daí resultando o patriotismo da juventude".

Conclusões deste tipo eram generalizadas e não deixavam dúvidas quanto ao fato de que a sociedade soviética dos anos 30, quer a consideremos boa ou má, nada tinha em comum com o programa original do Partido Comunista, que culminava na tese da abolição do Estado. *Trata-se de uma conclusão objetiva e fatual, e não de um programa político contra a União Soviética.* Peço aos agentes da KGB na Europa e na América que tomem conhecimento destes fatos. Matar os que fazem tais afirmações não alterará nem um pouco os fatos, nesse caso.

O DESENVOLVIMENTO DO APARELHO DO ESTADO AUTORITÁRIO A PARTIR DE RELAÇÕES SOCIAIS RACIONAIS

A Segunda Guerra Mundial veio confirmar uma vez mais aquilo que já era do conhecimento geral: a *diferença fundamental* entre o político reacionário e o autêntico democrata se revela por suas atitudes em relação ao poder do Estado. É a partir dessa posição que se pode avaliar *objetivamente* o caráter social de um ser humano, seja qual for o partido político a que ele pertença. De acordo com esse critério de avaliação, existem verdadeiros democratas entre os fascistas e verdadeiros fascistas entre os membros de partidos democráticos. Tal como a estrutura de caráter, também essa atitude pode ser encontrada indiscriminadamente dentro de todos os partidos políticos. Aqui também, pintar tudo de preto e branco é errado e inadmissível, do ponto de vista sociológico. Atitudes mentais e partidos políticos não podem ser equacionados mecanicamente.

É típico do reacionário preconizar a supremacia do poder do Estado sobre a sociedade; ele preconiza a *"ideia* do Estado" que conduz diretamente ao absolutismo ditatorial, seja este representado oficialmente por uma forma de Estado real, ministerial ou abertamente fascista. O verdadeiro democrata, que reconhece e preconiza a democracia natural do trabalho como base natural da cooperação nacional e internacional, tem a preocupação constante (e é isso que o caracteriza como autêntico democrata!) de superar as dificuldades de cooperação social através da eliminação das causas sociais dessas dificuldades, o que exige uma discussão detalhada do desenvolvimento e das funções racionais inerentes ao Estado autoritário. É absolutamente inútil combater uma instituição social irracional sem se perguntar como é possível que essa instituição consiga manter-se, apesar do seu caráter irracional, e até mesmo parecer necessária. Aprendemos, pelo exemplo do aparelho de Estado russo, que ele se tornou necessário, e não foi difícil compreender que, apesar de todo o seu irracionalismo, cumpriu a função racional de congregar e dirigir a comunidade russa, depois de as massas não terem conseguido instituir a autogestão social.

Não hesitaremos em chamar de irracional o comportamento de uma mãe que trata seu filho neurótico de maneira severa e autoritária. Compreendemos que é essa severidade que torna a criança doente, mas não podemos ignorar – e é este o ponto nevrálgico do combate à educação autoritária – que uma criança que se tornou neurótica num meio neurótico só por meios autoritários pode ser disciplinada. Isto quer dizer que a severidade da mãe, embora não seja, na sua essência, racional, tem também um aspecto racional, embora extremamente condicionado e limitado. Somos forçados a admitir essa função racional condicional, se é que alimentamos a esperança de vir a convencer o educador, que por necessidade se apega ao princípio autoritário, de que *isso pode* ser eliminado, na medida em que se evitar que a criança se torne neurótica.

Esse caráter racional *condicional e limitado* existe igualmente no Estado autoritário, por mais que nos custe admitir esse fato e por mais perigosa que possa tornar-se tal afirmação nas mãos de um ditador místico. Este poderia dizer: "Ouçam bem! Até mesmo os adeptos da democracia do trabalho e da liberdade admitem a necessidade e racionalidade de uma liderança autoritária". Ora, nós sabemos que *é a estrutura irracional do caráter das massas humanas que oferece uma "justificação "para a liderança autoritária.* É essa a única maneira de compreender uma ditadura, e essa compreensão é a única esperança de extirpá-la da vida humana. É que, ao reconhecermos o irracionalismo existente na estrutura das massas, adquirimos as bases sociais para derrotá-lo – e com ele a própria ditadura – não com ilusões, mas de maneira objetiva e científica. Quando a cooperação social é desfeita, o poder do Estado invariavelmente é fortalecido, o que corresponde ao método moralista e autoritário de lidar apenas *superficialmente* com as dificuldades. É evidente que esse método não suprime o mal em si mesmo; apenas relega-o a um segundo plano de onde virá mais tarde a irromper de modo tanto mais violento e avassalador. Se não há outra maneira de lidar com assassínios com violação que não a execução do assassino, recorre-se a esse método. Esta é a abordagem seguida pelo Estado autoritário. A democracia do trabalho, no entanto, vai ao núcleo da questão e pergunta: Como se pode eliminar, de uma vez, os fenômenos de violação e assassínio? Só depois de ter compreendido e, ao mesmo tempo, condenado a obrigatoriedade do recurso à execução, surge com a devida clareza e acuidade o problema da eliminação. Ora, é evidente que a prevenção de males sociais constitui um dos principais meios para extinguir o Estado autoritário. De acordo com todas as previsões possíveis, o governo moralista e autoritário da sociedade permanecerá em funcionamento enquanto não puder ser substituído pelos métodos da autogestão. Esta conclusão é válida tanto para o Estado em si mesmo como para os outros domínios da vida social.

O Estado autoritário é, sem dúvida, essencialmente uma máquina de repressão. Mas é, simultaneamente – e o foi na sua origem, antes de ter se transformado em aparelho de repressão sobre a sociedade –, um conjunto de relações sociais autônomas. Na sua origem, o Estado identificava-se com a sociedade. No decorrer do tempo, distanciou-se cada vez mais, constituindo-se num poder situado acima da sociedade e agindo contra ela.

Enquanto existiu uma organização social do tipo da sociedade gentílica, que não se encontrava dividida por graves contradições internas, não havia necessidade de uma força especial com o objetivo de assegurar a existência da sociedade. Mas a sociedade necessitou de uma força capaz de impedir a sua deterioração, ruína e dissolução, quando começou a ser dividida por fortes antagonismos e dificuldades na vida social. Um dos fatores que contribuíram para levar ao poder o fascismo alemão foi a fragmentação da sociedade alemã em numerosos partidos políticos, diferentes e combatendo-se entre si. A sua rápida e poderosa ascensão constitui uma clara prova de que as massas alemãs consideravam mais importante a prometida unificação da sociedade, com base na ideia de Estado, do que a orientação política dos diferentes partidos. Isto não altera o fato de que as ideias e a ideologia política não são capazes de suprimir a divisão interna da sociedade, quer essa ideia política se traduza num Estado totalitário, quer num Estado pluralista. Os fascistas não foram os únicos a sublinhar a necessidade do Estado. Limitaram-se a fazê-lo com maior eficiência e intensidade do que o fizeram o governo social-democrata, os comunistas e os liberais. É esse o segredo do seu triunfo. Assim, é a divisão política de uma sociedade que faz surgir a ideia de Estado, e vice-versa – a ideia de Estado cria a divisão da sociedade. É um círculo vicioso, para o qual só há saída possível se tanto a divisão da sociedade como a ideia de Estado forem examinadas a fundo e reduzidas a um denominador comum. Esse denominador comum é, como já sabemos, a estrutura irracional do caráter das massas humanas. Ele não foi entendido nem por aqueles que advogavam a ideia de Estado, nem pelas diversas correntes políticas. Um dos maiores erros na apreciação das ditaduras consistiu em afirmar que o ditador se impõe à sociedade, por assim dizer, de fora, e contra a sua vontade. Mas, na realidade, cada ditador não representou mais do que a concentração de ideias de Estado já existentes, as quais apenas teve de intensificar para se apossar do poder.

A dupla função do Estado e da ideia de Estado – uma função racional e uma função irracional – foi exposta já no século passado, por Friedrich Engels:

> O Estado não é, portanto, de modo algum, um poder que se impôs à sociedade de fora para dentro; também não é a "realidade da ideia moral" ou a "imagem e a realidade da razão", como afirma Hegel. É, antes, um produto da sociedade numa determinada fase do seu de-

senvolvimento; é a admissão de que essa sociedade se enredou numa contradição insuperável consigo mesma e se dividiu em interesses opostos inconciliáveis, os quais não tem forças para enfrentar. Mas para evitar que essas oposições, essas classes com interesses econômicos opostos, consumam a si mesmas e a sociedade numa luta estéril, torna-se necessário um poder, aparentemente situado acima da sociedade e que devia ter a função de reprimir o conflito, mantendo--o nos limites da "ordem". Esse poder, nascido da sociedade, mas situado acima dela, e dela se distanciando cada vez mais, é o Estado.

Este esclarecimento da ideia de Estado à luz da sociologia, realizado pelo industrial e sociólogo alemão Friedrich Engels, retirou o fundamento de todas as filosofias sobre o Estado que, de uma maneira ou de outra, apontavam, em última análise, para uma ideia platônica, abstrata e metafísica de Estado. A teoria de Friedrich Engels, em vez de justificar o aparecimento do aparelho de Estado por valores superiores ou por um misticismo nacionalista, retrata, de maneira simples, a natureza dupla do Estado: ao descrever as bases sociais em que se assenta o aparelho de Estado, realçando ao mesmo tempo a contradição entre o Estado e a sociedade, fornece, tanto ao estadista perspicaz da envergadura de um Masaryk ou de um Roosevelt, como ao simples cidadão trabalhador de todo o mundo, um poderoso meio para compreender a divisão da sociedade e a consequente necessidade de um aparelho de Estado... e os meios para *eliminá-lo*.

Tentemos compreender a origem da natureza dupla do Estado, com um exemplo simples:

Nos primórdios da civilização humana, as tarefas sociais da convivência e do trabalho eram efetuadas de maneira simples. Igualmente simples eram então as relações humanas. Estes fatos podem ser comprovados ao estudarmos, hoje, os vestígios dessa antiga civilização que permaneceram intatos até os nossos dias. Tomemos como ponto de referência a organização dos trobriandeses, que é a que melhor conhecemos. Eles vivem numa economia natural, isto é, têm uma economia basicamente orientada pelas necessidades sociais, e não uma economia mercantil. Um dos clãs dedica-se à pesca, o outro ao cultivo de frutos. Acontece que aquele possui excesso de peixes e este excesso de frutos. Consequentemente, trocam peixes por frutos e vice-versa. As suas relações de produção econômica são extremamente simples.

Ao lado das relações econômicas, há um determinado tipo de relações familiares entre as pessoas. Como as uniões sexuais não são monogâmicas, os jovens trobriandeses de um clã têm relações sexuais com os de outro clã. Se entendermos a relação social entre as pessoas como toda relação que sirva para a satisfação de uma necessidade biológica fundamental, concluiremos que as relações sexuais têm uma função tão importante como as relações econômicas. Mas, à medida que progride a divisão entre o trabalho e a satisfação das necessidades, e à medida que as próprias necessidades se tornam mais complexas, cada membro isolado da sociedade trabalhadora é cada vez menos capaz de cumprir sozinho as diversas funções que lhe cabem. Assim, transplantemos a sociedade dos trobriandeses, com a sua economia natural, para qualquer região da Europa ou da Ásia. É lícito apresentar esta hipótese, dado que todas as nações desta Terra provêm de tribos, e as tribos, por sua vez, têm a sua origem em clãs. Do mesmo modo, a economia mercantil, baseada no dinheiro, provém, invariavelmente, da economia natural. Suponhamos que, numa daquelas pequenas comunidades de 200 a 300 membros, surja a necessidade de estabelecer relações com a outra comunidade. Essa necessidade ainda é reduzida, pois é apenas um dos 200 membros que sente necessidade de comunicar algo a um membro de outra comunidade. Monta o seu cavalo e dirige-se para a outra localidade para transmitir a notícia. Entretanto, aparece a técnica da escrita, e a necessidade de estabelecer relações sociais com os membros de outras comunidades aumenta lentamente. Até então, cada indivíduo levava sua própria correspondência, mas, a certa altura, pede-se ao cavaleiro que leve e distribua várias cartas. As comunidades crescem, sendo agora constituídas por dois a cinco mil habitantes. Centenas de membros de uma localidade sentem a necessidade de se corresponder com outras centenas de membros de outra comunidade. Com o desenvolvimento do comércio, a correspondência escrita deixou de ser uma curiosidade. A distribuição de cartas passa a ser uma tarefa diária, indispensável e cada vez mais difícil de ser realizada da maneira antiga. A comunidade discute o problema e decide contratar um *"carteiro"*. Para isso, libera um dos seus membros – que até então em nada se distinguira dos seus companheiros – de todas as outras tarefas, garante-lhe subsistência e encarrega-o da tarefa de distribuir a correspondência de toda a comunidade. *Este primeiro carteiro re-*

presenta a encarnação da relação humana que se processa através da correspondência e sua distribuição. Deste modo surgiu um *órgão social* que apenas se encarrega de distribuir a correspondência de todos. Este carteiro é um tipo primitivo de administrador social, cujo trabalho indispensável está ainda inteira e rigorosamente a serviço da comunidade.

Suponhamos agora que as comunidades primitivas, com o correr dos anos, e em grande parte devido à nova função da correspondência e das relações sociais desenvolvidas nessa base, se convertam em pequenas cidades de, digamos, 50 000 habitantes. Um só carteiro já não chega; tornam-se necessários 100 carteiros. Estes 100 carteiros precisam de uma administração própria, sob a forma de um *carteiro principal.* Este carteiro principal é um dos antigos carteiros, que é então liberado da tarefa de distribuir a correspondência. Passa a cumprir a função mais ampla de organizar da maneira mais prática a atividade dos 100 carteiros. Ainda não exerce funções de "supervisão" e não dá ordens. Ainda não sobressai do conjunto dos carteiros. Limita-se a facilitar aos 100 carteiros o seu trabalho, determinando a hora do dia em que as cartas devem ser recolhidas e distribuídas. Ocorre-lhe a ideia de criar selos para simplificar o conjunto daquelas funções.

Deste modo, uma junção simples e indispensável à vida da sociedade tornou-se autônoma. "O sistema postal" tornou-se um "aparelho" da sociedade; nasceu da própria sociedade com a finalidade de aumentar sua coordenação sem ainda se opor a esta sociedade como um *poder superior.*

Como é então possível que um aparelho administrativo da sociedade tenha se tornado um aparelho repressivo? Não é com base na sua função primitiva que se dá essa transformação. O aparelho administrativo conserva essas funções sociais, mas, gradualmente, desenvolve outras características, além dessa atividade indispensável. Suponhamos que naquela localidade, agora muito maior, tenham já começado a desenvolver-se as relações típicas da sociedade patriacal autoritária, independentemente da questão do sistema postal. Já existem, por exemplo, famílias "aristocráticas", constituídas a partir dos primitivos chefes de tribo. Por meio da acumulação dos dotes de casamento, essas famílias criaram duas espécies de poder: em primeiro lugar, o poder que decorre da propriedade, e, em segundo lugar, o poder de proibir aos seus próprios filhos o estabelecimento de relações sexuais com as classes menos abastadas da comunidade social. Estas duas funções do poder encontraram-se sempre lado a lado, no desenvolvimento da escravidão econômica e sexual. O patriarca autoritário, cada vez mais poderoso, quer impedir que outros membros mais fracos da comunidade mantenham, sem obstáculos, as suas relações com as outras comunidades. Quer igualmente impedir que as suas filhas troquem correspondência amorosa com os homens que bem entenderem. Está interessado em que as suas filhas se liguem exclusivamente a determinados homens abastados. Ora, os seus interesses de opressão sexual e econômica levam-no naturalmente a apoderar-se daquelas funções sociais autônomas que anteriormente estavam confiadas ao conjunto da sociedade. O nosso patriarca pretende agora, servindo-se da sua crescente influência, impor que o correio deixe de distribuir todas as cartas, sem distinção, passando a distribuir algumas cartas e excluir outras, como, por exemplo, as cartas de amor em geral e determinadas cartas de negócios. Para exercer esta função nova, o correio atribui a um dos carteiros a tarefa da *"censura da correspondência"*. Deste modo, a administração social do serviço postal adquire uma segunda função que o torna um *poder autoritário* separado e acima da sociedade. Está dado, assim, o primeiro passo para o desenvolvimento de um aparelho de Estado autoritário, a partir de um aparelho de administração social. É certo que os carteiros continuam a distribuir cartas, mas já investigam o seu conteúdo e começam a determinar quem pode e quem não pode manter correspondência, assim como aquilo que pode e aquilo que não pode ser escrito. A sociedade reage a tal estado de coisas com uma atitude de aceitação passiva ou de protesto. Deste modo, surgiu o primeiro abismo dentro da comunidade social, quer lhe chamemos "conflito de classe" ou qualquer outra coisa. O que está em causa não são palavras, mas sim a distinção entre funções sociais indispensáveis à vida e as funções lesivas da liberdade. A partir de agora, estão abertas as portas a todo tipo de arbitrariedades. Pode acontecer, por exemplo, que jesuítas se sirvam da censura da correspondência para os seus próprios fins. Também a política de segurança do Estado pode utilizar a censura já implantada da correspondência para fortalecer o seu poder.

Este exemplo simplificado pode ser facilmente transposto para a complicada máquina da sociedade atual, sem distorcer as coisas.

Aplica-se ao sistema bancário, à polícia e ao nosso sistema escolar, à administração da distribuição de gêneros alimentícios e, sem dúvida alguma, também à representação da sociedade face a outras nações. Uma das formas de conseguirmos colocar ordem neste caos é, na avaliação de qualquer função do Estado, perguntar a nós mesmos, com firmeza, que parte dela corresponde à sua função primitiva de executar tarefas sociais, e que parte corresponde à função, mais tarde adquirida, de suprimir a liberdade dos membros da sociedade. A polícia de Nova York, de Berlim, ou de qualquer outra cidade, tem primitivamente a função de proteger a comunidade social de roubos e assassinatos. À medida que ainda desempenham essa tarefa, são uma função útil e autônoma da sociedade. Mas quando a polícia se permite proibir atividades inocentes em casas particulares ou determinar se as pessoas podem ou não receber visitas do sexo oposto quando estão sozinhas em sua casa, ou a que horas as pessoas devem levantar-se e deitar-se, estamos então diante de um quadro de um poder de Estado autoritário e tirânico, um poder de Estado *acima* da sociedade e *contra* ela.

Uma das tendências inerentes à democracia do trabalho é eliminar as funções da administração social que atuam acima da sociedade e/ou contra ela. O processo da democracia natural do trabalho suporta *apenas* as funções administrativas que servem para promover a unidade da sociedade e para facilitar suas operações vitais. Daqui se depreende claramente que não se pode ser "a favor" ou "contra" o "Estado", de uma maneira mecânica e rígida. É preciso fazer uma distinção entre as funções sociais originais e as funções repressoras. Também está claro que o aparelho de Estado se tornará, e terá de se tornar, o órgão executivo da sociedade, se, no cumprimento das suas funções naturais de trabalho, atua no interesse do conjunto da sociedade. Mas, a partir daí, deixa de ser "aparelho de Estado", pois perde exatamente aquelas características que o distanciavam da sociedade, situando-o acima dela e contra ela, possibilitando a criação de ditaduras autoritárias. Isto representa a verdadeira extinção do Estado, isto é, uma extinção de suas funções irracionais. As funções irracionais, sendo indispensáveis à vida social, mantêm-se.

Esta distinção permite controlar todas as funções administrativas indispensáveis e verificar oportunamente se qualquer delas tem tendência para se situar acima da sociedade e contra ela, isto é, se começa a se constituir um novo instrumento autoritário do Estado. Enquanto estiverem a serviço da sociedade, as funções administrativas fazem parte dela, são necessárias e bem acolhidas, pertencendo ao domínio do trabalho indispensável à vida social. Se, contudo, o aparelho de Estado se proclama o senhor e tirano da sociedade, se reivindica um poder autônomo para si mesmo, então se torna um inimigo mortal da sociedade e deve ser tratado por ela como tal. É evidente que um organismo social moderno e complexo não poderia existir sem um aparelho administrativo. É igualmente evidente que não é fácil destruir a tendência do aparelho administrativo para a degeneração em "aparelho de Estado". Isto constitui mais um campo de investigação para a sociologia e a psicologia social. Derrubado o Estado autoritário, sobrevém a tarefa de impedir que as funções administrativas se tornem poderes autônomos novamente. Contudo, em vista do fato de que a autonomia autoritária é o resultado direto da incapacidade das massas trabalhadoras de regular, administrar e controlar seus próprios assuntos, o problema do Estado autoritário já não poderá ser tratado, e muito menos resolvido, independentemente do problema da estrutura humana, e vice-versa.

Isso leva diretamente à questão do chamado "capitalismo de Estado", fenômeno ainda desconhecido no século XIX, e que começou a se desenvolver só depois da Primeira Guerra Mundial, de 1914-18.

A FUNÇÃO SOCIAL DO CAPITALISMO DE ESTADO

Até por volta do fim da Primeira Guerra Mundial na Rússia, e até a crise econômica de 1930 nos Estados Unidos, a relação entre o sistema do capitalismo privado e o sistema do Estado era simples. Para Lenin e seus contemporâneos, o "Estado capitalista" não passava de instrumento do poder da "classe de capitalistas privados". A simplicidade desta relação traduziu-se, por exemplo, do seguinte modo, nos filmes russos sobre a revolução:

O proprietário de uma fábrica tenta baixar os salários, enquanto os operários exigem salários mais altos. O capitalista recusa-se a ceder a essa exigência; em resposta, os operários da fábrica entram em greve, para impor o cumprimento das suas reivindicações. O capitalista chama então o chefe de polícia, encarregando-o de "restabelecer a ordem". Aqui, o chefe de polícia atua como um instrumento público do capitalista, revelando claramente que o Estado é um "Estado capitalista". O chefe de polícia envia os seus contingentes, manda prender os "instigadores"; os operários estão sem líder. Algum tempo depois, começam a sentir o tormento da fome e, voluntária ou involuntariamente, voltam ao trabalho. O capitalista venceu. Há necessidade de uma organização de trabalhadores melhor e mais sólida. Na opinião dos sociólogos que tomaram o partido dos trabalhadores, esse filme refletiu a relação entre o Estado e o capitalismo na América. Contudo, vinte anos de gigantescas transformações sociais provocaram alterações que já não coincidem com o esquema simples que descrevemos acima. No sistema de capitalismo privado, começaram a surgir cada vez mais claramente organismos que foram designados globalmente como "capitalistas de Estado". A sociedade russa substituiu o papel do capitalista privado pelo domínio ilimitado do Estado. Não importa o nome que se dê a ele, mas o certo é que, de um ponto de vista sociológico correto e rigorosamente marxista, *o capitalismo privado foi substituído pelo capitalismo de Estado*. Como já dissemos, o conceito de capitalismo é determinado não pela existência de capitalistas individuais, mas pela existência de uma economia de mercado e de trabalho assalariado.

Devido à crise econômica de 1929-33, também na Alemanha e nos Estados Unidos iniciaram-se processos sociais que apontavam na direção do capitalismo de Estado. O Estado como organização situada acima da sociedade começou a afirmar-se também em relação ao sistema da economia privada capitalista. Em parte, começou a assumir funções que anteriormente eram da atribuição dos capitalistas privados, como é o caso da substituição da caridade pela segurança social. Por outro lado, limitou, em uns setores mais, em outros menos, a atividade exclusivamente voltada para o lucro do capitalismo privado, que anteriormente não era submetida a controle de espécie alguma. Tudo isto aconteceu sob a pressão da grande massa de operários assalariados e dos empregados. Desta maneira, fez-se sentir a sua influência social; note-se que isso não aconteceu porque as *suas* próprias organizações tivessem assumido a administração das funções sociais, mas de modo essencialmente diferente: passaram a exercer sobre o aparelho de Estado a pressão necessária para obrigá-lo a colocar certos limites aos interesses do capitalismo privado e assegurar, tanto quanto possível, os direitos dos operários e dos empregados.

Em outras palavras: em consequência dos acontecimentos revolucionários ocorridos na União Soviética e da crise econômica cada vez mais generalizada nas outras sociedades, surgiram graves focos de crise e, consequentemente, a necessidade de mobilizar o aparelho de Estado existente contra um processo de destruição. "O Estado" como poder social autônomo regressava à sua função original de manter a coesão da sociedade a qualquer preço.

Esse processo pôde ser observado claramente na Alemanha: a necessidade de coesão durante a grave crise de 1929-33 foi de tal ordem, que a ideia do Estado autoritário e totalitário conseguiu impor-se quase sem resistência. É certo que a sociedade conseguiu manter-se, mas não se verificou a solução dos problemas que tinham precipitado a crise social. Isso é facilmente compreensível dado que a ideologia do Estado é incapaz de lidar, de *maneira fatual* e *prática*, com interesses opostos. Esse processo explica as numerosas medidas anticapitalistas tomadas pelo fascismo, medidas que levaram alguns sociólogos a verem no fascismo um movimento social revolucionário. Mas o fascismo era qualquer coisa, menos um movimento revolucionário. Foi simplesmente uma mudança precipitada da autocracia do capitalismo privado para o capitalismo de Estado. Nas indústrias Göring, o capitalismo privado e o capitalismo de Estado fundem-se em um só. Como entre os operários e empregados alemães as tendências anticapitalistas tinham sido sempre bastante fortes, essa transformação só era viável se acompanhada de métodos de propaganda anticapitalista. Foi exatamente essa contradição que fez da carreira triunfal do fascismo o protótipo do irracionalismo social, difícil de ser apreendido. Como o fascismo prometia simultaneamente a revolução contra o capitalismo privado e o remédio contra a revolução, conforme se dirigisse às massas trabalhadoras ou aos capitalistas privados, todo e qualquer movimento desse tipo tinha de acabar por ser contraditório, incompreensível e infrutífero. Isto explica, em grande parte, a compulsão que levou o aparelho de Estado alemão para a guerra imperialista. Dentro da sociedade alemã, não havia qualquer possibilidade de impor uma ordem objetiva e concreta. É evidente que não se pode considerar a calma imposta pela violência policial como uma "solução dos problemas sociais". A "unificação da nação" mantivera-se *ilusoriamente*. Já aprendemos, entretanto, a atribuir a acontecimentos baseados em ilusões uma importância igual, se não maior, que à realidade mais sólida. A atuação da hierarquia da Igreja no decurso de milhares de anos constitui uma sólida prova disso. Mesmo que não tivesse sido resolvida nenhuma das dificuldades concretas da vida social, a unificação estatal, politicamente ilusória, dava a impressão de que alguma coisa fora conseguida. É evidente que os acontecimentos subsequentes provaram a inconsistência dessa solução estatal. A sociedade encontrava-se mais dividida do que nunca, mas, apesar de tudo, a coesão ilusória produzida pelo Estado bastara para evitar, durante dez anos, a ruína total da sociedade alemã. A solução fatual dessa divisão estaria reservada a processos diferentes e muito mais radicais.

A função do Estado, de refazer a unidade de uma sociedade profundamente dividida, é a mesma, quer esse Estado se considere capitalista ou proletário. Contudo, não esqueçamos a diferença das intenções que estiveram na sua origem: o Estado autoritário fascista defende claramente a natureza eterna da ideia de Estado e, consequentemente, a eterna submissão das massas humanas. O Estado proletário de Lenin tinha, pelo contrário, a intenção de destruir progressivamente a si mesmo e estabelecer a autogestão. Mas, em ambos os casos, o centro da questão é o "controle estatal do consumo e da produção".

Recordemos uma vez mais o nosso denominador comum: a incapacidade das massas trabalhadoras de administrarem elas mesmas a sociedade. Isso nos ajuda a compreender a lógica que presidiu ao desenvolvimento do capitalismo privado para o capitalismo de Estado, no decurso dos últimos 25 anos. Na Rússia, as massas trabalhadoras foram capazes, é certo, de derrubar o velho aparelho de Estado czarista e de substituí-lo por um aparelho de Estado cujos responsáveis eram recrutados entre as suas próprias fileiras. Mas não foram capazes de avançar para a fase de autogestão e de assumir elas próprias a responsabilidade.

Em outros países, as massas trabalhadoras, que eram formalmente bem organizadas, não foram capazes de promover a autogestão – que era uma parte da ideologia de suas próprias organizações – e colocá-la em prática. Por este motivo, o aparelho de Estado foi assumindo forçosamente um número cada vez maior de funções que, no fundo, competiam às massas. Assumiu-as, por assim dizer, em seu lugar. Foi o que aconteceu, por exemplo, na Escandinávia ou nos Estados Unidos.

Por mais que seja diferente o controle exercido pelo Estado sobre a produção social e o consumo, em países como a Rússia, a Alemanha, a Escandinávia e os Estados Unidos, devido às diferenças na evolução histórica, é possível encontrar um denominador comum: a incapacidade das massas humanas de administrarem elas mesmas a sociedade; e, desta base comum para o desenvolvimento do capitalismo de Estado, nasce logicamente o perigo do desenvolvimento de ditaduras autoritárias. É o acaso que decide se o funcionário de Estado é um indivíduo de mentalidade democrática ou de tendências autoritárias. E, do ponto de vista da estrutura e da ideologia das massas trabalhadoras, não há na realidade qualquer garantia de que a ditadura não se desenvolverá a partir do capitalismo de Estado. Exatamente por isso é tão importante, no âmbito da luta pela verdadeira democracia e pela autogestão social, evidenciar e sublinhar o papel desempenhado pela estrutura do caráter humano e pela necessidade dos homens de assumirem a responsabilidade, nos domínios do amor, do trabalho e do conhecimento.

Por mais embaraçoso e difícil que isso nos pareça, o fato é que temos uma estrutura humana marcada por milênios de civilização mecanicista, manifestando-se atualmente através de um desamparo social e um desejo intenso por um *führer*.

Tanto o aparelho de Estado alemão como o russo formaram-se a partir do despotismo. Por isso, o elemento de submissão no caráter das massas humanas era extraordinariamente forte em qualquer um desses países. Consequentemente, a revolução conduziu em ambos os casos, com a pontaria certeira da lógica irracional, a novas formas de despotismo. Em contrapartida, o aparelho de Estado americano formou-se a partir de grupos humanos que se subtraíram aos despotismos europeus e asiáticos, refugiando-se numa região virgem e livre de tradições. Só assim se compreende que, até o momento deste trabalho, não se tenha podido desenvolver nos Estados Unidos nenhum aparelho de Estado totalitário, enquanto, na Europa, todas as revoluções trouxeram invariavelmente consigo novas formas de despotismo, sob a palavra de ordem da liberdade. Esta afirmação vale tanto para Robespierre como para Hitler, tanto para Mussolini como para Stalin. Se pretendemos ser fiéis à realidade, temos de constatar, quer queiramos ou não, quer isso nos agrade ou não, que os ditadores europeus, que se apoiaram em amplas massas humanas, geralmente pertenciam às camadas oprimidas da população. Não hesito em afirmar que esta realidade, por mais trágica que seja, contém muito mais matéria para estudos sociológicos do que os fatos, comparativamente mais fáceis de compreender, relacionados ao despotismo de um czar ou de um *kaiser* Guilherme. Os fundadores da revolução americana tiveram de construir a sua democracia em terreno *estrangeiro* e em bases inteiramente novas, a partir do nada. Os homens que levaram a cabo essa realização eram, na sua maioria, rebeldes contra o despotismo inglês. Pelo contrário, os revolucionários russos foram forçados a assumir os destinos de toda a população russa, e a administrá-la. Os americanos tiveram a possibilidade de começar tudo de novo, ao passo que os russos traziam a reboque tudo o que estava para trás, por mais que lutassem contra isso. Isto talvez também explique por que motivo os americanos, que continuaram a manter viva a recordação da sua própria fuga ao despotismo, atuaram, em relação à tragédia dos novos refugiados de 1940, de um modo muito diferente, mais aberto e mais acessível do que a União Soviética, que fechou as suas portas. Isso talvez também explique por que, nos Estados Unidos, as tentativas de preservar os velhos ideais democráticos e os esforços com vistas a desenvolver a verdadeira autogestão foram muito mais vigorosos do que em qualquer outro país. Não estamos esquecendo os muito reveses e os entraves causados pela tradição, mas o certo é que foi nos Estados Unidos, e não na Rússia, que as tentativas *de verdadeira renovação democrática* encontraram refúgio. Resta-nos a esperança de que a democracia americana compreenda a tempo, e em tudo o que isso implica, que o fascismo não é exclusivo de uma nação ou de um partido, e que consiga dominar a tendência que existe nas pessoas para a ditadura. Só o tempo nos dirá se os americanos vão sucumbir ou resistir à compulsão do irracionalismo.

Gostaria de acentuar que não se trata de uma questão de culpa ou más intenções, mas apenas da elucidação de processos de desenvolvimento, com base em condições definidas já existentes.

Recordemos, resumidamente, as relações entre a estrutura das massas e a forma do Estado.

A influência da estrutura de caráter das massas humanas é decisiva para a forma assumida pelo Estado, independentemente de se manifestar de maneira passiva ou de maneira ativa. É a estrutura das massas que as leva a tolerar o imperialismo. É ela que as leva a apoiá--lo ativamente. É ainda a estrutura das massas que as leva a derrubar formas de despotismo, sem no entanto serem capazes de impedir o advento de novos despotismos. É ela que promove e apoia os empenhos verdadeiramente democráticos, quando o Estado atua nesse sentido. É ela que desencadeia movimentos revolucionários nacionais, quando o movimento revolucionário *internacional* verdadeiramente democrático fracassa. É ela que se refugia na unidade ilusória de família, povo, nação e Estado, quando a democracia fracassa; mas é também ela que transmite e desenvolve os processos de amor, trabalho e conhecimento. Consequentemente, *só* essa estrutura é capaz de *absorver as tendências genuinamente democráticas de uma administração estatal,* assumindo as funções administrativas, pouco a pouco, e aprendendo a executá-las através de suas *próprias organizações de trabalho.* Não importa, ou seja, é de menor importância que se processe rapidamente ou com lentidão essa evolução da administração estatal para a autogestão. É melhor para todos que ela se processe de uma maneira orgânica e sem derramamento de sangue. Isso só é possível se os representantes do Estado acima da sociedade tiverem plena consciência de que nada mais são do que órgãos executivos da vontade da comunidade humana de trabalhadores, de que são, no sentido estrito da palavra, órgãos executivos por necessidade, surgidos a partir da necessidade criada pela ignorância e pela miséria em que vivem milhões de pessoas. Estritamente falando, têm a tarefa de serem bons educadores, isto é, a tarefa de transformar em adultos autossuficientes as crianças confiadas aos seus cuidados. Uma sociedade em luta pela verdadeira democracia nunca pode perder de vista o princípio de que é tarefa do Estado destruir-se progressivamente e tornar-se supérfluo, tal como um educador se torna supérfluo se realmente cumpriu o seu dever em relação à criança. Nesse caso, e só nesse caso, não há necessidade de derramar sangue; só na medida em que o Estado se elimina de maneira visível e clara é que é possível à democracia do trabalho desenvolver-se *organicamente;* por outro lado, na mesma medida em que o Estado tenta perpetuar-se e esquecer sua tarefa educacional, ele induz a sociedade humana a lembrar que ele surgiu por necessidade e que também precisa desaparecer por necessidade. Deste modo, a responsabilidade repousa tanto sobre o Estado como sobre as massas humanas, uma responsabilidade no bom, e não no mau sentido. É dever do Estado não só encorajar o anseio apaixonado por liberdade nas massas trabalhadoras; ele precisa também fazer todos os esforços para torná-las capazes de liberdade. Se não o fizer, se reprimir o anseio intenso por liberdade, ou até desvirtuá-lo, e colocar-se como obstáculo à tendência para a autogestão, então estará mostrando claramente que é um Estado fascista. Torna-se assim responsável por todos os estragos e por todos os perigos que provocar, em consequência de não ter cumprido o seu dever.

Capítulo 10

Função biossocial do trabalho

O PROBLEMA DA "DISCIPLINA DE TRABALHO VOLUNTÁRIO"

O trabalho é a base da existência social do homem. Todas as teorias sociais o afirmam. Mas o problema não reside em constatar que o trabalho é a base da existência humana, mas em saber se está de *acordo* ou em *oposição* às necessidades biológicas das massas humanas. A teoria econômica marxista provou que todos os valores econômicos produzidos surgem pelo desgaste da força de trabalho viva do homem, e *não* de um material *morto*.

Assim, a força de trabalho humana, como a única força criadora de valores, merece interesse e cuidados muito especiais. Numa sociedade submetida às regras da economia de mercado, que não é uma economia orientada segundo as necessidades, é evidente que a força de trabalho humana merece cuidados e um tratamento especial. Como qualquer outra mercadoria, essa força de trabalho é comprada pelo proprietário dos meios de produção (o Estado ou os capitalistas). O "salário" que o trabalhador recebe corresponde mais ou menos ao mínimo necessário para a reprodução dessa força de trabalho. A economia baseada no lucro não tem qualquer interesse em poupar força de trabalho. Em consequência da progressiva mecanização e racionalização do trabalho, deixam de ser necessárias tantas forças de trabalho, que é possível encontrar substitutos imediatos para a força de trabalho gasta.

A União Soviética aboliu a economia de lucro *privada*, mas não a *estatal*. Começou pretendendo transformar a "racionalização" *capitalista* do trabalho numa "racionalização" socialista. Libertou as forças produtivas do país e reduziu o horário de trabalho para todos; deste modo conseguiu atravessar sem desemprego a grave crise econômica de 1923-32. É indubitável que a União Soviética conseguiu satisfazer as exigências da economia planificada, com as suas medidas de racionalização que, de início, foram parcialmente socialistas. No entanto, o problema fundamental de uma verdadeira democracia, de uma democracia de *trabalho,* é mais do que apenas um problema de racionalização de trabalho. *Mais do que qualquer outra coisa, é um problema de alterar a natureza do trabalho, de modo que este deixe de ser um dever fastidioso e se torne a realização gratificante de uma necessidade.*

O estudo da função humana do trabalho, empreendido pela análise do caráter (estudo esse que está longe de chegar ao fim), fornece-nos uma série de referências no sentido de tornar possível a solução prática do problema do trabalho alienado. Podem ser definidos, com suficiente rigor, dois tipos essenciais de trabalho humano: o trabalho compulsório, que *não dá qualquer prazer,* e o trabalho que é *natural e agradável*[1].

Para a compreensão desses fatos, é preciso que primeiro nos libertemos de algumas concepções "científicas" mecanicistas sobre o trabalho humano. A psicologia experimental só considera a questão de saber que métodos permitem alcançar o maior rendimento possível da força de trabalho humana. Ao falar de *alegria* no trabalho, refere-se às realizações de um cientista ou de um artista que trabalhem independentemente. Também a teoria da psicanálise sobre o trabalho incorre no erro de se orientar sempre pelo padrão do trabalho *intelectual. O estudo do trabalho humano, do ponto de vista da psicologia de massas, parte, corretamente, da relação do trabalhador com o produto do seu trabalho.* Esta relação contém um aspecto de economia social e relaciona-se com o *prazer* que o trabalhador extrai do seu trabalho. O trabalho é uma atividade biológica

---

1. Cf. Reich, *Análise do caráter,* Editora Martins Fontes, São Paulo, 1998.

fundamental que assenta, de modo geral, tal como a vida, em pulsações de prazer.

O prazer que um pesquisador "independente" sente por seu trabalho não pode ser tomado como padrão do trabalho em geral. Do ponto de vista social (qualquer outro ponto de vista não teria nada a ver com a sociologia), o trabalho, no século XX, está inteiramente dominado pela *lei do dever* e a *necessidade de subsistência*. O trabalho realizado por milhões de trabalhadores no mundo inteiro não lhes proporciona nem prazer nem satisfação biológica. Enquadra-se, de maneira geral, no tipo de *trabalho compulsório*. Caracteriza-se por se encontrar *em contradição com a necessidade biológica de prazer, por parte do trabalhador*. É realizado por dever, por consciência, para evitar a autodestruição, e, na maior parte dos casos, a serviço de outros. O trabalhador não se interessa pelo produto do seu trabalho, e, por isso, o trabalho é destituído de prazer e representa uma carga pesada. Ora, qualquer trabalho que se baseia na obrigação, e não no prazer, não só contraria as regras da economia biológica, como também é pouco produtivo, do ponto de vista econômico.

O problema é importante e pouco se conhece a seu respeito. Tentemos primeiramente uma perspectiva geral. É evidente que o trabalho mecanicista, e que não proporciona satisfação biológica, é um produto da concepção mecanicista da vida em geral e da civilização da máquina. Poderá a função biológica do trabalho ser conciliada com a sua função social? É possível que sim, mas não sem uma correção radical de velhas concepções e instituições.

O artesão do século XIX ainda tinha uma relação plena com o produto do seu trabalho. Mas se, tal como acontece numa fábrica Ford, o trabalho do operário consiste, durante anos a fio, em realizar um único gesto num detalhe do produto que está sendo fabricado, sem nunca ver o total, então é evidente que não se poderá falar de trabalho *satisfatório*. A divisão especializada e mecanizada do trabalho, aliada ao sistema do trabalho assalariado, faz com que o trabalhador não tenha qualquer relação com a máquina.

É possível argumentar que, apesar de tudo, existe uma *necessidade* de trabalhar, uma gratificação "natural" no trabalho, a qual é inerente ao próprio ato de trabalhar. É certo que a atividade em si representa uma certa satisfação biológica, mas a maneira como essa atividade se encontra comprimida na economia de mercado anula a satisfação proporcionada pelo trabalho e a vontade de trabalhar. Sem dúvida nenhuma, uma das tarefas mais prementes da democracia do trabalho é *harmonizar as condições e formas de trabalho com a necessidade de trabalhar e a satisfação no trabalho,* isto é, eliminar *o antagonismo* entre trabalho e prazer. Isto abre um terreno imenso a ser explorado pelo pensamento humano: será possível, e de que modo, manter a atual racionalização e mecanização do trabalho, sem contudo destruir a satisfação de trabalhar? É perfeitamente admissível que o trabalhador possa ter contato com o produto total do trabalho, sem no entanto ser suprimida a divisão do trabalho. A alegria experimentada no trabalho é um elemento essencial que nunca pode ser excluído do processo de transformação do homem de escravo do trabalho em senhor da produção. Quando os homens voltarem a ter uma relação direta com o produto do seu trabalho, assumirão também com prazer a responsabilidade que hoje não têm ou se recusam a ter.

Poder-se-ia dizer, citando o exemplo da União Soviética: "Vocês, os adeptos da democracia do trabalho, são utopistas e visionários, embora se vangloriem de ver a realidade de um modo não sentimental. O que é feito da eliminação da divisão do trabalho, no paraíso dos trabalhadores que é a União Soviética? O que é feito do prazer no trabalho? O que é feito do sistema de salários e da economia de mercado? Vocês não veem, a partir dos resultados da revolução operária, como são impossíveis e ilusórias as suas concepções epicuristas sobre o trabalho?".

A resposta a esse argumento é a seguinte: apesar dos progressos da ciência, o misticismo das massas é, em 1944, mais forte do que nunca. Isso é incontestável. Mas se o objetivo pretendido – neste caso a racionalidade das massas humanas – não foi atingido, isso não significa que ele *não pode ser* concretizado. O problema fundamental continua a ser o seguinte: o objetivo da satisfação no trabalho é realista ou utópico? Se este objetivo for realista, se corresponde ao desejo profundo de todos, deve-se perguntar que obstáculos se opõem à sua concretização. Isto se aplica ao campo da tecnologia, do mesmo modo que ao campo da ciência. O fato de ninguém ainda ter conseguido escalar o monte Everest não constitui prova de que seja impossível fazê-lo. Só faltam os últimos 800 metros!

Exatamente neste ponto fica evidente o forte antagonismo entre a democracia do trabalho e a política: os nossos jornais estão repletos de debates políticos que não se referem convenientemente a nenhuma das dificuldades do processo de trabalho das massas humanas. Isso é compreensível, pois os políticos nada entendem de trabalho. Imagine-se por um momento que uma comunidade vivendo em democracia do trabalho excluísse todo o irracionalismo de seus jornais e se decidisse a discutir, ela mesma, as condições de trabalho gratificante. As massas trabalhadoras imediatamente enviariam uma profusão de sugestões e propostas que evitariam, de uma vez por todas, qualquer tipo de politicagem. Imagine-se com que alegria um chefe, um engenheiro e um especialista haveriam de descrever cada aspecto e cada fase do processo de trabalho, e de apresentar propostas e conselhos para melhoramentos. Discutiriam e competiriam uns com os outros. Haveria debates acalorados. Tudo isso seria maravilhoso. Foram precisos séculos para se chegar à ideia de construir as fábricas, não como prisões, mas como lugares plenos de luz, de ventilação, de banheiros, cozinhas etc. As necessidades da economia de guerra introduziram os aparelhos de rádio nas fábricas. Este processo se desenvolveria ilimitadamente, se os trabalhadores, e não os políticos, estivessem no controle da imprensa.

Nos primeiros cinco anos, a economia soviética estabeleceu algumas bases para a democracia do trabalho. Assim, por exemplo, decidiu-se suprimir a preparação profissional *unilateral* da juventude por uma preparação *geral* e completa para a vida profissional; deste modo se procurou neutralizar as desvantagens da divisão do trabalho. Também diminuiu a oposição entre trabalho "físico" e trabalho "mental". Os jovens recebiam um preparo físico e mental tão completo para a vida profissional, que cada membro da sociedade podia ser empregado em qualquer uma das fases do processo de trabalho. Por exemplo, os empregados das grandes empresas eram transferidos, periodicamente, de uma função a outra. Fazia-se uma permuta entre trabalhadores de empresa de ramos diversos. Os trabalhadores especializados, com um bom preparo, que assumiam a direção de uma empresa regressavam, depois de algum tempo, ao trabalho com as máquinas para impedir que perdessem o contato com o trabalho e se transformassem em burocratas administrativos.

A *autogestão das empresas* encontrou expressão na criação do chamado "diretório tripartido"; todas as empresas eram dirigidas por trabalhadores da própria empresa, para isso eleitos pelo conjunto dos trabalhadores. Desta forma, os trabalhadores da empresa participavam diretamente na direção. Realizavam-se reuniões especiais para discutir sobre a produção da empresa. Estes e outros fatos mostram que foi aberto o caminho para a restauração da unidade entre o aspecto de produção e o aspecto de prazer do trabalho. Neste ponto, o adversário da democracia do trabalho poderia argumentar triunfalmente que a maior parte destas inovações não pôde ser mantida, que, por exemplo, as discussões sobre a produção degeneraram, com o tempo, em mera formalidade, ou foram totalmente suprimidas. A isto respondemos: os irmãos Wright não tornaram o voo possível, embora Ícaro e Dédalo, na Antiguidade, e Leonardo da Vinci, na Idade Média, tenham fracassado em seus esforços para voar? *As primeiras iniciativas no sentido de estabelecer a democracia do trabalho nas empresas, na União Soviética, fracassaram porque a reorganização da direção das empresas não acompanhou a reestruturação da estrutura humana.* Esse fracasso constitui uma lição que poderá evitar erros na próxima experiência.

O *diretório tripartido* e a *autogestão das empresas* foram abolidos quando um *só* diretor assumiu a *direção* da empresa, assumiu a responsabilidade individual e avançou para uma posição de liderança independente. Esse "diretor" era ainda originário da classe trabalhadora, isto é, dos trabalhadores da empresa em questão. Mas este diretor *autônomo* da empresa era logo forçado a desenvolver todas as características de um fiscal, de um burocrata ou de um dominador, o qual já não fazia parte das massas de trabalhadores. É esta a origem da "classe dominante" na União Soviética. Mas isto não invalida o fato de que todo o processo de trabalho é e deve ser, natural e necessariamente, baseado em um *processo de democracia do trabalho*. A autogestão é uma característica espontânea do trabalho. O que é necessário é transformar de tal modo a estrutura do trabalhador que esta democracia natural do trabalho possa ser libertada de qualquer sobrecarga burocrática e possa desenvolver as *suas próprias formas e organizações*. O defensor da democracia do trabalho, conhecedor dos processos de trabalho, não nega as dificuldades; chega, pelo contrário, a acentuá-las, por ter o maior interesse em compreendê-las e superá-las. Não se vangloria pelo fato de haver dificuldades, derrotas e fracassos, como o político que desse modo constrói o seu poder sobre as massas. Não se serve dessas dificuldades para provar a impossibilidade de pôr em prática uma economia planificada, de acordo com as necessidades e a transformação radical dos homens; pelo contrário, aprende, com essas dificuldades, a melhorar a sua atuação. É sempre mais fácil, para quem se mantém numa atitude passiva, ridicularizar os fracassos de quem tenta avançar.

Para o governo soviético, constituiu desde sempre uma grande dificuldade o fato de que justamente os operários especializados e interessados mostraram pouco entusiasmo pela política. Citemos, como exemplo, a declaração de um funcionário: "O amor à profissão", ele disse,

> é o mais importante. Os operários qualificados são a melhor reserva do partido. Estão sempre gratificados por sua profissão e sempre procurando novas formas de melhorar o seu trabalho. São muito conscientes. Quando se pergunta a eles por que motivo não entram para o partido, respondem que não têm tempo: "Estou interessado", eles dizem, "em encontrar maneiras de melhorar a qualidade do aço ou de misturar o concreto". Depois, inventam algo, como ferramentas etc. *É justamente nesses trabalhos que estamos interessados, mas ainda não encontramos uma maneira certa de nos aproximarmos desses operários;* em contrapartida, são os melhores e mais adiantados. Estão sempre ocupados e sempre procurando meios de melhorar a sua produção. [O grifo é meu.]

Este funcionário abordou uma questão essencial no âmbito das relações entre política e trabalho. Também se encontra essa problemática na Alemanha, onde se ouve dizer constantemente: "Nós, políticos adeptos da liberdade, afinal estamos certos nas nossas concepções, e os trabalhadores nos compreendem, mas não se interessam pela política; também temos a mesma dificuldade com os trabalhadores industriais". Independentemente dos desapontamentos políticos que distanciaram os trabalhadores industriais alemães do Partido Comunista, nos anos que se seguiram a 1923, houve uma circunstância muito importante, que tem sido ou sistematicamente ignorada ou mal compreendida. *A política desconhecia inteiramente as questões técnicas e encontrava-se totalmente isolada do mundo concreto do trabalho.* O trabalhador que se interessava pelos aspectos técnicos do seu trabalho, se pertencia a um partido político, era obrigado a voltar-se para a problemática política, quando chegava a noite. Os políticos não estavam em condições de adotar posições e pensamentos revolucionários a partir do próprio processo de trabalho; a verdade é que nada sabiam sobre o trabalho. Em contrapartida, procuravam apresentar aos trabalhadores conceitos abstratos de alta política estatal que não lhes interessavam. Entretanto, na democracia do trabalho, cada detalhe é desenvolvido organicamente a partir dos *aspectos técnicos do trabalho. "Como organizaremos a nossa empresa, quando tivermos de administrá-la? Que dificuldades precisamos superar? Como racionalizar a empresa para facilitar o trabalho? Que conhecimentos ainda temos de adquirir para podermos dirigir melhor a empresa? Como resolveremos os problemas de habitação, alimentação, cuidados para com crianças etc.?"* Perguntas como essas proporcionam necessariamente a todos os que desempenham um trabalho responsável a sensação de: *Essa empresa é nossa criança-problema.* A alienação dos trabalhadores em relação ao trabalho só pode ser abolida se os trabalhadores aprenderem a lidar com os aspectos técnicos da empresa, a qual, com o seu trabalho, mantêm em funcionamento; deste modo se preenche a lacuna entre o trabalho especializado e a responsabilidade social, lacuna que destrói a vida em sociedade. Estes dois fatores convertem-se numa unidade, e isso vai, por sua vez, abolir antíteses como o *trabalho que dá prazer* e as *condições mecânicas de trabalho.* Na Alemanha, durante o fascismo, o operário não tinha o menor interesse pelo processo de trabalho. Era um indivíduo "comandado" e irresponsável, que tinha de acatar as ordens do chefe da empresa, que arcava com todas as responsabilidades. Ou tinha a ilusão nacionalista de que representava a empresa, na sua qualidade de "alemão", não na qualidade de um produtor socialmente responsável de valores de uso, mas como um "alemão". Essa atitude nacionalista e ilusória caracterizou toda a ação nacional-socialista na Alemanha, que recorreu a todos os meios com o fim de encobrir o real desinteresse dos trabalhadores pelo seu trabalho através de uma ilusória identificação com o "Estado". Ora, sociedade é sociedade e máquina é máquina, seja na Alemanha, nos Estados Unidos ou em Honolulu. A sociedade e a máquina são, tal como o "trabalho", realidades *internacionais. Falar em termos de "traba-*

lho alemão" é um disparate! A democracia natural do trabalho elimina a falta de interesse; não a disfarça através de uma identificação ilusória com o "Estado", a cor do cabelo ou a forma do nariz; elimina a falta de interesse permitindo que os trabalhadores sintam uma responsabilidade real por seu produto e tenham a sensação de que "essa empresa é nossa". O essencial não é ter uma "consciência de classe" *formal,* ou pertencer a uma determinada classe, mas sim ter um interesse técnico pela profissão, ter uma relação objetiva com o trabalho, uma relação que substitua o nacionalismo e a consciência de classe por uma *consciência da própria habilidade.* Só estando estreitamente ligado ao seu trabalho, o trabalhador pode compreender a que ponto são destruidoras as formas de trabalho das ditaduras e das democracias formais, não só para o trabalho em si mas também para o prazer de trabalhar.

Consideramos "libidinosa" a relação de um homem com o seu trabalho, quando este lhe proporciona prazer; dado que o *trabalho* e a *sexualidade* (nos sentidos lato e estrito das palavras) estão estreitamente ligados entre si, a relação do homem com o trabalho é também uma questão pertencente ao domínio da economia sexual das massas humanas. A higiene do processo de trabalho depende de como as massas de pessoas usam e satisfazem sua energia biológica. *Trabalho e sexualidade têm origem na mesma energia biológica.*

A revolução política, realizada por trabalhadores, não proporcionou aos próprios trabalhadores a sensação de que eram responsáveis por tudo. Isso deu origem a um retorno às medidas autoritárias. O governo da União Soviética teve de lutar desde muito cedo com o problema de os trabalhadores não respeitarem suas ferramentas. Eram constantes as queixas sobre o abandono do local de trabalho e sobre uma enorme flutuação dos trabalhadores nas empresas, etc. No *Börsen,* de 22 de maio de 1934, relatava-se que era "insatisfatória" a situação nas regiões ricas em carvão, especialmente no distrito de "Donbas", o mais importante dos distritos mineiros. Afirmava-se que só por meio de medidas extraordinárias, como o deslocamento de engenheiros e técnicos dos escritórios para as minas, tinha sido possível aumentar de 120 para 148 mil toneladas a produção diária em janeiro desse ano; mas nem mesmo então funcionaram todas as máquinas, e, em março de 1934, a produção diária voltou a diminuir para 140 mil toneladas. Uma das principais causas desta diminuição foi a "negligência" no tratamento dispensado às máquinas. Outra causa foi o fato de que *muitos trabalhadores, "com a chegada da primavera", procuravam abandonar as minas*, o que, na opinião da imprensa, era consequência da "falta de interesse". Durante os meses de janeiro e fevereiro, 33 000 (!) trabalhadores deixaram as minas, e foram empregados mais 28 000 trabalhadores. Pensa-se que teria sido possível evitar esse grande êxodo se a direção tivesse proporcionado *melhores condições de vida aos trabalhadores, e as possibilidades de recreação para suas horas de lazer.*

Ora, tudo isto se constituía num dilema para o economista ascético e alienado. O "tempo livre" serve, sem dúvida alguma, para a distração e para *compartilhar a alegria de viver.* É verdade que nas empresas foram instalados clubes, salas de teatro e outras dependências para recreação. Isso significa que se adivinhava a importância da alegria de viver para a higiene do processo de trabalho. Mas oficialmente, e sobretudo na ideologia social, o "trabalho" foi definido como "a *essência* da vida" e considerado como a *antítese* da sexualidade.

No filme *O caminho para a vida,* estoura uma revolta numa fábrica operada e administrada por delinquentes juvenis, durante a *primavera.* Eles destroem as máquinas e recusam-se a trabalhar. No filme, essa rebelião foi atribuída ao fato de o material para o trabalho não ter chegado a tempo, em consequência de uma inundação nas vias de acesso; deste modo, considera-se como causa da revolta a "falta de material de trabalho". Mas a realidade é que os jovens, que viviam sem mulheres nas suas instalações coletivas, foram acometidos de uma febre primaveril, que explodiu devido à circunstância da interrupção do trabalho, tendo no entanto causas diversas. *A sexualidade insatisfeita facilmente se converte em fúria.* As revoltas nas prisões são uma explosão de sadismo, em consequência da insatisfação sexual. Ora, quando 33 000 trabalhadores abandonam ao mesmo tempo uma fábrica, *exatamente na primavera,* não pode haver dúvidas de que a origem do problema está numa condição insatisfatória da economia sexual na União Soviética. Ao falarmos de "condição da economia sexual", não nos referimos exclusivamente à possibilidade de ter uma vida amorosa satisfatória e regular, mas, além disso, a tudo o que se relaciona com o prazer e a alegria de viver no âmbito do trabalho. Os políticos soviéticos praticavam, pelo contrário, uma espécie de terapia de trabalho contra as necessidades sexuais. Tal procedimento surte, necessariamente, efeitos contrários. No decorrer de mais de uma década, durante a qual estive lendo a literatura oficial soviética, não encontrei uma única referência a essas relações biológicas decisivas.

É extremamente importante a relação entre a vida sexual do trabalhador e o desempenho em seu trabalho. É errado pensar que se trabalha tanto mais quanto mais energia sexual for desviada da satisfação natural. O que ocorre é o inverso: *quanto mais satisfatória é a vida sexual, tanto mais produtivo e satisfatório é o trabalho,* se estiverem preenchidas todas as condições exteriores. A energia sexual *satisfeita* traduz-se espontaneamente em interesse pelo trabalho e em uma necessidade imperiosa de atividade. Pelo contrário, se a necessidade sexual não é satisfeita, o trabalho sofre *perturbações* de diversos tipos. Por este motivo, um dos princípios da higiene de trabalho de uma sociedade que viva em democracia do trabalho é a seguinte: *para que se possa desenvolver plenamente o impulso biológico de atividade é necessário não só criar as melhores condições externas para o trabalho, mas também satisfazer os pressupostos biológicos de ordem interna. Por este motivo, uma das condições mais importantes para um trabalho produtivo e agradável consiste em assegurar a vida sexual das massas trabalhadoras.* O grau em que o trabalho contribui para destruir a alegria de viver numa sociedade, o grau em que o trabalho é apresentado como dever (quer se trate de um dever para com a "pátria", o "proletariado" ou a "nação", ou qualquer outro nome que estas ilusões costumam ter), constitui um padrão seguro para o julgamento do caráter antidemocrático da classe dominante de uma sociedade. Tal como "dever", "Estado", "ordem e disciplina", "sacrifício" etc., também "alegria de viver", "democracia do trabalho", "autorregulação", "trabalho agradável", "sexualidade natural" são elementos intimamente ligados uns aos outros.

A filosofia acadêmica desperdiça tempo e energia na tentativa de saber se existe ou não uma necessidade biológica de trabalhar.

Também neste ponto, é a falta de experiência viva que impede a solução do enigma. O impulso para a atividade origina-se em fontes biológicas de excitação do organismo; portanto, é um impulso natural. Contudo, as formas de trabalho são determinadas socialmente, e não biologicamente. O impulso humano para a atividade satisfaz--se espontaneamente na execução de tarefas e objetivos profissionais, pondo-se a serviço da satisfação de necessidades sociais e individuais. *Aplicado à higiene do trabalho: o trabalho deve ser organizado de modo a possibilitar o desenvolvimento e a satisfação da necessidade biológica de atividade.* Esta função exclui qualquer forma de trabalho moralista e autoritário, desempenhado sob a compulsão do dever, por não tolerar um tom de comando; pressupõe as seguintes condições:

1. *Criação de melhores condições externas de trabalho (proteção no trabalho, redução do horário de trabalho, revezamento nas funções de trabalho, criação de uma relação direta do trabalhador com o produto do seu trabalho).*

2. *Liberação dos impulsos naturais de atividade* (a prevenção da formação da couraça rígida de caráter).

3. Criação de todas as condições necessárias para que a energia sexual possa ser convertida em interesse pelo trabalho. Para isso, a energia sexual deve:

4. *poder ser satisfeita,* e *realmente satisfeita.* Para isso, é preciso assegurar a reunião de todas as condições para uma vida sexual de homens e mulheres trabalhadores que seja inteiramente *satisfatória, baseada nos princípios da economia sexual e aceita pela sociedade* (boas condições de habitação, meios anticoncepcionais, adoção dos princípios de economia sexual na orientação da sexualidade infantil e juvenil).

É necessário entender perfeitamente as regressões que se verificaram na União Soviética para tirar lições dessa experiência: um dos erros consistiu em se ter avaliado mal as dificuldades inerentes à modificação da estrutura das massas; julgava-se que se tratava de um fator secundário, meramente "ideológico". Aquilo que era condenado de forma mais ou menos *moralista* como sendo "velhas tradições", "comodismo", "inclinação para os hábitos da classe média baixa", etc. constituía na realidade – como o provou a experiência posterior – um problema muito mais complexo e difícil de resolver do que a questão da mecanização da indústria. O governo soviético, sujeito às pressões de um mundo imperialista hostil, defrontava-se com a tarefa de proceder à industrialização do país com a maior rapidez possível; por isso voltou a adotar métodos autoritários. Os esforços iniciais no sentido da autogestão social foram negligenciados e até mesmo abandonados.

Acima de tudo, o esforço para converter o trabalho compulsivo e autoritário em trabalho biologicamente satisfatório e voluntário fracassou. A verdade é que o trabalho continuou a ser efetuado quer sob a pressão de uma forte concorrência, quer através do mecanismo de uma identificação ilusória com o Estado. Começou a se verificar, como Stalin constatou no 17º Congresso do Partido Comunista da União Soviética, uma "despersonalização do trabalho", uma "indiferença em relação ao material" que era trabalhado e aos produtos destinados aos consumidores. A inspeção operária e camponesa, criada em 1917 com o Comitê Central, com a finalidade de controlá-lo, mostrou-se inadequada, apesar de ser uma organização plenamente democrática. Stalin afirmou o seguinte:

> De acordo com sua organização, a inspeção operária e camponesa não pode *controlar* adequadamente a execução do trabalho. Há alguns anos, quando o nosso trabalho no domínio econômico era mais simples e menos satisfatório, e quando se podia contar com a possibilidade de uma inspeção de trabalho de todos os comissários e de todas as organizações industriais, a inspeção operária e camponesa estava em ordem. Mas agora que o nosso trabalho no domínio econômico cresceu e se tornou mais complexo, agora que já não há necessidade nem possibilidade de supervisioná-lo a partir de uma posição central, é necessário mudar a inspeção operária e camponesa. Não necessitamos agora de uma supervisão, mas sim de uma *verificação da implementação das decisões do Comitê Central*. Precisamos agora de um controle sobre a implementação das decisões das instâncias centrais. Precisamos agora de uma organização que, sem se propor o objetivo pouco agradável de supervisionar tudo, seja capaz de concentrar toda a sua atenção na tarefa de controlar e verificar a implementação das decisões das instituições centrais. Essa organização só pode ser a Comissão Soviética de Controle do Conselho do Comissariado da União Soviética. Esse Comissariado deve ser responsável perante o Conselho dos Comissários e deve ter representantes locais que sejam *independentes das organizações locais*. Mas, para assegurar que ele tenha autoridade suficiente e possa, em caso de necessidade, chamar qualquer funcionário responsável para prestar contas, é necessário que os candidatos a membros da Comissão Soviética de Controle *sejam indicados* pelo Congresso do Partido e aprovados pelo Conselho dos Comissários e pelo Comitê Central da União Soviética. Creio que só uma organi-

zação desse tipo estará em condições de fortalecer o controle soviético e a *disciplina soviética*...
É necessário que os membros desta organização sejam indicados e demitidos apenas pelo órgão superior, o Congresso do Partido. Não pode haver dúvidas de que essa organização será realmente capaz de *assegurar o controle sobre a execução das decisões dos órgãos centrais do Partido e de reforçar a disciplina partidária.*
[Todos os grifos são meus.]

Aqui está bem clara a transformação do sistema de autogestão das empresas no sentido de um controle autoritário. A inspeção operária e camponesa, que a princípio tinha a função de controlar a liderança estatal, desapareceu completamente e foi substituída por órgãos estatais nomeados para controlar o trabalho atribuído aos operários e camponeses. Os operários e camponeses não reagiram; o fracasso da democracia social era *completo*. A incapacidade para liberdade, por parte das massas humanas, não foi nem mencionada nem percebida.

Esta transformação tornara-se necessária para o bem da coesão da sociedade russa. *A autogestão desejada não se desenvolveu,* ou então o seu desenvolvimento foi insuficiente. A verdade é que não se desenvolveu e não podia ter-se desenvolvido porque o Partido Comunista, embora já tivesse proclamado o princípio da autogestão, não conhecia os meios necessários para concretizá-lo. Enquanto, anteriormente, a inspeção operária e camponesa tinha a missão de controlar e supervisionar, na sua qualidade de representantes eleitos do Congresso Soviético, todos os comissariados soviéticos e todas as organizações econômicas; enquanto, em outras palavras, as massas de trabalhadores, que elegiam os sovietes, exerciam, por assim dizer, o *controle sobre o partido e a economia,* agora essa função era transferida ao partido e a seus *órgãos, os quais eram independentes das organizações soviéticas locais.* Enquanto a inspeção operária e camponesa era uma expressão da tendência social para a *autorregulação* e para a *autogestão das massas,* a nova *"Comissão de controle"* era a *expressão da implementação autoritária das decisões do partido.* Trata-se, portanto, de apenas uma entre muitas regressões da intenção de promover a autogestão para o controle autoritário da sociedade e sua economia.

Esta medida poderia ser considerada como uma consequência da natureza duvidosa dos sovietes? A resposta é a seguinte: não é nos sovietes, como representantes dos homens e mulheres trabalhadores, que reside a causa do fracasso, mas sim na manipulação destes sovietes pelos políticos. O governo soviético teve de resolver os problemas econômicos e de disciplina de trabalho. Como o princípio da autogestão fracassou, teve de recorrer novamente ao princípio da autoridade. Isto não significa que aprovemos o princípio da autoridade; pelo contrário, se enfatizamos esta regressão catastrófica, é apenas porque queremos conhecer as *razões* desse revés e, então, *eliminar* as dificuldades para contribuir, apesar de tudo, para o triunfo da autogestão. Neste ponto, *a responsabilidade por esse fracasso recai sobre as próprias massas trabalhadoras*. A menos que aprendam a eliminar sua própria fraqueza com sua própria ingenuidade, elas não poderão se libertar das formas autoritárias de governo. Ninguém as pode ajudar. Elas e só elas são responsáveis. Esta é a única verdade capaz de proporcionar alguma esperança. Não se pode censurar o governo soviético por ter voltado aos métodos de controle autoritário e moralista: ele *teve* de fazê-lo para não pôr em perigo o resto. Pode-se censurá-lo, sim, por ter esquecido a autogestão, por ter dificultado seu desenvolvimento futuro e por não ter criado suas condições prévias. Pode-se censurar o fato de o governo soviético ter *esquecido que o Estado tem de se extinguir.* Deve-se censurá-lo por não ter utilizado o fracasso da autogestão e da autorregulação das massas como ponto de partida para novos e maiores esforços; por ter tentado fazer o mundo acreditar que, apesar de tudo, essa autorregulação estava se desenvolvendo, e que o "socialismo pleno" e a verdadeira democracia prevaleciam. As ilusões servem sempre para impedir a *realização* daquilo que representam. Por isso, é evidente que o primeiro dever de todo verdadeiro democrata é constatar, expor e ajudar a resolver essas dificuldades de desenvolvimento. Uma ditadura declarada é muito menos perigosa do que uma democracia aparente. É possível defender-se da primeira; a última é como uma alga presa ao corpo de um afogado. Por isso não podemos poupar aos políticos soviéticos a acusação de desonestidade. Prejudicaram, mais do que Hitler, o desenvolvimento da verdadeira democracia. Esta acusação é dura, mas inevitável. Não se pode apenas falar em autocrítica. É necessário exercê-la, por mais dolorosa que seja.

    O fracasso da autogestão e da autonomia na União Soviética levou a uma organização de disciplina de trabalho que se manifestou claramente na apresentação militarista do primeiro plano quinquenal. A ciência da economia política era uma "fortaleza", e o objetivo da juventude era "capturá-la". Os jornais informavam sobre as "campanhas" e as "frentes", como no tempo da guerra; exércitos de trabalhadores "venciam batalhas"; brigadas atravessavam "desfiladeiros". "Batalhões de ferro" travavam "combates sob o troar dos canhões". Determinavam-se "planos". Os "desertores" eram expostos ao ridículo público; efetuavam-se "manobras"; as pessoas eram "alarmadas" e "mobilizadas". A "cavalaria ligeira" se apossava dos "postos avançados de comando" em "ataques" perigosos.

Estes exemplos extraídos da literatura soviética bastam para mostrar que a implementação do gigantesco plano quinquenal só era possível com o auxílio de uma ideologia inspirada num *clima de guerra* e que por sua vez recriava tal clima. Na base de tudo isso estava um fato real: a incapacidade das massas para a liberdade. Aceleração da industrialização serviu para edificar o poder militar do país. Uma vez que a revolução social não se materializou no Ocidente e que, acima de tudo, a autogestão da sociedade soviética não se desenvolveu, a situação na Rússia soviética era de fato comparável a um estado de guerra. A diplomacia soviética enfrentava então a difícil missão de evitar confrontos militares, especialmente o confronto com o Japão, devido à ferrovia da China Oriental e da Manchúria. Mas aquilo que, em virtude da situação objetiva, era inevitável e mesmo útil no momento, visto que dava à União Soviética a possibilidade de se armar contra os ataques imperialistas, acabaria por ter duas consequências devastadoras:

1. Quando uma população de 160 milhões de pessoas é mantida durante anos num clima de guerra, sendo-lhe inculcada uma ideologia militarista, são inevitáveis as influências sobre a formação da estrutura humana, mesmo que tenha sido atingido o objetivo dessa ideologia de guerra. A estrutura militarista da liderança de massas recebeu poderes autônomos. A "devoção abnegada" como *ideal* de vida exaltado na educação das massas criou, gradualmente, a psicologia de massas, que tornou possível realizar os processos ditatoriais de expurgos, execuções e medidas coercitivas de todo tipo. Depois de tudo o que expusemos, quem se atreverá ainda a subestimar o papel da biopsicologia no desenvolvimento de uma sociedade livre?

2. Quando um governo que se sente rodeado por poderes beligerantes exerce, durante anos seguidos, um tipo definido de influência militarista e ideológica sobre as massas, e, envolvido no turbilhão de tarefas imediatas de difícil resolução, acaba esquecendo sua própria tarefa, é facilmente tentado a manter e intensificar essa atmosfera, mesmo *depois* que, uma vez atingido o seu objetivo, ele tenha se tornado supérfluo. As massas humanas são e permanecem alienadas, alheiam-se, vegetam ou tentam superar as suas necessidades refugiando-se num chauvinismo irracional.

A regulação autoritária do processo de trabalho era perfeitamente adequada ao clima militarista em que viviam os cidadãos soviéticos. Não se pensava – nem era possível pensar – numa transformação radical dos métodos de trabalho. O heroísmo que presidia aos esforços de reconstrução da indústria era notável. Mas em que difere essencialmente esse heroísmo daquele da juventude hitlerista ou daquele de um soldado imperialista? O que é feito da luta pela liberdade *humana* (não nacional)? É errado subestimar o heroísmo de um soldado britânico ou alemão durante a guerra mundial em relação ao de um soviético no período de reconstrução industrial. Se não estabelecermos uma rigorosa distinção entre a emoção do herói e o objetivo libertário do seu esforço, acabamos nos afastando irremediavelmente da busca de objetivos (*autogestão*). É certo que esse heroísmo era "necessário", mas o esforço para efetuar uma mudança básica na estrutura das massas humanas não frutificou; consequentemente, o estabelecimento daquele Estado social, pelo qual gerações de lutadores pela liberdade deram o melhor de seus espíritos e de suas vidas, também não se concretizou. Dado que o trabalhador já não tinha um interesse "pessoal" por seu trabalho, foi necessário voltar ao seu "impulso para consumir". Reinstituiu-se o sistema de bônus. Os trabalhadores eram remunerados de acordo com sua força de trabalho; aqueles que faziam mais recebiam melhor alimentação e moradia. Mas isso não era o pior: foi restabelecida a forma mais rígida do sistema competitivo de salários. Tudo isto foi "necessário", mas devia ter ficado claro que era diametralmente oposto ao objetivo original.

A regulação moralista e autoritária do trabalho também se manifestou na aplicação de "impedimentos" aos operários quando estes pretendiam abandonar a empresa. Por exemplo, os operários tinham de comprometer-se a permanecer até o fim do plano quinquenal. Visto que cerca de 40% da indústria da União Soviética, no tempo do plano quinquenal, servia para a produção de material de guerra, tornava-se necessário intensificar consideravelmente o trabalho, para manter num certo nível a indústria de bens de consumo. Assim se organizaram "noites de trabalho", com o propósito de estimular a ambição. Nessas "noites", estabeleciam-se competições para ver quem conseguia datilografar mais depressa, embrulhar bombons mais depressa, etc. Em várias fábricas foi instituído o sistema de quadro *preto* e quadro *vermelho*. No quadro preto, eram escritos os nomes dos trabalhadores "preguiçosos"; no vermelho, os dos trabalhadores "bons e diligentes". Ignoraram-se os efeitos produzidos pela exaltação moral de uns e pela humilhação de outros sobre a formação do caráter. Mas, a partir de tudo o que sabemos sobre a aplicação dessas medidas, podemos concluir com segurança que os efeitos sobre a formação da estrutura humana foram desastrosos. Aqueles que viam o seu nome escrito no quadro preto tinham, sem dúvida, sentimentos de vergonha, inveja, inferioridade e mesmo ódio; os que eram inscritos no quadro vermelho podiam vangloriar-se face aos outros concorrentes, podiam sentir-se vitoriosos, podiam dar vazão à sua brutalidade e fazer triunfar a sua ambição. Mas, na realidade, os vencidos em tal concurso não eram necessariamente os "inferiores". Pelo contrário: temos o direito de supor que alguns dos "negros" eram homens estruturalmente mais livres, mesmo que mais neuróticos. E, em contrapartida, o vencedor não era necessariamente um ser humano livre, pois exatamente aquilo que se estimulava nele corresponde às características principais dos ambiciosos, dos fanfarrões, numa palavra, de pessoas vítimas da peste emocional.

Uma pequena poesia, que tinha o objetivo de estimular a disciplina de trabalho, mostra como se pensava pouco na extinção do Estado e na transmissão das suas funções aos cidadãos:

Es braucht der Staat für die Kolchose
zabhllse stählerne Agitatoren.
Vom Pazifik bis Minsk, von Wjatk bis Krim
harrt fetter Ackerboden der Traktoren.

Es ruft der Staat!
Voran, voran! Mann für Mann!
Tretet an!

Den Hammer Nacht und Tag
schwingen wir Schlag auf Schlag,
bauen täglich hundertmal
dem Land ein neues Ross aus Stahl.

[O Estado tem necessidade para o Kolkhoz
de muitos agitadores fortes como o aço.
Desde o Pacífico até Minsk, desde Vjatka até a Crimeia,
A terra fértil espera pelos tratores.

O Estado apela!
Em frente, em frente, todos em frente!
Avançai!

Dia e noite empunhamos
Os martelos, golpe a golpe,
Construímos todos os dias
Cem novos cavalos de aço para a nossa terra.]

 Note-se a expressão "o *Estado tem necessidade*", em vez de "*Nós* temos necessidade". O político economicista pode não considerar essa diferença como relevante, mas a verdade é que é de importância decisiva para a reestruturação do caráter do homem.
 O chamado movimento de Stakhanov constituiu um indício significativo da deterioração da função do trabalho. Chamava-se "stakhanovistas" aos operários que ultrapassavam em muito o nível médio de produtividade das empresas. Stakhanov fora o primeiro operário industrial a estabelecer recordes de produtividade do trabalho. É evidente que na base desse movimento esteve a falta de interesse das massas trabalhadoras pelo seu trabalho. A verdade incontestável era que a União Soviética precisava aumentar a produção. Dado o fracasso das massas trabalhadoras em atingir o objetivo voluntariamente, recorreu-se ao sistema de recordes – que estimula a ambição – e ainda a um amplo leque salarial. Mas a necessidade des-

te processo não deve desviar a nossa atenção do problema principal: um aumento mínimo do interesse pelo trabalho e da capacidade de trabalho de cada trabalhador teria sido suficiente para tornar supérfluo o movimento stakhanovista. Mas, para isso, teria sido necessária uma completa transformação da política sexual e da educação sexual na União Soviética. Faltavam contudo os conhecimentos e a vontade necessária para isso.

A adoção do stakhanovismo teve sérias consequências na formação da estrutura de caráter do homem. Só os mais ambiciosos e os mais violentos podiam pretender bater o recorde. Assim, a grande massa dos trabalhadores fica para trás ou é deixada de lado. Cria-se um abismo entre as massas trabalhadoras médias e um punhado de fanáticos pelo trabalho, que facilmente se arvoram em nova classe dominante. Enquanto a *grande maioria* dos trabalhadores não produzir o trabalho da sociedade com entusiasmo e com a consciência da *responsabilidade individual,* não pode haver uma verdadeira transformação do trabalho obrigatório em trabalho realizado com prazer. Até que isso aconteça, continuarão as queixas sobre os trabalhadores, sobre o baixo nível da produção, sobre faltas ao trabalho e má conservação das máquinas. O novo abismo criado entre os trabalhadores produz sentimentos de inveja e ambição entre os mais fracos, e de superioridade e orgulho racista entre os mais fortes. Deste modo, não se pode desenvolver um sentimento coletivo de solidariedade. Prevalecem necessariamente as denúncias e reações características da peste emocional.

As opiniões dos ideólogos nacional-socialistas e fascistas, ao apreciarem o caráter democrático ou não democrático de determinado processo, constituem um bom padrão. É que, quando políticos nacionalistas, chauvinistas, militaristas e imperialistas elogiam, há razões para desconfiar. Assim, Mehnert escreve:

> Frequentemente, o acolhimento dispensado aos Consomols que vêm ajudar uma fábrica a aumentar a produção é pouco amistoso, pois não costumam ser muito brandos os métodos com que os membros das brigadas estimulam os trabalhadores a intensificar a produção. Os correspondentes dos trabalhadores, que descobrem e publicam tudo nos jornais, são especialmente odiados. A falta de instrumentos de trabalho e de matérias-primas, o alojamento em grande parte miserável e a resistência passiva de muitos trabalhado-

res são frequentemente superiores às forças dos membros dos Consomols, e houve casos em que aqueles que chegavam com canções entusiásticas voltavam a partir com lágrimas de desespero.

Este é o relato dos fatos. Temos agora o elogio fascista ao espírito soviético.

Este mito é simples e claro. No nosso tempo, o qual é desprovido de mitos e sedento de mitos, ele produz um efeito fascinante. E, como todos os mitos, criou um ethos que já é acalentado por milhões de pessoas e que, de ano para ano, se expande cada vez mais. Para os russos, esse ethos é: "A necessidade é grande e são ambiciosos os objetivos que nos propusemos alcançar. Só os alcançaremos se lutarmos contra o mundo inteiro que nos odeia e nos teme, contra os inimigos que temos à nossa volta e dentro das nossas próprias fileiras. À medida que nos aproximarmos do socialismo, diminuirá a miséria. Mas só triunfaremos se formos um por todos e todos por um. Todos somos responsáveis uns pelos outros. Se, durante a guerra, há uma fábrica que produz armamento deficiente, trata-se de um crime contra o conjunto da população, e não apenas contra os soldados que morrem por sua causa. Se hoje uma fábrica produz máquinas defeituosas, comete um crime contra o socialismo, contra todos nós que lutamos pela sua construção. Desertar da frente de batalha não é uma falta em relação ao oficial, mas sim uma traição aos camaradas. Desertar da frente do plano quinquenal e do socialismo não é fazer greve contra o empresário, mas é um crime contra todos nós. Pois é nosso país, nossas fábricas e o nosso futuro!".

A estrutura humana que é formada a partir dessa "disciplinação" de trabalho é também impregnada de fanatismo religioso e de resistência passiva e entorpecida. Aconteceu sempre que o ethos de alguns, com a sua disciplina, teve como consequência a incompetência da grande maioria das pessoas. É possível que os mitos e os ethos sejam heroicos, mas constituem sempre medidas perigosas, antidemocráticas e reacionárias. *É uma questão de caráter, vontade, convicção, prazer em assumir a responsabilidade e o entusiasmo das grandes massas de homens e mulheres trabalhadores.* Elas têm que ter vontade e ser capazes de defender a sua própria vida e insistir no valor de sua experiência. Um ethos baseado na miséria das massas, exigindo tão grandes sacrifícios e tanta disciplina que só alguns es-

tão à sua altura, um ethos que é tão severo, e continua a ser tão severo, que mesmo aqueles que o apoiam não conseguem acompanhá-lo, poderá ter um efeito de elevação. Mas ele nunca resolverá um só problema objetivo da comunidade social. Um autêntico democrata, um adepto da democracia do trabalho, que não pode chegar às massas por causa de um tal ethos, simplesmente exclamará: *Esse ethos que vá para o inferno!*
Foi necessária a regulação autoritária e nacionalista do processo de trabalho na União Soviética?
Sim!
Essa regulação foi capaz de armar o país?
Sim!
Essa regulação foi uma medida progressista, destinada a estabelecer a autogestão da sociedade russa?
Não!
Conseguiu resolver algum dos graves problemas sociais ou abriu o caminho para solucioná-los? Contribuiu, e em que medida, para a satisfação da sociedade?
Nada!
Pelo contrário, produziu uma natureza humana limitada, do tipo nacionalista, justificando desse modo a implantação de uma ditadura *vermelha* autocrática.

A apreciação da estrutura ou da tendência libertária de uma sociedade nada tem a ver com a natureza do seu poderio militar. Fazer guerras, criar indústrias, agitar bandeiras, organizar desfiles militares são brincadeiras de criança, se comparadas com a tarefa de criar uma humanidade livre. Onde reinam o militarismo e um patriotismo chauvinista, reina facilmente o acordo entre amigos e inimigos. Mas a confusão linguística da Babilônia foi insignificante, comparada com a confusão que reina quanto ao conceito de "liberdade". Recorreremos uma vez mais às afirmações de um defensor da disciplina militar, que teria sido um combatente com a mesma honestidade e convicção subjetivas, tanto por uma América ansiosa por democracia como por uma América a caminho do fascismo.

Em 1943, o capitão Rickenbacker visitou oficialmente a União Soviética. Depois do seu regresso, o *The New York Times* inseria, no número de 18 de agosto, um artigo bastante detalhado contendo as suas impressões. Desse artigo, cito:

... o capitão Rickenbacker observou que, enquanto nos últimos anos a Rússia se inclinou para a direita, os Estados Unidos, nesses mesmos anos, tenderam para a esquerda.

"Se continuar assim, veremos a Rússia emergir desta guerra como a maior democracia do mundo, enquanto nós, se continuarmos pelo mesmo caminho, ficaremos como eles estavam há 25 anos", declarou ele.

"O senhor quer dizer com isto que a Rússia se dirige para o capitalismo enquanto nós nos dirigimos para o bolchevismo?", perguntaram ao capitão Rickenbacker.

"Sim, em certo sentido", respondeu ele.

... Entre as coisas que mais o impressionaram na Rússia estão a disciplina de ferro nas instalações industriais, a punição severa do absenteísmo crônico, que pode chegar até a perda do emprego, obrigando a entrar na fila dos desempregados, incentivos pecuniários, trabalho obrigatório em horas extraordinárias e "ausência de dificuldades trabalhistas". Diz o capitão Rickenbacker que os russos trabalham oito horas por dia, seis dias por semana, com um acréscimo eventual de três horas extraordinárias...

"...O bolchevismo na Rússia não corresponde àquilo que os entusiastas do comunismo neste país nos levaram a acreditar. Tem-se desviado constantemente para a direita nos últimos doze meses, o que é evidente de muitas maneiras. Em parte nenhuma vi tanto respeito pelas fileiras do Exército como na Rússia, da base ao topo, o que vai no sentido do capitalismo e da democracia. Os uniformes dos oficiais foram, em grande medida, copiados daqueles do tempo do czar, e a imprensa impinge ao povo heróis pré-revolucionários."

Aprendemos a ouvir as vozes conservadoras, a levá-las em conta e a admitir a validade dos relatos que fazem dos fatos, quando correspondem à verdade. Aprendemos também a compreender de que modo a biopatia das massas humanas dá origem a processos conservadores e reacionários. Diferimos de um defensor do autoritarismo, como Rickenbacker, pelo fato de não termos nenhuma sensação de triunfo quando descobrimos fatos lamentáveis. Simplesmente investigamos os processos naturais, pois é quando esses processos são bloqueados que os defensores de uma disciplina rígida passam a ter razão. Se na União Soviética reina aquilo que Rickenbacker chama de democracia, não queremos nada com ela. Não podemos equiparar "capitalismo" e "democracia". A liberdade não pode ser inferida a partir de uma organização militar. Elogiar a União Soviética de hoje e renegar o desenvolvimento da democracia social da Rússia, durante a época de Lenin, significa eliminar qualquer possibilidade de enxergar com maior clareza. As afirmações ridículas como a que foi citada acima só são possíveis se a história de um país e sua luta amarga pela libertação da escravidão não forem conhecidas. Rickenbacker aponta a União Soviética de 1943 como um modelo para os Estados Unidos. Fazia-o porque estava irritado com o absenteísmo nas fábricas americanas. Impressionava-o a facilidade com que a ditadura parecia ser capaz de enfrentar as dificuldades sociais. Mas, se é esse o caso, que preocupação é essa com liberdade, guerra de libertação, mundo novo? Essa tagarelice babilônica é uma consequência do "politicalismo". Para terminar, gostaria de acrescentar essas palavras de advertência, enquanto ainda é tempo: se as coisas continuarem como estão, há uma possibilidade muito real de, em breve, os Estados Unidos estarem em guerra com a Rússia. A União Soviética não tolerará nem uma América e nem uma Alemanha verdadeiramente democráticas. Uma das muitas razões para isso será a consciência carregada que pesa intensamente sobre a liderança de um Estado que partiu para conquistar liberdade para o mundo e acabou em um chauvinismo antiquado, contra o qual seus fundadores lutaram tão amargamente.

Capítulo 11

Dar responsabilidade ao trabalho vitalmente necessário!

Nos últimos tempos, as condições sociais em todo o mundo entraram em um processo de contínua transformação. A capitulação do *führer* do irracionalismo político italiano desencadeou esse processo. Seguir-se-á, mais cedo ou mais tarde, a capitulação do irracionalismo político alemão. O processo de reconstrução social na Europa começará com um vazio na vida social, o qual será principalmente caracterizado pelo caos político. Para enfrentar esse caos social, homens e mulheres, trabalhadores de todas as organizações e profissões vitalmente necessárias, devem se tornar conscientes da importância de cumprir sua obrigação social de trabalho. Não devemos supor que alguns dos antigos ou dos novos partidos políticos sejam capazes de preparar uma reorganização racional e fatual das condições sociais. Por isso é necessário que, logo que as circunstâncias o permitam, os representantes mais ilustres, mais perspicazes e politicamente independentes, de todos os ramos de trabalho vitalmente necessário, se reúnam em conferências nacionais e internacionais para discutir e resolver, cooperando em termos da democracia do trabalho, as tarefas práticas da vida social e individual, pelas quais eles são responsáveis. Quando essas conferências de trabalho, apolíticas e de caráter rigorosamente prático, tiverem se iniciado, suas atividades se desenvolverão com a lógica e a consistência próprias do trabalho objetivo e racional. Há muito se tornou evidente que a responsabilidade por todos os desenvolvimentos futuros apoia-se no trabalho vitalmente necessário de todas as profissões. Em resumo, apoia-se nos ombros dos representantes dessas profissões, e não em qualquer organismo de orientação puramente ideológica. Esta é uma conclusão a que se chegou, independentemente, em vários países da Europa e da América.

O QUE É A "DEMOCRACIA DO TRABALHO"?

A democracia do trabalho é o processo natural do amor, do trabalho e do conhecimento, que governou, governa e continuará governando a economia e a vida social e cultural do homem, enquanto houver uma sociedade. A democracia do trabalho é a soma de todas as funções da vida, governada pelas relações racionais interpessoais, que nasceram, cresceram e se desenvolveram de uma maneira natural e orgânica.

A democracia do trabalho não é um sistema ideológico. Também não é um sistema "político", que pode ser imposto à sociedade humana através da propaganda de um partido, de políticos isolados ou de qualquer grupo que compartilhe a mesma ideologia. Não existe uma única medida política formal capaz de "instituir" a democracia do trabalho. Não é possível instituir a democracia do trabalho, como se institui uma república ou uma ditadura totalitária. Isto por um motivo muito simples: *A democracia natural do trabalho existe e funciona ininterruptamente, independentemente de este ou aquele partido político ou grupo ideológico saber da sua existência.* O processo da democracia natural do trabalho tanto pode estar em forte contradição com as instituições sociais, como pode coincidir mais ou menos com essas instituições. O que esse processo da democracia do trabalho exige, onde quer que funcione, é que as ideologias e instituições sociais correspondam às necessidades naturais e às relações humanas, como acontece no amor natural, no trabalho vitalmente necessário e na ciência natural. Estas funções sociais vitais tanto podem ser impedidas como estimuladas; e os homens e mulheres trabalhadores podem ou não ter consciência delas. Mas *não é possível destruí-las.* Por isso constituem a base sólida de todos os processos sociais racionais.

Os sistemas políticos ideológicos baseiam-se em pontos de vista do processo natural da vida. Podem promover ou impedir esse processo. Mas esses sistemas não são parte do *fundamento* da sociedade humana. Podem ser democráticos; nesse caso, promovem o processo natural da vida humana. Mas também podem ser de natureza autoritária e ditatorial: neste caso, entram em conflito mortal com esse processo. A democracia do trabalho não pode ser imposta às pessoas como um sistema político. Aqueles que desempenham um trabalho vitalmente necessário, ou estão conscientes de sua responsabilidade pelos processos sociais, ou essa consciência evolui organicamente, como uma árvore ou o corpo de um animal. Este desenvolvimento da consciência da responsabilidade social é a precondição mais importante para evitar que os sistemas políticos proliferem como tumores no organismo social, sistemas políticos que, mais cedo ou mais tarde, *deverão* levar ao caos social. Essa consciência da responsabilidade social, por parte dos homens e mulheres trabalhadores de todas as profissões, é a precondição mais importante para que as instituições da sociedade humana acabem se harmonizando com as funções naturais da democracia do trabalho. Os sistemas políticos surgem e desaparecem, sem que ocorra qualquer mudança essencial nos fundamentos da vida social e sem que esta deixe de funcionar. Mas a pulsação da sociedade humana cessaria de uma vez por todas se parassem, por um só dia que fosse, as funções naturais do amor, do trabalho e do conhecimento.

 O amor natural, o trabalho vitalmente necessário e a ciência natural são funções *racionais da vida*. Pela sua própria natureza, não podem deixar de ser racionais. São arqui-inimigos de qualquer tipo de irracionalismo. O irracionalismo político, que pesteia, desfigura e destrói nossa vida, é, no sentido psiquiátrico real da palavra, uma perversão da vida social, uma perversão originada do fracasso em reconhecer as funções naturais da vida e da exclusão destas funções da regulação e determinação da vida social.

 Qualquer forma de dominação autoritária e totalitária fundamenta-se no irracionalismo inculcado nas massas humanas. Qualquer visão política ditatorial, seja quem for que a defenda, odeia e teme o seu arqui-inimigo, as funções do amor, do trabalho e do conhecimento. Não podem coexistir. A ditadura só consegue reprimir as funções naturais da vida, ou explorá-las para seus propósitos estreitos, nunca pode promover ou proteger essas funções, ou desempenhá-las ela mesma. Fazendo isso, ela se destruiria

Daqui se conclui o seguinte:
1. Não é necessário, e seria mesmo catastrófico, instituir sistemas políticos recentemente concebidos. O que é necessário é coordenar as funções naturais da vida com a regulação dos processos sociais futuros. Não é preciso criar nada de novo; devemos simplesmente remover os obstáculos que se opõem às funções sociais naturais, independentemente das formas que estes obstáculos possam assumir.
2. Os representantes dessas funções naturais da vida são os que desempenham o trabalho melhor em todas as profissões vitalmente necessárias. Não são suas inclinações políticas que os capacitam a funcionar segundo a democracia do trabalho, mas sim suas atividades como trabalhadores da indústria, agricultores, professores, médicos, educadores de crianças, escritores, administradores, técnicos, cientistas, pesquisadores etc. A reunião dos representantes de todo trabalho vitalmente necessário numa organização internacional dotada, social e legalmente, de autoridade prática seria imbatível e significaria o fim do irracionalismo político internacional.
3. A produção social e o consumo estão natural e organicamente relacionados. Assim, a criação de organizações que traduzissem, formalmente e na prática, essa relação natural constituiria uma sólida garantia social contra as catástrofes posteriores produzidas pelo irracionalismo. A responsabilidade pela satisfação das necessidades humanas caberia exclusivamente aos produtores e aos consumidores, e não teria de lhes ser imposta, contra a sua vontade e os seus protestos, por uma administração estatal de tipo autoritário. Essa assunção da responsabilidade pelo próprio destino, presente nas organizações já existentes (isto é, não seria preciso criá-las) de produtores e consumidores de todos os setores, seria um passo decisivo para a instituição da autogestão social, segundo a democracia do trabalho. Dado que todos os processos de trabalho dependem um do outro, dado que é o consumo que determina a produção, temos uma organização que evoluiu naturalmente e funciona organicamente, e que é a única entidade capaz de assumir a responsabilidade pelo futuro desenvolvimento social da Europa.
4. A democracia natural do trabalho não tem uma orientação política nem de "esquerda" nem de "direita". Abrange todos aqueles que desempenham um trabalho vitalmente necessário e, por isso, a

sua orientação é exclusivamente no sentido do *futuro*. Não tem, na sua essência, a isenção de ser contra ideologias, nem contra ideologias políticas. Mas, se quer funcionar plenamente, é obrigada, também pela sua essência, a opor-se fortemente a qualquer orientação ideológica e, certamente, a qualquer partido político que impeça o seu caminho, de maneira irracional. Mas, no fundo, a democracia do trabalho não é *contra,* como ocorre geralmente na política, mas sim *a favor* da formulação e solução concreta de problemas.

O QUE HÁ DE NOVO NA DEMOCRACIA DO TRABALHO?

O que há de novo na democracia do trabalho não é nem a ideia de que a democracia é a melhor forma possível de convivência social nem a de que o trabalho e o consumo são as bases naturais da existência social; nem a sua orientação antiditatorial nem a sua determinação em luta pelos direitos naturais de todos os homens e mulheres trabalhadores de todas as nações deste planeta. Todas essas reivindicações, ideais, programas etc. têm sido defendidos há séculos pelas organizações liberais, socialistas, comunistas primitivas, socialistas-cristãs e outras organizações políticas.

Mas isto é novo: os representantes da democracia do trabalho não fundaram partidos políticos para impor uma organização segundo a democracia do trabalho, nem se limitaram a reiterar as velhas reivindicações, ideais e programas. Os adeptos da democracia do trabalho perguntaram a si mesmos, de uma maneira verdadeiramente *científica,* por que motivo, até o presente, todas as reivindicações, ideais e programas democráticos têm sofrido tantos reveses, acabando por ceder o lugar a ditadores reacionários, tanto na Europa como na Ásia.

Pela primeira vez na história da sociologia, uma possível regulação futura da sociedade humana se origina não a partir de ideologias ou condições a serem criadas, mas a partir de processos naturais, existentes desde sempre e que se têm desenvolvido desde o início. A "política" da democracia do trabalho é caracterizada pelo fato de *rejeitar todas as políticas e toda a demagogia.* As massas de homens e mulheres trabalhadores não serão isentadas de sua responsabilidade social. Elas serão *sobrecarregadas* com ela. Os adeptos da democracia do trabalho não têm a ambição de *ser führers* políticos, nem lhes seria permitido desenvolver tal ambição. A democracia do trabalho transforma, conscientemente, uma democracia formal, que é expressa na simples eleição de representantes políticos, sem qualquer outra responsabilidade futura por parte dos eleitores, em uma democracia autêntica, fatual e prática, no nível internacional. Essa democracia se apoia nas funções do amor, do trabalho e do conhecimento, e se desenvolve organicamente. Combate o misticismo e a ideia do Estado totalitário, não por meio de atitudes políticas, mas através de funções práticas da vida, que obedecem às suas próprias leis. Tudo isso é novo na democracia do trabalho.

A democracia do trabalho acrescenta uma parte decisiva de conhecimento ao escopo de ideias relacionadas à liberdade. As massas de pessoas que trabalham e carregam sobre seus ombros os fardos da existência social ou não têm consciência da sua responsabilidade social ou não são capazes de assumir a responsabilidade por sua própria liberdade. Isso é resultado de séculos de repressão do pensamento racional, das funções naturais do amor e da compreensão científica da vida. Todas as coisas que estão relacionadas à peste emocional, na vida social, podem ter origem nessa incapacidade e falta de consciência. Do ponto de vista da democracia do trabalho, a política, por sua própria natureza, é e tem de ser não científica, isto é, a política é uma expressão do desamparo, da miséria e da repressão dos homens.

Em resumo, a democracia do trabalho é uma função – básica, natural e biossociológica – recém-descoberta da sociedade. Não é um programa político.

Assumo toda a responsabilidade por este breve resumo e exposição de ideias.

Capítulo 12

O erro de cálculo biológico na luta do homem pela liberdade

O NOSSO INTERESSE PELO DESENVOLVIMENTO DA LIBERDADE

Este capítulo tratará do erro de cálculo biológico que, como prova a história, tem sido cometido por todos os movimentos pela liberdade. É um erro que sufocou de início os esforços pela liberdade ou frustrou todas as regulações satisfatórias da vida social alcançadas até agora. Na base desta tentativa está a convicção de que só a *democracia do trabalho* pode criar as bases da *verdadeira* liberdade. A vasta experiência que adquiri no campo dos conflitos sociais leva-me a crer que a descoberta desse erro de cálculo não será muito bem acolhida: ela exige muito do desejo de verdade de todos e de cada um de nós; representa, na prática, uma grande sobrecarga na luta diária pela existência, pois *transfere toda a responsabilidade social para os homens e as mulheres que trabalham em fábricas, propriedades rurais, clínicas, escritórios, laboratórios etc.*

Temos constatado que fatos de natureza *fundamental,* isto é, fatos que, acima e além do rebuliço político do dia a dia, referem-se à pré-história da espécie humana, à constituição biológica do homem, costumam ser rejeitados com argumentos diversos. Mas, no fundo, o motivo é sempre irracional. Quando reina a paz e tudo corre no ritmo habitual, então se diz: "Tudo vai bem; a Liga das Nações assegura a paz; nossos diplomatas resolvem os conflitos pacificamente;

os generais são apenas peças decorativas. Para que, então, fazer interrogações que só teriam significado se houvesse uma guerra? Nós terminamos uma guerra para pôr fim a todas as guerras; não há, portanto, motivo para inquietação". Mas quando se revela que esses argumentos são baseados em ilusões, quando a Liga das Nações e os diplomatas dão provas suficientes de sua incapacidade para lidar com problemas urgentes, quando se desencadeia uma nova guerra – desta vez envolvendo o mundo todo e mais violenta do que todas as guerras que a história conhece –, então todas as atenções se concentram no objetivo de "vencer a guerra". Então se diz: "Primeiro temos que ganhar a guerra. Não é tempo para verdades profundas. Precisaremos delas quando tivermos ganho a guerra, pois nessa altura teremos também de assegurar a paz". Faz-se, portanto, uma distinção nítida entre a condução da guerra e a vitória da guerra, entre o fim das hostilidades e a conclusão da paz. Só depois de se ganhar a guerra e se concluir a paz é que se pretende assegurar a paz. Ignora-se, assim, que é exatamente *durante a guerra que têm lugar as profundas convulsões sociais que destroem as velhas instituições, que transformam o homem,* que, em outras palavras, *as sementes da paz germinam nas devastações da guerra.* O desejo intenso de paz por parte dos homens nunca é tão forte como durante a guerra. Não existe nenhuma outra circunstância social em que haja impulsos tão fortes para a mudança das condições que provocam a guerra. O homem aprendeu a construir represas quando passou por inundações. *A paz só pode ser construída durante a guerra, então, e só então.*

Mas, em vez de aproveitar a tempo os ensinamentos da guerra para construir um mundo novo, adiam-se decisões importantes, a ponto de os diplomatas e estadistas estarem tão ocupados com acordos de paz e indenizações, que já não há tempo para "fatos básicos". Pois, nos períodos de transição entre o fim das hostilidades e a conclusão de uma paz aparente, diz-se: "Primeiro é preciso reparar os estragos da guerra; a produção de guerra tem de ser convertida em produção de paz; nossas mãos estão ocupadas. Antes de lidarmos com esses fatos básicos, vamos organizar tudo pacificamente". Entretanto, os ensinamentos da guerra são esquecidos; mais uma vez, tudo foi arranjado de tal maneira que, no decorrer de *uma* geração, estoura uma nova guerra ainda mais terrível. Mais uma vez, "não há tempo" e se está "muito ocupado" para se preocupar com "verdades básicas".

As emoções do período da guerra cedem rapidamente o lugar à velha rigidez e apatia emocional.

Se alguém, como eu, passou por esse adiamento de questões essenciais e ouviu esses mesmos argumentos pela segunda vez, em 45 anos de vida; se reconheceu, na nova catástrofe, todas as características da antiga catástrofe, então tem de admitir, embora relutantemente, que não houve nenhuma mudança essencial desde a primeira catástrofe (a menos que se considere o aperfeiçoamento dos meios de destruição e um desenvolvimento mais difundido do sadismo humano como mudanças essenciais). Lenta e seguramente, forma-se nesse homem a convicção de que, *por uma ou outra razão curiosa, as massas humanas não querem descobrir a raiz do segredo da guerra. Elas temem as verdades* que poderiam trazer-lhes uma cura dolorosa.

As pessoas costumam considerar a guerra como uma "tempestade social". Afirma-se que a guerra "purifica" a atmosfera, que tem grandes vantagens – ela "fortalece a juventude", tornando-a corajosa. E acredita-se, de maneira geral, que sempre houve e sempre haverá guerras. As guerras são motivadas biologicamente. Segundo Darwin, a "luta pela existência" é a lei da vida. Então, por que motivo são organizadas conferências de paz? Nunca ouvi dizer, aliás, que os ursos ou os elefantes tenham o costume de se dividir em dois grupos que se destroem mutuamente. *No reino animal, não há guerras dentro da mesma espécie. A guerra no interior de uma mesma espécie é, tal como o sadismo, uma aquisição do "homem civilizado".* Não, por algum motivo os homens evitam conhecer as causas profundas da guerra. Além disso, há, sem dúvida, melhores meios do que a guerra para tornar a juventude forte e sadia, ou seja, uma vida amorosa feliz, um trabalho agradável e seguro, esportes em geral e liberdade em relação às intrigas maldosas. Tais argumentos são, portanto, vazios de significado.

O que se passa afinal?

Por que é que as pessoas temem sabê-lo?

Será possível que cada ser humano conheça, no seu íntimo, a realidade, e não ouse admiti-la nem sequer para si próprio e para seu próximo?

A realidade é a seguinte: *as massas humanas, em consequência de milênios de distorção social e educacional, tornaram-se biologica-*

mente rígidas e incapazes de liberdade; não são capazes de estabelecer a coexistência pacífica.

Por mais cínicas e desesperançadas que essas duas breves orações possam parecer, elas contêm a resposta às três perguntas anteriores. Ninguém quer reconhecer a verdade que elas contêm, nem mesmo ouvi-las. Nenhum estadista democrático saberia o que fazer com elas. Mas todo homem honesto as conhece. *Os ditadores construíram o seu poder sobre a irresponsabilidade social das massas humanas.* Utilizaram-nas conscientemente e nem sequer procuraram encobrir esse fato. Mais da metade do povo civilizado alemão ouviu dizer, durante anos, que as massas humanas simplesmente regurgitam aquilo que nelas se inculca. Reagiram a isso com uma lealdade servil. Elas mesmas provocaram essa situação ignominiosa. É ridículo dizer que o general psicopata conseguiu violentar *por si só* 70 milhões de pessoas.

"O quê?", perguntará o político melífluo e filantropo. "Vocês dizem que os americanos são incapazes de liberdade? E quanto aos rebeldes heroicos da Tchecoslováquia e da Iugoslávia, aos comandos britânicos; aos mártires da Noruega, aos exércitos da Rússia soviética? Como vocês ousam ofender de tal modo as democracias?"

Não nos referimos a grupos militares ou governos, a minorias ou a cientistas e pensadores isolados! Mas a verdadeira liberdade social é mais do que uma questão de grupos! *O curso da sociedade é determinado apenas pela esmagadora maioria dos homens e mulheres trabalhadores,* quer estes aceitem passivamente a tirania, quer a apoiem ativamente. Serão as *massas* capazes de administrar, *por si mesmas,* a sociedade, sem que os seus estadistas ou partidos políticos lhes indiquem o que fazer e como fazer? É verdade que elas são capazes de gozar liberdades *concedidas,* de desempenhar trabalho *predeterminado,* de ser contra a guerra e a favor da paz. Mas até agora foram incapazes de defender o trabalho contra os abusos, de regulá-lo através de suas próprias organizações, de promover o desenvolvimento rápido, de evitar guerras, de superar o seu próprio irracionalismo etc.

As massas não conseguem fazer tudo isso porque até agora nunca tiveram condições de adquirir e exercer essa habilidade. E a única resposta possível para essa guerra seria a autogestão da sociedade pelas massas, a administração, por elas, das organizações responsáveis pela produção e pelo consumo. *Quem leva a sério as massas humanas exige delas plena responsabilidade, pois só elas são essencialmente pacíficas.* A responsabilidade e a capacidade de ser livre devem ser acrescentadas agora ao amor pela paz.

Por mais amargo que possa ser, o fato permanece; na base do fascismo está a irresponsabilidade das massas humanas de todos os países, nações, raças etc. O fascismo é o resultado da distorção do homem através de milhares de anos. Poder-se-ia ter desenvolvido em qualquer país ou nação. Não é uma característica especificamente alemã ou italiana. O fascismo se manifesta em cada cidadão do planeta. A expressão austríaca *"Da kann man halt nix machen"* exprime esse fato tão bem quanto a expressão americana "Let George do it". O fato de essa situação ter sido provocada por um desenvolvimento social que remonta a milhares de anos não altera o fato em si mesmo. O responsável é o próprio homem, e não os "desenvolvimentos históricos". O que provocou o fracasso dos movimentos socialistas pela liberdade foi essa transferência de responsabilidade do homem vivo para os "desenvolvimentos históricos". *Contudo, os acontecimentos dos últimos vinte anos exigem a responsabilidade das massas trabalhadoras.*

Se entendemos por *"liberdade",* antes de tudo, a *responsabilidade de cada indivíduo pela construção da sua existência pessoal, profissional e social, de forma racional,* então pode-se dizer que *não há nada a se temer mais do que a criação da liberdade geral.* Sem que se tenha evidenciado e respondido claramente a esta interrogação fundamental, nunca existirá uma liberdade que dure mais de uma ou duas gerações. A solução para esse problema exigirá mais reflexão, mais decência, mais consciência, um reajustamento econômico, educacional e social na vida social das massas maior do que todos os esforços que foram feitos durante as guerras passadas (e terão de ser feitos nas guerras futuras) e do que todos os programas de reconstrução do pós-guerra juntos. Esse problema e sua solução contêm tudo aquilo que os mais corajosos e abnegados pensadores da história tentaram compreender através do conceito de revolução social internacional. Nós somos os protagonistas e os titulares de uma enorme transformação revolucionária. Se é necessário sofrer, então que o "sangue, o suor e as lágrimas" tenham ao menos um objetivo racional, ou seja, *a responsabilidade das massas trabalha-*

doras pela vida social! Esta conclusão depreende-se logicamente das seguintes afirmações:
1. *Todos os processos sociais são determinados pela atitude das massas.*
2. *As massas são incapazes de liberdade.*
3. *A conquista da capacidade de ser livres pelas próprias massas representa a verdadeira liberdade social.*

O que me impele a me afastar da política usual de dissimular esses fatos, sendo que, principalmente, não reivindico liderança política? Há vários motivos. Durante anos, recusei-me a atendê-los porque tinha medo das consequências. Adiei repetidamente o momento de escrever estas conclusões. Tentei livrar-me do problema, dizendo a mim mesmo que não sou político e que os acontecimentos políticos não me dizem respeito; ou que os meus estudos de biofísica orgânica me davam muito que fazer e que não devia sobrecarregar-me ainda mais com uma questão social básica ingrata e que, provisoriamente, parecia insolúvel. Tentei convencer-me de que era a minha secreta ambição política que me levava a me envolver na confusão das ideologias políticas irracionais; não queria ceder a ambições dessa ordem. Os políticos e estadistas responsáveis fatalmente se ocupariam desses problemas, cedo ou tarde!

Depois de vários anos em que, com dificuldade, tentei esquivar-me desses fatos, acabei por ceder à pressão que as pesquisas dos fenômenos da vida exerciam sobre mim e sobre meus colaboradores. Um pesquisador tem de ser, em primeiro lugar, fiel à verdade. O cumprimento desse dever é tanto mais difícil quanto é certo que a afirmação de tais verdades, em vez de ser considerada como algo perfeitamente natural, chega a representar um enorme perigo, dadas as circunstâncias atuais.

Basicamente, esta é apenas uma síntese de fatos que conhecíamos há muito, mas isoladamente:
1. A humanidade encontra-se biologicamente doente.
2. A política é a expressão social irracional dessa doença.
3. Tudo o que acontece na vida social é determinado, ativa ou passivamente, voluntária ou involuntariamente, pela estrutura das massas humanas.

4. Esta estrutura do caráter é formada por processos socioeconômicos e ela própria consolida e perpetua esses processos. A estrutura biológica do caráter do homem não é mais do que a fossilização do processo histórico autoritário. É a reprodução biofísica da repressão das massas.
5. A estrutura humana debate-se na contradição entre o desejo intenso de liberdade e o medo da liberdade.
6. O medo de liberdade das massas humanas manifesta-se na rigidez biofísica do organismo e na inflexibilidade do caráter.
7. Qualquer forma de liderança social é simplesmente a expressão social de um ou de outro aspecto dessa estrutura das massas humanas.
8. Não se trata do tratado de paz de Versalhes, ou dos poços de petróleo de Baku, ou de duzentos ou trezentos anos de capitalismo, mas sim de quatro a seis mil anos de civilização autoritária e mecanicista que destruiu o funcionamento biológico dos seres humanos.
9. O interesse pelo dinheiro ou pelo poder é um substituto para a felicidade amorosa não realizada, suportada pela rigidez biológica das massas humanas.
10. A repressão da sexualidade natural dos adolescentes e das crianças serve para moldar a estrutura humana, de tal forma que as massas de pessoas se tornem defensoras e reprodutoras da civilização mecanicista e autoritária.
11. Milhares de anos de repressão dos seres humanos estão em vias de ser eliminados.

São estes, de modo geral, os resultados de nossa pesquisa sobre o caráter e suas relações com os processos sociais.

Temos um interesse triplo no desenvolvimento de um mundo livre: pessoal, objetivo e social.

1. O interesse *pessoal* é determinado pela ameaça à nossa existência como membros desta sociedade mortalmente doente. Quem, como eu, perdeu, durante a Primeira Guerra Mundial, o lar, a família e os bens, quem viveu durante três anos e meio de uma guerra mortífera, quem viu morrer e desaparecer numerosos amigos, quem assistiu a êxodos em massa e a destruições etc., compreende o que milhões e milhões de homens e mulheres estão sofrendo hoje. Queremos pôr fim a essa ignomínia! É uma ignomínia que um punhado de malfeitores prussianos e de neuróticos perversos, funcionando como *führers*

de uma coisa ou outra, possam explorar o estado de desamparo social de milhões de homens e mulheres trabalhadores e decentes. A ignomínia é tanto maior quanto é certo que os mesmos milhões de homens e mulheres confiam ingenuamente o poder a esses malfeitores políticos (e esse foi o caso não só na Alemanha). Queremos apenas poder trabalhar sossegados, poder amar as nossas mulheres ou maridos sem perigo, poder educar os nossos filhos, livres do miasma da peste; em poucas palavras, não queremos que esta vida tão curta seja perturbada e enganada por um punhado de malfeitores políticos. Não queremos que a política continue a destruir a nossa vida! E de uma vez para sempre!

2. Os protagonistas da peste fascista descobriram a incapacidade das massas para a liberdade e declararam que ela é um *fato biológico absoluto*. Criaram teorias raciais irracionais, dividiram a humanidade em raças superiores e inferiores biologicamente imutáveis, atribuindo a si próprios, que são os mais doentes e malfeitores, o título biológico de "super-homens". Nós temos a resposta para essa burla: *a teoria da raça é uma concepção mística da vida. A felicidade natural do homem no amor e a segurança na vida serão a ruína dessa concepção.*

3. O nosso instituto tem à sua frente uma tarefa extraordinária. Temos de nos preparar para duas possibilidades muito diferentes:

a) Para a possibilidade de que a Segunda Guerra Mundial imponha a resposta para o caos social, acabando por conscientizar a sociedade. Neste caso, seremos chamados a importantes tarefas. Teremos de assumir uma responsabilidade enorme. É necessário *nos prepararmos* para essa eventualidade. É necessário ter uma ideia clara das tarefas. É necessário, se não queremos fracassar, organizar nosso conhecimento sobre as reações humanas e os efeitos da peste fascista. Esta tarefa só pode ser realizada no âmbito da luta mais geral em prol da *verdadeira* liberdade. Se nos entregássemos à ilusão de que os homens são estruturalmente livres e capazes de assumir a cada momento a gestão da sua própria vida, isto é, de que basta eliminar a peste do partido fascista para que a liberdade social funcione, para que a justiça prevaleça sobre a injustiça, a verdade sobre a mentira, a decência sobre a desonestidade, nesse caso estaríamos sem dúvida condenados a soçobrar juntamente com tudo aquilo que se apoia em ilusões desse tipo. *O desenvolvimento da liberdade exige a ausência total de ilusões, pois só então será possível exterminar todo o irracionalismo das massas humanas, para abrir o caminho para a responsabilidade e a liberdade.* Alimentar ilusões quanto às massas humanas ou lamentá-las só produziria novas desgraças.

As organizações que lutam pela liberdade, em toda a Europa, comportaram-se em relação a esta doença das massas humanas do mesmo modo que um charlatão trataria um paralítico, tentando convencê-lo de que *não* estava realmente paralisado e de que ele poderia até dançar uma polca, se não fosse o lobo mau (em 1914, os industriais da guerra e, em 1942, os generais psicopatas). Pode até ser que um paciente paralítico ouça com agrado essas frases de consolo, mas ele continuará não sendo capaz de andar. Um médico decente, pelo contrário, procederia impiedosamente; evitaria a todo o custo alimentar falsas esperanças no paciente. Procuraria, por todos os meios ao seu alcance, determinar a natureza da paralisia para então definir se ela é curável ou não. Em caso afirmativo, buscaria os meios para curar a doença.

O ditador fascista declara que as massas humanas são biologicamente inferiores e que têm necessidade de autoridade, isto é, que são escravos *por natureza;* disso resulta, como única possibilidade, a instauração de um regime autoritário totalitário. É interessante notar que todos os ditadores que hoje flagelam o mundo são oriundos das camadas oprimidas da população. Conhecem intimamente essa doença das massas humanas. Mas falta-lhes a compreensão dos fenômenos naturais e da evolução, o desejo de verdade e de investigação, de modo que nunca foram movidos pelo desejo de querer *modificar* esse estado de coisas.

Por outro lado, os líderes democráticos formais cometeram o erro de supor que as massas de pessoas eram automaticamente capazes de liberdade; desse modo, eliminaram qualquer possibilidade de *estabelecer* liberdade e autorresponsabilidade nas massas de pessoas, enquanto estiverem no poder; acabaram por soçobrar na catástrofe e jamais reaparecerão.

A nossa resposta é *racional e científica*. Baseia-se no fato da incapacidade das massas humanas para a liberdade; porém não concebemos essa realidade como um dado natural, de caráter absoluto e eterno, mas sim como consequência de condições sociais muito antigas, e por isso mesmo suscetível de ser *alterada*.

Disso resultam duas importantes tarefas:
I. A investigação e o esclarecimento das formas sob as quais se manifesta a incapacidade do homem para a liberdade.
II. A pesquisa dos instrumentos médicos, pedagógicos e sociais que possam criar essa *capacidade* de forma cada vez mais generalizada e ampla.

Relembraremos neste contexto os "erros" dos governos democráticos: o pacto com ditadores dominados pela peste, os muitos atos de traição cometidos contra os aliados democráticos (Inglaterra-Espanha; Rússia-Tchecoslováquia etc.), a supremacia dos interesses mercantis sobre os princípios (petróleo russo para a Itália durante a guerra da Etiópia, petróleo mexicano para a Alemanha durante a guerra espanhola contra o fascismo, ferro sueco para a Alemanha nazi, ferro e carvão americanos para o Japão, o comportamento da Inglaterra em Burma e na Índia; o fervor místico-religioso dos socialistas e comunistas etc.). Esses "erros" são irrelevantes se comparados com os erros cometidos pelas massas humanas: a sua apatia social, a sua passividade, a sua sede de autoridade, etc. Repetimos: *Somente as massas humanas trabalhadoras são responsáveis por tudo o que acontece, as coisas boas e as coisas más.* Elas não só sofrem a guerra, como também a produzem. Essa responsabilidade implica necessariamente *que só as massas humanas trabalhadoras podem estabelecer uma paz duradoura.* O ponto central dessa realização será, necessariamente, a eliminação total da incapacidade de liberdade. Mas também este progresso só pode ser conseguido pelas próprias massas. *As massas humanas que são incapazes de liberdade precisam assumir o poder social para serem capazes de assumir a liberdade e de assegurar a paz.* Eis a contradição e também a sua solução.

b) No caso de o resultado desta guerra não contribuir para aprofundar a consciência social, de se manterem, portanto, as antigas ilusões, é de supor que a nossa posição atual não sofra grandes transformações. Nesse caso, não poderemos furtar-nos à conclusão de que as "pílulas" de ilusão, as liberdades *formais,* as alegrias *formais* e as democracias *formais* logo irão gerar novas ditaduras e mais uma guerra. Permaneceremos então "isolados" e na oposição a esta miséria social, e enfrentaremos uma tarefa igualmente difícil. Dentro desse contexto geral de ilusões, teremos que manter uma honestidade subjetiva e objetiva. Teremos de nos esforçar para manter *não adulterados,* e mesmo para aprofundar, os nossos conhecimentos sobre a natureza humana. Não será fácil para os que trabalham no campo da biofísica orgânica, da psicologia estrutural e da economia sexual fugir à influência das ilusões e preservar, na forma de um *cristal claro* e *puro,* os seus conhecimentos para as gerações futuras; é necessário que esses conhecimentos sejam ainda utilizáveis, na prática, depois da sexta, décima segunda ou vigésima guerra mundial. Deste modo não transmitiremos aos nossos descendentes a narração dos feitos heroicos, de condecorações de guerra, de "recordações heroicas" e experiências do campo de batalha, mas sim um conhecimento modesto, discreto, sem ostentação, *contendo as sementes do futuro.* Essa tarefa pode ser realizada mesmo nas piores condições sociais. *Quando for o tempo de superar a peste emocional, não queremos que aquela geração cometa qualquer erro desnecessário, e não queremos que ela tenha de procurar respostas para os argumentos da peste. Queremos que ela seja capaz de recorrer às verdades velhas, embora negligenciadas, e seja capaz de constituir sua vida mais honestamente e mais decentemente que a geração de 1940.*

Neste ponto, haverá quem nos pergunte: "Mas, Cristo, por que vocês não lutam pelo poder social, para poderem impor finalmente as importantes verdades descobertas por vocês? Não será uma atitude covarde a sua passividade política, quando vocês afirmam conhecer uma realidade de importância vital? Lutem para conseguir a posição de ministro da Saúde, de ministro da Educação, de estadista etc.!".

Compreendemos esse tipo de argumentação. Muitos dentre nós têm-se debatido incansavelmente com ela, e passado muitas noites em claro. O dilema é o seguinte:

Sem o poder para colocá-las em prática, as verdades não têm nenhuma utilidade. Elas permanecem acadêmicas.

O poder, seja ele qual for, sem uma base de verdade, é ditadura, de um modo ou de outro, pois se apoia sempre no medo que os homens têm de assumir a responsabilidade social e o pesado fardo inerente à "liberdade".

O poder ditatorial não é conciliável com a verdade; excluem-se mutuamente.

É uma realidade histórica o fato de que a verdade morre sempre que os seus representantes alcançam o poder social. *O "poder" representa sempre a sujeição de outros*. As verdades, porém, não podem ser impostas por meio da sujeição, mas apenas pela persuasão. Este é um dos ensinamentos das revoluções francesa e russa. Nenhuma das suas verdades sobreviveu mais do que alguns decênios. Jesus defendeu uma verdade incomensurável para o seu tempo. Essa verdade morreu no mundo cristão quando a Jesus sucederam os papas. O conhecimento profundo da miséria humana, adquirido há dois mil anos, deu lugar a fórmulas rígidas, o manto simples deu lugar às vestes ornamentadas, a revolta contra a opressão dos pobres deu lugar à consolação com a esperança da felicidade eterna. As verdades da grande Revolução Francesa morreram na República Francesa e acabaram em politicagem, na ignorância de um Pétain e nas negociatas de um Lavai. As verdades da economia de Marx pereceram na Revolução Russa, quando a palavra "sociedade" foi substituída por "Estado" e *o conceito de uma "humanidade internacional" foi substituído pelo* pacto com Hitler. Morreram também na Alemanha, na Áustria e na Escandinávia, embora os descendentes dos grandes lutadores europeus pela liberdade tivessem todo o poder social nas mãos. Quase cem anos depois de terem nascido as verdades de 1848, reina o produto da imundície milenar. *O poder e a verdade são inconciliáveis. Também esta é uma verdade brutal e amarga.*

É verdade que aqueles dentre nós que têm alguma experiência política poderiam lutar pelo poder, tanto como qualquer outro político. *Mas não temos tempo para isso; temos coisas mais importantes a fazer.* E não há dúvida de que o conhecimento que consideramos sagrado se perderia no processo. Para alcançar o poder, é preciso inculcar ilusões nas massas. Também isto é verdade: Lenin conquistou os milhões de camponeses russos, sem os quais a Revolução teria sido impossível, com base numa palavra de ordem que era contrária às aspirações coletivas próprias do partido russo. Essa palavra de ordem era a seguinte: "Apropriem-se das terras dos grandes proprietários. Essas terras são propriedade *individual* de vocês". Os camponeses seguiram essa palavra de ordem. Mas ter-se-iam negado a segui-la se, em 1917, lhes tivessem dito que essa terra seria também coletivizada. Prova disso é a dura luta pela coletivização da economia agrícola na Rússia, por volta de 1930. Na vida social, há *graus* de poder e graus de falsidade. *Quanto mais as massas humanas aderirem à verdade, menor será o abuso do poder:* em contrapartida, se as massas humanas acalentarem ilusões irracionais, tanto mais amplo e brutal será o exercício do poder por parte de um punhado de homens.

Seria estúpido tentar conquistar as massas com a afirmação de que *elas próprias,* e não alguns psicopatas, é que são responsáveis pela miséria social, de que *elas próprias,* e não um dirigente eleito ou aclamado, têm a responsabilidade pelo seu destino, de que elas e *só elas* são responsáveis *por tudo* que acontece neste mundo. Isso está em total desacordo com tudo que as massas até agora ouviram e absorveram. Seria estúpido pretender alcançar o poder por meio de tais verdades.

Por outro lado, é *definitivamente* concebível que a catástrofe mundial chegue a uma fase em que as massas humanas serão *forçadas a compreender as suas próprias atitudes sociais, a transformar a si próprias, e a assumir o pesado fardo da responsabilidade social.* Nessa altura assumirão *elas próprias* o poder e terão razão ao rejeitar grupos que pretendem "conquistar" o poder no "interesse do povo". Deste modo, nada nos leva a lutar pelo poder.

Em contrapartida, podemos ter a certeza de que as massas humanas têm necessidade de nós, de que nos chamarão e nos confiarão importantes funções, se algum dia tiverem condições de se transformarem numa direção racional. Nesse momento, seremos parte dessas massas, e não seus dirigentes, não seus representantes eleitos nem seus "mentores". Então, como aconteceu na Áustria e na Alemanha há muitos anos, as massas de pessoas acorrerão às nossas clínicas, às nossas escolas, às nossas conferências e demonstrações de fatos científicos, para obter respostas para as questões básicas da vida. (Elas não exigirão ou esperarão que lhes digamos como resolver suas tarefas vitais.) Mas elas *só* virão até nós *se nos tivermos mantido honestos.* Então, quando as massas humanas *tiverem de carregar* a responsabilidade por toda a existência social, enfrentarão inevitavelmente as suas fraquezas, a herança do passado funesto, isto é, todos os aspectos da sua estrutura, do seu pensamento e dos seus sentimentos, que nós reunimos sob o conceito de "incapacidade para a liberdade". E nós, como instituição social, junto com milhares de amigos, revelaremos os mecanismos dessa incapacidade para a liberdade e os obstáculos que se opõem ao desenvolvimento da liberdade para ajudarmos as massas humanas no processo que conduz à verdadeira liberdade.

Para isso não necessitamos de poder. A *confiança* de homens e mulheres – de todas as idades, profissões, de todas as colorações de pele e opiniões – na nossa integridade absoluta como médicos, pesquisadores, pedagogos, assistentes sociais, biólogos, físicos, escritores, técnicos, etc. será infinitamente mais duradoura do que todo o poder que até agora foi alcançado pelos políticos. Essa confiança será tanto maior quanto melhor a nossa atividade científica e prática souber refletir a realidade. Essa confiança não pode ser conquistada: ela nasce espontaneamente, quando nos dedicamos honestamente a uma atividade. De modo nenhum devemos adaptar as nossas ideias ao modo de pensar atual das massas, com o objetivo de "ganhar influência". A confiança generalizada nas nossas atividades só se estabelecerá a partir do amadurecimento do conhecimento generalizado da própria natureza da peste.

Quando formos convocados, será um sinal de que a autogestão começa realmente a ocupar um certo lugar na vida social e de que desperta nas massas de homens e mulheres trabalhadores o desejo de conhecer a "verdade profunda" e de fazer uma autocrítica fecunda. Como a nossa organização é a única que enxerga a irracionalidade da política e as velhas ideologias, as coisas não poderão ocorrer de outro modo. Em contrapartida, veremos na nossa permanência na "oposição" um sinal seguro de que a sociedade não está ainda preparada para detectar e eliminar a irracionalidade que comanda os seus mecanismos. Mas, também nesse caso, de nada nos serviria assumir o poder, exceto para nós mesmos degenerarmos para a irracionalidade.

Esta nossa renúncia consciente a ambições de poder não deve induzir ninguém a subestimar o nosso trabalho. Não estamos desempenhando o papel do cientista "modesto" e "desinteressado". O nosso trabalho processa-se na origem da vida, de acordo com as ciências naturais fundamentais. Neste caso, a falsa modéstia equivaleria à autodestruição. É verdade que os nossos conceitos de "potência orgástica", "couraça de caráter" e "orgone" parecem irrelevantes se comparados com a "barragem de Dneprostroi" ou com o *"black-out"* ou com "Bataan e Tobruk". Isto, evidentemente, a partir de um ponto de vista *atual*. Mas, afinal, o que restou de Alexandre, o Grande, que se possa comparar às leis de Keppler? E de Júlio César, comparado com as leis da mecânica? E das campanhas de Napoleão, comparadas com a descoberta de micro-organismos ou do psiquismo inconsciente? E que restará do general psicopata que se possa comparar com o orgone cósmico? A renúncia ao poder não significa renúncia à orientação racional da existência humana. O efeito é diferente: é um efeito a longo prazo, profundamente transformador, verdadeiramente assegurador da vida. Não importa que só sintamos os efeitos amanhã ou depois de amanhã. Competirá às massas humanas trabalhadoras colherem hoje, e não amanhã, os frutos do novo conhecimento. A sua responsabilidade pela própria vida e atuação não é menor do que a responsabilidade do sapateiro pelos sapatos, do médico pelo paciente, do cientista pelas suas descobertas, do arquiteto pelas suas obras. Não nos empenhamos em ser benfeitores do povo ou em sentir pena dele. *Nós levamos o povo a sério!* Se ele necessitar de nós, saberá chamar-nos. E nós responderemos ao apelo. Quanto a mim, recuso-me a lutar pelo poder com a intenção de impor os meus conhecimentos.

RIGIDEZ BIOLÓGICA, INCAPACIDADE PARA A LIBERDADE E VISÃO DE VIDA AUTORITÁRIA E MECÂNICA

Temos de enfrentar esta realidade inegável: *jamais na história da sociedade humana as massas foram capazes de preservar, desenvolver e organizar a liberdade e a paz conquistadas em batalhas sangrentas*. Referimo-nos à *verdadeira* liberdade de desenvolvimento pessoal e social, à liberdade de enfrentar a vida sem medo, à liberdade em relação a todas as formas de repressão econômica, à liberdade em relação às inibições reacionárias do desenvolvimento; numa palavra, a *autogestão livre da vida*. Libertemo-nos de todas as ilusões. No seio das próprias massas humanas existe um poder de retardamento que *é* reacionário e mortífero, e que se opõe repetidamente aos esforços dos que lutam pela liberdade.

Esta força reacionária que atua no seio das massas manifesta-se sob a forma geral de *medo da responsabilidade* e *medo da liberdade*. Não se trata aqui de valores moralistas. Esse medo encontra-se profundamente enraizado na constituição biológica do homem contemporâneo. Mas esta constituição não é inata no homem, como acredita o fascista típico: ela resulta da evolução histórica e, por isso, é suscetível de ser modificada fundamentalmente. Não é fácil fazer uma descrição clara e rápida do papel que o medo da liberdade tem desempenhado na sociedade. Talvez seja mais fácil começar por um artigo de James Aldridge, publicado no *The New York Times* de 24 de junho de 1942, sob o título "Aos britânicos na África falta o impulso de matar". Passo a citar:

> O *Afrika Corps* alemão derrotou o Oitavo Exército porque tinha velocidade, fúria, virilidade e dureza. Como soldados, no sentido tradicional do termo, os alemães não valem nada. Mas o marechal Erwin Rommel e o seu bando são homens furiosos, e de uma dureza que chega ao ponto da estupidez. São viris e rápidos, são assassinos com pouca ou nenhuma imaginação. São homens práticos, trazidos de uma vida prática e difícil para combaterem de maneira prática: são nazis treinados para matar. Os comandantes alemães são cientistas que constantemente experimentam e melhoram a difícil fórmula matemática de matar. São treinados como matemáticos, engenheiros e químicos colocados diante de problemas complicados. Não há arte, não há imaginação. Para eles, a guerra é uma simples questão de física. O soldado alemão é treinado para a psicologia do batedor temerário. É um assassino profissional, que não perde a cabeça. Acredita que é o homem mais duro que há na Terra. Na verdade, ele quebra facilmente, pois não é tão duro assim, e pode ser vencido rápida e cabalmente por um inimigo que utilize os mesmos métodos expeditivos e impiedosos... O soldado britânico é o soldado mais heroico do mundo, mas este heroísmo não deve ser confundido com dureza militar. Tem a dureza da determinação, mas não tem a dureza que lhe permita matar cientificamente o adversário.

Esta é a melhor descrição que jamais li do militarismo mecânico. Revela exemplarmente a completa identidade entre a *ciência natural mecanicista, a estrutura humana mecânica e o assassínio sádico*. Essa identidade conheceu a sua expressão mais alta e mesmo insuperável na ideologia ditatorial e totalitária do imperialismo alemão. A essa trindade mecânica opõe-se uma visão da vida que não considera o homem como uma máquina, nem a máquina como força dominadora do homem, nem o militarismo como a sua maior glória.

Esta visão viva e funcional encontrou o seu último refúgio nas democracias ocidentais. Resta saber se ela sobreviverá ao caos.

Afirmo, embora a minha afirmação possa parecer estranha a um general, que as derrotas das democracias, por mais trágicas e perigosas que tenham sido, foram imbuídas de uma humanidade profunda, diametralmente oposta ao automatismo mecânico: *a valorização da vida humana.* Aldridge está errado quando censura os chefes dos exércitos democráticos por tentarem poupar a vida humana, em vez de imitar os robôs humanos. Também está errado quando exige que os combatentes antifascistas aprendam a matar de maneira ainda mais mecânica, mais automática e mais científica do que os autômatos prussianos. Tentar derrotar tais autômatos recorrendo aos seus próprios métodos é como tentar esconjurar o diabo por meio de Belzebu, isto é, quem o tentar, transformará *a si mesmo,* no processo de aprender a matar melhor e mais cientificamente, num autômato mecânico, e prosseguirá no caminho iniciado pelos seus adversários. Isso significará o fim irremediável das últimas esperanças numa sociedade humana diferente e capaz de viver em paz.

Nossa concepção de luta antifascista é outra. É um reconhecimento claro e impiedoso das causas históricas e biológicas que determinaram tais assassínios. Só por este processo, e nunca pela imitação, será possível destruir a peste fascista. Não se pode vencer o fascismo imitando-o ou exagerando os seus métodos, sem o perigo de incorrer, voluntária ou involuntariamente, numa degeneração de tipo fascista. O caminho do fascismo é o caminho do autômato, da morte, da rigidez, da desesperança. O caminho da vida é radicalmente diferente, mais difícil, mais perigoso, mais honesto e mais cheio de esperança.

Deixemos de lado todos os interesses políticos atuais e concentremo-nos numa única questão: *como se pôde chegar a uma identidade funcional tão completa entre a máquina, o homem e o assassínio científico?* Talvez esta questão não seja relevante para problemas como os de saber se a construção de navios ocorre no mesmo ritmo que os naufrágios ou se a monstruosidade mecânica chegará ou não aos poços de petróleo de Baku. Não deixamos de levar em conta a importância da questão. É evidente que, se minha casa repentinamente pegar fogo, a primeira coisa que farei é tentar apagar o fogo e salvar o que for possível, entre manuscritos importantes, livros e aparelhos. Mas serei obrigado a mandar construir uma casa nova e, durante muito tempo, irei pensar sobre as causas do incêndio, de modo a evitar nova catástrofe.

O homem é fundamentalmente um animal. Os animais, porém, distinguem-se do homem porque não são mecânicos nem sádicos, e porque suas sociedades (dentro de uma mesma espécie) são muito mais pacíficas do que as sociedades humanas. Deste modo, a questão fundamental é a de saber *o que fez com que o animal humano se deteriorasse e se tornasse semelhante a um robô.*

Ao dizer "animal", não tenho em mente algo mau, terrível ou "inferior", mas sim um fato biológico. Ora, o homem desenvolveu a ideia peculiar de que não era um animal; *ele* era um "homem", e há muito tempo se afastara do "mau" e do "brutal". O homem tenta distinguir-se do animal por todos os meios, e, para provar que "é melhor", invoca a civilização e a cultura, que o diferenciam dos animais. Mas todo o seu procedimento, suas "teorias de valor", suas filosofias morais, suas "tentativas de macaco", tudo comprova o fato de que ele não quer lembrar-se do fato de que, no fundo, é um animal, e de que tem muito mais em comum com "os animais" do que com aquilo que afirma e sonha ser. A teoria do super-homem alemão baseia-se nisso. Sua perversidade, sua incapacidade de conviver pacificamente com os seus semelhantes e suas guerras comprovam o fato de que o homem se distingue dos outros animais apenas pelo seu sadismo desmedido e pela trindade mecânica da visão de vida autoritária, da ciência mecanicista e da máquina. Quem considerar com atenção os resultados da civilização humana durante longos períodos verificará que as pretensões do homem não só são falsas, como também parecem ter o objetivo exclusivo de fazer o homem esquecer que é um animal. *Onde e como o homem obteve essas ilusões a respeito de si mesmo?*

A vida humana é dicotomizada: uma parte de sua vida é determinada pelas leis *biológicas* (satisfação sexual, alimentação, relação com a natureza); a outra parte é determinada pela civilização da máquina (ideias mecânicas sobre a sua própria organização, sobre a sua supremacia no reino animal, sobre o seu comportamento racista ou classista em relação a outros grupos humanos, sobre conceitos de valor de propriedade, ciência, religião etc.). *Ser ou não ser animal,* raízes *biológicas,* por um lado, e evolução *técnica,* por outro, dividem a existência e o pensamento do homem. Ora, todas as concepções que o homem desenvolve a respeito de si mesmo derivam das máquinas que inventou. A construção e a utilização das máquinas deram ao homem a convicção de que ele está progredindo e se desenvolvendo no sentido de se tornar superior, na máquina e através dela. Mas dotou as próprias máquinas de um aspecto e de mecanismos semelhantes aos do animal. Assim, a locomotiva tem olhos para ver e pernas para andar, uma boca para se alimentar de carvão e aberturas para a expulsão de detritos, alavancas e outros dispositivos para produzir sons. Deste modo, o produto da tecnologia mecanicista tornou-se um prolongamento do próprio homem. Na realidade, as máquinas representam um prolongamento poderoso da organização biológica do homem. Dão a ele a capacidade de dominar a natureza num grau muito maior do que seria possível só com as suas próprias mãos. Possibilitam-lhe dominar o tempo e o espaço; deste modo, a máquina converteu-se numa parte do próprio homem, uma parte amada e extremamente apreciada. O homem imagina que as máquinas lhe facilitam cada vez mais a vida, proporcionando-lhe maior capacidade de gozá-la. Gozar a vida, com o auxílio da máquina, sempre foi o seu sonho. *E na realidade? A máquina foi, é e continuará sendo o seu mais perigoso destruidor, se o homem não se diferenciar dela.*

O progresso da civilização, que foi determinado pelo desenvolvimento das máquinas, foi acompanhado por uma *interpretação falsa e catastrófica da organização biológica do homem.* Ao construir as máquinas, o homem obedeceu às leis da mecânica e da energia não viva. Esta tecnologia atingiu um alto grau de desenvolvimento, muito tempo antes de o homem ter se perguntado sobre como *ele mesmo* era construído e organizado. Quando, finalmente, o homem ousou descobrir os seus próprios órgãos, de maneira lenta, cautelosa e muitas vezes ameaçado de morte pelos seus semelhantes, interpretou então as suas próprias funções com base nas máquinas que, séculos antes, começara a construir: essa interpretação foi mecanicista, inerte, rígida. *A concepção mecanicista da vida é uma reprodução da civilização mecanicista.* Mas o funcionamento da vida é inteiramente diferente; não é mecanicista. A energia biológica específica, que é o orgone, obedece a leis que não são nem mecânicas nem elétricas. Preso a uma imagem mecanicista do mundo, o homem foi

313

incapaz de compreender o funcionamento especificamente vivo e não mecanicista. O homem sonha com poder construir um dia um homúnculo como Frankenstein, ou pelo menos um coração ou uma proteína artificiais. As ideias que a fantasia humana teceu em torno do homúnculo convertem-no num monstro violento, de aparência semelhante à do homem, mas de uma estupidez mecânica e de uma força bruta que, uma vez liberada, é impossível de controlar, e automaticamente provoca devastação. Walt Disney captou isso brilhantemente no seu filme *Fantasia*. Mas nessas fantasias do homem acerca de si próprio e da sua organização há ausência total de uma expressão viva, social, de bons sentimentos e de ligação à natureza. Por outro lado, nota-se claramente que o homem atribui aos animais que retrata exatamente aquelas características de que sente falta em si próprio, as quais, porém, não atribui ao homúnculo. Isso também se revela muito bem nos filmes de Disney sobre animais.

Nas suas fantasias, o homem representa a si próprio como um monstro mecânico, cruel, prepotente, destituído de sentimentos e de vida; pelo contrário, o animal é representado como um ser vivo, social, de bons sentimentos, e dotado de todas as forças e fraquezas humanas. Então nos perguntamos se essas fantasias humanas refletem uma realidade. A resposta é: *sim*. O homem descreve assim, exemplarmente, a sua contradição biológica interna:

1. Na ideologia: o animal mau – o homem sublime.
2. Na realidade: o animal bom e livre – robô brutal.

Assim, a máquina teve um efeito mecânico, mecanicista, "embrutecedor" e "enrijecedor" sobre a concepção que o homem tem da sua própria organização. A concepção que o homem tem de si mesmo é a seguinte: o cérebro é o "produto mais consumado do desenvolvimento". Seu cérebro é um "centro de controle" que transmite comandos e impulsos a cada órgão, assim como um "chefe" de Estado dá ordens a seus "súditos". Os órgãos do corpo estão ligados ao chefe, o "cérebro", por fios de telégrafo, que são os nervos. (Uma noção totalmente errada; os órgãos do organismo já tinham uma função biológica, muito antes de se ter desenvolvido o cérebro em bilhões de organismos. Além disso, a fisiologia comprovou por meio de experiências que as funções vitais mais importantes se mantêm por algum tempo, em cães ou galinhas, depois de terem o cérebro extraído.) Os bebês recém-nascidos têm que tomar uma quantidade determinada de leite a intervalos determinados e têm que dormir um número também determinado de horas. A sua dieta tem que conter x gramas de gordura, y gramas de proteínas e z gramas de carboidratos. O homem não tem pulsão sexual até o dia do casamento; a partir desse dia, exatamente, passa a tê-lo. Deus criou a Terra em exatamente seis dias e, no sétimo, descansou, tal como o homem descansa das máquinas. As crianças têm que estudar x horas de matemática, y horas de química, z horas de zoologia; todas têm exatamente o mesmo número de aulas e têm de absorver a mesma quantidade de conhecimentos. A inteligência brilhante equivale a cem pontos, a inteligência média a oitenta pontos e a estupidez a quarenta pontos. Com noventa pontos obtém-se o grau de doutor, mas não com oitenta e nove.

A vida psíquica continua sendo para o homem alguma coisa nebulosa e misteriosa ou, na melhor das hipóteses, uma secreção do cérebro que é, por assim dizer, cuidadosamente conservada em compartimentos. Não tem maior significado do que as fezes, excretadas pelo intestino. O homem não só negou durante séculos a existência da alma; o pior é que ele repudiou todas as tentativas de compreender as sensações e as experiências psíquicas. Mas, ao mesmo tempo, construiu concepções místicas que incorporavam sua vida emocional. E castigou com a morte aqueles que puseram em dúvida essa concepção mística de vida, quer ela questionasse os "santos", a "pureza de raça", o "Estado". Deste modo, o homem desenvolveu simultaneamente uma concepção mecanicista e uma concepção mística da sua própria organização. Assim, a sua compreensão da biologia manteve-se muito aquém da sua capacidade para construir máquinas, e o homem abandonou a possibilidade de compreender a si próprio. A máquina por ele criada bastou-lhe para explicar as realizações do seu próprio organismo[1].

Esta enorme distância entre as extraordinárias aptidões no domínio da indústria e o baixo grau de compreensão da biologia será apenas resultado da insuficiência de conhecimentos? Ou poderemos

---

1. A trágica dualidade entre organização biológica e organização técnica, entre o que é vitalmente vivo e o que é mecânico e automático no homem, manifesta-se claramente no seguinte fato: nenhum dos indivíduos deste mundo queria a guerra. Todos eles, sem exceção, foram suas vítimas, irremediavelmente, como se ela fosse um monstro autômato. *Mas é o próprio homem rígido que é essa monstruosidade.*

supor que existe uma intenção inconsciente, por assim dizer, uma recusa inconsciente de mergulhar na compreensão da própria organização humana? (Nos meus estudos experimentais sobre o orgone, ainda continuo espantado com o fato de milhares de extraordinários pesquisadores terem ignorado o orgone.) A resposta irrefutável é: o atraso na compreensão da vida, a sua falsa interpretação mecanicista e a supervalorização da máquina foram e continuam sendo inconscientemente intencionais. Não há razão para o homem não ter construído máquinas de modo mecanicista e, ao mesmo tempo, ter compreendido a vida de modo não mecânico, de modo *vivo*. A observação atenta daquilo que é o comportamento humano em situações de vida importantes revela-nos a natureza dessa intenção.

A civilização da máquina não só representou para o homem um aperfeiçoamento da sua existência animal, como também cumpriu uma função *irracional,* muito mais importante de um ponto de vista subjetivo: a de acentuar constantemente o fato de que o homem *não é um animal, que é fundamentalmente diferente do animal.* A próxima questão é saber qual o interesse do homem em afirmar ininterruptamente, seja na ciência, na religião, na arte ou em outras manifestações da vida, que é um *homem,* e *não* um animal; que a missão superior da existência humana consiste em "matar o seu lado animal" e cultivar os "valores"; que a criança deve ser transformada de "animalzinho selvagem" em "ser humano superior". Temos de perguntar como é possível que o homem negue tão fervorosamente o ramo biológico no qual surgiu e ao qual está indissoluvelmente ligado. Como é possível, perguntamos ainda, que o homem não veja os enormes danos à sua saúde, cultura e mente pelos quais esta negação biológica é responsável na sua vida (danos como doenças psíquicas, biopatias, sadismos e guerras)? É possível para a inteligência humana admitir que a miséria humana só poderá ser eliminada se o homem reconhecer plenamente a sua natureza animal? Não terá o homem de aprender que aquilo que o distingue dos outros animais é simplesmente um aperfeiçoamento do fator de segurança da vida e que ele deve desistir da negação irracional da sua verdadeira natureza?

"Não à animalidade! Não à sexualidade!" – estes são os princípios da formação de todas as ideologias humanas, disfarçados quer sob a forma fascista de "super-homem" de raça pura, a forma comunista de honra da classe operária, a forma cristã de "natureza espiritual e moral" do homem ou a forma liberal de "valores humanos superiores". Todas essas ideias insistem no mesmo pensamento: "Não somos animais; fomos nós que inventamos as máquinas, não os animais! *Não temos órgãos genitais como têm os animais!*". Tudo isso contribui para uma supervalorização do intelecto, do "puramente" mecanicista; da lógica e da razão, em oposição ao instinto; da cultura em oposição à natureza; do espírito em oposição ao corpo; do trabalho em oposição à sexualidade; do Estado em oposição ao indivíduo; do homem superior em oposição ao homem inferior.

Como se explica que, entre os milhões de pessoas que dirigem automóvel ou ouvem rádio, só muito poucas conheçam os nomes dos seus inventores, enquanto todas as crianças sabem os nomes dos generais da peste política?

A ciência natural reforça no homem a convicção de que ele não é mais do que um verme no universo. O político propagador da peste insiste constantemente no fato de que o homem não é um animal, mas sim um *zoon politicon,* isto é, um não animal, um portador de valores, um "ser moral". Quantas desgraças não tem provocado a filosofia platônica do Estado! São evidentes os motivos por que o homem conhece melhor os políticos do que os cientistas: não quer que lhe recordem que é, no fundo, um animal sexual; *não quer ser um animal.*

Sob esse ponto de vista, o animal não tem inteligência, mas apenas "maus instintos"; não tem cultura, mas apenas "instintos vis"; não tem senso de valores, mas apenas "necessidades materiais". É especialmente o tipo de homem que vê no lucro o principal sentido da vida que prefere acentuar esses aspectos. Se uma guerra assassina, como é a atual, tem qualquer vestígio de função racional, é sem dúvida a função de desmascarar a irracionalidade profunda e a mentira dessas ideias. O homem teria uma boa razão para ser feliz, se ele fosse tão livre de sadismos, perversões e baixezas, e tão repleto de uma espontaneidade natural como qualquer outro animal, seja uma formiga ou um elefante. Foi presunçosa a suposição do homem de que a Terra fosse o centro do mundo e o único planeta habitado: tão irreal e perniciosa é a sua filosofia que apresenta o animal como uma criatura "sem alma", destituída de qualquer moral, e até mesmo contrária à moral. Se eu dissesse que sou um santo benevolente mas, ao mesmo tempo, estourasse o crânio do meu vizinho, haveria boas razões para me internarem num manicômio ou me mandarem para a cadeira elétrica. Mas essa justaposição reflete exatamente a contradição, no homem, entre os seus "valores" ideais, por um lado, e o seu comportamento real, por outro. O fato de ele ter expressado essa contradição em fórmulas sociológicas altissonantes – tais como "o século de guerras e revoluções", "experiência sublime na frente de batalha" ou ainda "desenvolvimento máximo da estratégia militar e da tática política" – em nada altera o fato de que é precisamente com relação à sua organização biológica e social que o homem tateia no escuro e se encontra irremediavelmente confuso.

É evidente que esta concepção não se desenvolveu naturalmente; é resultante do desenvolvimento da civilização da máquina. É fácil provar que, quando a organização patriarcal da sociedade começou a substituir a organização matriarcal, o principal mecanismo que levou à adaptação da estrutura humana à ordem autoritária foi a repressão e o recalcamento da sexualidade genital nas crianças e adolescentes. A repressão da natureza, do "animal" nas crianças, foi e continua sendo a principal ferramenta na produção de indivíduos mecânicos[2]. O desenvolvimento socioeconômico da sociedade prosseguiu até os nossos dias no seu curso mecânico, de modo independente. A par dele, desenvolveu-se e ramificou-se a base de todas as ideologias e formações culturais: "Não à sexualidade genital" e "não à animalidade". Com estes dois processos, o social e o psicológico, tornou-se cada vez mais acentuado e abrangente o esforço do homem para se dissociar de sua origem biológica. Simultaneamente, ia-se tornando também mais acentuada e abrangente a brutalidade sádica nos negócios e na guerra, o aspecto mecânico na essência humana, a ambiguidade em sua expressão facial, a couraça contra os sentimentos, as tendências perversas e criminosas.

Foi apenas há alguns anos que se começou a reconhecer os efeitos devastadores desse desenvolvimento biológico tortuoso. Somos facilmente tentados a considerar a situação com demasiado otimismo. Poderíamos argumentar do seguinte modo: não há dúvida que o homem procedeu mal ao interpretar sua própria natureza em termos

---

2. Esse processo socioeconômico e seus efeitos sobre a formação da ideologia e da estrutura humana estão descritos em *Der Einbruch der Sexualmoral*.

da civilização da máquina. Ora, desde que reconhecemos este erro, é fácil corrigi-lo: a civilização é necessariamente mecânica, mas a atitude mecanicista do homem para com a vida pode se converter numa atitude baseada nos processos funcionais vivos. Um ministro da Educação esclarecido poderia promulgar os decretos necessários à reformulação da educação. Os erros estariam corrigidos em uma ou duas gerações. Afirmações como esta foram também feitas por homens sensatos na época da Revolução Russa, entre 1917 e 1923.

Esta argumentação seria na verdade correta, se a concepção mecânica da vida não fosse mais do que uma "ideia" ou uma "atitude". Mas a análise do caráter do homem médio em todas as situações sociais tornou evidente um fato que não pode ser ignorado. Ficou claro que a concepção mecânica da vida não é um mero "reflexo" dos processos sociais da vida psíquica do homem, como supunha Marx, mas muito mais do que isso:

Durante milênios de desenvolvimento mecânico, a concepção mecanicista da vida, transmitida através das gerações, se enraizou cada vez mais no sistema biológico do homem. No processo desse desenvolvimento, o funcionamento do homem realmente se alterou de uma maneira mecânica. O homem se tornou plasmaticamente rígido no processo de destruição de suas funções genitais. Revestiu--se de uma couraça contra a sua própria naturalidade e espontaneidade, perdeu o contato com as funções biológicas autorreguladoras. Agora ele tem um medo mortal de tudo que é vivo e livre.

Essa *rigidez biológica* manifesta-se essencialmente sob a forma de uma paralisação geral do organismo e de uma limitação, fácil de comprovar, da mobilidade do plasma: a inteligência é afetada; o sentido social natural é bloqueado; a psicose é violenta. No meu trabalho *A função do orgasmo,* descrevi detalhadamente os fatos que comprovam esta afirmação. O chamado homem civilizado transformou-se num ser rude, mecânico, sem espontaneidade, isto é, transformou-se num autômato, numa "máquina cerebral". Assim, o homem não só acredita que funciona como uma máquina, mas *ele realmente funciona de modo automático, mecanicista e mecânico.* Passou a viver, a amar, a odiar e a pensar mecanicamente. Com seu enrijecimento biológico e com a perda das suas funções autorreguladoras naturais, o homem adquiriu os traços de caráter que encontram a sua expressão máxima na explosão da peste da ditadura: uma concepção hierárquica do Estado, uma administração mecânica da sociedade, medo de responsabilidade, uma intensa necessidade de ter um *führer* e anseio por autoridade, insistência em regras, pensamento mecanicista no domínio da ciência natural, assassinato mecânico nas guerras. Não é por acaso que a noção platônica do Estado nasceu na sociedade grega escravagista. Não é também por acaso que essa noção perdurou até os nossos dias: o sistema escravagista foi substituído pela escravidão inferior.

O problema da peste fascista levou-nos a analisar profundamente a organização biológica do homem. Esse problema diz respeito a uma evolução milenar, e não, como creem os economicistas, aos interesses imperialistas dos últimos duzentos, ou até dos últimos vinte anos. A importância desta guerra de modo nenhum deve ser circunscrita à questão dos interesses imperialistas pelo petróleo de Baku ou pela borracha do Pacífico. O tratado de paz de Versalhes desempenha, na Segunda Guerra Mundial, o papel da roda de uma máquina na transmissão da energia do carvão para a caldeira. A concepção economicista da vida, por mais útil que tenha sido, é totalmente inadequada para lidar com os processos convulsivos da nossa vida.

A lenda bíblica da criação do homem à imagem de Deus, da sua superioridade em relação aos animais etc., reflete claramente a ação repressiva que o homem exerceu sobre a sua natureza animal. Mas a verdadeira natureza do homem lhe é lembrada a cada dia por suas funções físicas, pela procriação, nascimento e morte, impulso sexual e dependência em relação à natureza. A partir daí, exagera o seu esforço no sentido de cumprir a sua "missão" "nacional" ou "divina"; a ancestral aversão às verdadeiras ciências naturais, isto é, aquelas que não se ocupam com a construção de máquinas, tem base nesse esforço. Foram precisos vários milênios para que um Darwin conseguisse explicar categoricamente a origem animal do homem. Foram precisos também muitos milênios para que um Freud descobrisse o fato simples de que a criança é essencialmente, e *acima de tudo,* sexual. E como protestou o animal homem ao ouvir essas coisas.

Há uma ligação direita entre a "dominação" sobre os animais e a "dominação" racial sobre "negros, judeus, franceses etc.". É claro que o homem prefere ser um cavalheiro a ser um animal.

Para se distinguir do reino animal, o animal humano começou por negar, e finalmente deixou de perceber, as sensações orgânicas:

nesse processo ele se tornou biologicamente rígido. A ciência natural mecanicista ainda hoje defende como dogma a tese de que as funções autônomas não são sentidas e de que os nervos vitais autônomos são rígidos. Isso, apesar de uma criança de três anos saber já que o prazer, o medo, a fúria, o desejo etc. ocorrem na barriga. E apesar do fato de que a experiência de si próprio nada mais é do que o conjunto das experiências orgânicas. A perda das sensações orgânicas significou para o homem não só a perda da capacidade natural de reação e da inteligência do animal, mas também um enorme obstáculo à resolução dos seus problemas vitais: o homem substituiu a inteligência natural autorreguladora do plasma por um duende no cérebro, ao qual atribuiu, num processo claramente metafísico, características simultaneamente metafísicas e mecânicas. Deste modo, as sensações corporais tornaram-se *realmente* rígidas e mecânicas.

Nos domínios da educação, ciência e filosofia da vida, o homem está constantemente reproduzindo o organismo mecânico sob o lema "Não à animalidade"; essa deformidade biológica celebra o seu triunfo mais extraordinário na luta do "super-homem contra o homem inferior" (o que equivale a dizer homem abdominal) e na matança científica, matemática e mecânica. Mas, para matar, é preciso mais do que filosofias mecanicistas e máquinas. Por isso, o homem recorre ao sadismo, essa pulsão secundária provocada pela repressão da natureza, que é a única característica importante que distingue estruturalmente o homem do animal.

Mas esse trágico desenvolvimento mecânico e mecanicista, por mais distorcido que ele seja, não eliminou o seu oposto. Na sua essência, o homem ainda continua sendo uma criatura animal. Por mais imóveis que sejam sua pélvis e suas costas, por mais rígidos que estejam seu pescoço e seus ombros, por mais tensos que sejam seus músculos abdominais – ou por mais que erga o peito de orgulho ou de medo –, o homem sente, no profundo cerne das suas sensações, que ele é apenas um pedaço de natureza viva e organizada. Porém, como tem sempre negado e reprimido essa natureza, não a pode afirmar racional e efetivamente; *tem de vivê-la de maneira mística, sobrenatural, extraterrena,* quer essa vivência se apresente sob a forma de êxtase religioso, de unificação cósmica com a alma do mundo, sede sádica de sangue, ou de "excitação cósmica do sangue". É do conhecimento geral que na primavera esse monstro impotente tem os mais fortes ataques sanguinários. Os desfiles militares prussianos revelam todas as características do homem místico e mecânico.

O misticismo humano, que representa os últimos vestígios da vitalidade, também se tornou a origem do sadismo mecânico no hitlerismo. Das origens mais profundas do funcionamento biológico subsistente provém incessantemente, apesar de toda a rigidez e de toda a escravidão, o grito de "liberdade". Não existe um único movimento social que tenha conseguido conquistar as massas humanas sob a palavra de ordem "repressão da vida". Cada um dos numerosos e diversos movimentos sociais que reprimem a autorregulação da energia vital proclama, de uma forma ou de outra, a "liberdade": liberdade do pecado; libertação da "condição terrena"; liberdade do *lebensraum;* liberdade da nação; liberdade do proletariado; liberdade da cultura etc. etc. Os vários gritos de liberdade são tão antigos como a própria ossificação do plasma humano.

O grito de liberdade é um indício de repressão. Esse grito não cessará enquanto o homem se sentir aprisionado. Por mais diversas que sejam as formas de clamar pela liberdade, todas elas, sem exceção, exprimem, no fundo, a mesma coisa: *a impossibilidade de suportar a rigidez do organismo e das instituições mecânicas da vida que entram em forte oposição com as sensações naturais da vida.* Se algum dia existir uma sociedade em que, pela primeira vez, se confundam todos os gritos de liberdade, então o homem terá superado a sua deformidade biológica e social e terá alcançado a verdadeira liberdade. Só quando o homem reconhecer que ele é fundamentalmente um animal, ele será capaz de criar uma verdadeira cultura.

As "ambições mais altas" não são mais do que o desenvolvimento biológico das forças vitais. Mas só podem existir no âmbito das leis de desenvolvimento biológico, e *nunca em oposição* a elas. O *desejo* de liberdade e a *capacidade* para a liberdade não são mais do que o desejo e a capacidade de reconhecer e fomentar o desenvolvimento pleno da energia biológica do homem (com a ajuda das máquinas). Não existe liberdade quando o desenvolvimento biológico do homem é reprimido e temido.

As massas humanas, sob a influência dos políticos, costumam atribuir a responsabilidade pelas guerras àqueles que detêm o poder numa determinada época. Na Primeira Guerra Mundial, foram os industriais de material bélico; na Segunda Guerra Mundial, foram os generais psicopatas. *Isto é fugir das responsabilidades. A responsabilidade pelas guerras recai exclusivamente nos ombros dessas mesmas massas, pois elas têm, em suas próprias mãos, todos os meios necessários para impedir a guerra.* Em parte por sua apatia, em parte por sua passividade, e em parte ativamente, essas mesmas massas humanas possibilitaram as catástrofes de que elas mesmas são as maiores vítimas. *Acentuar a culpa que cabe às massas humanas, atribuir-lhes toda a responsabilidade, significa levá-las a sério.* Por outro lado, deplorar as massas humanas como vítimas significa tratá-las como se trata uma criança pequena e desamparada. A primeira atitude é a dos autênticos lutadores pela liberdade; a segunda é típica do político sedento de poder.

O ARSENAL DA LIBERDADE HUMANA

Os reis e os imperadores sempre passam em revista as suas tropas. Os grandes magnatas inspecionam as quantias fabulosas que lhes dão o poder. Todos os ditadores fascistas medem o grau de irracionalidade das reações humanas, pois é essa irracionalidade que lhes possibilita conquistar e manter o poder sobre as massas humanas. O cientista natural mede o grau de conhecimentos e métodos de investigação de que dispõe. Contudo, nenhuma organização que luta pela liberdade passou até agora em revista o arsenal *biológico* em que se encontram as armas necessárias para a criação e manutenção da liberdade humana. Apesar de toda a exatidão da nossa máquina social, não existe ainda uma definição científica da palavra *liberdade*. Nenhuma outra palavra sofreu tantos abusos e deturpações. Definir liberdade é definir saúde sexual. *Mas ninguém o quer afirmar abertamente.* Tem-se frequentemente a impressão de que a defesa da liberdade pessoal e social está associada a sentimentos de receio e de culpa. Como se o fato de ser livre fosse um pecado proibido ou pelo menos algo não inteiramente decente. A economia sexual compreendeu essa sensação de culpa: a liberdade sem autorregulação sexual constitui em si uma contradição. Mas viver a sexualidade equivale, na estrutura dominante, a ser culpado ou "pecador". Há muito poucas pessoas que vivem o amor sem sentimentos de culpa. O "amor livre" é um conceito que se degradou e perdeu o sentido que lhe fora conferido pelos velhos lutadores pela liberdade. Nos filmes, ser criminoso e ter uma sexualidade intensa são representados como sendo *a mesma coisa*. Deste modo, não é de admirar que o asceta e o reacionário sejam mais respeitados que os habitantes do Pacífico que vivem o amor; que uma elevada posição social seja incompatível com um comportamento sexual natural; que, oficialmente, a "autoridade" não possa ter "vida privada"; que um grande pesquisador como foi De La Méttrie tenha sido conspurcado e perseguido; que qualquer moralista perverso possa insultar impunemente um casal feliz; que adolescentes sejam presos por terem relações sexuais, etc.

O objetivo deste capítulo é mostrar o erro de cálculo em que até agora incorreram todos os que lutam pela liberdade: *a incapacidade social para a liberdade ganhou raízes fisiológicas e sexuais no organismo humano.* A partir disso, conclui-se que uma das condições principais para toda luta verdadeira pela liberdade consiste em vencer a incapacidade fisiológica para a liberdade. Não pode ser objetivo deste capítulo descrever aqueles elementos da liberdade que são geralmente conhecidos e defendidos, como, por exemplo, liberdade de expressão, liberdade com relação à opressão econômica e à exploração, liberdade de reunião e coligação, liberdade de investigação científica, etc. O importante é focalizar e revelar *os obstáculos mais poderosos* a todos esses esforços.

Compreendemos por que não se debateu até agora publicamente a incapacidade caracterológica geral das massas humanas para a liberdade. É que esse fato é muito sombrio, deprimente e impopular para ser discutido abertamente. Exigiria à esmagadora maioria uma autocrítica embaraçosa e transformações enormes no modo de conduzir a vida. Exigiria que a responsabilidade por todos os acontecimentos sociais fosse transferida, das minorias e ilhas da sociedade, para a grande maioria, de cujo trabalho a sociedade depende. Esta esmagadora maioria de trabalhadores não pôde até hoje dirigir os destinos da sociedade. O máximo que conseguiu até agora foi poder confiar a direção da sua vida a indivíduos decentes, e não a pessoas desprezíveis. Mas a forma "parlamentar" de "governo" não foi capaz de deter a pressão dos fatos, pois *outras* maiorias e grupos sociais confiaram todos os poderes sobre o seu destino a indivíduos sádicos e imperialistas. Existe um perigo enorme de que a própria organização social democrática formal venha a degenerar numa organização ditatorial quando tiver de defender-se da ditadura autoritária sobre a sua vida. Como não são as próprias massas trabalhadoras que determinam *de fato e na prática* a sua vida, o germe da opressão já está presente no próprio processo da formação de um governo. Este fato parece ser do conhecimento geral. Ouve-se cada vez com mais frequência e clareza a afirmação: não se pode contar com o retorno do velho, e que deve ser preparada uma ordem mundial essencialmente diferente. Isto é inteiramente correto, mas faltam palavras concretas. *Falta atribuir à maioria trabalhadora da população, que até agora assumiu um papel social passivo, a inteira responsabilidade por seu destino futuro.* É como se dominasse por toda parte um medo secreto de transferir a responsabilidade das mãos de um governo bem-intencionado e de orientação democrática para as mãos daqueles que até agora foram apenas eleitores, mas não *sustentáculos responsáveis* da sociedade. Esse medo não está relacionado à perversidade ou más intenções, mas ao conhecimento de uma dada estrutura biopsíquica das massas humanas. A Revolução Russa, que realizou os primeiros passos no sentido da responsabilização das massas, fracassou e terminou numa ditadura, exatamente por esse motivo. Apesar disso, a revolução social, pela transformação da democracia formal numa democracia de fato, constitui a principal conclusão a ser tirada desta guerra e de tudo o que a provocou. A partir dos fatos conhecidos, respeito a conclusão inevitável:

1. As massas humanas são incapazes de liberdade.
2. A capacidade geral para a liberdade só pode ser obtida na luta diária pela formação livre da vida.
3. Conclusão: *As massas humanas que agora são incapazes de liberdade têm de conquistar o poder social para então serem capazes de ser livres e de estabelecer a liberdade.*

Para explicar a presente tarefa prática, vou recorrer a um exemplo extraído da botânica. Há muito tempo venho observando os efeitos das ervas daninhas no crescimento dos abetos. Os ramos que têm menos ervas daninhas crescem livremente em todas as direções, enquanto do tronco começam a despontar ramos logo acima da terra. As agulhas são tenras e cheias de seiva. A planta cresce livremente ao sol; é "saudável"; o seu crescimento é "livre". Mas se as sementes de abeto caem num terreno cheio de ervas daninhas, despontam hastes retorcidas e nuas nos pontos mais atacados pela erva. O crescimento dos ramos é irregular, as agulhas são murchas ou nem chegam a se desenvolver. Muitas das sementes nem chegam a despontar, devido ao efeito das ervas. A influência perniciosa das ervas daninhas manifesta-se diretamente na deformação das plantas: lutando com dificuldade para obter um lugar ao sol, a planta acaba ficando retorcida. Quando libertamos um desses brotos das ervas daninhas, verificamos que ele se desenvolve melhor a partir de então; mas os efeitos anteriores da erva daninha não podem ser eliminados. Há um crescimento deficiente, atrofiamento dos ramos, mau desenvolvimento das agulhas. Mas as sementes novas que caem em terreno livre de ervas daninhas desenvolvem-se, desde o início, livre e plenamente.

Creio que podemos comparar o desenvolvimento livre de uma sociedade com o broto de abeto que cresce livremente; a sociedade ditatorial com o broto asfixiado pelas ervas daninhas; e a democracia formal que está à mercê de grupos de pressão pode ser comparada com os brotos que conseguem crescer, mas são deformados biologicamente no processo de crescimento. Atualmente, não existe nenhuma sociedade democrática que se possa desenvolver segundo leis naturais, livres, de autorregulação, sem a influência deformadora de relações autoritárias e ditatoriais internas ou externas à sociedade. A experiência do fascismo proporcionou-nos vários meios de reconhecer o hitlerismo incoativo, dentro ou fora das suas próprias fronteiras. *O hitlerismo é, de um ponto de vista biopsíquico, nada mais nada menos que a forma consumada do mecanismo mecânico aliado ao irracionalismo místico das massas humanas.* O atrofiamento da vida individual e social nada mais é do que a influência secular acumulada de todas as instituições autoritárias e irracionais sobre o homem contemporâneo. O fascismo não criou essa situação a partir do nada: limitou-se a explorar e aperfeiçoar as antigas condições usadas para suprimir a liberdade. A geração que tem na sua própria essência as marcas de milênios de ordem autoritária só pode ter a esperança de conseguir respirar mais livremente. Não pode esperar transformar-se numa árvore que se desenvolve plenamente, segundo as leis naturais, mesmo depois de liberta das ervas daninhas, isto é, depois de ter sido destruída a máquina fascista.

Em outras palavras: *A rigidez biológica da geração atual já não pode ser eliminada, mas as forças vivas que ainda operam nela podem ganhar espaço para um melhor desenvolvimento.* No entanto, *todos os dias nascem novos seres humanos e, dentro de trinta anos, a raça humana estará biologicamente renovada; virá ao mundo sem quaisquer marcas de deformação fascista.* Tudo depende das condições em que nascerá a próxima geração: numa situação em que a liberdade esteja assegurada ou numa situação em que impere a autoridade. Daqui se deduz, com toda a clareza, uma importante tarefa nos domínios da higiene social e da legislação social:

Todo esforço deve ser feito e todos os meios devem ser empregados para proteger as gerações futuras contra a influência de rigidez biológica da antiga geração.

O fascismo alemão é fruto da rigidez biológica e da deformidade da geração alemã anterior. O militarismo prussiano, com sua disciplina mecânica, seu "passo de ganso" e seu "peito para fora, barriga para dentro", foi uma expressão extrema dessa rigidez. O fascismo pôde contar com a rigidez biológica e a deformidade das massas humanas em outros países. Isso explica o seu êxito internacional. Conseguiu, finalmente, destruir numa única geração os últimos vestígios do desejo de liberdade biológica na sociedade alemã, transformando a nova geração, no decurso de menos de uma década, em autômatos inflexíveis, em máquinas de guerra não pensantes. Por isso é evidente que a liberdade social e a autorregulação são inconcebíveis com seres humanos mecanizados e biologicamente rígidos. *A arma principal no arsenal da liberdade é a intensa ânsia de ser livre, por parte de cada nova geração. A possibilidade da liberdade social baseia-se essencialmente nessa arma, e em nada mais.*

Vamos supor que as democracias formais triunfem nesta guerra. Vamos supor ainda que, na luta pela liberdade, elas ignorem ou se recusem a admitir a importância social do engano biológico, isto é, a rigidez biológica das massas humanas. Nesse caso, cada nova geração reproduzirá inevitavelmente essa rigidez, produzirá novas concepções autoritárias e temerosas da vida. Embora se tenha lutado arduamente por elas, as liberdades conquistadas sob tais condições serão cheias de desvios e falhas e seu funcionamento será biologicamente deficiente. As massas humanas jamais serão capazes de assumir plena responsabilidade pela existência social. Deste modo, quem *não* estiver interessado na autorregulação da sociedade tem apenas de servir-se de meios de poder como o dinheiro, a posição social ou a violência, para *impedir* que as novas gerações possam libertar-se da pressão exercida pela rigidez da geração anterior. A tarefa que nos espera compreende ações sociais, médicas e educacionais.

Do ponto de vista social, é necessário procurar todas as causas da degeneração biológica do homem, criando as leis necessárias à proteção do desenvolvimento livre. Fórmulas gerais, como "liberdade de imprensa, de reunião e de expressão" etc., são imprescindíveis, mas nem de longe suficientes. É que, segundo essas leis, o homem irracional desfruta exatamente dos mesmos direitos que o homem amante da liberdade. E, como a erva daninha cresce com mais facilidade e maior rapidez que uma árvore forte, é inevitável que o hitlerismo acabe por triunfar. Deste modo, o que importa é não limitar o "hitlerismo" àqueles que usam abertamente as insígnias do fascismo, mas detectá-lo e combatê-lo cientificamente no cotidiano. Só esse processo de extirpamento do fascismo no dia a dia permitirá a formulação espontânea das leis adequadas a combatê-lo.

Eis um exemplo, entre muitos possíveis: quem quer guiar um automóvel precisa passar por um exame de motorista; é um requisito necessário para garantir a segurança dos outros. Para isso, é necessário obter uma carta de motorista. Quem ocupa uma casa que está além de suas possibilidades, tem que alugar uma casa menor. Quem pretende abrir uma sapataria, tem de provar que está habilitado para isso. Mas não existe no século XX nenhuma lei que proteja os recém-nascidos da incapacidade educacional e das influências neuróticas dos pais. Um sem-número de novos seres podem, e *devem,* segundo a ideologia fascista, ser colocados no mundo; mas ninguém pergunta se esses novos seres poderão ser alimentados adequadamente e educados de acordo com os tão louvados ideais. O lema sentimental da família numerosa é tipicamente fascista, seja quem for que o propague[3].

Do ponto de vista médico e educacional, é indispensável pôr fim ao fato deplorável de centenas de milhares de médicos e professores poderem dirigir os destinos de cada nova geração, sem terem adquirido o mínimo conhecimento sobre as leis que regulam o de-

---

3. Surgiu lamentavelmente também no Plano Beverigde, de características progressistas, em 1942, na Inglaterra.

senvolvimento biossexual da criança. E isso ainda ocorre quarenta anos após a descoberta da sexualidade infantil. A mentalidade fascista é inculcada dia após dia, hora após hora, em milhões de jovens e de crianças, devido a essa ignorância dos educadores e dos médicos. Isso nos leva a formular de imediato duas exigências. Primeira: todo médico, educador, assistente social, etc. que lida com jovens e crianças terá que provar que ele próprio é saudável do ponto de vista da economia sexual e que adquiriu conhecimentos detalhados sobre a vida sexual das pessoas de um a dezoito anos de idade. Em outras palavras, *deve ser obrigatória a educação dos educadores em matéria de economia sexual*. A formação de opiniões sobre o sexo não deve ser deixada ao acaso, à arbitrariedade ou à influência da moralidade repressiva neurótica. Segunda: *o amor natural à vida, por parte da criança e do adolescente, deve ser protegido por leis claramente definidas*. Esta exigência parece radical e revolucionária. Mas o fascismo, que se desenvolveu com base na repressão da sexualidade das crianças e adolescentes, teve, como todos reconhecerão, efeito muito mais radical e revolucionário, no sentido *negativo* das palavras, do que jamais poderá ser, de um ponto de vista positivo, a proteção da sociedade aos impulsos naturais. Em todas as sociedades democráticas dos nossos dias têm-se feito inúmeras tentativas isoladas, no sentido de produzir uma mudança nessa área. Mas estas ilhas de compreensão submergem no meio da névoa pestilenta que é espalhada sobre toda a sociedade pelos educadores e médicos moralistas, eles próprios vítimas da rigidez biológica.

Não vale a pena entrar em detalhes. Cada medida individual se produzirá espontaneamente, se *o princípio básico de afirmação da sexualidade e a proteção social à sexualidade dos adolescentes e das crianças forem aceitos*.

De um ponto de vista econômico, só as relações naturais de trabalho, isto é, as dependências econômicas naturais dos homens entre si, poderão constituir o enquadramento e o fundamento necessários à transformação biológica das massas humanas.

É *à soma de todas as relações naturais de trabalho que chamamos democracia do trabalho*; é a forma da organização natural do trabalho. Estas relações de trabalho são, na sua essência, funcionais, e não mecânicas. Não podem ser organizadas arbitrariamente, pois resultam espontaneamente do próprio processo de trabalho. A dependência recíproca de um carpinteiro em relação a um ferreiro, de um cientista natural em relação a um lapidador de vidro, de um pintor em relação ao fabricante de tintas, de um eletricista em relação a um metalúrgico é dada naturalmente pela interligação das funções do trabalho. Não se pode conceber uma lei arbitrária, capaz de alterar essas relações naturais de trabalho. Não se pode tornar o homem que trabalha com um microscópio independente do lapidador de vidro. A natureza das lentes é ditada exclusivamente pelas leis da luz e pela tecnologia, assim como a forma das bobinas de indução é determinada pelas leis da eletricidade, e as atividades humanas são ditadas pela natureza das suas necessidades. As funções naturais do processo de trabalho são inteiramente independentes de qualquer tipo de arbitrariedade autoritária e mecanicista. Funcionam *livremente* e são *livres,* no sentido mais rigoroso da palavra. Só elas são racionais e por isso só elas podem determinar a existência social. Mesmo os generais psicopatas são dependentes delas. O amor, o trabalho e o conhecimento abarcam tudo aquilo que está contido no conceito de democracia do trabalho.

É certo que as funções naturais do trabalho, do amor e do conhecimento podem ser mal utilizadas e mesmo sufocadas, mas elas regulam a si próprias por sua natureza, desde que existe o trabalho humano, e continuarão a regular-se enquanto existir um processo social. Elas constituem a base *fatual* (e não a "exigência") da democracia do trabalho. O conceito de democracia do trabalho não é, portanto, um programa político, não é uma antecipação idealizada de um "plano econômico" ou de uma "Nova Ordem". A democracia do trabalho é um *fato* que até agora escapou à percepção humana. A democracia do trabalho não pode ser organizada, do mesmo modo que a liberdade não pode ser organizada. Não se pode organizar o crescimento de uma árvore, de um animal ou de um homem. *O crescimento de um organismo é livre, no mais rigoroso sentido do termo, pela própria função biológica.* Igualmente livre é o crescimento natural de uma sociedade. Regula a si próprio e não necessita de legislação. Mas pode ser impedido ou desviado.

Acontece que a função de todo e qualquer tipo de dominação autoritária é precisamente a de *entravar* as funções naturais de autorregulação. Deste modo, a tarefa de uma ordem *verdadeiramente* livre não poderá deixar de ser a de *eliminar* todo e qualquer tipo de entrave às funções naturais. Para isso são necessárias leis rigorosas. Assim, a democracia, se tiver intenções sérias e verdadeiras, é uma manifestação direta da autorregulação natural das funções do amor, do trabalho e do conhecimento. E a ditadura, ou, em outras palavras, o irracionalismo dos seres humanos, coincide com os entraves a esse processo natural de autorregulação.

Daí se conclui inevitavelmente que a luta contra a ditadura e o desejo irracional de autoridade sentido pelas massas humanas só pode consistir em uma realização fundamental:

As forças, que são naturais e vitais, no indivíduo e na sociedade, devem ser claramente separadas de todos os obstáculos que atuam contra o funcionamento espontâneo dessa vitalidade natural.

As primeiras têm de ser promovidas; os últimos, eliminados.

A regulação humana da existência social jamais pode atingir as funções naturais do trabalho. A civilização, no sentido positivo da palavra, não pode deixar de ser a criação das condições ótimas para a *evolução* das funções naturais do amor, do trabalho e do conhecimento. Embora a liberdade não possa ser organizada, porque qualquer organização é contrária à liberdade, as *condições* que abrirão o caminho às forças da vida podem e devem ser organizadas.

Não dizemos àqueles que trabalham conosco como ou o que eles devem pensar. Não "organizamos" seu pensamento. Mas exigimos que todos aqueles que trabalham no nosso setor se libertem das maneiras falsas de pensar e de agir que lhes foram impostas pela educação que receberam. Deste modo, as suas reações espontâneas libertam-se de maneira racional.

É ridículo conceber a liberdade de maneira tal que a mentira possa ter o mesmo direito que a verdade, em tribunal. Uma democracia do trabalho autêntico não confere à irracionalidade mística os mesmos direitos que à verdade, nem à repressão sobre as crianças os mesmos direitos que à sua liberdade. É ridículo discutir com um assassino o seu direito de assassinar. Mas comete-se sempre esse erro em relação aos fascistas. Em vez de se considerar o fascismo como a irracionalidade e a infâmia organizada pelo Estado, vê-se nele uma "forma de Estado" em pé de igualdade com as outras. Isto acontece porque todos têm o fascismo *em si mesmos*. É evidente que também o fascismo "às vezes tem razão". Do mesmo modo que o doente mental. O problema é que ele não sabe quando tem razão.

A liberdade, considerada dessa perspectiva, transforma-se numa realidade simples, facilmente compreensível e palpável. A liberdade não tem de ser conquistada, dado que existe espontaneamente em todas as funções da vida. *O que é preciso conquistar é a eliminação de todos os obstáculos à liberdade.* Nesta perspectiva, o arsenal da liberdade humana é imenso e extremamente rico em meios, quer biológicos, quer mecânicos. Não há nada de extraordinário a conquistar. Apenas há que dar livre curso à vida. O sonho ancestral pode tornar-se realidade, quando se compreende a realidade. Nesse arsenal da liberdade, encontramos os seguintes elementos:

Um conhecimento vivo e espontâneo das leis naturais da vida, por parte dos seres humanos de todas as idades, condições sociais e raças. Deve-se eliminar a deformação desse conhecimento provocada por concepções e instituições hostis à vida, rígidas e inflexíveis, mecânicas e místicas.

As relações naturais de trabalho entre os homens e as mulheres e o seu natural prazer no trabalho, que são ricas de força e de possibilidades futuras. É preciso eliminar tudo o que impede a democracia natural do trabalho: limitações e regulamentos arbitrários, hostis à vida, autoritários.

A sociabilidade e a moralidade naturais estão presentes em homens e mulheres. É preciso eliminar o moralismo repugnante que abafa a moralidade natural, justificando a sua ação com os impulsos criminosos que ele próprio gerou.

Esta guerra elimina, como nenhuma outra até agora o fez, muitos obstáculos à autorregulação natural que parecia impossível eliminar em tempo de paz. Por exemplo, a relegação da mulher às tarefas domésticas, que é um hábito autoritário e fascista, e ainda as negociatas, a usura, a exploração, a existência de fronteiras nacionais artificiais etc. Não somos daqueles que afirmam que as guerras são necessárias ao progresso da civilização humana. O fato é que a organização mecânica, mística e autoritária da sociedade e da estrutura humana produzem incessantemente a destruição mecânica de vidas humanas na guerra. Aquilo que é vivo e livre no homem e na sociedade revolta-se contra isso. Como nas guerras o atrofiamento biológico do homem e da sociedade se manifesta em proporções inauditas e mortíferas, aquilo que é realmente vivo *forçosamente* empreende todos os esforços que em circunstâncias menos precárias não seria capaz de realizar, pelo simples motivo de que não compreendeu ainda a si mesmo.

Admitimos que o homem tem permitido, através dos milênios, que seu corpo se transforme cada vez mais em máquina e seu pensamento se torne cada vez mais irracional, isto desde que ele começou a sofrer a influência da produção de máquinas. Mas não compreendemos de que modo se poderá neutralizar essa degeneração mecânica do organismo e liberar as forças de autorregulação existentes no homem, enquanto as massas humanas continuarem sujeitas à pressão e à influência da máquina. Nenhuma pessoa sensata exigirá ou suporá que nós possamos destruir a civilização da máquina. Não existe contrapeso significativo para compensar as influências biologicamente destruidoras da tecnologia da máquina.

São necessários fatos mais palpáveis do que exposições científicas para pôr fim à rigidez biológica do homem. E esta guerra, com a sua disciplina e com a crescente automatização, é mais propícia ao reforço da rigidez biológica do que à sua eliminação.

Essa objeção é absolutamente correta. Na realidade, com os meios técnicos de que a humanidade dispõe, não parece haver hipótese de fazer recuar a degeneração biológica da raça de animais chamada homem. Durante muito tempo hesitei em divulgar os conhecimentos que adquirira no domínio da reprodução biológica da civilização da máquina. Dizia a mim mesmo que é inútil proclamar verdades que não podem surtir efeitos práticos.

A resposta para este doloroso dilema surgiu espontaneamente quando me interroguei sobre o modo como eu mesmo chegara às formulações funcionais nos domínios da psiquiatria, sociologia e biologia, chegando desse modo a esclarecer e substituir a mecanização e o misticismo naqueles três domínios. Não me considero um super--homem. Não sou muito diferente da média das pessoas. Como é que consegui então encontrar uma solução que a todos os outros se mantivera vedada? Gradualmente, comecei a compreender que a minha prática profissional de dezenas de anos, em que me ocupei do problema da energia biológica, me obrigara a libertar-me dos métodos e concepções mecanicistas e místicos, para poder me dedicar exclusivamente ao meu trabalho nos organismos vivos. Isto significa que foi *o meu trabalho que me obrigou a aprender a pensar funcio-*

nalmente. Se eu tivesse me limitado a seguir a estrutura mecânica e mística que herdei da minha educação, não teria descoberto um único fato da biofísica orgônica. Comecei a trilhar a via até então oculta que me levaria à descoberta do orgone quando entrei no domínio do proibido das palpitações orgásticas do plasma. Olhando para trás, percebi claramente que a minha evolução tinha passado por muitos pontos críticos em que teria sido possível recuar da minha visão funcional e viva das coisas para uma visão mecânica e mística. Nem eu sei como escapei a esse perigo. Mas tenho a certeza de que a visão funcional da vida, que contém tantas respostas essenciais para o caos atual, se alimentou do meu trabalho com a energia biológica, a energia orgônica.

O *desconhecimento* das leis do funcionamento biológico produziu a mecanização e substituiu a realidade viva pelo misticismo.

No entanto, o orgone cósmico – a energia especificamente biológica que existe no Universo – não funciona de modo mecanicista e não é de natureza mística. Esta energia orgônica é regida pelas suas próprias leis *funcionais específicas,* as quais não podem ser compreendidas de modo rígido, material, mecanicista ou em conceitos de eletricidade positiva ou negativa. Obedece a leis *funcionais,* como a da atração, dissociação, expansão, contração, irradiação, pulsação, etc. Duvido que a energia orgônica se preste a qualquer tipo de assassinato e, portanto, a qualquer técnica mecanicista de extermínio. Esta guerra ou a próxima aumentarão extraordinariamente a necessidade das funções que asseguram a vida. As radiações orgônicas são a contribuição importante que a economia sexual oferece para a continuação do gênero humano. Mais cedo ou mais tarde, círculos e grupos cada vez mais vastos de pessoas familiarizar-se-ão com as funções do orgone. No processo de trabalho com a energia cósmica vital, o homem *será forçado* a aprender a pensar em termos funcionais e vivos para poder dominar o orgone cósmico, do mesmo modo que aprendeu a pensar em termos psicológicos quando se abriram as portas para o conhecimento da sexualidade infantil, ou em termos econômicos quando foram reveladas as leis econômicas. No processo de compreender e dominar as leis mecanicistas da natureza inanimada, o próprio homem foi forçado a se tornar mecanicamente rígido. Do mesmo modo – essa analogia é perfeitamente lícita –, cada nova geração que quiser dominar cada vez melhor o processo das funções vitais orgônicas aprenderá a compreender, a amar, a proteger e a desenvolver *a vida*.

Peço que esta conclusão não seja tomada por uma proclamação messiânica. Considero-me, como por várias vezes tive ocasião de salientar nos meus escritos, um "verme no Universo", um simples instrumento de uma determinada lógica científica. Faltam-me inteiramente certas características como a megalomania que levou o general pestilento a executar os seus atos criminosos. Falta-me a convicção de ser um super-homem e, consequentemente, a convicção de que as massas são racialmente inferiores. A conclusão principal que deduzi da descoberta do orgone é uma conclusão modesta mas *verdadeira*, comparável, por exemplo, à descoberta de que é possível vencer a força de gravidade da Terra, se enchermos um balão com um gás mais leve do que o ar. Não tenho, como muitos dos meus amigos esperavam, um remédio que nos capacite a realizar mudanças políticas imediatas. Fatos como "autorregulação biológica e natural", "democracia natural do trabalho", "orgone cósmico", "caráter genital", etc. são armas que a economia sexual fornece ao gênero humano, para que este possa libertar-se de elementos de escravidão, como "rigidez biológica", "couraças muscular e de caráter", "ansiedade do prazer", "impotência orgástica", "autoridade formal", "submissão à autoridade", "irresponsabilidade social", "incapacidade para a liberdade" etc. É característica essencial deste trabalho o fato de que ele foi produzido com prazer, prazer em investigar e descobrir, prazer na percepção da sabedoria e da decência espontânea da natureza, não esperando em troca riquezas, medalhas, reconhecimento acadêmico e popularidade e certamente não resultou de nenhum prazer sádico de torturar, de oprimir, de fomentar a mentira e a burla, de conduzir guerras e aniquilar a vida. Isso é tudo!

Capítulo 13

Sobre a democracia natural do trabalho

ESTUDOS SOBRE AS FORÇAS SOCIAIS NATURAIS COM O PROPÓSITO DE SUPERAR A PESTE EMOCIONAL

O que vou expor a seguir pertence ao domínio do conhecimento humano geral e espontâneo, um conhecimento que não é socialmente organizado e que, por esse motivo, não pôde até agora produzir efeitos práticos sobre o público em geral.

Os eventos sociais foram novamente envolvidos num fluxo de enormes convulsões. Por toda a parte se pergunta: o que vai acontecer, o que há de acontecer? Que partido, que ministério, que espécie de agrupamento político assumirá a responsabilidade pelo destino futuro da sociedade europeia? Não sei responder a esta pergunta que anda na boca de todos. Este capítulo não se propõe a oferecer sugestões políticas. Seu único intento é chamar a atenção para um fato real, prático e racional, que não foi referido em nenhum dos muitos debates políticos sobre a situação do mundo após a guerra. É um fato que foi chamado de *democracia natural do trabalho*. Pretendo explicar o que é a democracia natural do trabalho, e note-se que me refiro ao que ela é, e *não* ao que ela deveria ser.

No ano de 1937, portanto, dois anos antes do início da Segunda Guerra Mundial, tempestade que assolou a Europa, foi publicado na Dinamarca um folheto intitulado *A organização natural do trabalho na democracia do trabalho*. Esse estudo não era assinado.

Dizia-se apenas que era da autoria de um trabalhador de laboratório, e escrito com a concordância de outros homens e mulheres que executavam trabalhos práticos no mesmo setor. Foi publicado em alemão, simplesmente mimeografado e, mais tarde, traduzido para o inglês. A sua circulação foi reduzida, pois não era promovido por nenhum aparelho de propaganda política e não tinha pretensões políticas. Mas recebeu manifestações de adesão em toda parte em que foi lido. Teve acesso a pequenos círculos, em Paris, na Holanda, na Escandinávia, na Suíça, na Palestina. Algumas dúzias de exemplares conseguiram atravessar clandestinamente a fronteira alemã. Só um semanário socialista alemão publicado em Paris lhe fez referência; de resto, não causou a menor sensação. Longe de desempenhar um papel revolucionário nos acontecimentos políticos da época, logo se perdeu no turbilhão. Não se tratava, aliás, de um panfleto político; muito pelo contrário, era um panfleto *contra* a política, elaborado por um trabalhador. Contudo, dois aspectos permaneceram na mente de homens e mulheres de orientações e profissões diferentes, surgindo como que por acaso em várias conversas. Um dos aspectos foi a palavra "democracia do trabalho". O outro é constituído por duas frases, que pareciam estranhas, desligadas da política, utópicas e, no fundo, desesperadas: *"Deixemos a política de lado definitivamente! Voltemo-nos para as tarefas práticas da vida real!"*

Por sinal, o jornal político que dedicou um longo artigo a esse panfleto também concentrou a sua crítica na expressão "democracia do trabalho" e naquelas frases que soavam como um lema. O artigo manifestava a sua simpatia pela democracia do trabalho, mas rejeitava os lemas com veemência. Quem conhecia o artigo via nessa contradição a prova de que o escrito não fora compreendido. Era evidente que o seu autor tinha sido um socialista. Mas ele se distinguia rigorosamente de todos os métodos e preocupações do Partido Socialista. Estando repleto de formulações e discussões políticas, contradizia o seu próprio lema.

Apesar das suas grandes insuficiências e da sua falta de clareza, foi lido com entusiasmo por um socialista alemão que o transportou ilegalmente para a Alemanha. Nos seis anos de guerra que se seguiram, não se ouviu mais falar desse panfleto. Mas, em 1941, surgiu uma continuação do primeiro escrito, intitulada "Problemas adicionais da democracia do trabalho". Também foi transportado ilegalmente para vários países europeus, chegando a ser "interceptado" pela polícia secreta americana, o F.B.I.

O termo *democracia do trabalho* firmou-se no círculo dos especialistas em economia sexual e vegetoterapia. A expressão adquiriu uma vida própria. Passou a ser cada vez mais utilizada; falava-se de instituições de democracia do trabalho, de "família baseada no trabalho" etc., e começou-se a refletir seriamente sobre o assunto. A certa altura, no meio do caos da guerra, chegou uma carta de um país europeu ocupado, na qual um especialista em economia sexual escrevia que o artigo fora traduzido e encontrava-se pronto para ser distribuído, logo que as circunstâncias o permitissem.

Durante os quatro últimos anos de guerra, dediquei-me intensamente a examinar o significado do conceito de *democracia do trabalho*. Tentei compreender em profundidade e explicar o conteúdo do termo. Para isso, baseei-me em conversas sobre o assunto que tivera na Noruega, com amigos de diversas profissões. E, à medida que eu mergulhava nesse conceito, tornavam-se mais nítidos os seus contornos, mais rico e mais vigoroso o seu conteúdo, até que se materializou diante de mim uma imagem que em tudo coincidia com uma série de fatos sociais até então não levados em conta, mas de importância decisiva.

Pretendo expor em seguida, e na medida das minhas possibilidades, o significado dessa ideia geral. Não tenho a intenção de fazer qualquer tipo de propaganda. Também não tenho a intenção de me envolver em debates demorados sobre o assunto.

O que vou expor em seguida são as minhas ideias sobre o que é a democracia natural do trabalho.

O TRABALHO EM CONTRASTE COM A POLÍTICA

Um estudante de medicina, antes de ter licença para praticar medicina, tem de comprovar rigorosamente os seus conhecimentos práticos e teóricos. Pelo contrário, um político, que se propõe determinar o destino não de centenas, como o médico, mas de muitos milhões de homens e mulheres trabalhadores, não é submetido a uma prova semelhante na nossa sociedade.

Essa circunstância parece ser uma das causas principais da tragédia social que tem marcado, há milhares de anos, a sociedade dos animais humanos, com explosões agudas isoladas. Detenhamo-nos, da melhor maneira possível, na contradição que acabamos de apontar. O homem que desempenha um trabalho prático em qualquer campo, seja ele de uma família rica ou de uma família pobre, adquire necessariamente uma instrução. Não é eleito "pelo povo". São outros trabalhadores, com anos de prática, que decidem, de modo mais ou menos fundamentado, se o aprendiz está qualificado para exercer um trabalho profissional. É isso que se exige, embora as coisas muitas vezes não ocorram assim. Mas, ao menos, existe uma orientação. Nos Estados Unidos essa exigência é levada ao ponto de uma balconista, numa grande loja de departamentos, ser obrigada a ter estudos universitários. Por mais exagerada e socialmente injusta que possa ser essa exigência, ela revela claramente a pressão social que se exerce mesmo sobre o trabalho mais simples. Qualquer sapateiro, carpinteiro, torneiro, mecânico, eletricista, pedreiro, servente de obra etc. tem de preencher determinados requisitos.

Um político, por outro lado, não é submetido a qualquer exigência. Basta uma certa dose de esperteza, de ambição neurótica e de vontade de poder, aliada à brutalidade, para, em determinadas circunstâncias sociais caóticas, qualquer pessoa poder ocupar as posições mais altas da sociedade humana. Nos últimos 25 anos, temos testemunhado como um jornalista medíocre foi capaz de brutalizar os 50 milhões de pessoas da forte nação italiana, reduzindo-as, finalmente, a um estado de miséria. Durante 22 anos reinou a maior confusão, além de mortes e carnificinas, até que, certo dia, o feitiço desapareceu silenciosamente, de tal modo que se teve a sensação de que *nada acontecera*! O que restou desse grande tumulto, que fez o mundo prender a respiração, e que arrancou muitas outras nações ao ritmo de vida habitual? *Nada*: nem uma única ideia duradoura nem uma instituição útil, nem sequer uma tênue recordação. Nada pode exemplificar, de modo mais simples e mais claro, o irracionalismo social que periodicamente leva a vida humana à beira do precipício.

Um aprendiz de pintor, inteiramente fracassado do ponto de vista profissional, anda na boca de toda a sociedade humana durante vinte anos, sem que tenha realizado uma única ação útil, de valor prático. Também neste caso se assiste a uma enorme confusão que, de repente, se dissolve na constatação de que "nada aconteceu". O mundo do trabalho prossegue o seu ritmo calmo, silencioso, indispensável à vida. Da grande confusão nada subsiste, além de um capítulo nos manuais de história, de orientação falsa, que impingem aos nossos filhos.

Esta oposição nítida entre trabalho e política, facilmente inteligível e há muito conhecida por todos homens e mulheres trabalhadores, contém consequências inauditas para a vida social prática, se quisermos pensar nela até as suas últimas consequências. Antes de tudo essas consequências afetam o sistema de partidos políticos que determina a formação ideológica e estrutural do animal humano em todos os pontos deste planeta. Não é nossa tarefa investigar aqui o modo como o atual sistema de partidos políticos se desenvolveu a partir dos primeiros sistemas de governo patriarcal e hierárquico da Europa e da Ásia. O que é essencial aqui é estudar o efeito do sistema de partidos políticos no desenvolvimento da sociedade. O leitor já terá adivinhado que a democracia natural do trabalho é um sistema social que já existe, e não um sistema ainda por instituir, o qual é tão inconciliável com o sistema de partidos políticos como a água com o fogo.

A contradição entre trabalho e política leva-nos às seguintes reflexões: o esclarecimento e a eliminação das circunstâncias caóticas, quer elas se verifiquem num organismo social, animal ou morto, exigem um trabalho científico prolongado. Designemos por homem *científico,* sem nos prendermos a detalhes, o ser humano que desempenha algum tipo de trabalho *vitalmente necessário* que exija uma compreensão dos fatos. Neste sentido, o torneiro numa fábrica é um trabalhador científico, visto que o seu produto se baseia nos frutos do seu próprio trabalho e da pesquisa, e no trabalho e pesquisa de outros. Comparemos agora esse homem científico com o místico, incluindo o ideólogo político.

O homem científico, seja ele um educador, um torneiro, um técnico, um médico ou qualquer outra coisa, tem a seu cargo realizar e assegurar o processo social do trabalho. Encontra-se numa situação de muita responsabilidade na sociedade: tem de provar na prática cada uma das suas afirmações. Tem de trabalhar diligentemente, tem de refletir, procurar novos caminhos, reconhecer erros. Como pesquisador, tem de examinar e refutar falsas teorias, e, a cada realização inteiramente nova, expor-se à maldade humana e lutar até a vitória. Não precisa de poder, pois não é por meio do poder que se constroem motores, que se produzem medicamentos, que se educam as crianças, etc. O homem científico e trabalhador vive e atua sem armas. O místico e o ideólogo político têm na sociedade uma posição fácil, se comparada com a de homens e mulheres trabalhadores. Ninguém exige provas para suas afirmações. Prometem, dos seus gabinetes ministeriais, que trarão Deus, o diabo e o paraíso à Terra, podendo estar certos de que ninguém os chamará a prestar contas por fraude. As suas afirmações estão protegidas pelo direito democrático inviolável da liberdade de expressão. Mas, se refletirmos atentamente sobre o assunto, concluiremos que há algo errado no conceito de "liberdade de expressão", se é possível um pintor malogrado usar esse direito para conquistar, de um modo *absolutamente legal* e no decorrer de poucos anos, uma posição no mundo que jamais foi concedida a nenhum dos grandes pioneiros da ciência, da arte, da educação e da técnica, na história da humanidade. Disto se depreende que o nosso pensamento sobre assuntos sociais é catastroficamente errado numa determinada área, necessitando de uma correção radical. Sabemos, com base em investigações clínicas cuidadosas no domínio da economia sexual, que é a educação autoritária de crianças pequenas, ensinando-as a serem medrosas e submissas, que assegura às aves de rapina, no domínio da política, a obediência e a fé de milhões de seres adultos e trabalhadores.

Analisemos de outra perspectiva a contradição entre trabalho e política.

Na primeira página da publicação oficial do Instituto Orgone, pode-se ler invariavelmente a seguinte frase: *"Amor, trabalho e conhecimento são as fontes da nossa vida. Deveriam também governá-la!"*. *A* sociedade humana se despedaçaria da noite para o dia sem o *amor* natural que existe entre o homem e a mulher, entre a mãe e o filho, entre os companheiros de trabalho etc., e sem o *trabalho* e o *conhecimento*. Não cabe a mim, na qualidade de médico, considerar quaisquer ideologias políticas ou necessidades diplomáticas atuais, por mais importantes que elas pareçam. A minha missão é exclusivamente elucidar fatos importantes mas desconhecidos. E é um fato – por mais embaraçoso que seja – que nenhuma das três funções essenciais da vida social foi até agora afetada pelo sufrágio universal e pelo voto secreto ou teve qualquer efeito sobre a história da democracia parlamentar. Em contrapartida, as ideologias políticas que nada têm a ver com as funções naturais do amor, do trabalho e do conhecimento gozam do acesso livre e ilimitado a toda espécie de poder social, com base no sufrágio universal e no sistema de partidos. Quero deixar bem claro que sou e sempre fui *a favor* do sufrágio universal. Mas isso em nada altera o fato inegável de que a instituição social do sufrágio universal da democracia parlamentar de modo nenhum corresponde às três funções essenciais da existência social. É o acaso que decide se essas funções sociais essenciais são asseguradas ou prejudicadas pela eleição parlamentar. Não existe na legislação da democracia parlamentar uma única disposição que garanta ao amor, ao trabalho e ao conhecimento prerrogativas especiais na condução dos destinos da sociedade. Essa dicotomia entre o sufrágio democrático e as funções sociais básicas tem consequências catastróficas na base do processo social.

Quero apenas mencionar as numerosas leis e instituições que explicitamente entravam essas funções. Não creio que esta contradição básica já tenha sido apontada de maneira clara e compreensível por qualquer grupo político ou científico. Contudo, ela constitui o cerne da tragédia biossocial do animal humano. O sistema de partidos políticos não satisfaz, de maneira nenhuma, as condições, as tarefas e os objetivos da sociedade humana. Isso está claramente patente, por exemplo, no fato de que um sapateiro não pode simplesmente decidir transformar-se em alfaiate, nem um médico em engenheiro de minas, nem o professor em carpinteiro. Por outro lado, um republicano pode tornar-se democrata, nos Estados Unidos, de um dia para o outro, sem uma mudança objetiva em suas ideias; e, na Alemanha antes de Hitler, um comunista podia facilmente se tornar um fascista, um fascista um comunista, um liberal um comunista ou social-democrata, e um social-democrata um nacionalista-alemão ou socialista-cristão. Essas mudanças podem fortalecer ou enfraquecer a ideologia do programa de qualquer um dos respectivos partidos; podem, em resumo, determinar, do modo mais inconsciente, o destino de uma nação inteira.

Isto evidencia com a maior clareza o caráter irracional da política e a sua contradição em relação ao trabalho. Não pretendo aprofundar aqui a questão de saber se os partidos políticos alguma vez tiveram uma base racional e objetiva no organismo social. Os partidos políticos de *hoje* nada têm a dizer de concreto. Aquilo que acontece de positivo e prático numa sociedade não tem nada a ver com determinados partidos ou ideologias políticas. Uma prova disso é, por exemplo, o New Deal de Roosevelt. As chamadas coligações entre partidos nada mais são do que recursos de emergência por falta de uma orientação objetiva, e contornar as dificuldades sem resolver nenhuma delas realmente. É que não se podem resolver problemas reais e palpáveis com opiniões, que se mudam como se troca de camisa.

Estes primeiros passos no sentido de esclarecer o conceito de democracia do trabalho já nos proporcionaram algumas conclusões importantes para a compreensão do caos social. Isso obriga-nos a prosseguir as nossas reflexões sobre a democracia natural do trabalho. Não fazê-lo seria uma omissão imperdoável, pois ninguém pode adivinhar quando e onde o pensamento humano encontrará a solução para o caos produzido pela política. Deste modo, prosseguimos no caminho pelo qual enveredamos, como se nos encontrássemos numa floresta virgem, em busca de um lugar habitado.

Esta tentativa de nos orientarmos no caos deve ser encarada como parte do nosso trabalho prático e racional. Dado que a democracia natural do trabalho se baseia no trabalho, e não na política, é possível que este "trabalho no organismo social" conduza a alguns resultados práticos e úteis. Seria a primeira vez que o *trabalho* controlaria o problema social. E esse trabalho seria de acordo com a *democracia* do trabalho, na medida em que poderia levar os outros sociólogos, economistas e psicólogos a se ocuparem igualmente do organismo social. Mas, pelo fato de atacar a política como princípio e como sistema, será de esperar que este trabalho seja atacado por meio de ideologias políticas. Será interessante e fundamental observar de que modo a sociologia da democracia do trabalho resistirá na prática. A democracia do trabalho, tal como eu a entendo, opõe às ideologias políticas o ponto de vista da *função social* e do *desenvolvimento social,* isto é, opõe-lhe fatos e possibilidades. É uma abordagem semelhante à que ocorre no domínio da moralidade: a economia sexual lida com os estragos causados pela moralidade compulsiva, não por meio de outro tipo de moralidade, como é costume em política, mas por meio de conhecimentos concretos sobre a função natural da sexualidade. Em outras palavras, a economia sexual, orientada pelos princípios da democracia do trabalho, terá de provar a sua validade na vida prática, do mesmo modo que a afirmação de que o vapor contém energia foi comprovada pelo movimento das locomotivas. Não temos, portanto, qualquer motivo para nos envolver em discussões ideológicas ou políticas sobre se a democracia do trabalho existe ou não, se é viável ou não etc.

Os homens e mulheres trabalhadores que pensam e atuam segundo os princípios da democracia do trabalho não se declaram *contra* o político. Não é por sua culpa ou por sua intenção que o resultado prático do seu trabalho evidencia o caráter ilusório e irracional da política. Aqueles que estão engajados em um trabalho prático, quaisquer que sejam as suas profissões, ocupam-se intensamente de tarefas práticas que têm em vista a melhoria da vida. Aqueles que estão engajados em um trabalho prático não são *contra* uma ou outra coisa. Só o político, que não tem tarefas práticas, é sempre *contra* e nunca *a favor* de alguma coisa. A política caracteriza-se de modo geral por esse "ser contra". Aquilo que é produtivo, de uma maneira prática, é realizado não pelo político, mas por homens e mulheres trabalhadores, de acordo ou não com as ideologias do político. Anos e anos de experiência revelaram claramente que homens e mulheres que desempenham um trabalho prático entram invariavelmente em conflito com o político. Por esse motivo, quem trabalha com vistas ao funcionamento da vida é e atua, quer queira quer não, contra a política. O educador é *a favor* da educação objetiva das crianças; o agricultor é *a favor* das máquinas necessárias ao cultivo das terras; o cientista é *a favor* das provas para as descobertas científicas. Pode-se facilmente verificar que, sempre que um trabalhador ou trabalhadora é *contra* uma ou outra realização, está atuando não como trabalhador, mas sob a pressão de influências políticas ou outras influências irracionais.

A afirmação de que um trabalho positivo nunca é contra mas sempre a favor de alguma coisa pode parecer improvável e exagerada. Isso resulta do fato de que a nossa vida de trabalho está repleta de expressões de opiniões motivadas irracionalmente, que não se distinguem das avaliações objetivas. Por exemplo, o agricultor é contra o trabalhador e o trabalhador é contra o engenheiro etc. Um médico é contra este ou aquele medicamento. Pode-se dizer que faz parte da livre expressão democrática ser "a favor" e "contra". Eu, por outro lado, afirmo que esta concepção formalista e não objetiva do conceito de liberdade de expressão é o principal responsável pelo fracasso das democracias europeias. Exemplifiquemos: um médico é *contra* o uso de determinado medicamento. Pode sê-lo por dois motivos:

Ou o medicamento é efetivamente prejudicial e o médico é consciencioso: neste caso, o fabricante do medicamento trabalhou *mal*. O seu trabalho não teve êxito e, evidentemente, não foi motivado por um forte interesse objetivo em fabricar um medicamento eficaz e inofensivo. A motivação do fabricante baseou-se não na função do medicamento, mas, digamos, no interesse do lucro; é, portanto, uma motivação irracional, porque não é compatível com o fim em vista. Neste caso, o médico atua *racionalmente,* no interesse da saúde humana, isto é, ele é automaticamente contra o mau medicamento, porque é *a favor* da saúde. Atua racionalmente porque neste caso o objetivo do seu trabalho e a motivação que o leva a exprimir determinada opinião são coincidentes.

Ou o medicamento é bom e o médico é inescrupuloso: se esse médico é *contra* um medicamento bom, não está atuando no interesse da saúde humana. Talvez ele tenha sido pago por uma empresa concorrente para fazer propaganda de outro medicamento. Não cumpre, neste caso, a função do seu trabalho como médico; a motivação que o leva a exprimir sua opinião nada mais tem a ver com o seu conteúdo e com a função do seu trabalho. O médico é contra o medicamento porque no fundo é a favor do *lucro,* e não da saúde. Mas o lucro não é o objetivo do trabalho de um médico. É por isso que ele é *"contra"* e não *"a favor".*

Podemos aplicar esse exemplo a qualquer outro setor de trabalho e a todo tipo de expressão de opinião. Verificaremos facilmente que é da própria essência do processo racional de trabalho ser sempre *a favor* de alguma coisa. O "ser contra" não é derivado do processo de trabalho em si, mas do fato de haver funções vitais irracionais. Daqui pode-se concluir o seguinte: *Pela sua própria essência, qualquer processo racional de trabalho é espontaneamente contra as funções vitais irracionais.*

O leitor atento que tenha algum conhecimento sobre as coisas do mundo não deixará de concordar que esse esclarecimento do conceito de liberdade de expressão investe o movimento democrático de um ponto de vista novo e melhor. O princípio de que "o *que é prejudicial aos interesses da vida é mau trabalho e, consequentemente, não chega a ser trabalho*" confere ao conceito de democracia do trabalho um conteúdo racional que não existe no conceito de democracia formal ou parlamentar. Na democracia formal, o agricultor é contra o trabalhador e o trabalhador é contra o engenheiro porque na organização social predominam não interesses objetivos, mas interesses políticos. Se transferirmos a responsabilidade do político, não para os homens e mulheres trabalhadores, mas para o *trabalho,* a oposição política dará lugar, automaticamente, à cooperação entre o agricultor e o trabalhador.

Esta ideia terá de ser aprofundada porque é de extrema importância. Mas, em primeiro lugar, nos deteremos na questão da chamada crítica democrática, a qual se baseia igualmente no direito democrático de livre expressão do pensamento.

NOTAS SOBRE CRÍTICA OBJETIVA E CAVILAÇÕES IRRACIONAIS

O modo de vida segundo a democracia do trabalho insiste no direito de todos os homens e mulheres trabalhadores à discussão e à crítica. Esta condição é fundamental e imprescindível, e deveria ser irrevogável. Se não for cumprida, esgota-se facilmente a fonte da produtividade humana. Contudo, a "discussão" e a "crítica", em consequência da peste emocional generalizada, podem facilmente converter-se numa ameaça mais ou menos grave à execução de um trabalho sério. Ilustremos esta afirmação com um exemplo:

Imagine-se um engenheiro empenhado em reparar o defeito de um motor. O trabalho é complicado e exige grande esforço de inteligência e força física. O engenheiro sacrifica as distrações e lazeres, trabalhando até altas horas da madrugada; não se permite descansar até ter terminado o conserto. Nessa altura, passa por ali um homem qualquer que, depois de ter observado o trabalho, pega uma pedra e com ela destrói os fios elétricos. Acontece que de manhã a mulher o tinha atormentado com implicâncias.

Entretanto, passa por ali outro homem, completamente alheio ao assunto, caçoa do engenheiro, dizendo que ele não entende de motores, pois senão já teria conseguido terminar o conserto. Diz ainda que o engenheiro é uma pessoa suja, porque está suado e coberto de fuligem. E que é uma pessoa sem moral, porque deixa a família sozinha em casa. Também este homem, depois de ter insultado o engenheiro que estava trabalhando, segue seu caminho satisfeito. Acontece que recebera nessa manhã uma carta da empresa em que trabalhava como engenheiro eletrotécnico, anunciando-lhe que tinha sido despedido. Ele não desempenhava muito bem o seu trabalho.

Um terceiro homem, também inteiramente alheio ao assunto, passa por ali e cospe na cara do engenheiro que continua a trabalhar. Acontece que a sogra desse homem, sempre pronta para aborrecer as pessoas, acabara de brigar com ele.

Esses exemplos servem para ilustrar o tipo de "crítica" que é feita por passantes indiferentes, perturbando um trabalho honesto, um trabalho de que não entendem, que não conhecem e que não lhes diz respeito. É desta maneira que ocorre, em amplos setores da sociedade, aquilo que se considera como "livre discussão" e "direito à crítica". Foram dessa natureza os ataques que os psiquiatras tradicionais e os teóricos do câncer dirigiram contra as pesquisas, então ainda incipientes, sobre o bion. A sua intenção não era ajudar, mas destruir estupidamente um trabalho difícil. Naturalmente, não revelaram os seus motivos. Esse tipo de "crítica" é prejudicial e perigoso para a sociedade; obedece a motivações que em nada correspondem ao objeto criticado e nada têm a ver com interesses objetivos.

A *verdadeira* discussão e a *verdadeira* crítica são muito diferentes. Vamos recorrer de novo a um exemplo.

Um segundo engenheiro passa pela garagem do primeiro engenheiro. Nota imediatamente, com a perspicácia de uma pessoa experiente, que o outro está em situação difícil. Tira o casaco, arregaça as mangas da camisa e tenta descobrir antes de tudo se algum erro está sendo cometido. Chama a atenção para um aspecto importante que o primeiro engenheiro não havia notado; discutem juntos os erros que poderiam ter sido cometidos. O segundo engenheiro ajuda o primeiro, discute e critica o trabalho, *para melhorá-lo*. As suas motivações não são uma sogra que o atormentou de manhã, nem um fracasso profissional, mas sim o interesse concreto em realizar com êxito aquela tarefa.

As duas formas de crítica que acabamos de descrever devem ser rigorosamente diferenciadas uma da outra. A cavilação irracional apresenta-se geralmente disfarçada sob uma capa de objetividade aparente. Acontece que estas duas formas de crítica tão diversas são geralmente incluídas sob o *mesmo* conceito de "crítica científica". Numa acepção rigorosamente científica e objetiva do termo, só é legítimo um tipo de crítica, a chamada crítica imanente, isto é, o crítico deve preencher determinadas condições para poder reivindicar o seu direito a exercer crítica:
1. Deve conhecer a fundo o campo de trabalho que vai criticar.
2. Deve conhecê-lo tão bem ou mesmo melhor do que o indivíduo que é objeto da sua crítica.
3. Deve estar interessado em que o trabalho seja um êxito, e não um fracasso. Se a sua intenção é apenas a de atrapalhar o trabalho, se os motivos que o levam a criticar não decorrem de um interesse objetivo, nesse caso não é um crítico, mas um neurótico.
4. Deve exercer a sua crítica *do ponto de vista do setor de trabalho que é criticado*. Não pode exercer crítica de um ponto de vista alheio que nada tem a ver com o campo do trabalho em questão. Não se pode criticar a psicologia profunda do ponto de vista da psicologia superficial, mas pode-se criticar a psicologia superficial do ponto de vista da psicologia profunda. É fácil explicá-lo. A psicologia profunda é obrigada a incluir nas suas investigações os conhecimentos da psicologia superficial. Para isso, precisa conhecê-la. Pelo contrário, a psicologia superficial é *superficial* exatamente porque não investiga as causas biológicas que estão por trás dos fenômenos psíquicos.

Não se pode criticar uma máquina elétrica do ponto de vista de uma máquina cujo fim é aquecer um recinto. A teoria do calor só tem relevância para a máquina elétrica na medida em que possibilita ao engenheiro eletrotécnico impedir o aquecimento excessivo do motor elétrico. Nessa medida, as sugestões úteis de um especialista em aquecimento são proveitosas para o engenheiro eletrotécnico. Mas seria ridículo criticar a máquina elétrica por ela não produzir calor.

Partindo destes pressupostos, a economia sexual, que pretende liberar a sexualidade *natural* das crianças, adolescentes e adultos das neuroses, perversões e criminalidade, não pode ser criticada do ponto de vista do moralismo antissexual, pois o moralismo pretende reprimir e nunca liberar a sexualidade natural das crianças e dos adolescentes. Um músico não pode criticar um mineiro, assim como um médico não pode criticar um geólogo. Pode-se ter sentimentos agradáveis ou desagradáveis em relação a um determinado trabalho, mas isso não altera a natureza ou a utilidade desse trabalho. Estas observações sobre a diferença entre a crítica objetiva e as cavilações irracionais têm o propósito de aliviar a posição do jovem estudioso da economia sexual ou da biofísica orgânica em face dos críticos.

O TRABALHO É, NA SUA ESSÊNCIA, RACIONAL

Como vimos, a análise do conceito de democracia do trabalho conduziu-nos a um campo da vida humana ao qual foi atribuída desde sempre uma grande importância, mas que foi sempre considerado incompreensível. É o campo vasto e complicado da chamada "natureza humana". Aquilo que os filósofos, os escritores, os políticos superficiais e também os grandes psicólogos explicam com a frase "é assim a natureza humana" corresponde, ponto por ponto, ao conceito clínico da economia sexual de *"peste emocional"*. Podemos defini-la como o *somatório de todas as funções vitais irracionais existentes no animal humano*. Ora, se a tal "natureza humana", considerada imutável, corresponde à peste emocional, e esta, por sua vez, ao somatório de todas as funções vitais irracionais do homem; e se as funções do trabalho são, em si mesmas e independentemente do homem, racionais, então estamos diante de dois importantíssimos setores de atividade humana que se opõem mortalmente: de um lado o trabalho vitalmente necessário, como função vital racional; de outro lado, a peste emocional, como função vital irracional. Não é difícil adivinhar que, de acordo com o ponto de vista da democracia do trabalho, toda política que não se baseia no conhecimento, no amor e no trabalho, sendo portanto irracional, é incluída no domínio da peste emocional. A democracia do trabalho responde de maneira muito simples à questão ancestral e eterna de saber como lutar com a nossa "notória" natureza humana: a educação, a higiene e a medicina, que desde a sua origem se ocupam da natureza humana, sem conseguir resultados satisfatórios, encontram na função racional do trabalho indispensável à vida um poderoso aliado na luta contra a peste emocional.

Para seguirmos até o fim o curso do pensamento da democracia do trabalho, é indispensável que nos libertemos primeiramente do tipo de pensamento ideológico e político convencional. Só deste modo se torna possível comparar o outro tipo de pensamento radicalmente diferente – aquele que provém do mundo do amor, do trabalho e do conhecimento – com o pensamento originário do mundo do poder e da ostentação, das conferências diplomáticas e políticas.

O político pensa em termos de "Estado" e de "nação"; o trabalhador *vive* "socialmente" e "de modo sociável". O político pensa em termos de "disciplina" e de "lei e ordem"; o trabalhador médio sente em termos de "prazer no trabalho" e de "ordem de trabalho", de "regulação" e de "cooperação". O político pensa em termos de "moral" e "dever"; o trabalhador sente ou gostaria de sentir "decência espontânea" e um "desejo natural de viver". O político fala do "ideal de família"; o trabalhador goza ou gostaria de gozar do "amor entre marido, mulher e filhos". O político fala dos "interesses da economia e do Estado"; o trabalhador simples deseja a "satisfação das necessidades e o abastecimento livre de gêneros alimentícios". O político fala da "iniciativa livre do indivíduo", tendo em mente o "lucro"; o trabalhador simples deseja ser livre para experimentar as coisas a seu modo, ter a liberdade de ser o que é ou gostaria de ser.

O político governa, de modo irracional, exatamente os mesmos setores da vida que o homem trabalhador domina de fato, de modo racional, ou que poderia dominar se não fosse seriamente estorvado pelo irracionalismo político. Embora os rótulos de racional e irracional se apliquem aos mesmos setores da vida, são rigorosamente opostos um ao outro; não são palavras que se possam substituir umas pelas outras: na prática, excluem-se mutuamente. Isso se verifica no fato de que, através da história da sociedade humana, a disciplina autoritária do Estado sempre ameaçou a sociabilidade natural e o prazer de trabalhar; o Estado tem ameaçado a sociedade; a inviolabilidade da família compulsiva tem ameaçado o amor entre o homem, a mulher e as crianças; a moralidade repressiva tem ameaçado a decência natural baseada na alegria de viver; o político tem ameaçado constantemente os homens e mulheres trabalhadores.

A nossa sociedade é regida essencialmente por conceitos – por conceitos políticos irracionais – que se servem do trabalho humano para impor os seus objetivos. É necessário criar instituições efetivas que assegurem à atividade viva das massas humanas a liberdade de ação e de desenvolvimento. A base social para isso não pode ser constituída por qualquer orientação ou ideologia política, mas sim exclusivamente pela função social do trabalho vitalmente necessário, que resulta naturalmente das relações estreitas entre os diversos ramos de trabalho.

Prossigamos ainda a nossa ordem de ideias sobre a democracia do trabalho, penetrando agora no emaranhado das funções racionais e irracionais da vida. Faremos um esforço para manter uma linha exclusivamente lógica de pensamentos, procurando excluir o mais possível os nossos interesses pessoais. Para conseguirmos chegar a uma conclusão útil, devemos colocar-nos desde já, nas nossas reflexões sobre a democracia do trabalho, na sua própria perspectiva, isto é, temos de proceder como se *quiséssemos responsabilizar a democracia do trabalho pela existência social*. Temos, em resumo, de testar a sua viabilidade prática em todos os setores, isto é, temos de conseguir refletir *objetivamente*. Se por acaso permitirmos que o nosso interesse pessoal em uma ou outra atividade desnecessária nos influencie, estaremos nos excluindo automaticamente do âmbito desta discussão.

Se nada mais existisse além da peste emocional, nas diversas formas em que se apresenta, a espécie humana teria há muito soçobrado irremediavelmente. Nem as ideologias políticas, nem os rituais místicos, nem aparelhos de poder militar, nem discussões diplomáticas poderiam, por si sós, e durante uma hora que fosse, abastecer de gêneros alimentícios a população de qualquer país, manter o sistema de trânsito em funcionamento, construir habitações, curar doenças, assegurar a educação das crianças, desvendar os segredos da natureza, etc. Na perspectiva da democracia do trabalho, as ideologias políticas, os rituais místicos e as manobras diplomáticas só são necessários no âmbito do irracionalismo social. Não são necessários no âmbito da vida prática, que é regida pelo amor, trabalho e conhecimento. Essas funções vitalmente necessárias obedecem às suas próprias leis naturais a que não têm acesso ideologias irracionais. O amor, o trabalho e o conhecimento não são "ideias", "valores culturais", "programas políticos", "atitudes mentais", ou "profissões de fé". São *realidades palpáveis,* sem as quais a sociedade humana não poderia subsistir um só dia.

Se a sociedade humana estivesse organizada racionalmente, o amor, o trabalho e o conhecimento seriam inquestionáveis, e caberia a eles, e não às instituições desnecessárias, o direito de determinar a existência social. Segundo a democracia do trabalho, grupos de indivíduos poderiam se armar e se matar uns aos outros; outros grupos poderiam se comprazer em rituais místicos, e ainda outros poderiam se dedicar à discussão de ideologias. *Mas esses grupos não poderiam dominar, explorar ou reivindicar as funções biológicas essenciais da sociedade para seus próprios objetivos. Além disso, não poderiam privá-las de todos os direitos de exercer uma influência determinante.*

É enorme o irracionalismo social no comportamento relativo a esses dois setores de atividade humana.

Um político tem a possibilidade de iludir milhões de pessoas, por exemplo, com a promessa de lhes conceder a liberdade, sem ser obrigado a fazê-lo realmente. Ninguém exige uma prova da sua competência ou da viabilidade das suas promessas. Pode prometer uma coisa hoje, e exatamente o contrário amanhã. Também um místico pode incutir nas massas humanas a crença na vida após a morte, sem ter de apresentar a menor prova das suas afirmações. Comparemos agora este tipo de direitos de um político ou de um místico com os de um engenheiro de estradas de ferro. Este seria imediatamente preso numa cadeia ou num manicômio se tentasse convencer duas dúzias de pessoas, que pretendessem viajar de uma cidade para outra, de que tem a possibilidade de voar até a Lua. Imagine-se ainda se este mesmo engenheiro pegasse em armas para *exigir* que acreditassem na veracidade das suas afirmações ou que mandasse prender as pessoas que estavam à espera de transporte, por se recusarem a acreditar nele. O engenheiro de estradas de ferro *tem de* transportar pessoas de um lugar para outro; tem de fazer isso da maneira mais prática e segura possível, se quer manter o seu emprego.

Não importa absolutamente que um arquiteto, um médico, um professor, um torneiro, um educador etc. seja fascista, comunista, liberal ou cristão, quando se trata de construir uma escola, de curar doentes, de tornear esferas ou de tratar de crianças. Nenhum desses trabalhadores pode fazer grandes discursos ou promessas fantásticas; ele tem que fazer um trabalho prático e palpável de colocar tijolo sobre tijolo, depois de ter refletido e feito projetos para decidir quantos compartimentos terá a escola, onde será colocada a ventilação, as portas e as janelas, e onde ficarão a administração e a cozinha. Quando se trata de desempenhar um trabalho prático, de nada adiantam as ideologias liberal, social-democrata, religiosa, fascista ou comunista. Nenhum trabalhador pode dar-se ao luxo de ficar tagarelando inutilmente. Todos têm de saber o que devem fazer e têm de fazê-lo. Mas um ideólogo pode dar rédeas às suas fantasias, sem jamais fazer qualquer trabalho prático. Um grupo político, muito depois de levar um país à falência, continua seus velhos debates ideológicos em outro país. Os processos reais são totalmente estranhos ao político. É certo que não faríamos nenhuma objeção se esses políticos se contentassem em debater entre si, sem tentar impor sua ideologia aos outros ou mesmo determinar o destino das nações.

Certa vez tentei comprovar em mim mesmo o sistema de pensamento da democracia do trabalho que exemplifiquei acima. Se, em 1933, quando comecei a adivinhar a existência de uma energia biológica universal, tivesse afirmado alto e bom som que essa energia realmente existia, que ela era capaz de destruir tumores cancerosos, eu apenas teria confirmado o diagnóstico de esquizofrenia feito por psicanalistas precipitados e seria metido num manicômio. Em consequência das minhas investigações no domínio da biologia, eu poderia ter criado uma série de ideologias e poderia ter fundado um partido político, um partido libertário, defensor da democracia do trabalho. Não há dúvida de que eu poderia tê-lo feito tão bem quanto outros que tinham menos experiência prática. Por meio da influência que eu tenho sobre as pessoas, teria sido fácil eu me cercar da minha própria SS e fazer com que milhares de homens usassem emblemas da democracia do trabalho. No entanto, isso não me teria aproximado nem um passo a mais do problema do câncer nem da compreensão das sensações cósmicas ou oceânicas do animal humano. Teria formulado solidamente a ideologia da democracia do trabalho, mas o processo da democracia do trabalho, desconhecido mas existente na natureza, continuaria sem ter sido descoberto. Durante anos tive de trabalhar arduamente, fazer observações, corrigir erros, vencer o meu próprio irracionalismo – tão bem quanto me foi possível –, compreender por que motivo a biologia é ao mesmo tempo mecanicista e mística. Tive de ler livros, dissecar cobaias, tratar diversos materiais de centenas de maneiras diferentes, até realmente descobrir o orgone e conseguir concentrá-lo em acumuladores, tornando-o visível. Só depois de ter realizado este feito é que, sob a influência do desenvolvimento orgânico do processo de trabalho, tive ocasião de colocar o aspecto prático da questão, ou seja, se o orgone possuía ou não virtudes terapêuticas. Isso significa que cada trabalho prático e vitalmente necessário possui uma dinâmica própria, racional e orgânica à qual não nos podemos furtar ou desviar, seja por que meios for. Aqui se manifesta um princípio biológico fundamental, que designamos por "desenvolvimento orgânico". Por exemplo, uma árvore, ao crescer, tem de atingir primeiro um metro de altura, para só depois chegar aos dois metros. Uma criança tem de aprender a ler antes de poder entender o que as pessoas dizem em seus escritos. Um médico tem de estudar anatomia para poder compreender a patologia. Em todos esses casos, o *desenvolvimento é determinado pelo progresso orgânico de um processo de trabalho*. *Os homens e mulheres trabalhadores são os órgãos funcionais desse trabalho*. Podem ser um bom ou um mau órgão de funcionamento, sem que isso altere basicamente o próprio processo de trabalho. O fato de um homem ou uma mulher ser um órgão de funcionamento bom ou mau depende essencialmente do grau reduzido ou elevado de irracionalismo que exista na sua estrutura.

Essa "lei do desenvolvimento orgânico" está naturalmente ausente nas funções irracionais. Nelas, o objetivo é previamente determinado como ideia, muito antes de se ter iniciado qualquer trabalho prático. A atividade decorre de acordo com um plano fixado, preconcebido, e por isso é forçosamente irracional. Esta afirmação tem uma confirmação prática e evidente no fato de que nada restou, dos irracionalistas mundialmente famosos, que pudesse ser útil para a posteridade.

A lei do desenvolvimento orgânico tem sido claramente manifestada, através dos milênios, em todas as artes técnicas e científicas. A obra de Galileu partiu da crítica ao sistema de Ptolomeu e ampliou a obra de Copérnico. Kepler continuou o trabalho de Galileu, e Newton continuou o de Kepler. E de cada um desses órgãos funcionais dos processos objetivos da natureza vieram muitas gerações de homens e mulheres trabalhadores e pesquisadores. Em contrapartida, nada restou de Alexandre o Grande, César, Nero e Napoleão. Também não encontramos qualquer traço de continuidade entre esses irracionalistas, a não ser que consideremos como continuidade o sonho de um Napoleão de se tornar um segundo Alexandre ou um segundo César.

O irracionalismo, nesses homens, revela-se totalmente como uma função vital não biológica e não social, de fato, antibiológica e antissocial. Faltam-lhe as características principais das funções racionais da vida, como a germinação, o desenvolvimento, a continuidade, a unidade de processos, o entrelaçamento com outras funções, a fragmentação e a produtividade.

Vamos agora aplicar os conhecimentos aqui adquiridos à questão sobre se a peste emocional pode ser fundamentalmente vencida. A resposta *é* afirmativa. Por mais sádicos, místicos, fofoqueiros, destituídos de escrúpulos e de consciência, cheios de defesa e barreiras, superficiais e ambiciosos que os homens sejam, *em suas funções de trabalho tendem naturalmente a ser racionais*. Do mesmo modo que o irracionalismo se expande e se propaga nos processos ideológicos e no misticismo, também a racionalidade do homem se confirma e se propaga no processo de trabalho. Uma parte inerente ao processo de trabalho e, portanto, uma parte inerente ao homem é que este *não pode ser irracional*. Por sua natureza e pela natureza do próprio trabalho, ele é *obrigado* a ser racional. O irracionalismo automaticamente exclui a si próprio pelo fato de *interromper* o processo de trabalho e tornar inatingível o objetivo do trabalho. A oposição nítida e inconciliável entre a peste emocional e o processo de trabalho manifesta-se claramente do seguinte modo: como homem ou mulher trabalhadores, sempre é possível chegar a um entendimento com qualquer técnico, trabalhador industrial, médico etc., numa discussão sobre as funções do trabalho. Mas, logo que a discussão penetra no domínio da ideologia, o entendimento se desfaz. É significativo o fato de grande parte dos ditadores e políticos ter renunciado à respectiva atividade profissional quando enveredou pela carreira política. Um sapateiro que começasse a ter êxtases místicos, julgando-se enviado por Deus para salvar o povo, começaria por certo a cortar solas e a fazer costuras de maneira totalmente errada. Com o tempo, ele cairia na miséria. Pelo contrário, um político se torna rico e poderoso através do mesmo processo.

Daí se conclui que o irracionalismo emocional só é capaz de perturbar o trabalho, e nunca de realizá-lo.

Examinemos esta ordem de ideias da democracia do trabalho, *a partir do seu próprio ponto de vista.* Estaremos aqui diante de uma ideologia, uma glorificação ou uma idealização "do trabalho"? Apresento esta questão tendo em vista a minha tarefa de ensinar médicos e educadores. No exercício da minha atividade profissional de médico, pesquisador e professor, é inevitável fazer uma distinção entre o trabalho racional vitalmente necessário e a ideologia irracional e desnecessária, isto é, constatar o caráter racional e racionalizador do trabalho. Não posso, por exemplo, ajudar um de meus alunos de vegetoterapia a vencer uma dificuldade prática em sua própria estrutura ou em seu trabalho com pacientes, consolando-o com a esperança da vida eterna ou nomeando-o "Marechal da Vegetoterapia". Essa solução não lhe proporcionaria maior capacidade para resolver os problemas práticos. Pelo contrário, até lhe poderia ser altamente prejudicial, e mesmo fatal. O que é necessário é transmitir-lhe toda a verdade sobre os seus erros e as suas fraquezas. É necessário ensiná-lo a reconhecê-los por si próprio. Nisso sou guiado pelo curso do meu próprio desenvolvimento e da minha experiência prática. Não tenho uma ideologia que me obrigue a ser racional, por motivos éticos ou quaisquer outros. O comportamento racional me é naturalmente imposto pelo meu trabalho, de modo objetivo. Acabaria morrendo de fome se não me esforçasse por proceder racionalmente. O meu trabalho me corrige imediatamente, cada vez que eu tento encobrir as dificuldades com ilusões, pois não posso eliminar a paralisia biopática com ilusões, do mesmo modo que um maquinista, um arquiteto, um agricultor ou um professor não podem produzir, por meio de ilusões, o trabalho que lhes compete. Também não exijo racionalidade. Ela existe em mim objetivamente e independentemente de mim mesmo e da peste emocional. Do mesmo modo, não ordeno a meus alunos que sejam racionais, pois isso de nada serviria. Mas ensino-os e aconselho-os, em seu próprio interesse, a distinguir, em si mesmos e no mundo, os aspectos racionais dos irracionais, com base em processos práticos de trabalho: ensino-os a fomentar os primeiros e reprimir os segundos. Ora, uma das características fundamentais da peste emocional na vida social consiste em escapar das dificuldades da responsabilidade, no dia a dia e no trabalho, procurando refúgio na ideologia, na ilusão, no misticismo, na brutalidade ou num partido político.

Esta é uma posição fundamentalmente nova. A novidade não está na racionalidade do trabalho nem no efeito racional que ele exerce sobre os homens e mulheres trabalhadores, mas sim no fato de o trabalho ser racional e ter um efeito racional em *si mesmo* e por si mesmo, estejamos ou não conscientes dele. É melhor ter essa consciência, pois assim é possível estar em harmonia com o desenvolvimento orgânico racional. Este ponto de vista é novo, tanto em psicologia como em sociologia; é novo em sociologia porque esta, até agora, considerou racionais os atos irracionais da coletividade, e é novo em psicologia porque esta não duvida da racionalidade da sociedade.

TRABALHO VITALMENTE NECESSÁRIO E OUTRO TIPO DE TRABALHO

Quanto mais profundamente penetramos na natureza da democracia natural do trabalho, tanto maior é o número de vilanias causadas por ideologias políticas que vamos descobrindo no pensamento humano. Tentemos explicar esta afirmação por meio do próprio conceito de *trabalho* e do seu conteúdo.

Até aqui, temos contraposto o trabalho à ideologia política, equiparando o trabalho à "racionalidade" e a ideologia política à "irracionalidade". Contudo, a vida vital nunca é mecânica. Assim, nós descobrimos estabelecendo uma nova dicotomia irracional tipo preto-branco. Mas essa dicotomização brusca justifica-se na medida em que a política é, na realidade, essencialmente irracional, e, comparado com ela, o trabalho é essencialmente racional. Por exemplo, a construção de um cassino é trabalho? Este exemplo obriga-nos a fazer uma distinção entre o trabalho *vitalmente necessário* e o trabalho que não é vitalmente necessário. Consideraremos trabalho vitalmente necessário todo tipo de trabalho *indispensável* à manutenção da vida humana e ao funcionamento da sociedade. Deste modo, todo trabalho cuja não realização representa um prejuízo ou um obstáculo para o processo da vida é necessário. Pelo contrário, não é necessário o trabalho cuja não realização em nada altera o rumo da sociedade e da vida humana. Temos que designar como *não trabalho* aquela atividade que é prejudicial ao processo da vida.

A ideologia política da classe dominante, mas não trabalhadora, subestimou durante muitos séculos exatamente o trabalho vitalmente necessário. Por outro lado, representou o não trabalho como um sinal de sangue nobre. Todas as ideologias socialistas reagiram a esta concepção com uma reviravolta mecânica e inflexível dos conceitos de valor. Os socialistas concebiam o "trabalho" como estando relacionado apenas às atividades que eram subestimadas no feudalismo, isto é, ao trabalho manual. E todas as atividades exercidas pela classe dominante deixaram de ser consideradas trabalho. É verdade que esta reversão mecânica dos valores ideológicos correspondia inteiramente à concepção política da existência de duas classes nitidamente distintas, econômica e pessoalmente: a classe dominante e a classe dominada. Ora, de um ponto de vista estritamente econômico, é certo que a sociedade podia ser dividida em "os que possuíam capital" e "os que possuíam a mercadoria, a força de trabalho". Mas, do ponto de vista da biossociologia, não é possível traçar divisões tão rigorosas entre as classes, nem sob o aspecto ideológico nem sob o aspecto psicológico, e muito menos no que se refere ao trabalho. A descoberta de que a ideologia de determinado grupo humano não corresponde necessariamente à sua posição econômica, de que, pelo contrário, frequentemente há uma grande disparidade entre a posição econômica e a posição ideológica, possibilitou-nos compreender o movimento fascista que até então permanecera um enigma. Em 1930, tornou-se clara a existência de uma "clivagem" entre ideologia e economia, e que a ideologia de uma determinada classe pode converter-se numa força social, força essa que não se limita especificamente àquela classe.

O fato de que existem funções biológicas fundamentais do animal humano que nada têm a ver com a distribuição econômica das classes, e de que as fronteiras de classes se sobrepõem e se cruzam, foi mostrado pela primeira vez com relação à repressão da sexualidade natural dos jovens e das crianças. A repressão da sexualidade refere-se não apenas a todas as camadas e classes de qualquer sociedade patriarcal; é precisamente nas classes dominantes que essa repressão frequentemente é mais acentuada. A economia sexual chegou mesmo a provar que grande parte do sadismo com que a classe dominante oprime e explora as outras classes encontra a sua principal explicação na repressão à sexualidade. Esta relação entre sadismo, repressão da sexualidade e opressão da classe está magistralmente explicada na famosa obra de De Coster, *Till Eulenspiegel*. Acontece que as funções sociais reais do trabalho também se sobrepõem e cruzam as fronteiras político-ideológicas de classes. Assim, podemos encontrar nos partidos socialistas numerosos dirigentes políticos que jamais desempenharam trabalho vitalmente necessário e que nada sabem acerca do processo de trabalho. É comum um trabalhador abandonar a sua profissão quando é chamado a exercer funções de ordem política. Por outro lado, as classes que os socialistas opõem à dos trabalhadores, considerando-as "classes dominantes não trabalhadoras", incluem corpos de trabalhadores essenciais. Provavelmente, não há nada mais adequado para demonstrar a cegueira à realidade, por parte das ideologias políticas típicas, do que o fato de os líderes da reação política, na Áustria, por exemplo, terem sido recrutados nos círculos da Universidade de Tecnologia. Estes técnicos eram engenheiros de minas, construtores de locomotivas, de aviões, de pontes, de edifícios públicos etc.

Apliquemos agora esta crítica, feita do ponto de vista da democracia do trabalho, ao conceito de capitalista: as ideologias políticas veem no capitalista ou o "líder da economia", ou o "parasita não trabalhador". Qualquer dessas concepções é mecanicista, estritamente ideológica, ilusória do ponto de vista político, e não científica. Na realidade, há *capitalistas que trabalham* e *capitalistas que não trabalham*. Há capitalistas cujo trabalho é vitalmente necessário e capitalistas cujo trabalho não é necessário. Neste contexto, é inteiramente indiferente a orientação ou a ideologia política de um determinado capitalista. A contradição entre trabalho e política aplica-se tanto ao capitalista como ao trabalhador assalariado. Do mesmo modo que um pedreiro pode ser fascista, também um capitalista pode ser socialista. Em resumo, temos de compreender que não é possível orientar-se no caos social baseando-se em ideologias políticas. A possibilidade de uma reorientação concreta é oferecida pelo escopo de ideias da democracia do trabalho, que se baseia em uma apreciação realista do conceito de trabalho. De acordo com isso, a classe dos capitalistas divide-se, do ponto de vista do trabalho vitalmente necessário, em dois grupos antagônicos que frequentemente lutam entre si: um grupo compreende aqueles que possuem capital e que não trabalham e não planejam, mas que obtêm lucro através do trabalho de outros. Assim, Henry Ford poderá ter adotado esta ou aquela opinião política; poderá ter sido, ideologicamente, um anjo ou uma pessoa perniciosa; mas o que é inegável é que foi o primeiro americano a construir um automóvel, tendo contribuído para alterar radicalmente o aspecto técnico dos Estados Unidos. Edison foi sem dúvida um capitalista, do ponto de vista da ideologia e da política, mas não existe nenhum funcionário político de qualquer movimento de trabalhadores que não tenha utilizado a lâmpada concebida por Edison, ou que tenha a coragem de afirmar que ele foi um parasita da sociedade. Partindo do ponto de vista da democracia do trabalho, pode-se afirmar o mesmo em relação aos irmãos Wright, a Junkers, a Reichert ou a Zeiss; e a lista está longe de acabar aqui. Há uma clara distinção entre estes capitalistas, que desempenham um trabalho objetivo, e os capitalistas *não* trabalhadores, que *apenas exploram* o fato de possuírem capital. Quanto ao trabalho, estes não constituem um tipo de classe especial, visto que se encontram essencialmente nas mesmas condições que qualquer burocrata de partido socialista, o qual se instala em seu escritório e determina as "políticas da classe trabalhadora". Passamos por experiências bastante catastróficas, quer com detentores de capital não trabalhadores, quer com funcionários de partido que não produzem trabalho. Por isso não nos orientaremos por conceitos ideológicos, mas sim, exclusivamente, por atividades práticas.

O ponto de vista do trabalho vitalmente necessário veio completar e modificar muitos conceitos tradicionais no domínio da política e das "ciências políticas" que dele dependem. O conceito de "trabalhador" precisa ser ampliado. O conceito de classes econômicas é completado pela realidade da estrutura humana, o que vem limitar consideravelmente o seu significado social.

Consequentemente, alterações essenciais têm que ser introduzidas em grande número de conceitos, em decorrência do novo rumo tomado pelos acontecimentos sociais e da descoberta de uma realidade que é a democracia natural do trabalho. Não tenho ilusões sobre como essas alterações serão recebidas: esta e aquela ideologia política gritarão alto e bom som, com toda dignidade. Mas a realidade dos fatos e dos processos permanece a mesma, ainda que as reações possam ser drásticas. Nenhum processo político, sejam quais forem as suas proporções, e nenhum fuzilamento de centenas de "istas" poderão alterar o fato de que, nos Estados Unidos, na Índia, na Alemanha, ou em qualquer outro país do mundo, um médico ou um técnico, um educador ou um arquiteto produzem trabalho vitalmente necessário, muito mais útil para o curso do processo da vida, no dia a dia, do que produziu o Komintern em toda a sua existência, desde 1923. A dissolução do Komintern em 1943 em nada afetou a vida do homem. Imagine-se, em contrapartida, se algum dia todos os professores ou todos os médicos da China ou dos Estados Unidos decidam retirar-se do processo social!

A história dos últimos vinte anos não deixa dúvidas quanto ao fato de que as ideologias partidárias que defendiam a "eliminação das diferenças de classe", o "estabelecimento de uma unidade nacional" etc. não só não efetuaram qualquer mudança na existência das diferenças de classe, na fragmentação da comunidade humana e na supressão da liberdade e da decência, como ainda contribuíram para agravá-las, atingindo proporções catastróficas. É por isso que a solução científica da tragédia social do animal humano deve começar por esclarecer e corrigir aqueles conceitos ideológicos partidários que contribuíram para perpetuar a fragmentação da sociedade humana.

A democracia do trabalho não limita o conceito de "trabalhador" ao trabalhador da indústria; para não haver mal-entendidos, designa por *trabalhador* todo aquele que produz um trabalho social vitalmente necessário. O conceito de "classe trabalhadora", um conceito que se limitava política e ideologicamente ao conjunto dos trabalhadores industriais, contribuiu para distanciar o trabalhador industrial do técnico e do professor e para criar hostilidade entre os representantes de diversos processos de trabalho vitalmente necessários. Na verdade, esta ideologia designou os médicos e professores como "lacaios da burguesia", subordinando-os ao "proletariado revolucionário". Contra este erro insurgiram-se não só os médicos e professores, mas também o próprio proletariado industrial. Isso é compreensível, visto que a relação e a cooperação reais e objetivas que se estabelecem entre os médicos de um centro industrial e os operários das fábricas são muito mais sérias e profundas do que, por exemplo, a relação entre os trabalhadores da indústria e os detentores do poder político. Como a comunidade dos trabalhadores e a ligação entre os diversos ramos de trabalho vitalmente necessário se produziram naturalmente, guiadas por interesses naturais, só elas podem opor-se à fragmentação política. É evidente que, quando um grupo de trabalhadores industriais vitalmente necessário rebaixa um grupo igualmente vital de médicos, técnicos ou professores ao *status* de "lacaios" e se eleva ao *status* de "patrões", esses médicos, técnicos e professores vão refugiar-se nos braços da superioridade "racial", simplesmente porque não querem ser relegados ao papel de lacaios, mesmo que "lacaios do proletariado revolucionário". E o "proletariado revolucionário" refugia-se nos braços do partido político ou da organização sindical que, em vez de o responsabilizar, dá-lhe a ilusão de ser a "classe principal". Ora, isso em nada altera o fato amplamente comprovado de que essa "classe principal" não está em condições de assumir efetivamente as responsabilidades sociais, chegando a praticar o ódio racial, como acontece nos Estados Unidos, onde sindicatos de trabalhadores *brancos* vedam o acesso a trabalhadores *negros*.

Tudo isso é consequência dos conceitos ideológicos partidários profundamente arraigados, que dominam e sufocam a comunidade naturalmente criada pelo trabalho. Por esse motivo, só o novo conceito de *trabalhador* – ou seja, o indivíduo que *desempenha um trabalho vitalmente necessário* – é capaz de transpor esse abismo, produzindo uma harmonia entre as instituições sociais e as organizações de trabalho vitalmente necessário.

Não há dúvida de que este esclarecimento de conceitos não agradará aos ideólogos dos partidos. Também podemos ter a certeza de que a atitude em relação a este esclarecimento de conceitos servirá para separar espontaneamente, sem a intervenção de qualquer aparelho de poder, o joio do trigo, isto é, separar a prática da ideologia. Aqueles que aceitarem e defenderem a comunidade natural de trabalho que decorre da interligação entre todos os ramos de trabalho vitalmente necessário incluir-se-ão no campo da prática, isto é, do trigo. Em contrapartida, aqueles para quem as ideologias e os conceitos partidários que dominam a nossa sociedade forem mais caros do que a comunidade de todos os homens e mulheres trabalhadores, esses não deixarão de protestar, sob os mais variados pretextos, incluindo-se assim no campo daquilo que consideramos joio. Mas o esclarecimento dos conceitos, partindo do conhecimento das relações naturais existentes, criará a necessidade de organizar a vida social de acordo com a inter-relação entre todos os ramos de trabalho.

Nesta discussão sobre o conceito de trabalhador, limitei-me a seguir a lógica do pensamento da democracia do trabalho. E *tive* de chegar às conclusões mencionadas acima independentemente da minha própria vontade; isto por um motivo muito simples: precisamente na época em que eu escrevia estas páginas, estava diante do problema de fazer placas e anúncios para o *Orgonon*[1]. Como não sou carpinteiro, não sei fazer as placas. Como também não sou pintor, não sou capaz de fazer inscrições bem feitas. Mas precisávamos de placas para o nosso laboratório. Assim, fui obrigado a procurar um carpinteiro e um pintor, e resolver com eles, em pé de igualdade, sobre a melhor maneira de realizar aquelas tarefas. Sem os seus conselhos práticos e experientes, teria sido impossível para mim a realização da tarefa. Nessa ocasião, era absolutamente indiferente que eu me julgasse ou não um sábio acadêmico ou um cientista natural; assim como eram inteiramente indiferentes as "opiniões" do carpinteiro ou do pintor sobre o fascismo ou sobre o *New Deal*. O carpinteiro não podia considerar-me como "lacaio do proletariado revolucionário", nem o pintor poderia ver em mim um "intelectual" supérfluo. O próprio processo de trabalho levou-nos a trocar nossos conhecimentos e experiência prática. Assim, o pintor, para poder trabalhar de modo não mecânico, teve de compreender o símbolo do nosso método funcional de pesquisa e, ao consegui-lo, entusiasmou-se pelo trabalho. Eu, por outro lado, aprendi com o carpinteiro e com o pintor coisas que desconhecia sobre a disposição das letras e das placas mais adequada à execução correta da função de um estabelecimento de ensino.

Este exemplo de interligação objetiva e racional entre diversos ramos de trabalho é suficientemente claro para permitir a compreensão do profundo irracionalismo que impera na formação da opinião pública, abafando totalmente o processo natural do trabalho. Quanto mais concretamente eu procurava visualizar o curso do meu trabalho em relação com outros ramos de trabalho, tanto melhor eu conseguia compreender as ideias da democracia do trabalho. Não subsistiram quaisquer dúvidas: o processo de trabalho corria *bem* sempre que eu pedia instruções ao fabricante de microscópios e ao engenheiro ele-

---

1. Referência à casa e ao laboratório de Reich em Rangeley, Maine.

trotécnico e sempre que estes, por sua vez, me pediam instruções sobre a função de determinada lente ou de um aparelho elétrico, no campo específico da fisiologia orgônica. Sem o auxílio do fabricante de lentes e do engenheiro eletrotécnico, eu não poderia ter avançado nem um passo na investigação do orgone; por sua vez, o engenheiro e o fabricante de lentes enfrentavam alguns problemas não resolvidos da teoria sobre a luz e a eletricidade, para alguns dos quais existe esperança de solução através da descoberta do orgone.

Descrevi tão amplamente essa inter-relação entre os vários ramos de trabalho, e de maneira intencionalmente simples, porque sei que, por mais óbvio que seja, parece ser um fato novo e desconhecido para os homens e mulheres trabalhadores. Parece inacreditável, mas é verdade, e até compreensível, que a realidade da inter-relação natural e interdependência indissolúvel entre todos os processos de trabalho não é claramente entendida e sentida pelos homens e mulheres trabalhadores. Embora todos os trabalhadores, homens e mulheres, automaticamente tenham contato com essa inter-relação no seu trabalho prático, parece que estranham quando se diz que a sociedade não pode existir sem o seu trabalho, ou que eles são os responsáveis pela organização social do seu trabalho. Este abismo entre a atividade vitalmente necessária e a consciência da responsabilidade por essa atividade foi criado e perpetuado pelo sistema político de ideologias. Estas ideologias são responsáveis pelo hiato entre atividade prática e orientação irracional, em homens e mulheres trabalhadores. Esta afirmação poderá também parecer estranha. Mas é fácil convencermo-nos da sua validade: basta examinarmos qualquer jornal, na Europa, na Ásia ou em qualquer outro lugar, de uma data qualquer. Só muito raramente, e como que por acaso, encontraremos nesses jornais referências ao processo do amor, do trabalho e do conhecimento, à sua necessidade vital, sua inter-relação, sua racionalidade, sua seriedade, etc. Em contrapartida, todos os jornais estão repletos de notícias sobre a alta política, a diplomacia, os processos militares e formais que nada têm a ver com o processo real da vida no dia a dia. Assim, dá-se aos homens e mulheres trabalhadores médios a sensação de que a sua própria importância é bem pequena, se comparada com os debates elevados, complicados e "inteligentes" sobre "tática e estratégia". O indivíduo sente-se pequeno, insuficiente, irrelevante, oprimido, nada mais do que um *acidente na vida*. Também é fácil comprovar a validade desta afirmação sobre a psicologia de massas. Fiz isso por diversas vezes e obtive invariavelmente o mesmo resultado:

1. Um trabalhador tem uma boa ideia para melhorar a organização do seu trabalho. Solicitamos que ele escreva e publique a sua descoberta, grande ou pequena. Este pedido provoca invariavelmente uma reação curiosa: é como se o trabalhador, cuja atividade é importante e mesmo indispensável, quisesse esconder-se dentro de uma concha. É como se quisesse dizer (e frequentemente chega a dizê-lo textualmente): "Mas quem sou eu, para escrever um artigo? O meu trabalho não conta". Esta atitude do trabalhador diante do seu trabalho é um fenômeno típico da psicologia de massas. Descrevi-o aqui de maneira muito simplificada, mas o que se passa é realmente isso, e é fácil verificá-lo.

2. Observemos agora o redator de qualquer jornal. Vamos sugerir-lhe que reduza a duas páginas as "questões de tática e estratégia", questões formais e estritamente políticas, e que passe a publicar, na *primeira* e na *segunda* página do jornal, artigos sobre problemas práticos do cotidiano, do âmbito da tecnologia, medicina, educação, mineração, agricultura, trabalho nas fábricas etc. A sua reação será olhar-nos sem compreender, perplexo, chegando mesmo a duvidar da nossa saúde mental.

Estas duas atitudes fundamentais – a das massas de pessoas e a dos formadores da opinião pública – completam-se e determinam-se mutuamente. A natureza da opinião pública é essencialmente *política*, subestimando a vida cotidiana com os seus processos de amor, de trabalho e de conhecimento. É por isso que todos aqueles que amam, que trabalham e que conhecem têm a sensação de que a sua importância no processo social é nula.

É evidente que não é possível transformar racionalmente a situação social enquanto o irracionalismo político tiver uma participação de 99%, contra apenas 1% (funções básicas da vida social), na formação da opinião pública e, consequentemente, das estruturas humanas. Seria necessário inverter esses termos para destituir o irracionalismo e atingir o objetivo da autorregulação da sociedade. Em outras palavras, *o processo concreto da vida também precisa ter uma expressão enfática na imprensa e nas formas da vida social, devendo coincidir com elas.*

Ao completarmos assim a correção de alguns conceitos políticos, deparamos com um argumento ao qual é difícil objetar. Dizem-nos que não é possível simplesmente anular as ideologias políticas, uma vez que os trabalhadores, agricultores, técnicos, etc. determinam o andamento da sociedade, não só pelo trabalho vitalmente necessário que realizam, mas também pelas ideologias políticas que professam. As revoltas dos camponeses na Idade Média foram rebeliões políticas que transformaram a sociedade. O Partido Comunista Russo modificou a Rússia. Dizem-nos que não é possível impedir ou proibir a "politização" e a formação de ideologias políticas. Elas também são uma necessidade humana e têm efeitos sociais, exatamente como o amor, o trabalho e o conhecimento. A estas objeções replicamos:

Não é intenção da democracia do trabalho impedir ou proibir seja o que for. Ela se dirige exclusivamente para a satisfação das funções biológicas da vida: o amor, o trabalho e o conhecimento. Se por acaso uma ideologia política defender esses princípios, está fazendo avançar a democracia do trabalho. Mas se uma ideologia opuser a ela exigências e afirmações irracionais, impedindo a livre expansão das funções biossociais, nesse caso a democracia do trabalho terá a mesma reação que um lenhador, atacado por uma cobra venenosa, quando tenta abater uma árvore: matará a cobra venenosa e continuará a sua tarefa de abater árvores. Não desistirá de cumpri-la pelo fato de existirem cobras venenosas na floresta.

É verdade que as ideologias políticas também são fatos que têm efeitos sociais reais, e que não é possível desprezá-las ou ignorá-las. No entanto, segundo a democracia do trabalho, são precisamente esses fatos que constituem a tragédia do animal humano. Mas o fato de as ideologias políticas serem realidades palpáveis não prova que elas sejam vitalmente necessárias. Do mesmo modo, a peste bubônica foi uma realidade social extremamente intensa, mas ninguém a considerará vitalmente necessária. Uma povoação no meio de uma floresta virgem é vitalmente importante, e um fato social real e tangível. Mas também uma inundação é um fato real. Deve-se colocar em pé de igualdade a inundação destruidora e as atividades da povoação apenas porque ambas atuam socialmente? Foi precisamente a não diferenciação entre trabalho e política, entre realidade e ilusão; foi exatamente o erro de considerar a política como uma atividade humana racional, comparável à semeadura ou à construção de edifícios, que permitiu coisas espantosas, como o fato de um aprendiz fracassado de pintor ter conseguido desgraçar o mundo inteiro. Ora, um dos objetivos principais deste livro – que não foi escrito apenas por prazer – é exatamente o de apontar esse erro catastrófico do pensamento humano e de eliminar o irracionalismo da política. Outro dos aspectos da nossa tragédia social é o fato de que os agricultores, os trabalhadores industriais, os médicos etc. não influenciam a existência social exclusivamente através das suas atividades sociais, mas sim, e principalmente, por meio de ideologias políticas. É que a atividade política constitui um impedimento à atividade profissional e objetiva, divide cada grupo profissional em grupos ideológicos inimigos, limita a atividade dos médicos, prejudicando os pacientes. Enfim, é a atividade política que impede a expansão daquilo que afirma promover: a paz, o trabalho, a segurança, a cooperação internacional, a livre expressão do pensamento, a liberdade de religião etc.

3. É verdade que os partidos políticos podem, em certas circunstâncias, modificar o aspecto de uma sociedade. Mas afirmamos, do ponto de vista da democracia do trabalho, que isso correspondeu a uma *realização compulsiva*. Karl Marx, quando começou a sua crítica da economia política, não era político, nem membro de nenhum partido. Era economista e sociólogo. Foi precisamente a peste emocional das massas humanas que impediu que os seus ensinamentos fossem ouvidos; foi a peste emocional que fez com que Marx morresse na miséria; foi a peste emocional que o obrigou a fundar uma organização política, a famosa "Aliança Comunista", que ele próprio dissolveu depois de pouco tempo; foi a peste emocional que converteu o marxismo científico no marxismo político e partidário, que nada tem a ver com o marxismo científico, e que é, em parte, responsável pelo advento do fascismo. A afirmação de Marx de que ele "não era um marxista" traduz exatamente esse fato. Marx não teria recorrido à solução de fundar uma organização política se o pensamento das massas humanas fosse, em regra, racional, e não irracional. É certo que a máquina política foi muitas vezes necessária, mas foi uma medida compulsiva, devido ao irracionalismo humano. Se o trabalho e a ideologia social fossem concordantes, se as necessidades humanas, a satisfação dessas necessidades e os meios para essa satisfação correspondessem à estrutura humana, não existiria a política, pois ela se tornaria supérflua. Quando não se tem casa, vive-se,

por necessidade, no buraco de uma árvore; mas essa cavidade nunca será casa: o objetivo continua sendo a obtenção de uma verdadeira casa, embora haja necessidade de morar numa árvore durante um certo tempo. A eliminação da política e do Estado a partir do qual ela se origina foi precisamente o objetivo que foi esquecido pelos fundadores do socialismo. Sei que é embaraçoso lembrar essas coisas. É necessário muita reflexão, honestidade, conhecimento e autocrítica para que um médico considere como objetivo principal de sua atividade a prevenção daquelas doenças com cujas curas ele ganha sua vida. Teremos de considerar como sociólogos objetivos e racionais aqueles políticos que ajudam a sociedade humana a descobrir as causas irracionais da existência da política e da sua "necessidade", de tal modo que se torne supérflua qualquer forma de política.

Esta crítica à política, feita do ponto de vista da democracia do trabalho, não está isolada. Nos Estados Unidos, generalizou-se o ódio contra todo tipo de poder político, porque se compreendeu como ele é prejudicial à sociedade. Em relação à União Soviética, consta que também lá os tecnocratas se impõem cada vez mais, diante dos políticos. Talvez o fuzilamento de alguns dirigentes políticos russos, ordenado por outros políticos, contenha um sentido social oculto, embora tenhamos aprendido a ver nesse tipo de ação uma expressão de irracionalismo político e de sadismo. Durante cerca de uma década, nada se assemelhou à política dos ditadores europeus. Para compreender a essência da política, basta atentar para o fato de que uma personagem como Hitler pôde manter o mundo inteiro com a respiração suspensa durante anos e anos. O fato de Hitler ter sido um gênio político serviu para desmascarar, mais do que nada, a natureza da política em geral. Com Hitler, a política atingiu o seu desenvolvimento máximo. Sabemos quais foram os seus resultados e qual foi a reação do mundo. Em resumo, acredito que o século XX, com as incomparáveis catástrofes que o marcaram, assinala o começo de uma nova era social, livre da política. Mas é impossível prever qual será o papel da própria política na destruição da peste emocional política, e qual será o papel desempenhado pela organização consciente das funções do amor, do trabalho e do conhecimento.

1ª edição 1984 | 3ª edição 2001 | 3ª reimpressão maio de 2021
Papel Offset 75 g/m² | **Impressão** EGB